凱信企管

**用對的方法充實自己，
讓人生變得更美好！**

凱信企管

用對的方法充實自己，
讓人生變得更美好！

英語自學策略!!

制霸 7000 英文單字

Vocabulary

使用說明 User's Guide

背單字真的只能靠自己！

《制霸7000 英文單字》自學策略，幫助你學習如虎添翼。

1 六級程度分類＋考試級數標示，快速查找最適學習程度！

▲ 全書單字從Level 1～Level 6六級分類，學習者可依所需，快速查找最適
程度循序漸進學習！

△ Level 1～3 所收錄的單字為教育部公布之國中小必考約 4200 單字

△ Level 4～6 所收錄的單字為教育部公布之高中考大學必考約 3500 單字

（Level 4 符合高中學科能力測
驗之程度；Level 5、6 符合高
中指定科目測驗之程度）

▲ 清楚標示每一單字所屬考
試級數，如：全民英檢、
中國大陸英語四級／六級
級數，讀者們能清楚了解學
習的每一個單字的程度等級。

2 必學單元＋耐讀版型，提升專注力，反覆閱讀都不累！

全書去無存菁、內容聚焦，沒有複
雜的句型、文法，帶你只學必要
的發音（KK音標+自然發音）、詞
性、例句以及同反義字單元，同時
舒適清晰的版面設計，耐讀性強，
學習更能心無旁騖專注記單字。

Level 1

國中小必考單

國中小必考單字一基

代 你

• Are y
with m
up the
你要跟
會合？
反 we 我單字

..... 英初 四級

v ng to go to the supermarket
e, or do you want me to meet you
p there?
你要跟我一起去超市嗎？還是要我在那裡和你
會合？
反 we 我們

young [jʌɪɪ] .... 天初 四級
形 年輕的、年幼的
名 青年

smart and athletic,
他很適合

yum·my [ˈjʌmɪ]
形 舒適的、愉快的、美味的

• The meals were really yumm
I wouldn't mind going to that
again.
昨晚吃的餐點真的很棒，我不介
意吃一次。
同 delicious 可口的、美味的
反 yucky 難吃的

Zz

ze·ro [ˈzɪro] ....
名 零
• The score for the game was
比賽的比數是三比零。
同 nought 零、沒有

oo [zu] ....
名 動物園
We're taking Sam to the zoo
pandas this weekend.
我們這週末帶山姆到動物園參

young [jʌɪɪ] ....

形 年輕的、年幼的
名 青年

• The young man is very smart and
so I think he is perfect for the team.
那個年青人又聰明又健壯，所以我想
加入這個團隊。

同 youthful 年輕的、有青春活力的
反 old 老的

od.
即使是

[jʊrz] .... ，可喜的

3 超過7000組例句，貼近實境考題方向！

每一單字的例句，皆以考試慣性出題方向來設計。除幫助熟悉單字實際應用、加強記憶，更熟能生巧地理解單字如何出現在考試的句子或文章裡，快速適應考題、提升作答能力，考試更有自信。

> 愉快的、美味的
>
> • The meals were really **yummy** last night; I wouldn't mind going to that restaurant again.
> 昨晚吃的餐點真的很棒，我不介意再去那間餐廳吃一次。

4 自學兩大利器：隨堂測驗練習＋大容量中英對照語音檔！

Level 1 單字通關測驗

● 請根據題意

1. He didn't mean to say anything _____ you.
   (A) across (B) above (C) against (D) but

2. Living in the _____ is very convenient.
   (A) city (B) church (C) class (D) coast

3. They turned on the _____ at full blast to try to fight the heat.
   (A) face (B) fanatic (C) fat (D) fan

4. My father's _____ is very big, so he needs to have his hats custom made.
   (A) health (B) heart (C) hair (D) head

5. She is in a _____ mood all the time.
   (A) back (B) bad (C) bed (D) beck

6. Do you know if my wallet is _____ of my purse?
   (A) inside (B) in (C)

7. Yo...
   ba...
   (A) w...

🔊 **Track 207**

8. I was just _____; don't take it too seriously.
   (A) joking (B) joy (C) joining (D) jumping

9. The little boy took his pet _____ with him everywhere he went.
   (A) most (B) mouth (C) mouse (D) month

10. The identical twins still look a little _____.
    (A) difference (B) direct (C) different (D) difficult

▲ 全書 6 個 Level，均附單字通關測驗，讓讀者可以隨時掌握學習成效，不得過且過；同時，出題方向幫助快速熟悉考試題型，提升作答能力。

▲ 特別附加片語、文法、閱讀測驗題型，加強對單字用法的掌握度，還能達活用單字之效，有助輕鬆攻克各大考試。（測驗題的中譯及解析同時收錄雲端，隨掃即看，學習更方便。）

▲130分鐘中英雙語對照，隨時「說給你聽」！不論在家裡或是任何移動中，都可以利用零散時間用聽的（亦可跟著口說）來學習、複習單字。

作者序 Preface

　　一說到背單字，往往令人感到枯燥乏味，頭痛不已。但其實只要不再用傳統的死記硬背方式、改以理解的方式來記憶單字，就能輕鬆翻倍地記憶單字。

　　我曾聽許多學生抱怨，以前在國高中時期，分別有「2000 單」、「4000 單」這種聽了就讓人害怕的英文單字目標，直到巔峰7000 單字，更是讓學生望而興嘆，因為前面的4000多個單字還來不及記熟，後面的單字又接著排山倒海而來，壓力真是大到喘不過氣；甚至許多人乾脆直接就放棄。

　　今天，先讓大家吃下一顆定心丸，先別慌！只要找對方法，戰勝7000單字真的一點都不難。在寫這本書之前，我翻閱了坊間大多的7000單字書，內容不是過於複雜、繁重（除了單字，還加上很多的句型、文法……），就是版面的配置方式讓人一翻開就覺得壓力很大，我想能夠耐性地將整本書都讀完的人，真的要給按讚，因為太不容易了！

　　於是，我開始構思並與出版社討論，希望能寫一本在家自學也能容易閱讀、有效吸收的7000單字書，只要注入學習必要的元素：音標、例句、同反義字內容就好，再以簡單清晰、舒適的閱讀版面，讓學習者能夠聚焦專注在單字上，即使反覆閱讀、讀再久都不會感到疲乏、不會覺得累。於是，《英語自學策略：制霸7000 英文單字》成形。

　　全書內容除了依慣例將單字分成6個不同程度Level外，每個 Level 最後特別編寫單字測驗，讓讀者在學完每一個Level的單字量之後，立即利用測驗檢視學習成果。另外，在學習完六個Level的單字，還可以藉由書末特別加上的四種各類大小英文考試最常出現的題型練習，包括：單字、片語、文法以及閱讀的練習題，除了以利單字的溫故知新，還能帶讀者提前熟悉習慣考試的題型及方法，輕鬆掌握重大考試。

另外，由於7000 單字量實在太大了，為了讓讀者可以在家裡的場所學習之外，也能走到哪學到哪，隨時隨地學習、復習單字。於是進一步提出希望能夠將7000單字的中英文音檔對照收錄，這樣的單字學習音檔在時下的學習工具書裡已屬少見。就是希望讀者即使沒有書本在身上，也能夠利用任何瑣碎的時間，在移動中學習，不僅能更有效的運用時間，也能時時加強記憶。

　　再次強調，這真的是一本實用又貼心的7000單字書，真心期望可以幫助任何一位想要增加字彙量，並學會活用單字的讀者，不管你是準考生即將迎戰大考，或是想要通過公司考試，甚至你只是單純地想把英文底子打好，能快速的看字讀音、聽音拼字，那麼這本《英語自學策略：制霸7000 英文單字》書，絕對是你的第一首選！

Tong Weng

目錄 Contents

使用說明／004
作者序／007

Level 1

國中小必考單字—基礎篇

A～Z　Track 0001~0207　012

△ Level 1 單字通關測驗　115

Level 2

國中小必考單字—進階篇

A～Z　Track 0208~0419　120

△ Level 2 單字通關測驗　221

Level 3

國中小必考單字—高級篇

A～Z　Track 0420~0635　224

△ Level 3 單字通關測驗　325

Level 4

高中考大學必考單字—基礎篇

A～Z　Track 0636~0852　328

△ Level 4 單字通關測驗　436

Level 5

高中考大學必考單字—進階篇

A～Z Track 0853~1068 440

△ Level 5 單字通關測驗 540

Level 6

高中考大學必考單字—高級篇

A～Z Track 1069~1285 544

△ Level 6 單字通關測驗 642

特別收錄：英文常考題型特搜

STEP 01 單字常見考法—單字基本功，你準備好了嗎？

STEP 02 片語常見考法—單字延伸的片語，你看得懂嗎？

STEP 03 文法常見考法—原來單字也有文法陷阱！

STEP 04 閱讀測驗考法—善用關鍵字，讀懂文章！

解答中譯請掃QR code

Level **1**

國中小必考單字
基礎篇

★ 因各家手機系統不同，若無法直接掃描，
　仍可以電腦連結 https://tinyurl.com/y5xh6xch 雲端下載收聽

Aa

🔊 Track 001

a / an [ə] / [æn] .... 英初 四級

冠 一、一個

- **An** apple **a** day keeps the doctor away.
  一天一蘋果，醫生遠離我。

同 one 一、一個

反 many 許多

a•ble [ˈebl̩] .... 英初 四級

形 能幹的、有能力的

- They aren't **able** to repair the car themselves.
  他們自己沒有能力修車。

同 capable 有能力的

反 impotent 無能的

a•bout [əˈbaut] .... 英初 四級

副 大約　介 關於

- It took me **about** an hour to finish my homework.
  我大約花了一小時才完成家庭作業。

同 concerning 關於

a•bove [əˈbʌv] .... 英初 四級

形 上面的　副 在上面

介 在…上面　名 上面

- The shooting stars just appeared **above** in the sky.
  流星剛剛在天空出現。

同 upper 上面的、上部的

反 below 在下面

ac•cord•ing to
[əˈkɔrdɪŋ tu] .... 英中 六級

介 根據…

- **According to** his past record, we cannot trust him anymore.
  根據他過去的紀錄，我們不能再次相信他了。

同 in light of 根據、按照

🔊 Track 002

a•cross [əˈkrɔs] .... 英初 四級

副 橫過　介 穿過、橫過

- The blind man walked **across** the street without any help.
  那個盲人無須任何幫助，自己過了馬路。

同 cross 越過 / through 穿過

act [ækt] .... 英初 四級

名 行為、行動、法案

動 行動、扮演、下判決

- I really appreciate your **act** of kindness and selflessness.
  對於你仁慈和無私的行為，我十分感激。

同 behave 表現、行為 / bill 法案

ac•tion [ˈækʃən] .... 英初 四級

名 行動、活動

- Think carefully before you take **action**.
  三思而後行。

同 behavior 行為、舉止 / activity 活動

ac•tor [ˈæktɚ] .... 英初 四級

名 男演員

- Johnny Depp is the leading **actor** in this movie.
  強尼戴普是這部電影的男主角。

同 performer 演出者

反 actress 女演員

ac•tress [ˈæktrɪs] .... 英初 四級

名 女演員

- She is the most beautiful **actress** I have ever seen.
  她是我見過最漂亮的女演員。

同 performer 演出者

反 actor 男演員

add [æd] .... 英初 四級

動 增加

- **Add** some cinnamon in your soup to give it a different flavor.
  在湯裡加點肉桂會別有一番風味。

同 increase 增加
反 subtract 減去

ad•dress [əˋdrɛs] .... 英初 四級

名 住址、致詞、講話
動 發表演說、對…說話

- You can google my e-mail **address** on the Internet.
  你可以用網路搜尋到我的電子信箱。

同 speech 演說

a•dult [əˋdʌlt] .... 英初 四級

形 成年的、成熟的
名 成年人

- Children are not allowed to see **adult** movies.
  小孩子不可以看成人電影。

同 grown-up 成年人
反 child 小孩

a•fraid [əˋfred] .... 英初 四級

形 害怕的、擔心的

- Don't be **afraid** of the uncertainties in life.
  對於生命中的無常無須害怕。

同 fearful 擔心的、可怕的
反 brave 勇敢的

af•ter [ˋæftɚ] .... 英初 四級

形 以後的　　副 以後、後來
連 在…以後　　介 在…之後

- Sara inherited the supermarket **after** her mother died.
  母親過世後，莎拉繼承了那間超市。

同 later 以後、後來
反 before 在…之前

af•ter•noon [ˋæftɚˋnun] .... 英初 四級

名 下午

- A horrible car accident happened in this town in the **afternoon**.
  今天下午這鎮上發生一起很嚴重的車禍。

反 morning 上午

a•gain [əˋgɛn] .... 英初 四級

副 又、再

- I'm so tired of reminding you of the same thing again and **again**.
  一直不斷提醒你相同的事，我已經十分厭煩了。

同 repeatedly 一再
反 never 從不

a•gainst [əˋgɛnst] .... 英初 四級

介 反對、不同意

- He didn't mean to say anything **against** you.
  他不是故意要反駁你。

同 versus 對抗
反 agree 同意

age [edʒ] .... 英初 四級

名 年齡　　動 使…變老

- When you're my **age**, you will understand the value of health.
  等你到了我這個年紀，就能體會健康的重要了。

同 mature 使…成熟
反 rejuvenate 變年輕

a•go [əˋgo] .... 英初 四級

副 以前

- The Georges moved to California a couple of years **ago**.
  喬治一家人幾年前搬到加州去了。

同 since 以前
反 after 以後

a·gree [əˈgri] 英初 四級

動 同意、贊成

- No matter what you say, I won't **agree** with you.
  無論你怎麼說，我都不會認同的。

同 approve 贊同
反 disagree 不同意

a·gree·ment [əˈgrimənt] 英初 四級

名 同意、一致、協議

- That company has signed the trade **agreement** with Apple.
  那間公司已經和蘋果公司簽訂貿易合約。

同 compact 契約、合同
反 disagreement 意見不一

a·head [əˈhɛd] 英初 四級

副 向前的、在…前面

- It's a foggy day. We cannot see anything **ahead** of us.
  霧氣太濃，我們根本看不到前方有什麼。

同 onward 向前的
反 behind 在…後面

air [ɛr] 英初 四級

名 空氣、氣氛

- Let's go hiking and get some fresh **air** in the mountains.
  我們去爬山，呼吸一下新鮮空氣吧。

同 atmosphere 氣氛

air·mail [ˈɛrˌmel] 英中 六級

名 航空郵件

- It is really expensive to send letters by **airmail**.
  寄航空郵件十分昂貴。

同 air-post 航空郵件

air·plane / plane [ˈɛrˌplen] / [plen] 英初 四級

名 飛機

- My brother received a model **airplane** / **plane** as his birthday gift from my parents.
  我哥生日時收到爸媽送給他一臺飛機模型當作生日禮物。

同 aircraft 飛機、航空器

air·port [ˈɛrˌport] 英初 四級

名 機場

- Will you see me off at the **airport** tomorrow morning?
  明天早上你會到機場送機嗎？

同 airfield 飛機場

all [ɔl] 英初 四級

形 所有的、全部的
副 全部、全然
名 全部

- She will never be satisfied even if I give her my **all**.
  就算我給她我的所有，她還是不會滿足。

同 whole 全部
反 part 部分

al·low [əˈlau] 英初 四級

動 允許、准許

- The maids are not **allowed** to have meals with their master in the dinning room.
  傭人不准和主人在飯廳一起用餐。

同 permit 允許
反 ban 禁止

al·most [ˈɔlˌmost] 英初 四級

副 幾乎、差不多

- This project is **almost** done. All we have to do is to input it into the database.
  這個計劃已經幾乎快完成了，我們要做的就是將它輸入到資料庫裡。

同 nearly 幾乎、差不多
反 hardly 幾乎不

🔊 Track 007

a•lone [əˋlon] 英初 四級

形 單獨的
副 單獨地

• I don't like being **alone** on rainy days.
我不喜歡在下雨的時候一個人。

同 lonely 單獨的
反 numerous 為數眾多的

a•long [əˋlɔŋ] 英初 四級

副 向前
介 沿著

• Keep driving **along** the road, and you will find the hospital.
沿著這條路往前開，你就會看到醫院了。

同 forward 向前
反 backward 向後

al•ready [ɔlˋrɛdɪ] 英初 四級

副 已經

• The kids have **already** taken a bath and are ready for bed.
孩子們已經洗完澡準備上床就寢了。

反 yet 還沒

al•so [ˋɔlso] 英初 四級

副 也

• I **also** will attend your bachelor party.
我也會出席你的單身派對。

同 too 也
反 either [否]也不

al•ways [ˋɔlwez] 英初 四級

副 總是

• I **always** think stories will eventually have happy endings.
我總認為故事一定要有好的結局。

同 invariably 總是
反 seldom 不常、很少

🔊 Track 008

am [æm] 英初 四級

動 是

• I **am** a hard-working and punctual employee in the company.
我在公司是個既認真又準時的員工。

同 is / are 是
反 not 否

a•mong [əˋmʌŋ] 英初 四級

介 在⋯之中

• I recognized her **among** the crowd immediately.
我在人群裡一眼就認出她了。

同 amid 在⋯之間

and [ænd] 英初 四級

連 和

• Emily **and** Sofia are good classmates and friends.
艾蜜莉和蘇菲亞是好同學也是好朋友。

同 with 和

an•ger [ˋæŋgɚ] 英初 四級

名 憤怒
動 激怒

• How do you usually get over your **anger**?
你通常怎麼消除你的怒氣？

同 irritation 激怒
反 delight 高興

an•gry [ˋæŋgrɪ] 英初 四級

形 生氣的

• She is very **angry** with me for not helping her out.
她對於我沒幫忙她而感到非常生氣。

同 furious 狂怒的
反 cheerful 愉快的、高興的

🔊 Track 009

an•i•mal [ˈænəm!] 英初 四級

形 動物的
名 動物

• Parents often take their children to the zoo to see **animals** on the weekends.
家長經常在周末帶小孩去動物園看動物。

同 creature 動物

an•oth•er [əˈnʌðɚ] 英初 四級

形 另一的、再一的
代 另一、再一

• The old lady didn't like the one on display, so she asked the shop assistant for **another**.
那個老婆婆不喜歡櫥窗上的陳列品，她要求店員再拿另一個給她。

同 other 另一個的

an•swer [ˈænsɚ] 英初 四級

名 答案、回答
動 回答、回報

• James **answered** the question correctly.
詹姆士正確地回答這個問題的答案。

同 response 回答
反 ask 問

ant [ænt] 英初 四級

名 螞蟻

• He used the insecticide to kill the **ants**.
他用殺蟲劑殺死了螞蟻。

同 pismire 螞蟻

a•ny [ˈɛnɪ] 英初 四級

形 任何的
代 任何一個

• I haven't seen **any** films of that actress before.
我之前不曾看過那個女演員演的任何電影。

同 whichever 無論哪個

🔊 Track 010

a•ny•thing [ˈɛnɪˌθɪŋ] 英初 四級

代 任何事物

• We can do **anything** we want on the weekends.
我們在週末的時候可以做任何我們想做的事。

ape [ep] 英中 六級

名 猿

• We saw many **apes** at the zoo last week.
我們上個星期在動物園看到很多猿猴。

同 simian 猿

ap•pear [əˈpɪr] 英初 四級

動 出現、顯得

• It **appears** that they've left for the meeting.
看來他們已經去開會了。

同 emerge 出現
反 disappear 消失

ap•ple [ˈæp!] 英初 四級

名 蘋果

• Red apples are sweet and juicy while green **apples** are tart and hard.
紅蘋果甜而多汁，綠蘋果又酸又硬。

A•pril / Apr. [ˈeprəl] 英初 四級

名 四月

• We always do our spring cleaning in **April**.
我們通常在四月進行春季大掃除。

🔊 Track 011

are [ɑr] 英初 四級

動 是

• We **are** not going to school next week.
下星期我們不用上學。

同 is / am 是

ar•e•a [ˈɛrɪə] 英初 四級

名 地區、領域、面積、方面

- They live in a very rural **area**, and it is very inconvenient to go shopping.
  他們住在很郊外的地方，要買東西很不方便。

同 region 地區

arm [ɑrm] 英初 四級

名 手臂
動 武裝、裝備

- All of soldiers are **armed** with tents, guns, and water.
  所有的士兵都帶著帳篷、手槍和水。

同 equip 裝備

ar•my [ˈɑrmɪ] 英初 四級

名 軍隊、陸軍

- My brother is in the **army**, and he was sent to Iraq last year.
  我弟弟正在當兵，他去年被派到了伊拉克。

同 military 軍隊

a•round [əˈraʊnd] 英初 四級

副 大約、在周圍
介 在…周圍

- They all stood **around** in a circle to listen to the coach's instructions.
  他們圍在一起聽教練的指導。

同 approximately 大約

🔊 Track 012

art [ɑrt] 英初 四級

名 藝術

- The curator of the museum exhibited many fine pieces of **art** on the walls of his office.
  這個博物館館長在他的辦公室牆上掛了很多精緻的藝術品。

as [æz] 英初 四級

副 像…一樣、如同　　連 當…的時候
代 與…相同的人事物　　介 作為

- The students dashed out of the classroom **as** soon **as** the bell rang.
  一聽到鐘聲響，學生們就迫不及待地衝出教室。

同 like 如同、像

ask [æsk] 英初 四級

動 問、要求

- The professor will allow some time for students to **ask** her questions after the lecture.
  教授在演講後會留點時間讓學生發問。

同 question 問
反 answer 回答

at [æt] 英初 四級

介 在

- I will be waiting for you **at** the front desk in the lobby.
  我將會在大廳的服務臺等你。

同 in 在

Au•gust / Aug. [ˈɔgəst] 英初 四級

名 八月

- Leo's birthday is on the 5th of **August**.
  李奧的生日在八月五日。

🔊 Track 013

aunt / aunt•ie / aunt•y
[ænt] / [ˈænti] / [ˈænti] 英初 四級

名 伯母、姑、嬸、姨

- We will visit my **aunt** in America next summer.
  我們明年暑假將到美國拜訪我阿姨。

反 uncle 伯父、叔父、姑丈、姨丈

A
B
C
D
E
F
G
H
I
J
K
L
M
N
O
P
Q
R
S
T
U
V
W
X
Y
Z

au•tumn / fall
[ˋɔtəm] / [fɔl] .... 英初 四級

名 秋季、秋天

• My favorite season is **autumn** with its cool weather and the beautiful view when leaves are falling.
我最喜歡就是秋天那種涼爽和落葉繽紛美麗的季節。

a•way [əˋwe] .... 英初 四級

副 遠離、離開

• I will be going **away** for the summer, so I need to start packing my things.
我暑假將會出遠門，所以我需要開始打包我的東西。

同 off 離開
反 stay 留下

ba•by [ˋbebɪ] .... 英初 四級

形 嬰兒的
名 嬰兒

• The **baby** started to walk when he was 8 months old.
那個嬰兒在八個月大時開始會走路了。

同 infant 嬰兒
反 elder 長者、長輩

back [bæk] .... 英初 四級

形 後面的　　副 向後地
名 後背、背脊　動 後退

• The instructions are written on the **back** of the package.
操作手冊寫在包裝盒後方。

同 rear 後面、背後
反 front 前面、正面

bad [bæd] .... 英初 四級

形 壞的

• She is in a **bad** mood all the time.
她的心情一直都不好。

同 wicked 壞的、邪惡的
反 good 好的

bag [bæg] .... 英初 四級

名 袋子
動 把…裝入袋中

• Cecilia always carries a lot of things with her, so she needs a big **bag**.
西西莉亞總是隨身帶著很多東西，所以她需要一個大袋子。

ball [bɔl] .... 英初 四級

名 舞會、球

• My kids love to play **ball** sports such as basketball and baseball.
我的孩子們喜歡像籃球和棒球的球類運動。

同 sphere 球 / dance 舞會

bal•loon [bəˋlun] .... 英初 四級

名 氣球
動 如氣球般膨脹

• We need to prepare 300 **balloons** for the party tomorrow night.
我們需要為明晚的派對準備三百顆氣球。

同 air balloon 氣球

ba•nan•a [bəˋnænə] .... 英初 四級

名 香蕉

• I usually add a **banana** in cereal for an added flavor.
我通常在麥片裡加一根香蕉來增加味道。

🔊 Track 015

band [bænd] .... 英初 四級

名 帶子、隊、樂隊
動 聯合、結合

• The 5 hottest rock **bands banded**
together and put on a show to raise money
for the organization.
這五個最紅的樂團一起為這個組織的募款餐會
演出。

同 tie 聯合
反 split 分裂

bank [bæŋk] .... 英初 四級

名 銀行、堤、岸

• Hank usually withdraws money from the
bank located on the **banks** of the river.
漢克通常在這河岸邊的銀行領款。

同 dam 堤

bar [bɑr] .... 英中 六級

名 條、棒、橫木、酒吧
動 禁止、阻撓

• The men usually gather at the
neighborhood **bar** for drinks on Friday
nights.
這些男生通常在星期五晚上聚在附近的酒吧喝
酒。

同 block 阻擋、限制
反 allow 允許

bar•ber [ˋbɑrbɚ] .... 英初 四級

名 理髮師

• My grandfather is used to going to the
neighborhood **barber** shop instead of the
new salon.
我爺爺習慣到附近的理髮店，而不喜歡新的髮
型沙龍。

同 hairdresser 美髮師

base [bes] .... 英初 四級

名 基底、壘
動 以…作基礎

• The **base** of the stand needs to be strong
so that it wouldn't topple over.
基礎穩固才能不被摧毀。

同 bottom 底部
反 top 頂部

🔊 Track 016

base•ball [ˋbesˌbɔl] .... 英初 四級

名 棒球

• My brother and I both play for our school
baseball team.
我和我哥哥都是學校的棒球校隊。

bas•ic [ˋbesɪk] .... 英初 四級

名 基本、要素
形 基本的

• You need to have some **basic** knowledge
about cars before getting a job as a
mechanic.
在你尋找技師工作之前，你需要瞭解一些汽車
的基本知識。

同 essential 基本的
反 indispensable 不可缺少的

bas•ket [ˋbæskɪt] .... 英初 四級

名 籃子、籃網、得分

• We were very impressed with the **basket**
weaving skills of the natives during our visit
to Indonesia.
我們在印尼時，對當地人的籃子編織技術感到
印象深刻。

同 score 得分

bas•ket•ball
[ˋbæskɪtˌbɔl] .... 英初 四級

名 籃球

• Alex is the star **basketball** player of the
school team.
艾力克斯是學校籃球隊的明星球員。

bat [bæt] .... 英初 四級

名 蝙蝠、球棒

• The dark cave by the sea is full of **bats**.
海邊黑暗的洞穴裡住滿了蝙蝠。

🔊 Track 017

bath [bæθ] .... 英初 四級

名 洗澡
動 給⋯洗澡

• Athletes are encouraged to take **baths** to relax their muscles after tough competitions.
在激烈的比賽過後，建議運動員洗個澡放鬆一下肌肉。

同 shower 淋浴

bathe [beð] .... 英初 四級

動 沐浴、用水洗

• The mother **bathed** the infant carefully.
那個媽媽小心地為嬰兒洗澡。

bath·room [`bæθ͵rum] .... 英初 四級

名 浴室

• Some people spend a lot of time in the **bathroom** to wash and dress.
一些人花了很多時間在浴室做梳洗。

be [bi] .... 英初 四級

動 是

• Mrs. Jones will **be** promoted to the position of general manager next year.
瓊斯先生明年將被升至總經理的職位。

同 is / am / are / was / were 是
反 negate 否定

beach [bitʃ] .... 英初 四級

名 海灘
動 拖船上岸

• If it rains tomorrow, we won't be able to go to the **beach**.
如果明天下雨，我們就不能去海邊了。

同 strand 海濱

🔊 Track 018

bear [bɛr] .... 英初 四級

名 熊
動 忍受、負荷、結果實、生子女

• I cannot **bear** this cold weather any longer; I'm going to take a vacation to Hawaii.
我再也無法忍受這種寒冷的天氣，我要到夏威夷度假。

同 withstand 經得起

beat [bit] .... 英初 四級

名 打、敲打聲、拍子
動 打敗、連續打擊、跳動

• We chased after the man who was **beating** the dog, and gave him a **beating**.
我們追著那個打狗的男人，然後毒打他一頓。

同 hit 打 / defeat 擊敗

beau·ti·ful [`bjutəfəl] .... 英初 四級

形 美麗的、漂亮的

• The supermodel from Brazil is known as the most **beautiful** woman in the world.
那個巴西的超級名模是公認世界上最美麗的女人。

同 pretty 漂亮的
反 ugly 醜陋的

beau·ty [`bjutɪ] .... 英初 四級

名 美、美人、美的東西

• **Beauty** is not only recognized by appearance, but from within as well.
美麗的定義不是只有外在而已，還有發自內在。

同 beautifulness 美麗
反 ugliness 醜陋

be·cause [bɪ`kɔz] .... 英初 四級

連 因為

• We didn't do our homework **because** we indulged ourselves in playing video games.
我們沈溺於打電動而沒有做功課。

同 for 為了、因為

be•come [bɪˋkʌm] .... 英初 四級

動 變得、變成

• Through his acts of bravery, he has **become** hero of the town.
他英勇的表現使他變成這個鎮上的英雄。

同 get 使得

bed [bɛd] 英初 四級

名 床
動 睡、臥

• After a long day of work, all Mandy wants is to lie down in her comfortable **bed**.
在工作一天之後，曼蒂想要做的只是躺在她舒服的床上。

同 sleep 睡

bee [bi] .... 英初 四級

名 蜜蜂

• The **bee** chased the boy in the yellow T-shirt around the playground.
蜜峰在操場上追著那個穿黃色 T 恤的男孩。

同 honey-bee 蜜蜂

be•fore [bɪˋfor] .... 英初 四級

副 以前
介 早於
連 在…以前

• I need to go to the grocery store **before** going home.
在回家前，我需要到雜貨店一趟。

同 formerly 以前、從前
反 after 在…之後

be•gin [bɪˋgɪn] .... 英初 四級

動 開始、著手

• I need to **begin** the work by this weekend, or I will not be able to finish it on time.
我需要在這個週末開始工作，不然我將無法準時完成。

同 start 開始
反 finish 結束、完成

be•hind [bɪˋhaɪnd] .... 英初 四級

副 在後
介 在…之後

• I tried to catch up after falling **behind** in the race.
我試著在比賽中追上前面的人。

同 after 在…之後
反 ahead 在前

be•lieve [bɪˋliv] .... 英初 四級

動 認為、相信

• Although he claimed he didn't **believe** in ghosts, he was afraid of turning the light off at night.
雖然他聲稱不相信有鬼，他晚上還是很怕熄燈睡覺。

同 trust 信賴
反 suspect 懷疑、猜想

bell [bɛl] .... 英初 四級

名 鐘、鈴

• Customers would ring the service **bell** on the counter if no one's there to help them.
如果沒有人在場服務，顧客會按櫃檯上的服務鈴。

同 ring 鈴聲、鐘聲

be•long [bəˋlɔŋ] .... 英初 四級

動 屬於

• Connor and Ken **belonged** to different communions.
可諾和肯恩分別屬於不同的宗教教派。

同 appertain 屬於

be•low [bəˋlo] .... 英初 四級

介 在…下面、比…低
副 在下方、往下

• The floor **below** our feet shook violently during the earthquake.
在地震時，我們腳底下的地板很劇烈地震動。

同 under 在…下面
反 above 在…上面

🔊 Track 021

be•side [bɪˋsaɪd] 　英初　四級

介 在…旁邊

- Adam couldn't help but look at the beautiful girl who sat **beside** him.
　亞當不由自主地看著坐在他隔壁的漂亮女孩。

同 by 在…旁邊

best [bɛst] 　英初　四級

形 最好的
副 最好地

- This store is popular because it sells the **best** coffee in town.
　這家店很受歡迎，因為它的咖啡是鎮上最好的。

同 bettermost 最好的
反 worst 最壞的

bet•ter [ˋbɛtɚ] 　英初　四級

形 較好的、更好的
副 更好地

- In attempt to do **better** in school, Erica hired a tutor to help her.
　為了能在學校有更好的表現，艾瑞卡請了個家教來幫她。

反 worse 更壞的

be•tween [bəˋtwin] 　英初　四級

副 在中間
介 在…之間

- John was caught **between** a rock and a hard place, not knowing what to do.
　約翰被卡在石縫中動彈不得，不知所措。

同 among 在…之間

bi•cy•cle / bike
[ˋbaɪsɪkl̩] / [baɪk] 　英初　四級

名 自行車

- My neighbor and I both ride **bicycles** to school.
　我和我的鄰居都是騎腳踏車到學校。

同 bike 腳踏車、自行車

🔊 Track 022

big [bɪg] 　英初　四級

形 大的

- They always welcome guests in their **big** house.
　他們總是歡迎客人到他們的大房子。

同 large 大的
反 small 小的

bird [bɝd] 　英初　四級

名 鳥

- Waking up to the sound of chirping **birds** puts her in high spirits for the day.
　在鳥語中醒過來，讓她精神充沛地面對一整天的生活。

同 fowl 鳥禽

birth [bɝθ] 　英初　四級

名 出生、血統

- Ella gave **birth** to her first child at precisely 10:39 a.m..
　艾拉第一個小孩在上午 10:39 出生。

同 lineage 血統
反 death 死亡

bit [bɪt] 　英初　四級

名 一點點

- It was a **bit** difficult to finish the assignment on time, but we still made it to meet the deadline.
　要準時完成功課有點困難，但我們還是在期限內完成。

同 little 一點
反 much 許多

bite [baɪt] 　英初　四級

名 咬、一口　動 咬

- She was **bitten** by a dog before, so now she is terrified of dogs.
　她之前被狗咬過，所以現在她很怕狗。

同 chew 咬

black [blæk] 英初 四級

形 黑色的
名 黑人、黑色
動 使…變黑

• This artist **blacked** the walls in the gallery for showing his new work.
這個藝術家把畫廊的牆都漆成黑色準備展示他的新作品。
反 white 白色

block [blɑk] 英初 四級

名 街區、木塊、石塊
動 阻塞

• The road was **blocked** off due to the accident that had occurred.
這條路因為車禍而被封起來了。
同 clog 阻塞、妨礙
反 advance 前進

blood [blʌd] 英初 四級

名 血液、血統

• The police saw the girl covered in **blood** and rushed her to the hospital.
員警看到那個女孩血流如注，趕快送她到醫院。

blow [blo] 英初 四級

名 吹、打擊
動 吹、風吹

• The birthday boy made a wish and **blew** out all the candles on the cake.
那個生日的男孩許了個願，然後把蠟燭都吹熄了。
同 breeze 吹著微風

blue [blu] 英初 四級

形 藍色的、憂鬱的
名 藍色

• The sky turned clear and **blue** after the terrible storm.
暴風雨過後，天空變得晴朗、蔚藍。
同 somber 憂鬱的
反 happy 高興的

boat [bot] 英初 四級

名 船
動 划船

• They often **boat** with their friends during the summer.
他們在夏天常常和朋友們一起划船。
同 ship 船

bo•dy [ˋbɑdɪ] 英初 四級

名 身體

• **Body** language is a form of non-verbal communication.
肢體語言是一種非言語性的溝通形式。
反 soul 靈魂

bone [bon] 英初 四級

名 骨

• She fractured the **bone** in her arm after falling off her bicycle.
她從腳踏車摔下來，弄斷了她的手臂。
同 skeleton 骨骼
反 muscle 肌肉

book [bʊk] 英初 四級

名 書
動 登記、預訂

• I need to **book** a hotel room and flight tickets by tomorrow.
我明天前需要預訂飯店和機票。
同 reserve 預訂

born [bɔrn] 英初 四級

形 天生的

• He was **born** with a silver spoon in his mouth.
他是個含著金湯匙出生的小孩。
同 natural 天生的
反 postnatal 出生後的

A
B
C
D
E
F
G
H
I
J
K
L
M
N
O
P
Q
R
S
T
U
V
W
X
Y
Z

🔊 Track 025

both [boθ]............ 英初 四級

形 兩、雙
代 兩者、雙方
連 既…又…

• The contract is valid only when it's signed and agreed by **both** parties.
合約需要經由雙方同意並簽訂才生效。

反 neither 兩者都不

bot•tom [ˈbɑtəm]............ 英初 四級

名 底部、臀部
形 底部的

• The **bottom** layer is a mixture of sand and clay.
最底下那層是沙和泥的混合物。

同 base 基礎、底部
反 top 頂部

bowl [bol]............ 英初 四級

名 碗　動 滾動

• We usually **bowl** at the **bowling** alley across the street from our school.
我們通常在學校對街的保齡球館打保齡球。

同 roll 滾動

box [bɑks]............ 英初 四級

名 盒子、箱
動 把…裝入盒中、裝箱

• He **boxed** everything from the dorm and sent it home.
他把宿舍所有東西裝箱寄回家裡。

同 container 容器

boy [bɔɪ]............ 英初 四級

名 男孩

• **Boys** were noisier than girls on the bus.
公車上的男孩子們比女孩子還吵。

反 girl 女孩

🔊 Track 026

brave [brev]............ 英初 四級

形 勇敢的

• He is very **brave**, and would give up his life fighting for his country.
他很勇敢、肯犧牲生命為國奮戰。

同 valiant 勇敢的
反 cowish 膽怯的、膽小的

bread [brɛd]............ 英初 四級

名 麵包

• Sandy always has **bread** and coffee for breakfast.
珊蒂的早餐總是吃麵包配咖啡。

同 bun 小麵包

break [brek]............ 英初 四級

名 休息、中斷、破裂
動 打破、弄破、弄壞、修補

• A plate slipped from his hands and **broke** while he was doing the dishes.
他洗碗時，盤子從他手中滑落而摔破了。

同 rest 休息
反 repair 修補

break•fast [ˈbrɛkfəst]............ 英初 四級

名 早餐

• **Breakfast** is the most important meal of the day, but many people still skip it.
早餐是一天中最重要的一餐，但很多人還是不吃早餐。

反 dinner 晚餐

bridge [brɪdʒ]............ 英初 四級

名 橋

• It took us half an hour to cross the **bridge** because of the terrible traffic.
因為交通阻塞，我們花了半小時才過到橋的另一邊。

A
B
C
D
E
F
G
H
I
J
K
L
M
N
O
P
Q
R
S
T
U
V
W
X
Y
Z

bright [braɪt] 英初 四級

形 明亮的、開朗的

• She was wearing a **bright** green t-shirt, so I could see her coming from far away.
她穿著亮綠色的 T 恤，所以從大老遠的地方我就看到她走過來了。

同 light 明亮的
反 dim 昏暗的

bring [brɪŋ] 英初 四級

動 帶來

• Did you remember to **bring** the laptop with you?
你有記得帶你的筆記型電腦嗎？

同 carry 攜帶
反 take 帶走

broth•er [ˋbrʌðɚ] 英初 四級

名 兄弟

• I grew up with 3 **brothers**, so I'm kind of a tomboy.
我和三個兄弟一起長大，所以我有點男孩子氣。

反 sister 姊妹

brown [braʊn] 英初 四級

形 褐色的、棕色的　　名 褐色、棕色

• My bag is a **brown** one, so this blue one must be yours.
我的包包是棕色的，所以這個藍色的包包一定是你的。

同 tan 棕褐色

bug [bʌg] 英初 四級

名 小蟲、毛病

• My son is fascinated with **bugs**, and he enjoys studying about them.
我兒子對小蟲子為之著迷，很喜歡研究他們。

同 insect 昆蟲

build [bɪld] 英初 四級

動 建立、建築

• I want to **build** my own house from scratch.
我要從頭開始建造屬於我自己的房子。

同 construct 建造
反 destroy 毀滅

build•ing [ˋbɪldɪŋ] 英初 四級

名 建築物

• Taipei 101 is no longer the tallest **building** in the world.
台北 101 不再是世界上最高的建築物。

同 construction 建築物、建造物

bus [bʌs] 英初 四級

名 公車

• Due to the route of the tour, they spent a great deal of time on the tour **bus**.
因為旅遊路線的關係，他們花了很多時間在坐遊覽車。

bus•y [ˋbɪzɪ] 英初 四級

形 忙的、繁忙的

• Jane was so **busy** that she forgot to have her lunch until she realized it was dinner time already.
珍忙到晚餐時間才想起她忘了吃中餐。

反 free 空閒的

but [bʌt] 英初 四級

副 僅僅、只
連 但是
介 除了…以外

• Everybody **but** Sarah was invited to the party. I guess nobody likes her.
除了莎拉以外，每個人都被邀請來參加派對。我想大概沒有人喜歡她吧！

同 however 可是、然而

🔊 Track 029

but•ter [ˋbʌtɚ] .... 英初 四級

名 奶油

• Brett always puts a thick layer of **butter** on his toast.
布萊特總是在他的土司上塗上一層厚厚的奶油。

同 cream 奶油

butterfly [ˋbʌtɚ͵flaɪ] 英初 四級

名 蝴蝶

• The **butterflies** look so beautiful flying around the field.
蝴蝶在原野上飛舞，看起來很漂亮。

buy [baɪ] .... 英初 四級

名 購買、買
動 買

• He **bought** his wife a diamond ring for their 15th anniversary.
他在結婚十五週年紀念日買了一只鑽石戒指送給他老婆。

同 purchase 買
反 sell 賣

by [baɪ] .... 英初 四級

介 被、藉由、在…之前

• This painting **by** Monet is the most expensive thing I own.
這幅莫內的畫作是我所擁有最昂貴的東西。

同 via 經由、經過

Cc➔

cage [kedʒ] .... 英初 四級

名 籠子、獸籠、鳥籠
動 關入籠中

• **Caged** animals often lose their survial instincts.
被關在籠子裡的動物常會失去牠們的生存本能，而無法獨立生存下去。

同 coop 籠子

🔊 Track 030

cake [kek] .... 英初 四級

名 蛋糕

• The girl was delighted to see her favorite **cake** at the birthday party.
那個女孩在她的生日會上看到她最喜歡的蛋糕很開心。

call [kɔl] .... 英初 四級

名 呼叫、打電話
動 呼叫、打電話

• Jennifer wanted you to **call** her back immediately.
珍妮佛要你馬上回電話給她。

同 yell 吼叫 / telephone 打電話

cam•el [ˋkæml̩] .... 英初 四級

名 駱駝

• **Camels** can last for days in the desert without food or water.
駱駝在沙漠中可以好幾天不喝水、不吃東西。

ca•me•ra [ˋkæmərə] .... 英初 四級

名 照相機

• He always has his **camera** with him so that he can take photos of anything interesting anytime.
他總是隨身攜帶照相機，可以隨時捕捉有趣的畫面。

camp [kæmp] .... 英初 四級

名 露營
動 露營、紮營

• Do you know where we are going to **camp** tomorrow?
你知道我們明天要去哪裡露營嗎？

同 bivouac 露營

can [kæn] .... 英初 四級

動 裝罐
助動 能、可以
名 罐頭

- He doesn't like to eat **canned** foods; he prefers making fresh food.

  他不喜歡吃罐頭食品，他寧願隨便煮個東西來吃。

回 tin 罐頭

can•dy / sweet
[ˈkændɪ] / [swit] .... 英初 四級

名 糖果

- The children got sick after eating too much Halloween **candy**.

  那些小朋友在萬聖節吃了太多糖果而生病了。

回 sugar 糖

cap [kæp] .... 英初 四級

名 帽子、蓋子
動 給…戴帽、覆蓋於…的頂端

- The man wearing a baseball **cap** and sunglasses is a famous movie star.

  那個戴著棒球帽和太陽眼鏡的男生是個很有名的電影明星。

回 hat 帽子 / cover 蓋子

car [kɑr] .... 英初 四級

名 汽車

- In some areas, not having a **car** is like not having legs.

  在一些地方，沒有車就等於沒有腳一樣。

回 automobile 汽車

card [kɑrd] .... 英初 四級

名 卡片

- He passed out his business **card** to everyone in the meeting.

  他在會議中把他的名片發給大家。

care [kɛr] .... 英初 四級

名 小心、照料、憂慮
動 關心、照顧、喜愛、介意

- She **cared** for the elderly patient as if she were her mother.

  她細心的照料那個年老的病人，就好像照顧自己母親一樣。

回 concern 使…關心
反 hate 憎恨、不喜歡

care•ful [ˈkɛrfəl] .... 英初 四級

形 小心的、仔細的

- Children must be **careful** of passing cars when crossing the street.

  小孩子在過馬路時要小心來車。

回 cautious 十分小心的
反 negligent 疏忽的、粗心的

car•ry [ˈkærɪ] .... 英初 四級

動 攜帶、搬運、拿

- She always **carries** her purse with her when she goes out.

  她出門總是隨身帶著她的皮包。

回 take 拿、取
反 discard 丟棄

case [kes] .... 英初 四級

名 情形、情況、箱、案例

- Can you put the soda cans in the **case**?

  你可以把汽水罐子放進箱子裡嗎？

回 condition 情況

cat [kæt] .... 英初 四級

名 貓、貓科動物

- The **cat** suddenly woke up and chased the mouse.

  那隻貓突然醒來，追著老鼠跑。

回 kitten 小貓 / felid 貓科動物

A
B
C
D
E
F
G
H
I
J
K
L
M
N
O
P
Q
R
S
T
U
V
W
X
Y
Z

🔊 Track 033

catch [kætʃ] .... 英初 四級

名 捕捉、捕獲物
動 抓住、趕上

• The pitcher **caught** the ball and threw it to first base, making it a double play.
那個投手接到球後快傳一壘，形成雙殺。

同 capture 捕獲

cause [kɔz] .... 英初 四級

名 原因
動 引起

• The police are investigating the **cause** of the victim's death.
警方正在調查受害者的死因。

同 make 引起、產生
反 result 結果

cent [sɛnt] .... 英初 四級

名 分（貨幣單位）

• The homeless man couldn't afford the hamburger of 1 **cent**.
那個無家可歸的男人連一分錢的漢堡都買不起。

cen•ter [ˋsɛntɚ] .... 英初 四級

名 中心、中央

• The best entertainment can be found in the bustling city **center**.
在人潮擁擠的市中心可以找到最好的娛樂場所。

同 core 核心
反 edge 邊緣

cer•tain [ˋsɝtən] .... 英初 四級

形 一定的
代 某幾個、某些

• I am absolutely **certain** that I saw her put the item into her purse.
我百分之百確定看到她把東西放到她皮包裡。

同 definite 明確的、一定的
反 doubtful 不明確的

🔊 Track 034

chair [tʃɛr] .... 英初 四級

名 椅子、主席席位

• There are not enough **chairs**; we may need to borrow some from the class next door.
椅子數量不夠，我們可能還要跟隔壁班借幾張。

同 seat 座位

chance [tʃæns] .... 英初 四級

名 機會、意外

• Grab seized this lucky **chance** and didn't waste it.
葛瑞伯把握這個幸運的機會，不讓它溜走。

同 opportunity 機會

chart [tʃɑrt] .... 英初 四級

名 圖表
動 製成圖表

• The doctor checked the girl's **charts** and then left the room.
那個醫生確認了一下那女孩子的圖表資料便離開病房了。

同 diagram 圖表

chase [tʃes] .... 英初 四級

名 追求、追逐
動 追捕、追逐

• The gangs **chasing** each other in the streets frightened the holiday shoppers.
一群青少年在大街上相互追逐，把假日購物的人群嚇壞了。

同 follow 追逐

check [tʃɛk] .... 英初 四級

名 檢查、支票
動 檢查、核對

• I need to **check** your dirver's license.
我需要檢查你的駕照。

同 examine 檢查

chick [tʃɪk]............................ 英初 四級

名 小雞

- The bright yellow **chicks** were so cute and soft.
  那些金黃色的小雞又可愛又柔軟。

同 chicken 小雞、雞肉

---

chick•en [ˋtʃɪkɪn]..................... 英初 四級

名 雞、雞肉

- **Chicken** is one of the most widely consumed meats.
  肉食消費中，雞肉是最大宗之一。

---

chief [tʃif]............................... 英初 四級

形 主要的、首席的
名 首領

- The **chief** point of the meeting was to discuss the losses of this quarter.
  這會議主要的重點是討論這一季的虧損。

同 leader 首領
反 minor 次要的

---

child [tʃaɪld]........................... 英初 四級

名 小孩

- The lonely **child** cried for his mother.
  那個落單的孩子哭著找媽媽。

同 kid 小孩
反 adult 大人

Christ•mas / Xmas
[ˋkrɪsməs].............................. 英初 四級

名 聖誕節

- Almost everything is closed on **Christmas** day to allow people to enjoy the festival.
  幾乎各行各業都在聖誕節開始休息，讓每個人好好的享受聖誕節。

---

church [tʃɝtʃ]......................... 英初 四級

名 教堂

- My family and I attend **church** services every Sunday.
  我和家人每個星期天都會到教堂參加禮拜。

同 cathedral 大教堂

---

ci•ty [ˋsɪtɪ]............................. 英初 四級

名 城市

- Living in the **city** is very convenient.
  住在城市裡十分便利。

反 countryside 鄉村

---

class [klæs]............................ 英初 四級

名 班級、階級、種類

- Teachers need to teach many **classes** a day.
  老師們一天必須上好幾堂課。

同 grade 階級

---

clean [klin]............................. 英初 四級

形 乾淨的
動 打掃

- We need to **clean** the house before my parents come to visit.
  在我父母來訪前，我們要把房子打掃乾淨。

同 tidy 整潔的
反 dirty 髒的

---

clear [klɪr]............................. 英初 四級

形 清楚的、明確的、澄清的
動 澄清、清除障礙、放晴

- They **cleared** the field to start building the new school.
  他們把田地整理一番，準備蓋新學校。

同 distinct 明顯的、清楚的
反 ambiguous 含糊不清的

A
B
C
D
E
F
G
H
I
J
K
L
M
N
O
P
Q
R
S
T
U
V
W
X
Y
Z

🔊 Track 037

climb [klaɪm] 英初 四級

動 攀登、上升、爬

- The cat **climbed** up the wall with ease.
  那隻貓不費吹灰之力就爬到牆上了。
- 同 scale 攀登
- 反 decline 下降

clock [klɑk] 英初 四級

名 時鐘、計時器

- The time on the **clock** is wrong; we probably need to replace the batteries.
  這時鐘上的時間是錯的，我們大概要換一下電池。
- 同 timepiece 鐘

close
[klos] / [kloz] 英初 四級

形 靠近的、親近的
動 關、結束、靠近

- Remember to **close** the windows in your bedroom before you go to sleep.
  睡覺之前記得把窗戶關好。
- 同 shut 關閉
- 反 open 打開

cloud [klaʊd] 英初 四級

名 雲
動 以雲遮蔽

- I love watching the **cloud** changing in the sky.
  我喜歡看雲彩在天空中變化。

coast [kost] 英初 四級

名 海岸、沿岸

- We love driving along the **coast** to admire the spectacular views.
  我們喜歡沿著海岸開車，欣賞宜人的風景。
- 同 seacoast 海濱、海岸

🔊 Track 038

coat [kot] 英初 四級

名 外套

- I forgot to put on my **coat** before I left the house, and now I'm freezing.
  我出門時忘了穿外套，現在覺得好冷。
- 同 jacket 外套

co•coa [ˈkoko] 英初 四級

名 可可粉、可可飲料、可可色

- I love having a cup of hot **cocoa** on a cold winter night.
  我喜歡在寒冷的冬天夜晚來杯熱可可。

cof•fee [ˈkɔfɪ] 英初 四級

名 咖啡

- Many people have the habit of having a cup of **coffee** in the morning.
  很多人都有在早上喝咖啡的習慣。

co•la / Coke
[ˈkolə] / [kok] 英初 四級

名 可樂

- Some **cola** would be a perfect match for a slice of pizza.
  吃披薩配可樂是絕配。
- 同 Coca Cola 可口可樂

cold [kold] 英初 四級

形 冷的
名 感冒

- I caught a **cold** so I have to stay home and rest.
  我感冒了，必須在家休息。
- 同 chill 寒冷的
- 反 warm 暖的

co•lor [ˈkʌlɚ] .... 英初 四級

名 顏色
動 把…塗上顏色

• The bright **colors** of the toys attracted the child's attention.
那五顏六色的玩具吸引了孩子的目光。

同 coloration 染色、著色

come [kʌm] .... 英初 四級

動 來

• I hope all of my family and friends can **come** to my performance this weekend.
我希望這週末我的親朋好友都能來看我的表演。

反 go 去

com•mon [ˈkɑmən] .... 英初 四級

形 共同的、平常的、普通的
名 平民、普通

• My friends and I get along so well because we all have **common** interests.
我和我的朋友相處地很好，因為我們有共同的興趣。

同 ordinary 普通的
反 special 特別的

con•tin•ue [kənˈtɪnjʊ] .... 英初 四級

動 繼續、連續

• She **continued** her work immediately after having lunch.
她在午餐後馬上繼續她的工作。

同 persist 持續
反 interrupt 中斷

cook [kʊk] .... 英初 四級

動 烹調、煮、燒
名 廚師

• The **cook** chopped up the vegetables in a swift and professional manner.
那個廚師用快又專業的刀法切蔬菜。

同 chef 廚師

cook•ie / cook•y [ˈkʊkɪ] .... 英初 四級

名 餅乾

• The homemade **cookies** were so delicious that I finished the whole plate.
那手工餅乾太好吃了，我吃掉一整盤。

同 biscuit 餅乾

cool [kul] .... 英初 四級

形 涼的、涼快的、酷的
動 使…變涼

• The weather is getting **cool**. It seems that winter is approaching.
天氣轉涼了，看起來冬天快到了。

同 cold 冷的
反 hot 熱的

corn [kɔrn] .... 英初 四級

名 玉米

• The **corn** we had at dinner was very sweet and juicy.
我們晚餐吃的玉米又甜又多汁。

同 maize 玉米

cor•rect [kəˈrɛkt] .... 英初 四級

形 正確的
動 改正、糾正

• I don't think there is anything wrong; the teacher said everything was **correct**.
我不認為哪裡有錯；老師說一切似乎都沒問題。

同 right 正確的
反 wrong 錯誤的

cost [kɔst] .... 英初 四級

名 代價、價值、費用
動 花費、值

• Manhattan is one of the cities that have the highest **cost** of living in the U.S.
曼哈頓是全美國生活費最高的城市之一。

同 expense 花費、代價
反 income 收入、收益

A
B
C
D
E
F
G
H
I
J
K
L
M
N
O
P
Q
R
S
T
U
V
W
X
Y
Z

Track 041　　　　　　　　　　　　Track 042

count [kaʊnt] .... 英初 四級

名 計數　動 計數

• The professor has lost **count** of how many students she has taught over the years.
那個教授忘了她過去幾年教過多少學生了。

同 calculate 計算

coun•try [ˈkʌntrɪ] .... 英初 四級

形 國家的、鄉村的
名 國家、鄉村

• I have traveled to many **countries** but there are still more to explore.
我去過很多國家旅行，但還有很多地方可以去發掘探險。

同 nation 國家
反 urban 城市的

course [kors] .... 英初 四級

名 課程、講座、過程、路線

• He took many training **courses** during his first year at the company.
他在公司的第一年接受了很多訓練課程。

同 process 過程

cov•er [ˈkʌvɚ] .... 英初 四級

名 封面、表面
動 覆蓋、掩飾、包含

• She always puts a **cover** on her car when she parks it outside.
當她把車停在外面時，她總是用車布把車蓋住。

同 conceal 隱藏、掩蓋
反 uncover 揭露、發現

cow [kaʊ] .... 英初 四級

名 母牛、乳牛

• The **cows** were grazing in the pasture alongside the road.
牛群被放在路邊的牧場裡吃草。

同 milker 乳牛
反 bull 公牛

cow•boy [ˈkaʊˌbɔɪ] .... 英初 四級

名 牛仔

• He dressed up as a **cowboy** for Halloween last year.
他去年萬聖節扮成西部牛仔。

同 cowpoke 牛仔

crow [kro] .... 英初 四級

名 啼叫、烏鴉
動 啼叫、報曉

• The **crows** swirling around the tree were very annoying.
烏鴉在樹梢上盤旋，非常的吵。

同 raven 烏鴉

cry [kraɪ] .... 英初 四級

名 叫聲、哭聲、大叫
動 哭、叫、喊

• I always hear the **cries** of the baby come from the next door at night.
我晚上總是聽到隔壁傳來嬰兒的哭聲。

同 wail 慟哭
反 laugh 笑

cub [kʌb] .... 英初 四級

名 幼獸、年輕人

• The **cubs** played happily in the water under the hot sun.
那群小熊快樂地在太陽下玩水。

同 youngster 年輕人
反 elder 長者

cup [kʌp] .... 英初 四級

名 杯子

• My neighbor has a large collection of **cups**.
我的鄰居收藏一大堆杯子。

同 glass 玻璃杯

cut [kʌt].....................................英初 四級

動 切、割、剪、砍、削、刪
名 切口、傷口

• The children are learning to **cut** shapes out of paper in school.
孩子們在學校學習把紙剪成形狀。

同 split 切開

---

cute [kjut].....................................英初 四級

形 可愛的、聰明伶俐的

• Everybody thinks my dog is very **cute** and loves to play with it.
每個人都說我的狗好可愛，都好喜歡跟牠玩。

同 cute 可愛的
反 hateful 可恨的

Dd ⬇

dad•dy / dad / pa•pa / pa / pop
[ˋdædɪ] / [dæd] / [ˋpɑpə] / [pɑ] / [pɑp]
.....................................英初 四級

名 爸爸

• He is so happy that he is finally going to be a **daddy**.
他很開心他終於要當父親了。

反 mommy 媽咪

---

dance [dæns] ....英初 四級

名 舞蹈　動 跳舞

• They **danced** the night away.
他們跳舞跳了一整夜。

同 nautch 舞蹈

---

danc•er [ˋdænsə]......................英初 六級

名 舞者

• The **dancer** looked so graceful and elegant on the stage.
那個舞者在舞臺上看起來高貴優雅。

---

dan•ger [ˋdendʒə].....................英初 四級

名 危險

• Reckless driving puts not only the driver but also the passengers in danger.
開車不專心不僅駕駛員自己危險，路人也很危險。

同 hazard 危險
反 safety 安全

---

dark [dɑrk].....................................英初 四級

名 黑暗、暗處
形 黑暗的

• The **dark** chamber was up to no good.
那個黑暗的房間看起來就不是個好地方。

同 black 黑暗的
反 light 明亮的

---

date [det].....................................英初 四級

名 日期、約會
動 約會、定日期

• I need to return the books to the library by the due **date**.
我需要在期限內把書還給圖書館。

同 appointment 約會

---

daugh•ter [ˋdɔtə].....................英初 四級

名 女兒

• She was his only **daughter**, so he treated her like a precious jewel.
她是他唯一的女兒，所以他視她為掌上明珠。

反 son 兒子

---

day [de].....................................英初 四級

名 白天、日

• It's been **days** since we last talked to each other.
距上次我們談話，已經過好幾天了。

同 daytime 白天、日間
反 night 晚上

🔊 Track 045

dead [dɛd] 英初 四級

形 死的　名 死者

- We usually respect the **dead** by offering food and burning incense.
  我們通常點香拜拜以表示對往生者的尊重。

同 defunct 死的
反 live 活的

deal [dil] 英初 四級

動 處理、應付、做買賣、經營
名 買賣、交易

- We are all waiting to see what he will do to **deal** with this problem.
  我們所有人都在等著看他會如何處理這個問題。

同 trade 交易

dear [dɪr] 英初 四級

形 昂貴的、親愛的　副 昂貴地
感 呵！唉呀！（表示傷心、焦慮、驚奇等）

- I love my **dear** mother and would do anything for her.
  我愛我親愛的母親，願意為她付出一切。

同 expensive 昂貴的
反 cheap 便宜的

death [dɛθ] 英初 四級

名 死、死亡

- The serial killer was sentenced to **death** for the murders he committed.
  那個連續殺人犯因殺人被宣判死刑。

同 decease 死、死亡
反 life 生命、活的東西

De•cem•ber / Dec.
[dɪˋsɛmbɚ] 英初 四級

名 十二月

- Christmas is coming on **December**.
  聖誕節在十二月就要來臨了。

🔊 Track 046

de•cide [dɪˋsaɪd] 英初 四級

動 決定

- I have **decided** to quit my job and go back to school.
  我決定辭去工作，回到學校念書。

同 determine 決定

deep [dip] 英初 四級

形 深的
副 深深地

- The water was only about knee **deep**, so we waded to opposite shore.
  水只有膝蓋那麼深，所以我們涉水走到河的對岸。

同 profound 深遠的
反 shallow 淺的

deer [dɪr] 英初 四級

名 鹿

- The **deer** had a startled look on its face in the headlights of the car.
  那隻鹿被車頭燈的照射嚇到了。

desk [dɛsk] 英初 四級

名 書桌

- Push your **desks** together and work with your partner.
  把你們桌子併在一起，和你的夥伴一起作業。

同 table 桌子

die [daɪ] 英初 四級

動 死

- My grandfather **died** peacefully in his sleep.
  我的祖父在睡夢中安祥的走了。

同 perish 死去
反 live 活、生存

dif•fer•ent [`dɪfərənt`] 英初 四級

形 不同的

• The identical twins still look a little **different**.
那對雙胞胎還是有點差異。

同 various 不同的、各種各樣的
反 identical 同一的

difficult [`dɪfəˌkʌlt`] 英初 四級

形 困難的

• The project is very **difficult**, and I'm not sure I can hand it in on time.
這個計劃很困難，我不確定我是否能如期完成。

同 hard 艱難的
反 easy 簡單的

dig [dɪg] 英初 四級

動 挖、挖掘

• The dog likes to **dig** holes and bury things in the back yard.
這隻狗喜歡在後院挖洞埋東西。

反 bury 埋

din•ner [`dɪnɚ`] 英初 四級

名 晚餐、晚宴

• We usually try to have a family **dinner** every night despite our busy schedules.
儘管生活忙碌，我們還是會盡量一家人一起吃晚餐。

同 supper 晚餐
反 breakfast 早餐

dir•ect [dəˈrɛkt] 英初 四級

形 筆直的、直接的　動 指示、命令

• He speaks in a very **direct** manner, so he often offends people.
他說話太直接常冒犯到別人。

同 order 命令、指示
反 curved 彎曲的

dirt•y [`dɜtɪ`] 英初 四級

形 髒的　動 弄髒

• The children **dirtied** their clothes while playing in the mud.
孩子們玩泥土把衣服弄髒了。

同 stain 變髒
反 clean 清潔的

dis•cov•er [dɪsˈkʌvɚ] 英初 四級

動 發現

• Scientists have **discovered** one cure for several different cancers.
科學家發現了一種治療可以對付多種癌症。

同 find 發現

dish [dɪʃ] 英初 四級

名 盛食物的盤、碟

• It took her almost 2 hours to finish washing so many **dishes**.
她花了將近兩小時才洗完這麼多的碗盤。

同 plate 盤、碟

do [du] 英初 四級

助 無詞意
動 做

• I don't have much to **do** today; maybe we can go out for some coffee.
我今天沒什麼事情做，不如我們出去喝咖啡吧！

同 perform 做

doc•tor / doc [`dɑktɚ`] 英初 四級

名 醫生、博士

• The **doctor** worked a 14 hour shift and didn't have the strength to drive home.
那醫生連續工作了十四個小時，連開車回家的力氣都沒有了。

同 physician 醫師

A B C **D** E F G H I J K L M N O P Q R S T U V W X Y Z

Level 1

國中小必考單字│基礎篇

dog [dɔg] 英初 四級

動 尾隨、跟蹤
名 狗

• The paparazzi **dogged** the young celebrity all day.
狗仔隊跟蹤那個年輕的名人一整天。

同 tail 尾隨

doll [dɑl] 英初 四級

名 玩具娃娃

• The little girl carried her **doll** around with her wherever she went.
這小女孩到哪都背著她的洋娃娃。

同 toy 玩具

dol•lar / buck
[`dɑlɚ] / [bʌk] 英初 四級

名 美元、錢

• The value of the U.S. **dollar** has been dropping recently.
最近美元一直貶值。

同 money 錢

door [dor] 英初 四級

名 門

• He slammed the **door** in anger as he walked out of the room after the argument.
他在爭吵後走出那個房間，很生氣地把門甩上。

同 gate 大門

dove [dʌv] 英初 四級

名 鴿子

• **Doves** have long been a symbol of peace.
鴿子一直是和平的象徵。

同 pigeon 鴿子

down [daʊn] 英初 四級

形 向下的
副 向下
介 沿著…而下

• He bent **down** to see if his eraser fell under the sofa.
他彎下來看看他的橡皮擦是否掉到了沙發下面。

同 downward 向下的
反 up 在上面

down•stairs
[`daʊn`stɛrz] 英初 四級

形 樓下的
副 在樓下
名 樓下

• I finished painting the **downstairs**; now it's time to do the upstairs.
樓下的油漆我刷好了，現在換樓上的了。

反 upstairs 在樓上

doz•en [`dʌzn̩] 英初 四級

名 一打、十二個

• My mom bought a **dozen** doughnuts for our breakfast.
我媽媽買了一打甜甜圈當我們的早餐。

draw [drɔ] 英初 四級

動 拉、拖、提取、畫、繪製

• The talented artist **drew** a picture of the landscape in only half an hour.
那個天賦異秉的藝術家只花了半小時就畫完了這幅風景圖。

同 drag 拉、拖

dream [drim] 英初 四級

名 夢
動 做夢

• She **dreamt** of becoming a movie star.
她夢想成為電影明星。

同 delusion 幻想
反 reality 現實

Track 051

drink [drɪŋk] 英初 四級

名 飲料
動 喝、喝酒

• We **drank** two bottles of wine and got completely drunk.
我們喝了兩瓶酒之後就不醒人事了。

同 beverage 飲料

drive [draɪv] 英初 四級

名 駕車、車道
動 開車、驅使、操縱（機器等）

• We have been **driving** for about 3 hours.
我們已經開車開了將近三個小時了。

同 move 推動、促使

driv•er [ˋdraɪvɚ] 英初 四級

名 駕駛員、司機

• The truck **driver** stopped at the rest area after a long drive.
那個卡車司機在長途開車後停在休息區休息。

同 motorman 駕駛員

dry [draɪ] 英初 四級

形 乾的、枯燥無味的
動 把…弄乾、乾掉

• Your lips are very **dry**. Would you like to use some of my lip balm?
你的嘴唇太乾了，你要擦點我的護唇膏嗎？

同 thirsty 乾的、口渴的
反 wet 濕的

duck [dʌk] 英初 四級

名 鴨子

• We fed bread to the **ducks** in the pond.
我們在池塘用麵包餵鴨子。

Track 052

duck•ling [ˋdʌklɪŋ] 英初 四級

名 小鴨子

• The **ducklings** followed their mother in the river.
小鴨子在河裡游在牠們媽媽的後面。

dur•ing [ˋdjʊrɪŋ] 英初 四級

介 在…期間

• I fell asleep **during** class, so I'm not sure about when I should hand in the homework.
我在課堂上睡著了，所以我不確定什麼時候要交作業。

Ee

each [itʃ] 英初 四級

形 各、每
代 每個、各自
副 各、每個

• We helped **each** other out, and the presentation turned out to be a huge success.
我們互相幫忙，報告非常的成功。

同 every 每、每個

ea•gle [ˋigl̩] 英初 四級

名 鷹

• The **eagle** is often used as a metaphor for strength.
老鷹通常被用來象徵力量。

同 hawk 鷹

ear [ɪr] 英初 四級

名 耳朵

• The man's **ears** were too big for his small head.
那個男生的大耳朵讓他的臉顯得很小。

🔊 Track 053

ear•ly [ˋɝlɪ] .... 英初 四級

形 早的、早期的、及早的
副 早、在初期

• The air smelled crisp and clear in the **early** morning.
早晨的空氣很清新。

同 primitive 原始的、早期的
反 late 晚的

earth [ɝθ] .... 英初 四級

名 地球、陸地、地面

• With massive pollution, the environment of **earth** is being slowly destroyed.
因為嚴重的汙染,地球的環境已漸漸地被破壞了。

同 globe 地球

ease [iz] .... 英初 四級

動 緩和、減輕、使…舒適
名 容易、舒適、悠閒

• She played the difficult piece on the piano with **ease**.
她悠閒地彈著這個很困難的鋼琴樂章。

同 relieve 緩和、減輕
反 intensify 加劇

east [ist] .... 英初 四級

形 東方的
副 向東方
名 東、東方

• The people in the **east** are more accustomed to cold weather than the people in the west.
住在東邊的人比西邊的人更能適應寒冷。

同 oriental 東方的
反 west 西方、西方的

eas•y [ˋizɪ] .... 英初 四級

形 容易的、不費力的

• I thought it was very **easy** to fix the kitchen sink, but the kitchen ended up being flooded.
我以為修理廚房的洗碗糟應該很容易,最後廚房居然淹水了。

同 effortless 不出力的、容易的
反 difficult 困難的

🔊 Track 054

eat [it] .... 英初 四級

動 吃

• They were **eating** all day and felt so full that they couldn't stand up.
他們整天都在吃,飽到肚子太撐而站不起來。

同 dine 用餐

edge [ɛdʒ] .... 英初 四級

名 邊、邊緣

• She slipped over the **edge** of the pool and fell in.
她在池邊滑倒,跌進了池子裡。

同 border 邊緣

egg [ɛg] .... 英初 四級

名 蛋

• My mother will make scrambled **eggs** for breakfast if she has time.
我媽媽如果有時間會煮炒蛋當早餐。

eight [et] .... 英初 四級

名 八

• She had **eight** children; that is why her family is so big.
她有八個小孩,這是為什麼她有個大家庭。

eigh•teen [ˋeˋtin] .... 英初 四級

名 十八

• Only **eighteen** people are coming, but we need a total of twenty.
只有十八個人會來,但我們需要二十個人。

eight•y [ˈeti] .... 英初 四級

名 八十

• My grandfather is turning **eighty**, so we will have a big birthday party for him.
我的祖父快滿八十歲了，所以我們要為他辦個慶生會。

ei•ther [ˈiðɚ] .... 英初 四級

形 兩者之中任一的
代 兩者之中任一
副 也不

• You can **either** clean your room or do the dishes; those are the only options.
你可以打掃你的房間或洗碗，就這兩個選擇。

反 too 也

e•le•phant [ˈɛləfənt] .... 英初 四級

名 大象

• The **elephant** is the largest animal on land.
大象是陸地上最大的動物。

e•le•ven [ɪˈlɛvn̩] .... 英初 四級

名 十一

• I often go to 7-**Eleven** to pay my bills. It is very convenient.
我常常到 7-11 去付帳單。那很方便。

else [ɛls] .... 英初 四級

副 其他、另外

• Is there anything **else** you would like to order?
你要加點其他的嗎？

同 additionally 另外

end [ɛnd] .... 英初 四級

名 結束、終點 動 結束、終止

• The **end** is near, so I can finally take some time off for a vacation.
事情快做完了，我終於有時間去度假。

同 finish 結束
反 begin 開始

Eng•lish [ˈɪŋglɪʃ] .... 英初 四級

形 英國的、英國人的
名 英語

• I have been studying **English** for twenty years, but I still need to practice more.
我學英文已經二十年了，但我仍需要更多的練習。

同 British 英國的、不列顛的

e•nough [əˈnʌf] .... 英初 四級

形 充足的、足夠的
名 足夠
副 夠、充足

• He doesn't think he knows **enough** information about the topic to make a speech about it.
他不認為他已經掌握了充份的資訊去發表關於這個主題的演說。

同 sufficient 足夠的
反 scarce 缺乏的

en•ter [ˈɛntɚ] .... 英初 四級

動 加入、參加

• We must turn on the headlights as soon as we **enter** the tunnel.
我們一進入隧道內就必須打開車頭燈。

同 join 參加、加入
反 exit 退出

A
B
C
D
E
F
G
H
I
J
K
L
M
N
O
P
Q
R
S
T
U
V
W
X
Y
Z

e•qual [ˋikwəl] 英初 四級

名 對手
形 相等的、平等的
動 等於、比得上

• Playing all night and not studying **equals** to a bad score on the exam the next day.
通宵玩樂不念書就等於讓隔天的考試成績很難看。

同 parallel 相同的
反 unequal 不相等的

🔊 Track 057

e•ven [ˋivən] 英初 四級

形 平坦的、偶數的、相等的
副 甚至

• **Even** though he dropped out of high school, Bill Gates still achieved great success.
比爾蓋茲雖然在高中就輟學，但往後依然功成名就。

同 smooth 平坦的
反 bumpy 崎嶇不平的

eve•ning [ˋivnɪŋ] 英初 四級

名 傍晚、晚上

• It was a cool **evening**, so we took a stroll after dinner.
晚上很涼爽，所以我們晚餐後去散步。

同 night 夜晚
反 day 白天

ev•er [ˋɛvɚ] 英初 四級

副 曾經、永遠

• Have you **ever** been to New York?
你有去過紐約嗎？

反 never 不曾

ev•er•y [ˋɛvrɪ] 英初 四級

形 每、每個

• **Every** person at the event donated something to the charity.
活動上的每個人都捐款給慈善單位。

同 each 每、每個
反 none 一個也沒

ex•am•i•na•tion / ex•am
[ɪɡ͵zæməˋneʃən] / [ɪɡˋzæm] 英初 四級

名 考試

• The duration of the **examination** will take a total of two days.
這個考試將會持續兩天。

同 test 測試

🔊 Track 058

ex•am•ine [ɪɡˋzæmɪn] 英初 四級

動 檢查、考試

• She carefully **examined** the new phone to make sure there weren't any deficiencies.
她仔細檢查新的電話有沒有任何瑕疵。

同 inspect 檢查

ex•am•ple [ɪɡˋzæmpl̩] 英初 四級

名 榜樣、例子

• Parents and teachers always try to set good **examples** for children.
家長和老師總是試著要為孩子樹立好的典範。

同 instance 例子

ex•cept / ex•cept•ing
[ɪkˋsɛpt] / [ɪkˋsɛptɪŋ] 英初 四級

介 除了…之外（受詞不包含在內）

• I want all of them **except** for the black one.
除了黑色的以外，我全都要了。

同 besides 除…之外（受詞有包含在內）

eye [aɪ] 英初 四級

名 眼睛

• The baseball hit his right **eye** causing a circular bruise.
棒球打到他的右眼，造成了一個圓的瘀青。

face [fes] 英初 四級

名 臉、面部
動 面對

- The man could not **face** his wife after news of his affair broke out.
  那個男人在婚外情被揭穿後，無法面對他的老婆。

同 look 外表

🔊 Track 059

fact [fækt] 英初 四級

名 事實

- The **facts** of the case were presented to the students.
  這個案件的事實被呈現在學生面前。

同 reality 事實
反 fiction 虛構

fac•to•ry [ˈfæktərɪ] 英初 四級

名 工廠

- The **factory** runs on a 24-hour shift due to the high demands of the products.
  因為對產品的高需求量，這家工廠一天二十四小時都在運作。

同 plant 工廠

fall [fɔl] 英初 四級

名 秋天、落下
動 倒下、落下

- When the leaves of the trees start changing color, we know that **fall** is upon us.
  當樹上的葉子變了顏色，我們就知道秋天的腳步近了。

同 drop 落下、降下
反 ascend 上升、攀登

false [fɔls] 英初 四級

形 錯誤的、假的、虛偽的

- John's **false** accusations infuriated Tom, and they are no longer friends.
  約翰對湯姆的錯誤指控讓湯姆勃然大怒，因而友情告吹了。

同 wrong 錯誤的
反 correct 正確的

fa•mi•ly [ˈfæməlɪ] 英初 四級

名 家庭

- Many people use the weekends to spend time with their **families**.
  很多人利用週末和家人相處。

同 relative 親戚、親屬

🔊 Track 060

fan [fæn] 英初 四級

名 風扇、狂熱者
動 搧風、煽動

- They turned on the **fan** at full blast to fight the heat.
  他們把風扇開到最強來消除熱氣。

同 zealot 狂熱者

fa•nat•ic [fəˈnætɪk] 英初 四級

名 狂熱者　形 狂熱的

- He is **fanatic** about comic books and is planning to attend the comic exposition this year.
  他是超級漫畫迷，今年還打算去參加漫畫博覽會。

同 crazy 瘋狂的
反 impassive 冷漠的、平靜的

far [fɑr] 英初 四級

形 遙遠的、遠方的
副 遠方、朝遠處

- He lives **far** from his company, so he always leaves the house early in the morning.
  他家離公司很遠，所以他早上總是很早就出門上班。

同 distant 遠的
反 near 近的

A B C D E **F** G H I J K L M N O P Q R S T U V W X Y Z

farm [fɑrm] 英初 四級

名 農場、農田

- More and more city dwellers spend their holidays on **farms**.
  愈來愈多的城市人假日都到農場度假。
- 同 ranch 大農場

farm•er [ˈfɑrmɚ] 英初 四級

名 農夫

- Modern **farmers** use machines to harvest their crops instead of using manual labor.
  現代化的農民用機械取代人力來收割。
- 同 peasant 農民

🔘 Track 061

fast [fæst] 英初 四級

形 快速的
副 很快地

- The car drove by so **fast** that I could hardly distinguish the model.
  那輛車開太快了，我無法辨認它的型號。
- 同 swift 快速的
- 反 slow 緩慢的

fat [fæt] 英初 四級

形 肥胖的
名 脂肪

- Many animals store **fat** in their bodies to keep warm during the winter months.
  很多動物把脂肪儲存在身體，好在冬天時能保持體溫。
- 反 thin 瘦的

fa•ther [ˈfɑðɚ] 英初 四級

名 父親

- I take after my **father** in being very athletic.
  我的體格像父親，十分健壯。
- 同 dad 爸爸
- 反 mother 母親

fear [fɪr] 英初 四級

名 恐怖、害怕
動 害怕、恐懼

- She woke up and screamed out in **fear** from the nightmare she was having.
  她從噩夢中尖叫醒來。
- 同 fright 恐怖

Feb•ru•ar•y / Feb. [ˈfɛbruˌɛrɪ] 英初 四級

名 二月

- Valentine's Day is always on the 14th of **February**.
  情人節是在每年的二月十四日。

🔘 Track 062

feed [fid] 英初 四級

動 餵

- I've already **fed** the dog, so you don't need to do it when you get home.
  我已經餵狗了，所以你回家後不用再餵。
- 同 nourish 滋養

feel [fil] 英初 四級

動 感覺、覺得

- He **felt** lonely after his wife passed away.
  在他妻子過世後，他感到很寂寞。
- 同 experience 經歷、感受

feel•ing [ˈfilɪŋ] 英初 四級

名 感覺、感受

- I got a **feeling** of sadness when I heard this bad news.
  當我聽到這個壞消息時，我有悲傷的感覺。
- 同 sensation 感受

feel•ings [ˈfilɪŋz] 英初 四級

名 感情、敏感

- She felt strong **feelings** for him, but was afraid to admit it.
  她對他有很強烈的好感，但卻不敢承認。
- 同 emotion 感情

few [fju] .... 英初 四級

形 少的
名 （前面與a連用）少數、幾個

- There are only a **few** drops of milk left, so I'll have to buy some more.
  牛奶所剩無幾，我必須再買一些。

同 little 小的、少的
反 many 許多

🔊 Track 063

fif•teen [ˈfɪfˈtin] .... 英初 四級

名 十五

- Sometimes the spelling of the word "**fifteen**" confuses children.
  小朋友常常會拼錯 fifteen 這個單字。

fif•ty [ˈfɪftɪ] .... 英初 四級

名 五十

- She had already made enough money at the age of **fifty** to take an early retirement and do some traveling.
  她在五十歲就賺到足夠的錢，可以退休到處旅行了。

fight [faɪt] .... 英初 四級

名 打仗、爭論
動 打仗、爭論

- The drunken men got into a fist **fight** right outside the bar.
  那個酒醉的男生就在酒吧外面和人拳打腳踢。

同 quarrel 爭吵
反 reconcile 和解

fill [fɪl] .... 英初 四級

動 填空、填滿

- She **filled** the cup to the brim with hot tea.
  她在茶杯裡倒滿了熱茶。

同 cram 塞滿
反 empty 倒空

fi•nal [ˈfaɪnl̩] .... 英初 四級

形 最後的、最終的

- The novel was exciting up to the last page of the **final** chapter.
  這本小說一直到最後的篇章都令人激動。

同 eventual 最後的
反 initial 最初的

🔊 Track 064

find [faɪnd] .... 英初 四級

動 找到、發現

- She **found** a one hundred dollar bill in the pocket of her coat.
  她在她大衣口袋發現了一張百元鈔。

同 uncover 發現

fine [faɪn] .... 英初 四級

形 美好的　副 很好地
名 罰款　　動 處以罰金

- He paid a heavy **fine** for his overdue parking tickets.
  因為他停車罰單逾期未繳，所以付了一大筆罰金。

同 nice 好的
反 odious 可憎的、討厭的

fin•ger [ˈfɪŋɚ] .... 英初 四級

名 手指

- The pianist's **fingers** are long and elegant.
  那個鋼琴家的手指又長又纖細。

反 toe 腳趾

fin•ish [ˈfɪnɪʃ] .... 英初 四級

動 完成、結束
名 完成、結束

- We haven't **finished** off our meal, but the waiter still took our plates.
  我們還沒用完餐，服務生還是把我們的盤子收走了。

同 complete 完成

A B C D E F G H I J K L M N O P Q R S T U V W X Y Z

fire [faɪr] 英初 四級

名 火
動 射擊、解雇

- They **fired** her because she was consistently late for work.
  因為她三番兩次的遲到，他們就把她解雇了。

同 dismiss 解雇
反 employ 雇用

◀ Track 065

first [fɜst] 英初 四級

名 第一、最初
形 第一的
副 首先、最初、第一

- **First** of all, we need to buy all of our supplies.
  首先，我們要先買齊我們的日常生活用品。

同 primarily 首先
反 last 最後的

fish [fɪʃ] 英初 四級

名 魚、魚類
動 捕魚、釣魚

- We went **fishing** on the boat last weekend.
  我們上週末坐船去釣魚。

five [faɪv] 英初 四級

名 五

- My car can seat **five** people.
  我的車能坐得下五個人。

floor [flor] 英初 四級

名 地板、樓層

- There are a total of twenty-eight **floors** in my apartment building.
  我的公寓一共有28層樓。

反 ceiling 天花板

flow•er [ˋflauɚ] 英初 四級

名 花

- The man always gives his mother a gift and a bouquet of **flowers** for her birthday.
  那個男生在他母親生日時總是會送上禮物和一束鮮花。

同 blossom 花

◀ Track 066

fly [flaɪ] 英初 四級

名 蒼蠅、飛行
動 飛行、飛翔

- **Flying** without wearing the seatbelt on the plane is very dangerous.
  搭飛機不扣上安全帶是很危險的。

同 aviation 飛行、航空

fog [fɑg] 英初 四級

名 霧

- The heavy **fog** made it very hard to see the road ahead of us.
  霧太濃，以致於我們很難看到前面的路。

同 mist 霧

fol•low [ˋfɑlo] 英初 四級

動 跟隨、遵循、聽得懂

- Just **follow** my lead and it will be easy.
  只要跟隨我的腳步就會容易多了。

同 trace 跟蹤

food [fud] 英初 四級

名 食物

- There were so many different kinds of **food** at the buffet that we didn't know where to start.
  自助餐的食物應有盡有，我們不知從何下手。

同 eating 吃、食物

foot [fut] 英初 四級

名 腳

- I hurt my **foot** playing soccer, so I will have to sit out the rest of the season.
  我踢足球弄傷了腳，所以剩下的球季都不能出賽。

反 hand 手

for [fɔr] .... 英初 四級

介 為了、因為、對於
連 因為

• They remained silent, **for** the teacher had yelled at them earlier in the class.
他們因為老師剛剛在課堂上吼罵而保持安靜。

同 because 因為

force [fɔrs] .... 英初 四級

名 力量、武力　動 強迫、施壓

• My father **forced** me to play basketball with him.
我父親強迫我和他玩籃球。

同 compel 強迫

for•eign [`fɔrɪn] .... 英初 四級

形 外國的

• My brother has been sent off to a **foreign** land to fight a war.
我哥哥被派到國外打仗。

同 exotic 異國的
反 native 本土的

for•est [`fɔrɪst] .... 英初 四級

名 森林

• The majority of the state was covered with lush **forests**.
美國大多數的土地都是茂盛的森林。

同 wood 森林

for•get [fəˋgɛt] .... 英初 四級

動 忘記

• She never **forgets** their wedding anniversary and plans something special every year.
她不曾忘記她們的結婚紀念日，每年她都花盡心思做些特別的事。

反 remember 記得

fork [fɔrk] .... 英初 四級

名 叉

• Be careful with the **fork**; don't poke your brother in the eye with it.
小心使用叉子，不要戳到你弟弟的眼睛。

for•ty [`fɔrtɪ] .... 英初 四級

名 四十

• I need to write a **forty** page paper by next week!
下星期前我必須要寫完四十頁的報告。

four [fɔr] .... 英初 四級

名 四

• The woman started to feel a bit drunk after having **four** drinks.
那女生喝了四杯酒之後，開始有點醉。

four•teen [`fɔrˋtin] .... 英初 四級

名 十四

• The **fourteen**-year-old boy was still immature although he thought of himself as an adult already.
那個十四歲的男孩仍然不夠成熟，儘管他認為自己是成年人了。

free [fri] .... 英初 四級

形 自由的、免費的
動 釋放、解放

• She attacked him back as soon as she was **free** from his grasp.
她在掙脫他的束縛之後，開始對他進行反擊。

同 release 解放
反 imprison 關押、束縛

A B C D E F G H I J K L M N O P Q R S T U V W X Y Z

Track 069

fresh [frɛʃ] 英初 四級

形 新鮮的、無經驗的、淡水的

- I bought the vegetables today, so they are still very **fresh**.
  蔬菜是我今天買的,所以還很新鮮。
- 同 new 新的、新鮮的
- 反 stale 不新鮮的

Fri•day / Fri. [ˈfraɪˌde] 英初 四級

名 星期五

- Thank goodness it's **Friday**! Let's go out and have a good time!
  星期五終於到了!我們一起出去玩吧!

friend [frɛnd] 英初 四級

名 朋友

- My **friends** and I will go on a camping trip next week.
  我和朋友下禮拜要一起去露營。
- 反 enemy 敵人

frog [frɑg] 英初 四級

名 蛙

- My kids love playing with **frogs** in the pond of our backyard.
  我的小孩喜歡在後院池塘玩青蛙。
- 同 toad 蟾蜍

from [frɑm] 英初 四級

介 從、由於

- She is **from** England.
  她是從英國來的。
- 反 to 向、到

Track 070

front [frʌnt] 英初 四級

名 前面
形 前面的

- I always sit in the **front** row of the classroom.
  我在教室總是坐前面第一排。
- 同 foregoing 前面的
- 反 rear 後面、背後

fruit [frut] 英初 四級

名 水果

- Let's make **fruit** salad with the **fruit** in the refrigerator.
  我們用冰箱的水果來做水果沙拉。

full [fʊl] 英初 四級

形 滿的、充滿的

- The memory in my computer is **full**; I may need to buy another hard drive.
  我電腦空間滿了,我還要再買一個硬碟。
- 同 filled 填滿的
- 反 empty 空的

fun [fʌn] 英初 四級

名 樂趣、玩笑

- We had lots of **fun** yesterday.
  我們昨天玩的很開心
- 同 amusement 樂趣
- 反 torment 折磨、糾纏

fun•ny [ˈfʌnɪ] 英初 四級

形 滑稽的、有趣的

- The movie was so **funny** that the audience burst out laughing several times.
  這部電影很好笑,觀眾好幾次都大笑出聲。
- 同 humorous 滑稽的
- 反 boring 無趣的、乏味的

Gg

game [gem] .... 英初 四級

名 遊戲、比賽

- The children played the **game** with great enthusiasm.
  孩子們興高采烈地玩著遊戲。

同 contest 比賽

gar·den [`gɑrdn] .... 英初 四級

名 花園

- My mother enjoys tending the flowers in her **garden** on the weekends.
  我母親週末喜歡在她的花園裡種花。

gas [gæs] .... 英初 四級

名 汽油、瓦斯

- We need to fill up the car with **gas** before we get on the freeway.
  在我們上高速公路之前，我們需要把車的油箱加滿。

同 petrol 汽油

gen·er·al [`dʒɛnərəl] .... 英初 四級

形 大體的、一般的
名 將軍

- The students tried to understand the **general** idea of the lecture.
  學生們試著瞭解這場演講要傳達的意思。

反 specific 特定的

get [gɛt] .... 英初 四級

動 獲得、成為、到達

- I need to go to the dry cleaner to **get** my clothes.
  我需要到乾洗店拿我的衣服。

同 obtain 獲得
反 lose 失去

ghost [gost] .... 英初 四級

名 鬼、靈魂

- Hamlet believes that he is talking to the **ghost** of his father.
  哈姆雷特相信他在和父親的鬼魂說話。

同 soul 靈魂
反 flesh 肉體

gift [gɪft] .... 英初 四級

名 禮物、天賦

- The children got a lot of nice **gifts** for Christmas.
  孩子們收到很多很棒的聖誕節禮物。

同 present 禮物

girl [gɝl] .... 英初 四級

名 女孩

- The **girl** is very well-liked by her classmates and peers.
  這個女孩很受班上同學們的喜愛。

反 boy 男孩

give [gɪv] .... 英初 四級

動 給、提供、捐助

- Emily will **give** me her textbooks after she finishes using them.
  艾蜜莉用完課本後會把書給我。

同 impart 賦予、給予
反 receive 接受

glad [glæd] .... 英初 四級

形 高興的

- They were so **glad** that they had completed the difficult assignment without delay.
  他們很高興終於準時完成了那項很難的功課。

同 joyous 高興的
反 angry 生氣的

A
B
C
D
E
F
G
H
I
J
K
L
M
N
O
P
Q
R
S
T
U
V
W
X
Y
Z

Track 073

glass [glæs] 英初 四級

名 玻璃、玻璃杯

- Jack poured some iced tea into the **glasses** to serve the guests.
  傑克倒了些冰茶來招待客人。

同 pane 窗戶玻璃片

glass•es [ˋglæsɪz] 英初 四級

名 眼鏡

- She is practically blind without her **glasses**.
  沒有了眼鏡，她就像盲人一樣。

同 spectacles 眼鏡

go [go] 英初 四級

動 去、走

- I will **go** to Europe next month for a two-week holiday.
  我下個月將到歐洲度假兩個星期。

同 leave 離開
反 stay 留下

god / god•dess
[gɑd] / [ˋgɑdɪs] 英初 四級

名 神 / 女神

- Many people pray to **God** before going to bed at night.
  很多人在晚上睡前會向上帝祈禱。

gold [gold] 英初 四級

形 金的 名 金子

- The price of **gold** is approaching 1,000 US dollars per ounce.
  黃金價格逼近每盎司一千美元。

Track 074

good [gud] 英初 四級

形 好的、優良的
名 善、善行

- He tries to do **good** by donating a portion of his salary every month.
  他每個月捐出自己一些所得來做善事。

同 fine 好的
反 bad 壞的

goodbye / good-bye / good-by /
good•by / bye•bye / bye [gudˋbaɪ]
/ [gudˋbaɪ] / [gudˋbaɪ] / [gudˋbaɪ] /
[ˋbaɪˋbaɪ] / [baɪ] 英初 四級

名 再見

- They said **goodbye** to each other with tears in their eyes.
  他們淚眼婆娑地向彼此道別。

goose [gus] 英初 四級

名 鵝

- The lonely **goose** swam in the lake looking for companions.
  湖中那隻孤單的鵝正在尋找伴侶。

同 gander 雄鵝

grand [grænd] 英初 四級

形 宏偉的、大的、豪華的

- The living room was **grand** and luxurious.
  這個客廳很豪華氣派。

同 large 大的
反 tiny 微小的

grand•child
[ˋgrænd͵tʃaɪld] 英初 四級

名 孫子

- She left a great deal of money for her **grandchildren** after she died.
  她死後留下了一大筆錢給她的孫子們。

反 grandparents 外祖父母、祖父母

grand•daugh•ter
[`grænd͵dɔtɚ] .... 英初 四級

名 孫女、外孫女

- The old couple's **granddaughters** come back to visit them every week.
  那對老夫妻的孫女們每個星期都會來探望他們。

反 grandson 孫子、外孫子

grand•fath•er / grand•pa
[`grænd͵faðɚ] / [`grændpɑ] .... 英初 四級

名 祖父、外祖父

- John learned the skills of being a blacksmith from his **grandfather**.
  約翰從他祖父那裡學到打鐵的功夫。

反 grandmother 祖母、外祖母

grand•moth•er / grand•ma
[`grænd͵mʌðɚ] / [`grænd͵mʌ] .... 英初 四級

名 祖母、外祖母

- My **grandmother** baked the best cookies I've ever tasted.
  我的祖母烤的餅乾是我吃過最好吃的。

反 grandfather 祖父、外祖父

grand•son
[`grænd͵sʌn] .... 英初 四級

名 孫子、外孫

- I have three **grandsons**, and another one is coming.
  我有三個孫子，第四個孫子即將來到。

反 granddaughter 孫女、外孫女

grass [græs] .... 英初 四級

名 草

- The **grass** turned lush and green after the rainfall.
  雨後，草變得濃密翠綠。

同 lawn 草坪

gray / grey
[gre] / [gre] .... 英初 四級

名 灰色
形 灰色的、陰沈的

- The **gray** clouds mean that rain is coming.
  烏雲密布意謂著將要下雨了。

同 ashen 灰色的、蒼白的

great [gret] .... 英初 四級

形 大量的、很好的、偉大的、重要的

- There are a **great** number of jobless people in this neighborhood.
  左鄰右舍有一大堆人沒有工作。

同 outstanding 重要的
反 unimportant 不重要的

green [grin] .... 英初 四級

形 綠色的　名 綠色

- She loves eating **green** vegetables which are good for health.
  她喜歡吃對健康有益的綠色蔬菜。

同 grassy 綠色的

ground [graʊnd] .... 英初 四級

名 地面、土地

- The dirt **ground** got our pants dirty and dusty.
  那泥濘的地把我們的褲子弄得又黑又髒。

同 surface 表面

group [grup] .... 英初 四級

名 團體、組、群
動 聚合、成群

- My friends and I were all in the same **group**, so we had a great time doing the project.
  我和我的朋友在同一組，所以這個計劃我們做得很開心。

同 gather 收集
反 individual 個人

A
B
C
D
E
F
G
H
I
J
K
L
M
N
O
P
Q
R
S
T
U
V
W
X
Y
Z

🔊 Track 077

grow [gro]............................ 英初 四級

動 種植、生長

• My son wants to be an astronaut after **growing** up.
我兒子長大後想當太空人。

同 mature 變成熟、長成

guess [gɛs]............................ 英初 四級

名 猜測、猜想
動 猜測、猜想

• I **guessed** at a few questions on the exam because I didn't review for that part.
我在考試時猜了幾題答案，因為我沒念到那個部份。

同 suppose 猜測、認為
反 convince 確信

guest [gɛst]............................ 英初 四級

名 客人

• The **guests** felt very comfortable in Rick's home because of his great hospitality.
因為瑞奇殷勤的招待，客人在他家都感到非常舒服自在。

同 visitor 訪問者、訪客
反 host 主人、東道主

guide [gaɪd]............................ 英初 四級

名 引導者、指南
動 引導、引領

• Our tour **guide** was very humorous; he made funny jokes throughout the trip.
我們的導遊很幽默，在旅途中一直講笑話。

同 lead 引導

gun [gʌn]............................ 英初 四級

名 槍、砲

• The police officer drew his **gun** from the holster and directed it at the suspect.
那員警從槍套中拔出他的槍，瞄準了那個嫌疑犯。

同 rifle 來福槍

Hh

🔊 Track 078

hair [hɛr]............................ 英初 四級

名 頭髮

• She has very long and wavy blond **hair**.
她有一頭金色的波浪長髮。

hair•cut [ˈhɛrˌkʌt]............................ 英初 四級

名 理髮

• My husband gets a monthly **haircut** because he can't stand long hair.
我先生每個月都要理髮一次，因為他不能忍受頭髮變長。

同 hairdressing 理髮

half [hæf]............................ 英初 四級

形 一半的
副 一半地
名 半、一半

• **Half** of his monthly salary is spent on video games.
他一半的月薪花在電玩上。

ham [hæm]............................ 英初 四級

名 火腿

• The Johnsons will roast a **ham** for Christmas dinner.
強森一家人將會烤火腿來當做聖誕晚餐。

hand [hænd]............................ 英初 四級

名 手
動 遞交

• When Kyle **handed** the baton over his teammate, he felt relieved that his leg of the race was over.
當凱爾將接力棒傳到他的隊友手上時，他感到一陣解脫。

反 foot 腳

hap•pen [ˈhæpən] .... 英初 四級

動 發生、碰巧

• The accident just **happened**; no one knows the cause yet.
那場意外事故剛剛發生，還沒有人知道原因。

同 occur 發生

hap•py [ˈhæpɪ] .... 英初 四級

形 快樂的、幸福的

• The children were so **happy** every day during summer vacation.
孩子們在暑假裡每一天都很快樂。

同 joyful 高興的
反 sad 悲傷的

hard [hɑrd] .... 英初 四級

形 硬的、難的　副 努力地

• The candy was too **hard**, and she couldn't bite down on it.
糖果太硬了，她無法咬。

同 stiff 硬的
反 soft 軟的

hat [hæt] .... 英初 四級

名 帽子

• He always wears a **hat** because he doesn't like his hairstyle.
他總是戴著帽子，因為他不喜歡他的髮型。

同 cap 帽子

hate [het] .... 英初 四級

名 憎恨、厭惡
動 憎恨、不喜歡

• Allison **hates** eating eggplant because she doesn't like the taste and texture.
艾利森很討厭吃茄子，因為她不喜歡它的味道和口感。

同 spite 怨恨
反 love 愛、愛情

have [hæv] .... 英初 四級

助動 已經
動 吃、有

• Cindy usually **has** French toast and milk for breakfast in the morning.
在早上，辛蒂通常都吃法式土司跟牛奶當早餐。

同 eat 吃

he [hi] .... 英初 四級

代 他

• **He** is the wonderful man I've mentioned.
他就是我提起過的那個完美男生。

反 she 她

head [hɛd] .... 英初 四級

名 頭、領袖
動 率領、朝某方向行進

• My father's **head** is very big, so he needs to have his hats custom made.
我爸爸的頭很大，所以他需要另外訂製帽子。

同 leader 領導

health [hɛlθ] .... 英初 四級

名 健康

• His **health** deteriorated in his later years.
在往後的這幾年，他的健康不斷退化。

同 fitness 健康

hear [hɪr] .... 英初 四級

動 聽到、聽說

• I **heard** that we're going to get a new boss.
我聽說我們將會換個新老闆。

同 listen 聽

A B C D E F G **H** I J K L M N O P Q R S T U V W X Y Z

Level 1

國中小必考單字｜基礎篇

Track 081

heart [hɑrt] 英初 四級

名 心、中心、核心

• He had a **heart** attack last night, but he is fine and will recover soon.
他昨晚心臟病發，但現在已無大礙，很快就會恢復。

同 nucleus 核心

heat [hit] 英初 四級

名 熱、熱度
動 加熱

• There is a lot of **heat** coming from the pot, so don't touch it with your bare hands.
那鍋子冒出很多熱氣，不要用手觸摸它。

反 chill 寒氣

heav•y [ˈhɛvɪ] 英初 四級

形 重的、猛烈的、厚的

• The box was so **heavy** that it took the strength of three grown men to lift it.
那箱子非常重，用了三個壯丁才把它抬起。

反 light 輕的

hel•lo [həˈlo] 英初 四級

感 哈囉（問候語）、喂（電話應答語）

• I said **hello** to her, but I don't think she heard me.
我跟她打招呼，但我想她應該沒聽到。

同 greet 問候、招呼

help [hɛlp] 英初 四級

名 幫助
動 幫助

• I need to **help** Molly move this weekend, so I can't go to the party.
我這週末要幫茉莉搬家，所以我不能去參加派對。

同 aid 幫助

Track 082

her [hɝ] 英初 四級

代 她的

• I wanted to give **her** my phone number, but I was too shy.
我想要把我的電話給她，但我太害羞。

反 his 他的

hers [hɝz] 英初 四級

代 她的東西

• I think this is **hers**, but I'm not sure. It could be his.
我想這是她的，但我不確定。它也有可能是他的。

反 his 他的東西

here [hɪr] 英初 四級

副 在這裡、到這裡
名 這裡

• I put the paper right **here**; I don't understand why it just disappeared.
我把報紙放在這裡，我不知道它怎麼會不翼而飛。

反 there 那裡

high [haɪ] 英初 四級

形 高的
副 高地

• The airplane was flying **high** in the sky before I realized we had taken off already.
這架飛機飛到很高的位置時，我才知道我們已經起飛了。

同 tall 高的
反 low 低的

hill [hɪl] 英初 四級

名 小山

• We live on top of a **hill**, so we have a great view of the city below us.
我們住在山頂上，所以我們可以眺望到美麗的城市風光。

同 mound 小丘

him [hɪm] 英初 四級

代 他

- We invited **him** to our house for dinner. He should have arrived half an hour ago.
  我們邀請他到我們家吃晚餐。他在半小時前就應該到達了。

反 her 她

his [hɪz] 英初 四級

代 他的、他的東西

- Angela gave Greg **his** things back after they broke up.
  安琪拉在分手後，把葛列格的東西還給他。

反 her 她的

his·to·ry [ˈhɪstrɪ] 英初 四級

名 歷史

- The Romans have had a long **history** of war and conquer.
  羅馬有著很長久的征戰歷史。

hit [hɪt] 英初 四級

名 打、打擊　動 打、打擊

- While driving in the dark, the man **hit** a deer that ran out of the woods.
  那個男子在黑夜裡開車撞到了從樹林裡跑出來的鹿。

同 strike 打、打擊

hold [hold] 英初 四級

動 握住、拿著、持有
名 把握、控制

- We were **held** up in customs. That is why we took so long to come out.
  我們在過海關時被耽誤了，所以我們才會這麼久才出來。

同 grasp 抓緊、緊握

hole [hol] 英初 四級

名 孔、洞

- There were many **holes** in the road, making it a bumpy ride.
  在路上有很多坑洞，造成道路崎嶇不平。

同 gap 裂口

hol·i·day [ˈhɑləˌde] 英初 四級

名 假期、假日

- The Christmas **holiday** brought in a lot of business for the shop.
  聖誕假期為這家商店帶來買氣。

同 vacation 休假、假期
反 weekday 工作日、平常日

home [hom] 英初 四級

名 家、家鄉
形 家的、家鄉的
副 在家、回家

- There is no place like **home** after a long and rough day.
  在一天的奔波勞碌之後，沒有任何一個地方比得上家的溫暖。

同 dwelling 住處

home·work [ˈhomˌwɝk] 英初 四級

名 家庭作業

- The teacher assigned a lot of **homework** for the students to do during the vacation.
  老師在放假期間給學生很多家庭作業。

同 task 工作、作業

hope [hop] 英初 四級

動 希望、期望
名 希望、期望

- My parents have high **hopes** for me, and I don't want to let them down.
  我父母對我期望很高，我不想讓他們失望。

同 wish 希望
反 despair 絕望

A B C D E F G **H** I J K L M N O P Q R S T U V W X Y Z

Track 085

horse [hɔrs]..................... 英初 四級

名 馬

• The **horse** used to be the main form of transportation.
馬匹在過去是主要的交通工具。

hot [hɑt]..................... 英初 四級

形 熱的、熱情的、辣的

• This **hot** weather is perfect for some ice cream.
在這炎熱的夏天很適合吃些冰淇淋。

同 thermal 熱的
反 icy 冰冷的

hour [aʊr]..................... 英初 四級

名 小時

• I've been working on this project for **hours**; it's time to take a break.
我已經持續做這個案子好幾個鐘頭了，該是休息片刻的時候。

house [haʊs]..................... 英初 四級

名 房子、住宅

• I would like to buy a big **house** when I save much more money.
當我存到更多錢的時候，我想要買一間大房子。

同 residence 房子、住宅

how [haʊ]..................... 英初 四級

副 怎樣、如何

• Do you know **how** to use this machine?
你知道如何操作這台機器嗎？

Track 086

huge [hjudʒ]..................... 英初 四級

形 龐大的、巨大的

• There was a **huge** gash on his arm after the accident.
意外發生之後，他的手臂留下一道很大的傷口。

同 enormous 巨大的、龐大的
反 tiny 微小的

hu•man [ˈhjumən]..................... 英初 四級

形 人的、人類的
名 人

• All of us are not perfect, because we are **human**.
我們都不完美，因為我們只是凡人。

同 man 人

hun•dred [ˈhʌndrəd]..................... 英初 四級

名 百、許多
形 百的、許多的

• That man over there looks like he's a **hundred** years old.
站在那裡的那個男人看起來很像個老頭子。

同 many 許多的

hun•gry [ˈhʌŋgrɪ]..................... 英初 四級

形 饑餓的

• Your stomach keeps growling; you must be very **hungry**.
你的胃咕嚕咕嚕叫，你一定是餓了。

同 peckish 餓的
反 full 飽的

hurt [hɝt]..................... 英初 四級

形 受傷的
動 疼痛
名 傷害

• Stop squeezing my arm. You're **hurting** me!
不要壓住我的手臂。你把我弄疼了。

同 injure 傷害

hus•band [ˈhʌzbənd].............. 英初 四級

名 丈夫

• Shelly's **husband** is very thoughtful for her.
雪利的丈夫很體貼她。

反 wife 妻子

I [aɪ].............. 英初 四級

代 我

• **I** try not to be so selfish and think about myself all the time.
我試著不要那麼自私，凡事只想到我自己。

同 me 我

ice [aɪs] .... 英初 四級

名 冰　動 結冰

• My favorite summer drink is **ice** tea.
我夏天最喜歡喝的就是冰茶。

同 freeze 結冰

i•de•a [aɪˈdiə] .... 英初 四級

名 主意、想法、觀念

• We are brainstorming and try to come up with some good **ideas**.
我們正在腦力激盪，試圖要找些好的構想。

同 notion 觀念

if [ɪf] .... 英初 四級

連 如果、是否

• **If** you want, we can go to the same restaurant we went last night.
如果你想要的話，我們可以再到我們昨晚去的那家餐廳。

im•por•tant [ɪmˈpɔrtn̩t].............. 英初 四級

形 重要的

• He is a very **important** client, so you must attend the meeting.
他是個很重要的客戶，你必須要去開會。

同 Significant 重要的
反 minor 次要的

in [ɪn].............. 英初 四級

介 在⋯裡面、在⋯之內

• You can put your coat **in** the closet by the door.
你可以把你的大衣掛在門邊的衣櫃裡。

同 inside 在⋯裡面
反 out 在⋯外面

inch [ɪntʃ] .... 英初 四級

名 英吋

• I'm not very tall; I'm only 5 feet 4 **inches**.
我不是很高，我只有 5 呎 4 吋高。

in•side [ˈɪnˈsaɪd] .... 英初 四級

介 在⋯裡面
名 裡面、內部
形 裡面的
副 在裡面

• Do you know if my wallet is **inside** of my purse?
你知道我的皮夾是不是在我皮包裡嗎？

反 outside 在⋯外面

in•ter•est [ˈɪntərɪst].............. 英初 四級

名 興趣、嗜好　動 使⋯感興趣

• This professor is very funny; he has got me **interested** in history.
這個教授很有趣，他讓我對歷史很感興趣。

同 hobby 嗜好

A B C D E F G H I J K L M N O P Q R S T U V W X Y Z

Level 1

國中小必考單字 | 基礎篇

Track 089

in•to [`ɪntu] 英初 四級

介 到…裡面

- His phone lost signal as he drove **into** the parking garage.
  他的車開進車庫後,他的手機就收不到訊號了。

同 to 到

i•ron [`aɪən] 英初 四級

名 鐵、熨斗
形 鐵的、剛強的
動 熨、燙平

- He repeatedly punched the opponent's face with his fists which are as hard as **iron**.
  他像鐵一樣硬的拳頭不斷重覆地打在敵人的臉上。

同 steel 鋼鐵

is [ɪz] 英初 四級

動 是(第三人稱單數主詞的 be 動詞)

- He **is** one of the most successful talk show hosts on television right now.
  他是目前談話節目最紅的主持人之一。

同 are 是

it [ɪt] 英初 四級

代 它

- I would pay anything to get **it**.
  我願意付出一切來得到它。

its [ɪts] 英初 四級

代 它的

- Everybody loves hugging my dog; **its** fur is soft and fluffy.
  每個人都喜歡抱我的狗,因為他的毛很柔軟。

Jj

Track 090

jam [dʒæm] 英初 四級

名 果醬、堵塞

- Let's have some **jam** and toast for breakfast.
  我們吃些果醬土司當早餐吧!

同 stoppage 堵塞

Jan•u•ar•y / Jan. [`dʒænjuˌɛrɪ] 英初 四級

名 一月

- New Year's Day is always on **January** first.
  新年都是在一月一日。

job [dʒɑb] 英初 四級

名 工作

- Bill had various part-time **jobs** as a teenager.
  比爾在十幾歲時做過好幾份兼職工作。

同 work 工作

join [dʒɔɪn] 英初 四級

動 參加、加入

- I wanted to **join** the football team of the big league when I was young.
  在我年輕時,我曾經想要加入大聯盟的美式足球隊。

同 attend 參加

joke [dʒok] 英初 四級

名 笑話、玩笑
動 開玩笑

- I was just **joking**; don't take it too seriously.
  我只是開玩笑,別把它當真。

同 kid 開玩笑

joy [dʒɔɪ] .... 英初 四級

名 歡樂、喜悅

• He always shares his **joy** with his friends as soon as he hears good news.
他一聽到好消息就與朋友們分享他的喜悅。

同 pleasure 高興、愉快
反 sorrow 悲傷

juice [dʒus] .... 英初 四級

名 果汁

• I always have a little orange **juice** as part of my breakfast.
我早餐都會喝點柳丁汁。

同 syrup 糖漿、果汁

July / Jul. [dʒuˋlaɪ] .... 英初 四級

名 七月

• The weather usually starts to get very hot in **July**.
天氣通常在七月時開始變熱。

jump [dʒʌmp] .... 英初 四級

名 跳躍、跳動
動 跳越、躍過

• We were required to do one hundred **jumping** jacks as warm-up.
我們被要求做一百下開合跳當做暖身運動。

同 leap 跳躍

June / Jun. [dʒun] .... 英初 四級

名 六月、瓊（女子名）

• Many schools start their summer vacations at the end of **June**.
很多學校六月底開始放暑假。

just [dʒʌst] .... 英初 四級

形 公正的、公平的
副 正好、恰好、剛才

• Judges are required to be **just** and unbiased.
法官被要求必須公平公正。

同 fair 公平的
反 inequitable 不公平的、不公正的

Kk↙

keep [kip] .... 英初 四級

名 保持、維持
動 保持、維持

• He **kept** telling her that he was sorry, but she didn't believe him.
他一直跟她道歉，但她仍不相信他。

同 maintain 維持
反 change 改變

keep•er [ˋkipɚ] .... 英中 四級

名 看守人

• The zoo **keepers** take good care of animals.
動物園的飼養員把動物照顧的很好。

同 watchman 看守人

key [ki] .... 英初 四級

形 主要的、關鍵的
名 鑰匙
動 鍵入

• I always highlight the **key** points in the textbook so I can study them later.
我總是在書上把重點部份畫出來，方便我之後閱讀。

同 crucial 關鍵的
反 petty 瑣碎的、次要的

A B C D E F G H I J K L M N O P Q R S T U V W X Y Z

kick [kɪk] .... 英初 四級

名 踢
動 踢

- The soccer player **kicked** the ball into the air with great force.
  那足球員用力的把球踢到空中。

同 boot 踢

🔊 Track 093

kid [kɪd] .... 英初 四級

名 小孩
動 開玩笑、嘲弄

- The **kid** across the street keeps coming over to ask if I can go out to play.
  那對街的小孩一直來問我是否能夠出去玩。

同 child 小孩、孩子
同 tease 嘲弄

kill [kɪl] .... 英初 四級

名 殺
動 殺、破壞

- The poor girl was **killed** in a car accident this morning.
  可憐的女孩今早在車禍中喪生了。

同 slay 殺
反 protect 保護

kind [kaɪnd] .... 英初 四級

形 仁慈的
名 種類

- My **kind** neighbor always helps me receive mails when I'm away on vacation.
  當我外出度假時，好心的鄰居總是幫我代收郵件。

同 merciful 仁慈的、寬大的
反 cruel 殘酷的

king [kɪŋ] .... 英初 四級

名 國王

- A new **king** has been crowned, so there will be celebrations throughout the week.
  新的國王已經正式登基了，所以這週將會有慶祝活動。

同 ruler 統治者
反 queen 王后

kiss [kɪs] .... 英初 四級

名 吻　動 吻

- She gave him a **kiss** on the cheek as she got out of the car.
  她下車前在他臉頰上親了一下。

🔊 Track 094

kitch•en [ˈkɪtʃɪn] .... 英初 四級

名 廚房

- The smell of delicious food coming from the **kitchen** is making my stomach growl.
  從廚房裡傳出來的食物味道，讓我的肚子咕嚕咕嚕叫。

同 cookroom 廚房

kite [kaɪt] .... 英初 四級

名 風箏

- It's windy enough to fly a **kite** today.
  今天刮的風大到可以放風箏。

kit•ten / kit•ty
[ˈkɪtn̩] / [ˈkɪtɪ] .... 英初 四級

名 小貓

- The **kitten** purred as it cuddled next to Jane.
  小貓咪依偎著珍喵喵的叫。

同 cat 貓

knee [ni] .... 英初 四級

名 膝、膝蓋

- He couldn't take the stairs for he has weak **knees**.
  他膝蓋沒有力氣，無法爬樓梯。

同 lap 膝蓋

knife [naɪf] .... 英初 四級

名 刀

- Be careful with the **knife**; it's very sharp.
  小心刀子，它很鋒利。

同 blade 刀片

know [no] 英初 四級

動 知道、瞭解、認識

• I **knew** her at school. Yet, ever since she became famous, we haven't talked much.
我在學校認識她的，但自從她成名之後，我們也沒什麼講過話了。

同 understand 瞭解
反 bewilder 使困惑

lack [læk] 英初 四級

名 缺乏
動 缺乏

• There is a **lack** of natural resources, so we need to conserve energy.
自然資源已經短缺了，所以我們要節約能源。

同 absence 缺乏
反 plenty 豐富、充足

la·dy [ˈledɪ] 英初 四級

名 女士、淑女

• The young **lady** is very nice and willing to help people.
那位年輕的女生人很好，也很願意幫助別人。

同 gentlewoman 貴族、淑女
反 gentleman 紳士

lake [lek] 英初 四級

名 湖

• We had a wonderful view of the **lake** from our cabin.
從我們的小木屋可以看到很漂亮的湖景。

同 pond 池塘

lamb [læm] 英初 四級

名 羔羊、小羊

• Adam wants a rack of **lamb** for his main course.
亞當想要烤羊肉串當做主食。

同 sheep 羊

lamp [læmp] 英初 四級

名 燈

• I turned on the **lamp** to give light to the room.
我打開燈讓房間亮起來。

同 lantern 燈籠、提燈

land [lænd] 英初 四級

名 陸地、土地　動 登陸、登岸

• The billionaire is a real-estate mogul and owns many pieces of valuable **land**.
那位億萬富翁是地產大王，他擁有很多價值不斐的土地。

同 continent 大陸
反 sea 海

large [lɑrdʒ] 英初 四級

形 大的、大量的

• The **large** portions of the food here are a little daunting.
這麼一大份食物真的令人有點卻步。

同 big 大的
反 little 小的

last [læst] 英初 四級

形 最後的　副 最後
名 最後　　動 持續

• We couldn't **last** any longer and went to bed while the others stayed up.
當其他人都在熬夜時，我們已經無法撐下去而先上床睡覺了。

同 final 最後的
反 foremost 最初的

late [let] 英初 四級

形 遲的、晚的
副 很遲、很晚

• The traffic was horrible on the way over here. That's why I'm so **late**.
一路上的交通很堵塞，所以我遲到了。

反 early 早的

A B C D E F G H I J K L M N O P Q R S T U V W X Y Z

🔊 Track 097　　　　　　🔊 Track 098

laugh [læf] 　英初 四級

動 笑
名 笑、笑聲

• We **laughed** so hard that we had tears coming out of our eyes.
我們笑得很大聲，連眼淚都流出來了。

同 laughter 笑、笑聲
反 weep 哭泣

law [lɔ] 　英初 四級

名 法律

• I am a **law**-abiding citizen, so there is no reason for me to get arrested.
我是守法的好市民，所以沒有理由要逮捕我。

同 rule 規定、章程

lay [le] 　英初 四級

動 放置、產卵

• Gently **lay** down your gun and put your hands up.
輕輕地把槍放下，再把你的手舉高。

同 put 放置

la•zy [ˈlezɪ] 　英初 四級

形 懶惰的

• Larry is very **lazy** and has never cleaned his house before.
賴瑞很懶惰，他之前都不曾清理過他的房子。

同 indolent 懶惰的
反 diligent 勤勉的、勤奮的

lead [lid] 　英初 四級

名 領導、榜樣　動 領導、引領

• She automatically took the **lead** and **led** everyone to the safest area during the storm.
她自發的當領導，在暴風雨中帶領著大家到最安全的地方。

同 example 榜樣
反 follow 跟隨

lead•er [ˈlidɚ] 　英初 四級

名 領袖、領導者

• Sara is the **leader** of our group, and we always go to her for any questions.
莎拉是我們這一組的領導，我們有任何問題都去問她。

同 chief 首領
反 understrapper 手下、部下

leaf [lif] 　英初 四級

名 葉

• The green **leaf** became withered and yellow due to lack of hydration.
那綠葉因為缺水的關係而變得有點枯黃。

同 foliage 葉子

learn [lɝn] 　英初 四級

動 學習、知悉、瞭解

• I hope I can **learn** a few things from the workshop.
我希望可以從研討會中學到一些東西。

同 study 學習
反 teach 教導

least [list] 　英初 四級

形 最少的、最小的
副 最少、最小
名 最少、最小

• I have the **least** amount, so we might have to ask other people.
我的總額最少，所以我們必須問問其他人。

同 minimum 最少、最小
反 maximum 最大量、極大

leave [liv] 　英初 四級

動 離開
名 准假

• Sherry is on **leave** for the next two weeks, so I'll step in for her duties.
雪麗請了之後兩個禮拜的假，所以我要代替她的職務。

同 depart 離開
反 return 返回

left [lɛft] 英初 四級

形 左邊的
名 左邊

• If you keep driving and turn right, we should be on the **left** hand side.
假如你一直開再右轉，就會在你的左手邊看到我們。

反 right 右邊

leg [lɛg] 英初 四級

名 腿

• Scott hurt his **leg** playing soccer last weekend.
史考特上星期踢足球傷到了腿。

同 thigh 大腿
反 arm 手臂

less [lɛs] 英初 四級

形 更少的、更小的
副 更少、更小

• I want **less** than half a cup. I've already had something to drink before I came.
我要半杯再少一點。我來之前有喝過東西了。

同 fewer 較少的
反 more 更多

less•on [ˈlɛsn̩] 英初 四級

名 課

• We have to teach two extra **lessons** today, because we didn't do them last week.
我們今天必須再多上兩課，因為我們上一週沒有上。

同 course 課程

let [lɛt] 英初 四級

動 讓

• Charlie's mother did not **let** him come out today.
查理的母親今天不讓他出門。

同 allow 准許
反 forbid 不許、禁止

let•ter [ˈlɛtɚ] 英初 四級

名 字母、信

• I'm going to write a complaint **letter** to the manufacturer for the bad quality of their products.
我要寫一封信讓製造商知道他們產品的品質很差。

同 alphabet 字母表

lev•el [ˈlɛvl̩] 英初 四級

名 水準、標準
形 水平的

• The sea **level** seems to have risen quite a bit over the past few years.
海平面在過去幾年似乎升高相當多。

同 horizontal 水平的
反 erect 直立的、豎立的

lie [laɪ] 英初 四級

名 謊言
動 說謊、位於、躺著

• I didn't exactly tell a **lie**; I just bent the truth a little.
我並非說謊，我只是扭曲了一點事實。

同 falsehood 錯誤、撒謊
反 truth 實話

life [laɪf] 英初 四級

名 生活、生命

• Her whole **life** is consumed by work.
她的生活都被工作占據了。

同 existence 生命、生存
反 death 死亡

A B C D E F G H I J K L M N O P Q R S T U V W X Y Z

Level 1

國中小必考單字｜基礎篇

lift [lɪft] .... 英初 四級

名 舉起
動 升高、舉起

- He tried to **lift** me up during our ice-skating routine, but he lost his grip and dropped me.
  在溜冰時，他試著要將我舉起，但他沒有抱緊讓我掉了下來。

同 raise 舉起
反 lay 放下

🔊 Track 101

light [laɪt] .... 英初 四級

名 光、燈
形 輕的、光亮的
動 點燃、變亮

- Can you please turn on the **lights**? I can't see anything!
  你能開燈嗎？我什麼東西都看不到。

同 ray 光線
反 dark 黑暗

like [laɪk] .... 英初 四級

動 喜歡
介 像、如

- We **like** the park next our home more than the other one down the street.
  我們喜歡我們家旁邊的公園勝過街尾的那一個。

同 enjoy 喜歡
反 dislike 不喜歡

like•ly [ˈlaɪklɪ] .... 英初 四級

形 可能的
副 可能地

- That will be the **likely** solution, because other options aren't very good.
  那應該是可行的方法，因為其他的方案都不好。

同 probable 可能的
反 impossible 不可能的

lil•y [ˈlɪlɪ] .... 英中 四級

名 百合花

- We give our mom **lilies** for her birthday every year.
  我們每年在母親生日時都會送她百合花。

line [laɪn] .... 英初 四級

名 線、線條
動 排隊、排成

- We need to **line** up to check out of the hotel.
  我們在飯店退房需要排隊。

同 string 繩、線

🔊 Track 102

li•on [ˈlaɪən] .... 英初 四級

名 獅子

- A **lion** slept lazily in the sun as the safari tour passed by.
  當狩獵的旅行團經過時，有隻獅子懶洋洋地在太陽底下睡覺。

同 simba （東非用語）獅子

lip [lɪp] .... 英初 四級

名 嘴唇

- I need to buy some **lip** balm because my lips are severely chapped and dry.
  我需要買一些護唇膏，因為我的嘴唇嚴重乾裂了。

list [lɪst] .... 英初 四級

名 清單、目錄、列表
動 列表、編目

- I made a **list** of all things we have to get done before the end of the week.
  我把我們在週末前要完成的事列了一張清單。

lis•ten [ˈlɪsn̩] .... 英初 四級

動 聽

- Please **listen** and pay attention to message being broadcasted.
  請注意聆聽廣播的訊息。

同 hear 聽
反 speak 說

lit•tle [ˈlɪtl̩].................... 英初 四級

形 小的
名 少許、一點
副 很少地

• He is just a **little** boy, so he wouldn't know what to do if he got lost.
他只是個小男孩，所以他不知道迷路了該怎麼辦。

同 small 小的
反 large 大的

🔊 Track 103

live [laɪv] / [lɪv].................... 英初 四級

形 有生命的、活的
動 活、生存、居住

• We had **lived** there for 10 years, and then we moved to another city.
我們住在那裡十年，然後搬到另一個城市去。

同 living 活的
反 die 死

long [lɔŋ].................... 英初 四級

形 長久的　　副 長期地
名 長時間　　動 渴望

• This will be a **long**-term commitment; do you think you can make it?
這將會是長久的承諾，你想你做的到嗎？

同 lengthy 長的
反 short 短的

look [lʊk].................... 英初 四級

名 看、樣子、臉色
動 看、注視

• John is a very good-**looking** man. That's why all those girls follow him around.
約翰是個很帥的男生，這就是為什麼那些女孩子一直跟著他。

同 watch 看

lot [lɑt].................... 英初 四級

名 很多

• I need to finish a **lot** of work tonight, so I'll be in my office if you need me.
我今晚有很多工作需要完成，所以如果你需要我，我會在辦公室。

同 plenty 很多
反 few 很少

loud [laʊd].................... 英初 四級

形 大聲的、響亮的

• The neighbor's music is too **loud**, so I went over there to tell him to turn it down.
鄰居的音樂開得太大聲，所以我過去請他關小聲一點。

同 sonorous 宏亮的
反 silent 安靜的

🔊 Track 104

love [lʌv].................... 英初 四級

動 愛、熱愛
名 愛

• It was hard for him to say the words, but he truly **loved** her.
要他說出那些字是很難的，但他真的很愛她。

同 adore 熱愛
反 hate 憎恨

low [lo].................... 英初 四級

形 低聲的、低的
副 向下、在下面

• She bent her head **low** when she was scolded by the teacher.
她在被老師罵的時候，把頭壓得很低。

同 short 矮的
反 lofty 高聳的

luck•y [ˈlʌkɪ].................... 英初 四級

形 有好運的

• Max is always very **lucky**, and he gets good prizes in raffle drawings all the time.
麥克思一直都很幸運，他抽籤中了大獎。

反 doomful 充滿厄運的

lunch / lunch•eon
[lʌntʃ] / [`lʌntʃən]　　　英初　四級

名 午餐

• I'm sorry to cancel our date, but I have a **lunch** meeting today.
我對於取消我們的約會感到很抱歉，但我今天有個午餐會議。

Mm ↘

ma•chine [mə`ʃin]　　　　英初　四級

名 機器、機械

• The massive **machine** filled the entire room of the factory.
這台大機器把整個工廠的空間都佔滿了。

同 machinery 統稱機器，機械

🔊 Track 105

mad [mæd]　　　　　　　英初　四級

形 神經錯亂的、發瘋的

• It is a pity that he went **mad** in the later years of his life.
他在晚年發瘋了，真是遺憾。

同 crazy 瘋狂的
反 sane 清醒的、理智的

mail [mel]　　　　　　　英初　四級

名 郵件　動 郵寄

• They said they have **mailed** me the package, but I haven't received it yet.
他們說包裹已寄出給我了，但我還沒收到。

同 send 發送、寄
同 post 郵件、郵政

make [mek]　　　　　　　英初　四級

動 做、製造

• My dear friend is **making** me a scarf for my birthday gift.
我的好朋友正在織圍巾給我當生日禮物。

同 manufacture 製造

man [mæn]　　　　　　　英初　四級

名 成年男人、人類（不分男女）

• That strange **man** is wearing a heavy jacket on a hot summer day.
那奇怪的男生在這大熱天還穿著厚夾克。

反 woman 女人

man•y [`mɛnɪ]　　　　　　英初　四級

形 許多的

• There are so **many** different restaurants; I don't know which one to choose.
有許多不同的餐廳可選擇，我不知道要選哪一個。

同 numerous 很多的
反 few 很少的

🔊 Track 106

map [mæp]　　　　　　　英初　四級

名 地圖　動 用地圖表示、繪製地圖

• He **mapped** the location to make sure no one got lost.
他在地圖上那個點做上記號，確認不會有人迷路。

同 chart 圖、航海圖

March / Mar. [mɑrtʃ]　　　英初　四級

名 三月

• The weather is usually quite nice in **March**, as it is spring time.
三月的天氣通常很好，那時正是春天的時候。

mar•ket [`mɑrkɪt]　　　　英初　四級

名 市場

• Let's stop by the **market** to pick up some groceries on the way home.
我們在市場停一下，順便買些日用品回家。

同 bazaar 集市、市場

mar•ry [`mærɪ]　　　　　英初　四級

動 使…結為夫妻、結婚

• Judy told me that she wanted to **marry** at the age of thirty.
茱蒂告訴我她想要在三十歲結婚。

反 divorce 離婚

mas•ter [ˋmæstɚ] .... 英初 四級

名 主人、大師　動 精通

- He had **mastered** the skill of wood-carving at a young age.
  他在年輕的時候就已經精通木頭雕刻技術。

同 host 主人

🔊 Track 107

match [mætʃ] .... 英初 四級

名 比賽　動 相配

- Cathy and her husband are well-**matched**.
  凱西和她的丈夫非常速配。

同 contest 比賽

mat•ter [ˋmætɚ] .... 英初 四級

名 事情、問題
動 要緊

- It is not the **matter** of quantity, but of quality.
  這不是數量上的問題，而是質量上的。

同 affair 事情、事件

May [me] .... 英初 四級

名 五月

- She was born in **May**, so her mother named her May.
  她是五月出生的，所以她的媽媽把她取名叫梅。

may [me] .... 英初 四級

助 可以、可能

- According to the weather forecast, it **may** rain tomorrow.
  根據氣象預報，明天可能會下雨。

同 might 可以、可能

may•be [ˋmebi] .... 英初 四級

副 或許、大概

- **Maybe** what he said is true, but I won't believe it until I see it.
  他說的也許是真的，但我要看到才能相信。

同 perhaps 或許、大概

🔊 Track 108

me [mi] .... 英初 四級

代 我

- Can you tell **me** the directions to the park?
  請問您能夠告訴我公園往哪個方向嗎？

同 I 我
反 you 你

mean [min] .... 英初 四級

動 意指、意謂　形 惡劣的

- Eileen is neither friendly nor nice; she's actually quite **mean**.
  愛琳不友善也不可愛，她其實很刻薄。

同 indicate 指出、顯示

meat [mit] .... 英初 四級

名 食用肉

- Vegetarians typically do not eat **meat**.
  素食者一般都不吃肉。

反 vegetable 蔬菜

meet [mit] .... 英初 四級

動 碰見、遇到、舉行集會、開會

- Shall we **meet** at our usual spot for Sunday brunch?
  我們還是在平常星期天吃早午餐的地方見面嗎？

同 encounter 碰見

mid•dle [ˋmɪdl̩] .... 英初 四級

名 中部、中間、在……中間
形 居中的

- Put everything in the **middle** of the table so the baby can't reach anything.
  把東西都放到桌子中央，這樣小孩子就碰不到。

同 midst 中間、當中
反 side 旁邊、側

🔊 Track 109

mile [maɪl] .... 英初 四級

名 英哩＝1.6 公里

- In some parts of the countryside, you can't see another house for **miles**.
  在一些鄉下地方，你在方圓幾哩都看不到房屋。

milk [mɪlk] .... 英初 四級

名 牛奶

- I've fed **milk** to the baby already, so he isn't hungry now.
  我已經幫寶寶餵奶了，他現在不餓了。

mind [maɪnd] .... 英初 四級

名 頭腦、思想 動 介意

- He has a strong **mind**, and will devote all his efforts in doing something.
  他很有意志力，做事情全力以赴。
  同 thought 思想
  反 body 身體

min•ute [ˋmɪnɪt] .... 英初 四級

名 分、片刻

- He's about 40 **minutes** late; I think we should give him a call.
  他遲到了將近四十分鐘，我想我們應該打個電話給他。
  同 moment 片刻

Miss / miss [mɪs] .... 英初 四級

名 小姐

- I don't think **Miss** Brown is married because she doesn't wear a wedding ring.
  我不認為布朗小姐已經結婚了，因為她沒戴結婚戒指。
  同 lady 小姐、女士
  反 Mr. / Mister 先生

🔊 Track 110

miss [mɪs] .... 英初 四級

動 想念、懷念
名 失誤、未擊中

- We **missed** our exit on the freeway, so we got off at the next one.
  我們剛在高速公路上錯過了出口，所以我們在下一個出口下交流道。
  同 yearn 想念
  反 hit 擊中

mis•take [məˋstek] .... 英初 四級

名 錯誤、過失

- I made a huge **mistake** of choosing this professor; he's just too strict!
  我選擇這個教授真是個大錯誤，他太嚴格了！
  同 error 錯誤
  反 correctness 正確

mo•ment [ˋmomənt] .... 英初 四級

名 一會兒、片刻

- In that **moment**, he realized exactly what he had to do.
  在那個時刻，他真正明白他要做什麼。
  同 instant 頃刻、一剎那

mom•my / mom / mom•ma / ma / mum•my [ˋmɑmɪ] / [mɑm] / [ˋmɑmə] / [mɑ] / [ˋmʌmɪ] .... 英初 四級

名 媽咪

- I'm going to buy some flowers for my **mom** on Mother's Day.
  我在母親節要買些花送給我母親。
  同 mother 母親、媽媽
  反 dad 爸爸

Mon•day / Mon [ˋmʌnde] .... 英初 四級

名 星期一

- It always takes me a while to wake up on **Monday** mornings.
  星期一早上起床總是得花上我一些時間。

mon•ey [`mʌnɪ] 英初 四級

名 錢、貨幣

• If I had a lot of **money**, I'd try to give some to charity each month.
假如我有很多錢，我將會每個月捐一些給慈善單位。

同 cash 現金

mon•key [`mʌŋkɪ] 英初 四級

名 猴、猿

• The **monkeys** will grab your bags looking for food, so be careful.
小心點，那群猴子會搶你的包包找食物。

同 ape 猿

month [mʌnθ] 英初 四級

名 月

• I've been living here for about 6 **months**, and it's great.
我已經在這裡住六個月了，真的很棒。

moon [mun] 英初 四級

名 月亮

• There is a full **moon** tonight, perfect for Halloween.
今晚是月圓之夜，剛好和萬聖節應景。

反 sun 太陽

more [mor] 英初 四級

形 更多的、更大的

• Can I please have a bit **more** pickles on my sandwich?
請問能在我的三明治裡加多一點醃菜嗎？

反 less 更少的、更小的

morn•ing [`mɔrnɪŋ] 英初 四級

名 早上、上午

• He always has a cup of coffee in the **morning** to stay awake.
他早上總要來杯咖啡來提振精神。

反 evening 傍晚、晚上

most [most] 英初 四級

形 最多的、大部分的
名 最大多數、大部分

• **Most** important of all, don't forget to bring the camera.
最重要的是別忘了帶照相機。

同 maximum 最大的、最多的
反 least 最少的

moth•er [`mʌðɚ] 英初 四級

名 母親、媽媽

• She is going to be a **mother** soon, as she is 8 months pregnant.
她已經懷孕八個月了，很快就要當媽媽了。

同 mom 媽媽
反 father 爸爸

moun•tain [`maʊntn̩] 英初 四級

名 高山

• It got colder and colder as we climbed up the **mountain**.
我們往山上爬，天氣愈來愈冷。

同 hill 山
反 valley 峽谷

mouse [maʊs] 英初 四級

名 老鼠

• The little boy took his pet **mouse** with him everywhere he went.
那小男孩到哪裡都帶著他的寵物老鼠。

同 rat 鼠

A B C D E F G H I J K L **M** N O P Q R S T U V W X Y Z

🔊 Track 113

mouth [maʊθ] .... 英初 四級

名 嘴、口、口腔

• He couldn't say anything because his **mouth** was full of food.
因為他嘴巴都是食物，所以說不出話來。

move [muv] .... 英初 四級

動 移動、行動

• Please don't **move** or touch anything on my desk.
請不要移動或碰觸我桌上的任何東西。

同 shift 移動、變化
反 stop 停

move•ment
[ˋmuvmənt] .... 英初 四級

名 運動、活動、移動

• The report is about the yellow vest **movement** in France.
這個報導是關於法國的黃背心運動。

同 motion 運動、活動

mov•ie / mo•tion pic•ture /film / cin•e•ma
[ˋmuvɪ] / [ˋmoʃən ˋpɪktʃɚ] / [fɪlm] / [ˋsɪnəmə] .... 英初 四級

名 一部電影

• Let's go for dinner and a **movie** this weekend.
我們這週末去吃個晚餐、看部電影吧！

同 film 電影

Mr. / Mis•ter [ˋmɪstɚ] .... 英初 四級

名 對男士的稱呼、先生

• **Mr.** Johnson is my Science teacher.
強森先生是我的科學老師。

反 Mrs. 夫人

🔊 Track 114

Mrs. [ˋmɪsɪz] .... 英初 四級

名 夫人

• **Mrs.** Green's husband is Tom Green.
格林太太的先生是湯姆格林。

反 Mr. 先生

Ms. [mɪz] .... 英初 四級

名 女士（代替 Miss 或 Mrs. 的字，不指明對方的婚姻狀況）

• I'm not sure whether **Ms.** Smith is married or not.
我不確定史密斯小姐是否結婚了。

同 madam 女士

much [mʌtʃ] .... 英初 四級

名 許多　副 很、十分
形 許多的（修飾不可數名詞）

• It would be **much** appreciated if we could get an extension on the deadline.
如果可以再延長最後限期我們會很感激。

同 plenty 很多的
反 little 少、不多的

mud [mʌd] .... 英初 四級

名 爛泥、稀泥

• Brady had a good time playing in the **mud** this afternoon.
布萊迪今天下午玩泥巴玩得很開心。

同 dirt 爛泥

mug [mʌg] .... 英中 六級

名 帶柄的大杯子、馬克杯

• He goes to the diner so often that he has his own **mug** there.
他常去那家餐廳，現在那裡已有他專屬的馬克杯。

同 stoup 大杯子

mu•sic [ˈmjuzɪk] .... 英初 四級

名 音樂

• I always play some light **music** while I work or study.
當我工作或念書時，我總是會放點輕音樂來聽。

must [mʌst] .... 英初 四級

助動 必須、必定

• We **must** present our tickets in order to be admitted.
我們必須出示我們的票才能被允許進入。

同 necessarily 必定

my [maɪ] .... 英初 四級

代 我的

• Please come to **my** house for dinner tomorrow night.
明晚請到我家吃晚餐。

反 your 你的

Nn↓

name [nem] .... 英初 四級

名 名字、姓名、名稱、名義

• I'm not very good with **names**; I can never remember a person's **name**.
我對記人名不是很擅長，我總是記不得人家的名字。

同 label 名字、稱號

na•tion [ˈneʃən] .... 英初 四級

名 國家

• It is still a developing **nation** with a lot of room for improvement.
它仍是個發展中的國家，還有許多發展空間。

同 country 國家

na•ture [ˈnetʃɚ] .... 英初 四級

名 自然界、大自然

• Sometimes it is nice to get in touch with **nature** by going camping.
有時候去露營接觸大自然是很好的事。

同 essence 本質

near [nɪr] .... 英初 四級

形 近的、接近的、近親的、親密的

• There is a supermarket **near** my home, so it is very convenient for me to buy groceries.
在我家附近有間超市，所以要買東西很方便。

同 close 親近的
反 far 遠的

neck [nɛk] .... 英初 四級

名 頸、脖子

• She tied a scarf around her **neck** to keep the wind from blowing on it.
她在脖子上繫了條圍巾，以免被風吹到。

need [nid] .... 英初 四級

動 需要
名 需要、必要

• A child has many **needs** that parents **need** to accommodate.
父母需要滿足小孩的許多需要。

同 demand 需要、需求

nev•er [ˈnɛvɚ] .... 英初 四級

副 從來沒有、決不、永不

• I would like to travel to Europe next summer because I've **never** been there before.
我明年夏天想要到歐洲旅行，因為我從沒去過。

反 ever 始終、曾經

A B C D E F G H I J K L M **N** O P Q R S T U V W X Y Z

Track 117

new [nju] 英初 四級

形 新的

• The Johnsons bought a **new** house last weekend.
強森一家人上週末買了一間新房子。

同 brand-new 嶄新的
反 old 老舊的

news [njuz] 英初 四級

名 新聞、消息（不可數名詞）

• I saw a terrible **news** on TV today.
我今天在電視看到一則很可怕的新聞。

同 information 消息、報導

news•pa•per
[`njuz͵pepɚ] 英初 四級

名 報紙

• Tom reads the **newpaper** while eating breakfast every morning.
湯姆每天早上吃早餐時都要看報紙。

next [`nɛkst] 英初 四級

副 其次、然後
形 其次的

• They will arrive **next** week, so we need to prepare for their arrival.
他們下個週末將會抵達，所以我們需要準備迎接他們的到來。

同 subsequent 後來的、隨後的

nice [naɪs] 英初 四級

形 和藹的、善良的、好的

• The weather is so **nice** today; let's go to the beach.
今天天氣很好，我們一起到海邊去吧！

同 kind 善良的
反 nasty 惡意的

Track 118

night [naɪt] 英初 四級

名 晚上

• I have poor **night** vision, so I need my glasses when I drive at **night**.
我晚上的視力不好，所以我晚上開車時需要戴眼鏡。

同 evening 晚上
反 day 白天

nine [naɪn] 英初 四級

名 九個

• I will be in town for only **nine** days, so let's try to make the most of it.
我只會在城裡待九天，所以讓我們好好利用時間吧。

nine•teen [`naɪn`tin] 英初 四級

名 十九

• She moved out of her parents' house at the age of **nineteen**.
她十九歲時就從父母的房子搬出去住了。

nine•ty [`naɪntɪ] 英初 四級

名 九十

• When my grandfather turned **ninety**, we had a big family reunion.
當我的祖父九十大壽時，我們辦了個很大的家族聚會。

no / nope [no] / [nop] 英初 四級

形 沒有、不、無

• There is **no** way to get home in the snowstorm, so let's just wait it out.
在這暴風雪的天氣是無法回家的，我們只能耐心等待。

反 yes 是

noise [nɔɪz] 英初 四級

名 喧鬧聲、噪音、聲音

- The kids are making too much **noise**; I can't hear you.
  那群孩子太吵了，我聽不到你說的話。
- 同 bustle 喧嘩
- 反 silence 安靜

nois•y [ˋnɔɪzɪ] 英初 四級

形 嘈雜的、喧鬧的、熙熙攘攘的

- The students were so **noisy** that they didn't hear the bell ring.
  學生們太吵了，所以他們沒聽到鐘響了。
- 同 boisterous 喧鬧的
- 反 silent 安靜的

noon [nun] 英初 四級

名 正午、中午

- The kids usually go on their lunch break at **noon**.
  孩子們通常在中午休息用餐。
- 同 midday 正午

nor [nɔr] 英初 四級

連 既不…也不、兩者都不

- He is neither rich **nor** handsome, but he is cute and humble.
  他不富有也不帥，但他很可愛也很謙虛。
- 反 both 兩者都、既…且…

north [nɔrθ] 英初 四級

名 北、北方　形 北方的

- We will be going up **north** for the summer.
  我們將會在北方度過夏天。
- 反 south 南方、南方的

nose [noz] 英初 四級

名 鼻子

- He has a stuffy **nose**, so he cannot smell anything at the moment.
  他有鼻塞，所以他暫時聞不到任何味道。
- 同 snoot 鼻子

not [nɑt] 英初 四級

副 不（表示否定）

- She is **not** a nurse; she is a doctor.
  她不是護士，她是醫生。
- 同 no 不、不是

note [not] 英初 四級

名 筆記、便條
動 記錄、注釋

- The police officer **noted** that the woman used a wheelchair prior to the accident.
  員警記錄了那女生在意外發生前是坐在輪椅上的。
- 同 record 記錄

noth•ing [ˋnʌθɪŋ] 英初 四級

副 決不、毫不
名 無關緊要的人事物

- The bag was empty. There was **nothing** in it.
  那個袋子是空的。沒有東西在裡面。
- 同 nobody 無足輕重的人

no•tice [ˋnotɪs] 英初 四級

動 注意
名 佈告、公告、啟事

- There was a **notice** posted on the door informing everyone of the class cancellation.
  門上貼了告示提醒學生課程取消了。
- 同 announcement 通知
- 反 ignore 忽略

A B C D E F G H I J K L M **N** O P Q R S T U V W X Y Z

🔊 Track 121

No•vem•ber / Nov.
[noˋvɛmbɚ] .... 英初 四級

名 十一月

• Americans celebrate the Thanksgiving Day in **November**.
美國人在十一月慶祝感恩節。

now [nɑu] .... 英初 四級

副 現在、此刻
名 如今、目前

• I hope that we can enforce these new rules from **now** on.
我希望我們可以現在就開始執行這些新規定。

同 nowadays 現今、現在
反 then 那時、當時

num•ber [ˋnʌmbɚ] .... 英初 四級

名 數、數字

• My daughter is an accountant, so she is very good with **numbers**.
我女兒是個會計師，所以她對數字很在行。

同 figure 數字

nurse [nɝs] .... 英初 四級

名 護士

• The **nurse** was very kind and gentle to the elderly patients.
那護士對年紀大的病人很用心也很和善。

同 sister 護士長、護士

Oo ➜

O.K. / OK / okay [ˋoˋke] .... 英初 四級

名 好、沒問題

• It is **O.K.** with me if you want to eat at McDonald's.
你如果想吃麥當勞，我也沒有意見。

同 good 好

🔊 Track 122

o•cean [ˋoʃən] .... 英初 四級

名 海洋

• The girl was drowning in the **ocean**, and the lifeguard came to save her.
女孩在海中溺水了，救生員去把她救起來。

同 sea 海洋
反 land 陸地

o'clock [əˋklɑk] .... 英初 四級

副 …點鐘

• I will pick you up at 8 **o'clock** sharp.
我 8 點整會去接你。

Oc•to•ber / Oct.
[ɑkˋtobɚ] .... 英初 四級

名 十月

• The holiday season usually starts after Halloween in **October**.
節日假期通常在十月萬聖節後開始。

of [əv] .... 英初 四級

介 含有、由…製成、關於、從、來自

• It's very kind **of** you to lend me your money.
你肯把錢借給我真是好心。

同 from 來自

off [ɔf] .... 英初 四級

介 從…下來、離開…、不在…之上
副 脫開、去掉

• Please keep **off** the fence.
請不要接近柵欄。

同 depart 離開

🔊 Track 123

of•fice [ˋɔfɪs] .... 英初 四級

名 辦公室

• My father's **office** is very big with a nice view of the city.
我爸的辦公室很大，而且可以看到漂亮的城市景觀。

of•fi•cer [ˋɔfəsɚ] .... 英初 四級

名 官員

• The immigration **officers** in the airports always frighten me a bit.
　在機場的移民局警官總是讓我有點害怕。

同 official 官員

---

of•ten [ˋɔfən] .... 英初 四級

副 常常、經常

• I **often** go to that restaurant, because the food is delicious.
　我常常到那家餐廳，因為那裡的食物很好吃。

同 frequently 經常地、頻繁地

---

oil [ɔɪl] .... 英初 四級

名 油

• **Oil** is a crucial source of energy nowadays.
　石油是現今地球上首要的能源。

同 petroleum 石油

---

old [old] .... 英初 四級

形 年老的、舊的

• This necklace is very **old**; it has been passed down in my family for centuries.
　這條項鍊很古老，已經在我們家族傳了好幾世紀了。

同 ancient 古老的
反 young 年輕的

🔊 Track 124

on [ɑn] .... 英初 四級

介 （表示地點）在…上、在…的時候、在…狀態中
副 在上

• I will leave **on** Sunday, so I would like to spend the day with you today.
　我將在星期天離開，所以我今天想要跟你一起過。

同 over 在…上

---

once [wʌns] .... 英初 四級

副 一次、曾經
連 一旦
名 一次

• I've been to New York City **once**, and it was a very memorable place.
　我曾到紐約一次，它是個很令人難忘的城市。

同 ever 曾經
反 again 再一次

---

one [wʌn] .... 英初 四級

形 一的、一個的
名 一、一個

• There was only **one** left, so I bought it.
　這只剩下一個，所以我就把它買下來了。

同 a / an 一、一個

---

on•ly [ˋonlɪ] .... 英初 四級

形 唯一的、僅有的
副 只、僅僅

• He is the **only** person who has the key, so we'll have to wait until he gets here.
　只有他一個人有鑰匙，所以我們必須要等到他來。

同 simply 僅僅、只不過

---

o•pen [ˋopən] .... 英初 四級

形 開的、公開的
動 打開

• When she **opened** the door, everyone shouted, "Surprise!"
　當她打開門時，每個人都大喊「驚喜！」

同 public 公開的
反 close 關

🔊 Track 125

or [ɔr] .... 英初 四級

連 或者、否則

• Would you like coffee **or** tea after meal?
　你餐後想要喝茶還是咖啡？

同 otherwise 否則

A
B
C
D
E
F
G
H
I
J
K
L
M
N
O
P
Q
R
S
T
U
V
W
X
Y
Z

or•ange [ˋɔrɪndʒ] .... 英初 四級

名 柳丁、柑橘
形 橘色的

• The **orange** t-shirt matches perfectly with my **orange** shoes.
這件橘色的 T 恤剛好跟我的橘色鞋子很搭配。
同 tangerine 橘子

or•der [ˋɔrdɚ] .... 英初 四級

名 次序、順序、命令
動 命令、訂購

• When the general gives an **order**, everyone scrambles to do it.
當將軍下命令時，每個人都倉促地開始行動。
同 command 指揮、命令

oth•er [ˋʌðɚ] .... 英初 四級

形 其他的、另外的

• Please choose one or the **other**, as these are the only two choices.
請二選一，這裡只有兩種選擇。
同 additional 其他的、別的

our(s) [ˋaur(z)] .... 英初 四級

代 我們的東西

• I think we left **our** books at school, because I can't find them anywhere.
我想我們把書留在學校了，因為我到處都找不到。
反 your 你們的

◀) Track 126

out [aut] .... 英初 四級

副 離開、向外
形 外面的、在外的

• I saw grandma looking **out** the window, so I'm sure she's home.
我看到奶奶往窗外看，所以我很確定她在家。
同 outside 在外面
反 in 在裡面的

out•side [ˋautˋsaɪd] .... 英初 四級

介 在…外面
形 外面的
名 外部、外面

• Those chairs are supposed to be on the balcony **outside**.
那些椅子應該要擺在陽臺外面。
反 inside裡面的

o•ver [ˋovɚ] .... 英初 四級

介 在…上方、遍及、超過
副 翻轉過來
形 結束的、過度的

• The school year is finally **over**; we can go on vacation now.
學期終於結束了，我們現在能開始放假了。
同 above 在…上方
反 beneath在…下方

own [on] .... 英初 四級

形 自己的
代 屬於某人之物
動 擁有

• She **owns** three houses, but now she has to sell two of them.
她有三間房子，但現在必須賣掉兩間。
同 possess 擁有
反 other 別的、其餘的

Pp→

page [pedʒ] .... 英初 四級

名 書上的頁

• I earmarked the **page**, so you will find it easily.
我已經在那一頁做上記號，所以你應該可以很容易找到。
同 leaf 頁

paint [pent] .... 英初 四級

名 顏料、油漆
動 粉刷、油漆、用顏料繪畫

• My daughter wants to **paint** her room pink, so I have to buy some new **paint**.
我女兒想要把她的房間漆成粉紅色，所以我必須去買新的油漆。

同 draw 描繪

pair [pɛr] .... 英初 四級

名 一雙、一對　動 配成對

• I'm so glad that I was **paired** with Mike; I know we can work well together.
我很高興我跟麥克在一組，我知道我們會配合的很好。

同 couple 一對、一雙

pants / trou•sers
[pænts] / [`trauzəz] .... 英初 四級

名 褲子

• She seldom wears skirts; I often see her wearing **pants**.
她很少穿裙子，我常常看她穿褲子。

反 coat 上衣

pa•pa / pop
[`papə] / [pap] .... 英初 四級

名 爸爸

• My **papa** opened a bistro called "Papa's Bistro".
我爸爸開了間小酒館就叫 Papa's Bistro。

同 father 父親、爸爸
反 mom 媽媽

pa•per [`pepə] .... 英初 四級

名 紙、報紙

• The gust of wind blew the **papers** all over the playground.
一陣強風吹來，把紙張都吹到了運動場上。

同 newspaper 報紙

par•ent(s) [`pɛrənts] .... 英初 四級

名 雙親、家長

• My **parents** have been married for more than 40 years.
我父母已經結婚超過四十年了。

反 child 孩子

park [pɑrk] .... 英初 四級

名 公園
動 停放（汽車等）

• I'm not very good at parallel **parking**, so I usually try to find a **parking** lot.
我對路邊停車不是很在行，所以我通常會找停車場。

part [pɑrt] .... 英初 四級

名 部分
動 分離、使分開

• The program will be split into 4 **parts**.
這個計劃將會被分成四個部份。

反 whole 全部的

par•ty [`pɑrtɪ] .... 英初 四級

名 聚會、黨派

• She couldn't get away from the lavish **parties** and crazy night life.
她無法擺脫鋪張的派對和瘋狂的夜生活。

同 get-together 聚會

pass [pæs] .... 英初 四級

名 考試及格、通行證
動 經過、消逝、通過

• We got **passes** to go backstage after the concert.
我們在演唱會結束後，被允許進入後台。

反 fail 不及格

A B C D E F G H I J K L M N O **P** Q R S T U V W X Y Z

Level 1

國中小必考單字 | 基礎篇

Track 129

past [pæst] 英初 四級

形 過去的、從前的
名 過去、從前
介 在……之後

• I've had a cup of coffee in the morning for the **past** 20 years.
我在過去的 20 年已經習慣每天早上都要來一杯咖啡。

同 bypast 過去的
反 future 未來的

pay [pe] 英初 四級

名 工資、薪水　動 付錢

• They have been working without **pay** for the past 3 months.
他們已經三個月沒有領薪水了。

同 wage 工資、報酬

pay•ment [ˋpemənt] 英初 四級

名 支付、付款

• I need to make many **payments** every month.
我每個月都要付好多錢。

同 pay 付款

pen [pɛn] 英初 四級

名 鋼筆、原子筆

• Amy got a custom-made **pen** for her graduation present.
艾咪收到一份畢業禮物,是一枝訂製的鋼筆。

pen•cil [ˋpɛnsl̩] 英初 四級

名 鉛筆

• I have a lot of **pencils** on my desk; you can take one if you want.
我在書桌上有許多鉛筆,如果你要可以隨便拿一枝。

Track 130

peo•ple [ˋpipl̩] 英初 四級

名 人、人們、人民、民族

• How many **people** should we invite to our wedding?
我們要邀多少人來參加我們的婚禮?

同 nation 民族

per•haps [pəˋhæps] 英初 四級

副 也許、可能

• **Perhaps** we would grab some dinner before heading for the movie theater.
也許我們在去電影院前會隨便吃點晚餐。

同 maybe 也許

per•son [ˋpɝsn̩] 英初 四級

名 人

• Sam is one of the most interesting **person** I know, because he always tells great stories of his experiences.
山姆是我所認識最有趣的人之一,因為他總是會把自己的經驗編成很精彩的故事。

同 people 人

pet [pɛt] 英初 四級

名 寵物、令人愛慕之物
形 寵愛的、得意的

• I always go to the same **pet** shop to buy supplies for my dog.
我總是到相同的寵物店去幫我的小狗買一些補給品。

pi•an•o [pɪˋæno] 英初 四級

名 鋼琴

• Sally has been taking **piano** classes for many years.
莎利已經學鋼琴好幾年了。

pic•ture [ˋpɪktʃɚ] 英初 四級

名 圖片、相片
動 畫、（想像）

• Can you **picture** Mary got married one day?
你能想像有天瑪莉結婚的樣子嗎？

同 image 圖像

pie [paɪ] 英初 四級

名 派、餡餅

• I love to bake, and apple **pie** is my specialty.
我喜歡烘焙，尤其蘋果派是我擅長的。

同 pasty 餡餅

piece [pis] 英初 四級

名 一塊、一片

• This 4000 **pieces** jigsaw puzzle will take me a long time to complete.
這個四千片的拼圖將會花我很長時間才能完成。

同 fragment 碎片

pig [pɪg] 英初 四級

名 豬

• My daughter wants a potbelly **pig** for her birthday present.
我女兒想要一隻迷你豬當生日禮物。

同 swine 豬

place [ples] 英初 四級

名 地方、地區、地位
動 放置

• There are so many interesting **places** in the city; we probably won't be able to visit them all.
這城市有許多好玩的地方，我們也許無法把它們一一走透。

同 region 地區
反 displace 移開

plan [plæn] 英初 四級

動 計劃、規劃
名 計劃、安排

• I will present the financial **plan** for the next year at meeting tomorrow morning.
明天早上的會議我將會提出明年度的財務計劃。

同 project 計劃

plant [plænt] 英初 四級

名 植物、工廠
動 栽種

• I like to keep office **plants** to liven up the atmosphere.
我喜歡在辦公室放些花草來增添生氣。

同 factory 工廠
反 animal 動物

play [ple] 英初 四級

名 遊戲、玩耍
動 玩、做遊戲、扮演、演奏

• He made a great double **play** leading his team to the championship.
他做出漂亮的雙殺守備，讓球隊獲得冠軍。

同 game 遊戲

play•er [ˋpleɚ] 英初 四級

名 運動員、演奏者、玩家

• He was made the most valuable **player** of his team this year.
他今年成為他們隊上最有價值的球員。

同 sportsman 運動員

play•ground [ˋple͵graʊnd] 英初 四級

名 運動場、遊戲場

• A lot of fast food restaurants have **playgrounds** for kids.
很多的速食餐廳設有遊戲室供小朋友玩耍。

同 playland 遊樂場、遊戲場

A B C D E F G H I J K L M N O P Q R S T U V W X Y Z

🔊 Track 133

please [pliz] .... 英初 四級

動 請、使高興、取悅

- I'm **pleased** to see that you've completed the assignment on time.
  我很高興你準時完成了作業。

同 rejoice 使高興

反 displease 得罪、觸怒

pock•et [`pɑkɪt] .... 英初 四級

名 口袋

形 小型的、袖珍的

- I always keep a **pocket** dictionary with me when I travel.
  我在旅行時總是隨身攜帶一本袖珍字典。

同 placket 口袋

po•et•ry [`pɔɪtrɪ] .... 英中 六級

名 詩、詩集

- Adam writes beautiful **poetry**, and he hopes he can publish his work one day.
  亞當寫的詩很美,他希望有一天他的作品能出版。

同 verse 詩

point [pɔɪnt] .... 英初 四級

名 尖端、點、要點、比賽中所得的分數

動 瞄準、指向

- He didn't understand the **point** of the story, and did not know why people were so intrigued by it.
  他不明白這故事要闡述的是什麼,也不懂為什麼那麼多人為它著迷。

同 dot 點

po•lice [pə`lis] .... 英初 四級

名 警察

- He always wanted to become a **police** officer because his father was one.
  他一直想成為一個警察,因為他爸爸就是警察。

同 policeman 員警

🔊 Track 134

po•lice•man / cop
[pə`lismən] / [kɑp] .... 英中 六級

名 警察

- I didn't know who to ask direction, so I asked the **policeman**.
  我不知道要問誰方向,所以問了警察。

pond [pɑnd] .... 英初 四級

名 池塘

- My father built a **pond** in our backyard.
  我爸爸在我們家後院鑿了個池塘。

同 pool 水池

pool [pul] .... 英初 四級

名 水池

- We love going to swimming **pool** in summer.
  夏天的時候我們喜歡去游泳池游泳。

同 tank 貯水池、池塘

poor [pur] .... 英初 四級

形 貧窮的、可憐的、差的、壞的

- He was a **poor** waiter before he became a movie star.
  在他成為電影明星前,是個窮服務生。

同 moneyless 貧窮的、一文不名的

反 rich 富有的

pop•corn [`pɑp͵kɔrn] .... 英初 四級

名 爆米花

- Watching a DVD with some **popcorn** at home is the perfect way to spend a rainy evening.
  下雨天的晚上,在家吃爆米花看 DVD是很好打發時間的方式。

po•si•tion [pə`zɪʃən] .... 英初 四級

名 位置、工作職位、形勢

- His neck started to feel a little stiff from sitting in the same **position** for a long time.
  他一直長時間維持同一個姿勢，所以脖子開始覺得僵硬。

同 location 位置

---

pos•si•ble [`pɑsəbl̩] .... 英初 四級

形 可能的

- It is **possible** that she won't come home tonight.
  她今晚很有可能不回家了。

同 likely 可能的

---

pow•er [`pauɚ] .... 英初 四級

名 力量、權力、動力

- I try to do as much as I can within my **power**.
  我盡我能力試著去做。

同 strength 力量

---

prac•tice [`præktɪs] .... 英初 四級

名 實踐、練習、熟練　動 練習

- Sally **practices** the piano for about 2 hours each day.
  莎莉每天大概練鋼琴二小時。

同 exercise 練習

---

pre•pare [prɪ`pɛr] .... 英初 四級

動 預備、準備

- The teacher urged his students to **prepare** for the exam.
  老師督促學生準備考試。

同 arrange 安排、籌備

---

pret•ty [`prɪtɪ] .... 英初 四級

形 漂亮的、美好的

- Her **pretty** little cousin bewitched us all.
  她美麗嬌小的表妹把我們都迷住了。

同 lovely 可愛的
反 ugly 醜陋的

---

price [praɪs] .... 英初 四級

名 價格、代價

- Houses are so highly **priced** right now that I don't think I can afford one.
  房價現在很高，我不認為我買得起。

同 value 價格、價值

---

print [prɪnt] .... 英初 四級

名 印跡、印刷字體、版
動 印刷

- The **print** on the curtains is horrible; we really should change them.
  窗簾上的印樣太糟糕了，我們真該把它們換掉。

---

prob•lem [`prɑbləm] .... 英初 四級

名 問題

- There are a lot of **problems** with their car, so they want to buy a new one.
  他們的車有很多問題，所以他們想要換台新的。

同 question 問題
反 solution 解答

---

prove [pruv] .... 英中 六級

動 證明、證實

- He wanted to **prove** that they had a wonderful music program by taking first place in the competition.
  他想要藉由贏得比賽來證明他們有很好的音樂節目。

同 confirm 證實

A B C D E F G H I J K L M N O **P** Q R S T U V W X Y Z

Track 137

pub•lic [ˈpʌblɪk]........................ 英初 四級

形 公眾的　名 民眾

• The museum is only open to the **public** three days a week.
這間博物館一星期只有三天對外開放。

同 open 公開的
反 private 私人的

pull [pʊl]........................ 英初 四級

動 拉、拖

• We tried to **pull** the stranded car out of the ravine with our truck.
我們試著用我們的卡車把卡在深溝裡的車拖出來。

反 push 推

pur•ple [ˈpɝpl̩]........................ 英初 四級

形 紫色的　名 紫色

• **Purple** is my favorite color.
紫色是我最喜歡的顏色。

同 violet 紫色、紫色的

pur•pose [ˈpɝpəs]........................ 英初 四級

名 目的、意圖

• What is the **purpose** of going to school if you are just going to cheat?
如果你只想到要作弊，那到學校上學有什麼意義？

同 aim 目的

push [pʊʃ]........................ 英初 四級

動 推、壓、按、促進
名 推、推動

• The bully **pushed** the boy into the puddle.
那惡漢把那男孩推到泥巴裡。

反 pull 拉、拖

Track 138

put [pʊt]........................ 英初 四級

動 放置

• I **put** your lunch in the refrigerator, so you need to heat it up later.
我把你的午餐放在冰箱裡，所以你待會兒需要加熱一下。

同 place 放置

Qq

queen [kwin]........................ 英初 四級

名 女王、皇后

• She became a **queen** when she was only nineteen.
她成為皇后的時候才十九歲。

反 king 國王

ques•tion [ˈkwɛstʃən] .... 英初 四級

名 疑問、詢問
動 質疑、懷疑

• There are around 50 **questions** you need to answer for the questionnaire.
問卷上大概有 50 個題目需要你來回答。

同 doubt 疑問
反 answer 答案

quick [kwɪk]........................ 英初 四級

形 快的
副 快

• I will be **quick**; you won't have to wait too long.
我會快一點，你將不用等太久。

同 fast 快的
反 slow 慢的

qui•et [ˈkwaɪət] .... 英初 四級

形 安靜的
名 安靜
動 使平靜

• I like studying in a **quiet** environment, because I get distracted easily.
我喜歡在安靜一點的地方念書，因為我很容易分心。

同 still 寂靜的
反 noisy 喧鬧的

🔊 Track 139

quite [kwaɪt] .... 英初 四級

副 完全地、相當、頗

• He was **quite** pleased to get the gift from her.
他收到她送的禮物很開心。

同 very 很、完全地

race [res] .... 英初 四級

動 賽跑
名 種族、比賽

• We **raced** against the other teams and beat them.
我們和其他隊伍賽跑，把他們打敗了。

同 folk（某一民族的）廣大成員

ra•di•o [ˈredɪˌo] .... 英初 四級

名 收音機

• I usually listen to the **radio** when I am commuting to work.
當我在上班的途中，我通常會聽廣播。

rail•road [ˈrelˌrod] .... 英初 四級

名 鐵路

• Children should never play near **railroad** tracks whether there are trains coming or not.
不管火車有沒有經過，孩子都不應該在火車鐵軌附近玩耍。

同 railway 鐵路

rain [ren] .... 英初 四級

名 雨、雨水
動 下雨

• It's **raining** cats and dogs, so I'm definitely not going out today.
雨下得很大，今天我當然不會出門。

同 shower 雨、降雨

🔊 Track 140

rain•bow [ˈrenˌbo] .... 英初 四級

名 彩虹

• The **rainbow** looked so beautiful in the sky after the rain.
雨後天空出現的那道彩虹好漂亮。

raise [rez] .... 英初 四級

動 舉起、抬起、提高、養育

• We tried to **raise** some money for the basketball team with a bake sale.
我們以甜點義賣來為籃球隊籌錢。

同 lift 舉起
反 lower 下降

rat [ræt] .... 英初 四級

名 老鼠

• She felt disgusted when she saw the **rats** running around the floor outside the restaurant.
她在餐廳外面看到老鼠跑來跑去，覺得非常噁心。

同 mouse 老鼠

reach [ritʃ] .... 英初 四級

動 伸手拿東西、到達

• The man was so tall that the top of his head **reached** the ceiling.
那男生非常的高，他的頭頂都擦到天花板了。

同 arrive 到達

A B C D E F G H I J K L M N O P Q R S T U V W X Y Z

read [rid] .... 英初 四級

動 讀、看（書、報等）、朗讀

• I like to do some **reading** before I go to sleep.
我喜歡在睡前做些閱讀。

同 recite 朗誦

🔊 Track 141

read•y [`rɛdɪ] .... 英初 四級

形 作好準備的

• Have you got your bags packed and **ready** for the trip?
你要去玩的行李都打包好了嗎？

同 prepared 準備好的

re•al [`riəl] .... 英初 四級

形 真的、真實的　副 真正地

• The graphics look **real**, but they are actually made with computers.
這些座標圖看起來好像真的，但它們是用電腦作出來的。

同 actual 真的、真正的
反 fake 假的

rea•son [`rizn̩] .... 英初 四級

名 理由

• You'd better have a good **reason** why you are 2 hours late.
你最好有充份的理由解釋為什麼遲到兩個小時。

同 cause 理由、原因

re•ceive [rɪ`siv] .... 英初 四級

動 收到

• Jim was supposed to **receive** the package on his birthday.
吉姆應該在他生日就要收到包裹了。

同 accept 接受
反 send 發送、寄

red [rɛd] .... 英初 四級

名 紅色　　形 紅色的

• Sarah loves drinking **red** wine, and she always has a glass at dinner.
莎拉喜歡喝紅酒，她總是在晚餐時來一杯。

同 ruddy 紅的、紅潤的

🔊 Track 142

re•mem•ber [rɪ`mɛmbɚ] .... 英初 四級

動 記得

• Do you **remember** the good times we had in this park?
你還記得我們在這公園一起共度的美好時光嗎？

同 remind 使記起
反 forget 忘記

re•port [rɪ`port] .... 英初 四級

動 報告、報導
名 報導、報告

• The deadline for the **report** is next week, so we don't have much time left.
這份報告的期限是下星期，所以我們時間不多了。

同 cover 報導

rest [rɛst] .... 英初 四級

動 休息
名 睡眠、休息

• We've been working for hours; let's take a **rest**.
我們已經工作好幾個小時了，我們休息一下吧！

同 relaxation 休息

re•turn [rɪ`tɝn] .... 英初 四級

動 歸還、送回　名 返回

• It felt very comforting to **return** home after several months of being away.
離開家好幾個月，能回到家的感覺真好。

同 recur 回到、重現
反 depart 出發

rice [raɪs] 英初 四級

名 稻米、米飯

- In many countries of the world, **rice** is the main part of a meal.
  米飯在世界上很多國家是主食。

🔊 Track 143

rich [rɪtʃ] 英初 四級

形 富裕的

- He may seem **rich**, but he is not generous.
  他也許很有錢，但他並不大方。

同 wealthy 富裕的
反 poor 貧窮的

ride [raɪd] 英初 四級

動 騎、乘
名 騎馬、騎車或乘車旅行

- I'm not very good at **riding** a scooter; I've fallen off it many times.
  我對騎摩托車不是很在行，我已經摔好幾次了。

同 mount 騎上

right [raɪt] 英初 四級

形 正確的、右邊的
名 正確、右方

- The remote is on your **right** hand side, could you grab it for me?
  遙控器在你右手邊，能幫我拿一下嗎？

同 correct 正確的
反 wrong 錯誤的

ring [rɪŋ] 英初 四級

動 按鈴、打電話
名 戒指、鈴聲

- Daniel wants me to go **ring** shopping with him this weekend, because he's planning to propose to his girlfriend.
  丹尼爾要我這週末陪他去挑戒指，因為他計劃和女朋友求婚。

同 telephone 打電話

rise [raɪz] 英初 四級

動 上升、增長
名 上升

- We could feel the sudden **rise** in temperature as we drove into the vast desert.
  當我們駛進沙漠區時，可以感到氣溫驟然上升了許多。

同 ascend 升起
反 fall 下降

🔊 Track 144

riv•er [`rɪvɚ] 英初 四級

名 江、河

- We always go down in the **river** during the summer time.
  我們夏天時都會去河裡玩耍。

同 stream 小河

road [rod] 英初 四級

名 路、道路、街道、路線

- Our tires kicked up dust as we traveled along the dirt **road**.
  當我們把車開進泥土路時，車輪把灰塵弄的塵土飛揚。

同 path 路、道路

ro•bot [`robət] 英初 四級

名 機器人

- In the future, every household may have a **robot** maid to do housework.
  未來每個家庭也許會有個機器傭人幫忙做家事。

rock [rɑk] 英初 四級

動 搖晃
名 岩石

- The baby would not stop crying no matter how much her mother **rocked** her in a cradle.
  嬰兒的媽媽不管如何的搖晃搖籃安撫，她就是無法停止哭泣。

同 stone 石頭

roll [rol] 英初 四級

動 滾動、捲
名 名冊、卷

- Our instructor does **roll** calls once in a while to see which students cut class.
  我們的指導老師做不定期的點名，看學生是否翹課。
- 同 wheel 滾動、打滾

🔊 Track 145

roof [ruf] 英初 四級

名 屋頂、車頂

- The **roof** of the building was pulled off by the tornado.
  這幢建築物的屋頂被龍捲風吹落了。
- 同 housetop 屋頂
- 反 floor 地板

room [rum] 英初 四級

名 房間、室

- There is no **room** in our car for one more person.
  我們的車已經沒有多餘的空間讓其他人坐了。
- 同 chamber 房間

roost•er [ˋrustɚ] 英中 六級

名 雄雞、好鬥者

- The men were arrested for holding illegal **rooster** fights.
  那群男子因為涉嫌不合法的鬥雞比賽而被逮捕。
- 同 cock 公雞
- 反 hen 母雞

root [rut] 英初 四級

名 根源、根
動 生根

- We need to find the **root** cause of the problem.
  我們需要找到問題的根源。
- 同 origin 起源

rope [rop] 英初 四級

名 繩、索
動 用繩拴住

- We used a **rope** to tie down the tent tightly to the ground.
  我們用繩子把帳篷緊緊地固定在地上。
- 同 cord 繩索

🔊 Track 146

rose [roz] 英初 四級

名 玫瑰花、薔薇花
形 玫瑰色的

- Sandra was pleasantly surprised to find a dozen of **roses** on her desk sent from her boyfriend.
  珊卓看到她桌上有一束她男友送的玫瑰花感到又驚又喜。

round [raʊnd] 英初 四級

形 圓的、球形的
名 圓形物、一回合
動 使旋轉、在…四周

- She's not hard to miss with her **round** body and hearty laugh.
  她圓滾滾的身材和爽朗的笑聲，讓人很難忽視她的存在。
- 同 circular 圓形的

row [ro] 英初 四級

名 排、行、列
動 划船

- The muscles of my arms feel so stiff from **rowing** the boat all day yesterday.
  昨天划了一天的船，讓我的雙臂變得很僵硬。
- 同 paddle 划船

rub [rʌb] 英初 四級

動 磨擦

- She always **rubs** lotion on her body after taking a shower.
  在沖完澡後，她習慣在全身擦上乳液。
- 同 friction 磨擦

rub•ber [ˈrʌbɚ] 英初 四級

名 橡膠、橡皮
形 橡膠做的

• Car tires are made of **rubber**.
輪胎是用橡膠做的。

同 gum 橡膠、橡皮

🔊 Track 147

rule [rul] 英初 四級

名 規則
動 統治

• The king **ruled** the country for several decades before dying.
那國王在過世前統治了這國家好幾十年。

同 govern 統治、管理

run [rʌn] 英初 四級

動 跑、運轉
名 跑

• The thief **ran** really fast in order to get rid of the police officers, but the police **ran** faster and caught him.
那小偷跑得很快想要擺脫警察,但警察跑得更快把他捉住了。

同 operate 運轉

Ss→

sad [sæd] 英初 四級

形 令人難過的、悲傷的

• I felt so **sad** after watching that movie.
看完那部電影之後,我覺得很感傷。

同 sorrowful 悲哀的
反 happy 高興的

safe [sef] 英初 四級

形 安全的

• I don't feel **safe** in his car; he drives like a mad man.
坐他的車我覺得不很安全,他開起車來像發瘋似的。

同 secure 安全的
反 dangerous 危險的

sail [sel] 英初 四級

名 帆、篷、航行、船隻
動 航行

• We **sailed** our boats all day on Saturday.
我們星期六乘著帆船出海一整天。

同 navigate 航行

🔊 Track 148

sale [sel] 英初 四級

名 賣、出售

• Let's go to the mall. The **sales** start today.
我們一起去賣場吧!特賣從今天開始。

同 selling 出售
反 purchase 購買

salt [sɔlt] 英初 四級

名 鹽　形 鹽的

• I've already **salted** the French fries, so we can put them out on the table.
薯條我已經加鹽了,所以我們可以把它端上桌了。

同 saline 含鹽的、鹹的
反 sugar 糖

same [sem] 英初 四級

形 同樣的
副 同樣地
代 同樣的人或事

• Sam felt awkward when he realized that he wore the **same** type of shirt as that of his boss.
山姆發現自己和老闆穿同款襯衫時感到尷尬。

同 uniform 相同的
反 different 不同的

sand [sænd] 英初 四級

名 沙、沙子

• I love beaches with fine white **sand** and clear blue water.
我喜歡沙灘上潔白的沙和清澈的海水。

同 grit 砂礫

Sat·ur·day / Sat.
['sætəde] .... 英初 四級

名 星期六

• We usually have breakfast with Jenny every **Saturday** morning.
我們每週六早上通常和珍妮一起吃早餐。

🔊 Track 149

save [sev] .... 英初 四級

動 救、搭救、挽救、儲蓄（儲存）

• Don't forget to **save** the document for future reference.
別忘了把文件儲存起來，以後可以做參考。

同 rescue 援救、解救
反 waste 浪費、消耗

saw [sɔ] .... 英中 六級

名 鋸
動 用鋸子鋸

• I borrowed a **saw** from my neighbor to cut this wood.
我向鄰居借了一把鋸子來鋸這棵木頭。

say [se] .... 英初 四級

動 說、講

• Did you **say** anything? I thought I heard you **say** something.
你有說話嗎？我好像聽到你在說話。

同 speak 說

scare [skɛr] .... 英初 四級

動 驚嚇、使害怕
名 害怕

• She **scared** me when I saw her sit there in the dark eating her dinner.
我看到她摸黑坐在那裡吃晚餐的時候嚇了一跳。

同 frighten 使害怕

scene [sin] .... 英初 四級

名 戲劇的一場、風景

• The marvelous **scene** in the Lord of the Ring was mostly shot at New Zealand.
魔戒裡的壯觀場景大多是在紐西蘭拍攝的。

同 view 景色

🔊 Track 150

school [skul] .... 英初 四級

名 學校

• My kids go to **school** from Monday to Friday, so I have plenty of time during the week.
我的小孩星期一到星期五都要上學，所以我週間有足夠的時間。

同 college 大學、學院

sea [si] .... 英初 四級

名 海

• We were so far out to the **sea** that we didn't have any cell phone reception.
我們在很遠的海上，所以手機沒有訊號。

同 ocean 海洋
反 land 陸地

sea·son ['sizn̩] .... 英初 四級

名 季節

• My favorite **season** is spring because of the mild temperatures and beautiful blossoms.
我最喜歡的季節是春天，因為氣溫很溫和而且花開得很漂亮。

seat [sit] .... 英初 四級

名 座位
動 坐下

• I saved you a **seat**, so just take your time.
我幫你留了座位，所以你慢慢來。

同 chair 椅子
反 stand 站立

sec·ond [ˈsɛkənd] .... 英初 四級

形 第二的
名 秒

• The earthquake only lasted for a few **seconds**, but it caused so much devastation and will take years to recover.
地震只有維持幾秒，但是造成了嚴重破壞，將需要幾年的時間才能復原。

🔊 Track 151

see [si] .... 英初 四級

動 看、理解

• I've **seen** your new cell phone.
我看到你的新手機了。

同 watch 看

seed [sid] .... 英初 四級

名 種子
動 播種於

• John gave me some squash **seeds** and I'm going to plant them this weekend.
約翰給我一些南瓜種子，我這週末要來種。

同 scatter 散播

seem [sim] .... 英初 四級

動 似乎

• He **seems** very serious, but he's actually very funny.
他似乎很嚴肅，但實際上是很風趣的。

同 seemingly 似乎

see·saw [ˈsiˌsɔ] .... 英初 四級

名 翹翹板

• The kids love playing on the **seesaw** and they always head straight for it when we go to the park.
孩子們喜歡玩蹺蹺板，我們到公園時，他們總是先直接往蹺蹺板那裡跑去。

同 teetertotter 蹺蹺板

self [sɛlf] .... 英中 六級

名 自己、自我

• He is always thinking of **himself**; he is very inconsiderate.
他總是只想到他自己，很不體貼。

同 oneself 自己

🔊 Track 152

self·ish [ˈsɛlfɪʃ] .... 英初 四級

形 自私的、不顧別人的

• One of the reasons I broke up with Alan is that he is extremely **selfish**.
我和艾倫分手的其中一個理由就是他太自私了。

反 selfless 無私的

sell [sɛl] .... 英初 四級

動 賣、出售、銷售

• I hope I'm able to **sell** out all my old clothes at the yard sale.
我希望我能在院子舊貨拍賣把我的舊衣服都賣出去。

同 vend 出售
反 buy 買

send [sɛnd] .... 英初 四級

動 派遣、寄出

• Jane said that she would **send** the package to me tomorrow.
珍說她明天會把包裹寄給我。

同 mail 寄信

sense [sɛns] .... 英初 四級

名 感覺、意義

• What she said doesn't make any **sense** to me.
她說的話對我來說一點道理都沒有。

同 consciousness 意識

A B C D E F G H I J K L M N O P Q R **S** T U V W X Y Z

sen•tence [`sɛntəns] 英初 四級

名 句子、判決
動 判決

• Our teacher asked us to make one **sentence** for each vocabulary as homework.
老師給我們的家庭作業就是幫每個單字都造一個句子。

同 judge 判決

🔊 Track 153

Sep•tem•ber / Sept. [sɛp`tɛmbɚ] 英初 四級

名 九月

• I will be in the United States studying in college next **September**.
明年的九月我將會在美國大學念書。

serve [sɝv] 英初 四級

動 服務、招待

• Bill had **served** in the marines for 10 years before he retired and went back to school.
比爾在他退休回到學校之前，已經在海軍服務了十年了。

同 entertain 招待

serv•ice [`sɝvɪs] 英初 四級

名 服務

• This restaurant prides itself on its exceptional **service**.
這家餐廳因良好的服務而自豪。

set [sɛt] 英初 四級

名 一套、一副　動 放、擱置

• He has a **set** of tools for repairing cars.
他有一套修車的工具。

同 place 放置

sev•en [`sɛvən] 英初 四級

名 七

• I always go to **Seven**-Eleven to buy snacks when I get a late night craving.
我晚上想吃東西時，會到7-11買些點心吃。

🔊 Track 154

sev•en•teen [ˌsɛvən`tin] 英初 四級

名 十七

• My **seventeen**-year-old son is bothering me to buy a car for him.
我 17 歲的兒子一直吵著要我買輛車給他。

sev•en•ty [`sɛvəntɪ] 英初 四級

名 七十

• My grandma is **seventy** years old and she still exercises every day.
我祖母 70 歲了還是每天運動。

sev•er•al [`sɛvərəl] 英初 四級

形 幾個的　代 幾個

• **Several** people have called and complained about the bad service of the sales assistant.
有一些人打電話來抱怨業務助理態度不佳。

shake [ʃek] 英初 四級

動 搖、發抖　名 搖動、震動

• My dog likes to **shake** his body when we give him a bath.
當我們幫狗狗洗澡時，它喜歡甩動它的身體。

同 shock 震動

shall [ʃæl] 英初 四級

連 將

• It seems like you're ready. **Shall** we go?
你看起來好像準備好了，我們能出發了嗎？

同 will 將

shape [ʃep]............................ 英初 四級

動 使成形
名 形狀

- Kids love working with **shapes**, whether they're drawing pictures or playing with wooden blocks.
  不管是畫畫或是玩積木，孩子們都喜歡各式不同的形狀。

同 form 使成形

shark [ʃɑrk]............................ 英初 四級

名 鯊魚

- Although he knew it was dangerous, he still swam in the same waters as the **sharks** did.
  雖然他知道很危險，但他仍在有鯊魚的海域游泳。

同 fish 魚

sharp [ʃɑrp]............................ 英初 四級

形 鋒利的、刺耳的、尖銳的、嚴厲的

- You should be careful with that **sharp** knife.
  你拿著那把鋒利的刀的時候要小心點。

同 harsh 刺耳的
反 euphonious 悦耳的

she [ʃi]............................ 英初 四級

代 她

- This is my best friend; **she** is the girl I keep talking about all the time.
  這是我最好的朋友，她是我一直談到的那個女孩子。

反 he 他

sheep [ʃip]............................ 英初 四級

名 羊、綿羊

- The **sheep** ran quickly towards the field.
  那隻羊很快的往牧場的地方跑去。

同 goat 山羊

sheet [ʃit]............................ 英初 四級

名 床單

- Everything in the room was covered in **sheets**, giving it an eerie feeling.
  這個房間每個東西都用床單覆蓋著，讓人毛骨悚然。

同 bedsheet 床單

shine [ʃaɪn]............................ 英初 四級

動 照耀、發光、發亮　　　　名 光亮

- The sun is **shining** very brightly right into my eyes and I can hardly see.
  陽光閃閃直射我的眼睛，讓我無法睜開眼。

同 glow 發光
反 dark 黑暗

ship [ʃip]............................ 英初 四級

名 大船、海船

- I love watching the large **ships** coming into the harbor.
  我喜歡看著大船駛進海港。

同 boat 船

shirt [ʃɝt]............................ 英初 四級

名 襯衫

- I think this **shirt** really suits him; I'll buy it as a gift for him.
  我覺得這件襯衫真的很適合他，我要買來送給他。

反 blouse 女襯衫

shoes [ʃuz]............................ 英初 四級

名 鞋

- Jack's left **shoe** is missing. Have you seen it?
- 傑克的左腳鞋不見了。你有看見嗎？

同 footwear 鞋類

🔊 Track 157

shop / store
[ʃɑp] / [stor] .... 英初 四級

名 商店、店鋪

• There is a tiny mom and pop **shop** around the corner that sells some simple groceries.
在轉角的地方有一間小零售鋪，它有賣一些簡單的雜貨。

shore [ʃor] .... 英初 四級

名 岸、濱

• So much debris was washed onto the **shore** after the storm that it took the cleaning crew a few days to get it all cleaned up.
在風雨過後，很多的殘骸瓦礫被沖到岸上，清潔隊花了好幾天才把它清乾淨。

同 bank 岸

short [ʃɔrt] .... 英初 四級

形 短的、不足的
副 突然地

• I don't mean to cut you **short**, but I have to take another phone call now.
我不是故意要打斷你說話，但我現在必須接另一通電話。

同 cutty 短的
反 long 長的、遠的

shot [ʃɑt] .... 英中 六級

名 子彈、射擊

• They fired the first **shot**, and it sparked an all-out war.
他們開了第一槍，宣告戰爭開始了。

同 bullet 子彈

shoul•der [ˈʃoldɚ] .... 英初 四級

名 肩、肩膀

• I have a **shoulder** pain from pitching the ball so hard all day.
因為投球一整天，我的肩膀感到一陣酸痛。

🔊 Track 158

shout [ʃaʊt] .... 英初 四級

動 呼喊、喊叫
名 叫喊、呼喊

• Can you please stop **shouting** at me? Just tell me what you want me to do.
你可以不要再對我吼叫嗎？直接告訴我到底要我做什麼。

同 yell 叫喊

show [ʃo] .... 英初 四級

動 出示、表明
名 展覽、表演

• Let's try to catch the 9 p.m. **show** tonight; I'll wait for you in front of the box office.
我們看看能不能趕上九點的表演，我會在售票亭前等你。

同 display 陳列、展出

shut [ʃʌt] .... 英初 四級

動 關上、閉上

• Cory usually **shuts** the windows in his bedroom before going to bed.
可瑞通常在睡前關上臥室的窗戶。

同 close 關閉
反 open 開放

shy [ʃaɪ] .... 英初 四級

形 害羞的、靦腆的

• Lily is extremely **shy** and rarely talks to anyone.
莉莉非常的害羞，不敢跟任何人講話。

同 bashful 害羞的
反 bold 大膽的

sick [sɪk] .... 英初 四級

形 有病的、患病的、想吐的、厭倦的

• Stella has been **sick** and absent from school for the whole week.
史黛拉已經生病一整個禮拜了，也都沒去學校。

同 ill 有病的
反 healthy 健康的

side [saɪd] .... 英初 四級

名 邊、旁邊、側面
形 旁邊的、側面的

• Can you help me get the tissues in the left-**side** pocket of my jacket?
你能幫我拿在我夾克的左邊口袋裡的衛生紙嗎？

同 flank 側面
反 center 中心

sight [saɪt] .... 英初 四級

名 視力、情景、景象

• She kept waving goodbye to the car even though she had lost **sight** of it already.
她一直向車子揮手道別，就算她已經看不見它了。

同 vision 視力

sil•ly [ˈsɪlɪ] .... 英初 四級

形 傻的、愚蠢的

• James kept saying some **silly** words at the party.
詹姆士在派對上一直說些蠢話。

同 foolish 愚蠢的
反 wise 明智的

sil•ver [ˈsɪlvɚ] .... 英初 四級

名 銀
形 銀色的

• Tammy likes jewelry made of **silver**, so let's get her this **silver** necklace.
泰咪喜歡銀製首飾，所以我們買這條銀項鍊給她吧。

同 silvery 銀一般的

sim•ple [ˈsɪmpl̩] .... 英初 四級

形 簡單的、簡易的

• I thought the lesson was quite **simple**, but it is getting more challenging.
我以為這一課很簡單，但它愈來愈有挑戰性。

同 easy 簡單的
反 complex 複雜的

since [sɪns] .... 英初 四級

副 從…以來
介 自從
連 從…以來、因為、既然

• I just went ahead and finished the work on my own, **since** like you seem unwilling to do it.
既然你看起來沒有要做，我就繼續把它完成了。

同 from 自從

sing [sɪŋ] .... 英初 四級

動 唱

• Jenna **sings** like a professional singer, so let's just tell her to sing at the party.
珍娜唱起歌來像職業歌手，所以我們就請她在派對上高歌一曲吧！

同 chant 吟頌、詠唱

sing•er [ˈsɪŋɚ] .... 英初 四級

名 歌唱家、歌手、唱歌的人

• We used to sing in the same choir, and now Christina is a famous **singer**!
我們過去曾在同一個合唱團唱歌，而現在克莉絲汀娜已經成為很有名的歌手了。

同 songman 歌手

sir [sɝ] .... 英初 四級

名 先生

• Excuse me **sir**, would you mind telling me where the restroom is?
先生，請問一下廁所在哪裡？

同 mister 先生
反 madam 女士、小姐

sis•ter [ˈsɪstɚ] .... 英初 四級

名 姐妹、姐、妹

• My **sister** is very outgoing and not shy at all.
我的姐姐非常外向，一點都不害羞。

反 brother 兄弟

A B C D E F G H I J K L M N O P Q R **S** T U V W X Y Z

🔊 Track 161

sit [sɪt] .... 英初 四級

動 坐

- I've been **sitting** all day. I need to go for a walk and get some fresh air.
  我已經坐一整天了，我需要到外面走走，呼吸新鮮空氣。

反 stand 站

---

six [sɪks] .... 英初 四級

名 六

- There's a **six**-pack of coke in the refrigerator; just help yourself.
  冰箱裡有半打可樂，你自己去拿。

---

six•teen [sɪks'tin] .... 英初 四級

名 十六

- My daughter is **sixteen** years old, and I want to give her a surprise party.
  我女兒 16 歲了，我想給她一個驚喜派對。

---

six•ty [ˈsɪkstɪ] .... 英初 四級

名 六十

- There will be about **sixty** guests at the party, so we need to prepare enough food for everyone.
  派對上將會有六十個左右的來賓，所以我們要準備充分的食物。

---

size [saɪz] .... 英初 四級

名 大小、尺寸

- What **size** does John wear? I want to buy him a t-shirt.
  約翰穿幾號的？我想要買一件 T 恤給他。

同 measurement 大小、尺寸

🔊 Track 162

skill [skɪl] .... 英初 四級

名 技能

- It takes a lot of **skills** and knowledge to be an engineer.
  當一個工程師需要很多技能和知識。

同 capability 技能

---

skin [skɪn] .... 英初 四級

名 皮、皮膚

- Her **skin** got darker as she sat in the sun.
  她坐在太陽底下，讓她的皮膚變更黑了。

同 derma 真皮、皮膚

---

sky [skaɪ] .... 英初 四級

名 天、天空

- Today is a great day; the **sky** is blue and the temperature is cool.
  今天天氣很好，天空很藍，也很涼爽。

同 heaven 天堂、天空

---

sleep [slip] .... 英初 四級

動 睡
名 睡眠、睡眠期

- I really need to get some **sleep**, because I haven't **slept** for more than 24 hours.
  我真的需要一些睡眠，因為我已經超過 24 小時沒闔眼了。

同 slumber 睡眠
反 wake 醒來

---

slow [slo] .... 英初 四級

形 慢的、緩慢的
副 慢
動 使慢下來

- The conductor **slowed** down the train when getting closer to the platform.
  火車駕駛在接近月臺時，把火車速度減慢了。

同 tardy 緩慢的、遲緩的
反 fast 快的

small [smɔl] 英初 四級

形 小的、少的
名 小東西

- The earthquake was a **small** one; barely anyone felt it.
  地震很小，幾乎沒有人能感覺得到。

同 little 小的
反 large 大的

smart [smɑrt] 英初 四級

形 聰明的

- Albert is very **smart** and can answer almost any question you ask him.
  亞伯特很聰明，他能回答所有你提出的問題。

同 intelligent 聰明的
反 stupid 愚蠢的、笨拙的

smell [smɛl] 英初 四級

動 嗅、聞到
名 氣味、香味

- I love the **smell** of brewing coffee in the mornings.
  我喜歡早晨泡咖啡的味道。

同 scent 氣味、香味

smile [smaɪl] 英初 四級

動 微笑
名 微笑

- She had such a beautiful **smile** that it just lit up the whole room.
  她有很甜美的笑容，讓整個房間氣氛很好。

同 laugh 笑
反 frown 皺眉

smoke [smok] 英初 四級

名 煙、煙塵
動 抽煙

- The building seems to be on fire, because there is a lot of **smoke** billowing out of it.
  那棟大樓好像著火了，因為有很多煙竄出來。

同 fume 煙、氣

snake [snek] 英初 四級

名 蛇

- We found two **snakes** in our backyard when we woke up this morning.
  我們早上起床後，在後院發現兩條蛇。

同 serpent 蛇、蛇一般的人

snow [sno] 英初 四級

名 雪　動 下雪

- There is a lot of **snow** in the mountains right now; let's go snowboarding!
  現在山上有很多積雪，我們去滑雪吧！

反 rain 雨、下雨

so [so] 英初 四級

副 這樣、如此地
連 所以

- You weren't home, **so** I put the package in the mailbox.
  你不在家，所以我把包裹放到信箱裡了。

同 therefore 所以、因此

soap [sop] 英初 四級

名 肥皂

- Janet always washes her hands with **soap** and warm water before eating.
  珍娜總是在吃東西前用香皂和熱水洗手。

so•da [`sodə] 英初 四級

名 汽水、蘇打

- I don't allow the kids to drink too much **soda**; it's very unhealthy.
  我不讓小孩喝太多汽水，那太不健康了。

so•fa [`sofə] 英初 四級

名 沙發

- My dad fell asleep on the **sofa** again.
  我父親又在沙發上睡著了。

同 couch 沙發

soft [sɔft] .... 英初 四級

形 軟的、柔和的

- My mattress has gotten too **soft**; I think I need to buy a new one.
  我的床墊已經變得太軟,我想我需要再買一個新的。

同 tender 嫩的、柔軟的
反 hard 硬的

soil [sɔɪl] .... 英中 六級

名 土壤
動 弄髒、弄汙

- Brandon was embarrassed because he accidentally **soiled** his pants.
  布萊登感到很尷尬,因為他的褲子意外地沾到了泥土。

同 dirt 泥、土

some [ˋsʌm] .... 英初 四級

形 一些的、若干的
代 若干、一些

- We don't have any more bread; I'll make **some** tonight.
  我們沒有麵包了,我今晚會做一些。

同 certain 某些、某幾個

some•one [ˋsʌmˏwʌn] .... 英初 四級

代 一個人、某一個人

- She is **someone** I can count on to get things done on time.
  她是我可以相信會在時間內完成事情的人。

同 somebody 某一個人

🔊 Track 166

some•thing [ˋsʌmθɪŋ] .... 英初 四級

代 某物、某事

- There is **something** I need to talk to you about.
  我需要需要告訴你一些事情。

some•times [ˋsʌmˏtaɪmz] .... 英初 四級

副 有時

- **Sometimes** I really don't understand what is going on in that head of yours.
  有時候我真的不明白你腦子裡在想什麼。

同 occasionally 偶爾、間或

son [sʌn] .... 英初 四級

名 兒子

- I have three **sons**, and they really keep my hands full.
  我有三個兒子,他們真的讓我忙得不可開交。

同 daughter 女兒

song [sɔŋ] .... 英初 四級

名 歌曲

- They're playing our **song** on the radio, which brings back memories of the old days.
  廣播裡正播出我們的歌,勾起了我們從前的回憶。

soon [sun] .... 英初 四級

副 很快地、不久

- I'll be there **soon**; I just have to stop by my house first.
  我很快會到那裡,只是我必須要先在我家停一下。

同 shortly 不久
反 long 長期地、遠地

🔊 Track 167

sorry [ˋsɔrɪ] .... 英初 四級

形 難過的、惋惜的、抱歉的

- I'm so **sorry** for the mistake in the article; I'll change it right away.
  我對文章裡的錯誤感到抱歉,我會立即修正。

同 sad 傷心的
反 glad 開心的

soul [sol] 英初 四級

名 靈魂、心靈

- I put my whole **soul** into this project.
  我把全部精力都投入到這個計劃了。
- 同 spirit 精神、靈魂
- 反 body 身體

sound [saʊnd] 英初 四級

名 聲音、聲響　動 發出聲音、聽起來像

- The **sounds** coming from the kitchen
  indicate that he is cooking.
  從廚房裡傳出來的聲音代表他正在煮菜。
- 同 voice 聲音

soup [sup] 英初 四級

名 湯

- The **soup** needs to be brought to a boil,
  and then simmered for about half an hour.
  這湯需要煮沸，再燜半小時。
- 同 broth 湯

sour [saʊr] 英初 四級

形 酸的
動 變酸
名 酸的東西

- She wants a sweet and juicy orange, not a
  sour one.
  她想要一顆又甜又多汁的橘子，不想要酸的。
- 同 acid 酸的

🔊 Track 168

south [saʊθ] 英初 四級

名 南、南方
形 南的、南方的
動 向南方、在南方

- We're heading **south** this weekend, so we
  won't be home.
  我們這週末要到南方去，所以我們不會在家。
- 反 north 北方

space [spes] 英初 四級

名 空間、太空
動 隔開、分隔

- He was **spacing** out during the entire
  class and did not hear a word the teacher
  was saying.
  他整節課都在發呆，根本沒聽進老師說的任何
  一個字。
- 同 room 房間、空間

speak [spik] 英初 四級

動 說話、講話

- Jason doesn't **speak** Japanese, so he
  used hand gestures to show what he
  meant.
  傑森不會說日文，所以用手勢表達他的意思。
- 同 talk 講話

spe•cial [ˈspɛʃəl] 英初 四級

形 專門的、特別的

- This ring was designed exclusively for me,
  so it is very **special**.
  這戒指是為我特別訂製的，所以非常特別。
- 同 particular 特別的
- 反 usual 平常的

speech [spitʃ] 英初 四級

名 言談、說話

- I have to prepare for my **speech** tomorrow,
  so I can't go out for a drink tonight.
  我必須準備明天的演溝，所以我今晚不能出去
  喝東西。
- 同 lecture 演講

🔊 Track 169

spell [spɛl] 英初 四級

動 用字母拼、拼寫

- I'm not good at **spelling** long words and I
  usually look them up in the dictionary.
  我對拼出長的單字很不在行，我通常會查字
  典。

spend [spɛnd] 英初 四級

動 花費、付錢

- How much money did you **spend** last month?
  你上個月花了多少錢？

同 consume 花費

spoon [spun] 英初 四級

名 湯匙、調羹

- I have a fork, but I don't have a **spoon**.
  我有一支叉子，但我沒有湯匙。

同 ladle 勺子

sport [sport] 英初 四級

名 運動

- Gary loves to play **sports**, and he is a very good athlete as well.
  蓋瑞喜歡運動，他也是很棒的運動員。

同 exercise 運動

spring [sprɪŋ] 英初 四級

名 跳躍、彈回、春天
動 跳、躍、彈跳

- We usually go on vacation abroad in **spring**.
  我們春天時通常會到國外度假。

同 jump 跳

🔊 Track 170

stair [stɛr] 英初 四級

名 樓梯

- The elevator is broken; it seems that we'll have to take the **stairs.**
  電梯壞了，看來我們只好走樓梯了。

同 stairway 樓梯

stand [stænd] 英初 四級

動 站起、立起
名 立場、觀點

- We need a microphone **stand** for the speech contest.
  我們的演講比賽需要一支麥克風架。

同 position 立場
反 sit 坐

star [stɑr] 英初 四級

名 星、恆星
形 著名的、卓越的
動 扮演主角

- He is the **star**-athlete of the school, and everybody loves him.
  他是學校的明星球員，每個人都很喜歡他。

同 famous 著名的
反 noteless 不引人注目的、無名的

start [stɑrt] 英初 四級

名 開始、起點
動 開始、著手

- I'm confident that we will succeed in this project because we got a great **start**.
  我有信心我們這個計劃會成功，因為我們有個很好的開始。

同 begin 開始
反 end 結束

state [stet] 英初 四級

名 狀態、狀況、情形、州
動 陳述、說明、闡明

- She told us that she had already **stated** the terms of the alimony.
  她告訴我們她已經表明了贍養費的條件。

同 declare 聲明、表示

🔊 Track 171

state•ment [ˋstetmənt] 英初 四級

名 陳述、聲明、宣佈

- We're waiting for the president to make a **statement** in the press conference.
  我們正在等待總統在記者會上發表聲明。

同 announcement 通告、宣佈

sta•tion [ˋsteʃən] 英初 四級

名 車站

- We got off at the wrong stop and didn't realize it until we got out of the **station**.
  我們下錯車站而不自覺，直到我們出站才發現。

同 stop 停止、車站

stay [ste] 英初 四級
名 逗留、停留
動 停留
- We're **staying** at the Four Seasons Hotel for the week, so you can just find us here.
  我們這星期會住在四季飯店,所以你可以在這裡找到我們。
同 remain 留下
反 leave 離開

step [stɛp] 英初 四級
名 腳步、步驟
動 踏
- Be careful not to **step** in the dog excrement on the floor.
  小心別踩到地板上的狗屎。
同 pace 步

still [stɪl] 英初 四級
形 無聲的、不動的
副 仍然
- The girl saw her reflection perfectly in the **still** water.
  那女孩在靜止的水中很清楚地看見她的倒影。
同 motionless 不動的、靜止的
反 motional 運動的、動態的

🔊 Track 172

stone [ston] 英初 四級
名 石、石頭
- I threw a **stone** into the river.
  我丟了一個石頭到河裡。
同 rock 石頭

stop [stɑp] 英初 四級
名 停止
動 停止、結束
- The technician rushed to see what was wrong when the machine suddenly **stopped** working.
  當機器停止運轉時,技師便很匆忙地去看出了什麼問題。
同 halt 停止
反 start 開始

sto•ry [ˈstorɪ] 英初 四級
名 故事
- The kids look forward to a bedtime **story** every night.
  孩子們每天晚上都很期待說故事時間。
同 tale 故事

strange [strendʒ] 英初 四級
形 陌生的、奇怪的、不熟悉的
- Larry often acts in **strange** ways, and I can't figure him out.
  賴瑞常常有很奇怪的舉動,我不能理解。
同 unknown 未知的、未詳的
反 familiar 熟悉的

street [strit] 英初 四級
名 街、街道
- I think the **street** I live on is the shortest one in town.
  我想我住的這條街是這鎮上最短的一條。
同 block 街區

🔊 Track 173

strong [strɔŋ] 英初 四級
形 強壯的、強健的
副 健壯地
- He is a **strong** man, because he is a body builder.
  他是很強壯的男人,因為他是個健美運動者。
同 sturdy 強壯的、結實的
反 weak 虛弱的

stu•dent [ˈstjudn̩t] 英初 四級
名 學生
- The **students** need to be severely punished for cheating on the exams.
  考試作弊的學生需要接受嚴厲的處罰。
同 pupil 學生、小學生
反 teacher 老師

A B C D E F G H I J K L M N O P Q R **S** T U V W X Y Z

stud•y [ˋstʌdɪ] 英初 四級

名 學習　動 學習、研究

- I wish I could go to the concert, but I really have to **study** for the exams.
  我希望我能去參加音樂會，但我真的必須要準備考試。

同 learn 學習

stu•pid [ˋstjupɪd] 英初 四級

形 愚蠢的、笨的

- I really dislike it when Norm asks **stupid** questions that could annoy everyone.
  我真的不喜歡諾恩問那些煩人的蠢問題。

同 silly 愚蠢的
反 wise 聰明的

such [sʌtʃ] 英初 四級

形 這樣的、如此的　代 這樣的人或物

- You are **such** a bookworm. How many books have you read this week?
  你真是個書蟲。你這週已經看了多少書了？

同 so 如此

🔊 Track 174

sug•ar [ˋʃugɚ] 英初 四級

名 糖

- Nigel sprinkled the cake with light powdered **sugar** making it look delicious.
  尼喬在蛋糕上灑上糖粉，讓蛋糕看起來更美味。

同 candy 糖果
反 salt 鹽

sum•mer [ˋsʌmɚ] 英初 四級

名 夏天、夏季

- Mosquitoes start coming out in the early afternoons in **summer** time.
  夏天的時候，蚊子在下午就開始出現。

反 winter 冬天

sun [sʌn] 英初 四級

名 太陽、日　動 曬

- Do not look directly at the **sun**; it is extremely bad for your eyes.
  不要直視太陽，這樣很傷眼睛。

反 moon 月亮

Sun•day / Sun [ˋsʌnde] 英初 四級

名 星期日

- My family and a few close friends have **Sunday** brunch every week.
  我的家人和幾個好朋友每個星期日都會聚在一起吃早午餐。

su•per [ˋsupɚ] 英初 四級

形 很棒的、超級的

- Brad is a **super** hero for people in this remote village.
  布萊德對這個偏遠小鎮的人來說是個超級英雄。

同 superb 極好的
反 bad 壞的、差的、邪惡的

🔊 Track 175

sup•per [ˋsʌpɚ] 英初 四級

名 晚餐、晚飯

- I had a light **supper** with Sandy last night at her home.
  昨晚我和珊蒂在她家吃了些簡單的晚餐。

同 dinner 晚餐
反 breakfast 早餐

sure [ʃur] 英初 四級

形 一定的、確信的
副 確定

- Are you **sure** you want to do this? It's a very big decision.
  你確定你要這樣做嗎？這是很重大的決定。

同 affirmatory 確定的、肯定的
反 doubtful 懷疑的

sur•prise [sə`praɪz]............... 英初 四級

名 驚喜、詫異
動 使驚喜、使詫異

- Noah doesn't like **surprises**; I don't think throwing him a surprise party is a good idea.
  諾亞不喜歡驚喜，我不認為替他舉辦個派對是個好主意。

同 amaze 使大為驚奇

sweet [swit]..................... 英初 四級

形 甜的、甜味的
名 糖果

- Bob likes throwing **sweets** in the air and catching them in his mouth.
  鮑伯喜歡把糖果向上丟，再用嘴巴接住。

同 sugary 含糖的、甜的
反 bitter 苦的

swim [swɪm]..................... 英初 四級

名 游泳
動 遊、游泳

- Sara said she is going for a **swim**, and she will be back in two hours.
  莎拉說她要去游泳，兩個小時之後回來。

🔊 Track 176

ta•ble [`tebl̩]..................... 英初 四級

名 桌子

- I hope we get a good **table** by the window with a view.
  我希望我們可以坐靠窗的位置，才能看到外面的風景。

同 desk 桌子
反 chair 椅子

tail [tel]........................ 英初 四級

名 尾巴、尾部
動 尾隨、追蹤

- The crazy driver was **tailing** me, so I took a different route.
  那個神經病司機一直尾隨在我後面，所以我換了別的路走。

同 rump 尾部
反 head 率領

take [tek]....................... 英初 四級

動 抓住、拾起、量出、吸引

- We need to **take** a driving course before we get our driver's licenses.
  我們要考駕照前得先上駕駛課程。

同 grasp 抓住

tale [tel] .... 英初 四級

名 故事

- Cinderella is one of the most popular fairy **tales** told to children.
  灰姑娘是講給小孩子聽的最受歡迎的童話故事之一。

同 story 故事

talk [tɔk] .... 英初 四級

名 談話、聊天
動 說話、對人講話

- The principal will give a short **talk** before we leave for our field trip.
  校長在我們出發去考察之前會找我們談一下話。

同 converse 談話

🔊 Track 177

tall [tɔl]........................ 英初 四級

形 高的

- Jerry is very **tall**, and he is on the school basketball team.
  傑瑞很高，而且是籃球校隊的。

同 high 高的
反 short 矮的

A B C D E F G H I J K L M N O P Q R S **T** U V W X Y Z

taste [test]............................ 英初 四級

名 味覺
動 品嘗、辨味

• Come here and get a **taste** of this fabulous chocolate.
過來嚐一點這個很棒的巧克力。

同 flavor 滋味、味道

tax•i•cab / tax•i / cab [ˈtæksɪˌkæb] / [ˈtæksɪ] / [kæb]............................ 英初 四級

名 計程車

• I need to call for a **taxi** to pick me up, because I can't get one here.
我必須打電話叫計程車，因為我在這裡招不到任何一輛車。

tea [ti]............................ 英初 四級

名 茶水、茶

• Drink some hot **tea** and try to get some sleep, and you will feel better.
喝點熱茶再睡一下，你就會覺得比較好了。

teach [titʃ]............................ 英初 四級

動 教、教書、教導

• If you don't know how to use it, I can **teach** you.
如果你不知道怎麼用，我可以教你。

同 instruct 教、命令

🔊 Track 178

teach•er [ˈtitʃɚ] .... 英初 四級

名 教師、老師

• Our music **teacher** is an award-winning musician.
我們的音樂老師是有得過獎的音樂家。

同 professor 教師、老師

tell [tɛl]............................ 英初 四級

動 告訴、說明、分辨

• Can you please **tell** me the difference between these two coffees?
你可以跟我說這兩種咖啡有什麼不一樣嗎？

同 inform 告知

ten [tɛn]............................ 英初 四級

名 十

• I have to write **ten** more pages for my report that is due next week.
下個禮拜要交的報告我還得再寫十頁。

同 decade 十年、十

than [ðæn]............................ 英初 四級

連 比 介 與…比較

• It's easier said **than** done.
說比做容易。

同 compare 比較

thank [θæŋk]............................ 英初 四級

名 感謝、謝謝
動 表示感激

• She **thanked** me for helping her by treating me to dinner.
她為了感謝我幫她，於是請我吃晚餐。

同 appreciate 感謝

🔊 Track 179

that [ðæt]............................ 英初 四級

形 那、那個
副 那麼、那樣

• I didn't know that the show was going to be **that** boring; I wish I could get a refund.
我想不到這場表演居然是這麼無聊，希望可以退費。

反 this 這、這個

the [ðə]............................ 英初 四級

冠 用於知道的人或物之前、指特定的人或物

• He is **the** one who gets on my nerves.
他很使我心煩。

theirs [ðɛrz]............................ 英初 四級

代 他們的東西、她們的東西、它們的東西

• No, those bags aren't ours, I'm pretty sure they're **theirs**.
不，那些包包不是我們的，我很確定是他們的。

them [ðɛm] 英初 四級

代 他們

- We told **them** not to worry, but they still didn't believe us.
  我們告訴他們不用擔心，但他們還是不相信。

then [ðɛn] 英初 四級

副 當時、那時、然後

- I didn't say anything **then** because I didn't want you to be upset.
  我那時候沒說什麼是因為我不想你難過。

Track 180

there [ðɛr] 英初 四級

副 在那兒、往那兒

- John will meet Bill **there** at one, and then I will go **there** at two.
  約翰一點會在那裡跟比爾見面，而我兩點會過去。

反 here 在這兒

these [ðiz] 英初 四級

代 這些、這些的（this 的複數）

- I bought Pamela **these** pants, but I don't think they will fit her.
  我買了這些褲子給潘蜜拉，但我不認為她穿起來會合身。

反 those 那些

they [ðe] 英初 四級

代 他們

- Mark and Tony told me that **they** won't be able to make it on time today.
  馬克和湯尼跟我說他們今天無法準時。

thing [θɪŋ] 英初 四級

名 東西、物體

- It's difficult to find the perfect **thing** for someone who has everything.
  很難幫一個什麼都有的人找到適合給他的東西。

同 object 物體

think [θɪŋk] 英初 四級

動 想、思考

- Sheila told me that she **thinks** the post office is on Main Street, but I don't see it anywhere.
  希拉跟我說她認為郵局在大街上，但我都沒看到。

同 consider 考慮

Track 181

third [θɝd] 英初 四級

名 第三
形 第三的

- I was in the **third** place for my class ranking last semester, but now I'm in the first place.
  我上學期是班上排名第三，但現在我是第一了。

同 tertiary 第三的

thir·teen [θɝˋtin] 英初 四級

名 十三

- In many cultures, **thirteen** is considered an unlucky number.
  在許多文化裡，13 被認為是不幸運的數字。

thir·ty [ˋθɝtɪ] 英初 四級

名 三十

- Madelaine didn't want to celebrate her birthday, because she was turning **thirty**.
  瑪德琳不想慶生，因為她快三十歲了。

this [ðɪs] 英初 四級

形 這、這個
代 這個

- Do you know what **this** is? I can't figure it out.
  你知道這是什麼嗎？我搞不懂。

反 that 那個

A B C D E F G H I J K L M N O P Q R S T U V W X Y Z

Level 1

國中小必考單字──基礎篇

those [ðoz] .... 英初 四級

代 那些、那些的（that 的複數）

• Are **those** books the ones you were talking about earlier?
這些書是你先前在講的那些嗎？

反 these 這些、這些的

🔊 Track 182

though [ðo] .... 英初 四級

副 但是、然而
連 雖然、儘管

• They said they were going to see the movie, **though** I'm not sure if they've seen it already.
雖然我不知道他們看過那部電影了沒，但他們有說要去看。

同 nevertheless 雖然

thought [θɔt] .... 英初 四級

名 思考、思維

• Hearing this song brings back **thoughts** of our happier days together.
聽這首歌讓我想起我們在一起時開心的日子。

同 thinking 思考、思想

thou•sand [ˈθauznd] .... 英初 四級

名 一千、多數、成千

• **Thousands** of people go to Times Square to countdown to the New Year every year.
每年都有上千人去時代廣場跨年倒數。

同 millenary 一千、千禧年的

three [θri] .... 英初 四級

名 三

• My little brother is only **three** years old, so I have to take care of him.
我的小弟只有三歲，所以需要我照顧。

throw [θro] .... 英初 四級

動 投、擲、扔

• He is a professional pitcher, so he **throws** the ball hard and fast.
他是個專業的投手，所以投球又大力又快。

同 toss 投擲
反 pick 撿起

🔊 Track 183

Thurs•day / Thurs. / Thur.
[ˈθɝzde] .... 英初 四級

名 星期四

• I have a day off every **Thursday**, so we can do something then.
我每週四都有放假，到時我們可來做點什麼。

thus [ðʌs] .... 英初 四級

副 因此、所以

• We didn't work last week. **Thus** we have to make up for it this week.
我們上個禮拜沒工作，所以這個禮拜要補足。

同 therefore 因此

tick•et [ˈtɪkɪt] .... 英初 四級

名 車票、入場券

• Oh no, I think I forgot to bring my plane **ticket**.
哦，不！我好像忘了帶機票。

tie [taɪ] .... 英初 四級

名 領帶、領結
動 打結

• My husband doesn't know how to **tie** his bow tie; I have to do it for him every time.
我老公不知道怎麼打蝶型領結，所以我每次都得幫他打。

同 necktie 領帶

ti•ger [ˈtaɪgɚ] .... 英初 四級

名 老虎

• **Tigers** are not as vicious as many people make them out to be.
老虎其實並不像人們認為的那麼兇猛。

time [taɪm] .... 英初 四級

名 時間

- I will usually visit the factories from **time** to **time** to check if things are running smoothly.

  我不時都會到工廠看一下，以確認流程是否順利。

反 space 空間

ti•ny [`taɪnɪ] .... 英初 四級

形 極小的

- It's amazing how some people are able to write words on **tiny** grains of rice.

  有些人可以把字寫在極小的米粒上真的很厲害。

同 minute 微小的
反 giant 巨大的

tire [taɪr] .... 英初 四級

動 使疲倦
名 輪胎

- We got a flat **tire** on the way home, so we had to get a new one at the shop.

  我們在回家的路上爆胎了，所以必須去店裡換個新的。

同 fatigue 使疲勞
反 refresh 使恢復活力、振作精神

to [tu] .... 英初 四級

介 到、向、往

- I want to walk **to** the store, but I think it might be a little too far.

  我想用走的去那間店，但我想應該有點遠。

反 from 從

to•day [tə`de] .... 英初 四級

名 今天
副 在今天、本日

- What day is **today**? Is it Monday or Tuesday?

  今天禮拜幾？禮拜一還是禮拜二？

反 tomorrow 明天

to•geth•er [tə`gɛðɚ] .... 英初 四級

副 在一起、緊密地

- Let's go to the dance **together** because we don't have dates.

  我們一起去舞會吧！反正我們都沒有舞伴。

反 alone 單獨地

to•mor•row
[tə`mɔro] .... 英初 四級

名 明天
副 在明天

- We will be there by **tomorrow**, and we can't wait to see you.

  我們明天就會到，而且我們迫不及待見到你。

同 manana 明天、不久以後

tone [ton] .... 英中 六級

名 風格、音調

- I did not like his **tone** of speaking; he didn't sound very nice.

  我不喜歡他講話的風格，感覺很不友善。

同 style 風格

to•night [tə`naɪt] .... 英初 四級

名 今天晚上　副 今晚

- The party will be **tonight**, not tomorrow night, so we'd better find something to wear right now.

  派對是今晚，不是明晚，所以我們最好馬上準備要穿的衣服。

too [tu] .... 英初 四級

副 也

- The box is **too** heavy for me to carry.

  箱子箱子太重，我搬不動。

反 either 也不

◀ Track 186

tool [tul] 英初 四級

名 工具、用具

• There are lots of tools you can download from the Internet..
網路上有很多軟體工具可以下載。

同 device 設備、儀器

top [tɑp] 英初 四級

形 頂端的
名 頂端
動 勝過、高於

• The barista **topped** the drink with some whipped cream.
咖啡師在飲料上面加了鮮奶油。

同 roof 頂部
反 bottom 底部

to•tal [ˋtotl] 英初 四級

形 全部的
名 總數、全部
動 總計

• I want to know the **total** amount, not just how much each part costs.
我想知道總額，而不是個別部分的成本。

同 entire 全部的
反 part 部分的

touch [tʌtʃ] 英初 四級

名 接觸、碰、觸摸

• She didn't know that the skin of the snake was dry until she **touched** it.
她一直到摸過才知道蛇皮是乾的。

同 contact 接觸

to•wards [təˋwɔrdz] 英初 四級

介 對…、向…、對於…

• I was walking **towards** the door and it suddenly swung open, hitting me in the face.
我走向門的時候它突然開了，打中我的臉。

同 to 向、到、對

◀ Track 187

town [taʊn] 英初 四級

名 城鎮、鎮

• Will you be in **town** this week for our meeting?
你這個禮拜會為了我們的聚會來市區嗎？

同 burgh 自治都市、城鎮

toy [tɔɪ] 英初 四級

名 玩具

• My kids have a room and garage full of **toys**, and we don't know what to do with them.
我的孩子們有一間房間和倉庫都堆滿了玩具，我們也不知道該怎麼處理。

同 plaything 玩具、玩物

train [tren] 英初 四級

名 火車
動 教育、訓練

• My son is fascinated with **trains**, so we bought him a **train** set for him to build.
我兒子很喜歡火車，所以我買了火車模型讓他組裝。

同 educate 教育

tree [tri] 英初 四級

名 樹

• The **trees** in the redwood forest are enormous.
紅杉林的樹都很大。

同 wood 木頭、樹林

trip [trɪp] 英初 四級

名 旅行
動 絆倒

• As Susan walked down the aisle, George stuck out his leg in an attempt to **trip** her.
當蘇珊走過通道的時候，喬治故意伸腿想絆倒她。

同 journey 旅行

trou•ble [ˈtrʌbl̩] .... 英初 四級

名 憂慮、麻煩
動 使煩惱、折磨

- I don't want to **trouble** her; let's just try to do it by ourselves.
  我不想麻煩她，我們試著自己做吧。

同 disturb 使心神不寧
反 please 使高興

true [tru] .... 英初 四級

形 真的、對的

- I heard that this movie is based on a **true** story.
  我聽說這部電影是真實故事改編的。

同 right 對的
反 false 假的、錯的

try [traɪ] .... 英初 四級

名 試驗、嘗試　動 嘗試

- Just give it a **try**, maybe you'll like it.
  就試試看嘛！說不定你會喜歡它。

同 attempt 企圖、嘗試

T-shirt [ˈtiʃɝt] .... 英初 四級

名 T恤

- My husband has about 100 different **t-shirts**.
  我老公有大概一百件不一樣的T恤。

同 shirt 襯衫

Tues•day / Tues. / Tue. [ˈtjuzde]
.... 英初 四級

名 星期二

- I have to go to a doctor's appointment on **Tuesday**. Do you think you can baby-sit for me?
  我禮拜二有預約看醫生，你可以幫我顧一下小孩嗎？

tum•my [ˈtʌmɪ] .... 英中 六級

名 （口語）肚子

- Billy has a very big **tummy**; it must be from all the beer he drinks.
  比利的肚子很大，一定是啤酒喝太多。

同 belly 肚子、腹部

turn [tɝn] .... 英初 四級

名 旋轉、轉動
動 旋轉、轉動

- I need to make a U-**turn** at the next street because I couldn't turn at the light.
  我要在下個路口迴轉，因為這個紅綠燈不能轉。

同 rotate 旋轉

twelve [twɛlv] .... 英初 四級

名 十二

- There are **twelve** eggs in a dozen carton.
  一盒有 12 顆蛋。

twen•ty [ˈtwɛntɪ] .... 英初 四級

名 二十

- She's only **twenty** years old, so she is still a young one.
  她才二十歲，算很年輕的。

twice [twaɪs] .... 英初 四級

副 兩次、兩倍

- Tommy usually has soccer practice **twice** a week.
  湯姆通常一個禮拜練兩次足球。

同 double 兩倍

two [tu] .... 英初 四級

名 二

- The **two** girls are non-identical twins.
  那兩個女孩是異卵雙胞胎。

A B C D E F G H I J K L M N O P Q R S **T** U V W X Y Z

Uu

🔊 Track 191

un•cle [`ʌŋkḷ] 英初 四級

名 叔叔、伯伯、舅舅、姑父、姨父

• I have five **uncles** from both sides of the family.
爸媽兩邊的家族加起來我有五個叔叔。

反 aunt 伯母、姑、嬸、姨

un•der [`ʌndɚ] 英初 四級

介 小於、少於、低於
副 在下、在下面、往下面

• Try not to go **under** when you are swimming in the ocean; always keep your head above water.
在海裡游泳時,盡量保持頭部在水面上,不要往下游。

同 below 在下面
反 over 在…上方

un•der•stand
[,ʌndɚ`stænd] 英初 四級

動 瞭解、明白

• Sally didn't **understand** anything the teacher said in class, so I'm going to tutor her.
莎莉聽不懂老師在課堂上所教的,所以我要當她的家教。

同 comprehend 理解

u•nit [`junɪt] 英中 六級

名 單位、單元

• This building is comprised of 150 **units**, so there are still many units available.
這棟大樓有 150 個單位,所以還有很多單位還沒賣出去。

un•til / till [ən`tɪl] / [tɪl] 英初 四級

連 直到…為止
介 直到…為止

• I didn't leave from work **until** eleven o'clock last night, so I'm going to come in later today.
我昨晚一直到 11 點才下班,所以我今天會晚點去辦公室。

同 till 直到…為止

up [ʌp] 英初 四級

副 向上地
介 在高處、向(在)上面

• He breathed heavily as he walked slowly **up** the stairs to the top floor of building.
他氣喘噓噓地緩步爬到頂樓。

同 upward 向上地
反 down 向下地

up•stairs [ʌp`stɛrz] 英初 四級

副 往(在)樓上
形 樓上的
名 樓上

• The laundry room of the house is in the **upstairs** section next to the master bedroom of the house.
這間房子的洗衣間在樓上主臥室的旁邊。

反 downstairs 樓下、樓下的

us [ʌs] 英初 四級

代 我們

• Would you please tell **us** the way to the city hall?
請問您能告訴我們到市政府的路怎麼走嗎?

反 you 你們

use [juz] 英初 四級

動 使用、消耗
名 使用

• It is of no **use** to me, so if you want it, just take it.
它對我沒有用處了,所以你要的話就拿去吧!

同 consume 消耗

use•ful [ˋjusfəl] .... 英初 四級

形 有用的、有益的、有幫助的

• This book is very **useful** for teaching; I've learned a lot of new techniques from it.
這本書對教學很有用，我從它裡面學到很多教學技巧。

同 helpful 有用的
反 harmful 有害的

veg•e•ta•ble
[ˋvɛdʒətəbl̩] .... 英初 四級

名 蔬菜

• There are many kinds of different **vegetables** that Roger won't eat.
有好幾樣青菜羅吉是不吃的。

同 greenstuff 蔬菜
反 meat 肉類

ver•y [ˋvɛrɪ] .... 英初 四級

副 很、非常

• It is **very** hot today, so we'd better bring some water with us.
今天很熱，所以我們最好帶一些水。

同 much 很、非常

view [vju] .... 英中 六級

名 看見、景觀
動 觀看、視察

• We have an amazing **view** of the ocean from our suite.
從我們的套房可以看見很漂亮的海景。

同 sight 看見、景象

vis•it [ˋvɪzɪt] .... 英初 四級

動 訪問
名 訪問

• I'm going to **visit** my friend who lives in France in the summer.
我這個暑假要去探望我住在法國的朋友。

同 interview 訪問、面談

voice [vɔɪs] .... 英初 四級

名 聲音、發言

• His deep and hearty laugh comes from his deep **voice**.
他低沉爽朗的笑聲來自於他低沉的聲音。

同 speech 說話、演說
反 silence 沉默、寂靜

wait [wet] .... 英初 四級

動 等待
名 等待、等待的時間

• We have been **waiting** for two hours to try to get another flight.
我們等搭下一班飛機已經二個小時了。

同 await 等待

walk [wɔk] .... 英初 四級

動 走、步行
名 步行、走、散步

• I wanted to get some exercise, so I **walked** here.
我想要運動一下，所以我走路到這裡。

同 hike 步行、遠足

wall [wɔl] .... 英初 四級

名 牆壁

• The house is surrounded by high **walls** and security cameras.
這間房子四周有很高的圍牆和監視攝影機。

want [wɑnt] .... 英初 四級

動 想要、要
名 需要

• Martha said she **wanted** a new toaster, so we bought her one for her birthday.
瑪莎說她想要一臺烤土司機，所以我們在她生日時買一臺給她。

同 desire 想要

A
B
C
D
E
F
G
H
I
J
K
L
M
N
O
P
Q
R
S
T
U
V
W
X
Y
Z

🔊 Track 194

war [wɔr].................... 英初 四級

名 戰爭

• Tina and Tim are having a silent **war**; they haven't talked to each other in days.
蒂娜和提姆正在冷戰，他們已經好幾天沒有交談了。

同 conflict 衝突
反 peace 和平

warm [wɔrm].................... 英初 四級

形 暖和的、溫暖的
動 使暖和

• He drank a glass of **warm** milk before going to bed, so he should sleep well tonight.
他在睡前喝了一杯熱牛奶，所以他今晚應該會很好睡。

反 cool 涼爽的

wash [wɑʃ] .... 英初 四級

動 洗、洗滌
名 洗、沖洗

• Jane is **washing** the dishes; I'll tell her to call you back later.
珍正在洗碗，我會請她等下回電給你。

同 clean 弄乾淨

waste [west].................... 英初 四級

動 浪費、濫用　　　名 浪費
形 廢棄的、無用的

• Don't **waste** your time on such an unimportant thing.
不要把時間浪費在這件無謂的小事上。

同 squander 浪費
反 save 節省

watch [wɑtʃ].................... 英初 四級

動 注視、觀看、注意
名 手錶

• Jake was wearing a very expensive **watch**, so I think he is very rich now.
傑克戴著價格不斐的手錶，所以我想他現在應該變有錢了。

同 observe 注意到、觀察
反 ignore 忽略

🔊 Track 195

wa•ter [ˈwɔtɚ].................... 英初 四級

名 水
動 澆水、灑水

• My mother wakes up early to **water** the plants before she goes to work every morning.
我母親每天早上在她上班前很早就起床澆花。

way [we].................... 英初 四級

名 路、道路

• I think I'm going the right **way**, because I passed by this store last time.
我想我應該是走對路，因為我上次有經過這家店。

同 road 道路

we [wi] .... 英初 四級

代 我們

• **We** didn't know what to do with the extra books so **we** donated them.
我們不知道多出來的書要怎麼辦，所以就把它捐了。

反 you 你們

weak [wik].................... 英初 四級

形 無力的、虛弱的

• The moment she saw him, she felt **weak** in the knees and fainted.
她見到他的那一刻，她覺得腳軟要暈過去了。

同 feeble 虛弱的
反 strong 強壯的

wear [wɛr]................................. 英初 四級

動 穿、戴、耐久

- I never know what to **wear** to formal get-together.
  我從不知道要穿什麼去參加正式聚會。

Track 196

weath•er [ˈwɛðɚ] .... 英初 四級

名 天氣

- The **weather** was perfect today with blue skies and a light breeze.
  今天天氣很好，有藍藍的天和徐徐的微風。

wed•ding [ˈwɛdɪŋ] .... 英初 四級

名 婚禮、結婚

- Mandy's **wedding** is this Saturday, so I will need to help her out this weekend.
  曼蒂的婚禮在這星期六，所以我這週末需要去幫她。

同 marriage 婚禮、結婚

Wedne•sday / Wed. / Weds. [ˈwɛnzde]................................. 英初 四級

名 星期三

- I'm going to watch the show on **Wednesday** night, because the tickets for Friday night are all sold out.
  我星期三晚上要去看這場表演，因為星期五的票已經賣光了。

week [wik] .... 英初 四級

名 星期、工作日

- It's been a **week** since I heard from you, so I thought you were busy.
  我已經一個星期沒有聽到妳的消息了，我想妳應該很忙。

同 weekday 工作日

week•end [ˈwikˈɛnd] .... 英初 四級

名 週末（星期六和星期日）

- Would you like to come to our house for a barbeque this **weekend**?
  這週末你要來我們家烤肉嗎？

Track 197

weigh [we]................................. 英中 六級

動 秤重

- How much does that fat man **weigh**?
  那個胖男生幾公斤？

weight [wet] .... 英初 四級

名 重、重量

- I think Bob is afraid to weigh himself, because his **weight** has gone up a lot recently.
  我想鮑伯很怕量體重，因為他最近變胖了許多。

同 heaviness 重、重量

wel•come [ˈwɛlkəm] .... 英初 四級

動 歡迎
名 親切的接待
形 受歡迎的
感 （親切的招呼）歡迎

- **Welcome** to our home, and please feel free to come anytime you want.
  歡迎來我們家，你任何時候想來都歡迎。

同 popular 受歡迎的

well [wɛl] .... 英初 四級

形 健康的
副 好、令人滿意地

- Alan seems to be recovering quite **well** from the surgery.
  艾倫手術後似乎恢復得很好。

同 healthy 健康的
反 badly 壞、拙劣地

west [wɛst] .... 英初 四級

名 西方
形 西部的、西方的
副 向西方

- If you keep driving **west** bound, you'll see it on your right.
  如果你朝著西邊的方向開，你就可以在右手邊看到它。

反 east 東方

A B C D E F G H I J K L M N O P Q R S T U V **W** X Y Z

Track 198

what [hwɑt] 英初 四級

形 什麼
代 （疑問代詞）什麼

• **What** about tomorrow afternoon? Will you have time then?
明天下午如何？你有時間嗎？

when [hwɛn] 英初 四級

副 什麼時候、何時
連 當…時
代 （關係代詞）那時

• Remember **when** we were kids and we used to play outside until it got dark?
還記得我們小時候總是一起玩到天黑嗎？

where [hwɛr] 英初 四級

副 在哪裡
代 在哪裡
名 地點

• I want to go to a place **where** no one knows me.
我想要到一個沒有人認識我的地方。

wheth•er [ˈhwɛðɚ] 英初 四級

連 是否、無論如何

• I don't know **whether** or not he will like this jacket.
我不知道他是否會喜歡這件夾克。
同 if 是否

which [hwɪtʃ] 英初 四級

形 哪一個
代 哪一個

• **Which** one is it, the black one or the blue one?
黑色和藍色，是哪一個？

Track 199

while [hwaɪl] 英初 四級

名 時間
連 當…的時候、另一方面

• Mandy was waiting outside **while** we went in to buy the materials.
當我們進去買材料時，曼蒂正在外面等。
同 when 當…時

white [hwaɪt] 英初 四級

形 白色的
名 白色

• It was **white**, but it's been sitting out in the sun, so now it's a little yellow.
它本來是白色，但是因為一直在外面被陽光曝曬，所以它現在有點發黃了。
反 black 黑色

who [hu] 英初 四級

代 誰

• **Who** ate my food in the refrigerator?
誰吃了我冰箱裡的食物？

whole [hol] 英初 四級

形 全部的、整個的
名 全體、整體

• Do not do partial work please, all the work should be **whole** and complete.
工作不要只做局部，所有的工作都要一次全部完成。
同 total 全部的
反 partial 部分的

whom [hum] 英中 六級

代 誰

• To **whom** did you speak over the phone?
你剛剛在和誰講電話？

whose [huz] .... 英初 四級

代 誰的

• **Whose** shoes are these just lying around in the hallway?
放在玄關的那些鞋子是誰的阿？

why [hwaɪ] .... 英初 四級

副 為什麼

• **Why** do you always ask the same questions over and over again?
為什麼你要重覆一直問同樣的問題？

wide [waɪd] .... 英初 四級

形 寬廣的　副 寬廣地

• The space in the living room is **wide** enough to park a truck in.
客廳的空間很寬敞，都可以放一台卡車了。

同 broad 寬的、闊的
反 narrow 窄的

wife [waɪf] .... 英初 四級

名 妻子

• It was always Jenny's dream to become someone's **wife**.
珍妮一直以來的夢想就是成為人妻。

反 husband 丈夫

will [wɪl] .... 英初 四級

名 意志、意志力
助動 將、會

• I **will** definitely go to the wedding no matter what.
我無論如何都會去參加婚禮。

同 shall 將

win [wɪn] .... 英初 四級

動 獲勝、贏

• They did their best to **win** the game.
他們全力以赴贏得了比賽。

反 lose 輸

wind [wɪnd] .... 英初 四級

名 風

• The **wind** blew the trees to the ground.
風把樹都吹倒在地上了。

同 breeze 微風

win•dow [`wɪndo] .... 英初 四級

名 窗戶

• The **window** is so clean that I can see my reflection in it.
窗戶乾淨到我都可以看到我的倒影了。

wine [waɪn] .... 英初 四級

名 葡萄酒

• There are a few bottles of vintage **wine** in the cellar.
在地窖裡有幾瓶葡萄酒。

win•ter [`wɪntɚ] .... 英初 四級

名 冬季

• We will usually store some food in our freezer during the **winter** months.
我們在冬天那幾個月通常在我們的冰箱裡放一些食物。

反 summer 夏天

wish [wɪʃ] .... 英初 四級

動 願望、希望
名 願望、希望

• I **wish** we didn't have to do this project.
我真希望我們不需要參與這項計劃。

同 hope 希望

W

Level 1

國中小必考單字｜基礎篇

with [wɪð] 英初 四級

介 具有、帶有、和…一起、用

• What are you going to do **with** the money?
你要怎麼花這筆錢？

反 without 沒有

wom•an [ˈwʊmən] 英初 四級

名 成年女人、婦女

• That **woman** is the new CEO of this company.
那個女的是這家公司新上任的執行長。

同 matron 主婦
反 man 成年男人

woods [wʊdz] 英初 四級

名 木材、樹林

• He's not out of the **woods** yet; he's still in a coma.
他還在樹林裡沒出來，仍在昏迷當中

同 forest 森林

word [wɝd] 英初 四級

名 字、單字、話

• Did you hear a **word** on what the decision is going to be?
你有聽到任何消息説這個決定將會如何嗎？

同 vocabulary 字彙

🔊 Track 203

work [wɝk] 英初 四級

名 工作、勞動
動 操作、工作、做

• She's been **working** for 8 hours straight; tell her to take a break.
她已經不眠不休工作八個小時了，去告訴她休息一下吧。

同 labor 工作、勞動

work•er [ˈwɝkɚ] 英初 四級

名 工作者、工人

• The **workers** worked hard all year, and were relieved to have a break finally.
那些工人一整年辛勤的工作，最後終於可以解脱休息一下了。

同 laborer 勞動者、勞工

world [wɝld] 英初 四級

名 地球、世界

• We live in a big and diverse **world**.
我們住在一個又大又多變的世界。

同 earth 地球

worm [wɝm] 英初 四級

名 蚯蚓或其他類似的小蟲
動 蠕行

• After the heavy rain, the **worms** all **wormed** out of the wet soil.
在一場大雨過後，蚯蚓都從泥土裡鑽出來了。

同 bug 小蟲

wor•ry [ˈwɝɪ] 英初 四級

名 憂慮、擔心
動 煩惱、擔心、發愁

• I've been **worrying** about the exams for weeks now.
我已經為考試擔心了好幾個星期了。

同 anxiety 焦慮、擔心

🔊 Track 204

worse [wɝs] 英中 六級

形 更壞的、更差的
名 更壞、更糟、更壞的事

• This one is **worse** than the one you showed me last time.
這比上次你給我看的那一個更糟糕。

反 better 更好的

worst [wɜst] 英初 四級

形 最壞的、最差的
副 最差地、最壞地
名 最壞的情況（結果、行為）

• This is the **worst** book I've ever read. I'm never buying this author's book again.
這是我讀過最差勁的書，我以後再也不會買這個作者的書了。

反 best 最好的

write [raɪt] 英初 四級

動 書寫、寫下、寫字

• In case I forget, I'm going to **write** it down everything.
為了怕忘記，我要把所有事情寫下來。

writ•er [`raɪtɚ] 英初 四級

名 作者、作家

• He wasn't a famous **writer** until he wrote the new fantasy series.
他一直到寫了新的科幻小說集才成名。

同 author 作者

wrong [rɔŋ] 英初 四級

形 壞的、錯的
副 錯誤地、不適當地
名 錯誤、壞事

• This is the **wrong** one. Take it back to the store and exchange it for the other one.
這個拿錯了，把它拿回去店裡換另外一個。

同 false 錯的
反 right 對的

🔊 Track 205

yam / sweet po•ta•to
[jæm] / [swit pəˋteto] 英中 六級

名 山藥、甘薯

• We had some candied **yams** for our Thanksgiving dinner.
我們在感恩節晚餐吃了些甜蕃薯。

year [jir] 英初 四級

名 年、年歲

• We've known each other for more than twenty **years**, so I know him very well.
我們兩個已經認識超過 20 年了，所以我很瞭解他。

同 age 年齡

yel•low [`jɛlo] 英初 四級

形 黃色的
名 黃色

• I've lost a **yellow** jacket; can you help me find it?
我的黃色夾克不見了，你能幫我找一下嗎？

yes / yeah [jɛs] / [jɛə] 英初 四級

副 是的
名 是、好

• He nodded **yes**.
他點頭同意。

反 no 不、否

yes•ter•day
[`jɛstɚde] 英初 四級

名 昨天、昨日

• There were a few things I forgot to do **yesterday**, so I'll have to finish them today.
昨天有些事我忘了去做，所以我今天要把它們完成。

反 tomorrow 明天

🔊 Track 206

yet [jɛt] 英初 四級

副 直到此時、還（沒）
連 但是、而又

• He said he didn't have time to finish the report, **yet** he had time to play video games.
他說他沒有時間完成這個報告，但他仍有時間打電動。

反 already 已經

A
B
C
D
E
F
G
H
I
J
K
L
M
N
O
P
Q
R
S
T
U
V
W
X
Y
Z

you [ju] 英初 四級

代 你、你們

• Are **you** going to go to the supermarket with me, or do **you** want me to meet **you** up there?

你要跟我一起去超市嗎？還是要我在那裡和你會合？

反 we 我們

young [jʌŋ] 英初 四級

形 年輕的、年幼的
名 青年

• The **young** man is very smart and athletic, so I think he is perfect for the team.

那個年青人又聰明又健壯，所以我想他很適合加入這個團隊。

同 youthful 年輕的、有青春活力的
反 old 老的

yours [jʊrz] 英初 四級

形 你的（東西）、你們的（東西）

• I didn't know the Coke was **yours**. I thought it was mine because I bought one too.

我不知道那可樂是你的，還以為是我的，因為我也買了一瓶。

反 ours 我們的

yuck•y [jʌkɪ] 英中 六級

形 令人厭惡的、令人不快的

• My son always says **yucky** when he doesn't like something, even if it isn't food.

我兒子總是對不喜歡的事物說很噁心，即使是食物以外的東西也一樣。

同 offensive 令人不快的、攻擊的
反 delightful 令人愉快的、可喜的

Track 207

yum•my [ˈjʌmɪ] 英初 四級

形 舒適的、愉快的、美味的

• The meals were really **yummy** last night; I wouldn't mind going to that restaurant again.

昨晚吃的餐點真的很棒，我不介意再去那間餐廳吃一次。

同 delicious 可口的、美味的
反 yucky 難吃的

Zz

ze•ro [ˈzɪro] 英初 四級

名 零

• The score for the game was three to **zero**.

比賽的比數是三比零。

同 nought 零、沒有

zoo [zu] 英初 四級

名 動物園

• We're taking Sam to the **zoo** to see the pandas this weekend.

我們這週末將帶山姆到動物園看熊貓。

Level 1 單字通關測驗

● 請根據題意，選出最適合的選項

1. He didn't mean to say anything _____ you.
   (A) across (B) above (C) against (D) but

2. Living in the _____ is very convenient.
   (A) city (B) church (C) class (D) coast

3. They turned on the _____ at full blast to try to fight the heat.
   (A) face (B) fanatic (C) fat (D) fan

4. My father's _____ is very big, so he needs to have his hats custom made.
   (A) health (B) heart (C) hair (D) head

5. She is in a _____ mood all the time.
   (A) back (B) bad (C) bed (D) beck

6. Do you know if my wallet is _____ of my purse?
   (A) inside (B) in (C) into (D) onto

7. Your lips are very _____, would you like to use some of my lip balm?
   (A) wet (B) well (C) bad (D) dry

8. I was just _____; don't take it too seriously.
   (A) joking (B) joy (C) joining (D) jumping

9. The little boy took his pet _____ with him everywhere he went.
   (A) most (B) mouth (C) mouse (D) month

10. The identical twins still look a little _____.
    (A) difference (B) direct (C) different (D) difficult

11. The bag was empty; there was _____ in it.
    (A) nor (B) no (C) nothing (D) not

12. The _____ is near, so I can finally take some time off for a
    vacation.
    (A) end (B) else (C) either (D) ever

13. There was only _____ left, so I bought it.
    (A) one (B) none (C) or (D) once

14. Emily will _____ me her textbooks after she finishing using them.
    (A) gave (B) gift (C) give (D) given

15. We couldn't _____ any longer and went to bed while the others
    stayed up.
    (A) last (B) late (C) lasted (D) lack

16. My son always says _____ when he doesn't like something,
    even if it isn't food.
    (A) yucky (B) yummy (C) yet (D) yes

17. Do you know what _____ is? I can't figure it out.
    (A) those (B) this (C) thing (D) these

18. There is _____ I need to talk to you about.
    (A) something (B) sometime (C) sometimes (D) some

19. My dear friend is _____ me a scarf for my birthday gift.
    (A) marrying (B) making (C) matching (D) meeting

20. We have been _____ for two hours to try to get another flight.
    (A) walking (B) washing (C) watching (D) waiting

21. I want to _____ my own house from scratch.
    (A) building (B) built (C) build (D) builded

22. He paid a heavy _____ for his overdue parking tickets.
    (A) fine (B) finger (C) five (D) fire

23. We need to fill up the car with _____ before we get on the
    freeway.
    (A) god (B) garden (C) gas (D) gold

24. I _____ that we're going to get a new boss.
    (A) heart (B) head (C) heard (D) hears

25. We _____ against the other teams and beat them.
    (A) raged (B) raced (C) racing (D) raging

26. It was hard for him to say the words, but he truly _____ her.
    (A) looked (B) lived (C) loved (D) listen

27. They will arrive _____ week, so we need to prepare for their
    arrival.
    (A) next (B) below (C) past (D) above

28. I'm not very good at parallel parking, so I usually try to find a
    _____ lot.
    (A) part (B) park (C) party (D) parking

29. The billionaire is a real-estate mogul and owns many pieces of
    valuable _____.
    (A) leaf (B) lamp (C) lamb (D) land

30. Hearing this song brings back _____ of our happier days
    together.
    (A) thoughts (B) though (C) through (D) throught

Level 2

國中小必考單字
進階篇

★ 因各家手機系統不同，若無法直接掃描，
仍可以電腦連結 https://tinyurl.com/y2rkahrz 雲端下載收聽

🔊 Track 208

a·bil·i·ty [ə'bɪlətɪ] 英中 六級

名 能力

- Everyone doubts her **ability** to do this job.
  每個人都質疑她執行這項工作的能力。

同 capacity 能力

a·broad [ə'brɔd] 英初 四級

副 在國外、到國外

- How long have you been studying **abroad**?
  你到國外留學多久的時間呢?

同 overseas 在國外
反 interiorly 在國內

ab·sence ['æbsn̩s] 英中 六級

名 缺席

- You'd better have a good excuse for your **absence** this morning.
  關於早上缺席的事情,你最好有個交代。

反 presence 出席

ab·sent ['æbsn̩t] 英初 四級

形 缺席的

- Five students were **absent** in the Math class this afternoon.
  今天下午的數學課有五個學生曠課。

反 present 出席的

ac·cept [ək'sɛpt] 英初 四級

動 接受

- Have you **accepted** Jenny's invitation?
  你接受珍妮的邀請了嗎?

同 receive 接受
反 refuse 拒絕

🔊 Track 209

ac·tive ['æktɪv] 英中 六級

形 活躍的

- Mount Vesuvius is an **active** volcano.
  維蘇威火山是活火山。

同 dynamic 充滿活力的
反 passive 被動的、消極的

ad·dition [ə'dɪʃən] 英中 六級

名 加、加法

- Jenny's new-born baby is an **addition** to her family.
  珍妮的新生兒是家裡的新成員。

同 supplement 增補
反 subtraction 減法、減去

ad·vance [əd'væns] 英中 六級

名 前進
動 使前進

- The seats of this famous restaurant can be booked one week in **advance**.
  這家餐廳可以提前一個星期訂位。

同 progress 前進
反 retrogression 倒退、後退、退步

af·fair [ə'fɛr] 英中 六級

名 事件

- The rumour that Sue and Ben are having an **affair** has been going round.
  蘇跟班兩人交往的緋聞已經被傳開了。

同 matter 事件

aid [ed] 英中 六級

名 援助
動 援助

- The organization offered financial and medical **aid** to the poor country unconditionally.
  這個組織無條件提供窮苦國家財務及醫療資源。

同 assistance 幫助、援助
反 interrupt 妨礙、干擾

🔊 Track 210

aim [em] .... 英初 四級

名 瞄準、目標
動 企圖、瞄準

- This plan is **aimed** at promoting our new product of this season.
  這個計劃是針對本季的新產品促銷專案。
同 target 目標

air•craft [ˈɛrˌkræft] .... 英中 六級

名 飛機、飛行器

- The **aircraft** was forced to land alongside the harbor for it was running out of fuel.
  這架飛機因為缺乏燃料而被迫沿著港口迫降。
同 airplane 飛機

air•line [ˈɛrˌlaɪn] .... 英初 四級

名 飛機航線、航空公司

- I often travel by China **Airline**.
  我經常搭乘華航的班機旅行。
同 airways 航空公司

a•larm [əˈlɑrm] .... 英初 四級

名 恐懼 報警器
動 使驚慌

- The fire **alarmed** all the neighbors on the street at midnight.
  這場午夜火警驚動了整條街的鄰居。
同 frighten 使驚嚇、驚恐
反 soothe 使平靜

al•bum [ˈælbəm] .... 英初 四級

名 相簿、專輯

- They keep their baby's photos in the golden **album**.
  他們把寶寶的照片保存在金色相簿裡。

🔊 Track 211

a•like [əˈlaɪk] .... 英初 四級

形 相似的、相同的
副 相似地、相同地

- My sister and my mother really look **alike**.
  我妹妹跟我媽媽長得很像。
同 similar 類似的、同樣的
反 different 不一樣的

a•live [əˈlaɪv] .... 英初 四級

形 活的

- A person or an animal must drink water to stay **alive**.
  不管人或動物都需要喝水維持生命。
同 live 活的
反 dead 死的

al•mond [ˈɑmənd] .... 英中 六級

名 杏仁、杏樹

- My aunt made a basket of **almond** cookies.
  我嬸嬸做了一籃杏仁餅。
同 apricot 杏、杏樹

a•loud [əˈlaud] .... 英初 四級

副 高聲地、大聲地

- The teacher asked Ken to read the poem **aloud** to the class.
  老師要求肯在課堂上大聲朗讀這首詩。
同 loudly 大聲地
反 quietly 安靜地

al•pha•bet [ˈælfəˌbɛt] .... 英初 四級

名 字母、字母表

- M comes before N in the **alphabet**.
  在字母表裡，M 排在 N 前面。
同 letter 字母

Track 212

Track 213

al•though [ɔlˈðo].................. 英中 六級

連 雖然、縱然

- **Although** she was ill, she still studied very hard.
  即使生病了，她依然很用功念書。

回 though 雖然

al•to•ge•ther [ˌɔltəˈgɛðə] .... 英初 四級

副 完全地、總共

- Smoking in the public should be banned **altogether**.
  公共場所應該全面禁煙。

回 completely 完全地

反 partly 部分地

a•mount [əˈmaʊnt] .... 英初 四級

名 總數、合計

動 總計

- Could you please pay the rest **amount** before the shipment?
  你能在出貨前結清尾款嗎？

回 sum 總計

an•cient [ˈenʃənt] .... 英初 四級

形 古老的、古代的

- They were all impressed by the ruins of Greek **ancient** buildings.
  他們對希臘古建築的斷垣殘壁留下了深刻印象。

回 antique 古老的

反 modern 現代的、時髦的

an•kle [ˈæŋkl̩] .... 英初 四級

名 腳踝

- She fell into a gutter and got a foot sprain in her **ankle**.
  她掉到水溝裡扭傷了腳踝。

回 malleolus 踝骨

an•y•bo•dy / any•one [ˈɛnɪˌbɑdɪ] / [ˈɛnɪˌwʌn] .... 英初 四級

代 任何人

- You can't be under **anybody**'s thumb unless you want.
  除非你自願，不然你可不受任何人擺佈。

回 whoever 任何人

an•y•how [ˈɛnɪˌhaʊ] .... 英中 六級

副 隨便、無論如何

- He tried very hard to convince her, but she wouldn't say yes **anyhow**.
  他已經盡全力去說服她，但無論如何她都不願意答應。

回 however 無論如何

an•y•ti•me [ˈɛnɪˌtaɪm] .... 英初 四級

副 任何時候

- Please feel free to ask **anytime**.
  隨時歡迎發問。

回 whenever 無論何時

an•y•way [ˈɛnɪˌwe] .... 英中 六級

副 無論如何

- **Anyway** I give up because it will never be real.
  無論如何我放棄了，因為這永遠不會成真。

回 whatever 無論如何、不管怎樣

an•y•where / an•y•place [ˈɛnɪˌhwɛr] / [ˈɛnɪˌples] .... 英初 四級

副 任何地方

- **Anywhere** you go, let me go with you.
  我願意陪你到天涯海角。

回 anyplace 任何地方

ap•art•ment
[ə`pɑrtmənt]........................ 英初 四級

名 公寓

• She has an **apartment** on the top floor with a garden.
她擁有一間有花園的頂層公寓。

同 flat 公寓

ap•pear•ance
[ə`pɪrəns] .... 英中 六級

名 出現、露面

• Never judge someone by his **appearance**.
別以貌取人。

同 look 外表

反 disappearance 消失

ap•pe•tite [`æpə͵taɪt] .... 英中 六級

名 食欲、胃口

• I don't feel like eating; I don't have any **appetite**.
我毫無食欲，完全不想吃東西。

同 desire 欲望

ap•ply [ə`plaɪ] .... 英中 六級

動 請求、應用

• I would like to **apply** for the position of an accountant.
我打算去應徵會計師的職位。

同 request 請求

a•pron [`eprən] .... 英中 六級

名 圍裙

• She tied an **apron** around her waist and got ready to cook.
她在腰上繫上圍裙準備做飯。

同 flap 圍裙

ar•gue [`ɑrgju] .... 英初 四級

動 爭辯、辯論

• I really don't know what they're **arguing** about.
我完全不知道他們在爭論些什麼。

同 debate 辯論、討論

ar•gu•ment
[`ɑrgjəmənt]........................ 英初 四級

名 爭論、議論

• My husband and I had an **argument** about education of our children all the time.
我跟我老公總是為了孩子教育問題而爭吵。

同 dispute 爭論

arm [ɑrm]........................ 英初 四級

名 手臂
動 武裝、備戰

• He grabs my **arm** and begs for money.
他緊緊抓住我的手臂乞討金錢。

同 equipment 器械、裝備

arm•chair [`ɑrm͵tʃɛr]................ 英中 六級

名 扶椅

• She sat in an **armchair** to enjoy view outside of the flight.
她舒適地躺在扶椅上，享受著航程窗外的景色。

同 chair 椅子

ar•range [ə`rendʒ]................ 英中 六級

動 安排、籌備

• They told us not to worry because everything has been **arranged**.
他們告訴我們無須擔心，所有事情都已經安排妥當。

同 settle 安排

反 disarrange 擾亂

Track 216

ar•range•ment
[əˈrendʒmənt] .... 英中 六級

名 佈置、準備

• My mother attended the flower **arrangement** course last summer.
我媽媽去年夏天參加了插花課程。

同 organization 安排、佈置
反 disorder 混亂

ar•rest [əˈrɛst] .... 英中 六級

動 逮捕、拘捕
名 阻止、扣留

• She was bailed out after 10 hours of her **arrest**.
她被拘留十小時後才被保釋。

同 detainment 扣留
反 release 釋放

ar•rive [əˈraɪv] .... 英初 四級

動 到達、來臨

• My boyfriend begged my pardon for **arriving** late.
我男朋友乞求我原諒他的遲到。

同 reach 達到
反 leave 離開

ar•row [ˈæro] .... 英中 六級

名 箭

• Draw not your bow till your **arrow** is fixed.
事未齊備，切莫妄動。

同 quarrel 箭

ar•ti•cle / es•say
[ˈɑrtɪkl̩] / [ˈɛse] .... 英中 六級

名 文章、論文

• The **article** that Andy wrote is well-organized.
安迪的文章寫得很有條理。

同 essay 論文

Track 217

art•ist [ˈɑrtɪst] .... 英初 四級

名 藝術家、大師

• The **artist** guided his students into the art world in France.
這位藝術家在法國引領他的學生進入到藝術領域中。

同 master 大師

a•sleep [əˈslip] .... 英初 四級

形 睡著的

• Howard fell **asleep** very quickly and began to snore.
哈洛德很快就入睡並且開始打呼。

反 awake 醒著的

as•sis•tant [əˈsɪstənt] .... 英初 四級

名 助手、助理

• Angela used to work as a sales **assistant**.
安琪拉曾任業務助理。

同 helper 助手、幫手

at•tack [əˈtæk] .... 英初 四級

動 攻擊
名 攻擊

• Three people were injured in a random **attack** in downtown Seattle.
三位民眾在西雅圖市中心發生的隨機攻擊案中受傷。

同 assault 攻擊
反 safeguard 保護、維護

at•tend [əˈtɛnd] .... 英中 六級

動 出席
Did she **attend** the meeting yesterday?

• 她昨天參與了會議了嗎？

同 present 出席
反 absent 使缺席

at•ten•tion [əˋtɛnʃən] 英初 四級

名 注意、專心

- A good teacher must be able to draw student's **attention**.
  好的老師必須能夠吸引學生的注意力。
- 同 concern 注意
- 反 distraction 分心

a•void [əˋvɔɪd] 英初 四級

動 避開、避免

- You should **avoid** being late for your date.
  你應該避免約會遲到。
- 同 evade 規避、逃避
- 反 face 面對

Bb↓

ba•by•sit [ˋbebɪˏsɪt] 英中 六級

動 （臨時）照顧嬰孩

- Is it your responsibility to **babysit** the children?
  照顧這些小孩是妳的責任嗎？

ba•by•sit•ter [ˋbebɪsɪtɚ] 英初 四級

名 保母

- She took a job as a **babysitter** in the neighborhood.
  她在街坊鄰居中找到保母的工作。
- 同 nurserymaid 保母

back•ward [ˋbækwɚd] 英初 四級

形 向後方的、面對後方的、

- There are many poor people in the **backward** country.
  在這個經濟落後的國家有很多窮人。
- 同 rear 後面的、後方的
- 反 forward 向前方的

back•wards [ˋbækwɚdz] 英中 六級

副 向後

- A small child who can count 1 to 100 and **backwards** is smart.
  能從 1 數到 100，再倒著數回來的小孩子是很聰明的。
- 同 rearward 在背後、向後方
- 反 forwards 向前

bake [bek] 英初 四級

動 烘、烤

- The biscuits were **baked** for a long time and became burnt.
  小餅乾因為烤太久而焦掉。
- 同 toast 烘、烤

bak•er•y [ˋbekərɪ] 英中 六級

名 麵包房、麵包店

- A glamorous smell came from the **bakery** around the corner.
  從街角的麵包店傳來誘人的香味。

bal•co•ny [ˋbælkənɪ] 英中 六級

名 陽臺

- The view from the tenth-floor **balcony** was beautiful!
  從 10 樓的陽臺看景色，真漂亮。
- 同 porch 陽臺

bam•boo [bæmˏbu] 英中 六級

名 竹子

- She arranged all of flowers in a **bamboo** vase.
  她將所有的花插在竹製花瓶裡。

A
B
C
D
E
F
G
H
I
J
K
L
M
N
O
P
Q
R
S
T
U
V
W
X
Y
Z

Level 2

國中小必考單字｜進階篇

bank•er [ˋbæŋkɚ] .... 英中 六級

名 銀行家

• Sam's father is a **banker** who knows about finance very well.
山姆的爸爸是個相當瞭解金融財務的銀行家。

bar•be•cue / BBQ
[ˋbɑrbɪkju] .... 英中 六級

名 烤肉

• Could you please pass me the **barbecue** sauce?
你能將烤肉醬拿給我嗎？

同 roast 烤肉

bark [bɑrk] .... 英中 六級

動 狗吠叫
名 吠聲

• My Akita dog gave several fierce **barks** when he saw the strangers.
我的秋田犬看到陌生人會狂吠。

同 roar 獅子吼叫

base•ment
[ˋbesmənt] .... 英中 六級

名 地下室、地窖

• You can park your car in my **basement**.
你可以把車子停在我的地下室裡。

同 cellar 地窖

ba•sic [ˋbesɪk] .... 英中 六級

名 基礎、原理

• It would be of great help if you have **basic** knowledge of economics.
如果你有經濟學的基礎知識會非常有幫助。

同 principle 原則、原理

ba•sis [ˋbesɪs] .... 英中 六級

名 根據、基礎

• Morality has no statutory **basis**.
道德不以法律為基礎。

同 bottom 底部
反 top 頂部

bat•tle [ˋbætl̩] .... 英中 六級

名 戰役
動 作戰

• We got the latest progress of the **battle** from the radio.
我們從廣播中得知戰爭的最新戰況。

同 combat 戰鬥

bead [bid] .... 英中 六級

名 珠子、串珠
動 穿成一串

• A monk usually wears a string of **beads** and carries a bowl.
和尚通常配戴一串念珠並帶著一個托缽。

同 pearl 珠子

bean [bin] .... 英中 六級

名 豆子、沒有價值的東西

• You should roast the coffee **bean** before grinding it.
磨咖啡豆前，你應該先將它烘烤過。

同 straw 沒有價值的東西
反 treasure 寶物、珍品

bear [bɛr] .... 英中 六級

名 熊
動 忍受

• How could you **bear** a man like this?
妳怎麼受得了這樣的男人？

同 endure 忍受

beard [bɪrd] .... 英中 六級

名 鬍子

- Shaving your **beard** would make you look much younger.
  刮鬍子能讓你看起來更年輕。

同 mustache 髭、鬍子

bed•room [ˈbɛdˌrum] .... 英中 六級

名 臥房

- I was cleaning my **bedroom** when he knocked the door.
  他敲門時，我正在打掃房間。

beef [bif] .... 英初 四級

名 牛肉

- I don't like raw **beef**. It is disgusting.
  我不喜歡生牛肉，真噁心。

beep [bip] .... 英中 六級

名 警笛聲
動 發出嘟嘟聲

- I couldn't answer the phone now. Please leave your message after the **beep**.
  我現在無法接聽電話，請在嗶聲後留言。

同 buzz 嗡嗡聲

beer [bɪr] .... 英中 六級

名 啤酒

- They drank more than twenty bottles of **beer** at the party.
  他們在派對上喝超過 20 瓶啤酒。

bee•tle [ˈbitl̩] .... 英中 六級

名 甲蟲
動 急走

- Kelly **beetled** off early at the party last night because she saw her ex-boyfriend.
  凱莉昨晚因為看到前男友而匆忙提前離開派對。

beg [bɛg] .... 英中 六級

動 乞討、懇求

- I **beg** your pardon!
  請原諒！

同 appeal 懇求

be•gin•ner [bɪˈgɪnɚ] .... 英中 六級

名 初學者

- The greatest dancer was once a **beginner**.
  最好的舞者也曾是初學者。

同 freshman 新手
反 veteran 老手

be•lief [bɪˈlif] .... 英中 六級

名 相信、信念

- If you cannot stick up for your **beliefs**, you cannot get anything done.
  你如果不能堅定你的信念將會一事無成。

同 faith 信念

be•liev•a•ble [bɪˈlivəbl̩] .... 英中 六級

形 可信任的

- I think it's **believable** that she was absent from the class because of sickness.
  我相信她是真的因為生病而曠課。

同 credible 可信的
反 incredible 難以置信的

belt [bɛlt] .... 英中 六級

名 皮帶
動 圍繞

- The plane is taking off soon. Please fasten your seat **belt**.
  飛機即將起飛，請繫好您的安全帶。

同 strap 皮帶

A B C D E F G H I J K L M N O P Q R S T U V W X Y Z

bench [bɛntʃ] .... 英中 六級

名 長凳

• A homeless man is sleeping on the **bench**.
遊民在長椅上睡覺。

同 settle 長椅

bend [bɛnd] .... 英中 六級

動 使彎曲
名 彎曲

• I cannot touch my toes without **bending** my knees.
要觸碰到腳指，就得彎曲膝蓋。

同 curl 捲曲、彎曲
反 stretch 伸直

be•sides [bɪˌsaɪdz] .... 英中 六級

介 除了…之外
副 並且

• The restaurant is not open yet. **Besides**, the chef is still on her way.
餐廳還沒開始營業，而且主廚也還在趕來的路上。

同 otherwise 除此之外

bet [bɛt] .... 英中 六級

動 下賭注
名 打賭

• Joe **bet** Jane will marry a tall and handsome man.
喬打賭珍會嫁給一個又高又帥的男人。

同 gamble 打賭

🔊 Track 225

be•yond [bɪˌjɑnd] .... 英中 六級

介 在遠處、超過
副 此外

• The rescue team provided some food and medical aids but nothing **beyond**.
這個急救團隊除了提供食物與醫療協助外，沒有提供其他協助。

反 within 不超過

bill [bɪl] .... 英中 六級

名 帳單

• The **bill** is on me.
我來買單。

同 check 帳單

bind [baɪnd] .... 英中 六級

動 綁、包紮

• The homicide is **bound** in fetters.
那名殺人犯被銬上腳鐐。

同 fasten 紮牢、系牢
反 release 鬆開

bit•ter [ˋbɪtɚ] .... 英中 六級

形 苦的、嚴厲的

• If you never know the taste of **bitter**, you wouldn't know the taste of sweet.
如果沒有嘗過苦的滋味，你永遠不會知道甜的味道。

反 sweet 甜的

black•board
[ˋblækˌbord] .... 英初 四級

名 黑板

• The teacher is writing the lyrics on the **blackboard**.
老師在黑板上寫下一首詩歌。

同 chalkboard 黑板

🔊 Track 226

blank [blæŋk] .... 英初 四級

形 空白的
名 空白

• I was **blank** when hearing the bad news.
當我聽到那壞消息時，腦袋一片空白。

同 empty 空的
反 full 滿的

blind [blaɪnd] .... 英中 六級

形 瞎的

• The **blind** man was walking across the street by himself.
那個盲人自己一個人過馬路。

同 visionless 無視覺的、瞎的

blood•y [ˈblʌdɪ].....................英中 六級

形 流血的

• My son came home from the school with a **bloody** nose.
我兒子從學校回家時流著鼻血。

同 bleeding 出血的、流血的

board [bord].....................英中 六級

名 板、佈告欄

• Please post this flyer on the **board**.
請把傳單張貼到布告欄上。

同 wood 木板

boil [bɔɪl].....................英中 六級

動 水沸騰、使發怒
名 煮

• Do you know how to **boil** an egg?
你知道怎麼煮水煮蛋嗎？

同 rage 發怒

🔊 Track 227

bomb [bɑm].....................英中 六級

名 炸彈
動 轟炸

• The enemy is planning on **bombing** the city twice in a week.
敵人計劃一星期之內轟炸這座城市兩次。

同 explode 爆炸

bon•y [ˈbonɪ].....................英中 六級

形 多骨的、骨瘦如柴的

• The milkfish they caught were too **bony** to eat.
他們捕到的虱目魚刺太多不容易吃。

同 skinny 骨瘦如柴的
反 chubby 豐滿的、圓胖的

book•case
[ˈbukˌkes].....................英中 六級

名 書櫃、書架

• I need a big **bookcase** to place my new books.
我需要一個大書架來放我的新書。

同 bookshelf 書架

bor•row [ˈbɑro].....................英中 六級

動 借來、採用

• The suitcase which I **borrowed** from Angela is silver.
我從安琪拉那邊借來的手提箱是銀色的。

反 loan 借出

boss [bɔs].....................英中 六級

名 老闆、主人
動 指揮、監督

• My **boss** gave me a large bonus because of my diligence.
我老闆因為我的努力而給我一大筆獎金。

同 manager 負責人、經理

🔊 Track 228

both•er [ˈbɑðɚ].....................英中 六級

動 打擾

• I don't want to **bother** you, but you got an emergent phone call on line two.
不好意思打擾了，但是二線有個找你的緊急電話。

同 annoy 打擾

bot•tle [ˈbɑtl].....................英中 六級

名 瓶
動 用瓶裝

• The soy bean milk was **bottled** before being put in the refrigerator.
冰進冰箱前，豆漿已先裝瓶。

同 container 容器

bow [baʊ].....................英初 四級

名 彎腰、鞠躬
動 向下彎

• Please **bow** to audience with a smile after the performance.
表演結束之後，請帶著微笑向觀眾鞠躬。

同 stoop 彎腰

A
B
C
D
E
F
G
H
I
J
K
L
M
N
O
P
Q
R
S
T
U
V
W
X
Y
Z

bowl•ing [ˋbolɪŋ].....................英中 六級

名 保齡球

- Would you like to play **bowling** with us after school?
  放學後你要不要跟我們去打保齡球？

brain [bren].....................英中 六級

名 腦、智力

- An idle **brain** is the devil's workshop.
  遊手好閒是萬惡之源。

同 intelligence 智力

🔊 Track 229

branch [bræntʃ].....................英中 六級

名 枝狀物、分店、分公司
動 分支

- The coffee shop has more than 100 **branches** on this island.
  這個咖啡廳在島上有超過一百家分店。

同 extension 分店
反 trunk 樹幹

brand [brænd].....................英中 六級

名 品牌
動 打烙印

- The T-shirts the waiters are wearing were **branded** with the shop logo.
  服務生身上穿的 T 恤有印上店家的標誌。

同 mark 做記號

brick [brɪk].....................英中 六級

名 轉頭、磚塊

- They carved a dragon on a **brick** of ice in the art class.
  上美術課時，他們在冰塊上雕刻出一條龍。

brief [brif].....................英中 六級

形 短暫的
名 摘要、短文

- He made a **brief** speech.
  他做了個簡短的演説。

同 curt 簡略的、簡短的
反 long 長的

broad [brɔd].....................英中 六級

形 寬闊的

- My sister usually takes a walk on the **broad** avenue after dinner.
  我姐姐通常吃完晚餐後，會在寬廣的街上散步。

同 wide 寬闊的
反 narrow 窄的

🔊 Track 230

broad•cast [ˋbrɔdˏkæst].....................英中 六級

動 廣播、播出
名 廣播節目

- Modern society cannot reject the **broadcast** of information.
  現代社會無法杜絕資訊的傳播。

同 announce 播報

brunch [brʌntʃ].....................英初 四級

名 早午餐

- I always skip breakfast and have **brunch** instead in the morning.
  早上我通常吃早午餐取代早餐。

brush [brʌʃ].....................英中 六級

名 刷子
動 刷、擦掉

- I **brush** my teeth before going to bed.
  我睡前會刷牙。

同 wipe 擦去

bun / roll [bʌn] / [rol].....................英中 六級

名 小圓麵包、麵包卷

- Kate always has some **buns** in the afternoon.
  凱特總是在下午吃一些小麵包。

同 roll 麵包卷

bun•dle [ˋbʌndl̩].....................英中 六級

名 捆、包裹

- I found a large **bundle** of old magazines in the basement.
  我在地下室找到一大捆舊雜誌。

同 package 包裹

burn [bɝn]...... 英初 四級

動 燃燒
名 烙印

• The little girl suffered severe **burns**.
那名小女孩受到嚴重燙傷。

同 fire 燃燒

burst [bɝst]...... 英中 六級

動 破裂、爆炸
名 猝發、爆發

• We heard a **burst** of applause at the end of the song.
曲終時，我們聽到熱烈的掌聲。

同 explode 爆炸

busi•ness [ˈbɪznɪs]...... 英中 六級

名 商業、買賣

• My father runs the car **business** very well.
我父親在汽車買賣這一行做得很好。

同 commerce 商業

but•ton [ˈbʌtn̩]...... 英中 六級

名 扣子
動 用扣子扣住

• Gary **buttoned** the last **button** of his shirt and walked out of the room.
蓋瑞扣上襯衫最後一個鈕扣後走出房間。

同 clasp 扣住
反 unloosen 解開、放開

Cc→

cab•bage [ˈkæbɪdʒ]...... 英初 四級

名 包心菜

• Will ten crates of **cabbage** be enough for catering?
這次宴會，十箱包心菜夠用嗎？

ca•ble [ˈkebl̩]...... 英初 四級

名 纜繩、電纜

• I am going to take a **cable** car in Sun Moon Lake.
我正要去日月潭搭纜車。

同 wire 電線

café / cafe [kəˈfe]...... 英初 四級

名 咖啡館

• I'd like to have a great tea time with Mary in the **café** around the corner.
我喜歡和瑪麗到街角的咖啡廳喝下午茶。

同 coffeehouse 咖啡館

caf•e•te•ri•a [ˌkæfəˈtɪrɪə]...... 英初 四級

名 自助餐館

• Do you prefer having lunch in a **cafeteria** or steak house?
你中午想到自助餐或牛排館用餐呢？

同 restaurant 餐廳

cal•en•dar [ˈkæləndɚ]...... 英初 四級

名 日曆

• They took everything away but an old **calendar** on the wall.
除了牆上的舊日曆外他們拿走了所有的東西。

calm [kɑm]...... 英初 四級

形 平靜的
名 平靜
動 使平靜

• How could he stay **calm** when he heard such a bad news?
當聽到這壞消息時，他怎麼還能保持鎮定呢！

同 peaceful 平靜的
反 noisy 喧鬧的

A B **C** D E F G H I J K L M N O P Q R S T U V W X Y Z

🔊 Track 233

can•cel [ˈkænsl̩] 英初 四級

動 取消

- Do you want me to **cancel** the meeting or put it off?
  你要我取消這個會議或延後呢？
- 同 erase 清除
- 反 retain 保持、保留

can•cer [ˈkænsɚ] 英初 四級

名 癌、腫瘤

- Quitting smoking will reduce the risk of lung **cancer**.
  戒菸可以降低肺癌風險。
- 同 carcinomatosis 癌症

can•dle [ˈkændl̩] 英初 四級

名 蠟燭、燭光

- They blew out the **candles** on the cake after singing a birthday song.
  唱完生日快樂歌後他們把蠟燭吹熄。
- 同 torch 光芒
- 反 darkness 黑暗

cap•tain [ˈkæptɪn] 英初 四級

名 船長、艦長

- The **captain** of the Titanic refused to leave his sinking ship.
  鐵達尼號的船長拒絕離開下沉中的船。
- 同 chief 首領、長官

car•pet [ˈkɑrpɪt] 英初 四級

名 地毯
動 鋪地毯

- The floor of the upstairs were **carpeted**.
  樓上的地板鋪上了地毯。
- 同 mat 地蓆

🔊 Track 234

car•rot [ˈkærət] 英初 四級

名 胡蘿蔔

- They made a plate of **carrot** salad with French dress.
  他們用法式醬料做了一盤胡蘿蔔沙拉。

cart [kɑrt] 英中 六級

名 手拉車、推車、馬車

- Do you need a **cart** for shopping?
  你需要一臺購物推車嗎？
- 同 trolley 手推車

car•toon [kɑrˈtun] 英初 四級

名 卡通

- This is the funniest **cartoon** I have ever seen.
  這是我看過最有趣的一齣卡通。
- 同 animation 動畫片

cash [kæʃ] 英初 四級

名 現金
動 付現

- Can you **cash** this check for me as soon as possible?
  你能盡快幫我把支票兌現嗎？

cas•sette [kəˈsɛt] 英初 四級

名 卡帶、盒子

- My grandmother still keeps the old **cassette** my grandfather left her.
  我奶奶依然保存著爺爺留給她的卡帶。
- 同 box 盒子

🔊 Track 235

cas•tle [ˈkæsl̩] 英初 四級

名 城堡

- The guests were shown around the **castle** by the duke.
  客人在公爵帶領下參觀城堡。
- 同 palace 皇宮

cave [kev] .... 英中 六級

名 洞穴
動 挖掘

• The climbers got caught in a typhoon and had to take shelter in a **cave**.
登山者受困颱風中，需要躲避在洞穴中。

同 hole 洞

ceil•ing [ˋsilɪŋ] .... 英初 四級

名 天花板

• Painting the **ceiling** is a tough job.
刷天花板是個很棘手的工作。

同 plafond 頂棚、天花板
反 floor 地板

cell [sɛl] .... 英中 六級

名 細胞

• The nucleus is the information center of **cell**.
細胞核是細胞的資訊中樞。

cen•tral [ˋsɛntrəl] .... 英初 四級

形 中央的

• Legend has it that there are alligators in the lake of **Central** Park.
傳說在中央公園的湖裡有鱷魚。

同 middle 中間的
反 marginal 邊際的、末端的

🔊 Track 236

cen•tu•ry [ˋsɛntʃərɪ] .... 英初 四級

名 世紀

• The space age dawned in the twentieth **century**.
太空時代開端於二十世紀。

ce•re•al [ˋsɪrɪəl] .... 英初 四級

名 穀類作物

• Johnson usually has **cereal** and milk for breakfast.
強生通常都吃穀片跟牛奶當早餐。

同 grain 穀物

chalk [tʃɔk] .... 英初 四級

名 粉筆

• The teacher wrote the lyrics on the board with a **chalk**.
老師用粉筆在黑板上寫下詩歌。

change [tʃendʒ] .... 英初 四級

動 改變、兌換
名 零錢、變化

• I am tired of eating rice every day. I'd like to have something special for a **change**.
我厭倦每天都吃米飯了，我想改吃些特別的。

同 transform 改變

char•ac•ter
[ˋkærɪktɚ] .... 英初 四級

名 個性

• Nobody can get along with him, because he has a changeable **character**.
他有著陰晴不定的個性，沒人能跟他相處。

同 personality 個性、特色

🔊 Track 237

charge [tʃɑrdʒ] .... 英初 四級

動 索價、命令
名 費用、職責

• The supermarket is on sale now, so they **charge** 2 dollars for a dozen eggs.
這家超級市場正在促銷，每打雞蛋要價2塊錢。

同 rate 費用

cheap [tʃip] .... 英初 四級

形 低價的、易取得的
副 低價地

• Ben was very lucky to get such a **cheap** backpack in the flea market.
班很幸運地在跳蚤市場買到這麼便宜的背包。

同 inexpensive 廉價的
反 expensive 昂貴的

A B C D E F G H I J K L M N O P Q R S T U V W X Y Z

cheat [tʃit] .... 英初 四級

動 欺騙
名 詐欺、騙子

- Rita didn't know Dan is a **cheat** till she saw him having dinner with another girl last night.
  麗塔一直都不知道丹是個騙子，直到昨晚看到他跟別的女生共進晚餐。

同 liar 騙子

chem•i•cal [ˈkɛmɪkl̩] .... 英中 六級

形 化學的
名 化學

- The dealer was selling the dangerous **chemicals**.
  這個經銷商銷售危險的化學物品。

chess [tʃɛs] .... 英初 四級

名 西洋棋

- Do you want to play **chess**?
  你想下西洋棋嗎？

🔊 Track 238

child•ish [ˈtʃaɪldɪʃ] .... 英初 四級

形 孩子氣的

- Grow up. Don't be so **childish**.
  學著長大吧，別再那麼孩子氣了。

同 naive 天真的
反 mature 成熟的

child•like [ˈtʃaɪldlaɪk] .... 英初 四級

形 純真的

- You cannot lie to a person who looks at you with her **childlike** eyes.
  你無法對一個用純真眼神看著你的人說謊。

同 lily-white 無瑕疵的、純潔的
反 mature 成熟的

chin [tʃɪn] .... 英初 四級

名 下巴

- Jim wiped a dribble of coffee from his **chin** with a napkin.
  靖用餐巾擦拭流到下巴的咖啡。

同 jaw 顎

choc•o•late [ˈtʃɔkəlɪt] .... 英初 四級

名 巧克力

- Not every woman loves **chocolate**. I am an exception.
  不是每個女人都喜歡巧克力，我就是個例外。

choice [tʃɔɪs] .... 英初 四級

名 選擇
形 精選的

- They gave us some **choice** pears on Chinese New Year.
  農曆年時他們給我們一些特選梨子。

同 selection 選擇

🔊 Track 239

choose [tʃuz] .... 英初 四級

動 選擇

- When you have too many choices, it's hard for you to **choose** one.
  當有太多選擇時你很難做出決定。

同 select 選擇

chop•stick(s) [ˈtʃɑpˌstɪk(s)] .... 英初 四級

名 筷子

- My French friend learned how to use **chopsticks** very quickly.
  我的法國朋友很快就學會怎樣用筷子。

cir•cle [ˈsɝkl̩] .... 英初 四級

名 圓形
動 圍繞

- The teacher asked the students to sit in a **circle** on the playground.
  老師要求學生在操場上圍著一圈坐了下來。

同 round 環繞

cit•i•zen [ˈsɪtəzn̩] .... 英中 六級

名 公民、居民

- How many **citizens** are living in this city?
  有多少居民住在這個城市裡？

同 inhabitant 居民

claim [klem]..................................... 英初 四級

動 主張
名 要求、權利

- Zoe **claimed** that she had a right to keep silent.
  柔依有保持靜默的權利。

同 right 權利

Track 240

clap [klæp]..................................... 英初 四級

動 鼓掌、拍擊
名 拍擊聲

- All of audiences gave the speaker **claps** after the speech.
  演講結束後所有的聽眾給予演講者掌聲。

同 applause 鼓掌

clas•sic [ˈklæsɪk]........................ 英中 六級

形 古典的
名 經典作品

- Wuthering Heights is a literary **classic**.
  咆哮山莊是一部經典文學著作。

同 ancient 古代的
反 modern 現代的

claw [klɔ]..................................... 英初 四級

名 爪
動 抓

- Sherry **clawed** at her boyfriend's shirt in her temper because he was late.
  雪莉因為她男朋友遲到而生氣地抓住他的襯衫。

同 grip 抓、緊握

clay [kle]..................................... 英中 六級

名 黏土

- The children made a castle with **clay**.
  小朋友們用黏土做出城堡。

同 mud 土

clean•er [ˈklinə]........................ 英初 四級

名 清潔工、清潔劑

- She is probably not a good speaker, but she's a good **cleaner**.
  或許她不是好的演講者，但卻是個好的清潔工。

同 detergent 清潔劑

Track 241

clerk [klɝk]..................................... 英初 四級

名 職員

- My sister was offered a job as a bank **clerk**.
  我妹妹找到銀行職員的工作。

同 staff 全體職工

clev•er [ˈklɛvə]........................ 英初 四級

形 聰明的、伶俐的

- Everybody loves Joel because he's handsome and **clever**.
  每個人都喜歡約爾，因為他又聰明又帥。

同 smart 聰明的
反 stupid 愚蠢的

cli•mate [ˈklaɪmɪt]........................ 英初 四級

名 氣候

- More people are concerned about extreme weather and **climate** change.
  越來越多人擔心極端天氣和氣候變化。

同 weather 天氣

clos•et [ˈklɑzɪt]........................ 英初 四級

名 櫥櫃

- Allow me to hang your overcoat in the **closet**.
  讓我把你的外套掛在衣櫥裡吧。

同 cabinet 櫥櫃

cloth [klɔθ]..................................... 英中 六級

名 布料

- We need a new table **cloth** for our dinning table.
  我們需要一個新的餐桌桌巾。

同 textile 紡織品

A
B
C
D
E
F
G
H
I
J
K
L
M
N
O
P
Q
R
S
T
U
V
W
X
Y
Z

🔊 Track 242

clothe [kloð].................... 英中 六級

動 穿衣、給⋯穿衣

• The mother helped to **clothe** her little child.
媽媽幫小孩穿上衣服。

同 tog 給穿上

clothes [kloz].................... 英初 四級

名 衣服

• Never judge a person by the **clothes** he wears
千萬不要以貌取人。

同 clothing 衣服

cloth•ing [ˈkloðɪŋ].................... 英中 六級

名 衣服

• They provided food and **clothing** for the poor.
他們提供窮人一些食物跟衣服。

同 clothes 衣服

cloud•y [ˈklaʊdɪ].................... 英初 四級

形 烏雲密佈的、多雲的

• It's **cloudy** today. You'd better have an umbrella with you.
今天是陰天，你最好隨身攜帶雨傘。

同 overcast 為雲所遮蔽的、多雲的
反 bright 晴朗的

clown [klaʊn].................... 英中 六級

名 小丑、丑角
動 扮丑角

• The **clown** at the circus amused the children.
馬戲團的小丑逗樂了小朋友們。

同 comic 滑稽人物

🔊 Track 243

club [klʌb].................... 英初 四級

名 俱樂部、社團

• I joined the karate **club** in the college.
我大學時加入了空手道社。

同 association 協會、社團

coach [kotʃ].................... 英初 四級

名 教練、顧問
動 訓練

• Sunny **coaches** adults for IELTS examinations.
桑妮指導成人 IELTS 考試。

同 counselor 顧問、參事

coal [kol].................... 英中 六級

名 煤

• Nylon is made from **coal**, air and water.
尼龍是由煤炭、空氣跟水製成。

同 fuel 燃料

cock [kɑk].................... 英中 六級

名 公雞

• Did you hear the **cock** crowing from the farmyard at dawn?
清晨你有聽到農場的雞叫聲嗎？

同 rooster 公雞
反 hen 母雞

cock•roach / roach
[ˈkɑkˌrotʃ] / [rotʃ].................... 英初 四級

名 蟑螂

• The **cockroaches** were exterminated by the new chemical.
蟑螂被新的化學藥品殺死了。

同 blackbeetle 蟑螂

🔊 Track 244

coin [kɔɪn].................... 英初 四級

名 硬幣
動 鑄造

• The government started **coining** memorial **coins** for the new year.
政府開始鑄造新年紀念硬幣。

同 money 錢幣

col•lect [kəˈlɛkt].................... 英初 四級

動 收集

• He's never tired of **collecting** stamps.
他收集郵票從不嫌累。

同 gather 收集

col•or•ful [ˈkʌləfəl]..................... 英初 四級

形 富有色彩的

- My life in Beijing was very **colorful**.
  我的北京生活多采多姿。

同 multicolored 多色的

---

comb [kom]........................... 英初 四級

名 梳子
動 梳、刷

- My sister always **combs** her hair before she washes it.
  我姊姊總是在洗頭前先梳頭。

同 brush 梳子、刷

---

com•fort•a•ble
[ˈkʌmfətəbl]..................... 英初 四級

形 舒服的

- The airline provides **comfortable** rides for passengers.
  航空公司為乘客提供舒適旅程。

同 content 滿意的
反 dissatisfied 不滿意的、不高興的

🔊 Track 245

---

com•pa•ny
[ˈkʌmpəni] .... 英初 四級

名 公司、同伴

- She traveled abroad without any **company** this time.
  她這次沒找任何同伴一起出國旅遊。

同 enterprise 公司

---

com•pare [kəmˌpɛr].................. 英初 四級

動 比較

- Don't **compare** your son with your daughter.
  別拿你的兒子跟女兒來比較。

同 contrast 對比

---

com•plain [kəmˌplen]................ 英初 四級

動 抱怨

- No one likes a person who keeps **complaining**.
  沒有人喜歡老是抱怨的人。

同 grumble 抱怨

---

com•plete [kəmˌplit] .... 英初 四級

形 完整的　動 完成

- Could you give me a deadline when this project would be **completed**?
  你能告訴我這個計劃需要在什麼時候完成嗎？

同 conclude 結束
反 partial 部分的

---

com•put•er
[kəmˌpjutə] .... 英初 四級

名 電腦

- They couldn't afford a new **computer**, so they bought an old one instead.
  他們沒錢購買新電腦，所以改買二手。

同 laptop 筆記型電腦

🔊 Track 246

---

con•firm [kənˌfɜm] .... 英初 四級

動 證實

- The content of the agreement has been **confirmed** by the manager.
  這個協議的內容經理已經確認過了。

同 establish 證實
反 overthrow 推翻

---

con•flict
[ˈkɑnflɪkt] / [kənˌflɪkt] .... 英初 四級

名 衝突、爭鬥
動 衝突

- The racial **conflicts** caused turbulance in the society.
  種族衝突造成社會動亂。

同 clash 衝突
反 reconciliation 調和、和解

Con•fu•cius
[kənˈfjuʃəs] .... 英中 六級

名 孔子

- **Confucius** is known as a great teacher by everyone.
  孔子是眾所周知的偉大老師。

同 Kung Tzu 孔子

con·grat·u·la·tions
[kənˌɡrætʃəˈleʃnz] .... 英初 四級

名 祝賀、恭喜

- When we heard they're getting married, we said "**congratulations**" to them.
  當我們聽到他們結婚消息時都對他們說聲「恭喜」。

同 blessing 祝福

con·sid·er [kənˈsɪdə] .... 英初 四級

動 仔細考慮

- I need to **consider** what to do next very carefully.
  我需要好好思考下一步要怎麼做。

同 deliberate 仔細考慮

🔊 Track 247

con·tact
[ˈkɑntækt] / [kənˈtækt] .... 英初 四級

名 接觸、親近
動 接觸

- Jennifer hasn't **contacted** me for ages.
  珍妮佛已經好多年沒跟我聯繫了。

同 approach 接近
反 away 遠離

con·tain [kənˈten] .... 英中 六級

動 包含、含有

- The box you gave me **contains** 30 eggs.
  你給我的盒子裡有三十個蛋。

同 include 包括
反 exclude 不包括

con·trol [kənˈtrol] .... 英初 四級

名 管理、控制
動 支配、控制

- My cousin quit the job in the quality **control** department of this company last year.
  我表哥去年從這家公司的品保部離職。

同 command 控制、指揮

con·trol·ler
[kənˈtrolə] .... 英中 六級

名 管理員

- His official designation is financial **controller**.
  他的正式職稱是財務管理員。

同 administrator 管理人

con·ve·nient
[kənˈvinjənt] .... 英初 四級

形 方便的、合宜的

- When will it be **convenient** for you to come over to visit me?
  你什麼時候有空來拜訪我？

同 suitable 適當的
反 unfitting 不適當的

🔊 Track 248

con·ver·sa·tion
[kɑnvəˈseʃən] .... 英初 四級

名 交談、談話

- They ended up their **conversation** unhappily before sleep.
  他們睡前不愉快地結束交談。

同 dialogue 交談

cook·er [kukə] .... 英初 四級

名 炊具

- I bought a new rice **cooker** for my grandmother on her birthday.
  在奶奶生日時我買了一個新電鍋送她。

同 utensil 器具、用具

cop·y / Xe·rox / xe·rox
[ˈkɑpɪ] / [ˈzɪrɑks]] .... 英初 四級

名 拷貝

- Could you **copy** it for me, please?
  你能幫我影印一下嗎？

同 imitate 仿製

cor•ner ['kɔrnɚ] 英初 四級

名 角落

- The bus station is just around the **corner**. You can't miss it.
  公車站就在轉角，你一定找得到。

同 angle 角

cost•ly ['kɔstlɪ] 英中 六級

形 價格高的

- He lost his **costly** watch on his way to work.
  去工作的途中他遺失了昂貴的手錶。

同 expensive 昂貴的
反 cheap 便宜的

🔊 Track 249

cot•ton ['kɑtn̩] 英初 四級

名 棉花

- Manchester is known as a **cotton** city.
  曼徹斯特是有名的棉花之都。

cough [kɔf] 英初 四級

動 咳出
名 咳嗽

- My uncle **coughed** up some drops of blood last month, so we thought he needed a body examination.
  我伯父上個月咳出血來，我們覺得他需要做個全身檢查。

coun•try•side ['kʌntrɪˌsaɪd] 英中 六級

名 鄉間

- Dell likes to spend his summer vacation in the **countryside**.
  戴爾喜歡在鄉間度過暑假。

同 village 鄉村、村莊

coun•ty ['kaʊntɪ] 英中 六級

名 郡、縣

- Do you live in Taichung city or Taichung **County**?
  你住在台中市或台中縣？

cou•ple ['kʌpl̩] 英初 四級

名 配偶、一對
動 結合

- Your patience **coupled** with your intelligence will overcome all difficulties ahead.
  妳的耐心搭配妳的智慧會幫妳度過前方重重難關。

同 spouse 配偶

🔊 Track 250

cour•age ['kɝɪdʒ] 英初 四級

名 勇氣

- Please give me some **courage** to carry on.
  請給我一些持續下去的勇氣。

同 bravery 勇敢
反 fear 恐懼

court [kort] 英初 四級

名 法院

- Everyone should be honest in **court**.
  每個人在法庭上都必須誠實。

同 tribunal 法院

cou•sin ['kʌzn̩] 英初 四級

名 堂（表）兄弟姊妹

- How many **cousins** do you have?
  你有多少表兄弟姊妹？

同 sibling 兄弟或姊妹

crab [kræb] 英初 四級

名 蟹

- I don't like eating **crabs** because it's too troublesome.
  我不喜歡吃螃蟹，太麻煩了。

crane [kren] 英中 六級

名 起重機、鶴

- The workers used **cranes** to lift the goods from the ship.
  工人們用起重機吊起船上的貨物。

🔊 Track 251

cray•on [ˈkreən] .... 英初 四級

名 蠟筆

• I taught my son how to draw with a **crayon**.
我教導我的兒子怎麼用蠟筆畫圖。

cra•zy [ˈkrezɪ] .... 英初 四級

形 發狂的、瘋癲的

• Simon is a **crazy** man, so he always yells to people.
賽門是個瘋子，他總是對著人們狂叫。

同 mad 發狂的

反 sober 清醒的、沉著冷靜的、穩重的

cream [krim] .... 英初 四級

名 乳酪、乳製品

• I always meet Rita in the ice **cream** shop in the department store.
我總是跟麗塔約在百貨公司的霜淇淋店見面。

同 cheese 乳酪

cre•ate [krɪˈet] .... 英初 四級

動 創造

• Do you know how the Earth **created**?
你知道地球怎麼形成的嗎？

同 design 設計

crime [kraɪm] .... 英初 四級

名 罪、犯罪行為

• The old people think it's a **crime** to waste food.
老人認為浪費食物是種罪過。

同 sin 罪

🔊 Track 252

cri•sis [ˈkraɪsɪs] .... 英初 四級

名 危機

• The CEO has solved the financial **crisis** for the company.
這個執行長已經解決這家公司的財務危機。

同 emergency 緊急關頭

crop [krɑp] .... 英中 六級

名 農作物

• The farmers usually get only one **crop** of rice a year in this area.
這個區域的農夫通常一年收穫一次稻米。

同 growth 產物

cross [krɔs] .... 英初 四級

名 十字形、交叉
動 使交叉、橫過、反對

• Please mark a **cross** in the blank if you think it is wrong.
如果你認為是錯的，請在空白處畫叉。

同 oppose 反對

反 support 支持

crow [kro] .... 英中 六級

名 烏鴉
動 啼叫

• My brother **crowed** over my failure.
我弟弟對於我的失敗幸災樂禍。

同 raven 烏鴉

crowd [kraʊd] .... 英初 四級

名 人群、群眾
動 擁擠

• David saw a **crowd** of people in front of the bank to withdraw money.
大衛看到群眾在銀行前領錢。

同 group 群眾

🔊 Track 253

cru•el [ˈkruəl] .... 英初 四級

形 殘忍的、無情的

• It's so **cruel** to refuse someone who is begging your help.
當有人乞求你的幫助時，拒絕他是很殘忍的。

同 mean 殘忍的

反 kind 仁慈的

cul•ture [ˈkʌltʃɚ] .... 英初 四級

名 文化

• I had a **culture** shock the first time I visited China.
　我第一次到中國時有著文化上的衝擊。

同 civilization 文明、開化

cure [kjʊr] .... 英初 四級

動 治療
名 治療

• The physical pain is easy to be **cured**, but the broken heart is not.
　肉體疼痛容易治療，但心痛卻不行。

同 heal 治療

cu•ri•ous [ˈkjʊrɪəs] .... 英初 四級

形 求知的、好奇的

• The journalists are **curious** to know whether this scandal is true.
　記者們很好奇這件醜聞是否真實。

同 snoopy 好奇的、懷疑的

cur•tain / drape
[ˈkɝtn̩] / [drep] .... 英初 四級

名 窗簾　動 掩蔽

• My mother bought new materials to **curtain** the living room.
　我媽媽買新材料給客廳裝上窗簾。

同 window shade 窗簾、帷幕

◀) Track 254

cus•tom [ˈkʌstəm] .... 英初 四級

名 習俗、習慣

• Having barbecue with families or friends has been one of the **customs** on Moon Festival.
　中秋節跟親戚朋友烤肉是個傳統習俗。

同 tradition 習俗、傳統

cus•tom•er
[ˈkʌstəmɚ] .... 英初 四級

名 顧客、客戶

• We're thinking a better way to retain **customers**.
　我們正在思考保有客戶更好的方法。

同 client 客戶

Dd ↴

dai•ly [ˈdelɪ] .... 英初 四級

形 每日的
名 日報

• All the major **dailies** carried the news on the front page.
　所有主要日報都在首頁刊登這則新聞。

同 journal 日報

dam•age [ˈdæmɪdʒ] .... 英初 四級

名 損害、損失
動 毀損

• This copy machine has been **damaged**, so it won't print very well.
　這臺影印機毀損了，無法順利影印。

同 loss 損耗
反 benefit 利益

dan•ger•ous
[ˈdendʒərəs] .... 英初 四級

形 危險的

• It's **dangerous** to ride on the fast traffic lane.
　騎車上快車道是危險的。

同 perilous 危險的、冒險的
反 secure 安全的

◀) Track 255

da•ta [ˈdetə] .... 英初 四級

名 資料、事實、材料

• He forgot to backup the **data** before he formatted the computer.
　他格式化電腦前忘記先備份資料。

同 information 資料

dawn [dɔn] .... 英初 四級

名 黎明、破曉
動 開始出現、頓悟

• My grandmother always starts her day at **dawn** and goes to sleep at midnight.
　我奶奶通常在黎明時開始她的一天，直到午夜才睡覺。

同 daybreak 黎明、拂曉
反 dusk 黃昏

deaf [dɛf] .... 英初 四級

形 耳聾

• **Deaf** people communicate by sign language.
耳聾的人靠手語溝通。

同 stone-deaf 聾的

de•bate [dɪˋbet] .... 英初 四級

名 討論、辯論
動 討論、辯論

• Do you want to attend the **debate** contest next week?
你打算參加下週的辯論賽嗎？

同 discuss 討論

debt [dɛt] .... 英中 六級

名 債、欠款

• He wanted to start his own business, but he ended up ＄50,000 in **debt**.
他打算開創自己的事業，但到頭來負債 5 萬元。

同 obligation 債、欠款

🔊 Track 256

de•ci•sion [dɪˋsɪʒən] .... 英初 四級

名 決定、決斷力

• It's easy to make a **decision**, but it's hard to make a wise one.
做決定很容易，但是做出聰明的決定卻很難。

同 determination 決定

dec•o•rate [ˋdɛkəˌret] .... 英初 四級

動 裝飾、布置

• Everybody is busy with cleaning and **decorating** their house before Chinese New Year.
每個人在農曆年前都忙著清掃跟布置他們的家。

同 beautify 裝飾

de•gree [dɪˋgri] .... 英初 四級

名 學位、程度

• My brother just got his PhD **degree** at the University of Wisconsin.
我哥哥剛從威斯康辛大學拿到博士學位。

同 extent 程度

de•lay [dɪˋle] .... 英中 六級

動 延緩
名 耽擱

• This is his first time handing in the assignment on time without **delay**.
這是他第一次準時交作業。

同 postpone 使延期、延遲、延緩

de•li•cious [dɪˋlɪʃəs] .... 英初 四級

形 美味的

• The strawberry puffs I made tasted very **delicious**.
我做的草莓泡芙很好吃。

同 yummy 美味的
反 unsavory 難吃的

🔊 Track 257

de•liv•er [dɪˋlɪvɚ] .... 英初 四級

動 傳送、遞送

• The letters were **delivered** promptly by the postman.
郵差很快地把這些信遞送完畢。

同 transfer 傳送

den•tist [ˋdɛntɪst] .... 英初 四級

名 牙醫、牙科醫生

• How often do you go to the **dentist**?
你多久看一次牙醫？

de•ny [dɪˋnaɪ] .... 英中 六級

動 否認、拒絕

• He **denied** having seen that girl before.
他否認以前見過這個女生。

同 reject 拒絕
反 accept 接受

de·part·ment
[dɪ`pɑrtmənt]...................... 英初 四級

名 部門、處、局

- Most of Taipei citizens like to go shopping in the **departments** in the eastern area of the city on weekends.
  大多數的臺北人喜歡在週末到東區的百貨公司購物。

同 section 部門

de·pend [dɪ`pɛnd]...................... 英初 四級

動 依賴、依靠

- This smart man is a person you can **depend** on.
  你可以信賴這個聰明的男人。

同 rely 依賴

🔊 Track 258

depth [dɛpθ]...................... 英中 六級

名 深度、深淵

- Our science teacher wanted us to measure the **depth** of the river.
  我們的科學老師要我們測量這條河的深度。

同 deepness 深度
反 superficiality 膚淺、淺薄

de·scribe [dɪ`skraɪb]...................... 英初 四級

動 敘述、描述

- The man got caught by the policeman was as fat as the woman **described**.
  那個被員警逮捕的男人就同如那個女人描述的一樣胖。

同 define 解釋

de·sert
[`dɛzət] / [dɪ`zɜt]...................... 英初 四級

名 沙漠、荒地
動 拋棄、丟開
形 荒蕪的

- One of my travel plans is to visit Sahara **desert**.
  我的旅遊計劃之一就是去造訪撒哈拉沙漠。

同 barren 貧瘠的
反 fertile 肥沃的

de·sign [dɪ`zaɪn]...................... 英初 四級

名 設計
動 設計

- Both of my husband and I liked the **design** of flat, so we decided to buy it.
  我跟我老公都喜歡這個套房的設計，所以決定買下它。

同 sketch 設計、構思

de·sire [dɪ`zaɪr]...................... 英初 四級

名 渴望、期望

- I have no **desire** to go out these days.
  這幾天我沒有出門的慾望。

同 fancy 渴望

🔊 Track 259

des·sert [`dɪzɜt]...................... 英初 四級

名 餐後點心、甜點

- What would you like to have for the **dessert** after the main course? Cream puff or apple pie?
  主菜後你想要來個什麼樣的點心呢？是奶油泡芙還是蘋果派？

同 sweety 糖果、甜點

de·tect [dɪ`tɛkt]...................... 英初 四級

動 查出、探出、發現

- I **detected** that John was having an affair with Jenny.
  我之前發現約翰在和珍妮搞外遇。

同 discover 發現

de·vel·op [dɪ`vɛləp]...................... 英初 四級

動 發展、開發

- The mountain regions have been over **developed** in these years.
  這幾年山區已經被過度開發了。

同 exploit 開採、開發

de•vel•op•ment
[dɪˋvɛləpmənt] .... 英初 四級

名 發展、開發

- The country has great **development** in economy and society.
  這個國家在經濟和社會方面有很大的發展。

同 growth 生長、發展

dew [dju] .... 英中 六級

名 露水、露

- The verse falls to the soul like **dew** to the pasture.
  愛戀多麼短暫，而遺忘又多麼漫長。

🔊 Track 260

di•al [ˋdaɪəl] .... 英初 四級

名 刻度盤
動 撥電話

- He didn't know what to say after **dialing** the girl he has a crush on.
  他打給他暗戀的女孩後，就不知道要說什麼了。

同 call 打電話

dia•mond [ˋdaɪmənd] .... 英初 四級

名 鑽石

- Men would never understand why women care for **diamonds**.
  男人永遠不瞭解為何女人在乎鑽石。

di•a•ry [ˋdaɪərɪ] .... 英初 四級

名 日誌、日記本

- I kept a **diary** when I was very young.
  我從小就保持寫日記的習慣。

同 journal 日誌

dic•tion•ar•y
[ˋdɪkʃənɛrɪ] .... 英初 四級

名 字典、詞典

- If you don't know the meaning of the vocabulary, you could look up the **dictionary**.
  如果你不懂單字的意思，可以查字典。

同 wordbook 字典

dif•fer•ence
[ˋdɪfərəns] .... 英初 四級

名 差異、差別

- What's the **difference** between being firm and stubborn?
  堅定跟固執有什麼差異呢？

同 discrepancy 差異、差別
反 similarity 相似處

🔊 Track 261

dif•fi•cul•ty
[ˋdɪfəkʌltɪ] .... 英初 四級

名 困難

- She overcame all the **difficulties** with her diligence and intelligence.
  她靠著勤奮跟智慧通過重重難關。

同 problem 難題
反 ease 簡單

di•no•saur
[ˋdaɪnəˌsɔr] .... 英初 四級

名 恐龍

- Do you know when the first **dinosaur** was ever found?
  你知道第一隻恐龍什麼時候發現的嗎？

同 dinosaurian 恐龍

di•rec•tion
[dəˋrɛkʃən] .... 英初 四級

名 指導、方向

- Could you please tell me the exact **direction** to the library?
  請問您能告訴我往圖書館的正確方向嗎？

同 way 方向

di•rec•tor [dəˋrɛktə] .... 英初 四級

名 指揮者、導演

- The **director** of the movie Avatar is James Cameron.
  詹姆斯卡麥隆是電影阿凡達的導演。

同 conductor 指揮

dis•agree [ˌdɪsəˋgri] .... 英中 六級

動 不符合、不同意

- Andy **disagreed** with me on this matter.
  安迪在這件事情上不同意我的看法。

同 dissent 持異議
反 agree 同意

🔊 Track 262

dis•agree•ment
[ˌdɪsəˋgrimənt] .... 英初 四級

名 意見不合、不同意

- He got fired because he had a
  disagreement with his boss.
  他因為跟他老闆意見不合而被開除。

同 dissidence 意見不同、異議
反 agreement 同意

dis•ap•pear
[ˌdɪsəˋpɪr] .... 英初 四級

動 消失、不見

- I saw the sailboat sail out of the port and
  disappear.
  我看到那帆船駛出港口且消失無蹤。

同 vanish 消失
反 appear 出現

dis•cuss [dɪˋskʌs] .... 英初 四級

動 討論、商議

- I need to **discuss** with you about this issue.
  我需要跟你討論這個議題。

同 consult 商議

dis•cus•sion
[dɪˋskʌʃən] .... 英初 四級

名 討論、商議

- The teachers had a short **discussion** on
  students' manners.
  老師們對學生的禮儀做了簡短的討論。

同 consultation 商議

dis•hon•est
[dɪsˋɑnɪst] .... 英初 四級

形 不誠實的

- It's **dishonest** to lie about your educational
  background and work experience.
  謊報你的教育背景跟工作經驗是不誠實的。

同 unfaithful 不誠實的、不可靠的
反 honest 誠實的

🔊 Track 263

dis•play [dɪˋsple] .... 英中 六級

動 展出
名 展示、展覽

- I will take my children to a fireworks **display**
  on Double Tenth Festival.
  雙十節我將帶著小孩去欣賞煙火表演。

同 show 展示

dis•tance [ˋdɪstəns] .... 英初 四級

名 距離

- You'd better keep your **distance** with him.
  你最好跟他保持距離。

同 length 距離、長度

dis•tant [ˋdɪstənt] .... 英初 四級

形 疏遠的、有距離的

- Kevin always keeps **distant** with his
  girlfriend, so we all think he doesn't love her
  anymore.
  凱文總是跟他女朋友非常疏離，我們都覺得他
  不再愛她了。

同 far 遠的
反 near 近的

di•vide [dəˋvaɪd] .... 英初 四級

動 分開

- We shall not let such a rumor **divide** us.
  我們不該讓這些謠言拆散我們。

同 separate 分開
反 gather 集合、聚集

A B C **D** E F G H I J K L M N O P Q R S T U V W X Y Z

di•vi•sion [dəˈvɪʒən] 英中 六級

名 分割、除去

- Multiplication can be proved by **division**.
  乘法能用除法來證明。

同 partition 分割

🔊 Track 264

diz•zy [ˈdɪzɪ] 英初 四級

形 暈眩的、被弄糊塗的

- Those math formulas really make me **dizzy**.
  這些數學公式把我搞得暈頭轉向。

同 swimmy 引起眩暈的
反 lucid 清晰的、神智清醒的

dol•phin [ˈdɑlfɪn] 英初 四級

名 海豚

- We will see a **dolphin** show in the ocean park in Hong Kong this summer.
  夏天我們將在香港的海洋公園看到海豚表演。

同 cowfish 海牛、角魚、海豚

don•key [ˈdɑnkɪ] 英初 四級

名 驢子、傻瓜

- It's fun to have a **donkey** ride on Santorini island.
  在聖托里尼島騎驢子很有趣。

同 mule 騾

dot [dɑt] 英初 四級

名 圓點
動 以點表示

- I looked at the flight taking off until it was only a **dot** in the air.
  我看著飛機起飛直到它在空中變成一個小點為止。

同 point 點

dou•ble [ˈdʌbl̩] 英初 四級

形 雙倍的　　副 加倍地
名 二倍　　　動 加倍

- You should be **double** careful when you're taking a formal examination.
  當你在參加正式考試時應該要加倍細心。

同 twofold 雙重的
反 single 單一的

🔊 Track 265

doubt [daʊt] 英初 四級

名 疑問
動 懷疑

- We all **doubted** what his motive was.
  我們都懷疑他的動機是什麼。

同 suspicion 懷疑
反 believe 相信

dough•nut [ˈdoˌnʌt] 英初 四級

名 油炸圈餅、甜甜圈

- It's tea time! How about having some **doughnuts** and cakes to go with our tea?
  現在是下午茶時間！要不要來點甜甜圈跟蛋糕來搭配我們的茶呢？

down•town [ˌdaʊnˈtaʊn] 英初 四級

副 鬧區的
名 鬧區、商業區

- My mother goes to **downtown** and buys some groceries twice in a week.
  我媽媽每週到市區兩次採買雜貨。

同 sowntown 商業區

Dr. [ˈdɑktɚ] 英初 四級

名 醫生、博士

- The **doctor** gave him a prescription for his rash.
  醫生開給他疹子的藥方。

同 doctor 醫生

drag [dræg] 英中 六級

動 拖曳

- His car was **dragged** away because he's parking in the non-parking area.
  他的車被拖吊了，因為他停在禁止停車區。

同 pull 拖、拉

drag•on [ˋdrægən] .... 英初 四級

名 龍

• My mother makes rice dumplings on **Dragon** Boat Festival.
我媽媽在端午節時包粽子。

drag•on•fly
[ˋdrægənˏflaɪ] .... 英中 六級

名 蜻蜓

• The red **dragonflies** are very hard to see.
紅色蜻蜓很少見。

dra•ma [ˋdrɑmə].......................... 英初 四級

名 劇本、戲劇

• Ryan will play an important role in this **drama**.
萊恩在這齣戲裡扮演重要角色。

同 play 戲劇

draw•er [ˋdrɔɚ] .... 英初 四級

名 抽屜、製圖員

• The cutlery is put on the top **drawer** in the cupboard.
餐具擺在櫥櫃最上層的抽屜裡。

draw•ing [ˋdrɔɪŋ] .... 英中 六級

名 繪圖

• They all think Alvin is a genius, because he was good at **drawing** since he was three.
大家都覺得艾爾文是個天才，他從三歲就很會畫圖。

同 illustration 圖表

dress [drɛs]............................... 英初 四級

名 洋裝
動 穿衣服

• The woman who wore the white **dress** on the wedding was my sister.
在婚禮上穿白色洋裝的那個女生是我妹妹。

同 clothe 穿衣服

drop [drɑp] .... 英初 四級

動 使滴下、滴

• Tears **dropped** from her eyes as she heard the sad story.
她聽到這個悲傷的故事就掉淚。

同 fall 落下

drug [drʌg] .... 英中 六級

名 藥、藥物

• He was arrested because of selling **drugs**.
他因為販毒被捕。

同 medicine 藥

drug•store
[ˋdrʌgˏstor] .... 英初 四級

名 藥房

• The **drugstore** is just next to the Burger King. It's easy to find.
那家藥房就在漢堡王隔壁，很容易找。

同 pharmacy 藥房

drum [drʌm] .... 英初 四級

名 鼓

• Ray learned how to play **drums** when he was six.
雷在六歲時就開始學打鼓。

同 tambour 鼓

dry•er [draɪɚ] .... 英初 四級

名 烘乾機、吹風機

• My hair **dryer** didn't work, so I dried my hair with the fan.
我的吹風機壞了，所以我靠風扇吹乾頭髮。

同 drier 吹風機

dull [dʌl]................................... 英中 六級

形 遲鈍的、單調的

• Jack is too **dull** to catch up with my class.
傑克很遲鈍，他沒辦法趕上我的課程進度。

同 flat 單調的
反 keen 敏銳的

A B C D E F G H I J K L M N O P Q R S T U V W X Y Z

dumb [dʌm] .... 英初 四級

形 啞的、笨的

· She was struck **dumb** by his sharp question.
她被他尖銳的問題弄得啞口無言。

同 silly 愚蠢的、笨的
反 smart 聰明的

dump•ling [ˈdʌmplɪŋ] .... 英初 四級

名 麵團、餃子

· The **dumplings** in this restaurant are very famous.
這家餐館的水餃很有名。

du•ty [ˈdjutɪ] .... 英初 四級

名 責任、義務

· It's parents' **duty** to protect their children.
保護小孩是父母的責任。

同 responsibility 責任

Ee→

🔊 Track 269

earn [ɝn] .... 英初 四級

動 賺取、得到

· Don't be a miser who only knows how to **earn** and save.
別當只會賺錢跟存錢的守財奴。

同 obtain 得到
反 lose 失去

earth•quake [ˈɝθˌkwek] .... 英初 四級

名 地震

· The epicenter of the **earthquake** is only fifty miles from our city.
地震的震央距離我們的城市僅 50 英哩遠。

同 tremor 地震

east•ern [ˈistɚn] .... 英中 六級

形 東方的
名 東方人

· Some **Easterns** from Japan and Korea took this optional course.
這堂選修課有一些來自日本跟韓國的東方人。

同 oriental 東方的
反 western 西方的

ed•u•ca•tion [ˌɛdʒəˌkeʃən] .... 英初 四級

名 教育

· Parents always want to provide the best **education** to their child.
父母總是想提供最好的教育給小孩。

同 instruction 教育

ef•fect [əˈfɛkt] .... 英中 四級

名 影響、效果
動 引起、招致

· Adam's death caused a great **effect** upon the future of both daughter and son.
亞當的往生對兒子跟女兒的未來有很大的影響。

同 produce 引起

🔊 Track 270

ef•fec•tive [ɪˈfɛktɪv] .... 英初 四級

形 有效的

· You need to figure out a more **effective** way to deal with this.
你需要找出更有效的方式來處理這件事。

同 valid 有效的
反 vain 無效的

ef•fort [ˈɛfɚt] .... 英初 四級

名 努力

· It's impossible to succeed without making any **effort**.
沒有努力是不可能成功的。

同 attempt 努力嘗試

el•der [`ɛldɚ`].................... 英初 四級

形 年長的
名 長輩

- The school invited an **elder** educator to give a speech this afternoon.
  學校今天下午邀請一位年長的教育家來演講。

同 seniority 長輩
反 junior 晚輩

e•lect [ɪˋlɛkt] .... 英初 四級

動 挑選、選舉
形 挑選的

- A president-elect is a person who has been **elected** president but who has not yet officially taken office.
  總統當選人是已經確定當選但是還沒正式上任的政治候選人。

同 select 挑選

el•e•ment [ˋɛləmənt] .... 英中 四級

名 基本要素

- Sun, water and air are three crucial **elements** for life.
  陽光、空氣和水是維持生命三個重要的基本要素。

同 component 構成要素

🔊 Track 271

el•e•va•tor
[ˋɛlə͵vetɚ] .... 英初 四級

名 升降機、電梯

- For staying fit and healthy, we should take the stairs instead of **elevator**.
  為了保持好身材與健康，我們應該走樓梯來替代電梯。

同 escalator 電扶梯

e•mot•ion [ɪˋmoʃən] .... 英初 四級

名 情感

- It's easy to see whether she's happy or not, because she shows her **emotion** on her face entirely.
  很簡單就能看出她是不是高興，她把情緒全都表現在臉上了。

同 feeling 情感

en•cour•age
[ɪnˋkɝ ɪdʒ] .... 英中 六級

動 鼓勵

- You would **encourage** her laziness if you do everything for her.
  如果你什麼都替她做只會鼓勵她懶惰下去。

同 inspire 激勵
反 discourage 使洩氣、使灰心

en•cour•age•ment [ɪnˋkɝ ɪdʒmənt]
.... 英中 六級

名 鼓勵

- His **encouragement** inspired me to try again.
  他的鼓勵言語激勵我再試一次。

同 incentive 鼓勵

end•ing [ˋɛndɪŋ] .... 英中 六級

名 結局、結束

- Not every story has a happy **ending**.
  不是每個故事都有快樂的結局。

同 terminal 終點
反 starting 出發、開始

🔊 Track 272

en•e•my [ˋɛnəmɪ] .... 英初 四級

名 敵人

- Having one more good friend is better than having one more real **enemy**.
  多一個朋友好過多一個敵人。

同 opponent 敵手
反 comrade 同志

en•er•gy [ˋɛnɚdʒɪ] .... 英初 四級

名 能量、精力

- I'm totally wore out, so I don't have **energy** to cook for myself.
  我已經筋疲力竭，沒有幫自己做晚餐的精力了。

同 strength 力量

A
B
C
D
E
F
G
H
I
J
K
L
M
N
O
P
Q
R
S
T
U
V
W
X
Y
Z

en•joy [ɪnˋdʒɔɪ] .... 英初 四級

動 享受、欣賞

• Please fasten your seat belt, and **enjoy** your flight. Our crew will offer the meal very soon.
  請繫緊安全帶與享受您的航程。我們的組員將很快提供您餐點。

同 appreciate 欣賞
反 despise 輕視

en•joy•ment
[ɪnˋdʒɔɪmənt] .... 英初 四級

名 享受、愉快

• One of the four best things in life is the **enjoyment** of running into an old friend in the foreign country .
  他鄉遇故知是人生四大樂事之一。

同 pleasure 愉快
反 sadness 悲哀

en•tire [ɪnˋtaɪr] .... 英中 六級

形 全部的

• Please put the mask on, or you will pass your flu to the **entire** family.
  請戴上口罩，不然你會把流行感冒傳染全家。

同 whole 全部的
反 partial 部分的

🔊 Track 273

en•trance [ˋɛntrəns] .... 英初 四級

名 入口

• There are four **entrances** in this park.
  這個公園有四個入口。

同 inlet 入口
反 exit 出口

en•ve•lope
[ˋɛnvəlop] .... 英初 四級

名 信封

• The stamp on the **envelope** shows that the mail is from England.
  這個信封上的郵票顯示信件來自英國。

en•vi•ron•ment
[ɪnˋvaɪrənmənt] .... 英初 四級

名 環境

• Nothing is more important than preserving the **environment**. We have only one Earth.
  沒什麼事情比環保更重要。我們只有一個地球。

同 circumstance 環境

e•ras•er [ɪˋresɚ] .... 英初 四級

名 橡皮擦

• I need a whiteout to erase the script from my book, not an **eraser**.
  我是要立可白來把書上的筆跡擦掉，不是要橡皮擦。

同 rubber 橡皮

er•ror [ˋɛrɚ] .... 英初 四級

名 錯誤

• "Love true, but pardon **errors**" is from Voltaire's quotes.
  「真正去愛，原諒過錯」是伏泰爾的名言。

同 mistake 錯誤

🔊 Track 274

es•pe•cial•ly
[əˋspɛʃəlɪ] .... 英初 四級

副 特別地

• We need to be **especially** careful while walking in the rain.
  下雨天走路要更加謹慎。

同 specially 特別地
反 mostly 一般地

e•vent [ɪˋvɛnt] .... 英初 四級

名 事件

• It's easy to be wise after the **event**.
  不經一事不長一智。

同 episode 事件

ex•act [ɪgˋzækt] .... 英中 六級

形 正確的

• She has no idea about the **exact** place to go.
她對於要去哪毫無概念。

同 precise 準確的
反 wrong 錯誤的

ex•cel•lent [ˋɛksḷənt] .... 英初 四級

形 最好的

• Gill is the most **excellent** and famous doctor in city hospital.
吉兒是城市醫院裡最好最有名的醫生。

同 admirable 極好的
反 terrible 很糟的、極壞的

ex•cite [ɪkˋsaɪt] .... 英初 四級

動 刺激、鼓舞

• This good news **excites** us to explore the desert.
這個好消息鼓舞我們到沙漠探險。

同 encourage 鼓勵
反 calm 使鎮定

🔊 Track 275

ex•cite•ment
[ɪkˋsaɪtmənt] .... 英初 四級

名 興奮、激動

• Her face was flushed with **excitement**.
她激動到臉都漲紅了。

同 turmoil 騷動

ex•cuse [ɪkˋskjuz] .... 英初 四級

名 藉口
動 原諒

• I'm tired of your **excuse** of being late. I won't go out with you anymore.
我受夠你遲到的理由了，我不會再跟你出去了。

反 blame 責備

ex•er•cise
[ˋɛksɚˌsaɪz] .... 英初 四級

名 練習
動 運動

• The teacher wanted the students to skip **exercise** one and started with exercise two.
老師要同學們跳過練習一，從練習二開始。

同 practice 練習

ex•ist [ɪgˋzɪst] .... 英初 四級

動 存在

• I don't believe that God **exists**, but I believe everyone will meet their own angel.
我不相信神的存在，但是我相信每個人都會遇到屬於自己的天使。

同 be 存在

ex•pect [ɪkˋspɛkt] .... 英初 四級

動 期望

• Don't **expect** too much from me. I'm afraid I'll let you down.
別對我期望太高，我怕我會讓你失望。

同 anticipate 期望
反 disappoint 失望

🔊 Track 276

ex•pen•sive
[ɪkˋspɛnsɪv] .... 英初 四級

形 昂貴的

• We travelled on a limited budget, so we can't afford the five-star hotel.
我們在預算有限的情況下旅行，可能沒辦法住到五星級飯店。

同 dear 昂貴的
反 cheap 便宜的

ex•pe•ri•ence
[ɪkˋspɪrɪəns] .... 英初 四級

名 經驗
動 體驗

• She's **experienced** such a painful thing twice. I believe she would be very strong.
她已經歷經兩次這麼痛苦的事，我相信她會變得很堅強的。

同 occurrence 經歷、事件

A B C D **E** F G H I J K L M N O P Q R S T U V W X Y Z

ex•pert [ˋɛkspɝt] 英中 六級

形 熟練的
名 專家

- This archaeologist is an **expert** in the field of history.
  考古學家是歷史領域裡的專家。
同 specialist 專家
反 amateur 業餘、外行

ex•plain [ɪkˋsplen] 英初 四級

動 解釋

- He tried to **explain** why he was late, but no one trusted him this time.
  他試著解釋為何遲到，但這次沒人相信他。
同 interpret 解釋

ex•press [ɪkˋsprɛs] 英初 四級

動 表達、說明

- I don't know how to **express** my emotion in the face of strangers.
  在陌生人面前，我不知道如何表達自己的感覺。
同 indicate 表明

🔊 Track 277

ex•tra [ˋɛkstrə] 英初 四級

形 額外的
副 特別地

- I don't want to spend **extra** money on clothes and shoes.
  我不要把額外的錢花在衣服跟鞋子上。
同 additional 額外的

eye•brow / brow
[ˋaɪ͵braʊ] / [braʊ] 英中 六級

名 眉毛

- Every time she feels confused, she raises her **eyebrows**.
  每當她感覺困惑就會挑眉。
同 brow 眉毛

Ff

fail [fel] 英初 四級

動 失敗、不及格

- Marsa **failed** in the geography examination.
  瑪莎地理考試不及格。
同 lose 失敗
反 achieve 實現、達到

fail•ure [ˋfeljɚ] 英中 六級

名 失敗、失策

- **Failure** is the mother of success.
  失敗為成功之母。
同 success 成功
反 defeat 失敗

fair [fɛr] 英中 六級

形 公平的、合理的
副 光明正大地

- This was not a **fair** game because the referee apparently accepted bribes.
  這不是一場公平的比賽，因為裁判很明顯地有收賄。
同 just 公正的
反 unjust 不公平的

🔊 Track 278

fa•mous [ˋfeməs] 英初 四級

形 有名的、出名的

- Sun Moon Lake is **famous** for its black tea and magnificent scenery.
  日月潭以紅茶與壯麗的景觀出名。
同 well-known 出名的
反 nameless 無名的、無名聲的

fault [fɔlt] 英初 四級

名 責任、過失
動 犯錯

- Nobody is perfect; every man has his **faults**.
  沒有人是完美的，每個人都會犯錯。
同 error 過失

fa•vor [ˈfevɚ] .... 英中 六級

名 喜好
動 贊成

- Thank you for bringing me this proposal in time. You really did me a great **favor**.
  感謝你及時把提案帶給我，你真的幫了我一個大忙。

同 prefer 更喜歡

fa•vor•ite [ˈfevɚɪt] .... 英初 四級

形 最喜歡的

- Who is your **favorite** singer?
  誰是妳最喜歡的歌手？

同 precious 珍愛的
反 loath 不喜歡的

fear•ful [ˈfɪrfəl] .... 英中 六級

形 可怕的、嚇人的

- The lightning was followed by a **fearful** clap of thunder.
  閃電總是伴隨著可怕的雷聲。

同 afraid 害怕的
反 fearless 無畏的、大膽的

🔊 Track 279

fee [fi] .... 英初 四級

名 費用

- The bank charges extra **fees** for paper billing.
  這家銀行收取額外的紙本帳單費用。

同 fare 費用

fe•male [ˈfimel] .... 英初 四級

形 女性的　名 女性

- The most readers of Marie Claire magazine are **females**.
  Marie Claire雜誌的主要讀者都是女性。

同 feminine 女性的
反 masculine 男性的、男子的

fence [fɛns] .... 英初 四級

名 籬笆、圍牆
動 防衛、防護

- John forgot to bring the key with him today, so he had to jump over the **fence** to get home.
  約翰今天忘記把鑰匙帶在身上，所以他只好跳過籬笆才能回家。

同 railing 欄杆

fes•ti•val [ˈfɛstəvl] .... 英初 四級

名 節日

- When is the Dragon Boat **Festival** this year?
  今年端午節是什麼時候？

同 holiday 節日

fe•ver [ˈfivɚ] .... 英初 四級

名 發燒、熱、入迷

- A high **fever** is an early manifestation of H1N1.
  高燒是 H1N1 的早期症狀。

同 temperature 發燒

🔊 Track 280

field [fild] .... 英中 六級

名 田野、領域

- My father is a geologist who works in the **field** most of the time.
  我爸是個長期在田野工作的地質學家。

同 domain 領域

fight•er [ˈfaɪtɚ] .... 英中 四級

名 戰士

- Tom's father is a great fire **fighter**.
  湯姆的爸爸是個偉大的消防員。

同 warrior 戰士

fig•ure [ˈfɪgjɚ] .... 英中 六級

名 人影、畫像、數字
動 演算

- The model used to have a voluptuous **figure**, but now she is a little tubby.
  這個模特兒以前有著性感的外型，但是現在變得有點胖了。

同 symbol 數字、符號

A B C D E F G H I J K L M N O P Q R S T U V W X Y Z

film [fɪlm] 英初 四級

名 電影、膠卷

- This director used to make some documentary **films** about Taiwan water resource.
  這個導演拍攝一部關於臺灣水資源的紀錄片。
- 同 cinema 電影

fireman / firewoman [ˋfaɪrmən] / [ˋfaɪrˌwʊmən] 英中 六級

名 消防員 / 女消防員

- The **fireman** directed jets of water at the burning building.
  消防員把水槍噴口指向燃燒中的建築。
- 同 truckman 消防員

🔊 Track 281

firm [fɝm] 英中 六級

形 堅固的
副 牢固地

- The picture was hanged **firm** on the wall, but it did fell while earthquake.
  這張畫掛在牆上，但地震時掉下來了。
- 同 enterprise 公司

fish•er•man [ˋfɪʃəmən] 英初 四級

名 漁夫

- Joe's father is a **fisherman**, so he is always absent from home.
  喬的爸爸是個漁夫，所以經常不在家。
- 同 peterman 漁夫

fit [fɪt] 英初 四級

形 適合的
動 適合
名 適合

- These blue jeans don't **fit** you. You'd better change to another pair.
  這件藍色牛仔褲不適合你。你最好換另外一件。
- 同 suit 適合
- 反 improper 不合適的

fix [fɪks] 英初 四級

動 使穩固、修理

- The television doesn't work now, we need to have it **fixed**.
  這台電視壞了，我們必須修好它。
- 同 repair 修理

flag [flæg] 英初 四級

名 旗、旗幟

- What are the colors of the French **flag**?
  法國國旗有什麼顏色？
- 同 banner 旗、橫幅

🔊 Track 282

flash [flæʃ] 英初 四級

動 閃亮　名 一瞬間

- A car **flashed** by and splashed the dirty mud on my pants.
  一台車呼嘯而過並且把泥巴都濺到我褲子上。
- 同 flame 照亮

flash•light / flash [ˋflæʃˌlaɪt] / [flæʃ] 英初 四級

名 手電筒、閃光

- We packed everything in our bags except the **flashlight**.
  除了手電筒之外我們把每個東西都放到包包裡了。
- 同 lantern 燈籠

flat [flæt] 英中 六級

名 平的東西、公寓
形 平坦的

- The **flat** we rented was with a living room, a bedroom and two bathrooms.
  我們租的公寓裡有一個客廳、一間臥室跟兩間浴室。
- 同 level 平坦的、水準的
- 反 bumpy 崎嶇不平的

flight [flaɪt] 英初 四級

名 飛行

- We wish you enjoy the **flight**.
  我們希望你有個愉快的航程。
- 同 aviation 航空、飛行

flood [flʌd] 英中 六級

名 洪水、水災
動 淹沒

- The citizens complained about that Keelung River always **flooded** in the typhoon season.
  居民總是抱怨基隆河在颱風季節會氾濫。

同 deluge 大洪水、暴雨

🔊 Track 283

flour [flaʊr] 英初 四級

名 麵粉　動 撒粉於

- I don't want to frost the cake. Do I have to **flour** the cake pan?
  我不要在蛋糕上弄糖霜。我需要撒粉在蛋糕鍋上撒粉嗎？

同 powder 灑粉於

flow [flo] 英中 六級

動 流出、流動
名 流程、流量

- Cash **flow** games teaches you how to manage your money and become rich.
  金錢流動遊戲教你如何管理你的錢並變成有錢。

同 stream 流動

flu [flu] 英初 四級

名 流行性感冒

- I got a **flu**, so I called in sick this morning.
  我得了流感，今天早上打電話請病假。

同 cold 感冒

flute [flut] 英初 四級

名 橫笛
動 用笛吹奏

- Terry plays the **flute** in the symphony, not the oollo.
  泰瑞在交響樂團裡吹奏橫笛而不是演奏大提琴。

同 pipe 笛

fo•cus [ˈfokəs] 英初 四級

名 焦點、焦距
動 使集中在焦點、集中

- I always can't **focus** my thoughts during my period.
  在月經來時我總是無法集中精神。

同 concentrate 集中
反 scatter 散佈

🔊 Track 284

fog•gy [ˈfɑgɪ] 英初 四級

形 多霧的、朦朧的

- You'd better turn on the head light when you drive in a **foggy** morning.
  在多霧早晨你應該打開頭燈。

同 filmy 朦朧的
反 clear 清晰的

fol•low•ing [ˈfɑləwɪŋ] 英中 六級

名 下一個
形 接著的

- Read the **following** article and answer the questions.
  閱讀以下文章，並回答問題。

同 next 下一個
反 prior 在先的

fool [ful] 英初 四級

名 傻子
動 愚弄、欺騙

- Eva discovered her husband was **fooling** around with another woman.
  艾娃發現她老公和其他女人亂搞。

同 trick 戲弄

fool•ish [ˈfulɪʃ] 英初 四級

形 愚笨的、愚蠢的

- It was **foolish** to make a decision without considering.
  毫無考慮就下決定是愚蠢的。

同 stupid 愚蠢的
反 wise 聰明的

foot·ball [ˈfʊtˌbɔl] .... 英初 四級

名 足球、橄欖球

· He joined national **football** team while he was thirteen.
他十三歲時加入國家足球隊。

同 soccer 英式足球

🔊 Track 285

for·eign·er [ˈfɔrɪnɚ] .... 英初 四級

名 外國人

· One of the **foreigners** is a friend from Panama.
我一個外國朋友來自巴拿馬。

同 alienage 外國人

for·give [fɚˈgɪv] .... 英初 四級

動 原諒、寬恕

· Please **forgive** me for being late again.
請原諒我遲到了。

同 pardon 原諒
反 punish 處罰

form [fɔrm] .... 英初 四級

名 形式、表格
動 形成

· This soccer team was **formed** by the kids in the neighbor hood.
這個足球隊由鄰居小孩組成。

同 construct 構成

for·mal [ˈfɔrml] .... 英初 四級

形 正式的、有禮的

· Do you know how to dress for a **formal** occasion?
你知道正式場合該怎麼穿著打扮嗎？

同 official 正式的
反 informal 非正式的

for·mer [ˈfɔrmɚ] .... 英初 四級

形 以前的、先前的

· Here used to be a farm in **former** days.
早期這些地方都是農田。

同 previous 以前的
反 present 現在的

🔊 Track 286

for·ward [ˈfɔrwɚd] .... 英初 四級

形 向前的
名 前鋒
動 發送

· Please **forward** this e-mail to her new mail account immediately.
請馬上把這封電子郵件發送到她新的郵件帳號。

同 send 發送
反 backward 向後的

for·wards [ˈfɔrwɚdz] .... 英中 六級

副 今後、將來、向前

· He walked backwards and **forwards** as something bothered him a lot.
他不停來回走動似乎有什麼事情嚴重困擾著他。

同 onward 向前
反 later 後來

fox [fɑks] .... 英初 四級

名 狐狸、狡猾的人

· This man is as cunning as a **fox**.
這個男人狡猾地像隻狐狸。

同 sharpy 狡猾的人

frank [fræŋk] .... 英初 四級

形 率直的、坦白的

· Jack is a polite, well-mannered, and **frank** person.
傑克是個有禮、文雅且率直的男人。

同 sincere 真誠的

free·dom [ˈfridəm] .... 英初 四級

名 自由、解放、解脫

· Nelson Mandela launched a campaign to fight for **freedom**.
納爾遜·曼德拉開啟一項運動爭取自由。

同 liberty 自由
反 limit 限制

free•zer [ˈfrizɚ] .... 英初 四級

名 冰庫、冷凍庫

- My mother put the frozen food in the **freezer** for keeping fresh.
  我媽媽把冷凍食品放到冰庫保鮮。

同 refrigerator 冰箱

friend•ly [ˈfrɛndlɪ] .... 英初 四級

形 友善的、親切的

- Jessie is a kind and **friendly** girl who always carries a smile.
  潔西是個永遠保持微笑的善良且親切的女孩。

同 kind 親切的
反 relentless 無情的、冷酷的

fright [fraɪt] .... 英中 六級

名 驚駭、恐怖、驚嚇

- The kids scampered away in **fright** when the dog barked at them.
  當狗對著小孩狂吠時，小孩們在恐懼下倉皇地跑了開來。

同 panic 驚恐

fright•en [ˈfraɪtn̩] .... 英初 四級

動 震驚、使害怕

- Don't tell a ghost story to **frighten** the children at night.
  晚上別講鬼故事嚇小孩。

同 scare 使恐懼
反 embolden 使勇敢

func•tion [ˈfʌŋkʃən] .... 英初 四級

名 功能、作用

- The **function** of the heart is to send blood round the body.
  心臟的功用是向全身輸送血液。

同 action 作用

fur•ther [ˈfɝðɚ] .... 英中 六級

副 更進一步地
形 較遠的
動 助長

- This job is temporary, **further**, the salary is really low.
  這個工作是暫時的，再者，薪水真的很低。

同 farther 更遠的
反 nearer 較近的

fu•ture [ˈfjutʃɚ] .... 英中 六級

名 未來、將來

- What is your plan in the nearly **future**?
  你對未來有什麼計劃？

反 past 過往
反 hereafter 將來

Gg ➙

gain [gen] .... 英初 四級

動 得到、獲得　名 得到、獲得

- No great loss without some small **gain**.
  塞翁失馬，焉知非福。

同 obtain 得到
反 lose 失去

ga•rage [gəˈrɑʒ] .... 英初 四級

名 車庫

- The Smiths had a **garage** sale last weekend.
  史密斯一家人上星期舉辦了車庫賣場。

同 carbarn 車庫

gar•bage [ˈgɑrbɪdʒ] .... 英初 四級

名 垃圾

- They dug a hole and buried the **garbage** before they left the camping site.
  在他們離開營地前，他們挖了一個洞把垃圾埋了。

同 trash 垃圾

🔊 Track 289

gar•den•er [ˈɡɑrdnɚ] 英中 六級

名 園丁、花匠

- The **gardener** spent the whole afternoon weeding in the garden.
  那個園丁花了一整個下午在花園裡除草。

同 yardman 園丁

gate [ɡet] 英初 四級

名 門、閘門

- My flight is boarding at **gate** number 17, yours at gate number 65.
  我的班機在 17 號閘門，你的是在 65 號閘門。

同 door 門

gath•er [ˈɡæðɚ] 英初 四級

動 集合、聚集

- I need to **gather** more information and evidence to prove he was telling a lie.
  我需要收集多一點資訊和證據來證明他說謊。

同 collect 收集
反 disperse 分散

gen•er•al [ˈdʒɛnərəl] 英初 四級

名 將領、將軍
形 普遍的、一般的

- Keep the **general** goal in sight while taking hold of the daily tasks.
  從大處著眼，小處著手。

同 average 一般的
反 special 特殊的

gen•er•ous [ˈdʒɛnərəs] 英初 四級

形 慷慨的、大方的、寬厚的

- Don't be too **generous** to them. You give thim an inch and they'll take a mile.
  不要對他們太慷慨，他們會得寸進尺。

同 bighearted 寬大的、慷慨的
反 harsh 嚴厲的

🔊 Track 290

gen•tle [ˈdʒɛntl̩] 英初 四級

形 溫和的、上流的

- Walt is a **gentle** and kind man, every woman adores a man like him.
  華特是個很溫柔善良的男生，每個女生都愛慕像他那種男生。

同 soft 柔和的
反 hard 堅硬的

gen•tle•man [ˈdʒɛntl̩mən] 英初 四級

名 紳士、家世好的男人

- The old **gentleman** sitting next to the window is my professor.
  那個坐在窗邊的老紳士是我的教授。

同 gentry 上流社會人士、紳士

ge•og•ra•phy [ˈdʒiˈɑɡrəfɪ] 英初 四級

名 地理學

- My **geography** teacher always fixes the map on the blackboard before the class.
  我的地理老師總是在上課前就把地圖固定在黑板上。

gi•ant [ˈdʒaɪənt] 英初 四級

名 巨人
形 巨大的、龐大的

- A **giant** poster of the bicycle products was hung on the outside wall of the department store.
  一張很大的腳踏車產品海報被掛在百貨公司外面的牆上。

同 huge 巨大的
反 tiny 極小的

gi•raffe [dʒəˈræf] 英中 六級

名 長頸鹿

- What is your favorite animal? **Giraffe** or zebra?
  你最喜歡什麼動物？是長頸鹿還是斑馬？

gloves [glʌvz]............................ 英初 四級

名 手套

• His father bought him a baseball **gloves** for his birthday gift.
他的父親買一個棒球手套當作他的生日禮物。

同 mitten 連指手套

glue [glu]................................ 英初 四級

名 膠水、黏膠
動 黏、固著

• Do you think the broken mirror can be **glued** together again?
你認為破碎的鏡子還能夠被黏起來嗎？

同 mucilage 膠水

goal [gol]............................... 英初 四級

名 目標、終點

• You need to set a specific **goal** in your life.
你需要為你的人生設一個比較具體的目標。

同 destination 終點
反 origin 起點

goat [got]............................... 英初 四級

名 山羊

• In Greek and Roman mythology, a satyr is half man and half **goat**.
在希臘和羅馬神話裡面，薩堤爾是個半人半獸的森林之神。

同 sheep 羊

gold•en [goldn]........................ 英初 四級

形 金色的、黃金的

• I want my toast to be **golden** brown.
我要我的土司烤成金黃色的。

同 aureate 金色的

golf [gɑlf]............................... 英初 四級

名 高爾夫球
動 打高爾夫球

• My father started playing **golf** again after recovering from his heart disease.
我的父親在他心臟病復原之後又開始打高爾夫球。

gov•ern [ˈgʌvən]........................ 英中 六級

動 統治、治理

• **Govern** your thoughts when alone, and your tongue when in company.
一人獨處慎於思，與人相處慎於言。

同 regulate 管理

gov•ern•ment
[ˈgʌvənmənt]............................. 英初 四級

名 政府

• Some people from communistic country asked for a return to democratic **government**.
一些來自共產國家的人要求回到民主制度。

同 administration 政府

grade [gred]............................ 英初 四級

名 年級、等級

• What **grade** are you in this year?
你今年就讀幾年級？

同 rank 排名、等級

grape [grep]............................ 英初 四級

名 葡萄、葡萄樹

• Cherries are more expensive than **grapes**.
櫻桃比葡萄還貴。

同 vine 葡萄樹

grass•y [ˈgræsɪ]........................ 英中 六級

形 多草的

• Our garden has been very **grassy**, and we need to hire a gardener to weed the garden.
我們的花園已經長滿雜草，我們需要雇個園丁來除草。

A B C D E F **G** H I J K L M N O P Q R S T U V W X Y Z

greed•y [ˈgridɪ]............................ 英初 四級

形 貪婪的

• He's absolutely **greedy**, for he always asks for more.
他真的很貪心，總是要求更多。

同 rapacious 貪婪的

greet [grit]............................ 英初 四級

動 迎接、問候

• Rita **greeted** her guests at the front door, and helped them hang their overcoats in the wardrobe.
麗塔在前門迎接客人，幫他們把大衣掛在衣櫃裡。

同 hail 招呼

growth [groθ]............................ 英中 六級

名 成長、發育

• We have negative population **growth**, because more and more couples don't feel like having babies.
我們的人口出現負成長，因為愈來愈多的夫妻不想生小孩。

同 progress 進步
反 regress 倒退

guard [gɑrd]............................ 英初 四級

名 警衛
動 防護、守衛

• It is easy to dodge spear thrust in the open, but difficult to **guard** against an arrow shot from hiding.
明槍易躲，暗箭難防。

同 safeguard 保護、維護
反 destroy 破壞

🔊 Track 294

gua•va [ˈgwɑvə]............................ 英初 四級

名 芭樂

• Most people in China don't know what a **guava** looks like.
在中國很多人不知道芭樂長什麼樣子。

gui•tar [gɪˈtɑr]............................ 英初 四級

名 吉他

• My brother plays the **guitar** very well since he's been learning it for a couple of years.
我的哥哥很會彈吉它，他學了好幾年。

guy [gaɪ]............................ 英初 四級

名 傢夥

• Do you know that strange **guy** over there?
你認識那邊那一個奇怪的傢伙嗎？

同 fellow 傢伙

Hh⬇

hab•it [ˈhæbɪt]............................ 英初 四級

名 習慣

• **Habit** is second nature.
習慣成自然。

同 custom 習慣

hall [hɔl]............................ 英初 四級

名 廳、堂

• Have you ever been to National Dr. Sun Yat-Sen Memorial **Hall**?
你有去過國父紀念館嗎？

同 lobby 大廳

🔊 Track 295

ham•burg•er / burg•er [ˈhæmbɝgɚ] / [ˈbɝgɚ]............................ 英初 四級

名 漢堡

• I'd like a cheese **hamburger** and some French fries for my lunch.
我午餐想吃一個起司漢堡和一些薯條。

ham•mer [ˈhæmɚ]............................ 英初 四級

名 鐵鎚
動 鎚打

• **Hammer** the lid on the box once you've finished packing.
你包裝完後，用鐵鎚把蓋子蓋上。

同 beat 敲打

hand•ker•chief

[ˈhæŋkɚtʃɪf] .... 英初 四級

名 手帕

- He took out his **handkerchief** from his pocket and wiped her tears away.
  他從他的口袋拿出一條手帕幫她擦掉她的眼淚。

同 mocket 餐巾、手帕

han•dle [ˈhændl̩] .... 英初 四級

名 把手
動 觸、手執、管理、對付

- Ellen doesn't know how to **handle** the shoe business for his father.
  艾倫不知道怎麼幫他父親管理鞋業生意。

同 manage 管理

hand•some

[ˈhænsəm] .... 英初 四級

形 英俊的

- The girls are complaining that most **handsome**, nice, and rich men are married.
  那些女孩子在抱怨好又有錢的帥哥都結婚了。

同 attractive 吸引人的
反 ugly 醜陋的

🔊 Track 296

hang [hæŋ] .... 英初 四級

動 吊、掛

- My mother is **hanging** up the washing to drain.
  我母親把洗好的衣服掛起來曬乾。

同 suspend 吊、掛

hard•ly [ˈhɑrdlɪ] .... 英初 四級

副 勉強地、僅僅

- The desert is too dry and hot, the plants can **hardly** grow.
  沙漠又乾又熱，植物很難生長。

同 barely 僅僅

hate•ful [ˈhetfəl] .... 英初 四級

形 可恨的、很討厭的

- David is a **hateful** person, for he not only cheated on me but other girls.
  大衛是個很討厭的人，他不只欺騙我，也欺騙別的女孩。

同 hostile 不友善的
反 friendly 友好的

heal•thy [ˈhɛlθɪ] .... 英初 四級

形 健康的

- There is an easy way to stay fit and **healthy**, which is to walk or ride your bike to work.
  有個保持苗條和健康的方法，就是走路或騎腳踏車上班。

同 robust 強壯的、健康的
反 sick 有病的

heat•er [ˈhitɚ] .... 英初 四級

名 加熱器

- How could I survive without a **heater** this winter?
  沒有電暖器我怎麼過冬啊？

同 warmer 加熱器

🔊 Track 297

height [haɪt] .... 英初 四級

名 高度

- The tree grew to a **height** of 15 feet.
  那棵樹長到 15 英尺高。

同 altitude 高度

help•ful [ˈhɛlpfəl] .... 英初 四級

形 有用的

- I admit that she's really a **helpful** person, but it deson't mean she could speak ill of others.
  我認同她是個願意幫助別人的人，但並不表示她可以說別人的壞話。

同 useful 有用的
反 useless 無用的

A B C D E F G **H** I J K L M N O P Q R S T U V W X Y Z

hen [hɛn] 英初 四級

名 母雞

- The **hen** we keep in the backyard lays an egg a day.
  我們在後院養的那隻母雞每天下一顆蛋。
- 同 cock 公雞

he•ro / her•o•ine
[ˈhɪro] / [ˈhɛroʌɪn] 英初 四級

名 英雄、勇士／女傑、女英雄

- Zheng Cheng-Gong is portrayed as a native Taiwanese **hero**.
  鄭成功被描寫為台灣的英雄。
- 同 warrior 勇士
- 反 coward 懦夫

hide [haɪd] 英初 四級

動 隱藏

- You would not **hide** things from someone you truly trust.
  你不會對你真正信任的人隱藏事情。
- 同 conceal 隱藏
- 反 expose 暴露、揭穿

🔊 Track 298

highway [ˈhaɪˌwe] 英初 四級

名 公路、大路

- The dump truck sped along the **highway**.
  那台垃圾車在高速公路上急馳。
- 同 road 路

hip [hɪp] 英初 四級

名 臀部、屁股

- Terry has a birthmark on his **hip**.
  泰瑞的屁股上有塊胎記。
- 同 buttocks 臀部

hip•po•pot•a•mus / hip•po [ˌhɪpəˈpɑtəməs] / [ˈhɪpo] 英初 四級

名 河馬

- The **hippopotamuses** are lying lazily in the pond under the sun.
  河馬在太陽下懶洋洋地躺在池塘裡。

hire [haɪr] 英初 四級

動 雇用、租用
名 雇用、租金

- These beach terrain vehicles are all for **hire**, not for sale.
  這些沙灘車是出租用的，不販售。
- 同 employ 雇用

hob•by [ˈhɑbɪ] 英初 四級

名 興趣、嗜好

- Collecting stamps is one of his **hobbies**.
  他的其中一個嗜好是集郵。
- 同 interest 興趣、嗜好

🔊 Track 299

hold•er [ˈholdɚ] 英中 六級

名 持有者、所有人

- My father is one of the share **holders** of this development Corp.
  我的父親是這家開發公司的股東之一。
- 同 possessor 持有人、所有人

home•sick [ˈhomˌsɪk] 英初 四級

形 想家的、思鄉的

- Every time I am away from home, I feel **homesick**.
  我每次離家，都會很想家。

hon•est [ˈɑnɪst] 英初 四級

形 誠實的、耿直的

- He's an **honest** man who you can trust.
  他是個誠實的人，你可以信任他。
- 同 truthful 誠實的
- 反 dishonest 不誠實的

hon•ey [ˈhʌnɪ] 英初 四級

名 蜂蜜、花蜜

- I ordered a piece of **honey** cake for my dessert after the main course.
  我點了一塊蜂蜜蛋糕當主菜後的甜點。
- 同 nectar 花蜜

hop [hɑp]

動 跳過、單腳跳
名 單腳跳、跳舞

- The boy cleared the wide ditch in one **hop**.
  那男孩單腳跳過了大水溝。

同 jump 跳

◀ Track 300

hos•pi•tal [ˈhɑspɪtl̩]

名 醫院

- My grandmother will be able to leave the
  hospital soon.
  我的祖母將可以出院。

同 clinic 診所

host / host•ess
[host] / [ˈhostɪs]

名 主人 / 女主人

- The **hostess** shows great generosity to her
  guests.
  那女主人很慷慨地對她的客人。

同 master 主人
反 guest 客人

ho•tel [hoˈtɛl]

名 旅館

- This **hotel** charged us 12 dollars for a room
  for one night.
  這家飯店住一晚一個房間要 12 塊美金。

同 tavern 小旅館、客棧、小酒店

how•ev•er [hauˌɛvɚ]

副 無論如何
連 然而

- I've been tried of waiting. **However**, I will still
  wait.
  我已經等到不耐煩了，然而我還是會繼續等。

同 still 儘管如此

hum [hʌm]

名 嗡嗡聲
動 作嗡嗡聲

- The student was **humming** a song softly on
  his way to school.
  那學生在他上學途中輕輕哼著一首歌。

同 zoom 嗡嗡聲

◀ Track 301

hum•ble [ˈhʌmbl̩]

形 身份卑微的

- Defeat and failure may make people **humble**.
  挫敗與失敗或許會使人謙虛。

同 modest 謙虛的
反 cocky 驕傲的、自大的

hu•mid [ˈhjumɪd]

形 潮濕的

- The weather is so hot and **humid** in summer
  in Taipei.
  臺北的夏天又熱又潮濕。

同 moist 潮濕的
反 dry 乾燥的

hu•mor [ˈhjumɚ]

名 詼諧、幽默

- George always impresses people with his
  sence of **humor**.
  喬治很有幽默感，他總是讓人印象深刻。

同 comedy 喜劇

hun•ger [ˈhʌngɚ]

名 餓、饑餓

- The reason I eat is for stopping **hunger**, not
  for enjoying the food.
  我吃東西的目的只是為了要止餓，不是去享受
  它的味道。

同 starvation 饑餓

hunt [hʌnt] .... 英初 四級

動 獵取
名 打獵

- My grandfather took **hunting** as a fascinating activity.
  我祖父認為打獵是個很吸引人的活動。
圓 chase 追捕

🔊 Track 302

hunt•er [ˈhʌntɚ] .... 英初 四級

名 獵人

- The **hunter** found the place where the skunks had lodged.
  那獵人發現臭鼬藏匿的地方。
圓 chaser 獵人

hur•ry [ˈhɝɪ] .... 英初 四級

動 使、趕緊
名 倉促

- He was in a **hurry** to know what my decision would be.
  他很急著知道我的決定是什麼。
圓 rush 倉促

ig•nore [ɪgˈnor] .... 英初 四級

動 忽視、不理睬

- He might be a little rude, but we should not **ignore** him.
  他也許有點粗魯，但我們不應該忽視他。
圓 neglect 忽視
反 value 重視

ill [ɪl] .... 英初 四級

名 疾病、壞事
形 生病的
副 壞地

- Never speak **ill** of others. It's immoral.
  不要道人長短。那是不道德的。
圓 sick 生病的
反 healthy 健康的

i•mag•ine [ɪˈmædʒɪn] .... 英初 四級

動 想像、設想

- I can't **imagine** what this world will be after 20 years.
  我無法想像世界在 20 年後會變成什麼樣。
圓 suppose 設想

🔊 Track 303

im•por•tance
[ɪmˈpɔrtn̩s] .... 英初 四級

名 重要性

- The **importance** of saving our natural resources shouldn't be ignored.
  拯救地球自然資源的重要性不容忽視。
圓 significance 重要性

im•prove [ɪmˈpruv] .... 英初 四級

動 改善、促進

- I wonderd how Willy **improved** his English speaking ability.
  我想知道威利是如何加強他英文的口說能力的。
圓 reform 改良
反 worsen 惡化

im•prove•ment
[ɪmˈpruvmənt] .... 英初 四級

名 改善

- The **improvement** in her health is being maintained
  她的健康已獲得改善。
圓 betterment 改進、改善

in•clude [ɪnˈklud] .... 英初 四級

動 包含、包括、含有

- The price **includes** both book and stationery.
  這價格包含了書和文具。
圓 contain 包含
反 exclude 除外

in•come [ˈɪn͵kʌm] .... 英初 四級

名 所得、收入

- Ken is a writer, and his **income** is mainly from royalty.
  肯是個作家，他主要的收入來自版稅。

同 earnings 收入

Track 304

in•crease
[ˈɪnkris] / [ɪnˈkris] .... 英初 四級

名 增加
動 增加

- Her height showed an **increase** of 5 centermeters when she puts on the high-heeled shoes.
  她穿上高跟鞋之後身高多了 5 公分。

同 add 增加
反 reduce 減少

in•de•pen•dence [͵ɪndɪˈpɛndəns]
.... 英中 六級

名 自立、獨立

- India gained **independence** in 1947.
  印度在 1947 年獲得獨立。

同 separateness 分離、獨立

in•de•pend•ent
[͵ɪndɪˈpɛndənt] .... 英初 四級

形 獨立的

- Helen has to be **independent**, because she has no one to depend on.
  海倫必須獨立，因為她沒有人可以依靠。

同 standalone 獨立的、單獨的
反 dependent 附屬的、依賴的

in•di•cate [ˈɪndə͵ket] .... 英初 四級

動 指出、指示

- The weather forecast **indicated** that today is a sunny day.
  天氣預報指出今天是個晴天。

同 imply 暗示

in•dus•try [ˈɪndəstrɪ] .... 英中 四級

名 工業

- Many tradition **industries** in Taiwan have been fading.
  許多台灣的傳統工業都漸漸的在凋零。

反 agriculture 農業

Track 305

in•flu•ence
[ˈɪnfluəns] .... 英中 六級

名 影響　動 影響

- She's determined to leave, so nobody can **influence** her decision.
  她已經下定決心要離開，沒有人可以影響她的決定。

同 effect 影響

ink [ɪŋk] .... 英初 四級

名 墨水、墨汁
動 塗上墨水

- The novel I borrowed from the library had **ink** stains on its back.
  我從圖書館借來的這本小説在書背有個墨水汙點。

in•sect [ˈɪnsɛkt] .... 英初 四級

名 昆蟲

- The bee is taken as a dilligent **insect**.
  蜜蜂被認為是勤勞的昆蟲。

同 bug 蟲子

in•sist [ɪnˈsɪst] .... 英初 四級

動 堅持、強調

- She **insisted** upon getting her refund .
  她堅持要退費。

同 persevere 堅持

in•stance [ˈɪnstəns] .... 英中 六級

名 實例
動 舉證

- She's not really reliable; for **instance**, she arrived late yesterday.
  她不是很可靠，例如：她昨天就遲到了。

同 example 例子

A
B
C
D
E
F
G
H
I
J
K
L
M
N
O
P
Q
R
S
T
U
V
W
X
Y
Z

Level 2

國中小必考單字－進階篇

in•stant [`ɪnstənt] .... 英初 四級

形 立即的、瞬間的
名 立即

• He's too poor to afford a proper meal, so he always has **instant** noodles for lunch and dinner.
他太窮了吃不起飯，所以他午晚餐總是以泡麵裹腹。

同 immediate 立即的
反 lengthy 漫長的

in•stru•ment
[`ɪnstrəmənt] .... 英初 四級

名 樂器、器具

• What **instrument** does he play in the band? The trumpet or keyboards?
他在樂團裡是演奏什麼樂器？是小喇叭還是鍵盤樂器？

同 implement 器具

in•ter•na•tion•al
[ˌɪntɚ`næʃənḷ] .... 英初 四級

形 國際的

• My father works for an **international** trading company.
我的父親在一家國際貿易公司工作。

同 universal 全世界的
反 regional 局部的

in•ter•view [`ɪntɚˌvju] .... 英初 四級

名 面談、會面

• It's impolite and unformal to wear a pair of jeans on an **interview**.
穿牛仔褲去面試是很不正式也很不禮貌的。

同 meet 會面

in•tro•duce
[ˌɪntrə`djus] .... 英初 四級

動 介紹、引進

• Dr. Smith is **introduced** to all the guests by Dr. Wu.
史密斯博士被吳博士引薦給所有的客人。

同 recommend 推薦、介紹

in•vent [ɪn`vɛnt] .... 英初 四級

動 發明、創造

• Could you tell me who **invented** the toothbrush and when it was?
你能告訴我是誰在什麼時候發明牙刷的嗎？

同 creativity 創造

in•vi•ta•tion
[ˌɪnvə`teʃən] .... 英初 四級

名 請帖、邀請

• I've got the **invitation** from Sara, but I am not sure whether I would attend the wedding or not.
我已從莎拉那裡拿到邀請函了，但我還不確定我是不是要去參加婚禮。

in•vite [ɪn`vaɪt] .... 英初 四級

動 邀請、招待

• I usually **invite** some close friends to have dinner in my home on weekends.
我週末通常邀請一些好朋友到家裡來吃晚餐。

同 entertain 招待

is•land [`aɪlənd] .... 英初 四級

名 島、安全島

• Taiwan is a small **island** surrounded by sea.
臺灣是個被海圍繞的小島。

同 isle 島

i•tem [`aɪtəm] .... 英中 六級

名 項目、條款

• Let us proceed to the next **item** on the agenda if we can't have a conclusion on this item now.
如果我們現在在這個項目上沒有結論的話，讓我們繼續下一個議程項目。

同 segment 項目

Jj

jack•et [ˋdʒækɪt] 英初 四級
图 夾克

• There was a blue **jacket** left in the lost and found yesterday, do you want to check if that's yours?
昨天在失物招領處有件藍色夾克,你要去看看是否是你的嗎?

回 coat 外套

jam [dʒæm] 英初 四級
動 阻塞
图 果醬

• The city square was full of people, so I was **jammed** in and couldn't move.
城市廣場充滿了人,我被擠在當中不得動彈。

回 block 阻塞

jazz [dʒæz] 英初 四級
图 爵士樂

• How was the **jazz** concert last night?
昨天晚上的爵士演唱會如何呀?

jeans [dʒinz] 英初 四級
图 牛仔褲

• The first pair of **jeans** were designed by Levi's.
第一條牛仔褲是 Levi's 設計的。

回 pants 褲子

jeep [dʒip] 英初 四級
图 吉普車

• We've been travelling Inner Mongolia by **jeep** for ten days.
我們已經開吉普車在內蒙古旅遊十天了。

jog [dʒɑg] 英初 四級
動 慢跑

• Jason always listens to music on his iPod while **jogging** in the park.
傑森總是在公園慢跑時聽著他的 iPod。

回 canter 慢跑

joint [dʒɔɪnt] 英中 六級
图 接合處
形 共同的

• My grandmother has been suffering from arthritis in her leg **joints**.
我的祖母已經為腳關節炎所苦很久了。

回 common 共同的
反 individual 個別的

judge [dʒʌdʒ] 英初 四級
图 法官、裁判
動 裁決

• The **judge**'s words sealed the prisoner's fate.
法官的話關係著犯人的命運。

回 umpire 裁判

judge•ment / judg•ment [ˋdʒʌdʒmənt] 英初 四級
图 判斷力

• You can disagree with me but you cannot doubt my **judgement**.
你可以不同意我說的話,但你不能懷疑我的判斷。

回 estimation 判斷

juic•y [ˋdʒusɪ] 英中 六級
形 多汁的

• The steak you cooked was very tender and **juicy**.
你煎的牛排軟又多汁。

回 succulent 多汁的

Kk

🔊 Track 310

ketch•up [ˈkɛtʃəp] .... 英初 四級

图 蕃茄醬

• Do you want your chips with some **ketchup**?
你想要在你的薯條上加點蕃茄醬嗎？

同 redeye 蕃茄醬

kin•der•gar•ten [ˈkɪndɚˌɡɑrtn̩] .... 英初 四級

图 幼稚園

• The children always do whatever the **kindergarten** teachers tell them to do.
孩子們總是照著幼稚園老師的要求去做。

同 playschool 幼稚園

kingdom [ˈkɪŋdəm] .... 英初 四級

图 王國

• The United **Kingdom** has historically played a leading role in developing parliamentary democracy.
英國曾經在民主政體發展扮演著領導地位。

同 realm 王國

knock [nɑk] .... 英初 四級

勤 敲、擊
图 敲打聲

• Jim woke up when he heard the **knock** on his bedroom door.
當吉姆聽到有人敲他臥室的門，他就醒來了。

同 hit 打擊

knowl•edge [ˈnɑlɪdʒ] .... 英初 四級

图 知識

• Everybody says **knowledge** is power and time is money.
每個人都説知識就是力量，而時間就是金錢。

同 scholarship 學問

🔊 Track 311

ko•a•la [koˈɑlə] .... 英初 四級

图 無尾熊

• I have not seen a **koala** before.
我之前沒看過無尾熊。

Ll

la•dy•bug / la•dy•bird [ˈledɪˌbʌg] / [ˈledɪˌbɝd] .... 英中 六級

图 瓢蟲

• You can learn all you want to know about **ladybug** with pictures on this website.
你可以利用這個網站的圖片，得到你想要知道瓢蟲的知識。

lane [len] .... 英初 四級

图 小路、巷

• A girl's screams issued from the dark **lane**.
一個女孩的尖叫聲從暗巷裡傳了出來。

同 path 小路

lan•guage [ˈlæŋɡwɪdʒ] .... 英初 四級

图 語言

• The man who can speaks 10 **languages** is a language expert.
那個可以説十國語言的男生是個語言天才。

同 tongue 舌頭、語言

lan•tern [ˈlæntɚn] .... 英初 四級

图 燈籠

• You can see all kinds of **lanterns** on Lantern Festival.
在元宵節你可以看到各式各樣的燈籠。

同 lamp 燈

lap [læp] .... 英中 六級

名 膝部
動 舐、輕拍

• I liked to sit on my father's **lap** and listened to the story when I was little.
我小時候喜歡坐在我父親的腿上聽故事。

同 pat 輕拍

lat•est [`letɪst] .... 英中 六級

形 最後的

• He is a person who would not give up till the **latest** minute.
他是不到最後一刻不會輕言放棄的人。

同 ultimate 最後的
反 premier 首位的、最初的

law•yer [`lɔjɚ] .... 英初 四級

名 律師

• Steven has passed the law examinations and now is interning for a **lawyer**.
史帝文已經考過了律師考試,他現在是實習律師。

同 attorney 律師

lead•er•ship
[`lidɚʃɪp] .... 英中 六級

名 領導力

• How can I develop my **leadership**?
我要如何增進我的領導力?

同 guidance 領導

le•gal [`ligl] .... 英中 六級

形 合法的

• Gambling is **legal** in many places in the world, such as Las Vegas.
賭博在世界很多地方是合法的,像是拉斯維加斯賭城。

同 lawful 合法的
反 unlawful 非法的

lem•on [`lɛmən] .... 英初 四級

名 檸檬

• Fanny bought some **lemons** and honey for making ice lemon tea.
芬妮買了一些檸檬和蜂蜜要做檸檬茶。

lem•on•ade
[ˌlɛmən`ed] .... 英中 六級

名 檸檬水

• It's really hot! Let's get some **lemonade** at the drink stand.
今天真熱,我們在飲料攤買些檸檬水吧!

lend [lɛnd] .... 英初 四級

動 借出

• Could you **lend** me the newest DVD you put on the desk?
你能借我你桌上那片最新的 DVD 嗎?

反 borrow 借來

length [lɛŋθ] .... 英中 六級

名 長度

• Do you know the **length** of this movie?
你知道這部電影的長度嗎?

同 length 長度
反 width 寬度

leop•ard [`lɛpɚd] .... 英中 六級

名 豹

• The Clouded **Leopard** is a medium-sized cat found in Southeast Asia.
雲豹是出產於南亞的中型貓科動物。

同 panther 豹

let•tuce [`lɛtɪs] .... 英初 四級

名 萵苣

• My sister put some **lettuces**, cucumbers, and asparagus into the salad bowl.
我的妹妹放了一些萵苣、小黃瓜和蘆筍到沙拉碗裡。

同 romaine 長葉萵苣

A B C D E F G H I J **K L** M N O P Q R S T U V W X Y Z

li·bra·ry [ˈlaɪˌbrɛrɪ] 英初 四級

名 圖書館

- How often do you go to the **library**?
  你多久到圖書館一次？

同 athenaeum 圖書館

lick [lɪk] 英初 四級

動 舔食、舔

- My dog is very adorable, and he likes **licking** my face with his tongue when he's hungry.
  我的狗很可愛，當他高興時，他喜歡用舌頭舔我的臉。

同 lap 舔

lid [lɪd] 英初 四級

名 蓋子

- The **lid** of this jam pot is too tight to screw.
  這個罐子的蓋子太緊轉不開。

同 cover 蓋子

light·ning [ˈlaɪtnɪŋ] 英初 四級

名 閃電

- The little boy is afraid of thunder and **lightning**.
  這小男孩很怕打雷和閃電。

Track 315

lim·it [ˈlɪmɪt] 英初 四級

名 限度、極限
動 限制

- I don't now how to market my business with a **limited** budget.
  我不知道如何用有限的預算行銷我的產品。

同 extreme 極限

link [lɪŋk] 英初 四級

名 關聯
動 連結

- He is a broker whose main job is to establish a **link** between a buyer and a supplier.
  他是個掮客，主要的工作是建立買方和供應商的關係。

同 connect 連結
反 interrupt 中斷

liq·uid [ˈlɪkwɪd] 英初 四級

名 液體

- Gasoline is a solvent **liquid** which removes grease spots .
  石油是一種溶解劑，它可以去除油漬。

反 solid 固體

lis·ten·er [ˈlɪsn̩ɚ] 英中 六級

名 聽眾、聽者

- I may not be a good speaker, but I am always a good **listener**.
  我或許不是一個很好的演說家，但我一直都是個好聽眾。

同 hearer 聽者

loaf [lof] 英初 四級

名 一塊

- My mother bought a dozen of eggs and a **loaf** of bread at Wal-mart.
  我的母親在沃爾瑪超市買了一打蛋和一條麵包。

同 piece 一塊

Track 316

lo·cal [ˈlok!] 英初 四級

形 當地的
名 當地居民

- One of the **locals** showed me the way to the town hall.
  其中一個當地居民告訴我到鎮公所的路怎麼走。

同 regional 地區的

lo·cate [loˈket] 英中 六級

動 設置、居住

- Taiwan is **located** in the Pacific Ocean only 160 kilometers from Mainland China.
  台灣位處於太平洋上，距離中國大陸僅有 160 公里。

同 live 居住

lock [lɑk] 英初 四級

名 鎖
動 鎖上

- I need a new **lock** for my new bicycle, for the old one is rusty.
  我的新腳踏車需要一個新的鎖，舊的那一個已經生銹了。

同 shut 關上
反 open 打開

log [lɔg] 英中 六級

名 圓木
動 伐木、把…記入航海日誌

- It is forbidden to damage or **log** trees in this section of the area.
  這個區域禁止濫墾濫伐。

同 wood 木頭

lone [lon] 英中 六級

形 孤單的

- Dr. Liu lived a **lone** life after his wife's death.
  劉博士在他妻子過世後一個人孤單地生活。

同 solitary 孤獨的

🔊 Track 317

lone•ly [ˈlonlɪ] 英初 四級

形 孤單的、寂寞的

- When his parents died, he felt desperate and **lonely**.
  他父母親過世時，他感到很傷心很寂寞。

同 lonesome 寂寞的

lose [luz] 英初 四級

動 遺失、失去

- Try to forget what you **lost**, and cherish what you already have.
  試著忘掉你所失去的，珍惜你已經擁有的，

同 fail 失敗、失去
反 obtain 得到

los•er [ˈluzɚ] 英初 四級

名 失敗者

- A real **loser** is a person who gives up trying again.
  放棄再試一次的人才是一個真的失敗者。

同 achiever 成功者、有成就的人
反 winner 勝利者

loss [lɔs] 英中 六級

名 損失

- Do you have any tips for rapid weight **loss**?
  你有快速減肥的秘方嗎？

同 damage 損害
反 acquisition 獲得、獲得物

love•ly [ˈlʌvlɪ] 英初 四級

形 美麗的、可愛的

- She looks very **lovely** and adorable in that white dress.
  她穿那件白色洋裝看起來很可人。

同 beautiful 美麗的
反 ugly 醜陋的

🔊 Track 318

lov•er [ˈlʌvɚ] 英中 六級

名 愛人

- I am totally a movie **lover**, and I watch 10 movies within a week.
  我是不折不扣的電影愛好者，我一個星期看10部電影。

同 sweetheart 情人、愛人

low•er [ˈloɚ] 英初 四級

動 降低

- I was laid off yesterday, so I have to **lower** my expenses before I get a new job.
  我昨天被解雇了，所以我必須在我找到新工作之前降低我的開銷。

同 reduce 減少、降低
反 raise 上升、增高

A B C D E F G H I J K L M N O P Q R S T U V W X Y Z

luck [lʌk] .... 英中 六級

名 幸運

• I don't believe any **luck**; I believe that no pain, no gain.
我不相信運氣，我只相信一分耕耘一分收穫。

同 fortune 幸運

反 doom 厄運

mag•a•zine

[ˌmægəˈzin] .... 英初 四級

名 雜誌

• Fiona writes financial columns for CommonWealth **magazine**.
菲歐娜為天下雜誌寫財經專欄。

同 journal 雜誌

ma•gic [ˈmædʒɪk] .... 英初 四級

名 魔術

形 魔術的

• The book has a special **magic**; it brought us together.
這本書有神奇的魔力，它讓我們相聚在一起。

同 thaumaturgy 魔術

🔊 Track 319

ma•gi•cian

[məˈdʒɪʃən] .... 英初 四級

名 魔術師

• The **magician** in the fairy story had a special power.
童話故事裡的魔術師有神奇的法力。

同 illusionist 魔術師

main [men] .... 英初 四級

形 主要的

名 要點

• They have thirty franchise stores all over China, and the **main** store is in Hong Kong.
他們在全中國有三十家加盟店，而旗艦店是在香港。

同 principal 主要的

反 minor 次要的

main•tain [menˈten] .... 英中 六級

動 維持

• You cannot ask me to **maintain** our friendship when you've hurt me so much.
你已經傷我這麼深，不能要求我要維持我倆的友誼。

同 keep 維持

male [mel] .... 英初 四級

形 男性的

名 男性

• My father is a typical **male** chauvinist, and he never does housework.
我的父親是典型的大男人，他從不做家事。

同 virile 男性的、有男子氣概的

反 female 女性的

man•da•rin

[ˈmændərɪn] .... 英中 六級

名 國語

• If he doesn't learn **Mandarin**, he could miss out some future opportunities.
如果他不學中文，他可能在未來失去一些機會。

同 Chinese 漢語

🔊 Track 320

man•go [ˈmæŋgo] .... 英初 四級

名 芒果

• What flavor of ice cream would you like? **Mango** or strawberry?
你想要什麼口味的霜淇淋，芒果還是草莓？

man•ner [`mænɚ`] 英初 四級

名 方法、禮貌

- You'd better mind your **manners** and words in the public place.
  你在公共場合的言行舉止最好檢點一點。

同 form 方法

mark [mɑrk] 英初 四級

動 標記
名 記號

- I used to **mark** some good quotes on the books when I was reading.
  我過去在閱讀時，習慣在書上標記一些名言。

同 sign 記號

mar•riage [`mærɪdʒ`] 英中 六級

名 婚姻

- **Marriage** is a life of trust and sharing.
  婚姻是信任與分享的生活。

同 matrimony 結婚、婚姻

mask [mæsk] 英初 四級

名 面具
動 遮蓋

- The naughty boy put on a **mask** and wanted us to guess who he was.
  這調皮的男孩戴了面具，想要我們猜猜他是誰。

同 doughface 假面具、面具

🔊 Track 321

mass [mæs] 英初 四級

名 大量

- My mother have a **masses** of house work to do every day.
  我的母親每天有一堆家事要做。

同 quantity 大量
反 modicum 少量、一小份

mat [mæt] 英初 四級

名 墊子、席子

- He always places the **mat** under the glass while drinking.
  他在喝東西時，總是在杯子底下放個墊子。

同 cushion 墊子

match [mætʃ] 英初 四級

名 火柴、比賽
動 相配

- The color of my shirt doesn't **match** the color of the skirt.
  我襯衫的顏色和我裙子的顏色不搭。

同 contest 比賽

mate [met] 英中 六級

名 配偶
動 配對

- Does the male animal **mate** with a female then mate again with another female?
  一隻公的動物與一隻母的交配後，還會再和另外一隻母的交配嗎？

同 spouse 配偶

ma•te•ri•al [mə`tɪrɪəl`] 英中 六級

名 物質

- The celebrities never give up pursuing **material** life.
  這些名流不曾放棄對物質生活的追求。

同 composition 物質
反 spirit 精神

🔊 Track 322

meal [mil] 英初 四級

名 一餐、餐

- My son usually have some snacks between **meals**.
  我的兒子通常在兩餐之間吃些點心。

同 feed 一餐

mean•ing [`minɪŋ`] 英初 四級

名 意義

- I'm afraid you didn't quite catch my **meaning**. I'll say it again.
  恐怕你不瞭解我的意思，我再說一次。

同 implication 含意

A B C D E F G H I J K L **M** N O P Q R S T U V W X Y Z

means [minz] .... 英中 六級

名 方法

- Cathy will attend this contest by all **means**, for she's been waiting for a year.
  凱希無論如何都會參加這場比賽,她已經等了一年了。

同 method 方法

mea·sur·a·ble
[`mɛʒərəbl] .... 英中 六級

形 可測量的

- It's important to specify target outcomes, or desired results that have **measurable** benefits.
  設定可測知利益的具體目標或理想結果是很重要的。

同 measuring 測量的

mea·sure [`mɛʒɚ] .... 英初 四級

動 測量

- The ocean is too deep to be **measured**.
  這海洋太深不可測。

同 survey 測量

🔊 Track 323

mea·sur·ement
[`mɛʒɚmənt] .... 英初 四級

名 測量

- Are you sure the **measurement** of size is accurate?
  你確定這尺寸的測量是對的嗎?

同 estimate 估計

med·i·cine [`mɛdəsn̩] .... 英初 四級

名 醫學、藥物

- Dora refused to take the **medicine**, for she didn't like capsules.
  朵拉拒絕吃藥,她不喜歡吞膠囊。

同 drug 藥物

meet·ing [`mitɪŋ] .... 英初 四級

名 會議

- I'm afraid Mr. White is still at a **meeting**. Can I put you on hold for a moment please?
  懷特先生恐怕還在開會。我能請你在線上稍候一下嗎?

同 conference 會議

mel·o·dy [`mɛlədɪ] .... 英中 六級

名 旋律

- The old Irish **melody** attracted me completely.
  這古老的愛爾蘭旋律真正吸引了我。

同 tune 旋律

mel·on [`mɛlən] .... 英中 六級

名 瓜、甜瓜

- I would like to have a slice of **melon** after the meal.
  我想要在餐後來片甜瓜。

同 muskmelon 香瓜

🔊 Track 324

mem·ber [`mɛmbɚ] .... 英初 四級

名 成員

- The VIP **members** will be upgraded to the business class from the economy class.
  VIP 會員將會從經濟艙升等至商務艙。

同 membership 會員身份

mem·o·ry [`mɛmərɪ] .... 英初 四級

名 記憶、回憶

- I don't have a good **memory**, for numbers and names.
  我記性不好,記不住名字和電話。

同 recollection 記憶

me·nu [`mɛnju] .... 英初 四級

名 菜單

- What is the special soup on the **menu** today?
  菜單上的今日濃湯是什麼?

mes•sage [ˈmɛsɪdʒ] .... 英初 四級

名 訊息

• May I take your **message**? Mr. Li is away now.
李先生現在不在座位上。能請你留言嗎？

同 information 資訊

met•al [ˈmɛtl̩] .... 英初 四級

名 金屬
形 金屬的

• Heavy **metal** is a genre of rock music that developed in the late 1960s and early 1970s.
重金屬是發展於 1960 年晚期和 1970 年早期的搖滾藝術。

🔊 Track 325

me•ter [ˈmitɚ] .... 英初 四級

名 公尺

• This swimming pool is 50 **meters** wide and 200 meters long.
這個游泳池 50 公尺寬，200 公尺長。

meth•od [ˈmɛθəd] .... 英初 四級

名 方法

• The teaching trainers helped the teachers develop their teaching **methods**.
教學講師幫助老師們加強教學方法。

同 style 方式

mil•i•tar•y [ˈmɪləˌtɛrɪ] .... 英中 六級

形 軍事的
名 軍事

• The **military** disciplines should be enforced severely.
軍中的紀律應該被嚴格地執行。

同 army 軍隊

mil•lion [ˈmɪljən] .... 英初 四級

名 百萬

• If I had a **million** dollars, I'd buy you a villa.
如果我有一百萬美金，我會買間別墅給你。

mine [maɪn] .... 英中 六級

名 礦、礦坑
代 我的東西

• We will visit Taiwan Coal **Mine** Museum on our next field trip.
我們下次的戶外教學會去參觀台灣煤礦博物館。

同 ore 礦

🔊 Track 326

mi•nus [ˈmaɪnəs] .... 英初 四級

介 減、減去
形 減的
名 負數

• He got a B-**minus** on physics last semester.
他上學期的物理學拿了 B- 的成績。

反 plus 加的

mir•ror [ˈmɪrɚ] .... 英初 四級

名 鏡子　動 反映

• The clear water of the lake **mirrored** the blue sky and white clouds.
湖面清澈的水映照著藍天和白雲。

mix [mɪks] .... 英初 四級

動 混合
名 混合物

• Sherry bought some cake **mixes** to make a birthday cake for her boyfriend.
雪莉買了一些蛋糕材料要為她的男朋友做一個生日蛋糕。

同 combine 結合
反 segregate 分離

mod•el [ˈmɑdl̩] .... 英初 四級

名 模型、模特兒
動 模仿

• Lily **models** herself after her grandfather.
莉莉以她的祖父為模範。

A B C D E F G H I J K L **M** N O P Q R S T U V W X Y Z

mo•dern [`mɑdən`] .... 英初 四級

形 現代的

- As a **modern** city, Shanghai is famous for The Oriental Pearl Tower.
  上海，是以東方明珠塔著名的現代化都市。

反 ancient 古代的

🔊 Track 327

mon•ster [`mɑnstɚ`] .... 英初 四級

名 怪物

- The movie **Monsters**, Inc. was a 2001 computer-animated film.
  怪物電力公司是 2001 年出產的動畫片。

同 freak 怪物、怪事

mos•qui•to
[məsˋkito] .... 英初 四級

名 蚊子

- We were badly bitten by **mosquitoes** while sleeping in the tent last night.
  我們昨天睡在帳篷裡，被蚊子咬得很嚴重。

同 skeeter 蚊子

moth [mɔθ] .... 英初 四級

名 蛾、蛀蟲

- The **moth** appears mainly at night.
  蛾主要都是在晚上出現。

同 scalewing 蛾、蝴蝶

mo•tion [`moʃən`] .... 英初 四級

名 運動、動作

- The airplane is in **motion** and about to take off.
  飛機已經啟動，即將起飛。

同 movement 運動

mo•tor•cy•cle
[`motɚˏsaɪkḷ`] .... 英初 四級

名 摩托車

- Oliver goes to work by car because he hasn't got a clue how to start a **motorcycle**.
  奧利佛是開車上班的，因為他不知道怎麼發動機車。

同 motorbike 摩托車

🔊 Track 328

mov•a•ble [`muvəbḷ`] .... 英中 六級

形 可移動的

- The dining room is divided from the living room by **movable** screens.
  移動式的屏風把飯廳和客廳隔開了。

同 mobile 移動式的
反 motionless 不動的、靜止的

MRT / mass rap•id tran•sit / sub•way / un•der•ground / met•ro [mæsˋræpɪdˋtrænsɪt] / [`sʌbˏwe`] / [`mɛtro`] .... 英初 四級

名 地下道、地下鐵、捷運

- The Taipei **MRT** Line makes traveling in Taipei much more convenient.
  臺北捷運使得在臺北旅遊更便利。

mule [mjul] .... 英中 六級

名 騾

- He is as stubborn as a **mule**, so it's not easy to convince him.
  他像騾一樣固執，所以要說服他不容易。

同 hardtail 騾子

mul•ti•ply
[`mʌltəplaɪ`] .... 英中 六級

動 增加、繁殖、相乘

- We must **multiply** our efforts to figure out the solution.
  我們必須加倍努力想出辦法。

同 increase 增加
反 decrease 減少

mu•se•um
[mjuˋziəm] .... 英初 四級

名 博物館

- Have you ever been to Louvre **Museum**?
  你有去過羅浮宮嗎？

mu•si•cian
[mjuˈzɪʃən] .... 英初 四級

名 音樂家

• A good **musician** has not only to remember his part but also to be able to to compose new variations.
一個優秀的音樂家不僅要能記住他演出的部份，也要能夠譜出新的變奏曲。

同 musicologist 音樂學者、音樂理論家

nail [nel] .... 英初 四級

名 指甲、釘子
動 敲

• The carpenter had the lids **nailed** on the wooden box.
那個木匠把木箱上的蓋子釘上。

同 knock 敲

na•ked [ˈnekɪd] .... 英中 六級

形 裸露的、赤裸的

• They found a **naked** newborn baby when they opened the paper box.
當他們打開紙箱時，發現一個赤裸的新生兒在裡面。

同 bare 赤裸的

nap•kin [ˈnæpkɪn] .... 英初 四級

名 餐巾紙

• They wiped their mouths with **napkins** after the meal.
他們在用完餐後用餐巾紙擦拭他們的嘴。

同 towel 紙巾

nar•row [ˈnæro] .... 英初 四級

形 窄的、狹長的
動 變窄

• Are there any better ways to **narrow** down the possible locations that could be associated with the relevant information？
有任何更好的方式可以縮小和相關訊息連結的可能地點嗎？

反 wide 寬的

na•tion•al [ˈnæʃənl] .... 英初 四級

形 國家的

• The scandal made the headlines of the **national** newspapers.
這個醜聞成為了國內報紙的頭條。

同 state 國家的

nat•u•ral [ˈnætʃərəl] .... 英初 四級

形 天然生成的

• A truly healthy animal has a strong **natural** immune system.
真正健康的動物有很強的自然抵抗力。

同 crude 天然的
反 artificial 人造的

naugh•ty [ˈnɔtɪ] .... 英初 四級

形 不服從的、淘氣的

• Ken's son is really a **naughty** boy, and he likes to tear the books.
肯的兒子真的很頑皮，他喜歡撕書。

同 puckish 淘氣的、頑皮的
反 submissive 服從的、順從的

near•by [ˈnɪrˌbaɪ] .... 英中 六級

形 短距離內的
副 不遠地

• There is a drug store **nearby**, and you probably can find the medicine you want there.
在這附近有個藥局，你也許可以找到你要的藥。

同 around 附近

A B C D E F G H I J K L M **N** O P Q R S T U V W X Y Z

near•ly [ˈnɪrlɪ] 英初 四級

副 幾乎

• She doesn't look like her age, and no one believes that she is **nearly** forty.
她看起來不像她真實的年齡，沒有人相信她將近四十歲了。

同 almost 幾乎

🔊 Track 331

neat [nit] 英中 六級

形 整潔的

• Peggy has mysphobia. She always keep her room **neat**.
佩姬有潔癖，她總是把房間保持的很乾淨。

同 tidy 整潔的
反 dirty 髒的

nec•es•sa•ry [ˈnɛsəˌsɛrɪ] 英初 四級

形 必要的、不可缺少的

• Make yourself **necessary** to someone.
使你自己成為別人所需要的人。

同 essential 必要的
反 needless 不必要的

neck•lace [ˈnɛklɪs] 英初 四級

名 項圈、項鍊

• The amber **necklace** she wore at the party was the birthday present we gave her.
她在派對上戴的那條琥珀項鍊是我們送給她的生日禮物。

同 torque 項圈

nee•dle [ˈnidl̩] 英初 四級

名 針、縫衣針
動 用針縫

• Looking for this missing child is as difficult as searching for a **needle** in a haystack.
要找到這個失蹤的小孩就像在乾草堆裡找針一樣困難。

同 pin 大頭針、針

neg•a•tive [ˈnɛgətɪv] 英初 四級

形 否定的、消極的
名 反駁、否認

• Many people think TV program has a **negative** influence on society.
很多人認為電視節目對社會有負面的影響。

同 passive 消極的
反 positive 肯定的、積極的

🔊 Track 332

neigh•bor [ˈnebɚ] 英初 四級

動 靠近於…
名 鄰居

• A distant relative is not as good as a near **neighbor**.
遠親不如近鄰。

同 vicinage 鄰居

nei•ther [ˈniðɚ] 英初 四級

副 兩者都不
代 也非、也不
連 兩者都不

• **Neither** of my sisters aspire to be a teacher.
我兩個妹妹都不想當老師。

反 both 兩者都

nephew [ˈnɛfju] 英初 四級

名 姪子、外甥

• The naughty boy who was hiding under the table is my **nephew**.
那躲在桌子底下的頑皮男孩是我的外甥。

反 niece 侄女、外甥女

nest [nɛst] 英初 四級

名 鳥巢　動 築巢

• The swallow is making a **nest** in the palm tree in my back yard.
燕子正在我家後院的棕櫚樹上築巢。

同 nidus 巢

net [nɛt].................................... 英初 四級

名 網
動 用網捕捉、結網

- The kids captured the dragonflies and butterflies with their **nets**.
  小孩子們用網子捕捉蜻蜓和蝴蝶。

同 web 網

Track 333

niece [nis] .... 英初 四級

名 姪女、外甥女

- I've not seen my **niece** for twelve years. Now she is a mother of three children.
  我已經十二年沒見到我姪女了。現在她已經是三個孩子的母親了。

反 nephew 侄子、外甥

no•body [ˈnoˌbɑdɪ] .... 英初 四級

代 無人
名 無名小卒

- I was dozzing off on the bench, and I found **nobody** around when I woke up.
  我在長凳上睡著了，當我醒來時發現身旁沒有一個人。

反 celebrity 名人

nod [nɑd] .... 英初 四級

動 點、彎曲
名 點頭

- She usually greets to people by **nodding** her head friendly.
  她通常友善地點頭打招呼。

同 curl 彎曲
反 straighten 弄直

none [nʌn] .... 英初 四級

代 沒有人

- **None** of the workers here works hard.
  沒有一個工人努力工作。

同 nobody 沒有人
反 everybody 每個人、各人

noodle [ˈnudl̩] .... 英初 四級

名 麵條

- I cooked some chicken **noodles**. Would you like to have some?
  我煮了一些雞肉麵，你要吃一些嗎？

同 pasta 義大利麵、麵條

Track 334

north•ern [ˈnɔrðən] .... 英中 六級

形 北方的

- Zoe's home is in the **northern** end of a bridge, and it's about 20 miles away from here.
  柔依的家在橋尾的北邊，距離這裡大概有 20 哩遠。

同 boreal 北的、北方的
反 southern 南部的、南方的

note•book [ˈnotˌbʊk] .... 英初 四級

名 筆記本

- I need a **notebook** to write down the recipe of banana cake.
  我需要一本筆記本寫下香蕉蛋糕的食譜。

同 jotter 筆記本

nov•el [ˈnɑvl̩] .... 英初 四級

形 新穎的、新奇的　　名 長篇小說

- John Tolkien, the author of "The Lord of the Rings", is a famous **novel** writer.
  《魔戒》的作者—約翰托金，是個很出名的小說家。

同 original 新穎的
反 obsolete 過時的

nut [nʌt] .... 英初 四級

名 堅果、螺帽

- Squirrels often subsist on **nuts**, seeds, and some greenery.
  松鼠靠吃乾果、種子和一些綠色植物生存。

A B C D E F G H I J K L M **N** O P Q R S T U V W X Y Z

Oo

o•bey [ə`be] .... 英初 四級

動 遵行、服從

• You should **obey** the manager's instructions if you don't know what to do.
假如你不知道怎麼做的話，你應該遵從經理的指導。

同 submit 服從
反 violate 違反、違背

🔊 Track 335

ob•ject
[`ɑbdʒɪkt] / [əb`dʒɛkt] .... 英初 四級

名 物體
動 抗議、反對

• This marketing proposal has been **objected** by everybody in the meeting.
這份行銷提案被會議中的每個人反對。

同 thing 物、東西
反 agree 同意

oc•cur [ə`kɝ] .... 英中 六級

動 發生、存在、出現

• I don't know when this car accident **occured**.
我不知道這場車禍什麼時候發生的。

同 happen 發生

of•fer [`ɔfɚ] .... 英初 四級

名 提供
動 建議、提供

• I will **offer** you a good job, so please contact me next week.
我將會提供一份好工作給你，所以請在下星期與我聯絡。

同 provide 提供

of•fi•cial [ə`fɪʃəl] .... 英中 六級

形 官方的、法定的
名 官員、公務員

• You can download the map from the **official** website of Tourism Bureau.
你可以到旅遊局官方網站下載地圖。

同 servant 公務員
反 unofficial 非官方的、非正式的

o•mit [o`mɪt] .... 英初 四級

動 遺漏、省略、忽略

• My secretary **omitted** copying the last page of the proposal.
我的秘書漏印了企劃書最後一頁。

同 neglect 忽略

🔊 Track 336

on•ion [`ʌnjən] .... 英初 四級

名 洋蔥

• I cooked the beef stew with some **onions** and mashrooms.
我用洋蔥和洋菇煮燉牛肉。

op•er•ate [`ɑpəˌret] .... 英中 六級

動 運轉、操作

• Do you know how to **operate** the generator?
你知道怎麼操作發電機嗎？

同 run 運轉

o•pin•ion [ə`pɪnjən] .... 英初 四級

名 觀點、意見

• In my **opinion**, the baby should be looked after by his mother, not a babysitter.
以我的觀點來看，那嬰兒應該由他的母親照顧，不應是保母。

同 view 觀點

or•di•nar•y
[`ɔrdnˌɛrɪ] .... 英初 四級

形 普通的

• We are all the **ordinary** people who have simple lives.
我們都是過著簡單生活的普通人。

同 usual 平常的
反 particular 特別的、獨有的

or•gan [ˈɔrgən] .... 英中 六級

名 器官

- Have you considered donating your **organs** after death for transplantation?
  你有曾經想過在往生後捐出你的器官作移植之用嗎？

同 apparatus 器具、器官

🔊 Track 337

or•gan•i•za•tion
[ˌɔrgənəˈzeʃən] .... 英中 六級

名 組織、機構

- World Vision is a non-profit **organization**.
  世界展望會是非營利組織。

同 institution 機構

or•gan•ize
[ˈɔrgənˌaɪz] .... 英中 六級

動 組織、系統化

- They will **organize** a spelling competition after the midterm.
  他們將會在期中考後統籌一個拼單字比賽。

同 arrange 安排、籌備

ov•en [ˈʌvən] .... 英初 四級

名 爐子、烤箱

- My mother took the bread out from the **oven** and turned the power off.
  我的媽媽從烤箱裡拿出麵包，然後關上電源。

同 stove 爐子

o•ver•pass
[ˌovəˈpæs] .... 英初 四級

名 天橋、高架橋

- An **overpass** is called a flyover in England.
  天橋在英國稱作為跨線橋。

同 crossover 大橋

o•ver•seas [ˌovəˈsiz] .... 英初 四級

形 國外的、在國外的
副 在海外、在國外

- Living **overseas** has always been one of my dreams.
  居住國外一直是我的夢想之一。

同 abroad 在國外
反 interiorly 在國內

🔊 Track 338

owl [aʊl] .... 英中 六級

名 貓頭鷹

- Kevin always stays up so late, and he is totally a night **owl**.
  凱文總是熬夜到很晚，他是不折不扣的夜貓子。

own•er [ˈonə] .... 英初 四級

名 物主、所有者

- Could you tell me what is in the bag? I must make sure you are the **owner**.
  你能告訴我袋子裡有什麼嗎？我必須要確定你就是失主。

同 holder 持有者

ox [ɑks] .... 英初 四級

名 公牛

- My Chinese zodiac sign is **ox**.
  我的生肖是牛。

同 bull 公牛
反 cow 母牛

Pp →

pack [pæk] .... 英初 四級

名 一包
動 打包

- We **packed** everything before we moved away.
  我們在搬家前打包了所有的東西。

同 parcel 小包

A B C D E F G H I J K L M N **O P** Q R S T U V W X Y Z

pack•age [ˈpækɪdʒ] .... 英初 四級

名 包裹
動 包裝

• Regan undid the **package** which was sent back by his girlfriend.
雷根打開被他女朋友退回來的包裹。

同 pack 包裹

🔊 Track 339

pain [pen] .... 英初 四級

名 疼痛、傷害

• No **pain**, no gain.
一分耕耘，一分收穫。

同 ache 痛

pain•ful [ˈpenfəl] .... 英初 四級

形 痛苦的

• Labor and delivery can be **painful**, but it is a natural process.
陣痛和分娩是很痛苦的，但它是個自然的過程。

同 torturous 折磨的、痛苦的
反 comfortable 舒適的

paint•er [ˈpentə] .... 英初 四級

名 畫家

• Phillip's father is a temple **painter**.
菲力浦的父親是個廟宇彩繪師。

同 penman 筆者、畫家

paint•ing [ˈpentɪŋ] .... 英中 六級

名 繪畫

• He is able to do simple **painting**, carpentry, and plumbing.
他會做簡單的油漆、木工和修理水管的工作。

同 drawing 圖畫

pa•ja•mas
[pəˈdʒæməz] .... 英初 四級

名 睡衣

• I bought a new **pajamas** yesterday.
我昨天新買了一件睡衣。

同 bedgown 睡衣

🔊 Track 340

palm [pɑm] .... 英中 六級

名 手掌

• Jenny held the diamond ring tightly in her **palm**.
珍妮把鑽石戒指緊緊地握在手裡。

同 paw 手、手爪
反 foot 腳

pan [pæn] .... 英初 四級

名 平底鍋

• You can cook the scramble eggs in the frying **pan**.
你可以用平底鍋炒蛋。

同 skillet 平底鍋

pan•da [ˈpændə] .... 英初 四級

名 貓熊

• WoLong used to be the habitat for giant **panda** before the earthquake.
臥龍在地震前曾是大熊貓的棲息地。

同 bearcat 熊貓

pa•pa•ya [pəˈpaɪə] .... 英初 四級

名 木瓜

• You can use some peeled **papayas** and milk to make papaya milk.
你可以用去皮的木瓜和牛奶做成木瓜牛奶。

同 pawpaw 木瓜

par•don [ˈpɑrdn̩] .... 英初 四級

名 原諒
動 寬恕

• May I beg your **pardon** please?
能請您再說一次嗎？

同 forgive 原諒
反 blame 責備

par•rot [ˈpærət] .... 英初 四級

名 鸚鵡

• Do not talk like a **parrot** and keep repeating what other says.
不要像鸚鵡那樣一直重覆別人說的話。

同 popinjay 綠色的啄木鳥、鸚鵡

par•tic•u•lar
[pəˈtɪkjələ] .... 英中 六級

形 特別的

• Do you have any **particular** wishes on your 20-year-old birthday?
你二十歲的生日有特別的生日願望嗎？

同 special 特別的
反 ordinary 普通的

part•ner [ˈpartnɚ] .... 英初 四級

名 夥伴

• Are you sure that you want him for your **partner** for life?
妳確定你要他成為妳的終身伴侶嗎？

同 companion 同伴

pas•sen•ger
[ˈpæsn̩dʒɚ] .... 英初 四級

名 旅客

• Each **passenger** is allowed to carry twenty kilograms of luggage.
每個乘客只被允許攜帶 20 公斤的行李。

同 traveler 旅客、旅行者

paste [pest] .... 英初 四級

名 漿糊 動 黏貼

• She stuck the stamps on an envelope with **paste**.
她用漿糊將郵票貼在信封上。

同 glue 黏著劑、膠水

pat [pæt] .... 英中 六級

動 輕拍 名 拍

• The professor **patted** the student on his shoulder and told him to cheer up.
教授拍了那學生的肩膀，叫他振作一點。

同 tap 輕拍

path [pæθ] .... 英初 四級

名 路徑

• If we take the same **path** every day, we could not discover anything new.
如果我們每天都走同樣的路，我們就無法發現新的事物。

同 route 路程

pa•tient [ˈpeʃənt] .... 英初 四級

形 忍耐的
名 病人

• Catherine is a **patient** teacher, for she always tries to answers all pupils' questions.
凱撒琳是個很有耐心的老師，她總是試著回答所有學生的問題。

同 sick 病人

pat•tern [ˈpætɚn] .... 英初 四級

名 模型、圖樣 動 仿照

• I want to change another one, because I don't like the **pattern** on the fabric.
我不喜歡這塊布料的花紋，我想要換另外一個。

同 model 模型

peace [pis] .... 英初 四級

名 和平

• Have you ever read the Russian novel "War and **Peace**" by Leo Tolstoy?
你有看過俄國作家托爾斯泰的《戰爭與和平》嗎？

反 war 戰爭

A B C D E F G H I J K L M N O **P** Q R S T U V W X Y Z

183

🔊 Track 343

peace•ful [ˈpisfəl] .... 英初 四級

形 和平的

• It is love that makes the world **peaceful**.
是愛造就了世界和平。

同 quiet 平靜的
反 martial 軍事的、戰爭的

peach [pitʃ] .... 英初 四級

名 桃子

• My father plants a **peach** tree in our backyard.
我的父親在後院種植一棵桃子樹。

pea•nut [ˈpiˌnʌt] .... 英中 六級

名 花生

• Would you like your toast with some **peanut** butter?
你的土司要塗點花生醬嗎？

同 earthnut 花生

pear [pɛr] .... 英初 四級

名 梨子

• The **pear** was rotten and it's inedible.
那顆梨子爛了，不能吃了。

pen•guin [ˈpɛngwɪn] .... 英中 六級

名 企鵝

• **Penguins** are a group of aquatic birds living almost exclusively in the southern hemisphere.
企鵝是生長在南半球特有的水棲動物。

🔊 Track 344

pep•per [ˈpɛpɚ] .... 英初 四級

名 胡椒

• I'd like to add some **pepper** and cheese powder in my pasta.
我想在義大利麵裡加點胡椒和起司粉。

per [pɚ] .... 英中 六級

介 每、經由

• I work on as least ten cases **per** annum.
我每年至少處理十件案子。

同 through 經由

per•fect [ˈpɝfɪkt] .... 英初 四級

形 完美的

• No one is **perfect**, so you must learn to forgive others.
沒有人是完美的，所以你應該學著原諒別人。

同 ideal 完美的、理想的
反 defective 有缺陷的、有瑕疵的

pe•ri•od [ˈpɪrɪəd] .... 英初 四級

名 期間、時代

• I always feel tired and unconfortable during my **periods**.
在我生理期間，我總是覺得又疲倦又不舒服。

同 era 時代

per•son•al [ˈpɝsn̩l] .... 英初 四級

形 個人的

• Caro has been my **personal** assistant for two years.
卡洛已經當我的個人助理兩年了。

同 private 私人的
反 public 公共的

🔊 Track 345

pho•to•graph / pho•to [ˈfotəˌgræf] / [ˈfoto] .... 英初 四級

名 照片
動 照相

• Evan **photographs** anything, but his favorite subjects are architectures and wild animals.
艾文他什麼都拍，但他最喜歡的主題是建築物和野生動物。

同 picture 照片

pho•to•gra•pher

[fə`tɑgrəfɚ]..................... 英中 六級

名 攝影師

- My father is a **photographer**, and he's been running a photo shop for twenty years.
  我的父親是個攝影師，他已經經營照相館 20 年了。

同 cameraman 攝影師

phrase [frez].............................. 英中 六級

名 片語
動 表意

- The students are trying to learn these English words and **phrases** by heart before the exam.
  學生們在考試前試著去背這些英文單字和片語。

反 screed 冗長的句子

pick [pɪk] .... 英初 四級

動 摘、選擇
名 選擇

- The farmers were busy with **picking** the fruits before the typhoon came.
  農夫們在颱風來之前都忙著採收水果。

同 choose 選擇

pic•nic [`pɪknɪk] .... 英初 四級

名 野餐
動 去野餐

- Jeremy and Deanna had a **picnic** on the beach last weekend.
  傑瑞米和戴安娜上個週末在海邊野餐。

同 junket 野餐

🔊 Track 346

pi•geon [`pɪdʒɪn] .... 英初 四級

名 鴿子

- **Pigeons** are regarded as the symbol of peace.
  鴿子被視為是和平的象徵。

同 dove 鴿子

pile [paɪl] .... 英初 四級

名 堆
動 堆積

- I called in sick yesterday. Now my work is **piling** up and I have to catch up.
  我昨天請病假。現在工作堆積如山，我要快點趕上進度。

同 heap 堆積

pil•low [`pɪlo] .... 英初 四級

名 枕頭
動 以……為枕

- The thick dictionary **pillowed** his head last night.
  他昨晚用這本厚的字典當枕頭。

同 cushion 靠墊

pin [pɪn].................................. 英初 四級

名 針
動 釘住

- My grandmother wore an exquisite dress with a diamond **pin** on my wedding day.
  我的祖母在我的婚禮上穿了一件特製的洋裝配上了鑽石胸針。

同 clip 夾住

pine•ap•ple

[`paɪnˌæpl̩].................................. 英初 四級

名 鳳梨

- Would you like some **pineapple** pie or apple pie for afternoon snack?
  你下午茶點心想來點鳳梨派或蘋果派嗎？

同 ananas 鳳梨

🔊 Track 347

ping•pong / ta•ble tennis [`pɪŋpɔŋ] / [`tebl̩ˌtɛnɪs] .... 英中 六級

名 乒乓球

- I am really awkward at **pingpong**.
  我的乒乓球技巧很拙劣。

同 table-tennis 乒乓球

pink [pɪŋk] .... 英初 四級

形 粉紅的
名 粉紅色

• Donna always dresses in **pink**, because that's her favorite color.
黛娜總是穿著粉紅衣服,因為那是她最喜歡的顏色。

同 hysgine 粉紅色的

pipe [paɪp] .... 英初 四級

名 管子
動 以管傳送

• Hot water is **piped** to all rooms from the central boiler room in the hotel.
飯店的熱水是由中央熱水鍋爐以管子傳送至所有房間。

同 tube 管子

pitch [pɪtʃ] .... 英中 六級

動 投擲
名 間距

• You should lower your **pitch**; it's too high.
你應該把音調降低一點,太高了。

同 throw 投、擲

piz•za [ˋpitsə] .... 英初 四級

名 比薩

• The **pizza** was delivered to our place by a pizza boy.
比薩小弟把比薩送到我們的住處。

🔾 Track 348

plain [plen] .... 英初 四級

形 平坦的
名 平原

• The ChiaNan **Plain** is the biggest rice growing area in Taiwan.
嘉南平原是台灣最大種植稻米的地區。

同 plain 平原
反 plateau 高原

plan•et [ˋplænɪt] .... 英初 四級

名 行星

• Do you know how many **planets** there are in the solar systerm?
你知道在太陽系有多少星球嗎?

同 star 星

plate [plet] .... 英初 四級

名 盤子

• Be quiet and stop playing with your **plate** and fork.
安靜一點,不要再玩你的盤子和叉子。

同 dish 盤子

plat•form [ˋplætˏfɔrm] .... 英初 四級

名 平臺、月臺

• At the memont I mounted the **platfrom**, I forgot what I intended to say.
當我站上講臺那一刻,我忘了我要講什麼。

同 stage 平臺

play•ful [ˋplefəl] .... 英中 六級

形 愛玩的

• I would never get bored because my puppy is very **playful**.
我永遠不會覺得無聊,因為我的小狗很愛玩。

🔾 Track 349

pleas•ant [ˋplɛznt] .... 英初 四級

形 愉快的

• We wish you have a safe and **pleasant** journey.
我們衷心的希望您有個平安愉快的旅程。

同 mirthful 愉快的、高興的
反 sorrowful 悲傷的

pleas•ure [ˋplɛʒɚ] .... 英初 四級

名 愉悅

• It's my **pleasure** to work with you.
能和你工作是我的榮幸。

同 joy 樂趣、樂事
反 misery 悲慘

plus [plʌs] .... 英初 四級

介 加
名 加號
形 加的

• Peggy got a grade of A-**plus** in history.
佩蒂的歷史成績拿到 A＋。

同 additional 附加的
反 minus 減

---

po•em [ˋpoɪm] .... 英初 四級

名 詩

• He kept writing love **poems** to her when he was in the army.
當他在當兵時，他一直寫情詩給她。

同 verse 詩

---

po•et [ˋpoɪt] .... 英中 六級

名 詩人

• William Shakespeare is a famous **poet**.
威廉莎士比亞是個著名的詩人。

同 bard 吟唱詩人

🔊Track 350

---

poi•son [ˋpɔɪzn̩] .... 英初 四級

名 毒藥
動 下毒

• The wastes from this chemistry factory **poisoned** the river.
這家化學工廠排放的汙水汙染了整條河。

同 toxicant 有毒物、毒藥

---

pol•i•cy [ˋpɑləsɪ] .... 英中 六級

名 政策

• One of President Ma's **policies** is to foster an open economic relationship with mainland China.
馬總統的其中一個政策就是促進台灣和中國之間的自由經濟關係。

同 strategy 戰略、策略

---

polite [pəˋlaɪt] .... 英初 四級

形 有禮貌的

• Farica is always **polite** to people no matter where she goes.
法瑞卡不論到哪裡都很有禮貌。

同 genty 有禮貌的
反 impolite 不禮貌的

---

pop•u•lar [ˋpɑpjələ˞] .... 英初 四級

形 流行的

• Don't be upset if you're not the most **popular** person in school.
如果你不是全校最受歡迎的人也別難過。

同 prevalent 流行的

---

pop•u•la•tion
[ˏpɑpjəˋleʃən] .... 英初 四級

名 人口

• Taiwan is a small country with 23 million **population**.
台灣是個擁有二千三百萬人口的小國。

同 populace 人口、民眾

🔊Track 351

---

pork [pork] .... 英初 四級

名 豬肉

• Muslms don't eat **pork**.
回教徒不吃豬肉。

---

port [port] .... 英中 六級

名 港口

• The captain **ported** the ship to aviod hitting on the iceberg.
那船長將船轉舵，以避免撞上冰山。

同 harbor 海港

---

pose [poz] .... 英中 六級

動 擺出
名 姿勢

• Keeping your **poses** more relaxed, and you will feel better after the massage.
把你的姿勢放得更輕鬆一點，這樣按摩後你會覺得更好。

同 posture 姿勢

A
B
C
D
E
F
G
H
I
J
K
L
M
N
O
P
Q
R
S
T
U
V
W
X
Y
Z

pos•i•tive [ˈpɑzətɪv] .... 英初 四級

形 確信的、積極的、正的

- Are you **positive** that you've seen this man before?
  你確定你之前有看過這個男生嗎？

同 certain 確信的

反 suspect 令人懷疑的、不可信的

pos•si•bil•i•ty
[ˌpɑsəˈbɪlətɪ] .... 英中 六級

名 可能性

- The **possibility** of homicide has been excluded.
  他殺的可能性已被排除了。

同 probability 可能性

🔊 Track 352

post [post] .... 英中 六級

名 郵件

動 郵寄、公佈

- Please send the book to me by **post**, for I won't have time to drop by on you.
  請把書郵寄給我，我沒有時間順道去找你。

同 mail 郵件

post•card [ˈpostˌkɑrd] .... 英初 四級

名 明信片

- I got a **postcard** from Jordan, and it was sent by one of my close friends.
  我收到來自約旦的明信片，那是一位好朋友寄的。

同 card 名片、明信片

pot [pɑt] .... 英初 四級

名 鍋、壺

- Every potter praise his own **pot**.
  老王賣瓜，自賣自誇。

同 kettle 水壺

po•ta•to [pəˈteto] .... 英初 四級

名 馬鈴薯

- You should peel **potatoes** before you cook them.
  在你煮馬鈴薯之前應該先削皮。

同 murphy 馬鈴薯

pound [paʊnd] .... 英初 四級

名 磅、英磅

動 重擊

- His heart was **pounding** the first time he went out with her.
  當他第一次和她出去時，他的心臟跳得很厲害。

🔊 Track 353

pow•er•ful [ˈpaʊəfəl] .... 英中 六級

形 有力的

- Truth and love are two of the most **powerful** things in the world.
  真理與愛是世界上最有影響力的兩樣東西。

同 mighty 強有力的

反 weak 虛弱的、無力的

praise [prez] .... 英初 四級

動 稱讚　　名 榮耀

- **Praise** makes good men better, and bad men worse.
  讚美的言論使好人更好，壞人更壞。

同 compliment 稱讚

反 criticism 批評

pray [pre] .... 英初 四級

動 祈禱

- The citizens in Baghdad are **praying** that the armies will cease the war soon.
  巴格達的市民都祈禱軍隊早日結束戰爭。

同 beg 祈求

pre•fer [prɪˈfɝ] .... 英中 六級

動 偏愛、較喜歡

- What kind of meat do you **prefer**? Fish or beef?
  哪種肉類你比較喜歡？魚還是牛肉？

同 favor 偏愛

反 dislike 不喜歡

pres•ence [ˈprɛzns] .... 英中 六級

名 出席

• His **presence** at the party was regarded as a sign that he wanted to make up a quarrel.
他昨天出席在派對中被視為他想要言歸於好。

同 attendance 出席

反 absence 缺席

Track 354

pres•ent [ˈprɛznt] .... 英初 四級

形 目前的
名 片刻、禮物
動 呈現

• I have to **present** teaching procedures in the training course.
我在這場訓練課程中要呈現教學的步驟。

同 gift 禮物

pres•i•dent
[ˈprɛzədənt] .... 英初 四級

名 總統

• Who is the **president** of the United States of America? George Bush or Barack Obama?
美國的總統是誰？是布希還是歐巴馬？

press [prɛs] .... 英中 六級

名 印刷機、新聞界
動 壓下、強迫

• He sold a good piece of news to the national **press** agency.
他賣了一條新聞給國家通訊社。

同 force 強迫

pride [praɪd] .... 英中 六級

名 自豪
動 使自豪

• Never swell with **pride** when you make some contributions.
當你有點小小的貢獻時不要引以自豪。

反 inferiority 自卑

prince [prɪns] .... 英初 四級

名 王子

• The **prince** Charles is the eldest child of Queen Elizabeth II.
查爾斯王子是伊莉莎白二世的長子。

同 infante 王子、親王

反 princess 公主

Track 355

prin•cess [ˈprɪnsɪs] .... 英初 四級

名 公主

• The girl is really adorable. She looks just like a little **princess**.
那女孩真可愛。看起來像一位小公主。

同 infanta 郡主、公主

反 prince 王子

prin•ci•pal [ˈprɪnsəpl̩] .... 英初 四級

形 首要的
名 校長、首長

• The scientists tried to find out the **principal** cause of the disease.
科學家試著想找出這疾病最主要的病因。

同 chief 主要的、首席的

反 secondary 次要的、第二的

prin•ci•ple [ˈprɪnsəpl̩] .... 英初 四級

名 原則

• I didn't mean to let you down. It's a matter of **principle**.
我不是有心要讓你失望，這是原則的問題。

同 standard 規範

print•er [ˈprɪntɚ] .... 英初 四級

名 印刷工、印表機

• The laser **printer** was invented at Xerox in 1969.
雷射印刷是在 1969 年由全錄公司發明的。

同 typo 印刷工、排字工

A B C D E F G H I J K L M N O **P** Q R S T U V W X Y Z

pris•on [ˈprɪzn̩] .... 英中 六級

名 監獄

• The man who had committed several rapes was sent to **prison**.
那個犯下多起強暴案的男子已被送進監獄了。

同 jail 監獄

🔊 Track 356

pris•on•er [ˈprɪznɚ] .... 英中 六級

名 囚犯

• The escaped **prisoner** was dragged from his hiding place.
那逃亡在外的犯人在藏身處被逮捕。

同 convict 囚犯、罪犯

pri•vate [ˈpraɪvɪt] .... 英初 四級

形 私密的

• May I talk to you in **private** in a minute?
我能私底下跟你聊兩句嗎？

同 personal 私人的、個人的

反 open 公開的

prize [praɪz] .... 英初 四級

名 獎品

動 獎賞

• I **prized** our friendship above everything else.
我重視我們的友情勝於一切。

同 reward 獎品

pro•duce [prəˈdjus] / [ˈprɑdjus] .... 英初 四級

動 生產

名 產品

• My mother can **produce** delicious meal from very simple ingredients.
我的母親會用很簡單的食材煮好吃的料理。

同 make 生產

pro•duc•er [prəˈdjusɚ] .... 英中 六級

名 製造者

• Do you know any famous movie **producer** in Hollywood?
你知道好萊塢任何著名的電影製片嗎？

同 maker 製造者

🔊 Track 357

pro•gress [ˈprɑgrɛs] / [prəˈgrɛs] .... 英初 四級

名 進展

動 進行

• We have slow **progress** on searching for powerful evidences.
我們搜集有力證據的進度很慢。

同 proceed 進行

proj•ect [ˈprɑdʒɛkt] / [prəˈdʒɛkt] .... 英初 四級

名 計劃

動 推出、投射

• Nails that **project** from the ladder may hurt your feet.
從梯子凸出的鐵釘可能會傷到你的腳。

同 plan 計劃

prom•ise [ˈprɑmɪs] .... 英初 四級

名 諾言

動 約定

• He **promised** to return the textbooks yesterday.
他承諾昨天會歸還課本。

同 undertaking 承諾、保證

pro•nounce [prəˈnaʊns] .... 英初 四級

動 發音

• Many students **pronounce** English words incorrectly.
很多學生的英文發音不正確。

同 sonation 發音

pro•pose [prəˈpoz] .... 英中 六級

動 提議、求婚

• How are you going to **propose** to her?
你要如何向她求婚啊？

同 offer 提議

pro•tect [prəˌtɛkt] .... 英初 四級

動 保護

• It's natural that parents always **protect** their children from harm.
父母保護他們的小孩不讓他們受傷是一種自然的天性。

同 defend 保衛、保護

反 attack 攻擊

proud [praud] .... 英初 四級

形 驕傲的

• She was so **proud** of being a member of the soccer team.
成為足球隊的一員使她感到驕傲。

同 arrogant 傲慢的

反 modest 謙虛的

pro•vide [prəˌvaid] .... 英初 四級

動 提供

• **Provide** for the worst, and the best will save itself.
做最壞的準備,可以得到最好的結果。

同 supply 提供

反 deprive 剝奪

pud•ding [ˈpudɪŋ] .... 英中 六級

名 布丁

• Do you know the ingredients of **pudding**?
你知道布丁的成份是什麼嗎?

同 duff 水果布丁

pump [pʌmp] .... 英初 四級

名 抽水機

動 抽水、汲取

• The firefighter **pumped** water out of the flooded building.
消防員將淹水建築物的水抽出來。

同 pumper 抽水機

pump•kin [ˈpʌmpkɪn] .... 英初 四級

名 南瓜

• My aunt is very good at making **pumpkin** pie.
我的阿姨很會做南瓜派。

同 cushaw 南瓜、倭瓜

pun•ish [ˈpʌnɪʃ] .... 英初 四級

動 處罰

• The child was **punished** by his parents.
那對父母因為小孩偷了一本書而懲罰他。

同 penalize 處罰

反 reward 獎賞

pun•ish•ment [ˈpʌnɪʃmənt] .... 英初 四級

名 處罰

• What is the fair **punishment** when he does't meet his agreements of a contract?
他沒有履行合約的話,會有什麼處罰?

同 penalty 處罰、懲罰

反 compliment 讚美

pu•pil [ˈpjupl] .... 英中 六級

名 學生、瞳孔

• It's a small school with only 500 **pupils**.
這是間只有五百人的小學校。

同 student 學生

反 teacher 老師

pup•pet [ˈpʌpɪt] .... 英中 六級

名 木偶、傀儡

• The kids were crazy about the **puppet** show and asked to watch it again.
小孩子們都為木偶劇為之瘋狂,要求還要看一次。

同 doll 玩偶

A
B
C
D
E
F
G
H
I
J
K
L
M
N
O
P
Q
R
S
T
U
V
W
X
Y
Z

🔊 Track 360

pup•py [ˈpʌpɪ] .... 英初 四級

名 小狗

• A **puppy** is too naive to be afraid of the tiger.
初生之犢不畏虎。

同 dog 狗

purse [pɜs] .... 英初 四級

名 錢包

• The lady sat next to me left her **purse** on the seat when she got off the bus.
那坐在我隔壁的小姐在下車後把錢包留在座位上。

同 wallet 錢包

puz•zle [ˈpʌzl] .... 英初 四級

名 難題、謎　動 迷惑

• Life is like a **puzzle**. You will discover how interesting it is.
生活就像個謎題，你會發現它有趣的地方。

同 mystery 謎
反 understand 理解、懂

Qq ⬇

qual•i•ty [ˈkwɑlətɪ] .... 英中 六級

名 品質

• They must improve the **quality** of their products, or they'll get more complaint.
他們必須改善產品品質，不然他們會收到更多的抱怨。

同 trait 品質、特性

quan•ti•ty [ˈkwɑntətɪ] .... 英中 六級

名 數量

• The quality is more important than the **quantity**.
品質比數量重要的多。

同 amount 數量

🔊 Track 361

quar•ter [ˈkwɔrtɚ] .... 英初 四級

名 四分之一　動 分為四等分

• Dan **quartered** the watermelon with a fruit knife.
丹用水果刀把西瓜切成四等分。

同 fourth 四分之一

quit [kwɪt] .... 英初 四級

動 離去、解除

• I assumed he would **quit** very soon.
我預計他很快就會辭職。

同 resign 辭職、放棄

quiz [kwɪz] .... 英初 四級

名 測驗
動 對…進行測驗

• The pupils were complaining that they had too many **quizzes**.
小學生抱怨他們有太多的測驗了。

同 test 測驗

Rr ⬇

rab•bit [ˈræbɪt] .... 英初 四級

名 兔子

• The **Rabbit** is the fourth animal in the 12-year cycle of the Chinese zodiac.
兔子是每十二年為週期的中國生肖排行裡的第四隻動物。

同 hare 野兔

rain•y [ˈrenɪ] .... 英初 四級

形 多雨的

• The weather in Seattle is **rainy** and moist.
西雅圖的天氣是多雨且潮濕的。

同 wettest 濕的、多雨的
反 droughty 乾旱的、乾燥的

range [rendʒ] 英中 六級

名 範圍
動 排列

• The treasure was hidden in limited **range** around the biggest tree in the valley.
寶藏就藏在山谷裡最大那棵樹周邊的有限範圍內。

同 limit 範圍

rap•id [ˈræpɪd] 英中 六級

形 迅速的

• His language ability had a **rapid** development in the past few years.
他的語言能力在過去幾年有迅速的提升。

同 quick 迅速的
反 slow 緩慢的

rare [rɛr] 英初 四級

形 稀有的

• Tulips are very **rare** in some countries.
鬱金香在某些國家很稀有。

同 scarce 稀少的
反 ubiquitous 無所不在的、普通的

rath•er [ˈræðɚ] 英初 四級

副 寧願

• I'd **rather** start doing it on my own than wait for someone to help me.
我寧可開始自己做也不要等到別人來幫我。

同 preferably 寧可、寧願

re•al•i•ty [rɪˈælətɪ] 英中 六級

名 真實

• Without art, the crudeness of **reality** would make the world unbearable.
如果沒有藝術，現實的殘酷將令人難以忍受這個世界。

同 truth 真實
反 lie 謊言

re•al•ize [ˈrɪəˌlaɪz] 英初 四級

動 實現、瞭解

• She **realized** she could never become a super star.
她瞭解到她永遠不會變成超級巨星。

同 actualize 實現
反 confuse 使困惑

re•cent [ˈrisn̩t] 英中 六級

形 最近的

• My grandmother has been ill in **recent** years.
我奶奶最近幾年身體不好。

同 current 現在的、最近的
反 prospective 未來的、預期的

re•cord
[ˈrɛkɚd] / [ˈrɪkɔrd] 英初 四級

名 紀錄、唱片
動 記錄

• They **recorded** their child's performance with a DV camera.
他們用數位攝影機錄下孩子的表演。

同 disk 圓盤、唱片

rec•tan•gle
[rɛkˈtæŋgl̩] 英初 四級

名 長方形

• A **rectangle** has four right angles.
長方形有四個直角。

同 orthogon 長方形、矩形

re•frig•er•a•tor / fridge / ice•box
[rɪˈfrɪdʒəˌretɚ] / [frɪdʒ] / [ˈaɪsˌbɑks] 英初 四級

名 冰箱

• There are some beers and cake in the **refrigerator**. Please help yourself.
冰箱裡有些啤酒跟蛋糕。請自便。

同 icebox 冰箱

🔊 Track 364

re•fuse [rɪˋfjuz] .... 英初 四級

動 拒絕

- If you don't feel like doing that, you could **refuse** in pleasant words.
  如果不喜歡做那件事，你可以委婉的拒絕。
- 同 reject 拒絕
- 反 accept 接受

re•gard [rɪˋgɑrd] .... 英中 六級

動 注視、認為
名 注視

- Dr. Chen used to be **regarded** as the best professor in the college.
  陳博士曾經被視為這大學裡最好的教授。
- 同 judge 認為

re•gion [ˋridʒən] .... 英中 六級

名 區域

- We live in the sub-tropical **region**.
  我們生活在亞熱帶地區。
- 同 zone 區域

reg•u•lar [ˋrɛgjələ] .... 英初 四級

形 平常的、定期的、規律的

- Lily used to be one of the **regular** customers in this restaurant.
  莉莉曾經是這家餐廳的常客。
- 同 usual 平常的
- 反 special 特別的、專門的

re•ject [rɪˋdʒɛkt] .... 英初 四級

動 拒絕

- Our sales promotion ideas were **rejected** by the boss.
  我們的業務促銷計劃被老闆否決了。
- 同 refuse 拒絕
- 反 receive 收到、接受

🔊 Track 365

re•la•tion [rɪˋleʃən] .... 英中 六級

名 關係

- Tina maintains a good **relation** with her colleagues.
  蒂娜和同事維持良好的關係。
- 同 relationship 關係、關聯

re•la•tion•ship [rɪˋleʃənˌʃɪp] .... 英中 六級

名 關係

- The **relationship** between China and Taiwan has been improved.
  臺灣與中國關係已經改善了。
- 同 relation 關係

re•peat [rɪˋpit] .... 英初 四級

動 重複
名 重複

- The teacher asked the students to **repeat** the sentence after her.
  老師要求學生重複她念的句子。
- 同 duplicate 複製、重複

re•ply [rɪˋple] .... 英中 六級

名 回答、答覆

- We are all expecting to know what she will say in **reply** to our request.
  我們都很期待知道她將怎麼答覆我們的要求。
- 同 respond 回答
- 反 ask 詢問

re•port•er [rɪˋportə] .... 英初 四級

名 記者

- She is a **reporter** from Reuters.
  她是路透社的記者。
- 同 journalist 記者

re•quire [rɪˋkwaɪr] ...... 英中 六級

動 需要

- A good sleep **requires** a quiet environment and comfortable bed.
  好的睡眠需要一個安靜的環境跟舒適的床鋪。

圓 need 需要

re•quire•ment [rɪˋkwaɪrmənt] ...... 英中 六級

名 需要

- She has filled all **requirements** for being an intern doctor.
  她符合所有擔任實習醫生的要求。

圓 need 需要

re•spect [rɪˋspɛkt] ...... 英初 四級

名 尊重
動 尊重、尊敬

- The world is diverse, so we should fully **respect** the different lifestyles and cultures in each country.
  世界是形形色色的，所以我們需要完全尊重每個國家不同的生活形態跟文化。

圓 adore 尊敬
🔄 despise 輕視

re•spon•si•ble [rɪˋspɑnsəbl] ...... 英初 四級

形 負責任的

- Parents should be **responsible** for their children.
  父母需要對他們的小孩負責。

圓 accountable 負有責任的
🔄 irresponsible 不負責任的

res•tau•rant [ˋrɛstərənt] ...... 英初 四級

名 餐廳

- The French **restaurant** around the corner was the place I went on a date with David yesterday.
  街角的那家法國餐廳是昨天我和大衛約會的地方。

圓 hotel 酒店、飯店

rest•room [ˋrɛstrum] ...... 英初 四級

名 洗手間、廁所

- Excuse me, is there any **restroom** on this floor?
  抱歉，請問這個樓層有洗手間嗎？

圓 washroom 盥洗室、廁所

re•sult [rɪˋzʌlt] ...... 英初 四級

名 結果
動 導致

- The air crash **resulted** in 239 deaths.
  這場空難導致 239 個人喪生。

圓 consequence 結果

re•view [rɪˋvju] ...... 英初 四級

名 復習
動 回顧、檢查

- The students were busy **reviewing** for the examination in the library.
  學生們正在圖書館忙著複習考試的範圍。

圓 revise 復習

rich•es [ˋrɪtʃɪz] ...... 英中 六級

名 財產

- We don't see education as merely the road to **riches**.
  我們不認為教育只是致富之道。

圓 wealth 財產

rock [rɑk] ...... 英初 四級

動 搖動
名 岩石

- He lifted a **rock** only to drop it on his own feet.
  他拿石頭砸自己的腳。

圓 shake 搖動

A B C D E F G H I J K L M N O P Q **R** S T U V W X Y Z

🔊 Track 368

rock•y [ˋrɑkɪ] .... 英中 六級

彤 岩石的、搖擺的

• The mountain is **rocky** and difficult to ascend.
這座山到處都是岩石而難於攀登。

同 petrous 岩石的

role [rol] .... 英初 四級

名 角色

• Eyes play an important **role** in body balance.
眼睛對身體平衡很重要。

同 part 角色

roy•al [ˋrɔɪəl] .... 英中 六級

彤 皇家的

• She was well-dressed and got ready to attend a **royal** party.
她精心打扮，準備去參加皇家派對。

同 noble 貴族的
反 civilian 平民的

rude [rud] .... 英初 四級

彤 野蠻的、粗魯的

• I'm so sorry I got carried away. I didn't mean to be **rude**.
我對我的激動感到抱歉。我不是故意這麼粗魯的。

同 impolite 不禮貌的、粗魯的
反 civilized 文明的、有禮的

rul•er [ˋrulɚ] .... 英初 四級

名 統治者

• He uesd to be the **ruler** of this kingdom.
他曾是這個王國的統治者。

同 sovereign 統治者
反 ruled 被統治者

🔊 Track 369

run•ner [ˋrʌnɚ] .... 英中 六級

名 跑者

• Long-distance race is won by the **runner** with the greatest endurance.
長跑競賽由這位擁有超強耐力的跑者獲勝。

rush [rʌʃ] .... 英初 四級

動 突擊
名 急忙、突進

• The injured passenger was **rushed** to the hospital by a taxi driver.
受傷的乘客被計程車司機緊急送往醫院。

同 hurry 急忙、匆忙
反 leisure 悠閒、安逸

safe•ty [ˋseftɪ] .... 英初 四級

名 安全

• You should fasten your seat belt for your **safety**.
為了你的安全，你該繫緊安全帶。

同 security 安全
反 danger 危險

sail•or [ˋselɚ] .... 英初 四級

名 船員、海員

• My father spent most of his life as a **sailor**.
我爸爸一生幾乎都在當船員。

同 shipman 船員、水手

sal•ad [ˋsæləd] .... 英初 四級

名 生菜食品、沙拉

• Jenny bought two cucombers, a lettuce, and three tomatoes for making **salads**.
珍妮買了兩個小黃瓜、一個萵苣、和三個蕃茄來做沙拉。

salt•y [ˈsɔltɪ] ...... 英中 六級

形 鹹的

- I am afraid this bowl of soup is a bit **salty**.
  恐怕這碗湯有點太鹹。

同 briny 鹽水的、鹹的

反 freshwater 淡水的

sam•ple [ˈsæmpl̩] ...... 英初 四級

名 樣本

- They gave away free **samples** of lip balm to pedestrians.
  他們發送免費的護唇膏給路過的行人。

同 specimen 樣本、標本

sand•wich [ˈsændwɪtʃ] ...... 英初 四級

名 三明治

- She has **sandwiches** for lunch every day.
  她每天都吃三明治當午餐。

同 sarnie 三明治、夾心麵包

sat•is•fy [ˈsætɪsˌfaɪ] ...... 英初 四級

動 使滿足

- Obviously the answer didn't **satisfy** the girl, so she asked another one.
  很明顯這個答案不能滿足這女孩，所以她繼續問下一位。

同 please 使滿意

反 dissatisfy 使不滿

sauce [sɔs] ...... 英中 六級

名 調味醬
動 加調味醬於

- What kind of **sauce** do you want for your salad?
  你要在沙拉裡加什麼醬呢？

同 béchamel 調味醬

sci•ence [ˈsaɪəns] ...... 英初 四級

名 科學

- What is your favorite subject? **Science** or math?
  什麼是你最喜歡的學科呢？是科學還是數學？

同 ology 學問、科學

sci•en•tist [ˈsaɪəntɪst] ...... 英初 四級

名 科學家

- Everybody regarded her as a distinguished **scientist**.
  每個人都認為她是很傑出的科學家。

scis•sors [ˈsɪzəz] ...... 英中 六級

名 剪刀

- I need a pair of **scissors** to cut this string.
  我需要一把剪刀來剪斷繩子。

同 forfex 剪刀

score [skor] ...... 英初 四級

名 分數
動 得分、評分

- The total **score** of team A was fifteen, and team B got twenty-one.
  A 隊的總分是 15 分，B 隊是 21 分。

同 fraction 分數

screen [skrin] ...... 英初 四級

名 螢幕

- My computer **screen** was broken, so I need a new one.
  我的電腦螢幕壞了，所以我需要一個新的。

search [sɝtʃ] ...... 英初 四級

動 搜索、搜尋
名 調查、檢索

- She has been **searching** for a job for two months but in vain.
  她花了兩個月的時間找工作，但都白費了。

同 seek 尋找

A B C D E F G H I J K L M N O P Q R **S** T U V W X Y Z

國中小必考單字　進階篇

se•cret [ˈsikrɪt] .... 英初 四級

名 秘密

- Could you keep this **secret** for me?
  你能幫我保守秘密嗎？

同 privacy 隱私、秘密

sec•re•ta•ry
[ˈsɛkrəˌtɛrɪ] .... 英初 四級

名 秘書

- My sister is a **secretary**.
  我妹妹是個秘書。

sec•tion [ˈsɛkʃən] .... 英初 四級

名 部分

- I always start with sport **section** when I read the newspaper.
  當我看報紙時總是從體育版開始。

同 part 部分

se•lect [səˈlɛkt] .... 英初 四級

動 挑選

- He was **selected** as a team leader by all of us.
  他被我們挑選當團隊領袖。

同 pick 挑選

🔊 Track 373

se•lec•tion [səˈlɛkʃən] .... 英中 六級

名 選擇、選定

- We spent a long time making the **selection** of the house.
  我們花很多時間挑選房子。

同 choice 選擇

se•mes•ter
[səˈmɛstə] .... 英初 四級

名 半學年、一學期

- How many subjects did you fail last **semester**?
  上個學期你幾科被當？

同 term 學期

sep•a•rate
[ˈsɛpəˌret] / [ˈsɛpərɪt] .... 英中 六級

形 分開的
動 分開

- He is such a ignorant person that he can't even **separate** the sheep from the goat.
  他真的是個無知的人，他甚至無法分辨綿羊跟山羊。

同 divide 分開的、可分割的

se•ri•ous [ˈsɪrɪəs] .... 英初 四級

形 嚴肅的

- Getting married is not a joke. It is a **serious** matter.
  結婚不是開玩笑。是一件很嚴肅的事情。

同 severe 嚴重的、嚴峻的
反 affable 和藹可親的、友善的

ser•vant [ˈsɝvənt] .... 英初 四級

名 僕人、傭人

- The owner of the castle used to have 200 **servants**.
  這個城堡的主人曾擁有 200 位僕人。

同 domestic 家僕、傭人
反 host 主人

🔊 Track 374

set•tle [ˈsɛtl] .... 英中 六級

動 安排、解決

- I'll contact you as soon as I **settle** down in London.
  當我在倫敦安頓好馬上就會跟你聯繫。

同 solve 解決

set•tle•ment [ˈsɛtlmənt] .... 英中 六級

名 解決、安排

- They were all gathered to figure out a better **settlement**.
  他們被召集要找出更好的解決方案。

同 arrangement 安排

share [ʃɛr] .... 英初 四級

名 份、佔有
動 共用

• He has done his **share** of the work, and now it's your turn.
我已經完成份內工作，接下來輪到你了。

同 possession 所有、佔有

---

shelf [ʃɛlf] .... 英初 四級

名 棚架、架子

• All of my comic books are on the **shelf**, so you can take whatever you want.
我的漫畫都在書架上，所以你可以拿你要的。

同 frame 框架

---

shell [ʃɛl] .... 英中 六級

名 貝殼
動 剝

• He that will eat the nut must first crack the **shell**.
欲所得，必先勞。

同 seashell 海貝、貝殼

🔊 Track 375

---

shock [ʃɑk] .... 英中 六級

名 衝擊
動 震撼、震驚

• Her father was very **shocked** and dropped the glass from his hand when he heard the bad news.
她爸爸聽到這個壞消息時非常震驚，連手中的杯子都掉了。

同 frighten 驚恐

---

shoot [ʃut] .... 英初 四級

動 射傷、射擊
名 射擊

• Ronado always plays wonderful **shoots** in soccer games.
羅納度在足球賽裡總是有精彩射門。

同 fire 射擊

---

shorts [ʃɔrts] .... 英初 四級

名 短褲

• My brother likes to wear **shorts** in summer.
我哥哥喜歡在夏天穿著短褲。

同 pants 褲子
反 coat 上衣

---

show·er [ˈʃaʊɚ] .... 英初 四級

名 陣雨、淋浴
動 淋浴、澆水

• I always take a **shower** in the shower room after swimming.
我總是在游完泳後，到淋浴間沖澡。

同 water 澆水

---

shrimp [ʃrɪmp] .... 英初 四級

名 蝦子

• I am allergic to any shellfish, especially **shrimps**.
我對殼類海鮮過敏，尤其是蝦子。

同 crevette 蝦

🔊 Track 376

---

side·walk [ˈsaɪdˌwɔk] .... 英初 四級

名 人行道

• The blind man was walking with his guide dog on the **sidewalk**.
盲人帶著導盲犬在人行道走著。

同 pavement 人行道

---

sign [saɪn] .... 英初 四級

名 記號、標誌
動 簽署

• The contract has been **signed** by both parties.
合約已經被雙方簽署。

同 mark 標記

A B C D E F G H I J K L M N O P Q R **S** T U V W X Y Z

si•lence [`saɪləns`] 　英初　四級

名 沉默
動 使…靜下來
• The kindergarten teacher tried to **silence** the children.
幼稚園老師試著讓小孩子安靜下來。
同 hush 肅靜、安靜、沉默
反 loudness 大聲、喧鬧

si•lent [`saɪlənt`] 　英初　四級

形 沉默的
• Do not overlook the opinion of one who keeps **silent**.
不要忽視沉默者的意見。
同 mute 無聲的、沉默的
反 loud 大聲的

silk [sɪlk] 　英中　六級

名 絲、綢
• My mother bought me a **silk** scarf as a souvenir.
我媽媽買給我一條絲巾當紀念品。
同 filament 細絲

🔊 Track 377

sim•i•lar [`sɪmələ`] 　英初　四級

形 相似的、類似的
• Our opinion is **similar** to theirs.
我們的意見和他們的相似。
同 alike 相似的
反 unlike 不同的、不相似的

sim•ply [`sɪmplɪ`] 　英中　六級

副 簡單地、樸實地
• He **simply** explained why he was late again.
他簡單地解釋為何再次遲到。
同 briefly 簡短地、簡略地
反 intricately 複雜地

sin•gle [`sɪŋgl`] 　英初　四級

形 單一的
名 單一
• They will reserve a **single** for me before I arrive.
他們在我到達之前會幫我保留一間單人房。
同 onefold 單一的、單純的
反 multiple 多重的、多種多樣的

sink [sɪŋk] 　英初　四級

動 沉沒、沉
名 水槽
• My mother always cleans the **sink** after washing the dishes, for she wants to keep it clean.
我媽媽在洗碗後會清洗水槽，她喜歡保持乾淨。
同 immerse 使浸沒

skill•ful / skilled
[`skɪlfəl`] / [skɪld] 　英初　四級

形 熟練的、靈巧的
• He is a **skillful** baseball coach.
他是一個很有技巧的棒球教練。
同 neat 整潔的、巧妙的
反 dirty 髒的

🔊 Track 378

skin•ny [`skɪnɪ`] 　英初　四級

形 皮包骨的
• We pity the **skinny** children in Africa.
我們對非洲骨瘦如柴的孩童感到憐憫。
同 thin 瘦的
反 fat 胖的

skirt [skɝt] 　英中　六級

名 裙子
• Short **skirts** become very popular this year.
短裙在今年很流行。
同 dress 連衣裙

sleep•y [ˈslipɪ] 英初 四級

形 想睡的、睏的

- I stayed up very late last night, now I'm **sleepy**.
  我昨晚熬夜得很晚，現在很想睡。

同 dozy 困倦的
反 awake 醒著的

slen•der [ˈslɛndɚ] 英初 四級

形 苗條的

- Every woman envies her beautiful **slender** figure.
  每個女人都羨慕她苗條的身材。

同 slim 苗條的
反 obese 極肥胖的

slide [slaɪd] 英初 四級

動 滑動
名 滑梯

- It's dangerous to **slide** down the banister.
  從欄杆上滑下來很危險。

同 glide 滑動、滑翔

🔊 Track 379

slim [slɪm] 英初 四級

形 苗條的
動 變細

- The way I keep **slim** is to exercise more and eat less.
  讓我保持苗條的方法是多動少吃。

同 fine 細化
反 thicken 變粗

slip [slɪp] 英中 六級

動 滑倒

- Move forward carefull or you'll **slip**.
  走路要小心不然會滑倒。

同 arise 起身

slip•pers [ˈslɪpɚz] 英初 四級

名 拖鞋

- Please put on the **slippers**, the floor is cold.
  請穿上脫鞋，地上很冰冷。

同 loafer 懶人、拖鞋

snack [snæk] 英初 四級

名 小吃、點心
動 吃點心

- The girl always has taro pie for **snacks**.
  這個女孩總是吃芋頭派當點心。

同 dessert 甜食、甜點心

snail [snel] 英初 四級

名 蝸牛

- Do not be as slow as a **snail**! Be quick!
  別像是蝸牛一樣慢吞吞！快點！

🔊 Track 380

snow•y [ˈsnoɪ] 英初 四級

形 多雪的、積雪的

- I can't get anything done on this **snowy** dawn.
  在這麼個下雪的清晨我什麼都做不了。

同 nival 多雪的

soc•cer [ˈsɑkɚ] 英初 四級

名 足球

- Are you one of the members in the **soccer** team?
  你是這個足球隊的一員嗎？

同 football 足球

so•cial [ˈsoʃəl] 英初 四級

形 社會的

- Her **social** life is really complex, but I have no right to judge that.
  她的社交生活很複雜，但我無權評論。

同 societal 社會的

so•ci•e•ty [səˈsaɪətɪ] 英初 四級

名 社會

- You should make children fit in a **society** by persuading them to learn and accept its codes.
  你應該引導孩子們學習並接受社會法則以適應在社會上生活。

同 community 社區、社會

Level 2

國中小必考單字 — 進階篇

socks [sɑks] .... 英初 四級

名 短襪

- They hung the **socks** on the christmas tree.
  他們在聖誕樹上掛上襪子。

反 stockings 長襪

🔊 Track 381

sol•dier [ˈsoldʒɚ] .... 英初 四級

名 軍人

- My brother has been a **solider** for one year.
  我弟弟當兵一年了。

同 serviceman 軍人

so•lu•tion [səˈluʃən] .... 英中 六級

名 溶解、解決、解釋

- They spent two days trying to figure out the better **solution**.
  他們花兩天試著找出更好的解決方案。

同 explanation 解釋

solve [sɑlv] .... 英初 四級

動 解決

- Nobody is allowed to leave the room before the problem has been **solved**.
  在問題沒解決之前沒人能離開這房間。

同 settle 解決

some•bod•y
[ˈsʌmˌbɑdɪ] .... 英初 四級

代 某人、有人
名 重要人物

- He used to be nobody, but now he becomes **somebody**.
  他以前默默無聞，現在是重要人物。

同 someone 某人

some•where
[ˈsʌmˌhwɛr] .... 英初 四級

副 在某處

- You can't visit us in summer vacation, because we'll be traveling **somewhere**.
  你暑假不能來拜訪我們，因為我們會到外地旅行。

同 someplace 在某處

🔊 Track 382

sort [sɔrt] .... 英中 六級

名 種
動 一致、調和

- I don't know what **sort** of light bulb fits my lamp.
  我不知道什麼樣的燈泡適合我的燈。

同 kind 種類

source [sors] .... 英中 六級

名 來源、水源地

- Tangula Shan is the **source** of the Yangtze River.
  唐古喇山是揚子江的源頭。

同 origin 起源

south•ern [ˈsʌðən] .... 英中 六級

形 南方的

- She comes from **Southern** America. You can tell that by her accent.
  她是美國的南方人。你能從她的口音分辨出來。

同 austral 南方的
反 northern 北方的

soy•bean / soy•a / soy [ˈsɔrˌbin] / [ˈsɔɪə] / [sɔɪ] .... 英中 六級

名 大豆、黃豆

- That mother-to-be has a glass of **soybean** milk every morning.
  這位準媽媽每天早上都喝一杯豆漿。

同 bean 豆

speak•er [ˈspikɚ] .... 英初 四級

名 演說者

- I may be not a great **speaker**, but I am a good listener.
  或許我不是個好的演說者，但我是個好的聽眾。

同 orator 演說者、演講者

speed [spid] 英初 四級

名 速度、急速
動 加速

- The policeman asked him to pull over the car, but he kept **speeding** up.
  員警要求他把車開到路邊，但他仍持續加速。

同 haste 急速
反 decelerate 減速

spell•ing [ˈspɛlɪŋ] 英中 六級

名 拼讀、拼法

- I have no clue how to improve **spelling** ability.
  我對如何提升拼字能力一無所知。

spi•der [ˈspaɪdɚ] 英初 四級

名 蜘蛛

- The **spider** spins its web for capturing insects.
  蜘蛛織網是為了捕抓昆蟲。

spin•ach [ˈspɪnɪtʃ] 英中 六級

名 菠菜

- I can't distinguish between **spinach** and celery.
  我無法區分菠菜跟芹菜。

同 spinage 菠菜

spir•it [ˈspɪrɪt] 英初 四級

名 精神

- Though he's away, his **spirit** will always be with us.
  即使他已經不在，但他的精神將會與我們同在。

同 soul 精神、靈魂
反 flesh 肉體

spot [spɑt] 英初 四級

動 弄髒
名 點

- My new high heels were **spotted** with mud.
  我新的高跟鞋被泥巴弄髒了。

同 stain 弄髒
反 clean 弄乾淨

spread [sprɛd] 英初 四級

動 展開、傳佈
名 寬度、桌布

- This rumor was **spread** in the office very soon.
  謠言在辦公室快速散播。

同 extend 擴展
反 minish 減小

spring [sprɪŋ] 英初 四級

動 彈開、突然提出
名 泉水、春天

- The lid of soda bottle **sprang** open suddenly, which scared all of us.
  蘇打汽水的瓶蓋突然爆開把我們都嚇了一跳。

同 flick 輕彈

square [skwɛr] 英初 四級

形 公正的、方正的
名 正方形、廣場

- More than ten thousand people gathered in the Time **Square** for counting down the year.
  有超過一萬人聚集在時代廣場等著新年倒數。

反 round 圓的

squir•rel [ˈskwɝl] 英中 六級

名 松鼠

- **Squirrels** are the cute animals feeding on nuts.
  松鼠是用堅果飼養的可愛動物。

A B C D E F G H I J K L M N O P Q R **S** T U V W X Y Z

Track 385

stage [stedʒ] 英中 六級

名 舞臺、階段
動 上演

- That was my first time to perform on the **stage**.
  那是我第一次在舞臺上表演。

同 phase 階段

stamp [stæmp] 英初 四級

動 壓印
名 郵票、印章

- The library **stampped** the mark on all the books.
  圖書館在每本書上都蓋章。

同 seal 印章

stan•dard [ˈstændəd] 英中 六級

名 標準
形 標準的

- You should follow the **standard** method of writing.
  你應該遵循寫作的標準方法。

同 model 標準

steak [stek] 英初 四級

名 牛排

- How would you like your **steak** to be cooked? Medium or medium-well
  你的牛排要幾分熟？五分熟還是七分熟？

同 beefsteak 牛排

steal [stil] 英初 四級

動 偷、騙取

- The boy **stole** the wallet from that young lady.
  這男孩從年輕女士身上偷走皮夾。

同 thieve 偷、行竊

Track 386

steam [stim] 英初 四級

名 蒸汽
動 蒸、使蒸發

- The first **steam** engine was invented by Thomas Savery.
  第一台蒸汽引擎是由湯瑪斯薩佛里發明。

同 vapor 蒸汽

steel [stil] 英中 六級

名 鋼、鋼鐵

- The spoons I bought are made of **steel**.
  我買的湯匙是鋼做的。

同 iron 鐵

stick [stɪk] 英中 六級

名 棍、棒
動 黏

- The climbers climb the mountain with **sticks**.
  登山者靠手杖登山。

同 attach 貼上

stom•ach [ˈstʌmək] 英初 四級

名 胃

- I didn't know why my **stomach** hurt so bad.
  我不知道為何我的肚子這麼痛。

同 belly 胃

storm [stɔrm] 英初 四級

名 風暴
動 襲擊

- He and his colleagues are developing a new **storm**-prediction system.
  他和同事正在研發新的暴風預測功能。

同 assault 攻擊、突襲

Track 387

stove [stov] 英初 四級

名 火爐、爐子

- My mother turned on the **stove** and started to make beef stew.
  我媽媽打開爐子開始燉牛肉。

同 oven 爐子

straight [stret] .... 英初 四級

形 筆直的、正直的

• Keep walking **straight** on the street, and you will find the post office on the corner.
沿著街道直走，妳就會在轉角看到郵局。

同 upright 正直的
反 wicked 邪惡的

strang•er [ˈstrendʒɚ] .... 英初 四級

名 陌生人

• The kids are asked not to talk to the **strangers**.
小孩們被要求別跟陌生人交談。

同 outcomer 外地人、陌生人

straw [strɔ] .... 英初 四級

名 稻草、吸管

• I was drinking lemon juice with a **straw**.
我用吸管喝檸檬汁。

同 halm 莖、稻草

straw•ber•ry
[ˈstrɔˌbɛrɪ] .... 英初 四級

名 草莓

• She ordered a **strawberry** pudding for dessert.
她點了草莓布丁當點心。

🔊 Track 388

stream [strim] .... 英初 四級

名 小溪
動 流動

• The farmers tried to divert water into the fields from the **stream**.
農夫們嘗試從小溪把水導引到田裡。

同 brook 小河、溪

stress [strɛs] .... 英中 六級

名 壓力
動 強調、著重

• The English teacher **stressed** the importance of enlarging their vocabulary
英文老師強調增加單字量的重要性。

同 emphasis 強調

stretch [strɛtʃ] .... 英中 六級

動 伸展
名 伸展

• She stood up and had a **stretch** after she got up.
她起床後站了起來並做了一個伸展動作。

同 extension 伸展
反 shrink 收縮

strict [strɪkt] .... 英中 六級

形 嚴格的

• My father is very **strict**, and he always asks us to be well-mannered and polite.
我爸爸很嚴格，他總是要求我們表現得體與要有禮貌。

同 harsh 嚴厲的
反 lax 鬆懈的、不嚴的

strike [straɪk] .... 英初 四級

動 打擊
名 罷工

• All traffic is stopped due to the bus drivers' **strike**.
所有交通都因為公車司機罷工停擺。

同 hit 打擊

🔊 Track 389

string [strɪŋ] .... 英中 六級

名 弦、繩子、一串

• He tied the parcel up with **string**.
他用繩子把包裹綁起來。

同 cord 繩

strug•gle [ˈstrʌgl̩] .... 英中 六級

動 努力、奮鬥
名 掙扎、奮鬥

• Life is a **struggle**. You have to find your way to carry on.
生活就是場奮鬥。你需要找到自己的方法繼續走下去。

同 strive 奮鬥

sub•ject [səbˋdʒɛkt]　英初 四級

名 主題、科目
形 服從的、易受…的

• He is really tough. You will not be able to **subject** his will.
他很強勢的。你無法讓他順從。

同 topic 主題

sub•tract [səbˋtrækt]　英中 六級

動 扣除、移走

• **Subtract** fourteen from twenty, and you have six.
20 減掉 14 等於 6。

同 deduct 扣除、減去

sub•way [ˋsʌb͵we]　英初 四級

名 地下鐵

• I don't know where the nearest **subway** station is.
我不知道最近的地鐵站在哪。

🔊 Track 390

suc•ceed [səkˋsid]　英初 四級

動 成功

• Their promotion plans have **succeeded** in the end.
他們的促銷計劃最終成功了。

反 defeat 失敗

suc•cess [səkˋsɛs]　英初 四級

名 成功

• Failure is the mother of **success**.
失敗為成功之母。

反 failure 失敗

suc•cess•ful [səkˋsɛsfəl]　英初 四級

形 成功的

• He was a **successful** and famous violinist.
他是個成功且有名的小提琴家。

反 unsuccessful 不成功的、失敗的

sud•den [ˋsʌdn̩]　英初 四級

形 突然的
名 意外、突然

• All of a **sudden**, the lights went out and everybody started screaming loudly.
突然的停電，每個人都開始大聲尖叫。

同 abrupt 突然的

suit [sut]　英初 四級

名 套
動 適合

• You need a new **suit** for your job interview.
你需要一套新西裝去參加面試。

同 fit 適合
反 unfit 不適合

🔊 Track 391

sun•ny [ˋsʌnɪ]　英初 四級

形 充滿陽光的

• According to the weather report, it will be a **sunny** day.
天氣預報說今天是個好天氣。

同 bright 晴朗的
反 cloudy 多雲的、陰天的

su•per•mar•ket [ˋsupɚ͵mɑrkɪt]　英初 四級

名 超級市場

• You can buy Chinese food at any **supermarket**.
你可以在超級市場買到中國菜。

同 hypermarket 特大百貨商場

sup•ply [səˋplaɪ]　英中 六級

動 供給
名 供應品

• McDonald's farm **supplies** the local supermarket with fruits and milk.
麥當勞的農場會供應本地的超級市場水果和牛奶。

同 furnish 供給

sup•port [sə`port] 英初 四級

動 支持
名 支持者、支撐物

- No matter what you do, you'll have my full **support**.
  無論你做什麼我都支持你。

同 uphold 支持

sur•face [`sɝfɪs] 英中 六級

名 表面
動 使形成表面

- The total **surface** area of the Earth is 510 million square kilometers.
  地球總表面面積是 5 億 1 千萬平方公里。

同 exterior 表面
反 inside 內部

🔊 Track 392

sur•vive [sə`vaɪv] 英初 四級

動 倖存、殘存

- Only one passenger **survived** from the air crash.
  只有一位乘客在空難存活下來。

反 die 死亡

swal•low [`swɑlo] 英初 四級

名 燕子
動 吞嚥

- She **swallowed** all of the pills in the jar and then fainted after a while.
  她吞下瓶子裡所有的藥，一下子就昏倒了。

同 gulp 吞嚥

swan [swɑn] 英初 四級

名 天鵝

- We saw a black **swan** resting himself by the lake.
  我們看到一隻黑天鵝在湖邊棲息。

sweat•er [`swɛtə] 英初 四級

名 毛衣、厚運動衫

- I don't know how to knit a **sweater** and scarf.
  我不知道該怎麼織毛衣和圍巾。

同 cardigan 羊毛衫

sweep [swip] 英初 四級

動 掃、打掃
名 掃除、掠過

- We need to give our house a good **sweep** before Chinese New Year.
  農曆年前我們應該好好打掃房子。

同 bream 打掃

🔊 Track 393

swing [swɪŋ] 英初 四級

動 搖動

- The lady **swung** by and glared at me.
  這位女士大搖大擺地經過還瞪著我。

同 shake 搖動

sym•bol [`sɪmbl̩] 英初 四級

名 象徵、標誌

- The white dove is a **symbol** of peace.
  白鴿是和平的象徵。

同 sign 標誌

Tt↲

tal•ent [`tælnt] 英初 四級

名 天份、天賦

- His new work really shows his **talent** in art.
  他的新作品真正展現了他在藝術上的天分。

同 gift 天賦

talk•a•tive [`tɔkətɪv] 英初 四級

形 健談的

- Being **talkative** is different from being expressive.
  愛說話和會表達是不同的。

同 conversablo 健談的
反 mute 沉默的

A B C D E F G H I J K L M N O P Q R S **T** U V W X Y Z

tan·ge·rine
[ˋtændʒərɪn] .... 英初 四級

名 柑、桔

• They bought some **tangerines** and apples before visiting their grandmother.
他們在探望他們祖母前買了些蘋果和桔子。

同 orange 柑、橘

🔊 Track 394

tank [tæŋk] .... 英初 四級

名 水槽、坦克

• Our house has a water **tank** for storaging water on the roof.
我們的房子屋頂上有個水塔用來儲水。

同 sink 水槽

tape [tep] .... 英初 四級

名 帶、卷尺、磁帶
動 用卷尺測量

• Nobody listens to cassette **tapes** nowadays.
現在已經沒有人在聽錄音帶了。

同 record 磁帶、唱片

tar·get [ˋtɑrgɪt] .... 英中 六級

名 目標、靶子

• A manufacturer must know how to sell their product to the **target** market.
一個製造商必須知道如何銷售他們的產品給目標市場。

同 goal 目標

task [tæsk] .... 英中 六級

名 任務

• I'm afraid I can't fulfill this tough **task**.
我恐怕無法完成這個艱難的任務。

同 assignment 任務

tast·y [ˋtestɪ] .... 英中 六級

形 好吃的

• The cherry pie I baked is really **tasty**, and you should have a bite.
我烤的櫻桃派真的很好吃，你應該吃一口試試看。

同 delicious 好吃的
反 terrible 難吃的

🔊 Track 395

team [tim] .... 英初 四級

名 隊

• Jerry has been a member of the school soccer **team** for one year.
傑瑞加入學校的足球隊已經一年了。

同 group 組、隊

tear [tɪr] / [tɛr] .... 英初 四級

名 眼淚
動 撕、撕破

• The boy's father asked the boy to wipe his **tears** and go on doing his homework.
那男孩的父親要求男孩擦掉眼淚，繼續作他的功課。

同 rip 撕裂

teens [tinz] .... 英中 六級

名 十多歲

• Eddie started to learn about computer programming in his **teens**.
艾迪十幾歲時開始學習電腦程式。

同 teenager 13～19 歲的青少年

teen·age [ˋtinˌedʒ] .... 英中 六級

形 十幾歲的

• **Teenage** pregnancy has caused a serious social issue.
青少年懷孕已經造成很大的社會問題。

teen·ag·er [ˋtinˌedʒə] .... 英初 四級

名 青少年

• **Teenager** needs more attention and care sometimes.
青少年有時候需要更多的關懷與注意。

同 juvenile 青少年

Track 396

tel•e•phone / phone
[ˈtɛləˌfon] / [fon]　　英初 四級

名 電話
動 打電話

- We've discussed this problem on the **phone** before.
  我們之前已經在電話中討論過這個問題了。

同 call 電話

tel•e•vi•sion / TV
[ˈtɛləˌvɪʒən]　　英初 四級

名 電視

- Our **television** was out of order, and we need to have it repaired.
  我們的電視壞掉了，需要找人來修理。

tem•ple [ˈtɛmpl̩]　　英初 四級

名 寺院、神殿

- There is an old Taoism **temple** in this town.
  這個鎮上有間古老的道教寺廟。

同 monastery 寺院

ten•nis [ˈtɛnɪs]　　英初 四級

名 網球

- We always play **tennis** in the park after work.
  我們總是下班後在公園裡打網球。

tent [tɛnt]　　英初 四級

名 帳篷

- We'd better put up our **tent** in the camping area before it gets dark.
  我們最好在天黑前把帳篷駐紮在營地。

Track 397

term [tɝm]　　英初 四級

名 條件、期限、術語
動 稱呼

- I must finish my master's thesis by the end of the **term**.
  我必須在學期結束前完成我的碩士論文。

同 condition 條件

ter•ri•ble [ˈtɛrəbl̩]　　英初 四級

形 可怕的、駭人的

- We were all wondering where this **terrible** smell came from.
  我們都很想知道這可怕的味道從何而來。

同 horrible 可怕的
反 fearless 不怕的、無畏的

ter•rif•ic [təˈrɪfɪk]　　英初 四級

形 驚人的

- It was the most **terrific** performance I've ever seen.
  這是我所看過最精采的表演。

同 prodigious 驚人的、奇異的

test [tɛst]　　英初 四級

名 考試　動 試驗、檢驗

- My father has gone through many severe **tests** in his entire life.
  我的父親在他一生中經歷了很多嚴峻的考驗。

同 examination 考試

text•book [ˈtɛkstˌbʊk]　　英初 四級

名 教科書

- He didn't bring his **textbooks** and pens with him today, and we all wondered what was in his schoolbag.
  他今天沒有帶筆和課本，我們都懷疑他書包裡裝些什麼。

同 schoolbook 課本、教科書

Track 398

the•a•ter [ˈθiətɚ]　　英初 四級

名 戲院、劇場

- Let's go to the movies in this newly-opened **theater**, shall we?
  我們一起去新開的電影院看電影，好嗎？

同 stadium 劇場

there•fore [ˈðɛrˌfor] .... 英初 四級

副 因此、所以

• It rains cats and dogs outside and **therefore** most of the guests were late for party.
外面雨下的很大，因此大部分參加派對的賓客都遲到了。

同 hence 因此
反 because 因為

thick [θɪk] .... 英初 四級

形 厚的、密的

• You will need an electric saw to cut this **thick** wooden board.
你需要電鋸來鋸這塊厚的木板。

反 thin 薄的、細的

thief [θif] .... 英初 四級

名 小偷、盜賊

• The **thief** stole a purse then sneaked out from the backdoor.
小偷把錢包偷走然後從後門偷偷溜走。

同 pilferer 小偷

thin [θɪn] .... 英初 四級

形 薄的、稀疏的

• Meggy became **thinner** than the last time I saw her.
瑪姬自從我上次見到她之後變得更瘦了。

同 slender 薄的
反 thick 厚的

🔊 Track 399

thirs•ty [ˈθɝstɪ] .... 英初 四級

形 口渴的

• I am really **thirsty**. Let's get something to drink.
我真的好渴。我們去喝點東西。

同 dry 乾燥的、口渴的

throat [θrot] .... 英初 四級

名 喉嚨

• He caught a severe cold which caused a sore **throat** and a bad cough.
他感冒很嚴重，引起喉嚨痛和咳嗽。

through [θru] .... 英初 四級

介 經過、通過
副 全部、到最後

• I've traveled **through** the fifty states of the United States of America and spent all of my savings.
我旅行穿越了美國五十州，花掉了所有的積蓄。

同 via 經過、通過

through•out [θruˌaʊt] .... 英中 六級

代 遍佈、遍及
副 徹頭徹尾

• The Chinese New Year Festival is celebrated **throughout** the country every year.
每年全國各地都會慶祝農曆過年。

同 pervade 彌漫、遍及

thumb [θʌm] .... 英初 四級

名 拇指
動 用拇指翻

• The books I bought from the second-hand bookstore were badly **thumbed**.
我從二手書店買來的那些書都被翻爛了。

同 pollex 拇指

🔊 Track 400

thun•der [ˈθʌndɚ] .... 英初 四級

名 雷、打雷
動 打雷

• The baby burst out crying when he heard the roaring **thunder**.
當寶寶聽到了雷聲時，放聲大哭。

tip [tɪp] .... 英初 四級

名 小費、暗示　動 付小費

• Denny showed me a **tip** on how to make bread softer.
丹尼教我一個讓麵包更軟的秘訣。

同 perk 賞錢、小費

ti•tle [ˈtaɪtḷ] .... 英初 四級

名 稱號、標題　動 加標題

- The **title** of the article is "How to Keep Your Mind Healthy".
  標題顯示這篇文章是關於「如何保持你的心理健康」。

同 headline 標題

toast [tost] .... 英初 四級

名 土司麵包　動 烤、烤麵包

- We usually **toast** bread and cook coffee for breakfast on Sundays.
  我們星期日早上通常烤土司配咖啡當早餐。

同 bread 麵包

toe [to] .... 英初 四級

名 腳趾

- Could you touch your **toes** with your fingers without bending your knees?
  你可以不彎你的膝蓋，用你的手指碰到你的腳趾嗎？

反 finger 手指

🔊 Track 401

tofu / bean curd
[ˈtofu] / [bin kɝd] .... 英初 四級

名 豆腐

- Many foreigners think stinky **tofu** is disgusting and don't dare to try.
  很多外國人覺得臭豆腐很噁心，而不敢嘗試。

toi•let [ˈtɔɪlɪt] .... 英初 四級

名 洗手間

- Please flush the **toilet** after using it.
  用完馬桶請沖水。

同 lavatory 廁所、盥洗室

to•ma•to [təˌmeto] .... 英初 四級

名 蕃茄

- My mother added some **tomato** source on the fried fish.
  我母親將炸好的魚淋上一些番茄醬。

tongue [tʌŋ] .... 英初 四級

名 舌、舌頭

- Billy's mother **tongue** is acutally both Arabic and English.
  比利的母語實際上是阿拉伯語和英語。

同 lingua 舌、似舌的器官

tooth [tuθ] .... 英初 四級

名 牙齒、齒

- My brother doesn't like to brush his **teeth**.
  我弟不喜歡刷牙。

同 tine 齒

🔊 Track 402

top•ic [ˈtɑpɪk] .... 英初 四級

名 主題、談論

- He's been sitting there for two hours, but he still doesn't know what **topic** they're discussing now.
  他已經在那裡坐了兩個小時，但他仍不知道他們在談論什麼主題。

同 theme 主題

tour [tʊr] .... 英中 六級

名 旅行
動 遊覽

- Mandy spent her winter vacation **touring** Russia and Jordan.
  曼蒂在寒假時到俄羅斯和約旦旅行。

同 travel 旅行

tow•el [ˈtaʊl] .... 英初 四級

名 毛巾

- The mother wrapped her baby up in a **towel** after shower.
  那個媽媽在寶寶洗完澡後用毛巾將他裹起來。

同 washrag 毛巾、面巾

A B C D E F G H I J K L M N O P Q R S **T** U V W X Y Z

tow•er [ˈtaʊɚ] .... 英初 四級

名 塔
動 高聳

• The tall building built last year **towers** above all the others in the city.
那個去年蓋好的建築物在這城市高過於其他建築物。

同 pagoda 塔

track [træk] .... 英中 六級

名 路線
動 追蹤

• The train jumped the **track** this morning and cuased 15 injuries.
今天早上火車脫軌造成 15 人受傷。

同 route 路線

🔊 Track 403

trade [tred] .... 英中 六級

名 商業、貿易
動 交易

• The World **Trade** Organization is an international organization designed by its founders to supervise and liberalize international trade.
世界貿易組織是為了監督及發展跨國貿易的自由化所設的國際性組織。

同 commerce 商業、貿易

tra•di•tion [trəˈdɪʃən] .... 英中 六級

名 傳統

• There's a **tradition** in our family that when it's somebody's birthday, we will roast a turkey.
在我們家有個傳統，就是當有人生日，我們會烤一隻火雞。

同 custom 習俗

tra•di•tion•al
[trəˈdɪʃən!] .... 英中 六級

形 傳統的

• They still maintain the **traditional** way of making silk cloth.
他們仍舊保持傳統的方法來製作絲織品。

同 conventional 傳統的、慣例的

traf•fic [ˈtræfɪk] .... 英中 六級

名 交通

• A **traffic** accident occured on my way to the office.
在我到辦公室的路上有交通事故發生。

同 communication 交通、溝通

trap [træp] .... 英初 四級

名 圈套、陷阱
動 誘捕

• The girl survived in the forest by **trapping** small animals and birds.
那女孩在森林裡靠著捕捉小動物和小鳥而生存下來。

同 snare 誘捕

🔊 Track 404

trav•el [ˈtrævl̩] .... 英初 四級

動 旅行
名 旅行

• Willy **travels** to work by MRT every day.
威利每天搭捷運上班。

同 tour 旅遊、旅行

trea•sure [ˈtrɛʒɚ] .... 英初 四級

名 寶物、財寶
動 收藏、珍藏

• This nacklace that my mother gave me is my **treasured** possession.
這條我母親給我的項鏈是我珍藏的寶物。

同 wealth 財富

treat [trit] .... 英初 四級

動 處理、對待

• The master **treated** his servants very badly.
那主人對他的僕人非常壞。

同 handle 處理

treat•ment [ˈtritmənt] .... 英中 六級

名 款待

• Wilson has special **treatment** because he knows the professor very well.
威爾森享有特別的待遇，因為他和教授很熟。

同 entertainment 娛樂、招待

tri·al [ˈtraɪəl].................... 英初 四級

名 審問、試驗

- She was brought to **trial** on charges of committing a homicide.
  她因涉嫌殺人被移送法院審理。

回 experiment 實驗

🔊 Track 405

tri·an·gle [ˈtraɪˌæŋgl̩]................. 英初 四級

名 三角形

- What shape did you draw on the paper? A **triangle** or a square?
  你在紙上畫的是什麼形狀？是三角形還是正方形？

回 trilateral 三角形

trick [trɪk]...................... 英初 四級

名 詭計　動 欺騙、欺詐

- The children said "**trick** or treat" to ask for sweets on Halloween.
  孩子們在萬聖節去要糖果時，會說「不給糖就搗蛋」。

回 deceit 欺騙、詭計

trou·sers [ˈtrauzɚz].................. 英初 四級

名 褲、褲子

- His **trousers** looked a bit loose. I thought he might lose his weight.
  他的褲子看起來有點鬆。我想他可能變瘦了。

回 pants 褲子

反 coat 上衣

truck [trʌk]...................... 英初 四級

名 卡車

- The overturned **truck** blocked the road to the city.
  這台翻覆的砂石車堵住了到市區的道路。

回 van 貨車

trum·pet [ˈtrʌmpɪt].................. 英初 四級

名 喇叭、小號
動 吹喇叭

- They heard the elephants **trumpeting** in the jungle, so they started running.
  他們聽到大象在叢林裡吼叫，所以他們開始逃跑。

回 loudspeaker 揚聲器、喇叭

🔊 Track 406

trust [trʌst]...................... 英初 四級

名 信任
動 信任

- You should **trust** your instincts and just do it.
  你應該相信你的直覺，直接去做。

回 believe 相信

反 suspect 懷疑

truth [truθ]...................... 英初 四級

名 真相、真理

- He supposed his wife would never know the **truth** about why he was late home.
  他想他妻子永遠不會知道為什麼他晚回家的真相。

回 reality 事實

tube [tjub]...................... 英初 四級

名 管、管子

- Could you please buy me a **tube** of toothpaste on your way home?
  能請你在回家的路上幫我買一條牙膏嗎？

回 pipe 管子

tun·nel [ˈtʌnl̩]...................... 英初 四級

名 隧道、地道

- The train suddenly stopped in the **tunnel**, so the passengers were all frightened.
  火車突然在山洞裡停住，乘客們都嚇了一跳。

回 chunnel 海底隧道

tur·key [ˈtɝkɪ]...................... 英初 四級

名 火雞

- My mother always roasts a **turkey** on Thanksgiving Day every year.
  我母親每年總是在感恩節烤一隻火雞。

Level 2 國中小必考單字 — 進階篇

tur•tle [ˈtɝtl]............................ 英初 四級

名 龜、海龜

• Could you be quicker? Don't act so slow like a **turtle**.
  你能快一點嗎？不要像烏龜一樣慢吞吞的。

同 tortoise 龜

type [taɪp]............................ 英初 四級

名 類型
動 打字

• The boss asked his secretary to **type** an English letter immediately.
  老闆要求他的秘書立刻幫他打一封英文信。

同 style 類型

ty•phoon [taɪˈfun]..................... 英初 四級

名 颱風

• They always store a lot of food and water during the **typhoon** season.
  他們總是在颱風季節囤積很多食物和水。

同 hurricane 颶風

Uu ➜

ug•ly [ˈʌglɪ]............................ 英初 四級

形 醜的、難看的

• Not all of models we saw are beautiful; some of them are **ugly**.
  不是所有我們看到的模特兒都很漂亮，其中有一些是很醜的。

反 pretty 漂亮的

um•brel•la [ʌmˈbrɛlə]................ 英初 四級

名 雨傘

• I left my folding **umbrella** on the bus the other day.
  我前幾天把我的摺傘留在公車上了。

同 bumbershoot 雨傘

under•wear [ˈʌndəˌwɛr]............................ 英初 四級

名 內衣

• Judy's mother asked her to wash her **underwear** herself.
  茱蒂的母親要求她自己洗內衣。

同 undergarment 內衣

u•ni•form [ˈjunəˌfɔrm]............................ 英初 四級

名 制服、校服
動 使一致

• The walls and bed are **uniform** blue in the baby's room.
  寶寶房間的牆壁和床都一致是藍色的。

同 outfit 全套服裝
反 inconsistent 不一致的

up•on [əˈpɑn]............................ 英初 四級

介 在…上面

• My sister wore a straw hat **upon** her head.
  我的妹妹在她頭上戴一頂草帽。

同 above 在…上面
反 below 在…下面

up•per [ˈʌpə]............................ 英初 四級

形 在上位

• The **upper** layer of the cake is covered with frosting.
  蛋糕的上層有覆蓋糖霜。

同 above 上面的
反 below 下面的

used [juzd]............................ 英中 六級

形 用過的、二手的

• They are not rich, so they could only afford a **used** car.
  他們沒有錢，所以只能買得起二手車。

同 secondhand 二手的
反 brand-new 嶄新的

used to [juzd tu] .... 英中 六級

動 習慣的

- The students in her class are not **used to** speaking English.
  她班級的學生不習慣說英文。

同 habitual 習慣的
反 unaccustomed 不習慣的

---

us•er [ˈjuzɚ] .... 英中 六級

名 使用者

- If you don't know how to manipulate this computer, you could check the **user's** manual.
  假如你不知道如何操作這臺電腦，你可以看一下使用者手冊。

同 consumer 消費者
反 producer 生產者

---

u•su•al [ˈjuʒuəl] .... 英初 四級

形 通常的、平常的

- They didn't change their lifestyle very much. As **usual**, they still went to bed at nine.
  他們的生活習慣沒有改變很多。一如往常地，他們仍然九點就寢。

同 ordinary 平常的
反 remarkable 異常的、非凡的

Vv

va•ca•tion [veˈkeʃən] .... 英初 四級

名 假期　　動 度假

- We will **vacation** in Bali island during Chinese New year.
  我們過年期間將到巴里島度假。

同 holiday 假期

---

val•ley [ˈvælɪ] .... 英初 四級

名 溪谷、山谷

- They have been living in the Red River **Valley** in their entire lives.
  他們一生都住在紅河谷。

同 hollow 山谷

---

val•ue [ˈvælju] .... 英初 四級

名 價值
動 重視、評價

- The painting was **valued** at five hundred thousand dollars.
  這幅畫估計有五十萬元的價值。

同 worth 價值

---

vic•to•ry [ˈvɪktərɪ] .... 英初 四級

名 勝利

- Pursue **victory**, but despise the pride of triumph.
  追求勝利，但不因勝利而驕傲。

同 success 勝利、成功
反 failure 失敗

---

vid•e•o [ˈvɪdɪo] .... 英初 四級

名 電視、錄影

- Please turn on the **video**.
  請把錄影機打開。

同 television 電視

---

vil•lage [ˈvɪlɪdʒ] .... 英初 四級

名 村莊

- She is from a remote mountain **village**, and her parents haven't left there to any cities for the entire life.
  她來自很偏遠的山區，她的父母一生都不曾到過城市。

同 hamlet 小村
反 city 城市

---

vi•o•lin [ˌvaɪəˈlɪn] .... 英初 四級

名 小提琴

- Alice plays the **violin** in a symphony orchestra.
  愛麗絲在交響樂團裡拉小提琴。

同 fiddle 小提琴

Track 411

vis•i•tor [`vɪzɪtɚ] 英初 四級

名 訪客、觀光客

- More than four million **visitors** came to Taiwan in 2009.
  2009 年有超過四百萬的旅客來臺灣旅遊。

同 tourist 旅遊者、觀光者

vo•cab•u•lar•y
[vəˋkæbjəˏlɛrɪ] 英初 四級

名 單字、字彙

- I am really lousy at memorizing English **vocabularies**.
  我對記英文單字很不在行。

同 word 單字

vol•ley•ball
[ˋvɑlɪˏbɔl] 英初 四級

名 排球

- He joined the **volleyball** team when he was in the third grade.
  他在三年級時加入了排球隊。

vote [vot] 英中 六級

名 選票
動 投票

- They **voted** for him to be the president of a council.
  他們投票選擇他當做理事長。

同 ballot 選票

vot•er [ˋvotɚ] 英中 六級

名 投票者

- Are you really a rational **voter**?
  你真的是個理性的投票者嗎？

Ww

Track 412

waist [west] 英初 四級

名 腰部

- My mother tied an apron around her **waist** before she cooked.
  我母親在煮菜前把圍裙繫在腰上。

同 loin 腰部

wait•er / wait•ress
[ˋwetɚ] / [ˋwetrɪs] 英初 四級

名 服務生 / 女服務生

- As usual, he tipped the **waiter** generously.
  如往常的，他很慷慨地給服務生小費。

同 attendant 服務人員

wake [wek] 英初 四級

動 喚醒、醒

- She always **wakes** up with tears at midnight because of homesick.
  她在夜晚總是因為想家而含著淚醒來。

同 awaken 叫醒
反 sleep 睡覺

wal•let [ˋwɑlɪt] 英初 四級

名 錢包、錢袋

- He can't find his **wallet** anywhere, and we guessed that it must be stolen.
  他到處找不到他的錢包，我們猜它大概是被偷了。

同 purse 錢包

wa•ter•fall
[ˋwɔtɚˏfɔl] 英初 四級

名 瀑布

- **Waterfalls** are real miracles of nature.
  瀑布是大自然界中真實的奇蹟。

同 cascade 瀑布

water•melon

[ˈwɔtɚˌmɛlən] .... 英初 四級

名 西瓜

• I don't drink, so I would like to have some **watermelon** for instead.
我不喝酒，我想要喝西瓜汁替代。

同 sandia 西瓜

wave [wev] .... 英初 四級

名 浪、波
動 搖動、波動

• The actual height of a tsunami **wave** in open water is often less than one meter.
海嘯水波在水中實際的高度通常不高於一米長。

同 sway 搖動

weap•on [ˈwɛpən] .... 英中 六級

名 武器、兵器

• Drop your **weapons**, and put your hands up.
放下你的武器，把你的手舉高。

同 arms 武器

wed [wɛd] .... 英中 六級

動 嫁、娶、結婚

• Vincent **wedded** a girl from Brazil last year.
文生去年和一位巴西女孩結婚了。

同 marry 結婚
反 divorce 離婚

week•day [ˈwikˌde] .... 英初 四級

名 平日、工作日

• The employees work from nine a.m. to five p.m. on **weekdays**.
員工們在星期一至星期五從早上九點工作至晚上五點。

同 workday 工作日
反 vacation 休假

west•ern [ˈwɛstɚn] .... 英中 六級

形 西方的、西方國家的

• Easter is one of **western** festivals.
復活節是西方的節慶之一。

同 west 西方的
反 eastern 東方的

wet [wɛt] .... 英初 四級

形 潮濕的
動 弄濕

• Take off your **wet** coat right away, or you would catch a cold.
立刻把你濕答答的外套脫下來，不然你會感冒。

同 moisten 弄濕
反 dry 使乾

whale [hwel] .... 英初 四級

名 鯨魚

• The **whale** shark is the world's largest fish species.
鯨鯊是世界最大的魚種。

what•ev•er

[hwɑtˈɛvɚ] .... 英中 六級

形 任何的
代 任何

• He doesn't care about anyone's judgement; he only does **whatever** is best for himself .
他不在乎任何人的眼光，他只想做對自己最好的事。

同 whatsoever 任何

wheel [hwil] .... 英初 四級

名 輪子、輪
動 滾動

• William was sleepy, so I took the **wheel** for him.
威廉很想睡覺，所以我來替他開車。

同 gear 齒輪

A B C D E F G H I J K L M N O P Q R S T U V **W** X Y Z

◀ Track 415

when•ev•er
[hwɛnˋɛvɚ].................................. 英中 六級

連 無論何時
副 無論何時

• **Whenever** will he start to work hard?
他到底什麼時候才會開始努力工作？

同 anytime 任何時候

wher•ev•er
[hwɛrˋɛvɚ].................................. 英中 六級

副 無論何處
連 無論何處

• We'd like to travel in Athens, New York or **wherever**.
我們想到雅典、紐約或隨便任何地方旅行。

同 anywhere 任何地方

whis•per [ˋhwɪspɚ] .... 英中 六級

動 耳語
名 輕聲細語

• The woman kept **whispering** to the man next to her before the movie started.
那女生在電影開場前不斷地對她旁邊的男生輕聲說話。

同 murmur 低語聲

who•ev•er [huˋɛvɚ] .... 英中 六級

代 任何人、無論誰

• She knew the information was useful to **whoever** took over the case.
她知道不管誰來接管這個案子，這資訊都是有用的。

同 anybody 任何人

wid•en [ˋwaɪdn̩] .... 英中 六級

動 使…變寬、增廣

• They have to **widen** out the river bed to avoid flooding.
他們把河床拓寬，以防洪水。

同 broaden 變寬
反 narrow 變窄

◀ Track 416

width [wɪdθ]............................... 英中 六級

名 寬、廣

• The **width** of the swimming pool is 50 meters.
這游泳池的寬度是 50 公尺。

同 breadth 寬度
反 length 長度

wild [waɪld]............................... 英初 四級

形 野生的、野性的

• His adventure in the **wild** jungle Amazon was really fascinating.
他在亞馬遜叢林的冒險之旅真的很精彩。

同 domestic 馴養的

will•ing [ˋwɪlɪŋ]......................... 英中 六級

形 心甘情願的

• You can't force her to do something she's not **willing** to do.
你不能強迫她去做她不願意做的事。

反 unwilling 不願意的

wind•y [ˋwɪndɪ]........................... 英初 四級

形 多風的

• It's **windy** outside, so you'd better put on your coat.
外面颳風了，你最好穿上你的外套。

反 windless 無風的

wing [wɪŋ]................................. 英初 四級

名 翅膀、翼
動 飛

• I hadn't had time to prepare for the speech, so I had to **wing** it.
我沒有時間準備演講，所以我必須臨時應付一下。

同 plumage 羽毛、翅膀

win•ner [ˈwɪnɚ] .... 英初 四級

名 勝利者、優勝者

• The **winner** will get a gold medal in the Olympic games.
在奧林匹克運動會獲得冠軍的人可以得到一面金牌。

同 victor 勝利者
反 loser 失敗者

wire [waɪr] .... 英中 六級

名 金屬絲、電線

• The field was surrounded by the steel **wires**.
這塊田四周被鐵絲網圍繞。

同 cable 電纜

wise [waɪz] .... 英初 四級

形 智慧的、睿智的

• I am probably not very **wise**, but I'm not foolish.
我或許不是很有智慧，但我不是傻瓜。

同 smart 聰明的
反 stupid 愚蠢的

with•in [wɪðˈɪn] .... 英中 六級

介 在…之內

• They will establish the new business **within** six months.
他們將在六個月內開展新的事業。

同 inside 在…之內
反 outside 在…之外

with•out [wɪðˈaut] .... 英初 四級

介 沒有、不

• Nobody can survive **without** water and air.
沒有水和空氣，人無法生存下來。

同 none 沒有
反 have 有

wolf [wulf] .... 英初 四級

名 狼

• The boy cried "**wolf**'s coming!" Yet, no one believed in him.
男孩大叫「狼來了！」但是沒人相信他。

wond•er [ˈwʌndɚ] .... 英中 六級

名 奇蹟、驚奇
動 對…感到驚奇

• I **wondered** that Vicky chose this ugly man as her husband.
我對薇琪和這個醜男結婚感到驚訝。

同 miracle 奇蹟

won•der•ful
[ˈwʌndɚfəl] .... 英初 四級

形 令人驚奇的、奇妙的

• It's a **wonderful** day for fishing.
今天是個釣魚的好天氣。

同 marvelous 令人驚奇的

wood•en [ˈwudn̩] .... 英中 六級

形 木製的

• My grandmother left an old **wooden** box in the attic.
我的祖母留下了一個木箱放在閣樓。

同 ligneous 木質的、木頭的

wool [wul] .... 英中 六級

名 羊毛

• A lazy sheep thinks its **wool** heavy.
懶羊自嫌羊毛重。

同 fleece 羊毛

worth [wɜθ] .... 英中 六級

名 價值

• This medical discovery is of great **worth**.
這個醫學發現是很有價值的。

同 value 價值

A B C D E F G H I J K L M N O P Q R S T U V **W** X Y Z

wound [waʊnd].......................... 英初 四級

名 傷口
動 傷害

- A physical **wound** may be easy to cure, but a psychological trauma not.
  身體的創傷也許很容易醫治，但心理的創傷卻不易。

同 harm 傷害
反 protect 保護

yard [jɑrd].......................... 英初 四級

名 庭院、院子

- My grandmother used to keep some ducks and hens in the **yards**.
  我的祖母以前在院子裡養鴨和雞。

同 courtyard 庭院、院子

youth [juθ].......................... 英初 四級

名 青年

- There was a group of **youths** caught by the policemen because of fighting.
  一群青少年因為打群架而被員警捉了起來。

同 youngster 青年
反 senior 年長者

ze·bra [ˈzibrə].......................... 英初 四級

名 斑馬

- **Zebra** is an African wild horse with black and white stripes.
  斑馬是身上有黑白條紋的非洲野馬。

Level 2 單字通關測驗

● 請根據題意，選出最適合的選項

1. You'd better have a good excuse for your _____ this morning.
   (A) absence (B) absent (C) active (D) activity

2. You need to figure out a more _____ way to deal with this.
   (A) effort (B) effective (C) effect (D) effects

3. You need to set a specific _____ in your life.
   (A) goal (B) glove(C) goat (D) gold

4. The fire _____ all the neighbors on the street at midnight.
   (A) aided (B) aimed (C) accepted (D) alarmed

5. She overcame all the _____ with her diligence and intelligence.
   (A) dictionaries (B) directions (C) discussions (D) difficulties

6. She _____ upon getting her refund.
   (A) influenced (B) instanced (C) instant (D) insisted

7. May I take your _____? Mr. Li is away now.
   (A) message (B) memory (C) measurement (D) melody

8. The plane is taking off soon. Please fasten your seat _____.
   (A) bill (B) bend (C) belt (D) bench

9. Nobody is perfect; every man has his _____.
   (A) faults (B) favors (C) fairs (D) favorites

10. I got a _____, so I called in sick this morning.
    (A) flat (B) flood (C) flute (D) flu

11. Do you want me to _____ the meeting or put it off?
(A) cancel (B) cancer (C) candle (D) control

12. Collecting stamps is one of his _____.
(A) holders (B) hosts (C) hostess (D) hobbies

13. Fiona writes financial columns for CommonWealth _____.
(A) magazine (B) magician (C) magic (D) main

14. I am really _____. Let's get something to drink.
(A) thick (B) terrific (C) treaty (D) thirsty

15. I don't like eating _____ because it's too troublesome.
(A) crayons (B) courts (C) crabs (D) cranes

16. The air crash _____ in 239 deaths.
(A) required (B) respected (C) refused (D) resulted

17. Do not overlook the opinion of one who keeps _____.
(A) silent (B) simply (C) sign (D) sleepy

18. A girl's screams issued from the dark _____.
(A) lantern (B) lane (C) lap (D) link

19. The letters were _____ promptly by the postman.
(A) decorated (B) denied (C) delivered (D) debated

20. Make yourself _____ to someone.
(A) natural (B) nearly (C) necessary (D) negativity

21. My mother always cleans the _____ after washing the dishes;
she wants to keep it clean.
(A) sink (B) slide (C) slip (D) silk

Level 3

國中小必考單字
高級篇

★ 因各家手機系統不同，若無法直接掃描，
仍可以電腦連結 https://tinyurl.com/y4f2g9zp 雲端下載收聽

Aa ⬇

Track 420

a•board [ə`bord] .... 英中 六級

副 在船、飛機、火車上
介 在船、飛機、火車上

• Passengers are not allowed to use cellphones **aboard**.
乘客搭機時不可使用手機。

ac•cept•a•ble
[ək`sɛptəbl] .... 英中 六級

形 可接受的

• This kind of bad behavior is not **acceptable**.
這種糟糕的行為是不被允許的。

同 receivable 可接受的
反 unacceptable 不能接受的

ac•ci•dent
[`æksədənt] .... 英初 四級

名 事故、偶發事件

• I didn't mean to make her fall; it was just an **accident**.
我不是故意要讓她跌倒，那是個意外。

同 casualty 事故

ac•count
[ə`kaʊnt] .... 英中 六級

名 帳目、記錄　動 視為、負責

• I need to open an **account** at the bank this afternoon.
我今天下午必須到銀行開戶。

同 record 記錄

ac•cu•rate
[`ækjərɪt] .... 英中 六級

形 正確的、準確的

• If you're not sure whether it is **accurate** or not, then check the dictionary.
假如你不確定它是不是對的，就查一下字典。

同 correct 正確的
反 wrong 錯誤的

Track 421

ache [ek] .... 英中 六級

名 疼痛

• I have **ache** all over with weariness; I really need to take a break.
我累到全身發痛，我真的需要休息一下。

同 pain 疼痛

a•chieve•(ment)
[ə`tʃivmənt] .... 英中 六級

動 實現、完成
名 成績、成就

• His **achievements** will be honored at the dinner tonight.
他的成就將會在今天晚餐時被表揚。

同 realize 實現

ac•tiv•i•ty [æk`tɪvətɪ] .... 英初 四級

名 活動、活躍

• It is important for students to participate in extra-curricular **activities**.
學生有課外活動是很重要的。

同 event 活動、事件
反 inactivity 不活動、遲鈍

ac•tu•al [`æktʃʊəl] .... 英中 六級

形 實際的、真實的

• Can you tell me the **actual** cost, not just the estimate?
你能告訴我實際的成本，而不只是估計的而已嗎？

同 practical 實際的
反 unrealistic 不切實際的

ad•di•tion•al
[ə`dɪʃənl] .... 英初 四級

形 額外的、附加的

• The phone comes with an **additional** battery.
這支電話有附加一顆電池。

同 extra 額外的
反 inherent 固有的

ad•mire [əd`maɪr] .... 英初 四級

🔢 欽佩、讚賞

• I really **admire** your strength and determination.
我真的很欽佩你的毅力和決心。

回 praise 稱讚、崇拜

反 criticize 批評

ad•mit [əd`mɪt] .... 英中 六級

🔢 容許⋯進入、承認

• I **admit** that I made a mistake, but I can fix it.
我承認我犯了一個錯誤，但我能彌補。

回 permit 允許

反 forbid 禁止

adopt [ədɑpt] .... 英中 六級

🔢 收養

• The couple would like to **adopt** a child.
這對夫妻想要收養一個小孩。

回 foster 收養

ad•vanced
[əd`vænst] .... 英中 六級

🔢 在前面的、先進的

• This is an **advanced** class, so it will be quite challenging.
這是進階班，所以會有點挑戰性。

回 forward 前面的

反 laggard 落後的

ad•van•tage
[əd`væntɪdʒ] .... 英中 六級

🔢 利益、優勢

• There are many **advantages** to having a large house.
擁有大房子有許多的好處。

回 benefit 利益

反 disadvantage 不利、劣勢

ad•ven•ture
[əd`vɛntʃɚ] .... 英中 六級

🔢 冒險

• She loves to take **adventures** and travel to many interesting places.
她喜歡冒險，也喜歡到有趣的地方旅行。

回 venture 冒險、風險

ad•ver•tisement / ad
[ˌædvɚ`taɪzmənt] / [æd] .... 英初 四級

🔢 登廣告
🔢 廣告、宣傳

• The **advertisement** may be a little misleading, so some adjustments would be necessary.
這廣告也許會讓人產生誤解，所以我們也許需要做些調整。

回 propaganda 宣傳

ad•vice [əd`vaɪs] .... 英初 四級

🔢 忠告

• I don't know what to do; I need some **advice**.
我不知道要做些什麼，我需要一點建議。

回 counsel 忠告

ad•vise [əd`vaɪz] .... 英初 四級

🔢 勸告

• I **advise** you to go to the doctor and get a check-up.
我勸你要去看醫生和做個檢查。

回 exhort 勸誡、忠告

ad•vi•ser / ad•vi•sor
[əd`vaɪzɚ] .... 英中 六級

🔢 顧問

• For a successful chairman, hiring a responsible and positive **adviser** is a rather ☞ crucial.
對於一個成功的董事長而言，聘請一位負責任又積極的顧問是一個必要的條件。

回 consultant 顧問

A
B
C
D
E
F
G
H
I
J
K
L
M
N
O
P
Q
R
S
T
U
V
W
X
Y
Z

🔊 Track 424

af•fect [əˋfɛkt] .... 英初 四級

動 影響

• This project is really **affecting** my vacation; I don't even have time to do anything else.
這個計劃真的影響了我的假期，我甚至沒有時間做任何事。

同 influence 影響

af•ford [əˋford] .... 英中 六級

動 給予、供給、能負擔

• I can't **afford** a new car right now.我現在買不起一輛新車。

同 provide 供給、提供

af•ter•wards [ˋæftəwəz] .... 英中 六級

副 以後

• We're going to have some coffee **afterwards**, and you're welcome to join us.
我們之後要去喝咖啡，歡迎你和我們一起去。

同 later 以後、後來
反 beforehand 事前、預先

ag•ri•cul•ture [ˋægrɪˌkʌltʃə] .... 英中 六級

名 農業、農藝、農學

• I want to study **agriculture** so I can help expand my father's farm.
我想要讀農藝，這樣我就可以幫忙打理我父親的農場。

同 farming 農業、耕作
反 industry 工業

air-con•di•tion•er [ˋɛrkənˌdɪʃənə] .... 英初 四級

名 空調

• It's so hot today, so we'll just leave the **air-conditioner** on during the night.
今天好熱，所以我們整晚都開著空調。

🔊 Track 425

al•ley [ˋælɪ] .... 英中 六級

名 巷、小徑

• The dark **alley** looked dirty and scary.
這條暗巷看起來很髒很恐怖。

同 lane 小巷、小路
反 avenue 大街、大道

a•maze•(ment) [əˋmezmənt] .... 英中 六級

動 使…吃驚　**名** 吃驚

• Her eyes grew large with **amazement** when she saw the car that her father gave her as a birthday present.
當她看到她父親送她一輛車當生日禮物時，她驚訝地睜大了雙眼。

同 startle 驚愕、驚恐

am•bas•sa•dor [æmˋbæsədə] .... 英中 六級

名 大使、使節

• The **ambassador** was treated with respect when he visited the family.
當大使拜訪這個家庭時，備受禮遇。

同 diplomat 外交官

am•bi•tion [æmˋbɪʃən] .... 英中 六級

名 雄心壯志、志向

• He has a great **ambition**, and he aspires to further his career in a fast pace.
他很有雄心壯志，希望能快速拓展他的事業。

同 aspiration 抱負、志向

an•gel [ˋendʒəl] .... 英初 四級

名 天使

• He said he saw an **angel** during his near death experience.
他說他在瀕死邊緣看到一個天使。

an•gle [ˈæŋgl̩] 　英中　六級

名 角度、立場

- I couldn't see anything from my **angle**.
  我從這個角度無法看到任何東西。

同 position 立場

an•nounce•(ment) [əˈnaʊsmənt] 　英中　六級

動 宣告、公佈、通知
名 宣佈、宣告

- I saw the **announcement** posted on the bulletin board in the cafeteria.
  我看到在自助餐廳佈告欄上的公告了。

同 declaration 宣佈

a•part [əˈpɑrt] 　英中　六級

副 分散地、遠離地

- They couldn't even spend 2 hours being **apart** without talking to each other.
  他們甚至無法兩個小時分隔兩地沒有交談。

同 separately 分散地
反 together 一起地

ap•par•ent [əˈpærənt] 　英中　六級

形 明顯的、外表的

- It was **apparent** that he was not telling the truth.
  很明顯地，他並沒有說實話。

同 obvious 明顯的
反 inconspicuous 不明顯的

ap•peal [əˈpil] 　英中　六級

名 吸引力、懇求
動 引起…的興趣

- The food in the picture looks very **appealing**.
  這張照片上的食物看起來很可口。

同 attraction 吸引力

ap•pre•ci•ate [əˈpriʃɪet] 　英初　四級

動 欣賞、鑑賞

- I really **appreciate** everything you've done for me.
  我真的很感激你所為我做的。

同 savor 品嚐、欣賞

ap•proach [əˈprotʃ] 　英中　六級

動 接近

- He tried to **approach** the beautiful woman to ask her out on a date.
  他試著接近那個美麗的女生，並約她出去。

同 near 接近、靠近
反 depart 離開

ap•prove [əˈpruv] 　英中　六級

動 批准、認可

- My father doesn't **approve** of my new boyfriend.
  我的父親不認可我的新男朋友。

同 ratify 批准、認可
反 reject 拒絕、駁回

a•quar•i•um [əˈkwɛrɪəm] 　英中　六級

名 水族館

- There were a lot of colorful fish in the **aquarium**.
  水族館裡的魚五彩繽紛。

a•rith•me•tic [əˈrɪθmətɪk] 　英中　六級

名 算術
形 算術的

- **Arithmetic** is a core class that all students must take.
  算術是必修課程，每個學生都要修。

同 calculation 算術

A
B
C
D
E
F
G
H
I
J
K
L
M
N
O
P
Q
R
S
T
U
V
W
X
Y
Z

🔊 Track 428

ar•riv•al [əˋraɪv!] .... 英中 六級

名 到達

• They waited patiently for the book's **arrival**.
他們耐心等待書送來。

同 reach 達到

ash [æʃ] .... 英中 六級

名 灰燼、灰

• The **ashes** in the sky are from the forest fires that have been burning for days.
飄在天空中的灰燼是來自於已經燒好幾天的森林大火。

同 cinder 灰燼

a•side [əˋsaɪd] .... 英中 六級

副 在旁邊

• Just set the cups **aside** so we can make room on the table.
把茶杯放到旁邊，我們才可以在桌上挪點空間出來。

同 beside 在旁邊

as•sist [əˋsɪst] .... 英中 六級

動 説明、援助

• I'll **assist** you in moving in the heavy cabinet.
我會幫你把重的櫥櫃搬進去。

同 help 幫忙

ath•lete [ˋæθlit] .... 英中 六級

名 運動員

• He is a natural **athlete**, and he can play just about any sport.
他是天生的運動員，幾乎擅長各種運動。

同 sportsman 運動員

🔊 Track 429

at•tempt [əˋtɛmpt] .... 英中 六級

動 嘗試、企圖　名 嘗試、企圖

• He **attempted** to finish the work today.
他試圖在今天完成工作。

同 try 嘗試

at•ti•tude [ˋætətjud] .... 英中 六級

名 態度、心態、看法

• He had a very bad **attitude** which makes it difficult to talk to him.
他的態度很差，很難跟他交談。

同 mindset 思想傾向、心態

at•tract [əˋtrækt] .... 英中 六級

動 吸引

• I try to **attract** their attention with this bright color.
我試著用這亮的顏色吸引他們的注意。

同 fascinate 吸引住

at•trac•tive [əˋtræktɪv] .... 英中 六級

形 吸引人的、動人的

• She is a very **attractive** girl and a head-turner.
她是個很有吸引力，大家都會轉頭去看一眼的女孩。

同 fascinating 迷人的、有極大吸引力的

au•di•ence [ˋɔdɪəns] .... 英中 六級

名 聽眾

• The **audience** stood up in a standing ovation.
聽眾起立熱烈鼓掌歡迎。

同 spectator 觀眾

🔊 Track 430

au•thor [ˋɔθɚ] .... 英中 六級

名 作家、作者

• Being a good **author** needs plenty of inspirations.
當個好的作家需要源源不絕的靈感。

同 writer 作者

au•to•mat•ic [ˌɔtəˋmætɪk] .... 英中 六級

形 自動的

• I'm so glad that I'm finally driving an **automatic** car.
我很高興我最後開了一輛自排車。

反 manual 手工的、體力的

au•to•mo•bile / au•to [`ɔtəməˌbil] / [`ɔto] .... 英中 六級

名 汽車

• Many households have **automobiles** nowadays.
現今很多家庭都有汽車了。

同 car 汽車

a•vail•a•ble [ə`veləbḷ] .... 英初 四級

形 可利用的、可取得的

• There are a lot of rooms **available**, so we won't have any problem making reservations.
還有很多空房間，所以我們一定訂得到。

同 utilizable 可利用的

av•e•nue [`ævəˌnju] .... 英中 六級

名 大道、大街

• The store is on the main **avenue** of the city.
這家店在城市的主要街道上。

同 street 街道

🔊 Track 431

av•er•age [`ævərɪdʒ] .... 英中 六級

名 平均數

• Jessie earns 20 dollars a day on **average**.
潔西平均一天賺二十元。

同 mean 平均值、平均數

a•wake [ə`wek] .... 英中 六級

動 喚醒、提醒

• I've been **awake** since 4 a.m., so I'm kind of tired now.
我早上四點就醒了，所以我現在有點累。

同 rouse 喚起、喚醒

a•wak•en [ə`wekən] .... 英中 六級

動 使…覺悟

• They were **awakened** by the bright lights shining in their eyes.
他們被明亮的燈光照射到眼睛而醒來。

同 waken 使覺醒、使振奮

a•ward [ə`wɔrd]..................... 英中 六級

名 獎品、獎賞
動 授與、頒獎

• I hope we can get an **award** for our science project.
我希望我們的科學計劃能得獎。

同 prize 獎品、獎賞

a•ware [ə`wɛr]....................... 英中 六級

形 注意到的、覺察的

• Are you **aware** of all the efforts we've devoted into this project?
你有注意到我們為這個工作所付出的努力嗎？

同 attentive 注意的

🔊 Track 432

aw•ful [`ɔful] .... 英中 六級

形 可怕的、嚇人的

• The food tasted so **awful** that I think it was spoiled.
這食物很難吃，所以我想它是壞了。

同 horrible 可怕的

ax / axe [æks]...................... 英中 六級

名 斧 動 劈、砍

• I'm sorry to say that, but they were **axed** last week.
我很不願意這麼說，但他們上周被解雇了。

同 chop 砍、劈

Bb ↘

back•ground [`bækˌɡraʊnd] .... 英中 六級

名 背景

• It may not look like it, but he comes from a wealthy **background**.
外表可能看不出來，但他來自於很富有的家庭。

同 backdrop 背景幕、背景

ba•con [ˋbekən] .... 英中 六級

名 培根、燻肉

- They like to have **bacon** and eggs for breakfast.
  他們早餐喜歡吃培根和蛋。

bac•te•ri•a [bækˋtɪrɪə] .... 英中 六級

名 細菌

- Here is some **bacteria** killing soap.
  這裡有一些抗菌的香皂。
- 同 germ 細菌

🔊 Track 433

bad•ly [ˋbædlɪ] .... 英中 六級

副 非常地、惡劣地

- She sings very **badly** but she loves to sing karaoke.
  她唱歌很難聽，但她喜歡唱卡拉 OK。
- 同 greatly 很、非常

bad•min•ton [ˋbædmɪntən] .... 英初 四級

名 羽毛球

- We played **badminton** last week.
  我們上週去打羽毛球。
- 同 shuttlecock 羽毛球

bag•gage [ˋbægɪdʒ] .... 英中 六級

名 行李

- I have a lot of **baggages**, so you might need to come to pick me up at the airport.
  我有很多行李，所以你可能需要到機場接我。
- 同 luggage 行李

bait [bet] .... 英中 六級

名 誘餌
動 誘惑

- The fish took the **bait**.
  這條魚吃了魚餌。
- 同 tempt 引誘、誘惑

ba•lance [ˋbæləns] .... 英中 六級

名 平衡
動 使平衡

- I tried to find a **balance** between my work and family.
  我試著在家庭和工作之間找尋平衡點。
- 同 poise 平衡、使平衡

🔊 Track 434

ban•dage [ˋbændɪdʒ] .... 英中 六級

名 繃帶

- You need to wrap a **bandage** around that wound.
  你需要在傷口上包紮繃帶。
- 同 ligature 繃帶

bang [bæŋ] .... 英中 六級

動 重擊

- After their argument, he stormed out of the room **banging** the door shut.
  在他們爭吵之後，他猛烈地關上門跑出房間。
- 同 smite 重擊

bare [bɛr] .... 英中 六級

形 暴露的、僅有的

- She got chills as the wind blew on her **bare** skin.
  當風吹到她暴露出來的肌膚時，她打了個冷顫。
- 同 naked 暴露的
- 反 hidden 隱藏的、秘密的

bare•ly [ˋbɛrlɪ] .... 英中 六級

副 簡直沒有、幾乎不能

- I **barely** had time to brush my teeth before I left.
  我在離開前幾乎沒時間刷牙。
- 同 hardly 幾乎不
- 反 almost 幾乎、差不多

barn [bɑrn] .... 英中 六級

名 穀倉

- I left the tools in the **barn**; can you go get them?
  我把工具留在了穀倉，你能幫我拿來嗎？

同 granary 穀倉

Track 435

bar•rel [ˈbærəl] .... 英中 六級

名 大桶

- The whiskey is fermenting in the **barrel**.
  威士忌在大木桶裡發酵。

同 vat 大桶

bay [be] .... 英中 六級

名 海灣

- We're going to visit Emerald **Bay** tomorrow.
  我們明天將到翡翠灣玩。

同 gulf 海灣

beam [bin] .... 英中 六級

動 放射、發光

- She **beamed** with delight as she watched her daughter perform on stage.
  當她看到她的女兒在臺上表演時，她喜悅地笑了。

同 shine 發光

beast [bist] .... 英中 六級

名 野獸

- The strong **beasts** fought each other for the territory.
  這些強壯的野獸為了領土而互相爭鬥。

同 brute 野獸

beg•gar [ˈbɛɡɚ] .... 英中 六級

名 乞丐

- There are many **beggars** around the train station.
  在火車站附近有很多乞丐。

同 vagrant 流浪者

Track 436

be•have [bɪˈhev] .... 英中 六級

動 行動、舉止

- He is very well-**behaved** today.
  他今天表現很好。

同 act 行動

be•ing [ˈbiɪŋ] .... 英中 六級

名 生命、存在

- We are all human **beings**, so we should treat each other with respect.
  我們都是人，所以我們應該尊重彼此。

同 life 生命

bel•ly / stom•ach / tum•my [ˈbɛlɪ] / [ˈstʌmək] / [ˈtʌmɪ] .... 英中 六級

名 腹、胃

- The man has a beer **belly** from drinking too much beer.
  這個男生喝了太多啤酒而有啤酒肚。

同 abdomen 腹部

be•neath [bɪˈniθ] .... 英中 六級

介 在…下面

- I think I put the napkins **beneath** the tablecloth, but I'm not sure.
  我想我應該是把餐巾放在餐桌布底下，但我不確定。

同 below 在…下面
反 above 在…上面

ben•e•fit [ˈbɛnəfɪt] .... 英中 六級

名 益處、利益

- I'm doing this for your **benefit**, not mine.
  我做這件事是為了你的利益著想，不是為我自己。

同 advantage 利益
反 disadvantage 不利

🔊 Track 437

ber•ry [ˈbɛrɪ] .... 英中 六級

名 漿果、莓

• The **berry** cookies taste wonderful.
這苺果餅乾真好吃。

同 strawberry 草莓

Bi•ble / bi•ble [ˈbaɪbḷ] .... 英中 六級

名 聖經

• He goes to **bible** study class every Sunday.
他每個星期天都去上聖經研究課。

bil•lion [ˈbɪljən] .... 英中 六級

名 十億、一兆、無數

• I wish I could have a **billion** dollars.
我希望我有十億元。

同 gillion【英】十億

bin•go [ˈbɪŋgo] .... 英中 六級

名 賓果遊戲

• The elderly people play **bingo** together every Thursday.
老年人每星期四都會一起玩賓果遊戲。

bis•cuit [ˈbɪskɪt] .... 英中 六級

名 餅乾、小甜麵包

• The children love to eat **biscuits**.
小孩子們喜歡吃餅乾。

同 cookie 餅乾

🔊 Track 438

blame [blem] .... 英初 四級

動 責備

• I'm not **blaming** you for anything; just tell me if you did it.
如果你真的做了這件事就告訴我，我一點都不會怪你。

同 accuse 譴責
反 praise 讚美、稱讚

blan•ket [ˈblæŋkɪt] .... 英初 四級

名 氈、毛毯

• You can wrap the **blanket** around you if you feel cold.
假如你很冷，可以用毛毯把身體裹起來。

同 felt 毛氈

bleed [blid] .... 英中 六級

動 流血、放血

• He seems to be **bleeding**; we need to get him some medical attention.
看起來他好像在流血，我們需要給他一些藥。

同 blood 流血

bless [blɛs] .... 英初 四級

動 祝福

• God **bless** you for being such a good Samaritan.
上帝會因為你成為一名好的撒馬利亞人而保佑你。

反 curse 詛咒

blouse [blaʊs] .... 英初 四級

名 短衫

• The woman wore a **blouse** with her business suit.
這個女人在套裝裡穿了一件短衫。

同 shirt 襯衫

🔊 Track 439

bold [bold] .... 英中 六級

形 大膽的

• She is **bold** and always tries to take the adventure to the limit.
她是個勇敢的人，總是試著要挑戰極限。

同 brave 勇敢的
反 cowish 膽怯的、膽小的

boot [but] .... 英中 六級

名 長靴

• Put on your rain **boots**, so your feet won't get wet.
穿上你的雨鞋，這樣你的腳才不會濕。

同 stogie 長靴

bor•der [ˋbɔrdɚ]............... 英中 六級

名 邊

- We live close to the **border** between the U.S. and Mexico.
  我們住在美國和墨西哥的交界處。

同 edge 邊

bore [bor] .... 英中 六級

動 鑽孔
名 孔

- It is not possible to **bore** for oil without any equipment.
  沒有任何設備就想鑽石油是不可能的。

同 drill 鑽孔

brake [brek]..................... 英中 六級

名 煞車
動 煞車

- I think there Is something wrong with my **brakes**.
  我想我的煞車出了點問題。

同 trig 煞車

🔊 Track 440

brass [bræs] .... 英中 六級

名 黃銅、銅器

- I have a lot of **brass** cutlery.
  我有很多的銅製的餐具。

同 copper 銅

brav•er•y [ˋbrevərɪ]............... 英中 六級

名 大膽、勇敢

- The man showed great **bravery** when he ran into the burning building to save the elderly lady.
  這個男生勇敢地衝進火場救出了那個老女士。

同 courage 勇氣

breast [brɛst]..................... 英中 六級

名 胸膛、胸部

- She fed **breast** milk to the infant.
  她餵食嬰兒母乳。

同 chest 胸部

breath [brɛθ]..................... 英中 六級

名 呼吸、氣息

- He was short of **breath** after running so fast.
  他快跑之後呼吸很急促。

同 respiration 呼吸

breathe [brið]..................... 英中 六級

動 呼吸、生存

- She **breathed** a sigh of relief when she finally completed the tedious work.
  當她最後完成了那枯燥的工作後，她如釋重負地歎了口氣。

同 respire 呼吸

🔊 Track 441

breeze [briz]..................... 英中 六級

名 微風
動 微風輕吹

- The light **breeze** felt comfortable in the warm evening.
  暖和的夜晚可以感到舒適的微風。

反 gale 狂風

bride [braɪd]..................... 英中 六級

名 新娘

- She was a blushing **bride** on that day.
  她在那天是個害羞的新娘。

反 bridegroom 新郎

bril•liant [ˋbrɪljənt]................... 英中 六級

形 有才氣的、出色的

- His **brilliant** ideas are what keeps this company afloat.
  他極佳的主意是讓這家公司生存下去的主要原因。

同 excellent 卓越的、傑出的
反 doltish 愚笨的

brook [bruk]..................... 英中 六級

名 川、小河、溪流

- We cooled off by dipping our feet in the nearby **brook**.
  我們在附近的小溪泡腳消暑。

同 stream 小河、溪流

broom [brum] 英中 六級

图 掃帚、長柄刷

- I used a **broom** to sweep the floor first.
  我先用掃把掃地。

同 whisk 掃帚

🔊 Track 442

brows [brauz] 英中 六級

图 眉毛

- He knitted his **brows** when he was in deep thought.
  當他沉思時，會皺眉頭。

同 eyebrow 眉毛

bub•ble [ˋbʌbl̩] 英中 六級

图 泡沫、氣泡

- The child blew **bubbles** into the air.
  那小孩把泡泡吹向空中。

同 foam 泡沫

buck•et / pail
[ˋbʌkɪt] / [pel] 英初 四級

图 水桶、提桶

- They filled the **bucket** with water.
  他們把水桶裝滿水。

同 pail 提桶

bud [bʌd] 英中 六級

图 芽 動 萌芽

- There are still **buds**, which means the flowers will bloom later in the season.
  植物仍然在發芽，也就是說花朵將在之後這個季節綻放。

同 sprout 芽、萌芽

budg•et [ˋbʌdʒɪt] 英中 六級

图 預算

- What's your **budget** for the furniture?
  你對傢俱的預算有多少？

🔊 Track 443

buf•fa•lo [ˋbʌfḷo] 英中 六級

图 水牛、野牛

- The water **buffaloes** sat quietly in the water.
  水牛很安靜的坐在水中。

同 carabao 水牛

buf•fet [buˋfe] 英初 四級

图 自助餐

- We had so much food to select from at the **buffet**.
  我們在自助餐裡有很多食物可以選擇。

bulb [bʌlb] 英初 四級

图 電燈泡

- The light is flickering; we need to get a new **bulb**.
  這燈在閃爍，我們需要買個新燈泡。

同 lamp 燈

bull [bʊl] 英中 六級

图 公牛

- The **bull** is the symbol of strength.
  公牛是毅力的象徵。

同 ox 公牛、牛
反 cow 母牛

bul•let [ˋbʊlɪt] 英中 六級

图 子彈、彈頭

- The **bullet** pierced through his skin and stuck in the bone.
  這顆子彈射穿了他的皮膚，卡在骨頭裡。

同 cartridge 彈殼、彈藥筒

🔊 Track 444

bump [bʌmp] 英中 六級

動 碰、撞

- He **bumped** his head on the bookshelf.
  他的頭撞到了書架。

同 touch 接觸

bunch [bʌntʃ] .... 英中 六級

名 束、串、捆

- I bought a **bunch** of flowers to put on the table.
  我買了一束花放在桌上。

同 bundle 捆、束

bur•den [`bɝdn̩] .... 英中 六級

名 負荷、負擔

- This kind of work is a real **burden** to anyone.
  這種工作對任何人而言都是種負擔。

同 obligation 義務、責任

bur•glar [`bɝglɚ] .... 英中 六級

名 夜盜、竊賊

- The **burglar** ransacked the house.
  這強盜把房子洗劫一空。

同 thief 賊、小偷

bur•y [`bɛrɪ] .... 英中 六級

動 埋

- We **buried** our dog in our backyard.
  我們把狗埋在後院。

🔊 Track 445

bush [buʃ] .... 英中 六級

名 灌木叢

- The kids were hiding in the **bushes** ready to scare passersby.
  孩子們躲在草叢裡準備要嚇路過的人。

同 scrub 灌木叢

buzz [bʌz] .... 英中 六級

動 作嗡嗡聲

- The **buzzing** sound of the mosquitoes was really annoying.
  蚊子的嗡嗡聲真的很煩人。

同 hum 發嗡嗡聲

Cc ➜

cab•in [`kæbɪn] .... 英中 六級

名 小屋、茅屋

- My uncle owned the log **cabin** by the lake.
  在河邊的那間小木屋是我叔叔的。

同 lodge 小屋

cam•pus [`kæmpəs] .... 英初 四級

名 校區、校園

- All the students of this school are asked to live on **campus**.
  這個學校所有的學生都被要求住校。

同 schoolyard 校園

cane [ken] .... 英中 六級

名 手杖、棒

- The elderly people take a **cane** with them when they go out.
  老年人外出都帶著手杖。

同 rod 棒

🔊 Track 446

ca•noe [kə`nu] .... 英中 六級

名 獨木舟　動 划獨木舟

- They like to go **canoeing** in the Dongshan River in Yilan.
  他們喜歡去宜蘭冬山河泛舟。

同 pirogue 獨木舟

can•yon [`kænjən] .... 英中 六級

名 峽谷

- I haven't been to the Grand **Canyon** National Park in America.
  我從沒去過美國的大峽谷國家公園。

同 valley 山谷

ca•pa•ble [`kepəbl̩] .... 英中 六級

形 有能力的

- He's **capable** of speaking five languages.
  他會說五國的語言。

同 able 有能力的
反 incapable 無能力的、不勝任的

cap•i•tal [ˈkæpətl] 英中 六級

名 首都、資本
形 主要的

- Rome is the **capital** city of Italy.
羅馬是義大利的首都。

同 principal 資本

cap•ture [ˈkæptʃɚ] 英中 六級

動 捉住、吸引
名 擄獲、戰利品

- The police have **captured** the mugger.
警方逮捕了那個強盜犯。

同 trophy 戰利品

🔊 Track 447

car•pen•ter [ˈkɑrpəntɚ] 英中 六級

名 木匠

- John is a famous **carpenter** in this town.
他是鎮上有名的木匠。

同 woodworker 木工

car•riage [ˈkærɪdʒ] 英中 六級

名 車輛、車、馬車

- We put the baby on the baby **carriage** when we go shopping.
我們去購物時會把寶寶放在嬰兒車裡。

同 coach 四輪馬車

cast [kæst] 英中 六級

動 用力擲、選角
名 投、演員班底

- The movie becomes a great hit because of the **casts**.
這部電影因為卡司陣容而大賣。

同 throw 投、擲

ca•su•al [ˈkæʒuəl] 英中 六級

形 偶然的、臨時的

- Don't take it so seriously; it's just a **casual** comment.
別當真，那只是隨意的一段評論。

同 incidental 偶然的
反 perpetual 永久的

cat•er•pil•lar [ˈkætɚˌpɪlɚ] 英中 六級

名 毛毛蟲

- Do you know how a **caterpillar** becomes a butterfly?
你知道毛毛蟲是如何變成蝴蝶的嗎？

同 carpenterworm 毛毛蟲

🔊 Track 448

cat•tle [ˈkætl] 英中 六級

名 小牛

- Uncle Steven used to keep 100 **cattle** on his farm.
史蒂芬叔叔以前在他的農場養了一百頭牛。

同 calf 小牛

cel•e•brate [ˈsɛləˌbret] 英初 四級

動 慶祝、慶賀

- My parents always **celebrate** their wedding anniversary by going out for dinner.
我父母都是外出吃晚餐來慶祝結婚紀念日的。

同 congratulate 祝賀

cen•ti•me•ter [ˈsɛntəˌmitɚ] 英初 四級

名 公分、釐米

- How tall are you? I am one hundred and sixty **centimeters** tall.
你多高？我一百六十公分高。

ce•ram•ic [səˈræmɪk] 英中 六級

形 陶瓷的
名 陶瓷品

- A collection of **ceramic** artists presented works of over twenty artists in this museum.
在這個博物館有二十幾位藝術家的陶瓷收藏品在此展出。

同 pottery 陶器

chain [tʃen] 英中 六級

名 鏈子 動 鏈住

- The **chain** Joe gave to me is made of gold.
喬給我的鏈子是用黃金做的。

chal•lenge [`tʃælɪndʒ] .... 英中 六級

名 挑戰
動 向…挑戰

• I know it's going to be a difficult job, but I'm sure they'll rise to the **challenge**.
我知道這會是一份艱難的工作，但是我確信他們能夠迎刃而解。

回 dare 挑戰

cham•pi•on [`tʃæmpɪən] .... 英中 六級

名 冠軍

• The team defeated their opponent and won the **champion** finally.
這團隊終於擊敗他們的對手並且贏得冠軍。

回 victor 勝利者

change•a•ble [`tʃendʒəbḷ] .... 英中 六級

形 可變的

• The weather in this city is very **changeable**.
這城市的天氣變化莫測。

回 alterable 可變的
反 unchangeable 不變的

chan•nel [`tʃænḷ] .... 英初 四級

名 通道、頻道
動 傳輸

• Jerry switched to another **channel** to watch the movie.
傑瑞切換到另一個頻道看電影。

回 transmit 傳輸

chap•ter [`tʃæptə] .... 英中 六級

名 章、章節

• The teacher asked all students to preview **chapter** three before the class.
老師要求所有學生在課前預習第三章。

回 section 章節

charm [tʃɑrm] .... 英中 六級

名 魅力

• Jenny is a pretty girl of great **charm**; everybody adores her.
珍妮是個美麗又有魅力的女孩，每個人都很仰慕她。

回 glamour 魅力

chat [tʃæt] .... 英中 六級

動 聊天、閒談

• They always **chat** about what happened in a day before sleep.
他們總是在睡前聊一天所發生的事。

回 talk 談話

cheek [tʃik] .... 英中 六級

名 臉頰

• The boy kissed her on her **check** before saying goodbye.
這男孩在說再見前親了一下她的臉頰。

回 face 臉

cheer [tʃɪr] .... 英初 四級

名 歡呼
動 喝采、振奮

• Don't be so disappointed; **cheer** up!
別失望，開心點！

回 acclaim 歡呼、喝采

cheer•ful [`tʃɪrfəl] .... 英中 六級

形 愉快的、興高采烈的

• An expectant mother should keep **cheerful** all the time.
懷孕的準媽媽需隨時保持愉快的心情。

回 mirthful 愉快的、高興的
反 woeful 悲傷的、悲哀

A B C D E F G H I J K L M N O P Q R S T U V W X Y Z

🔊 Track 451

cheese [tʃiz] .... 英初 四級

名 乾酪、乳酪

• I always put a lot of **cheese** powder to flavor my pasta.
我都會在義大利麵裡倒很多的起司粉調味。

cher•ry [ˈtʃɛrɪ] .... 英中 六級

名 櫻桃、櫻木

• **Cherry** ice cream is my favorite.
櫻桃口味的霜淇淋是我的最愛。

圓 oxheart 櫻桃

chest [tʃɛst] .... 英中 六級

名 胸、箱子

• He took a pill to stop his severe pain in the **chest**.
他吃藥來抑止他的胸痛。

圓 bosom 胸部

chew [tʃu] .... 英中 六級

動 咀嚼

• Do not make loud noise while **chewing** something.
吃東西不要發出太大聲的聲音。

圓 chaw 咀嚼

child•hood [ˈtʃaɪldˌhʊd] .... 英初 四級

名 童年時代

• **Childhood** is not always a happy time; it could be a nightmare.
童年不一定總是快樂的時光，它也可以是場惡夢。

圓 boyhood 少年時代

反 agedness 老年

🔊 Track 452

chill [tʃɪl] .... 英中 六級

動 使…變冷

• The beers should be put in the fridge to **chill** before the guests arrive.
在客人來之前要把啤酒放到冰箱冷藏。

反 heat 變熱

chill•y [ˈtʃɪlɪ] .... 英中 六級

形 寒冷的

• This house gets **chilly** in the winter and hot in the summer.
這房子冬不暖夏不涼。

圓 cold 寒冷的

反 hot 熱的

chim•ney [ˈtʃɪmnɪ] .... 英中 六級

名 煙囪

• The **chimneys** of this plastics factory belched dense black smoke into the sky.
這間塑膠工廠的煙囪在空中釋放出濃密的黑煙。

圓 funnel 煙囪

chip [tʃɪp] .... 英中 六級

名 碎片 動 切

• Would you like to have some **chips** with your beef burger?
你要不要一些馬鈴薯片來搭配你的牛肉漢堡？

圓 fragment 碎片

choke [tʃok] .... 英初 四級

動 使…窒息

• Children can **choke** on hard candy
孩童有可能會被硬的糖果噎到。

圓 suffocate 使窒息

🔊 Track 453

.chop [tʃɑp] .... 英中 六級

動 砍、劈

• The woodcutters **chopped** down the trees with axes.
這個伐木工人用斧頭把樹砍斷。

圓 hew 砍

cig•a•rette [ˈsɪgəˌrɛt] .... 英中 六級

名 香菸

• He wanted his son to buy a pocket of **cigarettes** for him.
他叫他兒子幫他買一包香菸。

圓 smoke 香菸

cir•cus [ˈsɝkəs] .... 英中 六級

名 馬戲團

• The children watched a **circus** performance last night.
昨晚這些孩子被帶去看馬戲團表演。

同 ringside 馬戲團

civ•il [ˈsɪvḷ] .... 英中 六級

形 國家的、公民的

• The Chinese **Civil** War lasted from 1927 to 1949.
中國的內戰從 1927 年打到 1949 年。

同 national 國家的

clas•si•cal [ˈklæsɪkḷ] .... 英初 四級

形 古典的

• He loves to listent to **classical** music instead of pop music.
他喜歡聽古典音樂，而不是流行音樂。

同 classic 古典的

🔊 Track 454

click [klɪk] .... 英中 六級

名 滴答聲

• The boy scouts gave a **click** of their heels as they saluted.
這些童子軍的鞋跟在敬禮時發出卡答卡答聲。

同 tick 滴答聲

cli•ent [ˈklaɪənt] .... 英中 六級

名 委託人、客戶

• Mr. Smith has been a **client** of our firm for many years.
史密斯先生已經是我們公司好幾年的客戶了。

同 customer 客戶

clin•ic [ˈklɪnɪk] .... 英中 六級

名 診所

• I had a severe toothache, so I went to a **clinic** last night.
我昨晚牙齒痛得厲害，所以我昨晚去了診所檢查。

同 dispensary 診療所

clip [klɪp] .... 英中 六級

名 夾子、紙夾、修剪

• Those documents were fastened with a paper **clip**.
這些檔用夾子固定起來。

同 clamp 夾子

clue [klu] .... 英中 六級

名 線索

• The police officer still doesn't have any **clue** to this cruel murder.
這位警官對於這件兇殘的謀殺案還是一點線索也沒有。

同 hint 提示、線索

🔊 Track 455

cock•tail [ˈkɑktel] .... 英中 六級

名 雞尾酒

• The lady who is sipping **cocktails** in the bar is my sister.
在酒吧裡喝著雞尾酒的那位女士是我的姊姊。

co•co•nut [ˈkokəˌnət] .... 英中 六級

名 椰子

• The **coconut** pancakes are sold at the night markets in Thailand.
在泰國的夜市有賣椰子口味的鬆餅。

同 coco 椰子

col•lar [ˈkɑlɚ] .... 英中 六級

名 衣領

• He seized that man's **collar** and punched him for his betrayal.
因為他的背叛，他抓住那個男人的衣領並且揍了他。

同 neck 衣領

col•lec•tion [kəˈlɛkʃən] .... 英中 六級

名 聚集、收集

• My brother has a **collection** of foreign stamps.
我哥哥收藏了大量的外國郵票。

同 analects 選集

col•lege [ˋkɑlɪdʒ] .... 英初 四級

名 學院

• She attended the **College** of Education at the University of Texas.
她去德州大學的教育學院就讀。

同 institute 學院

🔊 Track 456

col•o•ny [ˋkɑlənɪ] .... 英中 六級

名 殖民者

• Macao was once a Portugal **colony**.
澳門曾經是葡萄牙的殖民地。

同 settler 移居者、殖民者

col•umn [ˋkɑləm] .... 英中 六級

名 圓柱、專欄、欄

• I like to read the health **column** in the New York Times.
我喜歡閱讀紐約時報的健康專欄。

同 cylinder 圓柱

com•bine [kəmˋbaɪn] .... 英中 六級

動 聯合、結合

• The marketing departments and sales departments will be **combined** soon.
行銷部和業務部不久之後就會合併。

同 join 連結

com•fort [ˋkʌmfət] .... 英中 六級

名 舒適
動 安慰

• Offering pillows to the passengers on the plane is to provide **comforts**.
提供枕頭給在飛機上的乘客是為了提供一個舒適的環境。

同 console 安慰

com•ma [ˋkɑmə] .... 英中 六級

名 逗號

• You should put a **comma** between these nouns.
你應該在這些名詞中間加上逗號。

🔊 Track 457

com•mand [kəˋmænd] .... 英初 四級

動 命令、指揮
名 命令、指令

• The teacher **commanded** that mischievous student to stand up.
老師叫惡作劇的學生起立。

同 order 命令

com•mer•cial [kəˋmɝʃəl] .... 英中 六級

形 商業的
名 商業廣告

• I hate to watch the TV **commercials** while watching the TV shows.
在看電視節目時我最討厭看廣告了。

同 business 商業

com•mit•tee [kəˋmɪtɪ] .... 英中 六級

名 委員會、會議

• The **committee** has decided to dismiss her father.
委員會決定資遣她的父親。

同 conference 會議

com•mu•ni•cate [kəˋmjunəˏkeʃən] .... 英中 六級

動 溝通、交流

• One of the purposes of learning a language is for **communicating**.
學語言的目的之一就是溝通。

同 exchange 交流

com•par•i•son [kəmˋpærəsn̩] .... 英中 六級

名 對照、比較

• This group made a **comparison** of different consuming habits of different countries.
這個團隊針對不同國家的消費習慣做比較。

同 contrast 對照

com•pete [kəm`pit]..............英中 六級

動 競爭

• I don't like to **compete** with others; I only **compete** with myself.
我不喜歡和別人比較，我只和我自己比。

同 contest 競爭

---

com•plaint [kəm`plent]..........英中 六級

名 抱怨、訴苦

• We received a **complaint** from one of our clients this morning.
我們今天早上收到客戶的投訴。

同 grumble 怨言、牢騷

---

com•plex [kəm`plɛks].............英中 六級

形 複雜的、合成的
名 複合物、綜合設施

• The chemical **complexes** will affect our health.
這化學混合物會影響我們的健康。

同 complicated 複雜的
反 simple 簡單的

---

con•cern [kən`sɜn]................英初 四級

動 關心、涉及

• She is very **concerned** about her parents' health.
她十分關心她父母的健康。

同 involve 涉及

---

con•cert [`kɑnsɜt]..................英中 六級

名 音樂會、演奏會

• I'd rather go to a **concert** than stay at home.
我寧願去聽音樂會也不願意待在家。

同 musicale 社交性的音樂會

---

con•clude [kən`klud]..............英中 六級

動 締結、結束、得到結論

• The meeting was **concluded** at eleven o'clock this morning.
這個會議在今天早上的十一點結束。

同 end 結束
反 start 開始

---

con•clu•sion [kən`kluʒən]..........英中 六級

名 結論、終了

• Don't jump into **conclusion** so quickly; you need to figure out what happened first.
不要那麼快就下結論，你必須先弄清楚究竟發生了什麼事。

同 outcome 結果

---

con•di•tion [kən`dɪʃən]..........英中 六級

名 條件、情況
動 以…為條件

• The doctor said that his **condition** is improving quickly.
醫生說他的情況正快速地在好轉。

同 circumstance 情況

---

cone [kon]........................英中 六級

名 圓錐

• Would you like an ice cream **cone** or sundae for dessert?
你甜點是要霜淇淋甜筒還是聖代？

---

con•fi•dent [`kɑnfədənt]..........英初 四級

形 有信心的

• She is quite **confident** that she'll get a promotion.
他對升職很有信心。

同 certain 有把握的
反 diffident 無自信的

A B **C** D E F G H I J K L M N O P Q R S T U V W X Y Z

🔊 Track 460

con•fuse [kənˋfjuz] 英初 四級

動 使⋯迷惑

• You're really **confusing** me! Just hit the point and tell me what you exactly want.
你把我搞混了! 請直接講重點並且告訴我你到底要什麼。

同 puzzle 使困惑

con•nect [kəˋnɛkt] 英中 六級

動 連接、連結

• How is the coffer maker **connected** to the electricity?
咖啡機跟電力有什麼關係?

同 link 連接

con•nec•tion [kəˋnɛkʃən] 英中 六級

名 連接、連結

• The **connection** is really bad; I can barely hear you now.
收訊很不好,我現在幾乎聽不到你說什麼。

同 join 連接、接合

con•scious [ˋkɑnʃəs] 英中 六級

形 意識到的

• David is still **conscious**, but he's badly injured.
雖然大衛傷得很嚴重,但是他的意識還是很清楚。

同 aware 意識到的
反 unconscious 無意識的

con•sid•er•a•ble [kənˋsɪdərəbl̩] 英中 六級

形 應考慮的、相當多的

• The mudflows caused **considerable** damage to the mountain region.
土石流造成了山區相當大的傷害。

同 plentiful 許多的、大量的
反 few 很少的

🔊 Track 461

con•sid•er•a•tion [kənˌsɪdəˋreʃən] 英中 六級

名 考慮

• After some **consideration**, they've decided to move away from here.
在經過考慮之後,他們已經決定搬離這裡。

同 meditation 沉思、冥想

con•stant [ˋkɑnstənt] 英中 六級

形 不變的、不斷的

• The air-conditioner keeps the room at a **constant** temperature.
空調使這房間保持常溫。

同 continuous 連續不斷的
反 variable 多變的、可變的

con•ti•nent [ˋkɑntənənt] 英中 六級

名 大陸、陸地

• There are seven **continents** in the world, including North America, South America, Asia, Africa, Europe, Antarctica, and Australia.
世界上有七大洲,包括北美洲、南美洲、亞洲、非洲、歐洲、南極洲和澳洲。

同 mainland 大陸
反 ocean 海洋

con•tract [ˋkɑntrækt] / [kənˋtrækt] 英初 四級

名 契約、合約
動 訂契約

• Don't sign any commercial **contract** before examining its conditions carefully.
在仔細檢查相關條件之前,不要輕易簽署商業合約。

同 pact 契約

couch [kautʃ] 英初 四級

名 長沙發、睡椅

• I like lying on the **couch** and watching TV in the living room.
我喜歡躺在客廳的沙發上看電視。

同 lounge 休息室、長沙發

count•a•ble [ˈkaʊntəbl̩] 英中 六級

形 可數的

• In English, desk is a **countable** noun and money is an uncountable noun.
在英文用法中，桌子是可數名詞而金錢是不可數名詞。

同 numerable 可數的
反 uncountable 不可數的

cow•ard [ˈkaʊəd] 英中 六級

名 懦夫、膽子小的人

• He is absolutely a **coward** who lacks courage in facing difficulty.
他是個沒有勇氣去面對困難的懦夫。

同 recreant 膽怯者
反 hero 英雄

cra•dle [ˈkredl̩] 英中 六級

名 搖籃
動 放在搖籃裡

• The mother rocked the **cradle** while the baby was sleeping.
這位母親在寶寶睡覺時搖著搖籃。

同 bassinet 搖籃

crash [kræʃ] 英中 六級

名 撞擊
動 摔下、撞毀

• There were not any survivors in the plane **crash**.
在這場飛機失事中沒有任何的生還者。

同 impact 衝擊、碰撞

crawl [krɔl] 英中 六級

動 爬

• The little child **crawled** across the floor.
這個小孩在地板上爬來爬去。

同 climb 爬

cre•a•tive [krɪˈetɪv] 英中 六級

形 有創造力的

• Andy is a **creative** person who always has many new ideas.
安迪是個富有創造力的人，常常會有很多點子。

同 imaginative 有創造力的

cre•a•tor [krɪˈetə] 英中 六級

名 創造者、創作家

• Who was the **creator** of bubble milk tea?
誰是創造珍珠奶茶的人？

同 author 作家、創造者

crea•ture [ˈkritʃə] 英中 六級

名 生物、動物

• Unicorns were mythical **creatures** that looked like horses.
獨角獸是看起來很像馬且神秘的生物。

同 animal 動物

cred•it [ˈkrɛdɪt] 英中 六級

名 信用、信託
動 相信、信賴

• We bought this new car on **credit** instead of waiting until we have saved enough cash to pay.
我們用信用貸款買車，而不是等到存到足夠的錢再去買。

同 faith 信任
反 doubt 懷疑

creep [krip] 英中 六級

動 爬、戰慄

• I saw someone **creeping** around in the yard.
我看到有人在後院鬼鬼祟祟地爬行。

同 climb 爬

🔊 Track 464

crew [kru] .... 英中 六級
名 夥伴們、全體船員

- It's a small aircraft, which only carries a **crew** of six.
  這只是一台可以乘載六個人的小飛機。

同 fellows 夥伴們

crick•et [`krɪkɪt] .... 英中 六級
名 蟋蟀

- **Crickets** eat plants, dead insects, and seeds.
  蟋蟀吃植物、死掉的昆蟲和種子。

同 grig 蟋蟀

crim•i•nal [`krɪmən!] .... 英中 六級
形 犯罪的
名 罪犯

- Robbery and stealing are **criminal** acts.
  搶劫和偷竊是犯罪的行為。

同 guilty 有罪的
反 innocent 無罪的

crisp / crisp•y
[krɪsp] / [krɪspɪ] .... 英中 六級
形 脆的、清楚的

- This apple is **crisp** and sweet.
  這個蘋果又脆又甜。

同 fragile 脆的
反 vague 含糊的、不明確的

crown [kraʊn] .... 英中 六級
名 王冠
動 加冕、報酬

- A famous crown designer designed this silver **crown**.
  一個有名的皇冠設計師設計了這個銀製的皇冠。

同 reward 酬報

🔊 Track 465

crunchy [`krʌntʃɪ] .... 英中 六級
形 鬆脆的、易裂的

- We made some **crunchy** vegetable salad for our appetizer.
  我們做了一些清脆的蔬菜沙拉當作開胃菜。

同 crisp 脆的

crutch [krʌtʃ] .... 英中 六級
名 支架、拐杖

- Mark broke his leg in an accident and has been on **crutches** for a week.
  馬克因為意外跌斷了他的腳，而且已經用了一個月的拐杖。

同 bracket 支架

cul•tu•ral [`kʌltʃərəl] .... 英中 六級
形 文化的

- The **Cultural** Revolution had a massive impact on China from 1965 to 1968.
  1965 年到 1968 年的文化大革命嚴重的衝擊了當時的中國。

cup•board [`kʌbəd] .... 英中 六級
名 食櫥、餐具櫥

- Tina gave us a beautiful **cupboard** as a wedding gift.
  蒂娜給我們一個美麗的櫥櫃當作結婚禮物。

同 sideboard 食品間、食櫥

cur•rent [`kɝənt] .... 英初 四級
形 流通的、目前的
名 電流、水流

- This coin is no longer **current** now.
  這個硬幣現在已經不能使用了。

同 present 目前的
反 bygone 過去的

cy•cle [ˈsaɪkl̩]....................英中 六級

名 週期、迴圈
動 迴圈

• We learned the life **cycle** of a butterfly in our science class last week.
我們在上週的自然課學到了蝴蝶的生命週期。

同 loop 迴圈

Dd ↴

dair•y [ˈdɛrɪ]....................英中 六級

名 酪農場
形 酪農的

• My grandfather owns a **dairy** in the countryside.
我祖父在鄉間擁有一間酪農場。

dam [dæm]....................英中 六級

名 水壩
動 堵住、阻塞

• The Chi Chi **Dam** is on the Chao Shui River in Nantou County.
集集水壩位於南投縣的濁水溪。

同 block 阻塞

dare [dɛr]....................英中 六級

動 敢、挑戰

• I don't **dare** to speak to him like that.
我不敢這樣跟他講話。

同 challenge 挑戰

darl•ing [ˈdɑrlɪŋ]....................英中 六級

名 親愛的人
形 可愛的

• **Darling** Kathy, it's a pleasure to see you on the weekend.
親愛的凱西，很高興在週末能見到妳。

同 lovely 可愛的
反 hateful 憎惡的、可恨的

dash [dæʃ]....................英中 六級

動 碰撞、投擲

• High waves **dashed** against the cliffs.
高漲的海浪拍打著懸崖。

同 collide 碰撞

deaf•en [ˈdɛfən]....................英中 六級

動 使…耳聾

• The explosion permanently **deafened** him in his left ear.
那個爆裂聲造成他左耳永久性的失聰。

反 hear 聽見

deal•er [ˈdilɚ]....................英中 六級

名 商人

• Mr. Johnson used to be a second-hand car **dealer**.
強森先生以前是個二手車販賣商。

同 merchant 商人

dec•ade [ˈdɛked]....................英中 六級

名 十年、十個一組

• The unemployment rate has been raised during the past **decade**.
過去十年來的失業率持續攀升。

同 decennium 十年

deck [dɛk]....................英中 六級

名 甲板

• We sat on the top **deck** of the tourist bus.
我們坐在觀光巴士最上面的甲板上。

同 board 甲板

deed [dip]....................英中 六級

名 行為、行動

• She enjoys doing good **deeds** like helping poor people.
她喜歡幫助貧窮的人與做一些善行。

同 action 行為、活動

A
B
C
D
E
F
G
H
I
J
K
L
M
N
O
P
Q
R
S
T
U
V
W
X
Y
Z

deep•en [ˈdipən] .... 英中 六級

動 加深、變深

• The well has been **deepened** in recent years.
這口井在近來這幾年被越挖越深。

反 shallow 變淺

de•fine [dɪˈfaɪn] .... 英中 六級

動 下定義

• How do you **define** a good teacher and a good student?
你如何去定義一個好老師和一個好學生？

def•i•ni•tion [ˌdɛfəˈnɪʃən] .... 英中 六級

名 定義

• Everybody has different **definition** of success.
每個人對成功的定義大不相同。

de•liv•er•y [dɪˈlɪvərɪ] .... 英中 六級

名 傳送、傳遞

• We guarantee prompt **delivery** of products once we get the payment.
我們保證一收到貨款就立即出貨。

同 distribution 分配、分發

🔊 Track 469

de•moc•ra•cy [dəˈmɑkrəsɪ] .... 英中 六級

名 民主制度

• The reigning **democracy** allows citizens to voice his opinions.
民主制度允許公民們為自己的意見發聲。

反 dictatorship 專政

de•moc•ra•tic [ˌdɛməˈkrætɪk] .... 英中 六級

形 民主的

• The **Democratic** Party is one of the two major contemporary political parties in the United States.
民主黨是目前美國兩個主要政黨之一。

反 tyrannic 專制君主的、獨裁的

de•pos•it [dɪˈpɑzɪt] .... 英中 六級

名 押金、存款
動 存入、放入

• How do I make a **deposit** or withdrawal?
我要如何存錢或領錢？

同 savings 存款

de•scrip•tion [dɪˈskrɪpʃən] .... 英中 六級

名 描述、說明

• He has given the police a very detailed **description** of what he had seen.
他針對他所看到的提供給警方一個非常詳細的描述。

同 portrait 描寫

de•sign•er [dɪˈzaɪnɚ] .... 英中 六級

名 設計師

• Robert is the most popular interior **designer** in this company.
羅伯特是這個公司最受歡迎的室內設計師。

同 stylist 設計師、造型師

🔊 Track 470

de•sir•a•ble [dɪˈzaɪrəbl̩] .... 英中 六級

形 值得的、稱心如意的

• We saw several **desirable** houses in this district.
我們在這個區域看到了很多令人嚮往的房子。

同 attractive 有吸引力的、引起注意的

de•stroy [dɪˈstrɔɪ] .... 英中 六級

動 損毀、毀壞

• Most of the historical spots were **destroyed** by bombs during the civil war.
在內戰期間，大多數的歷史景點都被炸彈給毀損了。

同 demolish 毀壞
反 create 創造

de·tail [`ditel] 英中 六級

名 細節、條款

- Could you give me some more **details** that what he looks like?
  你可以針對他的長相再多給我一些詳細的描述嗎？

同 clause 條款

de·ter·mine [dɪ`tɝmɪn] 英中 六級

動 決定

- I've **determined** my mind to be a strong-minded man.
  我已經下定決心要成為一個意志堅定的人。

同 decide 決定

dev·il [`dɛvl] 英中 六級

名 魔鬼、惡魔

- She has an evil heart and acts like a **devil**.
  她的心腸很不好，行為舉止就像個惡魔。

同 demon 魔鬼

◀ Track 471

di·a·logue [`daɪəˌlɔg] 英中 六級

名 對話

- This movie contained some very witty **dialogue**.
  這部電影裡有一些有趣的對話。

同 conversation 對話

diet [`daɪət] 英中 六級

名 飲食　動 節食

- Judy is **dieting** to keep fit.
  裘蒂正在減肥來保持身材苗條。

同 eating 食物

dil·i·gent [`dɪlədʒənt] 英中 六級

形 勤勉的、勤奮的

- Their lawyer was extremely **diligent** in working on this case.
  這位律師費盡心血的處理這件案子。

同 industrious 勤勞的、勤奮的

dim [dɪm] 英中 六級

形 微暗的
動 變模糊

- The light in the library is too **dim** for children to read.
  圖書館裡的燈光太暗了，孩子們無法看書。

同 darksome 微暗的、陰暗的
反 bright 明亮的

dime [daɪm] 英中 六級

名 一角的硬幣

- One United States dollar equals ten **dimes**.
  美金一元等於十角。

同 coin 硬幣

◀ Track 472

dine [daɪn] 英中 六級

動 款待、用膳

- I was invited to **dine** with his family last night.
  我昨晚被邀請去和他的家人吃晚餐。

同 eat 吃飯

dip [dɪp] 英中 六級

動 浸、沾
名 浸泡

- She **dipped** her index finger into the bathtub to see how hot it was.
  她把食指浸到浴缸裡，看看水溫是不是太燙。

同 soak 浸

dirt [dɝt] 英中 六級

名 泥土、塵埃

- You should wash your hat; it is covered with **dirt**.
  你應該洗你的帽子了，上面都是灰塵。

同 earth 泥土

dis·ap·point [ˌdɪsə`pɔɪnt] 英中 六級

動 使…失望

- I don't mean to **disappoint** you, but I really have to leave now.
  我並不是有意要讓你失望的，但是我現在真的必須離開了。

同 despair 絕望

dis•ap•point•ment
[ˌdɪsəˈpɔɪntmənt] .... 英中 六級

名 令人失望的舉止

• The birthday party they held last night turned out to be a **disappointment**.
他們昨晚舉辦的生日派對結果卻令人失望。

🔊 Track 473

disco / dis•co•theque
[ˈdɪsko] / [dɪskəˈtɛk] .... 英中 六級

名 迪斯可、酒吧、小舞廳

• She likes to hang around in the **disco** or pubs on weekends.
她週末喜歡待在舞廳或是酒吧。

同 saloon 大廳、酒吧

dis•count [ˈdɪskaʊnt] .... 英中 六級

名 折扣
動 減價

• You can get a very special **discount** on sales for 30 percent!
在拍賣時你可以得到七折的優惠。

同 rebate 回扣、折扣

dis•cov•er•y
[dɪˈskʌvəy] .... 英中 六級

名 發現

• Columbus' **discovery** of America in 1492 changed the history of the Western world.
哥倫布在 1492 年發現美洲改變了西方世界的歷史。

同 disinterment 發掘

dis•ease [dɪˈziz] .... 英中 六級

名 疾病、病症

• The news said there's a sudden outbreak of the **disease** in the north of the island.
新聞報導在島上的北部有疾病突然爆發。

同 sickness 疾病

disk / disc [dɪsk] .... 英中 六級

名 唱片、碟片、圓盤狀的東西

• I'll copy all my documents to this **disk** as a backup.
我會把所有的檔都拷貝到光碟裡備份。

同 record 唱片

🔊 Track 474

dis•like [dɪsˈlaɪk] .... 英中 六級

動 討厭、不喜歡
名 反感

• I just **dislike** the way you talk to me.
我就是不喜歡你跟我講話的方式。

同 distaste 不喜歡、厭惡
反 like 喜歡

ditch [dɪtʃ] .... 英中 六級

名 排水溝、水道
動 挖溝

• They've been digging **ditches** for several weeks.
他們已經挖排水溝挖了好幾個禮拜了。

同 trench 溝、溝渠

dive [daɪv] .... 英中 六級

動 跳水
名 垂直降落

• The lifeguard **dived** into the swimming pool to save a drowning child.
救生員跳入游泳池中救出那個溺水的小孩。

同 plunge 跳入

dock [dɑk] .... 英中 六級

名 船塢、碼頭
動 裁減、停泊

• We like to see the sunset on the **dock**.
我們喜歡在碼頭邊看夕陽。

同 anchor 停泊

dodge [dɑdʒ] .... 英中 六級

動 閃開、躲開

• The dog **dodged** quickly to avoid the hurtling motorcycle.
那隻狗迅速地躲過了飛馳而過的摩托車。

同 avoid 躲開

do·mes·tic
[də`mɛstɪk]................................ 英中 六級

形 國內的、家務的

- My mother is always busy with doing the **domestic** affairs.
  我媽媽總是忙於家事。
同 internal 國內的
反 foreign 外國的

dose [dos]................................ 英中 六級

名 一劑藥、藥量
動 服藥

- The label says, "Take one **dose** four times a day."
  藥單上說，一天服藥四回。
同 dosage 劑量

doubt·ful [`dautfəl]................ 英中 六級

形 有疑問的、可疑的

- It was **doubtful** that the bag would ever be retrieved again.
  對於這個包包是否能再找得回來是令人質疑的。
同 questionable 可疑的
反 affirmatory 確定的、肯定的

drain [dren]................................ 英中 六級

動 排出、流出、喝乾
名 排水管

- I **drained** a bottle of water after jogging.
  我在慢跑過後喝光一瓶水。
同 drainpipe 排水管

dra·mat·ic [drə`mætɪk].......... 英中 六級

形 戲劇性的

- His life had a **dramatic** change after his father died.
  在他父親去世後，他的生命產生了一個戲劇性的變化。
同 theatrical 戲劇的

drip [drɪp]................................ 英中 六級

動 滴下
名 滴、水滴

- I couldn't sleep last night becaue of the **dripping** faucet.
  我昨晚因為水龍頭的滴滴答答聲，根本就無法入睡。
同 drop 水滴

drown [draʊn]................................ 英中 六級

動 淹沒、淹死

- The people living by the sea were **drowned** by the tidal wave.
  住在靠近海邊的人被滿潮的海浪給淹死了。
同 submerge 淹沒

drowsy [`draʊzɪ]................................ 英中 六級

形 沉寂的、懶洋洋的、睏的

- This movie is so boring that it makes me **drowsy**.
  這部電影無聊到我都想睡覺了。
同 sleepy 困的
反 awake 醒著的

drunk [drʌŋk]................................ 英中 六級

形 酒醉的、著迷的
名 酒宴

- He got completely **drunk** at the bachelor party last night.
  他在昨晚的單身派對中醉到不醒人事。
同 banquet 宴會
反 sober 清醒的

due [dju]................................ 英中 六級

形 預定的
名 應付款

- My bank loan is **due** this week, but I still don't have any money to pay it back.
  我的銀行貸款這個禮拜就到期了，但是我還沒有錢可以償還。
同 scheduled 預定的

A B C **D** E F G H I J K L M N O P Q R S T U V W X Y Z

🔊 Track 477

dump [dʌmp] .... 英中 六級

🔢 拋下
🔢 垃圾場

• I saw George **dump** the garbage in the park.
我看到喬治把垃圾倒在公園裡。

🔲 wasteyard 垃圾場

dust [dʌst] .... 英中 六級

🔢 灰塵、灰
🔢 打掃、除去灰塵

• He knew how to sweep floors without letting **dust** fly.
他知道怎麼掃地而且不讓灰塵飛起來。

🔲 dirt 灰塵

Ee→

ea•ger [ˈigɚ] .... 英中 六級

🔢 渴望的

• He is **eager** to learn how to use the microscope.
他積極地想要學習如何使用顯微鏡。

🔲 wistful 渴望的

earn•ings [ˈɝnɪŋz] .... 英中 六級

🔢 收入

• My annual **earnings** is more than one hundred dollars, so I have to pay a lot of tax.
我的年收入超過一百萬，所以我要付很多稅金。

🔲 salary 薪水

ech•o [ˈɛko] .... 英中 六級

🔢 回音
🔢 發出回音

• The **echoes** of her scream sounded in the valley for several seconds.
她尖叫的回音在山谷裡迴蕩了好幾秒。

🔲 reverberate 回響

🔊 Track 478

ed•it [ˈɛdɪt] .... 英中 六級

🔢 編輯、發行

• It took the editor a month to **edit** this guide book before publishing it.
這本指南在出版前花了編者一個月的時間編輯。

🔲 compile 編輯、彙編

e•di•tion [ɪˈdɪʃən] .... 英中 六級

🔢 版本

• Can I find the first **edition** of this book in the national library?
我可以在國家圖書館找到這本書的第一版嗎？

🔲 version 版本

ed•i•tor [ˈɛdɪtɚ] .... 英中 六級

🔢 編輯者

• John finally got a job as an **editor** of a fashion journal.
約翰終於在時尚雜誌找到一個編輯的職位。

🔲 compiler 編輯者

ed•u•cate [ˈɛdʒəˌket] .... 英中 六級

🔢 教育

• The introduction says she was **educated** in England and worked in Africa.
在序論裡指出她在英國受教育，在非洲工作。

🔲 teach 教導

ed•u•ca•tion•al [ˌɛdʒəˈkeʃənl̩] .... 英中 六級

🔢 教育性的

• Discovery and National Geography are **educational** channels.
探索頻道或國家地理頻道是具有教育性的頻道。

🔲 instructive 教育性的

ef•fi•cient [ə`fɪʃənt] .... 英中 六級

形 有效率的

• They hired a really **efficient** administor who can organize the office and run the business smoothly.
他們聘請了一個可以管理辦公室而且讓工作進行順利，十分具有效率的管理員。

同 effective 有效的
反 ineffective 無效的、效率低的

el•bow [`ɛl͵bo] .... 英中 六級

名 手肘

• Terry fell down from the stairs and hurt his left **elbow**.
泰瑞從樓梯上跌下來傷了左手肘。

同 ancon 肘

eld•er•ly [`ɛldəlɪ] .... 英中 六級

形 上了年紀的

• The priority seat is offered to the **elderly** or the disabled.
博愛座是給老年人和行動不便的人使用的。

同 old 老的
反 young 年輕的

election [ɪ`lɛkʃən] .... 英中 六級

名 選舉

• When will we know who wins the **election**?
我們何時會得知誰贏得了這次的選舉？

同 vote 投票、選舉

e•lec•tric / e•lec•tri•cal [ɪ`lɛktrɪk] / [ɪ`lɛktrɪk͏l] .... 英初 四級

形 電的

• My grandfater needs an **electric** blanket in such a cold weather.
在這麼冷的天氣裡，我祖父確實需要一張電毯。

e•lec•tric•i•ty [ɪ͵lɛk`trɪsətɪ] .... 英中 六級

名 電

• We usually turn off the **electricity** when we go travelling.
當我們出門旅遊時，通常會把電源都關起來。

e•lec•tron•ic [ɪ͵lɛk`trɑnɪk] .... 英中 六級

形 電子的

• There are a few **electronic** books already available in this library.
在這間圖書館裡已經有幾本電子書了。

同 electronical 電子的

e•mer•gen•cy [ɪ`mɝdʒənsɪ] .... 英中 六級

名 緊急情況

• Could you show me where the **emergency** exits in the movie theater are?
你可以告訴我電影院的緊急出口在哪裡嗎？

同 crisis 危機

em•per•or [`ɛmpərə] .... 英中 六級

名 皇帝

• In Chinese history, the last **emperor** of Qing Dynasty was Puyi.
中國歷史上，清朝最後的皇帝是溥儀。

同 sovereign 君主、元首
反 civilian 平民、百姓

em•pha•size [`ɛmfə͵saɪz] .... 英初 六級

動 強調

• The teacher **emphasized** that every student should be punctual and diligent in his class.
這位老師強調每個在他班上的學生都要準時並且努力學習。

同 stress 強調

A B C D **E** F G H I J K L M N O P Q R S T U V W X Y Z

Level 3

國中小必考單字 — 高級篇

em·ploy [ɪmˈplɔɪ] 英中 六級

🔢 從事、雇用

- We will **employ** someone as an assistant to help with all the paperwork.
  我們會請一位助理來處理文書工作。

🔄 hire 雇用

employment [ɪmˈplɔɪmənt] 英初 四級

🔢 職業

- Helen found **employment** as a secretary.
  海倫找到一個當秘書的工作。

🔄 profession 職業

em·ploy·ee [ɪmˈplɔɪi] 英中 六級

🔢 從業人員、職員

- There are more than one thousand **employees** in this shoe factory.
  在這個鞋子工廠裡有超過一千個員工。

🔄 worker 工作人員

em·ploy·er [ɪmˈplɔɪɚ] 英中 六級

🔢 老闆、雇主

- A good **employer** must have good communication with his employees.
  一位優秀的雇主需要有能和員工溝通的能力。

🔄 boss 老闆
🔄 employee 雇員

emp·ty [ˈɛmptɪ] 英初 四級

🔢 空的
🔢 倒空

- Nobody wants to live an **empty** life.
  沒有人想要過空虛的生活。

🔄 vacant 空的
🔄 full 滿的

en·a·ble [ɪnˈebl] 英中 六級

🔢 使…能夠

- Learning foreign languages **enables** you to communicate with more people.
  學習外語讓你能夠和更多人溝通。

🔄 empower 授權與、使能夠

en·er·ge·tic [ˌɛnɚˈdʒɛtɪk] 英初 四級

🔢 有精力的

- Meditation will help you get rid of stress and make you more **energetic**.
  沉思會幫助你擺脫壓力，讓你更有活力。

🔄 vigorous 精力旺盛的
🔄 downhearted 無精打采的

en·gage [ɪnˈgedʒ] 英中 六級

🔢 雇用、允諾、訂婚

- We didn't know she's **engaged** untill she showed us her wedding ring.
  我們都不知道她已經訂婚了，直到她給我們看她的結婚戒指。

🔄 employ 雇用

en·gage·ment [ɪnˈgedʒmənt] 英中 六級

🔢 預約、訂婚

- Her stepmother was invited to her **engagement** party and wedding.
  她的繼母被邀請去參加她的訂婚派對和婚禮。

🔄 reservation 預訂

en·gine [ˈɛndʒən] 英初 四級

🔢 引擎

- My truck has been having an **engine** problem recently.
  我的卡車最近一直有引擎的問題。

🔄 motor 馬達、發動機

en•gi•neer [ˌɛndʒəˋnɪr]........... 英初 四級

名 工程師

- The **engineer** is coming to check our cable wire tomorrow afternoon.
  那位工程師明天下午要來檢查我們的第四台線路。

en•joy•a•ble [ɪnˋdʒɔɪəbl] .... 英中 六級

形 愉快的

- Learning shouldn't be a tough work; it should be **enjoyable**.
  學習不應該是一項艱難的工作，它應該是愉悅的。

同 delightful 愉快的
反 sad 悲哀的、傷心的

en•try [ˋɛntrɪ] .... 英中 六級

名 入口

- We couldn't find the entry of this building though we followed the **entry** sign.
  雖然我們跟著這入口指示走，但還是找不到這棟大樓的入口處。

同 entrance 入口
反 outlet 出口

en•vi•ron•men•tal
[ɪnˋvaɪrənmənt]...................... 英中 六級

形 環境的

- **Environmental** protection movement has been operating for a long time in Taiwan.
  環境保護運動在臺灣已經發展好一段時間了。

en•vy [ˋɛnvɪ] .... 英初 四級

名 羨慕、忌妒
動 對…羨慕

- I really **envy** your beauty and intelligence.
  我很羨慕你的美麗與智慧。

同 admire 羨慕

e•rase [ɪˋres] .... 英中 六級

動 擦掉

- I tried to **erase** some people from my memory.
  我試著想要把一些人從記憶中抹去。

同 wipe 擦、抹

es•cape [əˋskep] .... 英中 六級

動 逃走
名 逃脫

- Five prisoners have **escaped** from the prison and vanished.
  五個囚犯從監獄中脫逃並且消失了。

同 flee 逃走

e•vil [ˋivl̩] .... 英初 四級

形 邪惡的
名 邪惡

- A woman could be as kind as an angel or as **evil** as a snake.
  女人可以像天使一樣善良，也可以像毒蛇一樣邪惡。

同 evil 邪惡的
反 merciful 仁慈的

ex•cel•lence [ˋɛksləns] .... 英中 六級

名 優點、傑出

- Their performance was beyond **excellence**.
  他們的表演十分傑出。

同 merit 優點
反 shortcoming 缺點

ex•change [ɪksˋtʃendʒ] .... 英中 六級

名 交換
動 貿易

- An **exchange** of Christmas presents Is a great activity on Christmas.
  在耶誕節交換禮物是個很棒的活動。

同 trade 交換、做買賣

A
B
C
D
E
F
G
H
I
J
K
L
M
N
O
P
Q
R
S
T
U
V
W
X
Y
Z

🔊 Track 485

🔊 Track 486

ex•hi•bi•tion
[ˌɛksəˋbɪʃən] .... 英中 六級

名 展覽

• They are going to an **exhibition** of Greek paintings at the national museum.
他們正要去參觀在國家博物館的希臘畫作展覽。

同 display 展覽

ex•is•tence
[ɪgˋzɪstəns] .... 英中 六級

名 存在

• Do you believe in the **existence** of aliens?
你相信外星人的存在嗎？

同 being 存在

ex•it [ˋɛgzɪt] .... 英初 四級

名 出口　動 離開

• There are many emergency **exits** in the building.
在這棟大樓有很多緊急出口。

同 outlet 出口
反 entrance 入口

ex•pec•ta•tion
[ˌɛkspɛkˋteʃən] .... 英中 六級

名 期望

• The diversity of campus life is my **expectation**.
多樣化的校園生活超出我的預期。

同 hope 希望、期望

ex•pense [ɪkˋspɛns] .... 英中 六級

名 費用

• We decided to cut down on our **expenses** and save more money.
我們決定減少花費多存點錢。

同 cost 花費

ex•per•i•ment
[ɪkˋspɛrəmənt] .... 英中 六級

名 實驗
動 實驗

• Those graduate students need to do **experiments** in the lab.
那些研究生必須在實驗室裡做研究。

同 experimentation 實驗

ex•plode [ɪkˋsplod] .... 英中 六級

動 爆炸、推翻

• The bomb was **exploded** by the army after a week.
在一個禮拜過後這顆炸彈被軍隊引爆。

同 blast 爆破、炸掉

ex•port
[ɪksˋport] / [ˋɛksport] .... 英中 六級

動 輸出
名 出口貨、輸出

• New Zealand dairy products are **exported** to many different countries in Asia.
紐西蘭的乳製品出口到亞洲各地不同的國家。

同 output 輸出
反 import 進口

ex•pres•sion
[ɪkˋsprɛʃən] .... 英中 六級

名 表達

• Kevin sent the shopkeeper some flowers as an **expression** of appreciation.
凱文送給店主一些花表示謝意。

同 representation 表示法、陳述

ex•pres•sive
[ɪkˋsprɛsɪv] .... 英中 六級

形 表達的

• There's a difference between being **expressive** and talkative.
在善於表達與多話之間還是有差別的。

同 expressional 表現的

ex•treme [ɪkˈstrim] 英中 六級

形 極度的
名 極端的事

• The promotion gave her **extreme** joy and confidence.
升職給她極度的愉悅與信心。

同 utmost 極度的

fa•ble [ˈfebl̩] 英中 六級

名 寓言

• It is a mere **fable**; we shouldn't trust it.
它只是個寓言，我們不應該相信。

同 parable 寓言

fac•tor [ˈfæktɚ] 英中 六級

名 因素、要素

• Promotion will be a crucial **factor** in the success of this new product.
促銷將會是這個新產品成功的主要因素。

同 cause 原因

fade [fed] 英中 六級

動 凋謝、變淡

• Don't hang your clothes and pants out in the bright sun; the color will **fade** soon.
不要把你的衣服和褲子掛在大太陽底下，它們很快就會褪色了。

同 wither 凋謝
反 brighten 變亮

faint [fent] 英中 六級

形 暗淡的
名 昏厥

• His breathing became **faint**.
他的呼吸變弱。

同 pale 暗淡的、無力的
反 robust 強壯的、健康的

fair•ly [ˈfɛrlɪ] 英中 六級

副 相當地、公平地

• I am **fairly** sure that he's telling a lie.
我相當確定他在說謊。

同 justly 公正地
反 unfairly 不公平地、不正當地

fair•y [ˈfɛrɪ] 英中 六級

名 仙子
形 神仙的

• **Fairy** Tales take us to many places that we wouldn't be able to visit.
童話故事帶領我們到很多我們無法探訪的地方。

同 peri 仙女、美女

faith [feθ] 英中 六級

名 信任

• Once a political party failed to implement a poilcy, it's hard for the public to regain their **faith** in their administrative ability.
一旦一個政黨無法實行一項政策，要人民恢復對該政黨執政能力的信任就會很困難。

同 trust 信任
反 distrust 不信任

fake [fek] 英中 六級

形 冒充的
動 仿造

• Could you distinguish a real coin from a **fake** one?
你可以分辨出真的硬幣與假的硬幣間的差別嗎？

同 counterfeit 仿造、偽裝

fa•mil•iar [fəˈmɪljɚ] 英中 六級

形 熟悉的、親密的

• Jennifer just moved in this community; she is not very **familiar** with this area.
珍妮佛剛搬到這個社區，她對這個區域並不熟悉。

同 intimate 親密的
反 strange 陌生的

A B C D E F G H I J K L M N O P Q R S T U V W X Y Z

2

🔊 Track 489

fan / fa•nat•ic
[fæn] / [fəˋnætɪk] .... 英中 六級

图 狂熱者、迷、粉絲

• Ellen is a big **fan** of jazz music; she goes to every jazz concert.
艾倫是爵士樂狂，她參加了每一個爵士樂演唱會。

同 follower 跟隨者

fan•cy [ˋfænsɪ] .... 英中 六級

图 想像力、愛好

• This boy has a lively **fancy** and can draw almost anything.
這個男孩有十分生動的想像力，他幾乎什麼都畫得出來。

同 hobby 業餘愛好

fare [fɛr] .... 英中 六級

图 費用、運費

• If you travel on weekdays, you can get a half price on train **fare**.
如果你在平日去旅遊，你在車資上可以得到半價。

同 fee 費用

far•ther [ˋfɑrðɚ] .... 英中 六級

副 更遠地
形 更遠的

• I think we should not go **farther** because it is getting darker and darker.
天色越來越暗了，我想我們不應該再走更遠了。

同 further 更遠的
反 closer 更近的

fash•ion [ˋfæʃən] .... 英中 六級

图 時髦、流行

• Vogue is one of the most famous international **fashion** magazine.
Vogue 是最有名的國際時尚雜誌之一。

同 style 時髦

🔊 Track 490

fash•ion•a•ble
[ˋfæʃənəbl] .... 英中 六級

形 流行的、時髦的

• It was **fashionable** to wear mini skirts at the moment.
在當時穿迷你裙是很流行的。

同 stylish 時髦的、入時的
反 outdated 過時的、不流行的

fas•ten [ˋfæsn̩et] .... 英中 六級

動 緊固、繫緊

• The stewardess made sure our seat belts were securely **fastened**.
這位空服員確定我們的安全帶有繫上。

同 tie 系、捆綁

fate [fet] .... 英中 六級

图 命運、宿命

• I believe in **fate** because things happen for a reason.
我相信命運是因為事出必有因。

同 destiny 命運

fau•cet / tap
[ˋfɔsɪt] / [ˋtæp] .... 英中 六級

图 水龍頭

• Water has been dripping from the leaky **faucet** for several days.
水龍頭已經漏水好幾天了。

同 hydrant 水龍頭、消防栓

fax [fæx] .... 英中 六級

图 傳真

• I'll text you the **fax** number of our company.
我再把我們公司的傳真號碼傳簡訊給你。

feath·er [ˈfɛðɚ] .... 英中 六級

名 羽毛、裝飾

- This **feather** pillow I got from my sister is very soft and comfortable.
  我姊姊給我的羽毛枕頭很軟也很舒服。

同 plume 羽毛

fea·ture [ˈfitʃɚ] .... 英中 六級

名 特徵、特色

- The **feature** of this scenic spot is its beautiful waterfall.
  這個觀光景點的特色就是美麗的瀑布。

同 character 特徵

file [faɪl] .... 英中 六級

名 檔案
動 存檔、歸檔

- My boss asked me to read the documents the **file** before the meeting.
  我老闆要我在開會前把檔案資料看完。

同 document 文件

fire·work [ˈfaɪrˌwɝk] .... 英中 六級

名 煙火

- Many people enjoy **firework** displays on Lantern Festival.
  很多人都很喜歡元宵節的煙火秀。

同 sparkler 閃爍發光物尤指煙火

fist [fɪst] .... 英中 六級

名 拳頭
動 拳打、緊握

- He raised his **fist** when he gets angry.
  他生氣時就會舉起拳頭。

同 grip 緊握

flame [flem] .... 英中 六級

名 火焰
動 燃燒

- We still see a few **flames** from the forest fire around the neighborhood.
  在這附近我們仍然可以看到森林大火的零星火花。

同 blaze 火焰

fla·vor [ˈflevɚ] .... 英中 六級

名 味道、風味
動 添情趣、添風味

- My favorite ice cream **flavor** is strawberry.
  我最喜歡的霜淇淋口味是草莓。

同 taste 味道

flea [fli] .... 英中 六級

名 跳蚤

- I bought this bull leather bag from the **flea** market last weekend.
  我上週末在跳蚤市場買了一個牛皮包包。

flesh [flɛʃ] .... 英中 六級

名 肉體、軀殼

- Lions, tigers, and bears are **flesh** eating mammals.
  獅子、老虎和熊是肉食性哺乳類動物。

同 corporality 肉體、身體
反 soul 靈魂

float [flot] .... 英中 六級

動 使⋯漂浮

- A lot of empty bottles and fallen leaves **floating** on the water.
  在水面上漂著很多空瓶子和落葉。

同 drift 漂流

🔊 Track 493

flock [flɑk] .... 英中 六級

名 禽群、人群

- The shepherd kept his eye on his **flock** of sheep.
  牧羊人看守著他的羊群。

同 crowd 人群

fold [fold] .... 英中 六級

動 摺疊

- I saw him **fold** the love letter in half and put it in an envelope.
  我看到他把情書對折放進去信封裡。

反 unfold 展開

folk [fok] .... 英中 六級

名 人們
形 民間的

- **Folks**, don't forget to turn off the light before you leave.
  大家，在你們離開前別忘記關燈。

同 people 人們、人民

fol•low•er [ˈfɑləwɚ] .... 英中 六級

名 跟隨者、屬下

- My sister is a keen **follower** of baseball.
  我姊姊是個狂熱的棒球迷。

同 subordinate 屬下
反 superior 上級

fond [fɑnd] .... 英中 六級

形 喜歡的

- The children in this class are **fond** of making clay.
  這個班上的孩童很喜歡做黏土。

同 favorite 特別喜愛的
反 distasteful 令人反感的、討厭的

🔊 Track 494

fore•head / brow [ˈfɔrˌhɛd] / [brau] .... 英中 六級

名 前額、額頭

- You've got a price tag on your **forehead**.
  在你的額頭上有一個標籤。

for•ev•er [fɚˈɛvɚ] .... 英中 六級

副 永遠

- The man said he will love her **forever**.
  那個男人說他會永遠愛她。

同 always 永遠

forth [forθ] .... 英中 六級

副 向外、向前、在前方

- I always walk back and **forth** as I am in brainstorming mode.
  當我在動腦筋時我會來回走動。

同 forward 向前地
反 backward 向後地

for•tune [ˈfɔrtʃən] .... 英中 六級

名 運氣、財富

- Diana inherited a great **fortune** from her grandmother.
  戴安娜繼承了她祖母的大筆遺產。

同 luck 運氣

found [faund] .... 英中 六級

動 建立、打基礎

- Harvard University was **founded** in Massachusetts in 1636.
  哈佛大學 1636 年設立於麻省。

同 establish 建立

🔊 Track 495

foun•tain [ˈfauntn̩] .... 英中 六級

名 噴泉、噴水池

- A large marble **fountain** was set in the middle of the garden.
  這花園中建了一個很大的大理石噴泉。

同 geyser 天然熱噴泉

freeze [friz] .... 英中 六級

動 凍結

- We always go skating on the lake when it **freezes** in the winter time.
  當冬天河面結冰時，我們都會去溜冰。
- 同 congeal 凍結、凝結
- 反 melt 融化、熔化

fre•quent [ˈfrikwənt] .... 英中 六級

形 常有的、頻繁的

- The second most **frequent** cause of death for human beings is cancer.
  人類第二大死因就是癌症。
- 同 regular 經常的
- 反 scarce 稀少的、罕見的

friend•ship [ˈfrɛndʃɪp] .... 英中 六級

名 友誼、友情

- True **friendship** is like sound health; the value of it is seldom known until it is lost.
  真正的友情就像是健康一樣，直到你失去了你才會瞭解到它的存在。
- 同 companionship 友誼、交情

frus•trate [ˈfrʌstret] .... 英中 六級

動 使…受挫、擊敗

- It really **frustrates** me that I'm not able to put my plan into action.
  對於無法把我的計劃付諸實行我覺得很受挫。
- 同 defeat 擊敗

◀ Track 496

fry [ˈfraɪ] .... 英中 六級

動 油炸、炸

- You should cut potatoes into slices before they're **fried** with butter.
  你把馬鈴薯用奶油油炸前應該先切片。
- 同 deep-fry 油炸

fund [fʌnd] .... 英中 六級

名 資金、財源　動 投資、儲蓄

- The school has set up a special **fund** to buy new computer facilities.
  學校已經有專用基金要來購買新的電腦設備了。
- 同 capital 資金

fur [fɝ] .... 英中 六級

名 毛皮、軟皮

- **Fur** coats are the symbol of elegance.
  貂皮大衣是高貴的象徵。
- 同 pelage 皮毛、生皮

fur•ni•ture [ˈfɝnɪtʃɚ] .... 英中 六級

名 傢俱、設備

- We left only a piece of **furniture** in the old house when we moved out.
  當我們搬離舊家時，只留下一組傢俱。
- 同 fitment 傢俱、裝置

Gg

gal•lon [ˈgælən] .... 英中 六級

名 加侖

- One Britian **gallon** is equivalent to 4.55 liters.
  一加侖相當於 4.55 公升。

◀ Track 497

gam•ble [ˈgæmbl̩] .... 英中 六級

動 賭博
名 賭博、投機

- My father thinks it is very risky to **gamble** on the stock exchange.
  我的父親覺得玩股票是很冒險的。
- 同 bet 打賭

gang [gæŋ] .... 英中 六級

名 一隊工人、一群囚犯

- A **gang** of Greek civil servants went on a strike last week.
  上週一群希臘的公務員罷工。
- 同 group 組、群

gap [gæp] 英中 六級

名 差距、缺口

- There is a wide **gap** between the rich and the poor.
  貧富之間的差距很大。

同 breach 不和、缺口

gar•lic [`gɑrlɪk] 英中 六級

名 蒜

- My mother sprinkled some **garlic** powder on the roast beef.
  我的媽媽在烤牛肉上撒了一些大蒜粉。

gas•o•line / gas•o•lene / gas
[`gæsl͵in] / [͵gæsl`in] / [gæs] 英中 六級

名 汽油

- **Gasoline** price in Taiwan has fallen every week so far.
  臺灣油價到目前為止每週都在跌。

同 petroleum 石油

🔊 Track 498

ges•ture [`dʒɛstʃɚ] 英中 六級

名 手勢、姿勢
動 打手勢

- Dolly made a rude **gesture** at her husband to show her anger.
  朵莉對她丈夫做了一個很粗魯的手勢來表現她的憤怒。

同 posture 姿勢

glance [glæns] 英中 六級

動 瞥視、看一下
名 一瞥

- Mary helped me **glance** through this article to see if it is alright.
  瑪莉幫我看這篇文章是否通順。

同 glimpse 瞥見

glob•al [`globl̩] 英中 六級

形 球狀的、全球的

- Influenza A virus has become one of the **global** issues in recent years.
  新流感在這幾年已經變成了全球性的議題。

同 worldwide 全世界的
反 regional 地區的、局部的

glo•ry [`glorɪ] 英中 六級

名 榮耀、光榮
動 洋洋得意

- The retired general was holding an old picture and recalling his past **glories**.
  這退休的將軍手拿著舊照片，回憶他過去的光榮時刻。

同 honor 光榮

glow [glo] 英中 六級

動 熾熱、發光
名 白熱光

- We've spent an entire day on the beach; our bodies were **glowing** when we came home.
  我們已經在沙灘上待了一整天，當我們回家時，身體還在發熱。

同 blaze 光輝

🔊 Track 499

gos•sip [`gɑsəp] 英中 六級

名 閒聊
動 說閒話

- Mrs. Lin likes to have a **gossip** with her neighbor next door.
  林太太喜歡跟隔壁的鄰居閒聊。

同 chat 閒聊

gov•er•nor [`gʌvɚnɚ] 英中 六級

名 統治者

- The **governor** of the district ordered that the police should disperse the protestors immediately.
  地區總督下令警察立即驅散抗議人士。

同 ruler 統治者

gown [gaʊn] .... 英中 六級

名 長袍、長上衣

- All the patients wear hospital **gowns** in this hospital.
  這家醫院所有的病人都穿著病袍。

同 robe 長袍

grab [græb] .... 英中 六級

動 急抓、逮捕

- I was starving, so I **grabbed** something to eat after school.
  我太餓了，所以我在放學後隨意拿了些東西來吃。

同 snatch 抓住

grad•u•al [ˈɡrædʒʊəl] .... 英中 六級

形 逐漸的、漸進的

- We noticed a **gradual** change of temperature when we were driving toward the north.
  當我們的車往北方駛去，我們逐漸感受到溫度的變化。

反 sudden 突然的

🔊 Track 500

grad•u•ate
[ˈɡrædʒʊɪt] / [ˈɡrædʒʊˌet]
.... 英中 六級

名 畢業生
動 授予學位、畢業

- She **graduated** from Beijing University last year.
  她去年從北京大學畢業。

同 alumni 畢業生、校友

grain [ɡren] .... 英中 六級

名 穀類、穀粒

- My mother always says that we can't waste any **grain** of rice.
  我媽總是說我們一粒米都不能浪費。

同 cereal 穀物

gram [græm] .... 英中 六級

名 公克

- One kilogram is equivalent to one thousand **grams**.
  一公斤等於一千公克。

grasp [græsp] .... 英中 六級

動 掌握、領悟、抓牢

- My daughter **grasped** my hand tightly when she heard the thunder.
  當我的女兒聽到打雷聲時，她緊握著我的手。

同 grab 抓住

grass•hop•per
[ˈɡræsˌhɑpɚ] .... 英中 六級

名 蚱蜢

- A **grasshopper** lives mainly in grasslands and forests.
  蚱蜢主要是住在草地和森林裡。

同 locust 蝗蟲、蚱蜢

🔊 Track 501

green•house
[ˈɡrinˌhaʊs] .... 英中 六級

名 溫室

- The **greenhouse** effect would raise the temperature a little more.
  溫室效應會使溫度微微升高。

同 hot-house 溫室、暖房

grin [ɡrɪn] .... 英中 六級

動 露齒而笑
名 露齒而笑

- We have no idea what Candy is **grinning** about.
  我們不知道凱蒂在笑什麼。

同 smile 微笑

gro•cer•y [ˈɡrosərɪ] .... 英中 六級

名 雜貨店

- The **grocery** store is just next to the post office.
  那家雜貨店就在郵局隔壁。

同 drugstore 藥房、雜貨店

A B C D E F **G** H I J K L M N O P Q R S T U V W X Y Z

guard•i•an [ˈɡɑrdɪən] .... 英中 六級

名 保護者、守護者

- Athena, the Greek goddess of wisdom and military victory, is the **guardian** of Athens.
  雅典娜是希臘智慧與勝利的象徵，也是雅典的守護神。

同 protector 保護者
反 impairer 損害者、傷害者

guid•ance [ˈɡaɪdn̩s] .... 英中 六級

名 引導、指導

- How could I make it without your **guidance**?
  沒有你的指導我怎麼能成功？

同 direction 指導

🔊 Track 502

gum [ɡʌm] .... 英中 六級

名 膠、口香糖

- Would you like some bubble **gums** after the meal?
  你想要在飯後吃點口香糖嗎？

同 rubber 橡膠

gym•na•si•um / gym
[dʒɪmˈnezɪəm] / [dʒɪm] .... 英中 六級

名 體育館、健身房

- How often does Terry go to the **gymnasium**?
  泰瑞多久上一次健身房啊？

同 stadium 運動場、體育場

Hh ↘

hair•dress•er
[ˈhɛrˌdrɛsɚ] .... 英初 四級

名 理髮師

- My mother has got a three o'clock appointment at the **hairdresser**'s.
  我的母親和髮型設計師約三點到。

同 barber 理髮師

hall•way [ˈhɔlˌwe] .... 英中 六級

名 玄關、門廳

- Those bags were left in the **hallway** by a young lady.
  這些袋子被一個年輕的女生放在玄關。

同 hall 門廳、禮堂

hand•ful [ˈhændˌful] .... 英中 六級

名 少量、少數

- I gave my niece a **handful** of chocolate from my pocket.
  我從我口袋裡拿出一把巧克力給我姪女。

🔊 Track 503

handy [ˈhændɪ] .... 英中 六級

形 手巧的、手邊的

- The wireless portable charger will come in **handy** when we travel overseas.
  當我們出國旅行時，無線行動電源將會派上用場。

同 convenient 方便的、隨手可得的
反 inconvenient 不方便的

har•bor [ˈhɑrbɚ] .... 英中 六級

名 港灣

- I like to see the ship steaming into the **harbor** at dusk.
  我喜歡看著船在黃昏駛進港口。

同 port 港口

harm [hɑrm] .... 英中 六級

名 損傷、損害
動 傷害、損害

- The lady and her infant were **harmed** in the car accident.
  這個年輕的女士和她的嬰兒在車禍中受傷了。

同 damage 損害

harm•ful [ˈhɑrmfəl] .... 英中 六級

形 引起傷害的、有害的

- Too much alcohol is **harmful** to your health.
  喝太多酒對你的身體有害。

同 destructive 破壞的
反 helpful 有益的、給予幫助的

har•vest [ˈhɑrvɪst] 英中 六級

名 收穫

動 收穫、收割穀物

- After the **harvest**, the farmers began to prepare the soil for seed.
  在收割過後，農夫開始準備翻土播種。

同 reap 收割、收穫

🔊 Track 504

hast•y [ˈhestɪ] 英中 六級

形 快速的

- We shouldn't be **hasty** in reaching a conclusion.
  我們不應該太快下結論。

同 swift 快速的

反 slow 緩慢的

hatch [hætʃ] 英中 六級

動 計劃、孵化

- Turtle eggs will be **hatched** in an average of two to three months.
  烏龜蛋孵化平均要二到三個月。

同 plan 計劃

hawk [hɔk] 英中 六級

名 鷹

- Ted fed baby **hawks** with dead chicks and mice.
  泰德用死雞和老鼠餵食小鷹。

同 eagle 鷹

hay [he] 英中 六級

名 乾草

- They use **hay** as animal fodder to feed the cattle and sheep.
  他使用乾草當飼料餵食牛羊。

head•line [ˈhɛdˌlaɪn] 英中 六級

名 標題

- The news of the earthquake in Haiti was splashed in **headlines** across all the newspapers yesterday.
  海地地震的新聞昨天被放在所有報紙的標題。

同 title 標題

🔊 Track 505

head•quar•ters [ˈhɛdˌkwɔrtəz] 英中 六級

名 總部、大本營

- The **headquarters** of this company is in New York.
  這家公司的總部在紐約。

同 citadel 根據地、大本營

heal [hil] 英中 六級

動 治癒、復原

- It takes a long time to **heal** a broken heart.
  要治療心靈的創傷需要很長的時間。

同 cure 治癒

heap [hil] 英中 六級

名 積累　動 堆積

- The desk was **heaped** with books, magazines and newspaper.
  這張書桌堆滿了書、雜誌和報紙。

同 accumulate 積聚、累加

heav•en [ˈhɛvən] 英中 六級

名 天堂

- We saw millions of stars shinning in the clear **heavens**.
  我們看天上數以萬計的星星在晴朗的夜空閃爍。

同 paradise 天堂　反 hell 地獄

heel [hil] 英中 六級

名 腳後跟

- After a long day walking in the mountains, I had a blister on my **heel**.
  在山上走了一天之後，我的後腳跟長了一顆水泡。

A B C D E F G **H** I J K L M N O P Q R S T U V W X Y Z

Track 506

hell [hɛl] 英中 六級

名 地獄、悲慘處境

• Do you believe people would go to **hell** after death, and they would be punished forever for the deeds during they lives?
你相信壞人死後會因為在世時所做的壞事而下地獄遭受懲罰嗎？

同 misery 悲慘、苦難

反 heaven 天堂

hel•met [ˈhɛlmɪt] 英中 六級

名 頭盔、安全帽

• You'd better wear a **helmet** when you go bike riding.
當你騎腳踏車時，最好戴上安全帽。

同 headpiece 頭盔、帽子

hes•i•tate [ˈhɛzəˌtet] 英中 六級

動 遲疑、躊躇

• She didn't **hesitate** to refuse my request; I was absolutely disappointed.
她毫不猶豫地拒絕我的要求，我真的很失望。

同 vacillate 躊躇、猶豫

hike [haɪk] 英初 四級

名 徒步旅行、健行

• Would you like to go **hiking** with us this weekend?
這個週末你想要和我們一起去健行嗎？

同 wayfaring 徒步旅行

hint [hɪnt] 英中 六級

名 暗示

• Did Ann give you any **hint** about when she would leave?
安有暗示你她什麼時候會離開嗎？

同 imply 暗示

Track 507

his•to•ri•an [hɪsˈtorɪən] 英中 六級

名 歷史學家

• My father is a **historian** and teaches history at university.
我父親是個歷史學家，在大學教歷史。

his•tor•ic [hɪsˈtɔrɪk] 英中 六級

形 歷史性的

• National Taiwan Democracy Memorial Hall is one of the most famous **historic** building in Taiwan.
國立中正紀念堂是臺灣最有名的歷史建築物之一。

同 historical 歷史上的、史學的

his•tor•i•cal [hɪsˈtɔrɪk!] 英中 六級

形 歷史的

• They enjoy watching movies, especially **historical** films.
他們喜歡看電影，特別是歷史片。

同 historic 有歷史意義的

hive [haɪv] 英中 六級

名 蜂巢、鬧區

• I couldn't tell you how many bees were there in this **hive** because they were too many to count.
我無法告訴你這蜂巢裡有多少蜜蜂，因為多到數不出來。

hol•low [ˈhɑlo] 英中 六級

形 中空的、空的

• They built a wall between the living room and kitchen with **hollow** blocks.
他們在客廳和廚房用空心磚築了一道牆。

同 empty 空的

反 full 滿的

◀) Track 508

ho•ly [ˈholɪ] .... 英中 六級

形 神聖的、聖潔的

• The **holy** songs are sung in the church by people every weekend.
每個週末都有人在教堂唱聖歌。

同 sacred 神聖的

home•town [ˈhomˌtaʊn] .... 英中 六級

名 家鄉

• She left her **hometown** when she was thirteen.
她 13 歲時就離開她的家鄉。

同 homeland 祖國、家鄉

hon•es•ty [ˈɑnɪstɪ] .... 英初 四級

名 正直、誠實

• He told her in all **honesty** that he didn't love her anymore.
他誠實的告訴她他已經不愛她了。

同 integrity 誠實、正直

hon•or [ˈɑnɚ] .... 英中 六級

名 榮耀、尊敬

• My brother used to be an **honor** to our family.
我的哥哥曾經是我們家裡的榮耀。

同 respect 尊敬

horn [hɔrn] .... 英中 六級

名 喇叭

• Taxi drivers like to sound the **horns** to show their anger instead of warning.
計程車司機喜歡按喇叭來表現他們的憤怒，而不是用來警告危險。

同 loudspeaker 揚聲器、喇叭

◀) Track 509

hor•ri•ble [ˈhɑrəbl̩] .... 英中 六級

形 可怕的

• It's a **horrible** thing to see a person on fire.
看到人身上著火真是太可怕了。

同 terrible 可怕的

反 fearless 無畏的、大膽的

horror [ˈhɑrɚ] .... 英中 六級

名 恐怖、恐懼

• The crowd cried out in **horror** as the airplane hit the World Trade Center.
當飛機撞上世貿大廈時，人群都恐慌的大聲哭喊。

同 panic 恐慌

hour•ly [ˈaʊɚlɪ] .... 英中 六級

形 每小時的
副 每小時地

• The doctor reminded him that this medicine should be taken **hourly**.
醫生提醒他要每一個小時服一次藥。

同 horary 每小時的

house•keep•er
[ˈhaʊsˌkipɚ] .... 英中 六級

名 主婦、管家

• We're not rich enough to afford a **housekeeper**.
我們不夠富有，請不起一個管家。

同 housewife 主婦

hug [hʌg] .... 英初 四級

動 抱、緊抱
名 緊抱、擁抱

• They **hugged** each other happily when they met in the airport.
當他們在機場見面時，高興地相互擁抱。

同 embrace 擁抱

◀) Track 510

hu•mor•ous [ˈhjumərəs] .... 英初 四級

形 幽默的、滑稽的

• Denny is a **humorous** and witty person.
丹尼是個很幽默風趣的人。

同 funny 好笑的

265

hush [hʌʃ] .... 英中 六級

動 使靜寂
名 靜寂

• The mother couldn't **hush** the crying child no matter how hard she tried.
這母親無論怎麼做都無法讓小孩停止哭泣。
同 silence 寂靜

hut [hʌt] .... 英中 六級

名 小屋、茅舍

• I wondered how the poor old man survived in this little wooden **hut** when the winter came.
我懷疑住在這木屋的貧困老人是怎麼度過寒冬的。
同 cabin 小木屋

ic•y [ˈaɪsɪ] .... 英中 六級

形 冰的

• Do not open the window; there's an **icy** wind blowing outside.
不要打開窗戶，外面的風很冰冷。
同 glacial 冰的、冰狀的

i•de•al [aɪˈdiəl] .... 英中 六級

形 理想的、完美的

• We haven't found an **ideal** person for the position yet.
我們還沒找到這個職位的理想人選。
同 perfect 完美的
反 defective 有缺陷的、有瑕疵的

🔊 Track 511

i•den•ti•ty [aɪˈdɛntətɪ] .... 英中 六級

名 身份

• An undercover agent's **identity** is always being kept as a secret.
臥底的身份總是被保密的。
同 status 地位、身份

ig•no•rance [ˈɪgnərəns] .... 英中 六級

名 無知、不學無術

• Before the meeting, we were in complete **ignorance** of the manager's final decision.
在開會之前，我們全都不知道經理最後的決定是什麼。
反 knowledge 學識

im•age [ˈɪmɪdʒ] .... 英中 六級

名 影像、形象

• Girls always have an **image** in their minds of how their weddings would be.
女孩子總是會在心中想像自己的婚禮將會是什麼樣子。
同 picture 畫面、圖像

i•mag•i•na•tion [ɪˌmædʒəˈneʃən] .... 英中 六級

名 想像力、創作力

• You can't make any good stories if you have no **imagination**.
如果你沒有想像力，你就無法編出好的故事。
同 originality 創作力

im•me•di•ate [ɪˈmidɪɪt] .... 英中 六級

形 直接的、立即的

• You wouldn't see the **immediate** effect; it takes time.
你不會看到立即的效果，它需要一點時間。
同 direct 直接的
反 indirect 間接的

🔊 Track 512

im•port [ɪmˈport] / [ˈɪmport] .... 英中 六級

動 進口、輸入
名 輸入品、進口

• Taiwan **imported** a large number of cars from Japan and Germany last year.
臺灣去年從日本和德國進口很多車。
同 input 輸入 **反** export 出口

im·press [ɪm`prɛs] 英中 六級

動 留下深刻印象、使…感動

- His witty words really **impressed** all of the audience.
  他風趣的言語給觀眾留下深刻的印象。

同 touch 觸摸、感動

im·pres·sive [ɪm`prɛsɪv] 英中 六級

形 印象深刻的

- We saw some **impressive** paintings in the art gallery.
  我們在藝廊看到一些讓人印象深刻的畫作。

同 striking 惹人注目的、顯著的

in·deed [ɪn`did] 英中 六級

副 實在地、的確

- Many people are very poor in India **indeed**.
  印度有很多人實在很窮。

同 really 實在、事實上

in·di·vid·u·al [ˏɪndə`vɪdʒʊəl] 英中 六級

形 個別的
名 個人

- Every **individual** has the right to survival and liberty.
  每個人都有生存和自由的權利。

同 separate 各自的

🔊 Track 513

in·door [`ɪnˏdor] 英中 六級

形 屋內的、室內的

- What kind of **indoor** activities do you usually do on weekends?
  你在週末通常做什麼樣的室內運動？

反 outdoor 戶外的

in·doors [`ɪn`dorz] 英中 六級

副 在室內

- The kids had to stay **indoors** because it was raining outside.
  孩子們因為外面在下雨而被困在屋內。

反 outdoors 在戶外

in·dus·tri·al [ɪn`dʌstrɪəl] 英中 六級

形 工業的

- During the eighteenth century, the **Industrial** Revolution spread throughout Britain.
  十八世紀期間英國展開工業革命。

反 agricultural 農業的

in·fe·ri·or [ɪn`fɪrɪɚ] 英中 六級

形 較低的、較劣的

- These goods we imported from Thailand are **inferior** to those we imported from Vietnam last year.
  這些我們從泰國進口的產品比起去年我們從越南進口的還差。

同 worse 較差的
反 better 更好的

in·form [ɪn`fɔrm] 英中 六級

動 通知、報告

- If you want to change the subject of the research, you should **inform** your professor first.
  假如你想要變更研究主題，你應該先告知你的教授。

同 notice 通知

🔊 Track 514

in·jure [`ɪndʒɚ] 英中 六級

動 傷害、使受傷

- Her legs were **injured** in that terrible car accident.
  她的腳在那場嚴重的車禍中受傷了。

同 hurt 傷害

in·ju·ry [`ɪndʒərɪ] 英中 六級

名 傷害、損害

- Jason was lucky to be saved from the firing house without **injury**.
  傑森很幸運地從著火的房子被救出來，而且毫髮無傷。

同 harm 傷害、損害

A B C D E F G H I J K L M N O P Q R S T U V W X Y Z

inn [ɪn] ...... 英中 六級

名 旅社、小酒館

- I will stay in Holiday **Inn** in this town for a few days; you can come over to see me anytime.
  我將會在鎮上的假日酒店住幾天；你可以隨時來看我。
- 同 porterhouse 小酒店、餐館

in•ner [ˋɪnɚ] ...... 英中 六級

形 內部的、心靈的

- **Inner** beauty is more important than outside beauty, so we should make our minds beautiful.
  內在美比外在美重要，所以我們應該充實我們的內在。
- 同 internal 內部的　反 outer 外部的

in•no•cent [ˋɪnəsn̩t] ...... 英中 六級

形 無辜的、純潔的

- Nobody believes that he is **innocent**.
  沒有人相信他是清白的。
- 同 chaste 貞潔的、純潔的
- 反 guilty 罪惡的

🔊 Track 515

in•spect [ɪnˋspɛkt] ...... 英中 六級

動 調查、檢查

- Dan **inspected** the water pipe for leaks.
  丹檢查了水管的裂縫。
- 同 examine 檢查、調查

in•spec•tor [ɪnˋspɛktɚ] ...... 英中 六級

名 視察員、檢查者

- We showed our tickets to the ticket **inspector** before we got into the amusement park.
  我們進遊樂場前把票給剪票人員檢查。
- 同 scrutator 檢查者

in•stead [ɪnˋstɛd] ...... 英中 六級

副 替代

- I've been tired of eating rice for dinner every day; I would like to have something special **instead**.
  我已經厭倦每天晚餐都吃米飯了，我想要換個特別的口味。
- 同 substitute 代替

instruction [ɪnˋstrʌkʃən] ...... 英中 六級

名 指令、教導

- The boy scouts need clear **instructions** on what to do next.
  童子軍們需要清楚的指令來瞭解接下來要做什麼。
- 同 command 命令、指揮

in•ter•nal [ɪnˋtɝn̩l] ...... 英中 六級

形 內部的、國內的

- How many **internal** organs does a human have?
  一個人內部的器官有多少個？
- 同 domestic 國內的
- 反 overseas 國外的

🔊 Track 516

in•ter•rupt [͵ɪntəˋrʌpt] ...... 英初 四級

動 干擾、打斷

- I'm so sorry to **interrupt** you, but what you just said was not true.
  我很抱歉打擾到你，但你剛剛說的並不是真的。
- 同 intrude 打擾

introduction [͵ɪntrəˋdʌkʃən] ...... 英中 六級

名 引進、介紹

- Wendy shook hands with the client after she finished the self **introduction**.
  溫蒂在自我介紹後和客戶握手。
- 同 recommendation 推薦、介紹

in•ven•tor
[`ɪnvəntorɪ] 英中 六級

名 發明家

• I don't know who the **inventor** of calculator is.
我不知道計算器的發明者是誰。

同 artificer 發明家、工匠

in•ves•ti•gate
[ɪn`vɛstəˌget] 英中 六級

動 研究、調查

• The crime was **investigated** by that detective.
那個探員在調查這個犯罪活動。

同 inspect 調查

i•vo•ry [`aɪvərɪ] 英中 六級

名 象牙 形 象牙製的

• Those chopsticks are made of **ivories**.
這些筷子是象牙做的。

同 tusk （象、野豬等的）長牙

● Track 517

jail [dʒel] 英中 六級

名 監獄

• The man commited a crime and went to the **jail**.
這個男生因犯罪而入獄。

同 prison 監獄

jar [dʒɑr] 英中 六級

名 刺耳的聲音、廣口瓶

• Could you buy a **jar** of peanut butter when you go shopping?
你去購物時，能買一罐花生醬嗎？

同 pot 罐、壺

jaw [dʒɔ] 英中 六級

名 顎、下巴

• The lady with a big **jaw** is my workmate.
那個下巴很大的女生是我的同事。

同 chin 下巴

jeal•ous [`dʒɛləs] 英中 六級

形 嫉妒的

• He is awlays **jealous** of his friends' achievement.
他總是對他朋友的成就心生嫉妒。

同 envious 嫉妒的、羨慕的

jel•ly [`dʒɛlɪ] 英中 六級

名 果凍

• Their mother made a pineapple **jelly** for them.
他們的母親做了鳳梨果凍給他們吃。

● Track 518

jet [dʒɛt] 英中 六級

名 噴射機、噴嘴
動 噴出

• The boss will fly to London by **jet**, but the secretary will go by airplane.
老闆將會坐噴射機到倫敦，但祕書會搭飛機去。

同 nozzle 噴嘴

jew•el [`dʒuəl] 英中 六級

名 珠寶

• The woman who is wearing a gold necklace with **jewels** is my grandmother.
那個戴著金色項鍊的女士是我的祖母。

同 jewelry 珠寶

jew•el•ry [`dʒuəlrɪ] 英中 六級

名 （總稱）珠寶

• My mother took out a jewelry box from the wardrobe, and she showed me her wedding **jewelry**.
我的母親從衣櫥裡拿出一個珠寶盒，讓我看她結婚時所戴的珠寶。

同 treasure 金銀財寶

jour•nal [ˈdʒɝnl̩] .... 英中 六級

名 期刊

• The doctor subscribed the medical **journal** last year.
這醫生去年訂了醫學雜誌。

同 magazine 雜誌

jour•ney [ˈdʒɝnɪ] .... 英中 六級

名 旅程 動 旅遊

• I wish you will enjoy your **journey**.
我希望你玩得愉快。

同 tour 旅遊

🔊 Track 519

joy•ful [ˈdʒɔɪfəl] .... 英中 六級

形 愉快的、喜悅的

• Looking after babies should be a **joyful** job.
照顧小孩應該是很愉快的工作。

同 glad 高興的
反 sorrowful 悲傷的

jun•gle [ˈdʒʌŋgl̩] .... 英中 六級

名 叢林

• He spent a month in the **jungle** training his endurance.
他在叢林裡待了一個月來訓練自己的忍耐力。

同 forest 森林

junk [dʒʌŋk] .... 英中 六級

名 垃圾

• Do no throw **junks** out of the window; it's immoral and dangerous.
不要把垃圾丟到窗外，那是很沒道德又危險的。

同 trash 垃圾

jus•tice [ˈdʒʌstɪs] .... 英中 六級

名 公平、公正

• All workers in the factory should be treated with **justice** .
所有工廠裡的工人都應該被公平地對待。

同 equity 公平、公正
反 injustice 不公正

Kk

kan•ga•roo [ˌkæŋgəˈru] .... 英中 六級

名 袋鼠

• The **kangaroos** are big-footed mammals that can hop up to 40 miles per hour.
袋鼠是大腳的哺乳類動物，每小時可以跳 40 英里。

🔊 Track 520

ket•tle [ˈkɛtl̩] .... 英中 六級

名 水壺

• We just ran out of water; would you please put some water in the **kettle**?
我們的水快用完了，能請你在水壺裡裝點水嗎？

同 jug 水壺、罐

key•board [ˈkiˌbord] .... 英中 六級

名 鍵盤

• What musical instrument does he play in the band? A **keyboard** or a guitar?
他在樂團裡演奏什麼樂器？是鍵盤還是吉他？

kid•ney [ˈkɪdnɪ] .... 英中 六級

名 腎臟

• She decided to donated her **kidney** to her sister after the accident.
在那場意外後她決定將她的腎臟捐給她的妹妹。

同 nephridium 腎

ki•lo•gram / kg [ˈkɪləˌgræm] .... 英中 六級

名 公斤

• One **kilogram** is approximately equal to 2.205 pounds.
一公斤相當於 2.205 磅。

ki•lo•me•ter / km

[ˈkɪləˌmitɚ] 英中 六級

名 公里

• The church is 5 **kilometers** away from my home.
　教堂離我家有 5 公里遠。

Track 521

kit [kɪt] 英中 六級

名 工具箱

• When you go camping, don't forget to bring first aid **kit** with you.
　當你去露營時，別忘了帶急救箱。

圓 workbox 工具箱、針線盒

kneel [nil] 英中 六級

動 下跪

• Jenny always **kneels** down to pray before going to bed every night.
　珍妮每晚睡覺前總是跪著禱告。

knight [naɪt] 英中 六級

名 騎士、武士
動 封…為爵士

• Have you seen the movie "The Dark **Knight**"?
　你有看過黑暗騎士這部電影嗎？

圓 rider 騎士

knit [nɪt] 英中 六級

動 編織
名 編織物

• My mother is **knitting** a scarf on the armchair.
　我的母親正坐在扶手椅上織圍巾。

圓 weave 編織

knob [nɑb] 英中 六級

名 圓形把手、球塊

• The door **knob** of the bathroom became rusty; you need to change a new one.
　廁所的門把生鏽了，你需要換個新的。

圓 handle 把手

Track 522

knot [nɑt] 英中 六級

名 結
動 打結

• Do you **know** how to tie a shoelace knot?
　你知道怎麼綁鞋帶嗎？

圓 tie 結、打結

la•bel [ˈlebl̩] 英中 六級

名 標籤
動 標明

• The attached **label** of this coat shows the process of washing.
　在這件外套的標籤上有標示洗滌方式。

圓 tag 標籤

lace [les] 英中 六級

名 花邊、緞帶
動 用帶子打結

• My niece likes to wear a dress with many pink **laces**.
　我侄女喜歡穿有很多粉紅色花邊的洋裝。

圓 lacework 網狀物、花邊

lad•der [ˈlædɚ] 英中 六級

名 梯子

• These **ladders** are made of aluminum.
　這些梯子是鋁製的。

圓 staircase 樓梯

lat•ter [ˈlætɚ] 英中 六級

形 後者的

• Her grandmother got weaker and weaker in the past few years.
　她祖母在前幾年身體越來越虛弱。

反 former 前者的

A
B
C
D
E
F
G
H
I
J
K
L
M
N
O
P
Q
R
S
T
U
V
W
X
Y
Z

🔊 Track 523

laugh•ter [ˈlæftɚ] .... 英中 六級

名 笑聲

- We could hear the sound of **laughter** from the library.
  我們可以聽到從圖書館裡傳來的笑聲。

同 laugh 笑、笑聲

laun•dry [ˈlɔndrɪ] .... 英中 六級

名 洗衣店、送洗的衣服

- My husband helps me with the **laundry** every day.
  我丈夫每天都幫我洗衣服。

同 cleaner 乾洗店

lawn [lɔn] .... 英中 六級

名 草地

- They hired a gardener to mow the **lawn**.
  他們聘請了一位園丁來鋤草。

同 meadow 草地

leak [lik] .... 英中 六級

動 洩漏、滲漏
名 漏洞

- This car is **leaking** oil; we'd better have it checked by the mechanic.
  這台車會漏油，我們最好請修車工人來檢查一下。

同 seep 滲出、滲漏

leap [lip] .... 英中 六級

動 使⋯跳過
名 跳躍

- All passengers **leapt** out of the bus when it was on fire.
  所有的乘客在公車著火時都往外跳。

同 jump 跳躍

🔊 Track 524

leath•er [ˈlɛðɚ] .... 英中 六級

名 皮革

- Your mini skirt really fits your **leather** boots.
  你的迷你裙跟靴子很搭。

同 skin 皮

lei•sure [ˈliʒɚ] .... 英中 六級

名 空閒

- What do you usually do in your **leisure** time?
  你空閒的時候通常都做什麼？

反 busyness 繁忙、忙碌

length•en [ˈlɛŋθən] .... 英中 六級

動 加長

- He has to **lengthen** his pants because they're too short.
  他必須把褲子加長，因為它太短了。

同 prolong 延長、拉長
反 shorten 弄短、變短

lens [lɛns] .... 英中 六級

名 透鏡

- She usually wears contact **lenses** when she goes to a job interview.
  當她去面試時，她通常都會戴隱形眼鏡。

同 glass 玻璃、眼鏡

li•ar [ˈlaɪɚ] .... 英中 六級

名 説謊者

- Herry is absolutely a **liar**; we can't believe him anymore.
  哈利絕對是個騙子，我們再也不能相信他了。

同 fabulist 寓言家、説謊者

🔊 Track 525

lib•er•al [ˈlɪbərəl] .... 英中 六級

形 自由主義的、開明的、慷慨的

- The highest **liberal** symbol in New York is the Statue of Liberty.
  紐約最高的自由象徵就是自由女神像。

同 generous 慷慨的
反 stingy 吝嗇的、小氣的

lib•er•ty [ˈlɪbətɪ] .... 英中 六級

名 自由

- In the society of democracy, everyone has the **liberty** of speech.
  民主社會中，每個人都享有言論自由。
- 同 freedom 自由
- 反 bondage 奴役、束縛

li•brar•i•an
[laɪˈbrɛrɪən] .... 英中 六級

名 圖書館員

- My father used to be the **librarian** of the public library in town.
  我父親曾是鎮立圖書館的管理人員。

life•boat [ˈlaɪfˌbot] .... 英中 六級

名 救生艇

- The kids were saved by a **lifeboat**.
  這些孩子被救生艇給救起。
- 同 raft 救生艇

life•guard [ˈlaɪfˌgɑrd] .... 英中 六級

名 救生員

- The **lifeguard** jumped into the swimming pool and saved the drowning girl.
  救生員跳入泳池中把溺水的女孩救起。
- 同 lifesaver 救生員

🔊 Track 526

life•time [ˈlaɪfˌtaɪm] .... 英中 六級

名 一生、終身、事物的使用期限

- I've only been here for a week, but it feels like a **lifetime**.
  我只來到這裡一個禮拜，卻感覺已經待了一輩子了。
- 同 lifelong 終身的

light•house [ˈlaɪtˌhaus] .... 英中 六級

名 燈塔

- They will build a new **lighthouse** by the harbor.
  他們將會在港口蓋一座新的燈塔。
- 同 lighthouse 燈塔

limb [lɪm] .... 英中 六級

名 枝幹

- Those **limbs** are artificial; they are unreal.
  這些樹枝是人造的，不是真的。
- 同 branch 分支、樹枝

lin•en [ˈlɪnɪn] .... 英中 六級

名 亞麻製品

- My mother reminded us that our bed **linen** should be changed every two weeks.
  媽媽提醒我們每兩個禮拜要換一次床單和枕套。

lip•stick [ˈlɪpˌstɪk] .... 英中 六級

名 口紅、唇膏

- I don't have a pink **lipstick**; I've only got a claret one.
  我沒有粉紅色的口紅，只有紫紅色的。
- 同 rouge 口紅

🔊 Track 527

lit•ter [ˈlɪtə] .... 英中 六級

名 雜物、一窩小豬或小狗、廢物
動 散置

- The square was **littered** with bottles and bags after the concert.
  廣場在演唱會過後留下了滿地的空瓶子和袋子。
- 同 rubbish 廢物、垃圾

live•ly [ˈlaɪvlɪ] .... 英中 六級

形 有生氣的

- This extraordinary painting seems **lively** and vivid.
  這幅與眾不同的畫作看起來栩栩如生。
- 同 bright 有生氣的
- 反 lifeless 無生命的、無生氣的

liv•er [ˈlɪvə] .... 英中 六級

名 肝臟

- My sister decided to donate a portion of her **liver** to her own child.
  我姊姊決定把她一部分的肝臟捐給她的小孩。

load [lod] 英中 六級

名 負載
動 裝載

• The maximum **load** for this bus is 22 people.
這輛公車最多可以載 22 個人。

同 lade 裝載

lob•by [ˈlɑbɪ] 英中 六級

名 休息室、大廳

• Just give me a call when you arrive in the hotel **lobby**.
你到旅館大廳的時候打個電話給我。

同 lounge 休息室

🔊 Track 528

lob•ster [ˈlɑbstɚ] 英中 六級

名 龍蝦

• **Lobsters** and shrimps are my favorite seafood.
龍蝦和蝦子是我最喜愛的海鮮。

同 langouste 龍蝦

lol•li•pop [ˈlɑlɪˌpɑp] 英中 六級

名 棒棒糖

• My son likes **lollipops** more than marshmallow.
我兒子喜歡棒棒糖勝過於棉花糖。

同 bonbon 棒棒糖、夾心糖

loose [lus] 英中 六級

形 寬鬆的

• I always wear **loose** outfits to my PE class.
我總是穿著寬鬆的服裝去上體育課。

同 baggy 寬鬆的
反 tight 緊繃的

loos•en [ˈlusṇ] 英中 六級

動 鬆開、放鬆

• My father always **loosens** his tie after work.
我爸爸總是在下班後鬆開領帶。

同 relax 放鬆
反 fasten 繫牢

lord [lɔrd] 英中 六級

名 領主

A lion is the **lord** of the jungle.
獅子在叢林裡是萬獸之王。

同 owner 物主

🔊 Track 529

loud•speak•er [ˈlaʊdˌspikɚ] 英中 六級

名 擴音器

• Do you prepare a **loudspeaker**? The principal wants to speak to all students.
你有準備擴音器嗎？校長要跟全校同學講話。

同 trumpet 喇叭

lug•gage [ˈlʌɡɪdʒ] 英中 六級

名 行李

• You'd better label your **luggage** to prevent confusion.
為了防止混淆，你最好在你的行李貼上標籤。

同 baggage 行李

lull•a•by [ˈlʌləˌbaɪ] 英中 六級

名 搖籃曲　動 唱催眠曲

• His mother always sings a **lullaby** to her children before they go to bed.
他的媽媽總是會在睡前對她的孩子們唱搖籃曲。

同 cradlesong 搖籃曲

lung [lʌŋ] 英中 六級

名 肺臟

• Ricky's father just died of **lung** cancer a few days ago.
瑞奇的爸爸在幾天前死於肺癌。

Mm

mag•i•cal [ˋmædʒɪkl̩] 英中 六級

形 魔術的、神奇的

- Gemstones have **magical** powers that attract women.
  寶石有吸引女性的神奇力量。

同 magic 魔術的、奇妙的

🔊 Track 530

mag•net [ˋmægnɪt] 英中 六級

名 磁鐵

- I bought a lot of **magnets** from San Francisco as souvenirs.
  我從舊金山買了很多磁鐵當作紀念品。

同 loadstone 磁鐵礦

maid [med] 英中 六級

名 女僕、少女

- The **maid** makes the breakfast at seven every morning.
  這個女僕每天早上七點作早餐。

同 maidservant 女僕

ma•jor [ˋmedʒɚ] 英初 四級

形 較大的、主要的
動 主修

- I **majored** in English when I was in the college.
  我大學時主修英文。

同 primary 主要的
反 minor 次要的

ma•jor•i•ty [məˋdʒɔrətɪ] 英中 六級

名 多數

- The **majority** of the employees have a bachelor's degree.
  大多數的員工都有大學學位。

反 minority 少數

mall [mɔl] 英初 四級

名 購物中心

- A shopping **mall** will be built in the middle of the town soon.
  這鎮中心很快將會有一間購物中心。

同 plaza 廣場、購物中心

🔊 Track 531

man•age [ˋmænɪdʒ] 英中 六級

動 管理、處理

- It's very important to know how to **manage** your stress.
  知道如何處理你的壓力問題是很重要的。

同 administer 管理

man•age•ment [ˋmænɪdʒmənt] 英中 六級

名 處理、管理

- I've learned the effective **management** in my previous work as a manager.
  我從我之前當經理的工作經驗中學到了有效率的管理方式。

同 administration 管理

man•age•a•ble [ˋmænɪdʒəbl̩] 英中 六級

形 可管理的

- This problem is too tough for me to be **manageable**.
  這個問題對我來說難到無法處理了。

同 administrable 可管理的、可處理的

man•ag•er [ˋmænɪdʒɚ] 英初 四級

名 經理

- The new sales **manager** was introduced to us in the meeting.
  在這個會議中，新來的業務經理被介紹給我們人家認識。

同 director 董事、經理

A B C D E F G H I J K L **M** N O P Q R S T U V W X Y Z

man•kind / human•kind
[mæn`kaɪnd] / [`hjumən͵kaɪnd]

.... 英中 六級

名 人類

• **Mankind** has always been obsessed with wealth.
人類總是被財富所迷惑。

同 humanity 人類

🔊 Track 532

man•ners [`mænəz] .... 英中 六級

名 禮貌、風俗

• All children should be taught some **manners**.
所有的孩童應該要被教導一些規矩。

同 custom 風俗

mar•ble [`mɑrbl̩] .... 英中 六級

名 大理石

• They put a **marble** statue in the middle of the square.
他們在廣場中間擺放一座大理石雕像。

march [mɑrtʃ] .... 英中 六級

動 前進、行軍
名 行軍、長途跋涉

• There were a few **marches** going on musical festival.
在音樂慶典上有幾場遊行在進行著。

同 hike 健行

mar•vel•ous
[`mɑrvələs] .... 英初 四級

形 令人驚訝的

• She was a truly **marvelous** ballet dancer.
她確實是個不可思議的芭蕾舞者。

同 wonderful 極好的、驚人的

math•e•mat•i•cal
[͵mæθə`mætɪkl̩] .... 英中 六級

形 數學的

• I couldn't figure out this **mathematical** formula.
我實在是搞不懂這個數學程式。

🔊 Track 533

math•e•mat•ics / math
[͵mæθə`mætɪks] / [mæθ]

.... 英初 四級

名 數學

• My favorite subjects are **mathematics** and English.
我最喜歡的科目是數學和英文。

ma•ture [mə`tjur] .... 英中 六級

形 成熟的

• This girl is very **mature** at her age.
這個女孩在她這個年齡層來說是很成熟的。

同 adult 成熟的、成年的
反 immature 不成熟的

may•or [`meə] .... 英中 六級

名 市長

• Citizens need an dedicated **mayor** to carry out the policies.
市民需要一位願意奉獻心力的市長來實行這些政策。

mead•ow [`mɛdo] .... 英中 六級

名 草地

• They built a path through the **meadow** to the building.
他們在草坪上建造一條小路可以通往那棟大樓。

同 lawn 草地

mean•ing•ful
[`minɪŋfəl] .... 英中 六級

形 有意義的

• Do you know how to make your life more **meaningful**?
你知道如何讓你的人生更有意義嗎？

同 significant 有意義的

mean•while
[`min⸴hwaɪl`] .... 英中 六級

勔 同時
名 期間

• My mom was mopping the floors;
  meanwhile, I was cleaning the kitchen.
  媽媽正在拖地，同時我正在打掃廚房。
回 meantime 同時

med•al [`mɛdl`] .... 英中 六級

名 獎章

• China won 163 Olympic gold **medals** in
  Olympic Games of 2008.
  中國隊在 2008 年的奧運獲得 163 面金牌。
回 badge 徽章、獎章

med•i•cal [`mɛdɪkl`] .... 英中 六級

形 醫學的

• She attended a **medical** course during
  summer vacation.
  她在暑假期間去上醫學課程。

me•di•um / me•di•a
[`midɪəm`] / [`midɪə`] .... 英初 四級

名 媒體

• This issue has been much discussed in the
  media recently.
  這個議題最近在媒體間廣為討論。
回 mass media 大眾傳播媒體

mem•ber•ship
[`mɛmbɚʃɪp`] .... 英中 六級

名 會員

• What are the qualifications of becoming the
  membership of this club?
  要成為這個俱樂部的會員條件是什麼？
回 associate 社員、會員

mem•o•rize
[`mɛməˌraɪz`] .... 英中 六級

勔 記憶

• I tried to **memorize** the vocabulary I've learnt
  before the English exam.
  我試著在英文考試前把學過的單字記起來。
回 remember 記得、記住

mend [mɛnd] .... 英中 六級

勔 修補、修改

• My mother **mended** this hole in my pants.
  我媽媽把在我褲子上的破洞補起來。
回 repair 修理

men•tal [`mɛntl`] .... 英中 六級

形 心理的、心智的

• We are all concerning about his **mental**
  health.
  我們都很關心他的心理健康。
回 psychal 精神的、心理的

men•tion [`mɛnʃən`] .... 英中 六級

勔 提起 名 提及

• Have you **mentioned** my idea to Amanda?
  你有對亞曼達提過我的想法嗎？
回 reference 提到

mer•chant [`mɝtʃənt`] .... 英中 六級

名 商人

• My grandfather used to be a medicine
  merchant.
  我的祖父曾經是個藥商。

mer•ry [`mɛrɪ`] .... 英中 六級

形 快樂的

• Let me wish you a **Merry** Christmas and a
  Happy New Year.
  祝你聖誕快樂和新年快樂。
回 businessman 商人

A B C D E F G H I J K L M N O P Q R S T U V W X Y Z

mess [mɛs] .... 英中 六級

名 雜亂
動 弄亂

• You hair seems like a **mess** today. 你的頭髮今天看起很亂。

同 disarrange 擾亂、弄亂
反 tidiness 整齊、整潔

mi•cro•phone / mike [`maɪkrəˌfon] / [maɪk] .... 英中 六級

名 麥克風

• Does your laptop have a built-in **microphone**?
你的電腦有內建麥克風嗎？

mi•cro•wave [`maɪkrəˌwev] .... 英初 四級

名 微波爐
動 微波

• Put the frozen fish in the **microwave** and it will only take you ten minutes to defrost it.
把冷凍的魚放到微波爐裡面，只要花你十分鐘魚就解凍了。

might [maɪt] .... 英中 六級

名 權力、力氣

• I've been working on my business with all my **might**.
我已經盡我的全力在我的事業上了。

同 power 權力

🔊 Track 537

might•y [`maɪtɪ] .... 英中 六級

形 強大的、有力的

• Many people believe in the **mighty** power of the nature.
很多人相信大自然的強大力量。

同 powerful 強有力的、強大的
反 puny 弱小的、瘦弱的

mill [mɪl] .... 英中 六級

名 磨坊、工廠
動 研磨

• My parents bought a new coffee **mill** from the shopping mall.
我父母從購物中心買了一台新的咖啡研磨機。

同 factory 工廠

mil•lion•aire [ˌmɪljənˈɛr] .... 英中 六級

名 百萬富翁

• Only a **millionaire** could afford the luxurious house like that.
只有百萬富翁買得起那樣的豪宅。

min•er [`maɪnɚ] .... 英中 六級

名 礦夫

• His father is a coal **miner** who lives in the mining area.
他的父親是位煤礦工，而且住在礦區。

同 mineworker 礦工

mi•nor [`maɪnɚ] .... 英初 四級

形 較小的、次要的
名 未成年者

• It is just a **minor** problem which could be solved easily.
這只是個容易解決的小問題。

同 nonage 未成年
反 major 主要的

🔊 Track 538

mi•nor•i•ty [maɪˈnɔrətɪ] .... 英中 六級

名 少數

• It's only a tiny **minority** of students who handed in their reports.
交作業的學生只是少數。

反 majority 多數

mir•a•cle [`mɪrəkl] .... 英中 六級

名 奇蹟

• **Miracle** exists when you believe it is.
當你相信奇蹟時它就會存在。

同 marvel 令人驚奇的事物

mis•er•y [ˈmɪzərɪ] 英中 六級

名 悲慘

• Her life turned out to be a **misery** after marrying him.
在嫁給他之後她的人生一片愁雲慘霧。

同 distress 悲痛

反 pleasure 高興、樂事

mis•sile [ˈmɪsl̩] 英中 六級

名 發射物、飛彈

• The protesters threw stones, bottles, and other **missiles** at the police.
抗議者對警方丟擲石頭、瓶子和其他投射物。

同 effluence 發出、發射物

miss•ing [ˈmɪsɪŋ] 英中 六級

形 失蹤的、缺少的

• The police have found the **missing** child in the forest.
警方在叢林裡發現這個失蹤兒童。

同 absent 缺乏的

反 sufficient 足夠的、充分的

🔊 Track 539

mis•sion [ˈmɪʃən] 英中 六級

名 任務

• I will put the greatest effort to fulfill my **mission** no matter what.
我無論如何都會投注最大心力去完成我的任務。

同 task 任務

mist [mɪst] 英中 六級

名 霧

動 被霧籠罩

• You should drive more carefully in the morning **mist**.
你在晨霧間開車應該更小心。

同 fog 霧

mix•ture [ˈmɪkstʃɚ] 英中 六級

名 混合物

• The **mixture** of flour, water, and sugar should be left in the refrigerator for one hour.
加入麵粉、水和糖的混合物應該要放在冰箱裡冷藏一小時。

同 compound 混合物

mob [mɑb] 英中 六級

名 民眾

動 群集

• The angry **mobs** threw stones, bottles, and other missiles at the police.
這些憤怒的暴民往警方丟擲石頭、瓶子和其他投射物。

同 masses 民眾

mo•bile [ˈmobɪl] 英中 六級

形 可動的

• He always carries his **mobile** phone wherever he goes.
他走到哪裡都帶著手機。

同 movable 可動的

反 immovable 不可動的

🔊 Track 540

moist [mɔɪst] 英中 六級

形 潮濕的

• This lip balm will keep your lips **moist**.
這支護唇膏會保持你的嘴唇濕潤。

同 damp 潮濕的

反 dry 乾的

mois•ture [ˈmɔɪstʃɚ] 英中 六級

名 濕氣

• These flowers should be planted in a very rich soil that retains **moisture**.
這些花需要種在保有水分的肥沃土壤裡。

同 damp 潮濕、濕氣

反 dryness 乾燥

A B C D E F G H I J K L **M** N O P Q R S T U V W X Y Z

monk [mʌŋk] 英中 六級

名 僧侶、修道士

· **Monks** usually live together in a monastery.
修道士通常會一起住在修道院裡。

同 monastic 修道士、僧侶

mood [mud] 英中 六級

名 心情

· My sister failed her final exam and was in a bad **mood**.
我姊姊因為期末考不及格而心情不好。

同 feeling 感覺

mop [mɑp] 英初 四級

名 拖把
動 擦拭

· Susan usually **mops** the floor twice a week.
蘇珊通常一個禮拜拖地兩次。

同 wipe 擦

🔊 Track 541

mor·al [ˈmɔrəl] 英中 六級

形 道德上的
名 寓意

· We have a **moral** obligation to tell the police what really happened.
我們有道德義務告訴警方到底發生了什麼事。

同 ethical 道德的、倫理的

mo·tel [moˈtɛl] 英中 六級

名 汽車旅館

· We were so tired after a long drive, so we had a proper rest in the **motel**.
我們在長途開車後很累，所以就在旅館稍作休息。

mo·tor [ˈmotə] 英中 六級

名 馬達、發動機

· Their washing machine needs a new **motor**.
他們的洗衣機需要一個新的馬達。

同 engine 發動機

mur·der [ˈmɝdə] 英中 六級

名 謀殺
動 謀殺、殘害

· Terrorists have **murdered** some local journalists in this city since last year.
恐怖份子自從去年開始已經殺害了幾位這個城市裡的當地記者了。

同 assassinate 暗殺

mus·cle [ˈmʌsl̩] 英中 六級

名 肌肉

· Ben builds up his **muscles** by exercising in the gym every day.
班每天都上健身房練他的肌肉。

同 flesh 肉、肉體

🔊 Track 542

mush·room [ˈmʌʃrum] 英中 六級

名 蘑菇
動 急速生長

· New Italian restaurants have **mushroomed** near the neighborhood.
新的義大利餐廳在這鄰近地區有如雨後春筍般出現。

同 fungus 菌類、蘑菇

mu·si·cal [ˈmjuzɪkl̩] 英中 六級

形 音樂的　名 音樂劇

· My favorite **musical** is Cats.
我最喜歡的音樂劇是貓。

mys·ter·y [ˈmɪstrɪ] 英中 六級

名 神秘

· There is still no answer to the alien **mystery**.
對於外星人的神秘事件還是沒有解答。

同 secret 秘密

Nn

nan•ny [ˈnænɪ] 英中 六級

名 奶媽

- This child's parents are very busy with work,
  so he is taken care of by his **nanny**.
  因為這男孩的父母忙於工作，所以他是由奶媽
  照顧。

同 nurser 培育者、奶媽

nap [næp] 英中 六級

名 小睡、打盹

- I always need a short **nap** to refresh myself
  in the afternoon.
  我在下午通常需要小睡一下來提振精神。

同 nod 點頭、打盹

🔊 Track 543

na•tive [ˈnetɪv] 英中 六級

形 本國的、天生的

- Sandra is from London; she's an English
  native speaker.
  珊卓來自倫敦，英文是她的母語。

同 inborn 天生的
反 foreign 外國的

na•vy [ˈnevɪ] 英中 六級

名 海軍、艦隊

- My father used to be a general in the **navy**.
  我爸爸曾經是海軍上將。

同 fleet 艦隊

ne•ces•si•ty [nəˈsɛsətɪ] 英中 六級

名 必需品

- There is no **necessity** for you to come over
  here again.
  你沒有必要再過來這裡。

同 requisite 必需品

neck•tie [ˈnɛkˌtaɪ] 英中 六級

名 領帶

- My father always wears a suit and a **necktie**
  to work.
  我爸爸上班都穿西裝打領帶。

同 tie 領帶

neigh•bor•hood [ˈnebɚˌhud] 英中 六級

名 社區

- I am a new comer in this **neighborhood**, so I
  am not quite familiar with this area.
  我是新搬來這個社區的，所以我對這附近還不
  是太熟悉。

同 vicinage 鄰居

🔊 Track 544

nerve [nɝv] 英中 六級

名 神經

- He wanted to ask her out, but he lost his
  nerve and couldn't make it.
  他想要邀她出去，但是卻失去勇氣以致於無法
  成功。

同 nervus 神經

nerv•ous [ˈnɝvəs] 英中 六級

形 神經質的、膽怯的

- Vicky always feels **nervous** during exams.
  維琪在考試期間都會感到很緊張。

同 jumpy 跳動的、神經質的

net•work [ˈnɛtˌwɝk] 英中 六級

名 網路

- The principal's speech will be broadcast on
  the campus radio **network**.
  校長的演說內容將會在校園的廣播網中播放。

同 meshwork 網狀組織

A
B
C
D
E
F
G
H
I
J
K
L
M
N
O
P
Q
R
S
T
U
V
W
X
Y
Z

nick•name [ˋnɪkˏnem] 英中 六級

名 綽號
動 取綽號

- They always use the **nickname** Jess for their daughter Jessie.
  他們總是用他們女兒潔西的小名潔斯來叫她。

同 moniker 綽號、外號

no•ble [ˋnobḷ] 英中 六級

形 高貴的
名 貴族

- She is a British **noble**.
  她是英國貴族。

同 nobility 貴族、高尚

Track 545

nor•mal [ˋnɔrmḷ] 英中 六級

形 標準的、正常的

- Life will be back to **normal** after we pay off all our debts.
  在我們償還完所有負債之後生活就會回歸正常了。

同 regular 正常的、規律的
反 abnormal 反常的、不規則的

nov•el•ist [ˋnɑvḷɪst] 英中 六級

名 小說家

- Toni Morrison was one of the most famous **novelists** in America.
  東妮摩利森是美國最有名的小說家之一。

同 author 作家

nun [nʌn] 英中 六級

名 修女、尼姑

- **Nuns** live together in a convent.
  修女一起住在女修道院內。

同 religieuse 修女、尼姑

Oo

oak [ok] 英中 六級

名 橡樹、橡葉

- He tied a yellow ribbon on an old **oak** tree.
  他在一棵老橡樹上綁上黃絲帶。

ob•serve [əbˋzɝv] 英中 六級

動 觀察、評論

- Thousands of people **observed** the meteoric shower on the top of the mountain last night.
  數千位民眾昨晚到山頂上看流星雨。

同 comment 評論

Track 546

ob•vi•ous [ˋɑbvɪəs] 英中 六級

形 顯然的、明顯的

- I know you dislike him, but you don't have to make it so **obvious**.
  我知道你不喜歡他，但你不需要表現得那麼明顯。

同 evident 明顯的
反 inapparent 不顯著的、不明顯的

oc•ca•sion [əˋkeʒən] 英中 六級

名 事件、場合
動 引起

- I bought a pretty dress but I only wear it on special **occasions**.
  我買了一條很漂亮的裙子，但我只要在出席特別的場合時才穿。

同 event 事件

odd [ɑd] 英中 六級

形 單數的、殘餘的

- All the houses on the left side of the street are **odd** numbers.
  這條街左手邊的房子門牌都是單號的。

同 singular 單數的
反 even 偶數的

on•to [ˈɑntu] 英中 六級

介 在…之上

• Hold **onto** my hand and I won't let go.
  捉住我的手，我不會放開。

同 above 在…上方
反 beneath 在…之下

op•er•a•tor [ˈɑpəˌretə] 英中 六級

名 操作者

• The **operator** transfered the telephone call to Mr. Wang.
  接線生把電話轉給了王先生。

同 manipulator 操作者

🔊 Track 547

op•por•tu•ni•ty [ˌɑpəˈtjunətɪ] 英中 六級

名 機遇、機會

• You should always get yourself well-prepared before the **opportunities** come.
  你應該在機會到來之前做好萬全的準備。

同 chance 機會

op•po•site [ˈɑpəsɪt] 英中 六級

形 相對的、對立的

• Their oppinions are **opposite** all the time.
  他們的意見總是對立的。

同 contrary 對立的

op•ti•mis•tic [ˌɑptəˈmɪstɪk] 英中 六級

形 樂觀主義的

• Judy is **optimistic** about her chances of getting a promotion.
  茱蒂對於她升遷的事抱持樂觀的態度。

反 pessimistic 悲觀的

or•i•gin [ˈɔrədʒɪn] 英中 六級

名 起源

• The teacher lectured about the **origin** of the universe in the science class.
  老師在自然課教授關於宇宙的起源。

同 birth 出身、起源

o•rig•i•nal [əˈrɪdʒən!] 英中 六級

形 起初的 名 原作

• Is this book an **original** edition?
  這本書是原版的嗎？

同 initial 開始的、最初的
反 ultimate 終極的、最後的

🔊 Track 548

or•phan [ˈɔrfən] 英中 六級

名 孤兒
動 使孩童成為孤兒

• The earthquake was making **orphans** of many children in Haiti.
  海地地震造成了很多孤兒。

ought to [ɔt tu] 英中 六級

助動 應該

• We **ought to** be kind and honest to people.
  我們對人應該要和善誠實。

同 should 應該

out•door [ˈautˈdor] 英中 六級

形 戶外的

• What kind of **outdoor** activities do you usually do?
  你通常從事何種室外活動？

同 open-air 戶外的、野外的
反 indoor 室內的

out•doors [ˈautˈdorz] 英中 六級

副 在戶外、在屋外

• They enjoy sitting **outdoors** and making some tea in the evening.
  他們晚上喜歡坐在戶外泡茶。

反 indoors 在戶內

out•er [ˈautə] 英中 六級

形 外部的、外面的

• Do you believe there are other forms of lives in **outer** space?
  你相信外太空有其他生物嗎？

同 external 外部的、外面的
反 internal 內部的

A B C D E F G H I J K L M N **O** P Q R S T U V W X Y Z

out•line [ˋaʊtˏlaɪn] 英中 六級

名 外形、輪廓
動 畫出輪廓

- The boy drew the **outline** of the house and showed it to everybody in the class.
  那男生在課堂上畫了房子的輪廓給每個人看。
同 sketch 畫草圖、草擬

o•ver•coat [ˋovɚˏkot] 英中 六級

名 大衣、外套

- Let me help you hang up your **overcoat** in the wardrobe.
  讓我幫你把大衣掛到衣櫃裡。
同 overgarment 外衣、大衣

owe [o] 英中 六級

動 虧欠、借債

- You still **owe** me an apology of being late.
  你遲到還沒跟我說抱歉呢！

own•er•ship [ˋonɚˏʃɪp] 英中 六級

名 主權、所有權

- How do you prove the **ownership** for this car?
  你要怎麼證明這台車是你的？
同 possession 所有物

Pp→

pad [pæd] 英中 六級

名 墊子、印臺
動 填塞

- She **padded** the pillow with feathers to make it comfortable.
  她在枕頭裡填塞羽毛讓它變得舒適。
同 cushion 墊子

pail [pel] 英中 六級

名 桶

- People living in the mountain need to fetch water with **pails** every day.
  住在山區的居民每天都要用桶子提水。
同 bucket 水桶

pal [pæl] 英中 六級

名 夥伴

- I have a pen **pal** in Brazil.
  我有個在巴西的筆友。
同 companion 同伴
反 enemy 敵人

pal•ace [ˋpælɪs] 英中 六級

名 宮殿

- They will restore this old **palace** soon.
  他們不久後就會整修這座古老的宮殿。
同 castle 城堡

pale [pel] 英中 六級

形 蒼白的

- Wendy looks so **pale**; I wonder if she feels ill.
  溫蒂看起來很蒼白，我在想她是不是生病了。
同 ashen 灰色的、蒼白的
反 ruddy 紅潤的

pan•cake [ˋpænˏkek] 英中 六級

名 薄煎餅

- Would you like some **pancake** or sandwich for your breakfast?
  你早餐要不要來點鬆餅或三明治？
同 chapatti 薄煎餅

pan•ic [ˋpænɪk] 英中 六級

名 驚恐
動 恐慌

- Do not **panic**, it's just an aftershock of the earthquake yesterday.
  不要慌，那只是昨天地震的餘震。
同 scare 驚嚇

pa•rade [pəˈred] 英中 六級

名 遊行
動 參加遊行、閱兵

- They watched the lantern **parade** from the top roof of their house.
  他們從房子的屋頂看到提燈遊行。

同 march 行軍、遊行

par•a•dise [ˈpærəˌdaɪs] 英中 六級

名 天堂

- Do you believe people will go to **paradise** after they die?
  你相信人死後會上天堂嗎？

同 heaven 天堂
反 hell 地獄

par•cel [ˈpɑrsl̩] 英中 六級

名 包裹
動 捆成

- Would you please wrap this **parcel** as a gift for me?
  你可以幫我把這個包裹包成禮物嗎？

同 package 包裹

par•tic•i•pate
[pɑrˈtɪsəˌpet] 英中 六級

動 參與

- The teacher asked me to **participate** in their discussion.
  老師要求我加入他們的討論。

同 attend 參加

🔊 Track 552

pas•sage [ˈpæsɪdʒ] 英中 六級

名 通道

- The restroom is on the left at the end of the **passage**.
  廁所在通道盡頭的左手邊。

同 channel 通道

pas•sion [ˈpæʃən] 英中 六級

名 熱情

- We can help them develop their **passions** at work in various ways.
  我們可以用各種方法來幫助他們激起工作的熱情。

同 emotion 情感

pass•port [ˈpæsˌport] 英中 六級

名 護照

- I lost my **passport** when I was traveling in Italy.
  當我在義大利旅行時我把護照弄丟了。

pass•word [ˈpæsˌwɜd] 英中 六級

名 口令、密碼

- You need a **password** to get access to my work PC.
  你要進入我的電腦系統要先輸入密碼。

同 code 密碼

pa•tience [ˈpeʃəns] 英中 六級

名 耐心

- Do not lose your **patience** with your children.
  不要對你的孩子失去耐心。

🔊 Track 553

pause [pɔz] 英初 四級

名 暫停、中止

- After a long and awkward **pause**, someone finally broke the silence and asked a question.
  在一段又長又尷尬的暫停之後，終於有人打破沉默發問。

同 cease 停止
反 continue 繼續、連續

pavo [pev] 英中 八級

動 鋪築

- The floor of bathroom was **paved** with ceramic tiles.
  浴室的地板鋪的是陶瓷磚。

同 cover 覆蓋、鋪

pave•ment [`pevmənt] .... 英中 六級

名 人行道

• The **pavement** is being repaired, so we have to take another route.
人行道還在整修中，所以我們必須走另一條路。

同 sidewalk 人行道

paw [pɔ] .... 英中 六級

名 腳掌
動 以掌拍擊

• Some old people think a black cat with white **paws** brings bad luck.
有些老人家認為有白腳掌的黑貓會帶來惡運。

同 sole 腳底、鞋底

pay / sal•a•ry / wages
[pe] / [`sælərɪ] / [wedʒz] .... 英初 四級

名 薪水

• I enjoy my work though the **pay** is appalling.
即使工資很低我還是很喜歡我的工作。

同 emolument 薪資、報酬

🔊 Track 554

pea [pi] .... 英中 六級

名 豌豆

• My mother made green salad with some **peas** and lettuce.
我媽媽用豆子和萵苣做一些綠色沙拉。

同 bean 豆

peak [pik] .... 英中 六級

名 山頂
動 達到高峰

• Mount Everest is the highest **peak** in the world with an altitude of 8848.13 meters.
聖母峰是世界上最高的山峰，海拔有8848.13米高。

同 top 頂端

pearl [pɜl] .... 英中 六級

名 珍珠

• A **pearl** necklace will make you look more elegant.
一條珍珠項鍊可以讓你看起來更高雅。

peel [pil] .... 英中 六級

名 果皮
動 剝皮

• You should **peel** potatoes before steaming them.
你在蒸馬鈴薯之前應該要先去皮。

同 seedcase 果皮

peep [pip] .... 英中 六級

動 窺視、偷看

• Gill **peeped** through the curtains into the living room to see if her parents were there.
吉兒透過窗簾偷看她的父母是否在客廳裡。

同 peek 偷看、窺視

🔊 Track 555

pen•ny [`pɛnɪ] .... 英中 六級

名 便士、分

• A **penny** saved is a penny earned.
積少成多，積沙成塔。

同 pence 便士

per•form [pəˋfɔrm] .... 英中 六級

動 執行、表演

• Most of the students **performed** well in the final exam.
大部分的學生在期末考都表現得很好。

同 play 表現、扮演

per•form•ance
[pəˋfɔrməns] .... 英中 六級

名 演出

• Her **performance** last night was really impressive.
她昨晚的演出真的是令人印象深刻。

同 show 表演

per•mis•sion
[pɚ`mɪʃən] 英中 六級

名 許可

• You can't get into my bedroom without my **permission**.
你沒有我的允許不能進入我房間。

同 approval 許可
反 prohibition 禁止、禁令

per•mit
[`pɝmɪt] / [pɚ`mɪt] 英中 六級

動 容許
名 批准、許可證

• We are not **permitted** to be late for school.
上學遲到是不被允許的。

同 allow 允許
反 forbid 不許、禁止

🔊 Track 556

per•son•al•i•ty
[ˌpɝsṇ`ælətɪ] 英中 六級

名 個性、人格

• Stella has an introvert **personality**.
史黛拉的個性內向。

同 individuality 個性，人格

per•suade [pɚ`swed] 英中 六級

動 說服

• How did you **persuade** him to participate in this debate competition?
你是怎麼說服他參加這場辯論比賽的？

同 convince 說服

pest [pɛst] 英中 六級

名 害蟲、令人討厭的人

• The farmer used insecticides to kill off the insect **pests**.
農夫用殺蟲劑除掉害蟲。

同 verm 害蟲

pick•le [`pɪkḷ] 英中 六級

名 醃菜
動 醃製

• I ordered a beef and **pickle** sandwich for my lunch.
我午餐點了一個加了牛肉和酸黃瓜的三明治。

同 souse 浸泡、醃貨

pill [pɪl] 英中 六級

名 藥丸

• Zoe used to take a sleeping **pill** to get a full night of sleep.
柔依以前為了可以在晚上睡好覺都會吃安眠藥。

同 tablet 藥片

🔊 Track 557

pi•lot [`paɪlət] 英中 六級

名 飛行員、領航員

• My son said he wants to be a **pilot** when he grows up.
我兒子說他長大後要個當飛行員。

同 aviator 飛行員

pine [paɪn] 英中 六級

名 松樹

• This child left home week ago and was found in a **pine** forest eventually.
這個小孩離開家裡已經一個禮拜了，最後終於在一座松樹林裡被找到。

pint [paɪnt] 英中 六級

名 品脫

• We usually drink 5 **pints** of milk a day.
我們通常一天喝五品脫的牛奶。

pit [pɪt] 英中 六級

名 坑洞
動 挖坑

• James dug a **pit** in his backyard and buried the dog's body in it.
詹姆士在後院挖了一個洞把狗的屍體埋進去。

同 hole 洞穴

pit•y [`pɪtɪ] .... 英中 六級

名 同情
動 憐憫

· The boy didn't need our **pities** but our care.
這個男孩需要的不是我們的同情，而是我們的關心。

同 compassion 同情

🔊 Track 558

plas•tic [`plæstɪk] .... 英中 六級

名 塑膠
形 塑膠的

· We try to bring our own bags to go shopping instead of using the **plastic** bags.
我們盡可能帶自己的袋子去購物，而不是使用塑膠袋。

plen•ty [`plɛntɪ] .... 英中 六級

名 豐富
形 充足的

· We were not worried about lack of food during the typhoon because we had **plenty** of rice and vegetables in the kitchen.
我們並不擔心在颱風期間缺乏食物，因為在廚房裡有足夠的米和蔬菜。

同 ample 充足的、豐富的
反 scarce 缺乏的、不足的

plug [plʌg] .... 英中 六級

名 插頭　動 接插頭

· You can **plug** into the network without using a wire; that is the so-called wireless.
你可以不用線就連接上網路，那就是所謂的無線上網。

plum [plʌm] .... 英中 六級

名 李子

· I would like to have toast with some **plum** jam for breakfast.
我早餐想吃吐司加李子果醬。

同 prune 酶乾、李子

plumb•er [`plʌmə] .... 英中 六級

名 水管工

· The **plumber** will come to mend the leaking pipe.
水電工人會來修理漏水的水管。

同 drainer 水管工

🔊 Track 559

pole [pol] .... 英中 六級

名 杆

· Our home was left without power after a lorry hit an electricity **pole**.
在貨車撞上電線杆之後，我們家就停電了。

同 perch 棲木、杆

po•lit•i•cal [pə`lɪtɪkl] .... 英中 六級

形 政治的

· We can almost talk about anything except **political** issues.
我們什麼都可以談，除了政治議題之外。

同 governmental 政府的、政治的
反 unpolitical 非政治的、與政治無關的

pol•i•ti•cian [ˌpɑlə`tɪʃən] .... 英中 六級

名 政治家

· Who was the greatest **politician** in the 20th century?
誰是二十世紀最傑出的政治人物？

同 statesman 政治家、國務活動家

pol•i•tics [`pɑləˌtɪks] .... 英中 六級

名 政治學

· I used to major in global **politics** at university.
我在大學主修總體政治學。

poll [pol] .... 英中 六級

名 投票、民調
動 得票、投票

· The latest opinion **poll** puts John in the lead.
最新的民調指出約翰遙遙領先。

同 vote 投票

pol•lute [pəˋlut].................... 英初 四級

動 污染

- Our air has been **polluted** by the burning of fuels.
  燃燒燃料造成我們的空氣污染。

同 contaminate 弄髒、污染

反 clean 弄乾淨、去除污垢

po•ny [ˋponɪ].................... 英中 六級

名 小馬

- Their kids like to ride their **ponies** on the farm on weekends.
  他們的小孩在週末喜歡在農場騎馬。

同 colt 小馬、無經驗的年輕人

pop / pop•u•lar
[pɑp] / [ˋpɑpjələ] .... 英中 六級

形 流行的
名 流行

- I enjoy listening to classical music instead of **pop** music.
  我喜歡聽古典樂，而不是流行樂。

同 prevalent 流行的

反 unpopular 不流行的、不受歡迎的

porce•lain / chi•na
[ˋpɔrslɪn] / [ˋtʃaɪnə].................... 英中 六級

名 瓷器

- My grandfather had a collection of valuable **porcelains**.
  我祖父收藏有價值的瓷器。

同 chinaware 陶瓷器

por•tion [ˋpɔrʃən] .... 英中 六級

名 部分 **動** 分配

- Paul's father left the major **portion** of his money to the charity.
  保羅的爸爸把大部分的錢都留給慈善機構使用。

同 part 部分

por•trait [ˋportret] .... 英中 六級

名 肖像

- Lucy is a famous **portrait** painter in London.
  露西在倫敦是位有名的肖像畫家。

同 image 圖像、肖像

post•age [ˋpostɪdʒ] .... 英中 六級

名 郵資

- The **postage** for this parcel is 5 dollars.
  這個包裹的郵資是五元。

post•er [ˋpostə] .... 英中 六級

名 海報

- The students put up **posters** all around the campus in order to promote the speech.
  為了宣傳這場演講，這些學生在校園四周張貼海報。

同 placard 海報

post•pone [postˋpon] .... 英中 六級

動 延緩、延遲

- I am afraid that we will have to **postpone** our party because of the bad weather.
  我們的派對恐怕要因壞天氣而延期了。

同 delay 延遲

反 advance 提前

post•pone•ment
[postˋponmənt] .... 英中 六級

名 延後

- The children are disappointed by the **postponement** of their field trip.
  孩子們因為遠足延期而感到失望。

同 delay 推遲、延誤

A B C D E F G H I J K L M N O **P** Q R S T U V W X Y Z

🔊 Track 562

pot•ter•y / ce•ram•ics
[ˋpɑtəɪ] / [səˋræmɪkz].............. 英中 六級

名 陶器

• Their handcrafted **pottery** is very durable.
他們手工製作的陶器非常堅固。

同 crockery 陶器、瓦器

pour [por] .... 英中 六級

動 澆、倒

• I **poured** some honey into the flour and mixed them.
我在麵粉裡倒了一些蜂蜜然後把它們混合在一起。

同 bedash 澆

pov•er•ty [ˋpɑvətɪ] .... 英中 六級

名 貧窮

• Although he lives in **poverty**, he never gives up studying.
雖然他生活貧困，但是他從不放棄讀書。

同 poorness 貧窮、缺乏

pow•der [ˋpaʊdɚ] .... 英初 四級

名 粉
動 灑粉

• Baking **powder** is an essential ingredient when preparing for baked goods.
準備烤東西時，烘焙麵粉是必要的原料。

同 flour 麵粉

prac•ti•cal [ˋpræktɪkl] .... 英中 六級

形 實用的

• This **practical** advice was given to the young boy by that old man.
這個實用建議是由那個年老的男人給那個年輕人的。

同 useful 有用的
反 useless 無用的、無效的

🔊 Track 563

prayer [prɛr] .... 英中 六級

名 禱告

• Judy always says her **prayers** before she starts a meal.
裘蒂總是在用餐前禱告。

同 blessing 祝福、禱告

pre•cious [ˋprɛʃəs] .... 英初 四級

形 珍貴的

• This pearl necklace is the most **precious** thing for me because it was from my mother.
這條珍珠項鏈是我最珍貴的東西，因為這是我媽媽給我的。

同 valuable 珍貴的
反 plain 簡單的、平常的

prep•a•ra•tion
[ˌprɛpəˋreʃən] .... 英中 六級

名 準備

• The students didn't seem to have done much **preparation** for the exam.
這些學生似乎沒有為考試做太多準備。

同 preliminary 準備

pres•sure [ˋprɛʃɚ] .... 英初 四級

名 壓力
動 施壓

• My grandmother learned how to accurately measure blood **pressure** at home.
我祖母學會如何正確地在家自己量血壓。

同 stress 壓力

pre•tend [prɪˋtɛnd] .... 英中 六級

動 假裝

• We all **pretended** that we didn't know what happened.
我們都假裝不知道發生什麼事。

同 feign 假裝

pre·vent
[prɪˋvɛnt] .... 英中 六級

動 預防、阻止

• You can label your luggages to **prevent** confusion.
  你可以在你的行李上貼標籤以免混淆。

圓 preclude 阻止、排除

pre·vi·ous [ˋprivɪəs] .... 英中 六級

形 先前的

• The **previous** landlord was an old lady.
  先前的房東是一位老太太。

圓 prior 先前的
反 subsequent 隨後的、後來的

priest [prist] .... 英初 四級

名 神父

• My uncle has been a **priest** in the church for many years.
  我叔叔在教堂當神父已經好幾年了。

圓 father 神父

pri·mar·y [ˋpraɪˏmɛrɪ] .... 英初 四級

形 主要的

• The **primary** responsibility for a citizen is to obey his nation's civil and criminal laws.
  一位公民最主要的職責就是遵守國家法治。

圓 main 主要的
反 minor 次要的

prob·a·ble [ˋprɑbəbḷ] .... 英中 六級

形 可能的

• The doctor said the **probable** cause of his death was cerebral hemorrhage.
  醫生指出他的死因有可能是腦出血。

圓 possible 可能的
反 impossible 不可能的

proc·ess [ˋprɑsɛs] .... 英中 六級

名 過程
動 處理

• They are in the **process** of adopting a child from South Africa.
  他們正在處理從南非收養小孩的事宜。

圓 course 過程

prod·uct [ˋprɑdəkt] .... 英中 六級

名 產品

• They insist to sell fresh dairy **products**.
  他們堅持要販賣新鮮的乳製品。

圓 merchandise 商品

prof·it [ˋprɑfɪt] .... 英中 六級

名 利潤
動 獲利

• The old man makes a great **profit** from selling waste paper boxes.
  這位老先生靠著賣廢棄的紙箱賺了不少錢。

圓 gain 獲得、利潤
反 loss 喪失、虧損

pro·gram [ˋprogræm] .... 英初 四級

名 節目

• My favorite TV **program** was Animal World.
  我最喜歡的電視節目是動物世界。

圓 show 節目、秀

pro·mote [prəˋmot] .... 英中 六級

動 提倡

• Allen is a diligent worker and certainly deserves to be **promoted**.
  艾倫是一個認真的員工，的確應該升遷。

圓 advocate 主張、提倡

A B C D E F G H I J K L M N O **P** Q R S T U V W X Y Z

🔊 Track 566

proof [pruf].................... 英中 六級

名 證據

- Do you have any **proof** that your wallet was stolen by this boy?
  你有任何證據指出你的皮包就是被這個男孩偷走的嗎？
- 同 evidence 證據

prop•er [`prɑpɚ].................... 英中 六級

形 適當的

- You need to take a **proper** rest after a long day's work.
  你在工作了一整天之後確實需要適當的休息。
- 同 appropriate 適當的、相稱的

prop•er•ty [`prɑpɚlɪ].............. 英中 六級

名 財產

- They were taught to have respect other people's **properties** when they were little.
  他們在小時候就被教導說要懂得尊重別人的資產。
- 同 wealth 財富、財產

pro•pos•al [prə`pozl].............. 英中 六級

名 提議

- I felt a little disappointed after my **proposal** was rejected.
  我的提議被回絕後我感到有點失望。
- 同 suggestion 建議、提議

pro•tec•tion [prə`tɛkʃən].................... 英中 六級

名 保護

- The witness will be safe under police **protection**.
  在警方的保護之下證人將會很安全。
- 同 covertures 保護、掩護

🔊 Track 567

pro•tec•tive [prə`tɛktɪv]........ 英中 六級

形 保護的

- Mothers tend to be **protective** of their children.
  母親很容易過度保護小孩子。
- 同 tutelary 保護的、監護的

pub [pʌb].................... 英中 六級

名 酒館

- I will be waiting for you in the local **pub** tonight. Be there or be square!
  我今晚在當地的酒吧等你。不見不散！
- 同 tavern 酒館、客棧

punch [pʌntʃ].................... 英中 六級

動 以拳頭重擊
名 打、擊

- The woman **punched** him in his face angrily and walked away.
  那個女人很生氣地在他臉上賞了一拳，然後就走開了。
- 同 strike 打擊

pure [pjʊr].................... 英中 六級

形 純粹的

- Kids are always **pure** and innocent.
  孩子總是純潔天真的。
- 同 sheer 純粹的

pur•sue [pɚ`su].................... 英中 六級

動 追捕、追求

- We should **pursue** the peaceful mind instead of material life.
  我們應該追求內心的平靜而不是物質生活。
- 同 seek 尋找、追求

quar•rel [ˈkwɔrəl] .... 英中 六級

名 爭吵
動 爭吵

• She always says sorry first to her husband after a **quarrel**.
在爭吵過後總是她先向她老公道歉。
同 dispute 爭論、爭吵

queer [kwɪr] .... 英中 六級

形 違背常理的、奇怪的

• The atmosphere in this room is bizarre and **queer**.
在這個房間裡的氣氛很詭異。
同 strange 奇怪的
反 usual 通常的、慣常的

quote [kwot] .... 英中 六級

動 引用、引證

• He always likes to **quote** from the Analects of Confucius.
他總是喜歡引用論語裡的句子。
同 cite 引用、引證

ra•cial [ˈreʃəl] .... 英中 六級

形 種族的

• **Racial** discrimination is one of the most controversial problems in our society.
在我們的社會中,種族歧視是最具有爭議的問題之一。
同 ethnic 民族的、種族的

ra•dar [ˈredɑr] .... 英中 六級

名 雷達

• A weather **radar** is a type of **radar** used to locate precipitation and calculate its course.
氣象雷達是一種用來指出降雨量與偵測出它移動位置的一種雷達。

rag [ræg] .... 英中 六級

名 破布、碎片

• These **rags** are kept for cleaning the car.
留下這些破布是為了用來清理車子。
同 tatter 破布、碎紙

rai•sin [ˈrezn̩] .... 英中 六級

名 葡萄乾

• I like to add some **raisin** and pine nuts in my oatmeal.
我喜歡在燕麥粥裡加一些葡萄乾和松子。
同 currant 無核葡萄乾

rank [ræŋk] .... 英中 六級

名 行列、等級、社會地位

• More and more graduates joined the **ranks** of the unemployed after graduation.
越來越多的畢業生在畢業後加入失業的行列。
同 grade 等級

rate [ret] .... 英中 六級

名 比率
動 估價(評估)

• She **rated** the cosmetic as the first class product.
她把這個化妝品評為第一等級。
同 ratio 比率

raw [rɔ] .... 英中 六級

形 生的、原始的

• You need to cut **raw** meat on another cutting board.
你必須用另一個砧板切生肉。
同 aboriginal 原始的
反 ripe 熟的

🔊 Track 570

ray [re]............................. 英中 六級

名 光線

• I could barely open my eyes because of the direct **rays** of light.
因為光線直射，我的眼睛幾乎睜不開。

同 light 光、光線

ra•zor [ˋrezɚ] .... 英中 六級

名 剃刀、刮鬍刀

• My brother shaved his face with an electric **razor**.
我哥哥用電動刮鬍刀刮鬍子。

同 shaver 剃鬚刀

re•act [rɪˋækt] .... 英中 六級

動 反應、反抗

• Did you notice how she **reacted** when she heard the news?
你有注意到在她聽到這個消息之後的反應嗎？

同 revolt 叛亂、反抗

re•ac•tion [rɪˋækʃən] .... 英中 六級

名 反應

• He loves to watch people's **reactions** when he teases them.
當他在戲謔別人時，他喜歡看他們的反應。

同 response 回應、反應

rea•son•a•ble [ˋriznəbl] .... 英中 六級

形 合理的

• The price for the goods is really fair and **reasonable**.
這個物品的價格公正合理。

同 rational 合理的、理性的
反 unreasonable 不合理的

🔊 Track 571

re•ceipt [rɪˋsit]..................... 英中 六級

名 收據

• She always makes sure she's given a **receipt** for everything she buys.
她總是確認她所買的東西都有拿到收據。

同 voucher 憑單、收據

re•ceiv•er [rɪˋsivɚ] .... 英中 六級

名 收受者

• I sent the parcel on Wednesday, but my **receiver** said he didn't get anything from me.
我星期三就把包裹寄出去了，但是收件人說他沒有收到我寄的任何東西。

同 taker 接受者、收受者
反 giver 給予者、贈送者

rec•og•nize [ˋrɛkəɡˏnaɪz] .... 英中 六級

動 認知

• We hadn't seen each other for 10 years, but he **recognized** me as soon as we met at party.
我們已經有超過十年沒有見到對方了，但是在派對上他立刻就認出我來了。

同 know 知道

re•cord•er [rɪˋkɔrdɚ] .... 英初 四級

名 紀錄員

• He works as a **recorder** in court.
他的工作是在球場當記分員。

同 scorer 記分員、記錄員

re•cov•er [rɪˋkʌvɚ] .... 英初 四級

動 恢復、重新獲得

• It took my grandfather a long time to **recover** from his heart surgery.
我祖父從心臟手術中恢復過來花了他很長一段時間。

同 restore 恢復、使復原

re·duce [rɪˋdjus].................... 英中 六級

動 減輕

• Ann **reduced** her weight when she stopped eating out.
安在停止外出用餐之後體重就減輕了。

同 lighten 減輕

反 increase 增加、提高

re·gion·al [ˋridʒənl̩]............. 英中 六級

形 區域性的

• A **regional** conflict would evolve into violent warfare.
區域性的衝突可能會演變成激烈的戰爭。

同 local 地方性的、當地的

re·gret [rɪˋgrɛt]...................... 英初 四級

動 後悔、遺憾
名 悔意

• Never **regret** the decision you have made.
對你自己做的決定不要後悔。

同 repent 後悔、悔悟

re·late [rɪˋlet]......................... 英中 六級

動 敘述、有關係

• The question is **related** to mathematical formulas.
這個問題和數學方程式有關。

同 narrate 敘述

re·lax [rɪˋlæks]........................ 英中 六級

動 放鬆

• Linda tried to **relax** herself by listening to classical music.
琳達藉著聽古典音樂讓自己放鬆。

同 loosen 放鬆、鬆開

re·lease [rɪˋlis]..................... 英中 六級

動 解放
名 釋放

• This cat was **released** after being chained up for two days.
這隻貓被關了兩天之後終於被放出來。

同 liberate 解放、釋出

反 captivity 囚禁、束縛

re·li·a·ble [rɪˋlaɪəbl̩]............. 英中 六級

形 可靠的

• Ricky is a **reliable** person; he's a man of his words.
瑞奇是個可靠的人，他做事說到做到。

同 dependable 可靠的

反 unreliable 不可靠的

re·lief [rɪˋlif]........................... 英中 六級

名 解除、減輕

• Every student felt an incredible sense of **relief** after the final exam.
在期末考之後每個學生都感到無比的輕鬆。

同 alleviate 減輕、使緩和

re·li·gion [rɪˋlidʒən]............... 英中 六級

名 宗教

• I don't have any **religion** to follow; I am an antitheist.
我沒有任何的宗教信仰，我是無神論者。

同 faith 信念、宗教信仰

re·li·gious [rɪˋlidʒəs]............. 英中 六級

形 宗教的

• She is a **religious** Christian and goes to church every weekend.
她是個虔誠的天主教徒，而且她每個禮拜都上教堂。

同 sacred 神的、宗教的

A B C D E F G H I J K L M N O P Q **R** S T U V W X Y Z

🔊 Track 574

re•ly [rɪˋlaɪ] .... 英中 六級

動 依賴

• Dave is a reliable person who we can **rely** on.
戴夫是個我們可以依靠的人。

同 depend 依靠、依賴

re•main [rɪˋmen] .... 英中 六級

動 殘留、仍然、繼續

• I had a severe car accident and **remained** in bed for a couple of weeks.
我發生了嚴重的車禍而且在床上待了幾個禮拜。

同 continue 繼續

re•mind [rɪˋmaɪnd] .... 英初 四級

動 提醒

• Could you **remind** Rita of the Christmas party next Sunday?
你可以提醒莉塔下個禮拜天的聖誕派對嗎？

同 warn 警告、提醒

re•mote [rɪˋmot] .... 英中 六級

形 遠程的

• Mr. Liu has been teaching in a **remote** village for two years.
劉老師在偏遠地區任教已經兩年了。

同 distant 遙遠的、疏遠的

反 near 近的

re•move [rɪˋmuv] .... 英中 六級

動 移動

• This picture was **removed** to another photo album.
這張照片已經被移到另一本相本裡了。

同 shift 移動

🔊 Track 575

re•new [rɪˋnju] .... 英中 六級

動 更新、恢復、補充

• I must **renew** my driver's license by this Friday.
我這個禮拜五前要更新我的駕照。

同 update 更新

rent [rɛnt] .... 英初 四級

名 租金
動 租借

• I prefer to **rent** the apartment near the countryside.
我比較想租在鄉間的公寓。

同 lease 租約、出租

re•pair [rɪˋpɛr] .... 英初 四級

動 修理　名 修理

• I will go on a business trip next week, so I must get my car **repaired** this weekend.
我下禮拜要出差，所以我這禮拜要把車子送去維修。

同 mend 修理

re•place [rɪˋples] .... 英中 六級

動 代替

• Every individual is unique; no one can be **replaced**.
每個人都是獨特的，沒有人是可以被取代的。

同 instead 代替

re•place•ment
[rɪˋplesmənt] .... 英中 六級

名 取代

• They need a **replacement** for the secretary who called in sick.
他們需要一個人來替生病的秘書代班。

同 substitution 替換、交換

rep•re•sent [ˌrɛprɪˋzɛnt] 英中 六級

🔟 代表、象徵

• She sent her son to **represent** her at the wedding party.
她派她兒子代表她參加婚禮。

回 symbolize 象徵

rep•re•sent•a•tive [rɛprɪˋzɛntətɪv] 英中 六級

🔣 典型的、代表的
🔢 典型、代表人員

• I was assigned to be the **representative** of the golf club.
我被指派為這個高爾夫球俱樂部的代表。

回 typical 典型的、有代表性的

re•pub•lic [rɪˋpʌblɪk] 英中 六級

🔢 共和國

• The People's **Republic** of China was formally established in 1949.
中華人民共和國在 1949 年成立。

回 commonwealth 共和國、聯邦

re•quest [rɪˋkwɛst] 英中 六級

🔢 要求
🔟 請求

• Your **requests** are not reasonable at all; I am afraid that I cannot say yes.
你的要求太不合理，我恐怕無法答應。

回 beg 乞求

re•serve [rɪˋzɝv] 英中 六級

🔟 保留
🔢 貯藏、保留

• The VIP seats are **reserved** for special guests.
貴賓席是要留給特別嘉賓的。

回 retain 保持、保留

re•sist [rɪˋzɪst] 英中 六級

🔟 抵抗

• The troops tried to **resist** the enemy attacks for three days.
這軍隊在這三天試著抵抗敵軍的攻擊。

回 boycott 抵制

re•source [rɪˋsors] 英中 六級

🔢 資源

• The agriculture and water **resources** in this town are in a crisis.
這鎮上的農業發展與水源正產生危機。

回 energy 能源

re•spond [rɪˋspɑnd] 英中 六級

🔟 回答

• He asked her if she would marry him, but she didn't **respond**.
他問她是否可以嫁給他，但是她沒有回答。

回 reply 回答
反 question 詢問

re•sponse [rɪˋspɑns] 英中 六級

🔢 回應、答覆

• The teacher looked in her face for a good **response**, but she didn't say anything.
老師看著她的臉等一個令人滿意的答覆，但她卻沒有說任何話。

回 reply 回答、答復

re•spon•si•bil•i•ty [rɪˌspɑnsəˋbɪlətɪ] 英中 六級

🔢 責任

• The students have the **responsibility** for keeping the classroom clean.
學生有責任要保持教室乾淨。

回 obligation 義務、責任

A B C D E F G H I J K L M N O P Q **R** S T U V W X Y Z

🔊 Track 578

re•strict [rɪˋstrɪkt] 英中 六級

動 限制

• Judy's social activities were **restricted** by pregnancy.
茱蒂的社交活動因為懷孕而受到限制。

同 limit 限制

re•veal [rɪˋvil] 英中 六級

動 顯示

• His biography **revealed** that he was not from a rich family.
他的傳記揭露出他並不是來自於一個富有的家庭。

同 display 顯示、表現

rib•bon [ˋrɪbən] 英中 六級

名 絲帶、破碎條狀物

• The shopkeeper tied up the gift with a red **ribbon**.
店主用紅緞帶把禮物包起來。

同 ribbon 絲帶、緞帶

rid [rɪd] 英中 六級

動 使…擺脫、除去

• You can learn how to get **rid** of any bad habit little by little.
你可以學習如何慢慢地把壞習慣改掉。

同 remove 除去、脫掉

rid•dle [ˋrɪdl̩] 英中 六級

名 謎語

• Leo wanted us to give the answer to this **riddle**.
里歐要我們把這個謎語的答案給他。

同 puzzle 謎、難題

🔊 Track 579

ripe [raɪp] 英中 六級

形 成熟的

• Those guavas are too **ripe** and become soft.
這些芭樂熟到都變軟了。

同 mature 成熟的
反 immature 不成熟的

risk [rɪsk] 英中 六級

名 危險
動 冒險

• The **risks** and the rewards are high in this investment.
這個投資的風險和獲利都很高。

同 danger 危險
反 safety 安全

roar [ror] 英中 六級

名 吼叫
動 怒吼

• They heard the lions **roaring** in the cage in the zoo.
他們聽到獅子在動物園的籠子裡吼叫。

同 bellow 吼叫
反 whisper 低語、耳語

roast [rost] 英中 六級

動 烘烤
形 烘烤的
名 烘烤的肉

• She is good at **roasting** pork.
她很擅於烤豬肉。

同 bake 烘焙、烤

rob [rɑb] 英初 四級

動 搶劫

• The lday was **robbed** at the dark corner last night.
這位女士昨晚在黑暗的角落被搶劫了。

同 heist 攔劫、搶劫

rob•ber [ˋrɑbə] 英中 六級

名 強盜

• The **robbers** were wearing masks so we couldn't recognize them.
這些搶匪戴著口罩所以我們無法認出他們來。

同 bandit 強盜

rob•ber•y [ˋrɑbərɪ] 英中 六級

名 搶案

• The man was sent to prison for armed **robbery**.
這男人因為持械搶劫而被關進監獄中。

同 pillage 掠奪、搶劫

robe [rob] 英中 六級

名 長袍
動 穿長袍

• The doctors should wear **robes** when they are counseling patients.
醫生在問診病人時需要穿長袍。

同 gown 長袍

rock•et [ˋrɑkɪt] 英中 六級

名 火箭
動 發射火箭

• The space center launched a **rocket** last month.
太空中心上個月發射了一枚火箭。

同 projectile 發射體、拋射物

ro•man•tic [roˋmæntɪk] 英中 六級

形 浪漫的
名 浪漫主義者

• It's the most **romantic** wedding I have ever seen.
這是我看過最浪漫的婚禮。

同 romanticist 浪漫主義者

rot [rɑt] 英中 六級

動 腐敗
名 腐壞

• The apple **rotted** under the high humidity in this room.
蘋果在這間房的高濕度之下腐壞了。

同 corrupt 賄賂、腐敗

rot•ten [ˋrɑtn̩] 英中 六級

形 腐化的

• The chidren ate **rotten** food and got sick.
這些小孩因為吃了壞掉的食物而生病。

同 decayed 腐敗的、腐爛的

rough [rʌf] 英中 六級

形 粗糙的
名 粗暴的人

• My mother's hands became **rough** with housework.
我媽媽的手因為做家事變得粗糙。

同 coarse 粗糙的
反 refined 優雅的、精細的

rou•tine [ruˋtin] 英中 六級

名 慣例
形 例行的

• Writing blog has become a part of my daily **routine**.
寫部落格變成我日常生活的一部分。

同 tradition 傳統、慣例

rug [rʌg] 英中 六級

名 地毯

• They put a woolen **rug** on the floor in the living room.
他們在客廳地板鋪一塊羊毛地毯。

同 carpet 地毯

A
B
C
D
E
F
G
H
I
J
K
L
M
N
O
P
Q
R
S
T
U
V
W
X
Y
Z

ru•mor [`rumɚ`]　英中 六級

名 謠言　動 謠傳

- The **rumor** that the vice president is going to resign is going around the office.
副總統要請辭的傳言在辦公室裡傳開。
同 hearsay 謠言、傳聞

rust [rʌst]　英中 六級

名 鐵銹
動 生銹

- The bike has **rusted** because of being left out in the rain for years.
這台腳踏車因為被放在室外風吹日曬好幾年，所以已經生銹了。
同 oxidize 氧化、生銹

rust•y [`rʌstɪ`]　英中 六級

形 生銹的、生疏的

- Those nails are **rusty**; could you buy some new ones for me?
這些釘子已經生銹了，你可以幫我買些新的嗎？
同 strange 陌生的、生疏的
反 familiar 熟悉的

Ss→

sack [sæk]　英中 六級

名 大包、袋子

- Henry delivered a **sack** of potatoes to his uncle.
亨利寄了一大袋的馬鈴薯給他的叔叔。
同 bag 袋子

sake [sek]　英中 六級

名 緣故、理由

- They moved into the city for the **sake** of convenience.
他們看在便利性的份上搬到了這個城市。
同 reason 理由

sat•is•fac•to•ry [,sætɪs`fæktərɪ]　英中 六級

形 令人滿意的

- Among all the bags in that store, only one was **satisfactory** for him.
在這個店裡的所有包包只有一個可以讓他滿意。
同 desirable 值得要的、合意的
反 dissatisfied 不滿意的

sau•cer [`sɔsɚ`]　英中 六級

名 托盤、茶碟

- That servant served me coffee in the best cup and **saucer**.
服務生用最頂級的茶杯和碟子幫我送上咖啡。
同 tray 托盤、碟

sau•sage [`sɔsɪdʒ`]　英中 六級

名 臘腸、香腸

- Both of his brothers like to have **sausages** for brunch.
他的兩個哥哥在早午餐都喜歡吃香腸。
同 wurst 香腸

sav•ings [`sevɪŋz`]　英中 六級

名 拯救、救助、存款

- The old man lived on his **savings** after retirement.
這個老先生在他退休後靠著存款生活。
同 deposit 存款、定金

scales [skelz]　英中 六級

名 刻度、尺度、天秤

- There is only one **scale** in centimeters on this ruler.
這支尺只有公分一種刻度。
同 dimension 尺寸、規模

scarce [skɛrs] .... 英中 六級

形 稀少的

• The water is **scarce** in the desert areas.
　在沙漠地區水是十分稀少的。

同 rare 稀有的　　反 universal 普遍的

scare•crow [`skɛrˌkro] .... 英中 六級

名 稻草人

• Farmers used to put **scarecrows** on the farms to keep birds away.
　農夫都會在農田裡放稻草人來趕鳥。

同 jackstraw 稻草人

scarf [skɑrf] .... 英中 四級

名 圍巾、頸巾

• The girl pull her **scarf** tightly around her neck.
　那女孩把圍巾緊緊地繞在她的脖子上。

同 shawl 披肩、圍巾

scar•y [`skɛrɪ] .... 英中 六級

形 駭人的

• The sudden thunder came after the lightning is **scary**.
　閃電過後突然的雷聲很嚇人。

同 terrible 可怕的

scat•ter [`skætɚ] .... 英中 六級

動 散佈
名 散播物

• The boy **scattered** his toys all over the floor.
　這小男孩把玩具丟得四處都是。

同 disseminate 散佈、傳播

sched•ule [`skɛdʒʊl] .... 英中 六級

名 時刻表
動 將…列表、預定…

• The trainer posted the **schedules** on the wall.
　訓練員把行程表貼在牆上。

同 list 列表

schol•ar [`skɑlɚ] .... 英中 六級

名 有學問的人、學者

• She is a famous Greek **scholar**.
　她是個有名的希臘學者。

同 bookman 學者、文人

schol•ar•ship
[`skɑlɚˌʃɪp] .... 英中 六級

名 獎學金

• She studied very hard and finally won a **scholarship** to go to the university.
　她認真讀書，最後終於得到獎學金去上大學。

同 fellowship 獎學金

sci•en•tif•ic [ˌsaɪən`tɪfɪk] .... 英中 六級

形 科學的、有關科學的

• She cleaned the **scientific** instruments after school.
　她在放學後清理這些科學儀器。

反 unscientific 不科學的

scoop [skup] .... 英中 六級

名 舀取的器具
動 挖、掘、舀取

• She went to the supermarket in town and bought several new **scoops**.
　她去鎮上的超級市場買了幾支新的勺子。

同 dip 舀取，汲出

A
B
C
D
E
F
G
H
I
J
K
L
M
N
O
P
Q
R
S
T
U
V
W
X
Y
Z

🔊 Track 586

scout [skaʊt] .... 英中 六級

名 斥候、偵查
動 斥候、偵查

• The **scout**'s periodic reports were the key factors for victory in the war.
偵查兵定期的報告是這場戰爭致勝的關鍵。

同 reconnoiter 偵察

scream [skrim] .... 英中 六級

動 大聲尖叫、作出尖叫聲
名 大聲尖叫

• The child started **screaming** while he was punished by his father.
這小孩在被他父親懲罰時開始大叫。

同 screech 尖叫

screw [skru] .... 英中 六級

名 螺絲
動 旋緊、轉動

• Would you please **screw** the lid off the bottle?
你可以把瓶子上的蓋子轉開嗎？

同 rotate 旋轉

scrub [skrʌb] .... 英中 六級

動 擦拭、擦洗
名 擦洗、灌木叢

• The maid **scrubbed** the stain on the glass very carefully.
女傭仔細地擦拭沾在玻璃杯上的污漬。

同 wipe 擦、抹

seal [sil] .... 英中 六級

名 海豹、印章
動 獵海豹、蓋章、密封

• Mary signed and **sealed** the contract after meeting.
在會議後瑪莉在合約上簽名與蓋章。

同 stamp 印章

🔊 Track 587

sec•ond•a•ry [ˈsɛkənˌdɛrɪ] .... 英初 四級

形 第二的

• Most of **secondary** schools are located in downtown.
大部分次等的學校都在鬧區。

反 prime 首要的

se•cu•ri•ty [sɪˈkjʊrətɪ] .... 英中 六級

名 安全

• His job is to keep the **security** of this apartment.
他的工作是確保這棟公寓的安全。

同 safety 安全
反 danger 危險

seek [sik] .... 英中 六級

動 尋找

• He tried to **seek** any chance of employment.
他試著尋求工作的機會。

同 search 搜索、尋找

seize [siz] .... 英中 六級

動 抓、抓住

• John **seized** my hand excitedly.
約翰興奮地抓著我的手。

同 grab 抓住、攫取

sel•dom [ˈsɛldəm] .... 英初 四級

副 不常地、難得地

• John **seldom** paid the bill for girls.
約翰很少幫女生買單。

反 often 經常

🔊 Track 588

sen•si•ble [ˈsɛnsəbl̩] .... 英中 六級

形 可感覺的、理性的

• Kevin is such a nice and **sensible** boy.
凱文真的是個很好又理性的人。

同 rational 理性的
反 perceptual 感性的、知覺的

sen•si•tive [ˈsɛnsətɪv] .... 英中 六級

形 敏感的

- Sue is so **sensitive** to music.
  蘇對於音樂很敏感。

同 susceptible 易於接受的、敏感的
反 sluggish 遲鈍的

sep•a•ra•tion
[ˌsɛpəˈreʃən] .... 英中 六級

名 分離、隔離

- The child burst out crying because of **separation** with his mother.
  這孩子因為要和母親分離而放聲大哭。

同 isolation 隔離

sew [so] .... 英中 六級

動 縫、縫上

- My grandmother used to **sew** my clothes.
  我祖母以前都幫我縫衣服。

同 seam 縫合

sex [sɛks] .... 英中 六級

名 性、性別

- Children are not allowed to watch the movies which contain **sex** scenes.
  孩童不可以看太多色情場面的電影。

同 gender 性、性別

🔊 Track 589

sex•u•al [ˈsɛkʃuəl] .... 英中 六級

形 性的

- AIDS usually spreads via **sexual** contact.
  愛滋病通常經由性行為接觸傳染。

同 gamic 性的

sex•y [ˈsɛksɪ] .... 英中 六級

形 性感的

- She likes to buy **sexy** clothes in summer.
  她在夏天喜歡買性感的衣服。

同 erogenous 喚起情慾的、性感的

shade [ʃed] .... 英中 六級

名 蔭涼處、樹蔭
動 遮住、使⋯陰暗

- The big tree provides a pleasant **shade** to people.
  那棵大樹提供給人們一個舒適的蔭涼處。

同 umbrage 樹蔭

shad•ow [ˈʃædo] .... 英中 六級

名 陰暗之處、影子
動 使有陰影、使變暗

- John likes to stand alone in the **shadow**.
  約翰喜歡一個人站在暗處。

同 darken 使變暗
反 brighten 使變亮

shad•y [ˈʃedɪ] .... 英中 六級

形 多蔭的、成蔭的

- They sat on the **shady** grass to appreciate the cherry blossom.
  他們坐在蔭涼的草地上賞櫻。

同 shadowy 有陰影的、多蔭的

🔊 Track 590

shal•low [ˈʃælo] .... 英中 六級

形 淺的、淺薄的

- These plates are quite **shallow**.
  這些盤子很淺。

同 low 低的、淺的
反 deep 深的

shame [ʃem] .... 英中 六級

名 羞恥、羞愧   動 使⋯羞愧

- Kevin felt **shame** at making such a foolish mistake.
  凱文對於犯了這麼一個愚蠢的錯誤感到很羞愧。

同 abashment 羞愧

sham•poo [ʃæmˋpu] 英中 六級

名 洗髮精
動 清洗

• I went to the supermarket in the downtown and bought some **shampoo**.
我去市區的超市買了洗髮精。

同 wash 清洗

shave [ʃev] 英中 六級

動 刮鬍子、剃

• You should **shave** yourself every day.
你每天都要刮鬍子。

同 razor 剃、用剃刀刮

shep•herd [ˋʃɛpəd] 英中 六級

名 牧羊人、牧師

• The **shepherd** gathering the sheep is my grandfather.
在趕羊的那個牧羊人是我父親。

同 sheepherder 牧羊人

🔊 Track 591

shin•y [ˋʃaɪnɪ] 英中 六級

形 發光的、晴朗的

• She bought a **shiny** watch in Hong Kong airport last week.
他上個禮拜在香港機場買了一支閃亮亮的手錶。

同 luminous 發光的

short•en [ˋʃɔrtn̩] 英中 六級

動 縮短、使…變短

• The new bridge **shortens** the trip.
這座新蓋的橋縮短了旅程。

同 abridge 刪節、縮短
反 lengthen 加長、延長

short•ly [ˋʃɔrtlɪ] 英中 六級

副 不久、馬上

• Hank is going to study abroad **shortly**.
漢克在不久之後就要出國念書了。

同 soon 不久

shov•el [ˋʃʌvl̩] 英中 六級

名 鏟子
動 剷除

• My brother is working with a **shovel** in the garden.
我哥哥正在花園用鏟子工作著。

同 spade 鏟子

shrink [ʃrɪŋk] 英中 六級

動 收縮、退縮

• The young lady **shrank** into the corner after hearing the bad news.
這位年輕的女士聽到這個壞消息後她退到了角落。

同 contract 收縮
反 enlarge 擴大、放大

🔊 Track 592

sigh [saɪ] 英中 六級

動 歎息
名 歎息

• He **sighed** deeply with relief.
他深深地歎了一口氣。

同 groan 呻吟、歎息

sig•nal [ˋsɪgnl̩] 英中 六級

名 信號、號誌
動 打信號

• A red light is used as a **signal** of danger.
紅燈是表示危險的標誌。

同 signature 署名、信號

sig•nif•i•cant [sɪgˋnɪfəkənt] 英中 六級

形 有意義的

• This experiment brought a **significant** outcome.
這實驗帶來了有意義的成果。

同 meaningful 有意義的
反 meaningless 無意義的

sim•i•lar•i•ty
[ˌsɪməˈlærətɪ] .... 英中 六級

名 類似、相似

• There are many **similarities** in the reports proposed by Helen and Gary.
在海倫和蓋瑞所提出的報告中有很多相似處。

同 resemblance 相似
反 difference 差異

sin [sɪn] .... 英中 六級

名 罪、罪惡
動 犯罪

• It's a **sin** to lie to your parents.
對你的父母撒謊是一種罪。

同 guilt 罪

🔊 Track 593

sin•cere [sɪnˈsɪr] .... 英中 四級

形 真實的、誠摯的

• Henry was **sincere** to have best wishes for their marriage.
亨利很誠心的希望他們的婚姻美好。

同 genuine 真誠的
反 fictitious 虛偽的

sip [sɪp] .... 英中 六級

動 啜飲、小口地喝

• He **sipped** the ice beer and felt so happy.
他小口地喝著啤酒，感到很快樂。

同 drink 喝

sit•u•a•tion [ˌsɪtʃuˈeʃən] .... 英中 六級

名 情勢

• Henry is in a complicated **situation**.
亨利正身處於一個很複雜的狀態。

同 condition 情況

skate [sket] .... 英中 四級

動 溜冰、滑冰

• They like to **skate** in winter.
他們喜歡在冬天溜冰。

同 rink 溜冰

ski [ski] .... 英中 四級

名 滑雪板
動 滑雪

• They go **skiing** in Japan every winter.
他們每年冬天都會去日本滑雪。

同 snowboard 滑雪板

🔊 Track 594

skip [skɪp] .... 英中 六級

動 略過、跳過
名 略過、跳過

• Please just **skip** the chapter 1 and let's start from page 21.
請跳過第一章，我們要從第二十一頁開始上課。

同 omit 省略

sky•scrap•er
[ˈskaɪˌskrepɚ] .... 英中 六級

名 摩天大樓

• Taipei 101 is the most famous **skyscraper** in Taiwan.
臺北 101 是臺灣最著名的摩天大樓。

同 high-rise 高樓、大廈

slave [slev] .... 英中 六級

名 奴隸
動 做苦工

• The system of **slavery** should be forever abandoned.
奴隸制度應永不被採用。

同 bondman 奴隸

sleeve [sliv] .... 英中 六級

名 衣袖、袖子

• The strong worker rolled up his **sleeves** and started his work.
這個強壯的工人捲起袖子開始工作。

同 arm 臂，袖子

Level 3

國中小必考單字 │ 高級篇

slice [slaɪs] .... 英中 六級

名 片、薄的切片
動 切成薄片

• My mother **sliced** the fish and put it in the plate.
  媽媽把魚切片之後放到盤子裡。

同 flake 薄片、小片

🔊 Track 595

slip•per•y [ˈslɪpərɪ] .... 英中 六級

形 滑溜的

• The floor is **slippery** after being polished with wax.
  地板在打蠟過後很滑。

同 slithery 滑的、滑溜的
反 rough 粗糙的

slope [slop] .... 英中 六級

名 坡度、斜面

• John stopped his child from climbing up a dangerous steep **slope**.
  約翰阻止他的小孩爬到危險的斜坡上。

同 bevel 斜角、斜面

smooth [smuð] .... 英中 六級

形 平滑的
動 使…平滑、使…平和

• Her hair is silky and **smooth**.
  她的頭髮如絲般柔順。

同 glabrate 平滑的
反 crude 粗糙的

snap [snæp] .... 英中 六級

動 折斷、迅速抓住

• My chopsticks **snapped** suddenly while having lunch.
  在吃午餐時我的筷子突然斷了。

同 fracture 裂痕、折斷

sol•id [ˈsɑlɪd] .... 英中 六級

形 固體的

• Water will become **solid** at zero degree celsius.
  水在攝氏零度時會成為固體。

反 liquid 液體的

🔊 Track 596

some•day [ˈsʌmˌde] .... 英中 六級

副 將來有一天、來日

• He wishes to be rich **someday**.
  他希望在未來能夠很有錢。

同 sometime 改天、來日

some•how [ˈsʌmˌde] .... 英中 六級

副 不知何故

• **Somehow** the kid was afraid of going to school.
  不知道什麼原因這孩子就是害怕去上學。

some•time [ˈsʌmˌtaɪm] .... 英中 六級

副 某些時候、來日

• I visited Jessie **sometime** last year.
  我去年的某些時間有去拜訪潔西。

同 someday 有朝一日

some•what [ˈsʌmˌhwɑt] .... 英中 六級

副 多少、幾分

• The idea proposed by Jack is **somewhat** like yours.
  傑克提出的意見和你的有幾分相似。

同 slightly 些微地

sore [sor] .... 英中 四級

形 疼痛的
名 痛處

• I have a **sore** throat.
  我喉嚨痛。

同 painful 疼痛的

🔊 Track 597

sor•row [ˈsɑro] .... 英中 六級

名 悲傷
動 感到哀傷

• Julie felt **sorrow** at the death of her uncle.
  茱利對於她舅舅的死亡感到悲傷。

同 grief 悲傷
反 pleasure 高興

spade [sped] 英中 六級

名 鏟子

- Johnny is working with a **spade** in the garden.
  強尼拿著鏟子在花園裡工作。

同 shovel 鏟

spa•ghet•ti [spə`gɛtɪ] 英中 四級

名 義大利麵

- Jessie's favorite food is **spaghetti**.
  義大利麵是潔西最喜歡的食物。

同 pasta 義大利麵

spe•cif•ic [spɪ`sɪfɪk] 英中 六級

形 具體的、特殊的、明確的

- Could you enumerate the **specific** facts why we should focus on this project?
  你可以列舉出幾點具體事實告訴我們為什麼需要專注於這件企劃案嗎？

同 precise 明確的
反 abstract 抽象的

spice [spaɪs] 英中 六級

名 香料

- Indian **spices** are famous around the world.
  印度的香料全世界聞名。

同 flavor 香料

◀ Track 598

spill [spɪl] 英中 六級

動 使溢流
名 溢出

- The tricky boy **spilt** water everywhere.
  那個愛惡作劇的男孩子把水灑得滿地都是。

同 overflow 氾濫、溢出

spin [spɪn] 英中 六級

動 旋轉、紡織
名 旋轉

- He is good at playing tennis by using top **spin**.
  他擅長於使用上旋球，所以網球打得很好。

同 whirl 旋轉

spit [spɪt] 英中 六級

動 吐、吐口水
名 唾液

- Please stop **spitting** in public!
  請不要在公共場所吐口水。

同 saliva 唾液

spite [spaɪt] 英中 六級

名 惡意

- The tricky boy took her toy away with **spite**.
  這個愛惡作劇的男孩故意把她的玩具拿走。

同 malice 惡意、怨恨

splash [splæʃ] 英中 六級

動 濺起來
名 飛濺聲

- A rushing car drove through the puddle and **splashed** his new suit.
  一臺急駛的車開過水坑，水花濺到了他的新西裝。

同 splatter 飛濺

◀ Track 599

spoil [spɔɪl] 英中 六級

動 寵壞、損壞

- Don't **spoil** your child!
  別寵壞你的小孩。

同 damage 毀壞、損害

sprain [spren] 英中 六級

動 扭傷
名 扭傷

- Ken **sprained** his ankle last week.
  肯上禮拜扭傷了他的腳踝。

同 wrench 猛扭、扭傷

spray [spre] 英中 六級

名 噴霧器
動 噴、濺

- My mother killed the insects and mosquitoes with some insect **spray**.
  我媽媽用殺蟲劑殺死了一些昆蟲和蚊子。

同 splash 濺、潑

sprin•kle [ˋsprɪŋkl̩] 英中 六級

動 灑、噴淋

- They usually drive trucks and **sprinkle** water on the street in summer.
  他們在夏天通常開著卡車在街道上灑水。

同 spray 噴射、噴濺

spy [spaɪ] 英中 六級

名 間諜

- Please watch out **spies** around you.
  請小心在你身旁的間諜。

同 lurcher 小偷、奸細、間諜

🔊 Track 600

squeeze [skwiz] 英中 六級

動 壓擠、擠壓
名 緊抱、擁擠

- His boss **squeezed** his energy to make sure that he could catch up with the schedule.
  他的老闆擠出他僅有的精力來確認他有跟上進度。

同 crush 壓、榨

stab [stæb] 英中 六級

動 刺、戳
名 刺傷

- The general was **stabbed** to death last year.
  那位將軍去年被刺殺身亡。

同 puncture 刺穿

sta•ble [ˋstebl̩] 英中 六級

形 穩定的

- Keeping your mind **stable** will make you succeed eventually.
  保持沉穩的心智，最終你一定會成功。

同 steady 穩定的
反 precarious 不穩定的

sta•di•um [ˋstedɪəm] 英中 六級

名 室外運動場

- All students were gathered in the **stadium** when the earthquake occurred.
  當地震發生時所有的學生都被集合到體育館裡。

同 playground 運動場、操場

staff [stæf] 英中 六級

名 棒、竿子、全體人員

- All **staff** in my company are excellent!
  我公司裡所有的員工都很優秀。

同 pole 柱、竿

🔊 Track 601

stale [stel] 英中 六級

形 不新鮮的、陳舊的

- The fish you bought is a little bit **stale**.
  你買的魚有點不新鮮。

同 old 老舊的
反 fresh 新鮮的

stare [stɛr] 英中 六級

動 盯、凝視
名 盯、凝視

- Allen gave him a angry **stare**.
  艾倫狠狠地瞪了他一眼。

同 gaze 凝視

starve [stɑrv] 英中 六級

動 餓死、饑餓

- Lots of people **starved** in Africa.
  在非洲很多人都餓死了。

同 hunger 餓

stat•ue [ˋstetəs] 英中 六級

名 鑄像、雕像

- People like to make **statues** for heroes.
  人們喜歡為英雄製作雕像。

同 sculpture 雕塑品、雕像

stead•y [ˋstɛdɪ] 英中 六級

形 穩固的 副 穩固地

- His position is **steady** in the company because of his great talent in marketing management.
  他在公司的地位因為絕佳的市場管理能力而屹立不搖。

同 stable 穩定的
反 unstable 不穩定的

steep [`stip!] .... 英中 六級

形 險峻的

• We tried to climb the **steep** hill yesterday.
我們昨天試著爬上這險峻的山丘。

同 rapid 陡的、險峻的

step•child [`stɛp,tʃɪld] .... 英中 六級

名 前夫妻所生的孩子

• He loves Mary's **stepchild** as his own child.
他把瑪莉和前夫所生的孩子當作他自己的親生孩子般疼愛。

同 stepson 繼子
反 stepparent 繼父、繼母

step•father
[`stɛp,faðɚ] .... 英中 六級

名 繼父、後父

• John ignored his **stepfather** when he went home.
當約翰回家時他無視於他繼父的存在。

反 stepchild 繼子女

step•mother
[`stɛp,mʌðɚ] .... 英中 六級

名 繼母、後母

• Gary's **stepmother** is a kind-hearted lady.
蓋瑞的繼母是個慈祥的女士。

反 stepfather 繼父

ster•e•o [`stɛrɪo] .... 英中 六級

名 立體音響

• He goes to survey the best **stereo** every weekend.
他每個週末都去找尋最頂級的立體音響。

stick•y [`stɪkɪ] .... 英中 六級

形 黏的、棘手的

• It's a **sticky** problem to solve.
要解決這個問題十分棘手。

同 stubborn 難應付的、難處理的

stiff [stɪf] .... 英中 六級

形 僵硬的

• I usually have a **stiff** neck after work.
我在下班後通常脖子都很僵硬。

同 rigid 僵硬的
反 soft 輕柔的

sting [stɪŋ] .... 英中 六級

動 刺、叮

• I hate mosquitoes because they always **sting** me in the hot summer.
我很討厭蚊子，因為牠們總是在炎熱的夏天叮我。

同 stab 刺、戳

stir [stɝ] .... 英中 六級

動 攪拌

• The workers **stir** milk hard while their boss are walking around.
當他們的老闆四處巡視時，那些工人就很努力地攪拌著牛奶。

同 agitate 攪動

stitch [stɪtʃ] .... 英中 六級

名 編織、一針
動 縫、繡

• Jerry had eight **stitches** on his leg because of the car accident.
因為車禍傑瑞的腳縫了八針。

同 sew 縫

stock•ings [`stakɪŋz] .... 英中 六級

名 長襪

• My sister likes to wear **stockings** in winter.
我姊姊喜歡在冬天穿長襪。

同 hose 長統襪
反 sock 短襪

stool [stul] .... 英中 六級

名 凳子

• The kid sitting on a **stool** is so lovely.
坐在凳子上的那個小孩很可愛。

同 bench 長凳

A B C D E F G H I J K L M N O P Q R **S** T U V W X Y Z

storm•y [`stɔrmɪ`] 英初 四級

形 暴風雨的、多風暴的

• In Taiwan, it's **stormy** in the afternoon in summer.
在臺灣的夏季午後常有午後陣雨。

同 tempestuous 有暴風雨的、暴亂的

strat•e•gy [`strætədʒɪ`] 英中 六級

名 戰略、策略

• He was assigned to propose a marketing **strategy** by his boss.
他老闆指定他提出一份市場策略。

同 tactic 戰略、策略

strength [strɛŋθ] 英中 六級

名 力量、強度

• Your support will give me a lot of **strength** to keep faith in the pursuit of success.
你的支持給我許多相信會成功的力量。

同 power 力量、能力

🔊 Track 605

strip [strɪp] 英中 六級

名 條、臨時跑道
動 剝、剝除

• They **stripped** off their clothes and jumped into the swimming pool just after arrival.
他們一到之後就馬上把身上的衣服脫掉，跳進泳池裡。

同 peel 削皮、剝落

struc•ture [`strʌktʃɚ`] 英中 六級

名 構造、結構　動 建立組織

• All of us should know that a good company **structure** is one of the key factors to success.
我們都應該要知道，一個好的公司結構是通往成功道路的主要因素之一。

同 construction 結構、構造

stub•born [`stʌbɚn`] 英中 六級

形 頑固的

• His grandfather is really a **stubborn** old man.
他的祖父真的是個頑固的老年人。

同 obstinate 頑固的

stu•di•o [`stjudɪo`] 英中 六級

名 工作室、播音室

• My sister got a chance to visit the super star in the **studio** yesterday.
我姊姊昨天得到一個可以去錄音室拜訪超級巨星的機會。

同 workroom 工作室

stuff [stʌf] 英中 六級

名 東西、材料
動 填塞、裝填

• Did you have enough **stuff** to eat when you were starving?
你在肚子餓的時候有足夠的東西可以吃嗎？

同 material 材料

🔊 Track 606

style [staɪl] 英初 四級

名 風格、時尚

• You should have your own **style** to keep yourself special.
你要有自己的風格，讓自己與眾不同。

同 fashion 時尚、風格

sub•stance [`sʌbstəns`] 英中 六級

名 物質、物體、實質

• Iron is an essential **substance** good for your health.
鐵質對你的健康來說是很重要的物質。

同 matter 事情、物質
反 spirit 精神

sub•urb [`sʌbɝb`] 英中 六級

名 市郊、郊區

• I live in the **suburbs** and spend lots of time on commuting to my office every day.
我因為住在郊區，所以每天去上班都要花很多時間在通勤。

同 outskirt 郊區
反 downtown 市中心

suck [sʌk] 英中 六級

動 吸、吸取
名 吸收

- The new born babies like to **suck** their fingers.
  新生兒喜歡吸他們的手指。

同 absorb 吸收

suf•fer [ˈsʌfɚ] 英中 六級

動 受苦、遭受

- Smith **suffered** lots of pains before he become a rich man.
  在史密斯變成有錢人之前吃了很多苦。

同 endure 忍受

🔊 Track 607

sufficient [səˈfiʃnt] 英中 六級

形 充足的

- The new couples have **sufficient** time to travel in Greece during their honeymoon trip.
  這對新婚夫妻在蜜月時有足夠的時間可以在希臘旅行。

同 enough 充足的
反 deficient 不足的、不充份的

sug•gest [səgˈdʒɛst] 英初 四級

動 提議、建議

- The young staff was **suggested** to work over time.
  這位年輕的員工被建議要加班。

同 advice 建議

su•i•cide [ˈsuəˌsaɪd] 英中 六級

名 自殺、自滅

- It's a sin to commit **suicide**.
  自殺是種罪行。

同 self-murder 自殺

suit•a•ble [ˈsutəb!] 英中 六級

形 適合的

- The dress is **suitable** for you.
  這件洋裝很適合你。

同 fit 適合的
反 improper 不合適的

sum [sʌm] 英中 六級

名 總數
動 合計

- They earned the **sum** of two million dollars last year.
  他們去年總共賺了兩百萬。

同 total 總數、合計

🔊 Track 608

sum•ma•ry [ˈsʌməri] 英中 六級

名 摘要

- The manager was assigned to give a **summary** report of sales strategy in the meeting.
  這位經理被要求在會議上做銷售策略的報告。

同 abstract 摘要

sum•mit [ˈsʌmɪt] 英中 六級

名 頂點、高峰

- It's so great to have the beautiful scene on the **summit** of the mountain.
  在山頂能有如此美麗的景色真是不錯。

同 peak 頂峰
反 nadir 最低點、深淵

su•pe•ri•or [səˈpɪrɪɚ] 英中 六級

形 上級的
名 長官

- You should obey the orders given by your **superior**.
  你應該要遵從長官的命令。

同 upper 上面的、上部的
反 inferior 次等的、較低的

sup•pose [səˈpoz] 英中 六級

動 假定

- He was **supposed** to be home yesterday.
  他昨天應該在家。

同 assume 假定

sur•round [sə`raund]............ 英中 六級

動 圍繞

- The villa is **surrounded** by lots of old oak trees.
  這棟別墅周遭圍繞著許多老橡樹。

同 surround 環繞、圍繞

◀) Track 609

sur•vey [`sɜve]....................... 英中 六級

動 考察、測量
名 實地調查、考察

- The scientists **surveyed** the cause of earthquake for years.
  科學家調查地震發生的原因已經有好幾年了。

同 inspect 檢查、視察

sur•viv•al [sə`vaɪvl]............... 英中 六級

名 殘存、倖存

- People in Africa strive for their **survival**.
  在非洲的人們很難生存。

同 survivor 倖存者

sur•vi•vor [sə`vaɪvə]............... 英中 六級

名 生還者

- Kevin is one of the lucky **survivors** after the serious car accident.
  凱文是這場嚴重的車禍中幸運的生還者之一。

反 victim 受害者、犧牲

sus•pect [`sʌspɛkt]................ 英中 六級

動 懷疑
名 嫌疑犯

- The monkey **suspected** danger and left quickly.
  猴子察覺有危險後就迅速地離開了。

同 doubt 懷疑
反 trust 信任

sus•pi•cion [sə`spɪʃəs].......... 英中 六級

名 懷疑

- Mary had a serious **suspicion** that her boyfriend and Helen are seeing each other.
  瑪麗嚴重懷疑她男朋友和海倫之間的關係。

同 doubt 懷疑

◀) Track 610

swear [swɛr]........................... 英中 六級

動 發誓、宣誓

- The young boy **swore** he never stole coins in the store.
  這個年輕的男孩發誓說他從來沒有偷店裡的錢幣。

同 vow 發誓

sweat [swɛt] .... 英中 六級

名 汗水　動 出汗

- Tiffany is **sweating** while doing yoga.
  當蒂芬妮在做瑜珈時滿身大汗。

同 perspire 出汗、流汗

swell [swɛl] .... 英中 六級

動 膨脹

- Dan's ankle **swelled** immediately right after he fell off from the stairs.
  從樓梯上摔下來之後，丹的腳踝馬上就腫起來了。

同 expand 擴展、膨脹

swift [swɪft] .... 英中 六級

形 迅速的

- The **swift** change of environment reminds us to protect the earth.
  環境迅速地改變提醒我們應該要保護地球。

同 quick 快的、迅速的
反 slow 慢的

switch [swɪtʃ] 英中 六級

名 開關
動 轉換

• The hero **switched** the train to another track and prevented a tragedy.
這個英雄把火車接到另一個鐵軌上，防止了悲劇的發生。

同 convert 變換

🔊 Track 611

sword [sord] 英中 六級

名 劍、刀

• **Sword** is one of the famous products in Japan.
刀劍是日本有名的產物之一。

同 knife 刀

sys•tem [ˋsɪstəm] 英初 四級

名 系統

• The core advantage of his company is the integration **system**.
他公司的主要優勢在於整合系統。

同 regime 體制

tab•let [ˋtæblɪt] 英中 六級

名 塊、片、碑、牌

• They set a memorial **tablet** in the national park.
他們在國家公園立了一個紀念碑。

同 monument 紀念碑

tack [tæk] 英中 六級

名 大頭釘
動 釘住

• William hammered a **tack** into the wall to hang that valuable painting.
威廉把釘子釘在牆上，掛上那幅名貴的畫。

同 nail 釘子、釘牢

tag [tæg] 英中 六級

名 標籤
動 加標籤、尾隨

• Her suitcases were **tagged** with her name and telephone.
她的皮箱上貼著有她名字和電話的標籤。

同 label 標籤

🔊 Track 612

tai•lor [ˋtelɚ] 英中 六級

名 裁縫師
動 裁製

• His grandfather used to be a very famous **tailor** and made the suits for many celebrities.
他的祖父曾經是很有名的裁縫師，而且也幫過很多名人訂作西裝。

同 dressmaker 裁縫師

tame [tem] 英中 六級

形 馴服的、單調的
動 馴服

• The lion in the circus is not dangerous; it's **tame**.
在馬戲團裡的獅子不會很危險，牠很溫馴。

同 domestic 馴養的
反 wild 野生的

tap [tæp] 英中 六級

名 輕拍聲
動 輕打

• I heard a **tap** on the skylight and woke up immediately.
我聽到天窗有輕輕拍打的聲音就立刻醒過來了。

同 pat 輕拍、輕打
反 bang 重擊

tax [tæks] 英中 六級

名 稅

• You need to pay **taxes**; it's the obligation of a citizen.
你必須繳稅，這是人民應盡的義務。

同 duty 稅、關稅

ABCDEFGHIJKLMNOPQRS**T**UVWXYZ

313

tease [tiz] .... 英中 六級

動 嘲弄、揶揄
名 揶揄

- Matt is always **teased** by his classmates because he's fat and short.
  麥特因為又胖又矮所以總是被他的同學們嘲笑。
同 jeer 嘲弄、揶揄

🔊 Track 613

tech•ni•cal [ˋtɛknɪk!] .... 英中 六級

形 技術上的、技能的

- I am afraid that I am not qualified to do the job; it calls for **technical** skill.
  我恐怕無法勝任這個工作，因為它需要的是專業性的技術。
同 technological 技術的、科技的

tech•nique [tɛkˋnik] .... 英中 六級

名 技術、技巧

- He's developed a new **technique** for the company.
  他為這間公司研發了一個新的技術。
同 skill 技術

tech•nol•o•gy [tɛkˋnɑlədʒɪ] .... 英中 六級

名 技術學、工藝學

- The people from the countryside were all amazed at morden **technology**.
  從鄉下來的人對於現代科技感到十分驚訝。

tem•per [ˋtɛmpɚ] .... 英中 六級

名 脾氣

- My father's got a really bad **temper**.
  我爸爸的脾氣很差。
同 disposition 性情

tem•per•a•ture [ˋtɛmprətʃɚ] .... 英中 四級

名 溫度、氣溫

- The nurse took his **temperature** before the doctor made the diagnosis.
  護士在醫生診斷前先幫他量體溫。

🔊 Track 614

tem•po•ra•ry [ˋtɛmpəˏrɛrɪ] .... 英中 六級

形 暫時的

- This mother is not able to solve the problem; it's just a **temporary** solution.
  這位母親無法解決這個問題，這只是暫時性的解決方法。
同 provisional 暫時的
反 perpetual 永恆的、永久的

tend [tɛnd] .... 英中 六級

動 傾向、照顧

- The old man is **tended** in the nursing home.
  這位老先生在療養院受到照顧。
同 incline 傾向

ten•der [ˋtɛndɚ] .... 英中 六級

形 溫柔的、脆弱的、幼稚的

- This male nurse was very **tender** toward all patients.
  這位男護士對於所有的病人都很溫柔。
同 soft 輕柔的
反 stiff 僵直的、生硬的

ter•ri•to•ry [ˋtɛrəˏtorɪ] .... 英中 六級

名 領土、版圖

- This **territory** used to be occupied by British soldiers.
  這塊領土過去是被英國軍人所佔領。
同 domain 領域、領地

text [tɛkst] .... 英中 六級

名 課文、本文

- I'll sent you a **text** as soon as I arrive at the airport.
  我一到機場就馬上傳訊息給你。
同 article 文章

🔊 Track 615

thank•ful [ˈθæŋkfəl] 英中 六級

🔣 欣慰的、感謝的

• I was **thankful** that they invited me to have dinner with them on Christmas Eve.
我很感謝他們邀請我在耶誕節前一起共進晚餐。

🔄 grateful 感謝的

the•o•ry [ˈθiərɪ] 英中 六級

🔣 理論、推論

• I am studying about Darwin's **Theory** of Evolution.
我正在研究達爾文的進化論。

🔄 inference 推論

thirst [θɝst] 英中 六級

🔣 口渴、渴望

• I've got a terrible **thirst** after the game.
我在這比賽後口很渴。

🔄 desire 渴望

thread [θrɛd] 英中 六級

🔣 線　🔣 穿線

• Do you have any needles and **threads**? I need to mend my clothes.
有針線嗎？我需要補衣服。

🔄 line 線

threat [θrɛt] 英中 六級

🔣 威脅、恐嚇

• This region is under a **threat** of mud flows.
這個地區受到土石流的威脅。

🔄 menace 威脅、脅迫

🔊 Track 616

threat•en [ˈθrɛtn̩] 英中 六級

🔣 威脅

• I may speak too loudly, but I didn't mean to **threaten** you.
我說話可能太大聲了一點，但是我沒有要威脅你的意思。

🔄 menace 威嚇

tick•le [ˈtɪkl̩] 英中 六級

🔣 搔癢、呵癢
🔣 搔癢、呵癢

• She **tickled** his feet to make him laugh.
她搔癢他的腳讓他笑了。

🔄 scratch 搔癢

tide [taɪd] 英中 六級

🔣 潮、趨勢

• It's dangerous to go fishing now; the **tide** is in.
現在去釣魚是很危險的，因為漲潮了。

🔄 trend 趨勢

ti•dy [ˈtaɪdɪ] 英中 四級

🔣 整潔的
🔣 整頓

• He always keeps his room and desk **tidy** and clean.
他的房間和書桌總是保持整潔與乾淨。

🔄 neat 整潔的
🔄 messy 骯髒的、凌亂的

tight [taɪt] 英中 六級

🔣 緊的、緊密的
🔣 緊緊地、安穩地

• Don't be afraid. All you need to do is hold me **tight**.
不要怕。你只要緊緊地把我抱住就好。

🔄 compact 緊密的
🔄 loose 寬鬆的

🔊 Track 617

tight•en [ˈtaɪtn̩] 英中 六級

🔣 勒緊、使堅固

• He warned them not to struggle, or the ropes would **tighten** even more.
他要他們別再掙扎了，要不然繩子只會越綁越緊。

🔄 strengthen 加強、變堅固
🔄 weaken 變弱

A
B
C
D
E
F
G
H
I
J
K
L
M
N
O
P
Q
R
S
T
U
V
W
X
Y
Z

tim•ber [ˈtɪmbɚ] 英中 六級

名 木材、樹林

- The small cottage by the lake is built of **timber**.
在河邊的度假別墅是木製的。

同 wood 木材、樹林

tis•sue [ˈtɪʃu] 英中 六級

名 面紙

- He always keeps a box of **tissues** in his car.
他在車上都會放一盒面紙。

同 paper 紙

to•bac•co [təˈbæko] 英中 六級

名 菸草

- You can buy all kinds of **tobacco** in this convenience store.
你可以在這便利商店買到任何種類的菸草。

同 cigarette 香菸、紙菸

ton [tʌn] 英中 六級

名 噸

- She got **tons** of work to catch up because she took a sick leave yesterday.
她因為昨天請病假，所以有一堆的工作要補上。

🔘 Track 618

tor•toise [ˈtɔrtəs] 英中 六級

名 烏龜

- You're as slow as a **tortoise**; could you walk faster?
你的速度跟烏龜一樣慢，可以請你走快一點嗎？

同 turtle 海龜

toss [tɔs] 英中 六級

動 投、擲
名 投、擲

- My mother glanced at the flyer and then **tossed** it into the trash can.
媽媽看一眼傳單就把它扔進垃圾桶裡了。

同 throw 投、丟

tour•ism [ˈtʊrɪzəm] 英中 六級

名 觀光、遊覽

- The **tourism** industry has grown significantly in Athens since the 1960s.
自從 1960 年代起，雅典的觀光產業就有明顯地成長了。

同 sightseeing 觀光、遊覽

tour•ist [ˈtʊrɪst] 英中 六級

名 觀光客

- Many foreign **tourists** visit Taiwan for sightseeing every year.
每年都有很多國外觀光客到臺灣旅遊。

同 tourer 觀光客

tow [to] 英中 六級

動 拖曳
名 拖曳

- His car was **towed** away because he parked his car in non-parking space.
他的車因為停在非停車區而被拖走了。

同 pull 拖、拉
反 push 推

🔘 Track 619

trace [tres] 英中 四級

動 追溯
名 蹤跡

- Even the phone company were unable to **trace** this call.
即使是電信公司也沒辦法追蹤到這通電話。

同 ascend 追溯

trad•er [ˈtredɚ] 英中 六級

名 商人

- My grandfather used to be a market **trader**, and he sold fruit and vegetables.
我祖父曾經是市場的蔬果交易商。

同 merchant 商人

trail [trel] 英中 六級

名 痕跡、小徑
動 拖著、拖著走

- It is hard to find the **trail** of the fox in this forest.
  在這叢林裡很難發現狐狸的足跡。
圓 vestige 痕跡

trans•port [`trænsport] 英中 六級

動 輸送、運輸
名 輸送

- Such items are dangerous to be **transported** by airplane.
  像這種貨物用飛機運送是很危險的。
圓 convey 運輸、轉移

trash [træʃ] 英中 四級

名 垃圾

- How long have you left the **trash** in the room? It stinks!
  你這垃圾在房間放多久了？好臭喔！
圓 rubbish 垃圾

● Track 620

trav•el•er [`trævlɚ] 英中 六級

名 旅行者、旅客

- Can I pay by **traveler**'s check？
  我可以用旅行支票付款嗎？
圓 tourist 旅遊者、觀光者

tray [tre] 英中 六級

名 托盤

- The waiter carried the coffee on a **tray**.
  服務生用托盤送咖啡。
圓 pallet 托盤

trem•ble [ˈtrɛmbl] 英中 六級

名 顫抖、發抖
動 顫慄

- The kid was **trembling** with cold when he came out of the swimming pool.
  當這小孩從游泳池出來時，全身因為寒冷而顫抖著。
圓 quiver 震動、顫抖

trend [trɛnd] 英中 六級

名 趨勢、傾向

- Nichole is always following the latest fashion **trend**.
  妮可總是追隨著最新的流行趨勢。
圓 tendency 趨勢、傾向

tribe [traɪb] 英中 六級

名 部落、種族

- The Matis Indians are perhaps the most exotic and photogenic **tribe** in the world.
  梅提斯印地安人也許是在這世界上最奇特與上相的部落。
圓 clan 氏族、部落

● Track 621

trick•y [ˈtrɪkɪ] 英中 六級

形 狡猾的、狡詐的

- Andy is such a **tricky** person; you can't believe whatever he says.
  安迪是個狡猾的人，他說的任何話你都不要相信。
圓 sly 狡猾的
反 kind 仁慈的、友愛的

troop [trup] 英中 六級

名 軍隊

- All **troops** will be withdrawn by the end of this month.
  在這個月底所有軍隊都會被撤離。
圓 army 軍隊

trop•i•cal [ˈtrɑpɪkl̩] 英中 六級

形 熱帶的

- These top ten best **tropical** islands offer some of the best beaches and places to relax in the world.
  這些世界排行前十大最佳島嶼提供了一些很棒的海灘和地方讓人們放鬆。

A B C D E F G H I J K L M N O P Q R S T U V W X Y Z

317

trunk [trʌŋk]　英中 六級

名 樹幹、大行李箱、象鼻
- The taxi driver helped her put her baggage in the **trunk**.
  計程車司機幫她把行李放到後車箱。

同 tropic 熱帶的
反 frigid 寒帶的

truth•ful [ˈtruθfəl]　英中 六級

形 誠實的
- Tom's wife asked him if he was quite **truthful** with her.
  湯姆的妻子問他是否有對她誠實。

同 honest 誠實的
反 dishonest 不誠實的

🔊 Track 622

tub [tʌb]　英中 四級

名 桶、盤
- Those guys consumed a **tub** of beer in one night.
  那些男人在一個晚上喝完了一桶啤酒。

同 barrel 桶

tug [tʌg]　英中 六級

動 用力拉
名 拖拉
- The child **tugged** at her mother's sleeve to show that she couldn't wait.
  那小孩拉拉她母親的衣袖，說她等不及了。

同 pull 拖、拉
反 push 推

tulip [ˈtjuləp]　英中 六級

名 鬱金香
- The **tulip** has come to be a symbol of love in Netherland.
  在荷蘭，鬱金香是愛的象徵。

tumb•le [ˈtʌmbl̩]　英中 六級

名 摔跤、跌落
- I **tumbled** down the stairs and hurt my ankles.
  我從樓梯上跌下來，腳踝受傷。

同 fall 跌倒

tune [tjun]　英中 六級

名 調子、曲調
動 調整音調
- My father likes to hum the same **tune** when he's washing the car.
  我爸爸在洗車時喜歡哼著同樣的曲調。

同 melody 調子、曲調

🔊 Track 623

tutor [ˈtjutɚ]　英中 六級

名 家庭教師、導師
動 輔導
- The child has been taught by a home **tutor** for two years.
  這小孩已經上兩年的家教了。

同 teacher 教師

twig [twɪg]　英中 六級

名 小枝、嫩枝
- They started the fire with some dry **twigs**.
  他們用乾的樹枝生火。

同 sprig 嫩枝、小枝

twin [twɪn]　英中 六級

名 雙胞胎
- Joyce is my **twin** sister; we are at the same age.
  喬伊絲是我雙胞胎姊姊，我們一樣大。

twist [twɪst]　英中 六級

動 扭曲
- My grandmother tumbled down the stairs and **twisted** her ankles.
  我祖母從樓梯跌下來而且扭傷了腳踝。

同 wry 扭曲

type•writ•er [ˈtaɪpˌraɪtɚ]　英中 六級

名 打字機
- I have never use a **typewriter** in my life.
  在我一生中從沒使用過打字機。

typ•i•cal [ˈtɪpɪkl̩] 　英中　六級

形 典型的

• It was **typical** of her to be so jealous and cynical.
她是個典型愛忌妒與憤世嫉俗的人。

同 representative 典型的、有代表性的

Uu

un•ion [ˈjunjən] 　英中　六級

名 聯合、組織

• The European Union is a political and economic **union** of 27 member states.
歐盟是由 27 個國家組織而成的政治經濟聯合團體。

同 organization 組織

u•nite [juˈnaɪt] 　英中　六級

動 聯合、合併

• We should **unite** to protect our enviorment and natural resources.
我們應該團結起來保護環境和自然資源。

同 combine 聯合
反 split 分裂

u•ni•ty [ˈjunətɪ] 　英中　六級

名 聯合、統一

• The chairman of the party declaimed that there is a need for greater **unity** in the party.
黨主席聲明黨內需要更大的團結。

u•ni•verse [ˈjunəˌvɝs] 　英初　四級

名 宇宙、天地萬物

• Do you believe there is an intelligent life elsewhere in the **universe**?
你相信宇宙間其他地方有高等生物嗎？

同 alliance 聯盟、聯合

un•less [ənˈlɛs] 　英中　六級

連 除非

• You won't get promotion **unless** you work harder.
除非你工作再勤奮一點，不然你就無法升遷。

同 except 若不是、除非

up•set [ʌpˈsɛt] / [ˈʌpsɛt] 　英中　六級

動 顛覆、使心煩
名 顛覆、煩惱

• The accident caused an **upset** on this street.
這場意外造成這條街的混亂。

同 overturn 顛覆

Vv

va•cant [ˈvekənt] 　英中　六級

形 空閒的、空虛的

• There's still several **vacant** positions in the sales department of our company.
在我們公司的業務部門還有些職缺。

同 idle 空閒的
反 busy 繁忙的

val•u•a•ble [ˈvæljuəbl̩] 　英初　四級

形 貴重的

• My grandmother kept some **valuable** antiques in the basement.
我的祖母把一些貴重的古董放在地下室。

同 precious 珍貴的、貴重的
反 valueless 無價值的、不值錢的

van [væn] 　英中　六級

名 貨車

• The **van** driver was killed last year in a drunk-driving accident.
這貨車司機去年死於酒醉駕車。

同 wagon 貨車

🔊 Track 626

van·ish [`vænɪʃ] 英中 六級

🔟 消失、消逝

· The girl **vanished** while her mother went away for buying some beverages.
當女孩的母親離開去買飲料時，女孩就消失不見了。

同 disappear 消失　反 emerge 出現

va·ri·e·ty [və`raɪətɪ] 英中 六級

🔟 多樣化

· The products in the department store are full of **variety**; we don't know which to choose.
這家百貨公司的產品很多樣，我們不知道要選擇哪一種。

var·i·ous [`vɛrɪəs] 英中 六級

🔠 多種的

· We had **various** problems working on this projects, but we overcame them with confidence eventually.我們在執行這個計劃時遇到很多種問題，但我們最後還是用自信克服了一切。

同 miscellaneous 各種的
反 unitary 單一的

var·y [`vɛrɪ] 英中 六級

🔟 使變化、改變

· The milk **vaired** in quality under the sun; we should throw it away.
這牛奶在陽光底下已經變質了，我們應該把它丟掉。

同 alter 改變

vase [ves] 英中 六級

🔟 花瓶

· My mother likes to arrange flowers in a large **vase**.
我的母親喜歡用大花瓶插花。

🔊 Track 627

ve·hi·cle [`viɪk!] 英中 六級

🔟 交通工具、車輛

· We can see so many road **vehicles** on the road, such as cars, buses, and trucks.
我們可以在路上看到很多交通工具，例如轎車、巴士和卡車。

同 transportation 運輸工具

verse [vɝs] 英中 六級

🔟 詩、詩句

· Shakespeare wrote his plays partly in **verse** and partly in prose.
莎士比亞在他的戲劇裡，一半以詩句表達，一半以散文形式表達。

同 poetry 詩歌

vest [vɛst] 英初 四級

🔟 背心、馬甲
🔟 授給

· Tracy always wore a long-sleeved thermal **vest** during the cold current.
崔西在寒流時總是穿著高領保暖背心。

同 waistcoat 背心、馬甲

vice-pres·i·dent [vaɪs`prɛzədənt] 英中 六級

🔟 副總統

· David used to be the **vice- president** of marketing and sales.
大衛過去曾是行銷部的副總裁。

vic·tim [`vɪktɪm] 英中 六級

🔟 受害者

· The children are the innocent **victims** of domestic violence.
孩子們是家暴事件中的無辜受害者。

同 sufferer 受難者、被害者

vi·o·lence [ˈvaɪələns]............ 英中 六級

名 暴力

- Children usually learn the behaviors of **violence** from their family and peers.
  孩子通常從家人和同儕間學習到暴力行為。
同 force 暴力

vi·o·lent [ˈvaɪələnt]............ 英中 六級

形 猛烈的

- My boss has a **violent** temper, so all employees are afraid of speaking to him.
  我的老闆脾氣很暴躁，所以所有員工都很怕跟他說話。
同 impetuous 衝動的、猛烈的
反 calm 平靜的、冷靜的

vi·o·let [ˈvaɪəlɪt]............ 英中 六級

名 紫羅蘭
形 紫羅蘭色的

- Her grandmother bought some **violets** and lilies in the flower market.
  她的母親在花市裡買了一些紫羅蘭和百合花。
同 gillyflower 紫羅蘭花、康乃馨

vis·i·ble [ˈvɪzəbl̩]............ 英中 六級

形 可看見的

- This note was wet; the writing on it was barely **visible**.
  這張便條濕掉了，上面的字幾乎看不見了。
同 visual 看得見的
反 invisible 看不見的

vi·sion [ˈvɪʒən]............ 英中 六級

名 視力、視覺、洞察力

- Candy is a person of great artisitic **vision**.
  凱蒂是個很有藝術鑑賞力的人。
同 eyesight 視力

vi·ta·min [ˈvaɪtəmɪn]............ 英中 六級

名 維他命

- Oranges are good for your health; they are full of **vitamin** C.
  橘子對你的健康很有益，它富有很多維他命 C。

viv·id [ˈvɪvɪd]............ 英中 六級

形 閃亮的、生動的

- She put some flowers in the patient's room to bring a **vivid** atmosphere.
  她在病人的房間放了一些花來增添生氣。
同 picturesque 如畫的、生動的
反 rigid 嚴格的、死板的

vol·ume [ˈvɑljəm]............ 英中 六級

名 卷、冊、音量、容積

- Could you turn the **volume** down a bit, please? I'm studying for the exam.
  能請你把音量關小一點嗎？我正在準備考試。
同 loudness 音量

Ww →

wag [wæg]............ 英中 六級

動 搖擺、搖動
名 搖擺、搖動

- He **wagged** his head to show that he disagreed with me.
  他搖頭表示他不同意我說的話。
同 shake 搖動

wages [wedʒz]............ 英中 六級

名 週薪、工資

- Her weekly **wages** are 2 hundred dollars.
  她每週的薪資是 200 元。
同 salary 薪金、薪水

🔊 Track 630

wag•on [ˈwægən] .... 英中 六級

🔲 四輪馬車、貨車

• They travelled across America in a station **wagon**.
他們駕著休旅車遊遍全美洲。

🔲 carriage 四輪馬車

wak•en [wekən] .... 英中 六級

🔲 喚醒、醒來

• Lilian wanted me to **waken** her at seven, but I forgot about it.
莉莉安要我七點叫醒她，但我忘記了。

🔲 arouse 喚醒、叫醒
🔲 sleep 睡覺

wan•der [ˈwɑndɚ] .... 英中 六級

🔲 徘徊、漫步

• The couple were **wandering** around the park after dinner.
情侶晚餐後在公園裡散步。

🔲 linger 徘徊、漫步

warmth [wɔrmθ] .... 英中 六級

🔲 暖和、溫暖、熱忱

• We could feel the **warmth** of their welcome when we joined the party.
當我們參加派對時可以感覺到他們熱忱的款待。

🔲 zeal 熱忱
🔲 grimness 冷酷

warn [wɔrn] .... 英中 六級

🔲 警告、提醒

• Taxi driver usually beeps their horns to show their anger instead of **warning**.
計程車司機通常按喇叭來表現他們的怒氣而不是用來警告危險。

🔲 remind 提醒

🔊 Track 631

wax [wæks] .... 英中 六級

🔲 蠟、蜂蠟、月盈

• The **wax** dripped down the side of the candle.
蠟滴落到蠟燭旁。

🔲 wane 月虧

weak•en [ˈwikən] .... 英中 六級

🔲 使變弱、減弱

• He always tries to overcome the difficulties and never **weakens** his efforts.
他總是試著克服困難，不曾屈服。

🔲 abate 減弱
🔲 strengthen 加強

wealth [wɛlθ] .... 英中 六級

🔲 財富、財產

• Health is more important than **wealth**.
健康比財富更重要。

🔲 property 財產

wealth•y [ˈwɛlθɪ] .... 英中 六級

🔲 富裕的、富有的

• She comes from a **wealthy** family, so she didn't know what reality is.
她來自一個很富有的家庭，所以她不知道何謂現實。

🔲 rich 富有的
🔲 poor 貧窮的

weave [wiv] .... 英中 六級

🔲 織法、織物
🔲 編織、編造

• The women from this tribe are very good at **weaving** grass.
這個部落的女人都擅長草編。

🔲 knit 編織

web [wɛb] 英中 六級

名 網、蜘蛛網

• Spiders spin **webs** to trap insects because their vision is not very good.
蜘蛛織網來捕捉昆蟲，因為他們的視力不好。

同 net 網、網狀物

weed [wid] 英中 六級

名 野草、雜草

• The gardener is **weeding** the garden because it's full of weeds.
園丁正在花園裡除草，因為那裡雜草叢生。

同 grass 草

weep [wip] 英中 六級

動 哭泣
名 哭

• The team members **wept** when they won the champion.
隊員們都因為他們贏了冠軍而哭泣。

同 cry 哭
反 laugh 笑

wheat [hwit] 英中 六級

名 小麥、麥子

• I was quite excited to see how **wheat** grows.
我看到小麥成長的樣子很興奮。

同 trigo 小麥

whip [hwɪp] 英中 六級

名 鞭子
動 鞭打

• The man lashed his horse with a long **whip**.
這個男生用鞭子鞭打馬。

同 lash 鞭子、鞭打

whis•tle [ˋhwɪsl̩] 英中 六級

名 口哨、汽笛
動 吹口哨

• My father likes to **whistle** when he is working.
我的父親喜歡在工作時吹口哨。

同 hooter 汽笛

wick•ed [ˋwɪkɪd] 英中 六級

形 邪惡的、壞的

• The student denied that he had done anything **wicked**.
那學生否認做了壞事。

同 foul 污穢的、邪惡的
反 virtuous 有品德的、善良的

wil•low [ˋwɪlo] 英中 六級

名 柳樹

• This lake is surrounded by **willows** and poplars.
這個湖被柳樹和楊樹包圍著。

同 osier 柳樹、柳條

wink [wɪŋk] 英中 六級

動 眨眼、使眼色
名 眨眼、使眼色

• He gave me a **wink** to remind me not to mention the matter.
他對我使個眼色要我不要提那件事。

同 twinkle 眨眼

wipe [waɪp] 英中 六級

動 擦拭、擦
名 擦拭、擦

• The mother always ask her children to **wipe** the floor and window on weekends.
那母親總是要求她的小孩在週末時擦地板和窗戶。

同 clean 清潔
反 smudge 弄髒

A B C D E F G H I J K L M N O P Q R S T U V **W** X Y Z

Level 3

國中小必考單字 | 高級篇

🔊 Track 634

wis•dom [ˈwɪzdəm].............. 英中 六級

名 智慧、學問

- The old man always like to give the words of **wisdom** to young men.
  那個老男人總是喜歡給年輕人一些智慧的言語。

回 knowledge 學問

wrap [ræp]........................ 英中 六級

動 包裝
名 包裝紙

- Would you please **wrap** this as a gift for me?
  你能幫我把這個包成禮物嗎？

回 package 包裝

wrist [rɪst]........................ 英初 四級

名 腕關節、手腕

- Denny sprained his **wrist** while playing tennis.
  丹尼在打網球時扭到了手。

回 carpus 手腕子、腕骨

yawn [jɔn]....................... 英中 六級

動 打呵欠
名 打哈欠

- You can try to relax your body quickly by **yawning** and stretching.
  你可以試著打哈欠、伸懶腰來讓身體快速放鬆。

回 gape 張嘴、打哈欠

yell [jɛl]........................... 英初 四級

動 大叫、呼喊

- The teachers in this kindergarten are not allowed to **yell** at the students.
  這家幼稚園的老師被要求不准對學生喊叫。

回 shout 呼喊、大聲叫

🔊 Track 635

yolk [jok]......................... 英中 六級

名 蛋黃、卵黃

- Before making a Chiffon cake, you should separate the **yolks** from the whites.
  在做戚風蛋糕之前，你應該先把蛋黃和蛋白分開。

回 vitellus 蛋黃

Zz

zip•per [ˈzɪpɚ]................... 英中 六級

名 拉鏈

- Rita cannot open her bull leather bag because the **zipper** was stuck.
  麗塔無法打開她的牛皮包包，因為拉鏈卡住了。

回 zip 拉鏈

zone [zon]........................ 英中 六級

名 地區、地帶、劃分地區

- The inhabitants of this island didn't know they were living in an earthquake **zone**.
  這個島上的居民不知道他們住在地震帶上。

回 area 地區、區域

Level 3 單字通關測驗

● 請根據題意，選出最適合的選項

1. We need to be _____ the ship in 3 hours.
   (A) board (B) aboard (C) road (D) abroad

2. I really _____ your strength and determination.
   (A) admire (B) advice (C) adopt (D) admit

3. He tried to _____ the beautiful woman to ask her out on a date.
   (A) amaze (B) approve (C) approach (D) apart

4. The shepherd kept his eye on his _____ of sheep.
   (A) follower (B) folk (C) fond (D) flock

5. This kind of work is a real _____ to anyone.
   (A) burglar (B) budget (C) bunch (D) burden

6. High waves _____ against the cliffs.
   (A) determined (B) destroyed (C) dashed (D) deepened

7. We received a _____ from one of our clients this morning.
   (A) complaint (B) complex (C) complain (D) complexion

8. The whiskey is fermenting in the _____.
   (A) bay (B) baggage (C) bandage (D) barrel

9. He's _____ of speaking five languages.
   (A) casual (B) capital (C) capable (D) changeable

10. The _____ of this company is in New York.
    (A) harbors (B) headquarters (C) hells (D) heavens

11. Girls always have an _____ in theirs minds of how their weddings will be.
    (A) ignorance (B) identify (C) image (D) import

12. Do not lose your _____ with your children.
    (A) patience (B) patient (C) passionate (D) passive

13. Have you _____ my idea to Amanda?
    (A) memorized (B) mended (C) messed (D) mentioned

14. They insist to sell fresh dairy _____.
    (A) producing (B) produce (C) produced (D) product

15. This cat was _____ after being chained up for two days.
    (A) regretted (B) reduced (C) released (D) relief

16. Most of the students _____ well in the final exam.
    (A) peeled (B) permitted (C) performed (D) persuaded

17. Judy's social activities were _____ by her pregnancy.
    (A) reminded (B) replaced (C) renewed (D) restricted

18. It's very important to know how to _____ your stress.
    (A) major (B) march (C) manager (D) manage

19. The small cottage by the lake is built of _____.
    (A) tobacco (B) timber (C) tulip (D) twig

20. The child started _____ while he was punished by his father.
    (A) screwing (B) screaming (C) sealing (D) switching

11.C 12.A 13.D 14.D 15.C 16.C 17.D 18.D 19.B 20.B

解答：1.B 2.A 3.C 4.D 5.D 6.C 7.A 8.D 9.C 10.B

Level **4**

高中考大學必考單字
基礎篇

★ 因各家手機系統不同，若無法直接掃描，
　仍可以電腦連結 https://tinyurl.com/y6m2stmc 雲端下載收聽

Aa⬇

🔊 Track 636

a•ban•don
[ə`bændən] .... 英中 六級

動 放棄

• We decided to **abandon** the plan that we presented last month.
我們決定要放棄上個月所提出的計劃。

同 desert 遺棄
反 retain 保留

ab•do•men
[`æbdəmən] .... 英中 六級

名 腹部

• I have a serious pain in my **abdomen**.
我的腹部痛得很厲害。

同 belly 肚子、腹部

ab•so•lute [`æbsəˌlut] .... 英中 六級

形 絕對的

• This is an **absolute** fiasco, and I will not take anymore of this.
我再也無法接受這麼一個絕對性的失敗了。

同 complete 絕對的
反 relative 相對的

ab•sorb [əb`sɔrb] .... 英中 六級

動 吸收

• This cloth can be used to **absorb** liquids quickly.
這塊布吸水力很強。

同 assimilate 吸收、消化
反 discharge 排出

ab•stract
[`æbstrækt] .... 英中 六級

形 抽象的

• The piece of art work that he creates is a bit more **abstract** to me.
他創作的藝術品對我來說有點抽象。

反 concrete 具體的

🔊 Track 637

ac•a•dem•ic
[ˌækə`dɛmɪk] .... 英中 六級

形 學院的、大學的

• This is a highly respected journal in the **academic** field.
這個期刊在學術界的地位是很崇高的。

同 collegiate 學院的

ac•cent [`æksɛnt] .... 英中 六級

名 口音、腔調

• She may be a French as she speaks with a French **accent**.
她講話有點法文腔，可能是法國人。

ac•cep•tance
[ək`sɛptəns] .... 英中 六級

名 接受

• Josh's mother was excited about his **acceptance** to theYale University.
喬許的母親對於他收到耶魯大學的錄取通知感到十分興奮。

同 reception 接受

ac•cess [`æksɛs] .... 英中 六級

名 接近、會面
動 接近、會面

• We have a complete **access** to the system with this code.
我們有密碼可以直接進入系統。

同 approach 靠近
反 depart 離開

ac•ci•den•tal
[ˌæksə`dɛntl] .... 英中 六級

形 偶然的、意外的

• I didn't trip her on purpose; it was purely **accidental**.
我不是有意要絆倒她，那純粹是個意外。

同 incidental 偶然的
反 inevitable 不可避免的、必然的

ac•com•pa•ny
[əˋkʌmpənɪ].................... 英中 六級

動 隨行、陪伴、伴隨

• I will **accompany** my clients on their museum visit next week.
我下星期將會和我的客戶參觀博物館。

同 consort 陪伴

ac•com•plish
[əˋkɑmplɪʃ].................... 英中 六級

動 達成、完成

• We were able to **accomplish** a lot during the past week.
我們過去一個星期可以完成很多事。

同 finish 完成

ac•com•plish•ment
[əˋkɑmplɪʃmənt].............. 英中 六級

名 達成、成就

• I love the feeling of **accomplishment** after completing a challenging project.
我喜歡完成一件具有挑戰性的案子帶來的成就感。

同 achievement 成就

ac•coun•tant
[əˋkaʊntənt].................... 英中 六級

名 會計師

• I have a very good **accountant** who does my taxes for me every year.
我有一個很棒的會計師每年幫我處理稅務。

ac•cu•ra•cy
[ˋækjərəsɪ].................... 英中 六級

名 正確、精密

• The **accuracy** rate of the machine is about 90 percent.
這機器的準確度大約是百分之九十。

同 correctness 正確

ac•cuse [əˋkjuz]........................ 英中 六級

動 控告

• Please do not **accuse** me of something that I didn't do.
請不要指控我沒做的事。

同 denounce 控告

ac•id [ˋæsɪd]............................ 英中 六級

名 酸性物質　形 酸的

• Vinegar is actually a kind of edible **acid**.
醋實際上是一種可食用的酸性物質。

同 sour 酸的

ac•quaint [əˋkwent]................ 英中 六級

動 使熟悉、告知

• I haven't had the chance to **acquaint** myself with the surroundings yet.
我還沒有機會好好熟悉這個環境。

同 familiarize 使熟悉

ac•quain•tance
[əˋkwentəns] .... 英中 六級

名 認識的人、熟人

• We're not really close friends, but we are **acquaintances**.
我們不是很熟的朋友，但我們認識。

同 companion 同伴
反 stranger 陌生人

ac•quire [əˋkwaɪr]................ 英中 六級

動 取得、獲得

• I would like to **acquire** some information about the new project.
我想要取得一些關於新計劃的資訊。

同 obtain 獲得
反 lose 失去

A
B
C
D
E
F
G
H
I
J
K
L
M
N
O
P
Q
R
S
T
U
V
W
X
Y
Z

🔊 Track 640

a•cre [`ekɚ].................. 英中 六級

名 英畝

- The 500-**acre** farm is a birthday present from Jim's father.
  這塊五百英畝的農田是吉姆的爸爸給他的生日禮物。

a•dapt [ə`dæpt]................. 英中 六級

動 使適應

- He has been able to **adapt** quite well to the new environment.
  他已經能夠很快適應新環境。
- 同 accommodate 使適應

ad•e•quate [`ædəkwɪt]........... 英中 六級

形 適當的、足夠的

- He should be in **adequate** shape for the sports competition.
  他應該要為運動比賽保持良好的體態。
- 同 enough 足夠的
- 反 deficient 不足的、不充份的

ad•jec•tive [`ædʒɪktɪv]................. 英中 六級

名 形容詞

- There are so many **adjectives** I can use to describe this scene.
  我能用很多形容詞來形容這個景色。

ad•just [ə`dʒʌst].................. 英中 六級

動 調節、對準

- Remember to **adjust** the seat back into its original position.
  記得把座位調回原來的位置。
- 同 regulate 調節

🔊 Track 641

ad•just•ment [ə`dʒʌstmənt]............. 英中 六級

名 調整、調節

- It has been a major **adjustment** for me to move to the other side of the world.
  對我來說，搬到世界的另一頭生活，我還需要作很大的調整。
- 同 regulation 控制、調節

ad•mi•ra•ble [`ædmərəbl̩].............. 英中 六級

形 令人欽佩的

- His heroic acts are very **admirable**, and we all regard him as a good model.
  他的英勇事蹟很令人欽佩，我們都以他為學習榜樣。
- 同 praiseworthy 值得讚許的
- 反 contemptible 可鄙的

ad•mi•ra•tion [ˌædmə`reʃən].............. 英中 六級

名 欽佩、讚賞

- His fans have great **admiration** for him and his works.
  他的愛護者對他本身及他的作品很讚賞。
- 同 laudation 讚賞
- 反 condemnation 譴責

ad•mis•sion [əd`mɪʃən]......... 英中 六級

名 准許進入、入場費

- We cannot get into the theater without our **admission** tickets, so don't forget to bring them.
  沒有門票我們不能進入電影院，所以不要忘了帶。
- 同 permission 允許

ad•verb [`ædvɚb].................. 英中 六級

名 副詞

- We learn to distinguish **adverbs** from adjectives in our grammar class.
  我們在文法課學習如何分辨副詞與形容詞的差異。

a•gen•cy [ˈedʒənsɪ] .... 英中 六級

名 代理商

- The fashion model's **agency** takes more than 50 percent of her earnings.
  這個時裝模特兒的經紀公司抽超過她收入百分之五十的費用。
- 同 dealership 代理商

a•gent [ˈedʒənt] .... 英中 六級

名 代理人

- Every movie star has an **agent** who arranges the schedule for them.
  每個電影明星都有個經紀人幫他們排定行程。
- 同 mandatary 代理人

ag•gres•sive [əˈɡrɛsɪv] .... 英中 六級

形 侵略的、攻擊的

- She has a very **aggressive** personality and always gets into arguments easily.
  她是個很好強的人，總是很容易和別人吵起來。
- 同 incursive 侵略的

a•gree•a•ble [əˈɡriəbḷ] .... 英中 六級

形 令人愉快的

- The weather is very **agreeable** today; let's go on a picnic in the park.
  今天天氣很不錯，我們到公園去野餐吧！
- 同 delightful 令人愉快的
- 反 sorrowful 使人傷心的

AIDS / ac•quired im•mune de•fi•cien•cy syn•drome [edz] / [əˈkwaɪrd ɪˈmjun dɪˈfɪʃənsɪ ˈsɪnˌdrom] .... 英中 六級

名 愛滋病

- His test turned out to be positive for **AIDS**, but he still has a very optimistic attitude.
  他的愛滋病測試結果呈現陽性，但他仍舊很樂觀。

al•co•hol [ˈælkəˌhɔl] .... 英中 六級

名 酒精

- Some people use **alcohol** as an excuse to act wildly.
  一些人濫用酒精來做為行為偏差的藉口。
- 同 liquor 酒

a•lert [əˈlɝt] .... 英中 六級

名 警報
形 機警的

- Our alarm system will give us **alert** of any potential danger to the building.
  如果這建築物有任何的危險，我們的警報系統會響。
- 同 alarm 警報

al•low•ance / pock•et mon•ey [əˈlaʊəns] / [ˈpɑkɪt ˈmʌnɪ] .... 英中 六級

名 津貼、補助

- My parents give me a weekly **allowance** so I can buy things on my own.
  我的父母每週給我零用錢讓我可以自己買東西。
- 同 subsidy 津貼、補助金

a•lu•mi•num [əˈluminəm] .... 英中 六級

名 鋁

- The material used to make phones is **aluminum**, so it is very light.
  用來製造電話的材料是鋁，所以重量很輕。

a.m. [ˈeˈɛm] .... 英初 四級

副 上午

- We are going to meet at 10 **a.m.**, not 10 p.m.
  我們是上午十點見，不是晚上十點。
- 同 morning 上午
- 反 p.m. 下午

Level 4

高中考大學必考單字 ─ 基礎篇

Track 644

am•a•teur
[ˈæmətʃʊr] .... 英中 六級

名 業餘愛好者
形 業餘的

- I can tell that they are **amateurs** from the quality of their work.
  從他們作品的品質中，我看的出來他們是業餘的。

同 after-hours 業餘的
反 professional 專業的

am•bi•tious
[æmˈbɪʃəs] .... 英中 六級

形 有野心的

- He is a very **ambitious** and goal-driven person.
  他是個很有野心和行動力的人。

反 unambitious 無野心的

a•mid / a•midst [əˈbɪd] / [əˈmɪdst]
.... 英中 六級

連 在…之中

- I can see the peak of the mountain **amidst** the clouds.
  我能從雲層當中看見山峰豎立在其中。

同 among 在…之中
反 beyond 在…之外

a•muse [əˈmjuz] .... 英中 六級

動 娛樂、消遣

- This is a very **amusing** show; I watch it every night.
  這是個娛樂節目，我每晚都看。

同 recreate 消遣、娛樂

a•muse•ment
[əˈmjuzmənt] .... 英中 六級

名 娛樂、有趣

- We go to **amusement** parks purely for entertainment.
  我們到遊樂園純粹只是為了娛樂。

同 entertainment 娛樂

Track 645

a•nal•y•sis
[əˈnæləsɪs] .... 英中 六級

名 分析

- We need to give an **analysis** of our research.
  我們需要對我們的研究做一個分析。

同 assay 分析

an•a•lyze [ˈænlͺaɪz] .... 英中 六級

動 分析、解析

- Peter's job is to **analyze** the result of the consumer survey before he decides to sell the products.
  彼得的工作是在決定販賣商品之前分析消費者的調查數據結果。

an•ces•tor [ˈænsɛstə] .... 英中 六級

名 祖先、祖宗

- It is a local custom to memorialize the **ancestors** by offering fruit and incense.
  用水果和香祭拜祖先是當地的習俗。

同 forebear 祖先、祖宗
反 descendant 子孫、後代

an•ni•ver•sa•ry
[ˌænəˈvɝsərɪ] .... 英中 六級

名 周年紀念日

- On my parents's wedding **anniversary**, we took them to a cruise as a present.
  我們在父母的結婚週年紀念日請他們搭遊輪當作禮物。

an•noy [əˈnɔɪ] .... 英中 六級

動 煩擾、使惱怒

- My brother is so **annoying** and he always bothers me when I'm studying.
  我弟很煩，他總是在我念書時吵我。

同 irritate 使惱怒
反 please 使高興

an‧nu‧al [ˈænjʊəl]..................... 英中 六級

形 一年的、年度的

- It's an **annual** tradition to go for a barbecue at the lake every 4th of July.
  每年七月四日到湖邊烤肉是年度的傳統。

anx‧i‧e‧ty [æŋˈzaɪətɪ].............. 英中 六級

名 憂慮、不安、渴望

- She felt a lot of **anxiety** while waiting in line for the roller coaster.
  當她在排隊等雲霄飛車時感到很不安。

同 worry 煩惱、憂慮
反 comfort 舒適、安慰

anx‧ious [ˈæŋkʃəs]................... 英中 六級

形 憂心的、擔憂的

- All this waiting is making me **anxious**; I'm going outside and get some fresh air.
  等待讓我覺得很焦慮，我要去外面透透氣。

同 worried 擔心的、煩惱的
反 secure 無慮的、安心的

a‧po‧lo‧gize [əˈpɑləˌdʒaɪz] .... 英初 四級

動 道歉、認錯

- I **apologize** for being so late; I lost track of time.
  我為了我的遲到道歉，我忘了時間。

同 sorry 抱歉、對不起

a‧pol‧o‧gy [əˈpɑlədʒɪ] .... 英中 六級

名 謝罪、道歉

- She didn't want to accept his **apology** because she was deeply hurt by him.
  她不想要接受他的道歉，因為他已經傷她太深了。

同 resipiscence 認錯、悔過

ap‧pli‧ance [əˈplaɪəns]..................... 英中 六級

名 器具、家電用品

- We need to hire a moving company to help us move the heavy **appliances**.
  我們需要請搬家公司來幫助我們搬那些重的家電用品。

同 implement 器具

ap‧pli‧cant [ˈæpləkənt].......... 英中 六級

名 申請人、應徵者

- There were about 2,000 **applicants** trying for just 400 spots.
  大約有兩千名應徵者要搶四百個職缺。

同 petitor 請求人、申請人

ap‧pli‧ca‧tion [ˌæpləˈkeʃən].................. 英中 六級

名 應用、申請

- I've already filled out all of my **applications** and sent them out.
  我已經填好也寄出我所有的申請表了。

同 petition 請願

ap‧point [əˈpɔɪnt].................... 英中 六級

動 任命、約定、指派、任用

- He was **appointed** to the position of chief judge at a young age.
  他在很年輕的時候就被指派當主審官。

同 instate 任命
反 dismiss 解散、開除

ap‧point‧ment [əˈpɔɪntmənt].................. 英中 六級

名 指定、約定、指派、任用

- We have to make an **appointment** with the hair stylist because she is very popular.
  我們必須要和髮型設計師先預約，因為她太受歡迎了。

同 assignation 分配、指定

🔊 Track 648

ap•pre•ci•a•tion
[əˌpriʃɪˈeʃən] .... 英中 六級

名 賞識、鑑識

• I have a great **appreciation** for fine art.
我對好的藝術品有很高的鑑賞力。

同 admiration 讚賞、欽佩

ap•pro•pri•ate
[əˈproprɪˌet] .... 英中 六級

形 適當的、適切的

• The party is a formal event, but the way you dress is not **appropriate**.
這個派對是個很正式的活動，但你的衣著很不適當。

同 proper 適當的
反 improper 不合適的

ap•prov•al [əˈpruvl] .... 英中 六級

名 承認、同意

• You need the **approval** of your parents to go on the trip.
參加旅行之前，你需要先獲得你父母的同意。

同 recognition 承認

arch [ɑrtʃ] .... 英中 六級

名 拱門、拱形　動 變成弓形

• The entrance of the restaurant was decorated with **arches**.
這家餐廳的入口裝飾成拱形。

同 camber 弧形、眉形

a•rise [əˈraɪz] .... 英中 六級

動 出現、發生

• When a problem **arises**, we will have a solution for it.
當問題發生時，我們會有解決的方法。

同 emerge 出現、發生
反 disappear 消失

🔊 Track 649

arms [ɑrmz] .... 英中 六級

名 武器、兵器

• He is an **arms** dealer; he sells weapons illegally to gangs and drug lords.
他是個軍火商，他非法販售武器給幫派和毒梟。

同 weapon 武器

a•rouse [əˈrauz] .... 英中 六級

動 喚醒

• The speaker tried to **arouse** a response from the audience by asking questions.
這演講者試著藉由問題喚起聽眾反應。

同 awake 喚醒、喚起

ar•ti•cle [ˈɑrtɪkl] .... 英中 六級

名 論文、物件

• The **article** impacted the community and stirred up a lot of controversial issues.
這篇文章影響了民眾，並且引起了很多具有爭議的議題。

同 thesis 論文

artificial [ˌɑrtəˈfɪʃəl] .... 英中 六級

形 人工的

• The food product isn't healthy because there are a lot of **artificial** ingredients in it.
這食品不健康，因為有很多人工添加物在裡面。

同 factitious 人工的
反 natural 自然的

ar•tis•tic [ɑrˈtɪstɪk] .... 英中 六級

形 藝術的、美術的

• She is naturally **artistic**, and she can draw very beautiful pictures.
她很有美術天份，可以畫圖畫得很好。

同 artistic 藝術的

a•shamed [əˈʃemd] .... 英中 六級

形 以⋯為恥

• I feel **ashamed** for all the embarrassment I've caused to the family.
我對於讓家人感到難堪覺得很羞恥。

反 pride 以⋯自豪

as•pect [ˈæspɛkt] .... 英中 六級

名 方面、外貌、外觀

• There are certain **aspects** to the problem we need to point out.
針對這問題有很多層面我們需要提出來。

同 appearance 外貌、外表
反 internality 內在

as•pi•rin [ˈæspərɪn] .... 英中 六級

名（藥）阿斯匹靈

• I have a headache; please give me some **aspirin**.
我頭很痛，請給我一些阿斯匹靈。

as•sem•ble [əˈsɛmbl̩] .... 英中 六級

動 聚集、集合

• All the protestors **assembled** in the town square.
所有的抗議人士聚集在鎮民廣場。

同 gather 集合、聚集

as•sem•bly [əˈsɛmblɪ] .... 英中 六級

名 集會、集合、會議

• We usually have a weekly **assembly** at our school.
我們學校通常都會開週會。

同 meeting 會議

as•sign [əˈsaɪn] .... 英中 六級

動 分派、指定

• The teacher **assigned** a lot of homework to us before the vacation.
老師在放假前出了很多功課給我們。

同 allocate 分派、分配

as•sign•ment [əˈsaɪnmənt] .... 英中 六級

名 分派、任命

• I can't believe the teacher did not give us any **assignments** to do.
我無法相信老師竟然沒有出任何作業給我們。

同 appointment 任命

as•sist•ance [əˈsɪstəns] .... 英中 六級

名 幫助、援助

• Could you please give me some **assistance** with these boxes?
你能幫我處理這些箱子嗎？

同 aid 援助、幫助

as•so•ci•ate [əˈsoʃɪɪt] .... 英中 六級

名 同事　動 聯合

• I'm always **associated** with my sister because we are too much alike.
我總是被和我姊姊聯想在一起，因為我們有太多共通點了。

同 colleague 同事
反 split 分裂、撕裂

as•so•ci•a•tion [əˌsosɪˈeʃən] .... 英中 六級

名 協會、聯合會

• There are so many **associations** to choose from.
有很多的協會可以選擇。

同 union 聯合、協會

A
B
C
D
E
F
G
H
I
J
K
L
M
N
O
P
Q
R
S
T
U
V
W
X
Y
Z

🔊 Track 652

as•sume [əˋsjum] .... 英初 四級

動 假定、擔任

- I **assume** you must know what I'm talking about.
  我猜你一定知道我在說什麼。

同 suppose 假定

as•sur•ance [əˋʃʊrəns] .... 英中 六級

名 保證、保險

- We've given them as much **assurance** as we can.
  我們已經盡我們所能向他們保證了。

同 insurance 保險

as•sure [əˋʃʊr] .... 英中 六級

動 向…保證、使確信

- I **assure** that there will be no problem with the product.
  我保證這個產品絕對沒有問題。

同 guarantee 向…保證

反 misgive 使懷疑

ath•let•ic [æθˋlɛtɪk] .... 英中 六級

形 運動的、強健的

- Our PE teacher is very **athletic** and has a very nice figure.
  我們的體育老師很強健，而且有很好的體魄。

同 robust 強壯的、強健的

反 frail 脆弱的、虛弱的

ATM / au•to•mat•ic tell•er ma•chine [ˌɔtəˋmætɪk ˋtɛlə məˋʃin] .... 英中 六級

名 自動櫃員機

- I have to run to the **ATM** and withdraw some money.
  我需要趕快到自動提款機那領些錢出來。

🔊 Track 653

at•mos•phere [ˋætməsˌfɪr] .... 英中 六級

名 大氣、氣氛

- The **atmosphere** in the room was quite awkward.
  這房間的氣氛很詭異。

同 air 空氣

at•om [ˋætəm] .... 英中 六級

名 原子

- Molecules are made of **atoms**.
  分子由原子所組成。

同 atomy 原子、微粒

a•tom•ic [əˋtɑmɪk] .... 英中 六級

形 原子的

- An **atomic** bomb is hazardous and even deadly to innocent victims.
  原子彈是很危險的，甚至會讓無辜的受害者喪命。

at•tach [əˋtætʃ] .... 英中 六級

動 連接、附屬、附加

- The buckle is **attached** to the pants, so you can't take it off.
  這扣子和褲子連在一起，所以你無法把它拿掉。

同 connect 連接

反 break 中斷、破裂

at•tach•ment [əˋtætʃmənt] .... 英中 六級

名 連接、附著

- I've added it as an **attachment** to the email.
  我已經把附件夾帶在電子郵件中。

同 adhesion 附著、粘著

at·trac·tion [ə`trækʃən] .... 英中 六級

名 魅力、吸引力

- The biggest **attractions** in the amusement park are the roller coasters.
  這遊樂場最吸引人的就是雲霄飛車。

同 glamour 魔力、魅力

au·di·o [`ɔdɪo] .... 英中 六級

名 聲音

- The **audio** system of the studio can display the finest sound quality.
  在這個錄音室的聲音系統是頂級的。

同 sound 聲音

au·thor·i·ty
[ə`θɔrətɪ] .... 英中 六級

名 權威、當局

- Do not question the highest **authority**; just do as you've been told.
  不要質疑高層，你就照要求去做就對了。

同 expert 專家

au·to·bi·og·ra·phy
[͵ɔtəbaɪ`ɑgrəfɪ] .... 英中 六級

名 自傳

- Many famous and successful people write **autobiographies**.
  很多成功的名人會寫自傳。

同 biography 傳記

a·wait [ə`wet] .... 英中 六級

動 等待

- I hope we can finish the project as soon as possible; a celebration **awaits** us.
  我希望我們能盡快完成這個案子，還有慶功宴等著我們呢！

同 bide 等候、忍耐

awk·ward [`ɔkwəd] .... 英中 六級

形 笨拙的、不熟練的

- It was so **awkward** for me to run into my ex-boyfriend at the mall yesterday.
  昨天在賣場遇到我的前男友，那種感覺很怪。

同 clumsy 笨拙的、笨重的
反 deft 靈巧的

Bb ↓

back·pack
[`bæk͵pæk] .... 英初 四級

名 背包
動 把…放入背包

- We decided to go on a summer **backpacking** trip in Europe.
  我們決定夏天到歐洲背包自助旅行。

同 rucksack 背包

bald [bɔld] .... 英中 六級

形 禿頭的、禿的

- Matt decided to shave his head, so now he is **bald**.
  麥特決定剃頭，所以現在他是光頭。

同 hairless 禿頭的

bal·let [`bæle] .... 英中 六級

名 芭蕾

- We're going to watch the Nutcracker, it's a famous **ballet**.
  我們將要去看柴可夫斯基的胡桃夾子芭蕾舞劇，它非常的著名。

bank·rupt [`bæŋkrʌpt] .... 英中 六級

名 破產者
形 破產的

- The hotel has gone **bankrupt**, so it is no longer in business.
  這家飯店已經破產，所以沒有營業了。

同 insolvent 破產的

A B C D E F G H I J K L M N O P Q R S T U V W X Y Z

🔊 Track 656

bar•gain [ˈbɑrgɪn] .... 英中 六級

名 協議、成交
動 討價還價

• This sofa is really a good **bargain**, and I think you should buy it immediately.
這個沙發真的很划算，我認為你應該立刻將它買下。

同 chaffer 講價、討價還價

bar•ri•er [ˈbærɪr] .... 英中 六級

名 障礙

• The **barriers** were blocking the roadway, so we had to take a detour.
柵欄擋住了路，所以我們必須繞道而行。

同 obstacle 障礙

ba•sin [ˈbesn̩] .... 英中 六級

名 盆、水盆

• Just put all the fruit and vegetables in the **basin**, and I'll wash them later.
把水果和蔬菜放在水盆裡，我等一下再洗。

同 tub 桶、盆

bat•ter•y [ˈbætərɪ] .... 英中 六級

名 電池

• I think I need to change the **batteries** in the remote control.
我想我必須換遙控器裡的電池了。

同 cell 電池

beak [bik] .... 英中 六級

名 鳥嘴

• The bird's **beak** is very hard, and the bird uses it to break open the nutshell.
這隻鳥的嘴巴很硬，牠會用嘴把果殼剝開。

同 bill 鳥嘴、喙

🔊 Track 657

beam [bim] .... 英中 六級

名 光線、容光煥發、樑
動 照耀、微笑

• The darkness of the night was lit up by the **beams** of the headlights.
汽車的前燈照亮了夜晚的漆黑。

同 smile 微笑
反 cry 哭

be•hav•ior [bɪˈhevjɚ] .... 英中 六級

名 舉止、行為

• This kind of **behavior** is unacceptable and punishable.
這種行為是不被接受而且應該受到懲罰的。

同 action 行為

bi•og•ra•phy [baɪˈɑgrəfɪ] .... 英中 六級

名 傳記

• There are many **biographies** of Princess Diana written by various authors.
很多人寫過關於黛安娜王妃的傳記。

同 memoirist 傳記

bi•ol•o•gy [baɪˈɑlədʒɪ] .... 英初 四級

名 生物學

• I'm going to take **biology** first, then I'll take chemistry.
我想要先選擇生物，再來是化學。

blade [bled] .... 英中 六級

名 刀鋒

• The **blade** of the knife is very sharp; be careful when you're using it.
這刀子的刀鋒很利，使用時要小心一點。

🔊 Track 658

blend [blɛnd] .... 英中 六級

名 混合
動 使混合、使交融

• I usually **blend** a lot of different fruit and vegetables together to make a smoothie for breakfast.
我通常把很多不同種類的水果和蔬菜混在一起打成冰沙當早餐。

同 mingle 使混合
反 isolate 使隔離

bless•ing [ˈblɛsɪŋ] .... 英中 六級

名 恩典、祝福

• I hope I could get a **blessing** from God, and I could pass the test with ease.
我希望我可以獲得老天的保佑，讓我輕易通過考試。

同 grace 恩惠
反 curse 詛咒

blink [blɪŋk] .... 英中 六級

名 眨眼
動 使眨眼、閃爍

• The accident happened in the **blink** of an eye.
這場意外發生在一瞬之間。

同 wink 眨眼

bloom [blum] .... 英中 六級

名 開花期
動 開花

• The flowers are **blooming** in the Victorian Gardens; let's go and take some pictures.
維多利亞花園正逢開花季，我們一起去那拍照吧！

同 florescence 開花、花期
反 wither 使凋謝、枯萎

blos•som [ˈblɑsəm] .... 英中 六級

名 花、花簇
動 開花、生長茂盛

• Roses are in **blossom** at this time, and it's perfect for Valentine's Day.
現在是玫瑰花盛開之際，剛好和情人節應景。

同 flower 花

🔊 Track 659

blush [blʌʃ] .... 英中 六級

名 羞愧、慚愧
動 臉紅

• He made her **blush** with his flattering comments.
他阿諛奉承的話讓她不禁臉紅了。

同 shame 使羞愧

boast [bost] .... 英中 六級

名 自誇
動 自誇

• The restaurant owner **boasts** about his high quality and exceptional service.
這家餐廳老闆自誇是高品質且優秀的服務。

同 brag 吹牛、炫耀

bond [bɑnd] .... 英中 六級

名 契約、束縛
動 抵押

• They **bonded** happily during the time they spent together.
他們在一起的時光很快樂。

同 contract 合同、契約

bounce [baʊns] .... 英中 六級

名 彈、跳
動 彈回

• The ball **bounced** into our neighbor's backyard, so we had to ask them to get it for us.
球彈到我們鄰居的後院，所以我們必須請他們拿給我們。

同 leap 跳躍

brace•let [ˋbreslɪt] .... 英中 六級

名 手鐲

- My husband gave me a diamond studded **bracelet** as my birthday present.
  我的丈夫給我一條鑲有鑽石的手鐲給我當作生日禮物。

同 bangle 手鐲、腳鐲

🔊 Track 660

bras•siere / bra
[brəˋzɪr] / [brɑ] .... 英中 六級

名 胸罩、內衣

- The woman has a lot of nice **brassieres** and panties folded neatly in the drawer.
  那女生有很多好的內衣和內褲整齊的折在抽屜裡。

同 underwear 內衣

breed [brid] .... 英中 六級

動 生育、繁殖
名 品種

- Martha is very proud of her pure-**bred** dachshund.
  瑪莎為她純種的達克斯獵狗感到自豪。

同 propagate 繁殖

bride•groom / groom
[ˋbraɪd͵grum] / [grum] .... 英中 六級

名 新郎

- The **bridegroom** felt panicked right before the wedding as he imagined his married life.
  那伴郎在婚禮前想像他未來結婚後的樣子而感到惶恐。

同 bride 新娘

broil [brɔɪl] .... 英中 六級

動 烤、炙

- Patrick loves roast beef, and he is **broiling** it now.
  派翠克愛吃烤牛肉，他正在烤。

同 bake 烘焙、烤

broke [brok] .... 英中 六級

形 一無所有的、破產的

- I'm absolutely **broke** after buying a house and a car.
  我買了車子和房子後已經一無所有了。

同 bankrupt 破產的

🔊 Track 661

bru•tal [ˋbrutl̩] .... 英中 六級

形 野蠻的、殘暴的

- Dog fighting is a **brutal** and illegal sport and should be stopped.
  鬥狗是殘忍和非法的一種運動項目，應該被禁止。

同 barbarous 野蠻的、粗俗的
反 civilized 文明的、有禮的

bul•le•tin [ˋbʊlətɪn] .... 英中 六級

名 公告、告示

- I saw ads for new apartments for rent on the **bulletin** board in the cafeteria.
  我在自助餐廳的公佈欄上看見新公寓的出租廣告。

同 announcement 公告

Cc ➜

cab•i•net [ˋkæbənɪt] .... 英中 六級

名 小櫥櫃、內閣

- The aspirin is in the medicine **cabinet**.
  阿斯匹靈放在藥櫃裡。

同 Ministry 內閣

cal•cu•late [ˋkælkjə͵let] .... 英中 六級

動 計算

- I'm trying to **calculate** our earnings of this month.
  我試著算出我們這個月的總收入。

同 count 計算

cal•cu•la•tion
[ˌkælkjəˈleʃən] .... 英中 六級

名 計算

• Sarah doesn't know how to do the math **calculations**, so I'm going to tutor her tonight.
莎拉不知道如何做數學運算，所以我今晚要去教她。

同 computing 計算

🔊 Track 662

cal•cu•la•tor
[ˈkælkjəˌletɚ] .... 英中 六級

名 計算器

• I need to use a **calculator** to do the math, even though it is the simplest question.
雖然這是最簡單的數學問題，我還是需要用計算器去算。

同 counter 計算器

cal•o•rie [ˈkælərɪ] .... 英中 六級

名 卡、卡路里

• Jenny decides to go on a diet, so she has to count the **calories** correctly of those food that she eats.
因為珍妮決定要節食，所以她必須正確地算出她所吃的食物的卡路里。

cam•paign [kæmˈpen] .... 英中 六級

名 戰役、活動
動 作戰、從事運動

• He has been busy with the **campaign** activities since May.
他從五月之後就一直在忙著競選活動。

同 battle 戰役

can•di•date
[ˈkændəˌdet] .... 英中 六級

名 候選人

• He is a prime **candidate** for the position.
他是這個職位的第一候選人。

同 nominee 被提名者

ca•pac•i•ty [kəˈpæsətɪ] .... 英中 六級

名 容積、能力

• The maximum **capacity** for this room is 400 people.
這間房間最多可容納四百人。

同 size 容量

🔊 Track 663

cape [kep] .... 英中 六級

名 岬、海角

• We've been to **Cape** of Good Hope once.
我們去過好望角一次。

同 headland 岬

cap•i•tal•(ism)
[ˈkæpətl̩] / [ˈkæpətl̩ˌɪzəm]
.... 英中 六級

名 資本 / 資本主義

• We need a lot of **capital** for this start-up business.
我們開公司需要龐大的資金。

反 socialism 社會主義

cap•i•tal•ist
[ˈkæpətl̩ɪst] .... 英中 六級

名 資本家

• He is a **capitalist** and will not miss any business opportunity to make profit.
他是一個資本家，絕對不會放過任何一個可以賺錢的機會。

同 bourgeois 資產者、資本家
反 proletarian 無產者

ca•reer [kəˈrɪr] .... 英中 六級

名 終身的職業、生涯

• The man told his girlfriend he wanted to focus on his **career** instead of marriage.
這個男生告訴他的女朋友他想要專心致力於事業上，而不是婚姻。

同 profession 職業

A B C D E F G H I J K L M N O P Q R S T U V W X Y Z

car•go [ˈkɑrgo] 英中 六級

名 貨物、船貨

• The plane can hold a big load of **cargo**.
這架飛機可以乘載很多貨物。

同 goods 貨物

🔊 Track 664

car•ri•er [ˈkærɪɚ] 英中 六級

名 運送者

• He has been a mail **carrier** since he was eighteen.
他從十八歲就開始當郵差。

同 conveyor 運送者

carve [ˈkɑrv] 英中 六級

動 切、切成薄片

• The wood carver **carved** the wood into a shape of a beaver.
雕刻師傅把這塊木頭雕成海狸的形狀。

同 cut 切

cat•a•logue / cat•a•log [ˈkætəlɔg] 英中 六級

名 目錄 動 編輯目錄

• The librarian spent all day **cataloguing** the new books.
這圖書館員花了整天的時間編輯新書目錄。

同 list 目錄

cease [sis] 英中 六級

名 平息
動 終止、停止

• They **ceased** talking when everyone told them to be quiet.
當大家要求他們安靜時，他們停止交談了。

同 stop 停止
反 start 開始

cel•e•bra•tion [ˌsɛləˈbreʃən] 英中 六級

名 慶祝、慶祝典禮

• We're going to have a **celebration** for my promotion.
我們將慶祝我升職。

同 jubilation 慶祝

🔊 Track 665

ce•ment [səˈmɛnt] 英中 六級

名 水泥
動 用水泥砌合、強固

• His mother got the broken mirror **cemented**.
他母親把破掉的鏡子黏合起來。

同 concrete 水泥、混凝土

CD / com•pact disk [ˈsiˈdi] / [ˈkɑmpækt dɪsk] 英中 六級

名 光碟

• I have many **CDs** of old songs, and I need to organize them.
我有無數的光碟，我需要整理一下。

cham•ber [ˈtʃembɚ] 英中 六級

名 房間、寢室

• The maid cleaned the **chamber** on the basement.
那個侍女打掃了在地下室的房間。

同 room 房間

cham•pion•ship [ˈtʃæmpɪənˌʃɪp] 英中 六級

名 冠軍賽

• We've won the **championship** for 3 consecutive years.
我們連續三年贏得冠軍頭銜。

同 tournament 錦標賽

char•ac•ter•is•tic [ˌkærɪktəˈrɪstɪk] 英中 六級

名 特徵　形 有特色的

- One of the best **characteristics** about him is his sense of humor.
  他最大的特色就是有幽默感

同 trait 特徵

反 characterless 無特徵的、平凡的

🔊 Track 666

char•i•ty [ˈtʃærətɪ] 英中 六級

名 慈悲、慈善、寬容

- We usually donate some money to **charity** every month.
  我們通常每個月會捐一些錢給慈善機構。

同 generosity 寬宏大量

chem•is•try [ˈkɛmɪstrɪ] 英初 四級

名 化學

- They are good at **chemistry**, so I think they will make a great team.
  他們的化學很好，所以我想他們可以合作的很好。

cher•ish [ˈtʃɛrɪʃ] 英中 六級

動 珍愛、珍惜

- I **cherish** every moment with my children.
  我珍惜和我孩子在一起的每一個時刻。

同 treasure 珍愛

反 waste 浪費、濫用

chirp [tʃɝp] 英中 六級

名 蟲鳴鳥叫聲　動 蟲鳴鳥叫

- The chicks **chirped** cheerfully at the sight of feed from their mother.
  在小雞的母親餵食牠們時，牠們愉悅地喳喳叫

同 warble 鳥鳴

chore [tʃor] 英中 六級

名 雜事、打雜

- I assign my children to do the **chores** so as to teach them the importance of being a responsible person.
  我叫我的小孩要幫忙家務事來讓他們知道責任感的重要性。

同 sundry 雜物、雜貨

🔊 Track 667

cho•rus [ˈkorəs] 英中 六級

名 合唱團、合唱

- The **chorus** of the song is coming up. Let's sing it together!
  快到合唱的部分了。我們一起唱吧！

同 choir 唱詩班、合唱隊

ci•gar [sɪˈgɑr] 英中 六級

名 雪茄

- Charles is an avid **cigar** smoker, and he is always surrounded with the smell of cigar.
  查理斯是個雪茄愛好者，他總是被雪茄的菸味圍繞著。

ci•ne•ma [ˈsɪnəmə] 英中 六級

名 電影院、電影

- Let's go to the **cinema** tonight and catch a movie.
  我們今晚一起去電影院看場電影吧！

同 movie 電影

cir•cu•lar [ˈsɝkjələ] 英中 六級

形 圓形的

- She bought a **circular** tablecloth with patterns of flowers.
  她買了有花朵圖案的圓形桌布。

同 round 圓形的

反 square 正方形的

cir•cu•late
[ˋsɝkjəˌlet] 英中 六級

動 傳佈、循環

- Please **circulate** this memo so everyone will be updated with the latest news.
  請把這個便條傳給每個人,他們才知道最新消息。

同 loop 迴圈、使成環

🔊 Track 668

cir•cu•la•tion
[ˌsɝkjəˋleʃən] 英中 六級

名 通貨、循環、發行量

- The magazine is in **circulation** right now.
  這本雜誌正在發行中。

同 rotation 旋轉、迴圈

cir•cum•stance
[ˋsɝkəmˌstæns] 英中 六級

名 情況

- I can still work hard even under the most severe **circumstances**.
  我在最嚴峻的情況下還是能努力工作。

同 condition 情況

ci•vil•ian [səˋvɪljən] 英中 六級

名 平民、一般人
形 平民的

- The wealthy movie star couldn't get used to the **civilian**'s life.
  這富裕的電影明星無法過平民般的生活。

同 commoner 平民
反 aristocratic 貴族的

civ•i•li•za•tion
[ˌsɪvl̩əˋzeʃən] 英中 六級

名 文明、開化

- After staying in the Amazon rainforest for a half year, I've come to appreciate the convenience of **civilization**.
  在亞馬遜河叢林待了半年後,我體會到文明城市的便利。

同 culture 文化
反 wildness 粗野、未開化

clar•i•fy [ˋklærəˌfaɪ] 英中 六級

動 澄清、變得明晰

- I would like to **clarify** my point by showing it to you in a graph.
  我想用圖表來對你闡明我的觀點。

同 defecate 澄清
反 embroil 使混亂

🔊 Track 669

clash [klæʃ] 英中 六級

名 衝突、猛撞
動 衝突、猛撞

- You don't look good on the outfit because red and green are colors that **clash**.
  你穿這套服裝不好看,因為紅色和綠色不搭。

同 conflict 衝突

clas•si•fi•ca•tion
[ˌklæsəfəˋkeʃən] 英中 六級

名 分類

- **Classification** of courses is determined by the number of credits and the content.
  課程分類是依學分數及內容而定。

同 category 分類

clas•si•fy [ˋklæsəˌfaɪ] 英中 六級

動 分類

- The librarians spent about a month **classifying** the data and documents.
  圖書館員花了一個月的時間作資料和檔案的分類。

同 sort 分類、整理

cliff [klɪf] 英中 六級

名 峭壁、斷崖

- The car flew over the **cliff** and slid down the steep hill.
  那臺車衝出了斷崖滑到陡峭的山坡下。

同 steep 懸崖、峭壁

cli•max [ˈklaɪmæks] .... 英中 六級

名 頂點
動 達到頂點

- The movie **climaxed**, but then came to an abrupt ending without warning.
  這部電影到了高潮,但突然間就草草地結束了。

同 apex 頂點
反 bottom 最低點

🔊 Track 670

clum•sy [ˈklʌmzɪ] .... 英中 六級

形 笨拙的

- Pan is very **clumsy** and often trips over herself while walking.
  潘很笨拙,她常在走路時把自己絆倒。

同 awkward 笨拙的

coarse [kors] .... 英中 六級

形 粗糙的

- My voice is **coarse** today because of all the shouting I did last night.
  我的聲音今天很沙啞,因為我昨晚大喊大叫太久了。

同 rough 粗糙的
反 exquisite 精緻的、細膩的

code [kod] .... 英中 六級

名 代號、編碼

- We need your pass **code** in order to gain an access to your account.
  我們需要你的密碼進入你的帳戶。

同 number 編號

col•lapse [kəˈlæps] .... 英中 六級

動 崩潰、倒塌

- John **collapsed** from exhaustion after working continuously for 24 hours.
  約翰在工作了 24 小時之後終於累倒了。

同 crumble 崩潰

com•bi•na•tion [ˌkɑmbəˈneʃən] .... 英中 六級

名 結合

- His illness resulted from a **combination** of eating unhealthy foods and lacking of rest.
  他的疾病是因為吃了不健康的食物和缺乏休息所造成的。

同 cohesion 結合、凝聚

🔊 Track 671

com•e•dy [ˈkɑmədɪ] .... 英中 六級

名 喜劇

- I like to watch **comedies** because I don't like anything too serious.
  我喜歡看喜劇,因為我不喜歡太嚴肅的東西。

反 tragedy 悲劇

com•ic [ˈkɑmɪk] .... 英初 四級

形 滑稽的、喜劇的
名 漫畫

- Kyle used to collect **comics** when he was a child.
  當凱爾還是小孩時,他習慣收集漫畫書。

同 cartoon 漫畫
反 tragic 悲慘的、悲劇的

com•mand•er [kəˈmændɚ] .... 英中 六級

名 指揮官

- The **commander** in chief is also the president of the United States.
  美國總統也是最高的指揮官。

同 commandant 司令官、指揮官

com•ment [ˈkɑmɛnt] .... 英初 四級

名 評語、評論
動 做註解、做評論

- The professor made a quick **comment** on our essays.
  教授對我們的短文做了快速的講評。

同 remark 評語

A B C D E F G H I J K L M N O P Q R S T U V W X Y Z

com•merce [ˈkɑmɝs] .... 英中 六級

名 商業、貿易

• The city would like to focus on **commerce** and bring in much more money.
這個城市想集中致力於商務發展，以利於帶來更多的財富。

同 trade 貿易

🔊 Track 672

com•mit [kəˈmɪt] .... 英中 六級

動 委任、承諾

• Jack didn't **commit** anything to you, so he didn't break any promise.
傑克並沒有承諾你任何事，所以他並不算食言。

同 promise 允諾

com•mu•ni•ca•tion [kəˌmjunəˈkeʃən] 英中 六級

名 通信、溝通、交流

• If I forget my cell phone at home, I feel as if I've lost all **communication** with the world.
如果我把手機留在家裡，就好像我無法與全世界溝通了。

同 intercourse 交流

com•mu•ni•ty [kəˈmjunətɪ] .... 英中 六級

名 社區

• We live in a pretty big **community**, so I don't know all of my neighbors.
我們住在很大的社區，所以我不完全認識所有的鄰居。

com•pan•ion [kəmˈpænjən] .... 英中 六級

名 同伴

• Tracy has been my traveling **companion** for years.
崔西和我一起旅行好幾年了。

同 partner 夥伴

com•pe•ti•tion [ˌkɑmpəˈtɪʃən] .... 英中 六級

名 競爭、競爭者

• We've been having extended practice in preparation for the upcoming **competition**.
我們為了即將到來的比賽，延長了練習的時間。

同 rival 對手

🔊 Track 673

com•pet•i•tive [kəmˈpɛtətɪv] .... 英中 六級

形 競爭的

• Beth is really **competitive**; she makes a competition out of just about everything.
貝絲很愛與人競爭，她什麼都要比。

同 rival 競爭的

com•pet•i•tor [kəmˈpɛtətɚ] .... 英中 六級

名 競爭者

• We will beat our **competitors** by 5% no matter how low the price is.
不管價格多麼低，我們還是會以 5% 的價差贏過我們的競爭者。

同 contender 競爭者

com•pli•cate [ˈkɑmpləˌket] .... 英中 六級

動 使複雜

• Please don't **complicate** the matter if you don't know how to deal with it.
如果你不知道要如何處理這件事的話，請不要把它複雜化。

同 perplex 使複雜
反 simplify 使簡明

com•pose [kəmˈpoz] .... 英中 六級

動 組成、作曲

• Jake is a music composer, so he spends his days **composing** music that we hear in movies.
傑克是個音樂作曲家，所以他會花時間做我們在電影裡聽到的配樂。

同 constitute 組成、構成

com•pos•er [kəm`pozɚ] 英中 六級

名 作曲家、設計者

- Mozart is regarded as one of the greatest **composers**.
  莫札特被視為最偉大的作曲家之一。

同 songsmith 作曲家

🔵 Track 674

com•po•si•tion [ˌkɑmpə`zɪʃən] 英中 六級

名 組合、作文、混合物

- I need to finish this **composition** by tonight, but I haven't even started.
  雖然我需要在今晚完成這篇作文，但我還沒開始寫。

同 mixture 混合物

con•cen•trate [`kɑnsn̩ˌtret] 英中 六級

動 集中

- I can't **concentrate** on my work when people are walking around or music is playing in the background.
  當有人走來走去或有音樂聲時，我都無法專心在我的工作上。

同 focus 集中
反 disperse 使分散

con•cen•tra•tion [ˌkɑnsn̩`treʃən] 英中 六級

名 集中、專心

- Do not lose your **concentration** during the exam.
  在考試時不要分心。

同 adsorbency 專注
反 distraction 分心

con•cept [`kɑnsɛpt] 英中 六級

名 概念

- Brandon always comes up with a lot of new **concepts** at the meetings.
  布萊登總是在會議裡提出很多新概念。

同 notion 概念、觀念

con•cern•ing [kən`sɝnɪŋ] 英中 六級

連 關於

- I'm calling you **concerning** the low scores you've received on the past few exams.
  我打電話是要告訴你關於你有幾科考試分數很低的事。

同 regarding 關於

🔵 Track 675

con•crete [`kɑnkrit] 英中 六級

名 水泥、混凝土
形 具體的、混凝土的

- There isn't any **concrete** evidence of his guilt.
  還沒有任何具體的證據可證明他有罪。

同 cement 水泥
反 abstract 抽象的

con•duc•tor [kən`dʌktɚ] 英中 六級

名 指揮、指導者

- The train **conductor** tooted his horn at the intersection to warn cars driving up to the railway.
  列車長在經過十字路口時，鳴響汽笛來警告正駛在平交道上的車子。

同 command 指揮

con•fer•ence [`kɑnfərəns] 英中 六級

名 招待會、會議

- We will be flying out tonight to attend the **conference** at the head office.
  我們會在今晚飛到總部參加會議。

同 meeting 會議

con•fess [kən`fɛs] 英中 六級

動 承認、供認

- I **confess** that I had feelings for you when we were students.
  我承認當我們都還是學生時，我很喜歡你。

同 admit 承認
反 deny 否認

confidence
[ˈkɑnfədəns] .... 英中 六級

名 信心、信賴

- His **confidence** was boosted after hearing the inspirational speech.
  他在聽完這場鼓舞人心的演講後信心大增。

同 positiveness 肯定、信心

🔊 Track 676

confine [kənˈfaɪn] .... 英中 六級

動 限制、侷限

- The poor dog was **confined** to a tiny space in his cage.
  這隻可憐的狗被關在牠小小的籠子裡。

同 restrict 限制
反 indulge 縱容、遷就

con•fu•sion
[kənˈfjuʒən] .... 英中 六級

名 迷惑、混亂

- I tried to speak more clearly to avoid **confusion**.
  我試著解説的更清楚，避免造成混淆。

同 puzzlement 迷惑

con•grat•u•late
[kənˈgrætʃəˌlet] .... 英中 六級

動 恭喜

- I'm going to go over and **congratulate** Victor for winning the grand award.
  我正要過去恭喜維特他得獎了。

con•gress [ˈkɑngrəs] .... 英中 六級

名 國會

- **Congress** is in session, and the members will discuss the matters at hand.
  國會將要開會討論手邊的事務。

同 parliament 議會、國會

con•junc•tion
[kənˈdʒʌnkʃən] .... 英中 六級

名 連接、關聯

- The party was held in **conjunction** with the trailer of the movie.
  這場派對的舉辦和這部電影的預告有關。

同 relation 關係、關聯

🔊 Track 677

con•quer [ˈkɑnkɚ] .... 英中 六級

動 征服

- Many people enjoy **conquering** kingdoms on role-playing computer games.
  很多人喜歡在角色扮演的電腦遊戲中享受征服領土的快感。

同 subdue 制服、使順從

con•science [ˈkɑnʃəns] .... 英中 六級

名 良心

- If your **concience** is clear, you shouldn't hide anything from me.
  如果你問心無愧，那你就不應該對我隱瞞任何事。

同 goodness 善良、美德
反 malice 惡意、怨恨

con•se•quence
[ˈkɑnsəˌkwɛns] .... 英中 六級

名 結果、影響

- The girls were suspended from school in **consequence** of their cheating on the exam.
  這些女孩子因為考試作弊被學校退學。

同 outcome 結果
反 reason 原因

con•se•quent
[ˈkɑnsəˌkwɛnt] .... 英中 六級

形 必然的、隨之引起的

- The **consequent** result of this social experiment is the loss of faith in humanity from the public.
  這場社會實驗隨之引起的結果就是大眾對人性的失望。

同 inevitable 必然的
反 accidental 意外的、偶然的

con•ser•va•tive
[kən`sɝvətɪv] .... 英中 六級

名 保守主義者
形 保守的、保守黨的

• Sally is quite **conservative** and does not accept changes very easily.
莎莉很保守，她不容易接受改變。

反 radical 激進分子

🔊 Track 678

con•sist [kən`sɪst] .... 英中 六級

動 組成、構成

• Yogurt **consists** of milk and other ingredients.
優格是由牛奶和其他成分組成。

同 compose 組成

con•sis•tent
[kən`sɪstənt] .... 英中 六級

形 一致的、調和的

• I hope your work will be **consistent** because we can't have too many differences.
我希望你的工作可以和我們一致，因為我們不能有太大的差異。

同 uniform 一致的
反 different 不同的

con•so•nant
[`kɑnsənənt] .... 英中 六級

名 子音
形 和諧的

• A lot of native speakers find it difficult to explain what **consonants** are.
很多英文母語的人士發現要解釋什麼是子音是很困難的。

反 vowel 母音

con•sti•tute
[`kɑnstətjut] .... 英中 六級

動 構成、制定

• Your behavior today **constitutes** your entire personality.
你今天的行為構成了你的個性。

同 structure 構成、建造

con•sti•tu•tion
[ˌkɑnstə`tjuʃən] .... 英中 六級

名 憲法、構造

• The **constitution** is the highest law of the land.
憲法是國家最高法律。

同 composition 構成

🔊 Track 679

con•struct
[kən`strʌkt] .... 英中 六級

動 建造、構築

• We're **constructing** a mini volcano for our science project.
我們正為自然科學計劃建造一座迷你火山。

同 build 建造
反 demolish 拆毀、毀壞

con•struc•tion
[kən`strʌkʃən] .... 英中 六級

名 建築、結構

• Be careful when you enter the **construction** site, and remember to wear a safety helmet.
進到建築工地時要小心，記得帶安全帽。

同 texture 結構

con•struc•tive
[kən`strʌktɪv] .... 英中 六級

形 建設性的

• We had a very **constructive** day today, and we had completed a lot of work.
我們今天很有建設性，完成了很多工作。

反 destructive 破壞性的、有害的

con•sult [kən`sʌlt] .... 英中 六級

動 請教、諮詢

• I must **consult** my manager before I make such a big decision.
在我做重大決定之前，我要先請教一下我的經理。

同 counsel 商議、勸告

con•sul•tant
[kən`sʌltənt] .... 英中 六級

名 諮詢者

• He made a lot of money as a financial **consultant**.
他當財務顧問賺了很多錢。

同 counselor 顧問、參事

🔊 Track 680

con•sume [kən`sum] .... 英中 六級

動 消耗、耗費

• The amount of alcohol they **consumed** that night was equivalent to that of a small liquor shop.
他們那晚喝掉的酒多到可以開一間小酒館了。

同 waste 耗費
反 produce 生產

con•sum•er
[kən`sumɚ] .... 英中 六級

名 消費者

• As a **consumer**, we have the right to return an unsound purchase.
身為消費者，我們有權利退還瑕疵品。

反 producer 生產者

con•tain•er [kən`tenɚ] .... 英中 六級

名 容器

• I put all the leftovers into **containers** and put them in the refrigerator.
我把剩下來的食物放到容器裡，冰到冰箱。

同 vessel 容器

con•tent [kən`tɛnt] .... 英中 六級

名 內容、滿足、目錄
形 滿足的、願意的

• He is so **content** with his life right now that he hopes it will last forever.
他對他現在的生活很滿意，他希望可以永遠都這樣。

同 catalog 目錄
反 dissatisfied 不滿的

con•tent•ment
[kən`tɛntmənt] .... 英中 六級

名 滿足

• It's actually quite difficult to gain complete **contentment** in a society such as ours.
在我們的社會裡，要獲得完全的滿足是很困難的。

同 satisfaction 滿足
反 dissatisfaction 不滿

🔊 Track 681

con•test [`kɑntɛst] .... 英中 六級

名 比賽
動 與⋯競爭、爭奪

• Kevin won the pie-eating **contest** for the second year in a row.
凱文連續兩年贏了吃派大賽。

同 match 比賽

con•text [`kɑntɛkst] .... 英中 六級

名 上下文、文章脈絡

• If you take these words out of **context**, they don't make any sense.
如果你把這些字從文本拿掉，它們就不具任何意義了。

con•tin•u•al
[kən`tɪnjʊəl] .... 英中 六級

形 連續的

• This **continual** violence is becoming a major problem around this neighborhood.
這個連續的暴力事件變成了這鄰近地區的主要問題。

同 successive 連續的
反 intermittent 間歇的、斷斷續續的

con•tin•u•ous
[kən`tɪnjʊəs] .... 英中 六級

形 不斷的、連續的

• His **continuous** monotone lulled the students to sleep.
他一連串單調的講話方式讓學生都睡著了。

同 ceaseless 不停的
反 inactive 停止的、怠惰的

con•trar•y [ˈkɑntrɛrɪ]............ 英中 六級

名 矛盾
形 反對的

- **Contrary** to popular belief, pigs are not dirty; however, they are actually quite clean.
  和一般人的想法相反，豬並不髒，實際上牠們很乾淨。

同 contradiction 矛盾

🔊 Track 682

con•trast
[ˈkɑnˌtræst] / [kənˈtræst]......... 英中 六級

名 對比
動 對照

- This color of the dress is a big **contrast** to the previous one you had, but it still looks good on you.
  這洋裝的顏色跟你之前有的顏色有很大的對比，但你穿起來仍然不錯看。

同 comparison 比較

con•trib•ute
[kənˈtrɪbjʊt]................................ 英中 六級

動 貢獻

- James **contributed** a lot of time and energy to this project.
  詹姆士在這個計劃上貢獻了很多時間和精力。

同 devote 奉獻

con•tri•bu•tion
[ˌkɑntrəˈbjuʃən]........................ 英中 六級

名 貢獻、捐獻

- We usually make a **contribution** to the local charities on a monthly basis.
  我們通常每個月都會捐款給當地的慈善機構。

同 dedication 貢獻

con•ve•nience
[kənˈvinjəns]............................ 英初 四級

名 便利

- It is of great **convenience** to live right next to the supermarket.
  住在超市隔壁真的很方便。

反 inconvenience 不便

con•ven•tion
[kənˈvɛnʃən]............................ 英中 六級

名 會議、條約

- We are going to go to the comic **convention**, and we will dress up as our favorite characters.
  我們將裝扮成我們喜歡的角色去參加漫畫展。

同 treaty 條約

🔊 Track 683

con•ven•tion•al
[kənˈvɛnʃənl]............................ 英中 六級

形 會議的、傳統的

- Linda is not **conventional** at all, and may even be the opposite.
  琳達一點都不傳統，甚至可能是開放的。

同 traditional 傳統的

con•verse [kənˈvɝs].............. 英中 六級

動 談話

- I tried to **converse** with her, but it seems that she doesn't want to talk.
  我想跟她談談，但她好像不想說話。

同 talk 交談、談論

con•vey [kənˈve]..................... 英中 六級

動 傳達、運送

- He was trying to **convey** a message by informing people about the danger of drug abusing.
  他試著藉由訊息傳達濫用藥物的危險。

同 transmit 傳送

con•vince [kənˈvɪns].............. 英中 六級

動 說服、信服

- I have **convinced** my parents to let me go on the trip.
  我已經說服我的父母讓我參加遠足。

同 persuade 說服

co•op•er•ate
[ko`ɑpəˌret] .... 英中 六級

動 協力、合作

• Please **cooperate** with the teacher and don't talk back.
請與老師合作，不要頂嘴。

同 collaborate 合作

🔊 Track 684

co•op•er•a•tion
[koˌɑpə`reʃən] .... 英中 六級

名 合作、協力

• Thank you for your **cooperation**. It is greatly appreciated.
謝謝你的合作。真的很感激。

同 collaboration 合作、協作

co•op•er•a•tive
[ko`ɑpəˌretɪv] .... 英中 六級

名 合作社
形 合作的

• The kids were actually very **cooperative** today, and I was pleasantly surprised.
事實上，今天這些小孩十分合作，真是令我驚訝。

同 collaborative 協作的、合作的

cope [kop] .... 英中 六級

動 處理、對付

• It's still very hard for her to **cope** with the fact that her husband has passed away.
她很難去接受她丈夫已往生的事實。

同 handle 處理

cop•per [`kɑpɚ] .... 英中 六級

名 銅
形 銅製的

• There are some **copper** wires in the cord.
在電線裡有些銅線。

同 brass 黃銅

cord [kɔrd] .... 英中 六級

名 電線

• She likes to curl the telephone **cord** on her fingers.
她喜歡把電話線纏繞在手指上。

同 wire 電線

🔊 Track 685

cork [kɔrk] .... 英中 六級

名 軟木塞
動 用軟木塞栓緊

• Please **cork** up the bottle or the flavors of the wine will be spoiled.
請用軟木塞栓緊酒瓶，不然酒的味道會變質。

cor•re•spond
[ˌkɔrə`spɑnd] .... 英中 六級

動 符合、相當

• Jack guarantees that his words will **correspond** to his acts.
傑克保證他會言行一致。

同 conform 符合
反 unfit 不適合

cos•tume [`kɑstjum] .... 英中 六級

名 服裝、服飾、劇裝

• I'm going to make my son's Halloween **costume** by myself this year.
我今年要親手製作我兒子的萬聖節服裝。

同 clothing 服裝

cot•tage [`kɑtɪdʒ] .... 英中 六級

名 小屋、別墅

• We usually spend our summers in our **cottage** in the countryside.
我們經常在夏天時到我們鄉下的小屋去度假。

同 villa 別墅

coun•cil [`kaʊnsḷ] .... 英中 六級

名 議會、會議

• There will be a city **council** meeting on Tuesday evening.
這星期二晚上將會有一場市政會議。

同 conference 會議

count•er [ˈkaʊntɚ] 英中 六級

名 櫃檯、計算器
動 反對、反抗

• There was a long **counter** alongside the wall of the bar.
  延著吧台牆壁有一個很長的櫃檯。

同 calculator 計算器
反 support 支持

cou•ra•geous [kəˈredʒəs] 英中 六級

形 勇敢的

• They were very **courageous** for running into the burning building to save the children.
  他們很勇敢的跑進失火的建築物去救小孩。

同 brave 勇敢的
反 timid 羞怯的、膽小的

cour•te•ous [ˈkɝtjəs] 英中 六級

形 有禮貌的

• Curtis is a very **courteous** person, and he is always considerate to others.
  柯提斯是個很有禮貌的人，他總是為別人著想。

同 polite 有禮貌的、客氣的
反 impolite 不禮貌的、粗魯的

cour•te•sy [ˈkɝtəsi] 英中 六級

名 禮貌

• I took it as a **courtesy** even though I didn't really like it.
  我把它視為一種禮節，雖然實際上我並不喜歡。

同 manner 禮貌、舉止

crack [kræk] 英中 六級

名 裂縫、瑕疵　動 使爆裂、使破裂

• I **cracked** the glass because I put it down on the table too hard.
  因為我把玻璃杯放在桌上時太大力了，就把它弄破了。

同 fissure 裂縫、裂隙

craft [kræft] 英中 六級

名 手工藝

• The kids love doing arts and **crafts** on the weekends.
  孩子們喜歡在週末時做手工藝。

同 handwork 手工

cram [kræm] 英中 六級

動 把…塞進、狼吞虎嚥地吃東西

• I don't like to **cram** too many things to do in a short period of time.
  我不喜歡在短時間內排很多事情做。

同 tuck 把…塞進

cre•a•tion [krɪˈeʃən] 英中 六級

名 創造、創世

• He was pleased with the final version of his **creation**.
  他對於最後的成品感到高興。

同 invention 發明、創造

cre•a•tiv•i•ty [ˌkrieˈtɪvətɪ] 英中 六級

名 創造力

• We like to bring out the **creativity** in the students by making them think.
  我們喜歡讓學生思考，培養他們的創造力。

crip•ple [ˈkrɪpl̩] 英中 六級

名 瘸子、殘疾人

• He was **crippled** from the waist down in the accident.
  他在意外中傷到腰變成了殘廢。

同 disabled 殘疾人

crit•ic [ˈkrɪtɪk] 英中 六級

名 批評家、評論家

• Roger is a film **critic** who is widely acclaimed.
  瑞吉是個大受歡迎的影評人。

同 reviewer 批評家、評論家

A B C D E F G H I J K L M N O P Q R S T U V W X Y Z

crit•i•cal [ˋkrɪtɪk!]　英中 六級

形 評論的

- This is the most **critical** time of your career. Try not to mess it up.
  這是你職業生涯裡最關鍵的時候，不要搞砸了。

反 laudatory 表揚的、讚揚的

crit•i•cism [ˋkrɪtəˌsɪzəm]　英中 六級

名 評論、批評的論文

- The teacher is just giving you constructive **criticism**, so don't take it personally.
  老師只是給你建設性的批評，不要想太多。

同 comment 評論

crit•i•cize [ˋkrɪtəˌsaɪz]　英中 六級

動 批評、批判

- The actress was **criticized** for her lack of knowledge of the current events in the world.
  這個女演員被批評缺乏對世界時事的認知。

反 praise 表揚

cru•el•ty [ˋkruəltɪ]　英中 六級

名 冷酷、殘忍

- Animal testing is a **cruelty**, and it should be banned.
  用動物做測試是很殘忍的，應該禁止。

同 ruthlessness 無情、殘忍
反 enthusiasm 熱情

🔊 Track 689

crush [krʌʃ]　英中 六級

名 毀壞、壓榨
動 壓碎、壓壞

- The cook used a mortar and pestle to **crush** the nuts.
  廚師用杵和缽把果仁搗碎。

同 quash 粉碎

cube [kjub]　英中 六級

名 立方體、正六面體

- Please cut the cheese into **cubes** to be served with the wine.
  請把起司切成塊狀和酒一起端上。

cu•cum•ber [ˋkjukʌmbɚ]　英中 六級

名 小黃瓜、黃瓜

- **Cucumber** is not only a healthy food but also a beauty tool.
  小黃瓜不僅是健康的食物，也是美容的工具。

cue [kju]　英中 六級

名 暗示

- The director **cued** the music to accompany the action happening on the screen.
  導演指示跟著螢幕上演員的動作下音樂。

同 hint 暗示、線索

cun•ning [ˋkʌnɪŋ]　英中 六級

形 精明的、狡猾的

- She is a very **cunning** girl, and she will get anything she wants whatever it takes.
  她是個很狡猾的女孩，她會不計代價得到她想要的。

同 shrewd 精明的
反 stupid 愚蠢的、遲鈍的

🔊 Track 690

cu•ri•os•i•ty [ˌkjʊrɪˋɑsətɪ]　英中 六級

名 好奇心

- Out of **curiosity**, could you tell me how much you paid for your house?
  純粹是好奇，你能告訴我你買這房子多少錢嗎？

curl [kɝl] .... 英中 六級

名 捲髮、捲曲
動 使捲曲

- Jenny woke up early in the morning to **curl** her hair.
  珍妮在早上很早就醒來為了把她的頭髮弄捲。
同 bend 俯身、彎曲
反 straighten 弄直

curse [kɝs] .... 英中 六級

動 詛咒、罵

- He **cursed** himself for locking his keys in the car again.
  他因為鑰匙又反鎖在車裡而咒罵自己。
同 scold 訓斥
反 bless 賜福、祈佑

curve [kɝv] .... 英初 四級

名 曲線
動 使彎曲

- The road to the hill is full of **curves**.
  到山坡的路有許多的轉彎處。
同 crook 使彎曲

cush•ion [ˈkuʃən] .... 英中 六級

名 墊子
動 緩和⋯衝擊

- The air **cushions** deflated over night, so we'll have to inflate them again.
  這些氣墊過了一晚都消氣了，所以我們必須再充氣。
同 mat 席子、墊子

Dd ↓

🔊 Track 691

damn [dæm] .... 英中 六級

動 指責、輕蔑

- **Damn** him for doing this to me!
  他太可惡了，居然這麼對我！
同 blame 指責
反 praise 讚揚、表揚

damp [dæmp] .... 英中 六級

形 濕的
動 使潮濕

- The first step is to **damp** the cloth and place it at the bottom of the plate.
  第一個步驟就是把桌巾弄濕，再放到盤子下面。
同 moist 潮濕的
反 dry 乾燥的

dead•line [ˈdɛdˌlaɪn] .... 英中 六級

名 限期

- The **deadline** is coming soon, but there is still so much to do.
  期限快到了，但是還有很多要做的。
同 term 期限

de•clare [dɪˈklɛr] .... 英中 六級

動 宣告、公告

- The company is going to **declare** bankruptcy.
  這家公司將宣告倒閉。
同 proclaim 宣告、宣佈

dec•o•ra•tion [ˌdɛkəˈreʃən] .... 英中 六級

名 裝飾

- The Christmas **decorations** are so beautiful.
  耶誕節的裝飾品很漂亮。
同 ornament 裝飾

🔊 Track 692

de•crease [ˈdikris] / [dɪˈkris] .... 英初 四級

名 減少、減小
動 減少、減小

- The world's natural resources are **decreasing**; therefore, we need to make more efforts in preservation.
  自然資源正在減少，所以我們需要加以保護。
同 minish 減小、縮小
反 increase 增加

de•feat [dɪˋfit] .... 英中 六級

名 挫敗、擊敗
動 擊敗、戰勝

• This was the first time our team **defeated** the championship team.
這是第一次我們打敗了冠軍隊伍。

同 beat 打敗、勝過
反 fail 失敗

de•fend [dɪˋfɛnd] .... 英中 六級

動 保衛、防禦

• She keeps some pepper spray in her purse in case she needs to **defend** herself in an attack.
她在她的包包裡放辣椒噴霧劑，以防她被攻擊時需要防禦。

同 safeguard 保衛、保護

de•fense [dɪˋfɛns] .... 英中 六級

名 防禦

• Our country is on the **defense** from potential terrorist attacks.
我們的國家在防禦恐怖份子的攻擊。

同 protection 防禦

de•fen•si•ble [dɪˋfɛnsəbl̩] .... 英中 六級

形 可辯護的、可防禦的

• This is a **defensible** point, so we will use it in court.
這是可辯護的點，所以我們可以在法院上用它。

同 vindicable 可辯護的

🔊 Track 693

de•fen•sive [dɪˋfɛnsɪv] .... 英中 六級

形 防禦的、保衛的

• Why are you being so **defensive** if you didn't do anything wrong?
如果你沒有做錯事，為什麼你的防禦心那麼重？

同 tenable 能防禦的

def•i•nite [ˋdɛfənɪt] .... 英中 六級

形 確定的

• It's not **definite**, but we might go to Egypt this summer.
我們這暑假也許會去埃及，不過還不確定。

同 affirmatory 確定的、肯定的
反 uncertain 不確定的

del•i•cate [ˋdɛləkət] .... 英中 六級

形 精細的、精巧的

• The baby's skin was so **delicate** and smooth to touch.
這個嬰兒的皮膚摸起來真細緻滑嫩。

同 subtle 精細的
反 coarse 粗糙的

de•light [dɪˋlaɪt] .... 英中 六級

名 欣喜
動 使高興

• He jumped with **delight** when his proposal was accepted.
當他的企劃被採納時，他欣喜的跳了起來。

同 please 使高興
反 sadden 使難過

de•light•ful [dɪˋlaɪtfəl] .... 英中 六級

形 令人欣喜的

• This cake is absolutely **delightful**. You must try some.
這塊蛋糕真的很好吃，你一定要試試看。

同 joyful 高興的
反 woeful 悲傷的、悲哀的

🔊 Track 694

de•mand [dɪˋmænd] .... 英中 六級

名 要求
動 要求

• We tried to meet the **demands** of the protestors, but there were just too many requests.
我們試著達到抗議民眾的要求，但是要求實在是太多了。

同 request 要求

dem•on•strate
[`dɛmən,stret] 英中 六級

動 展現、表明

- My biology teacher **demonstrated** how to conduct the lab experiment.
  我的生物學老師示範怎麼執行實驗。

同 show 表明
反 conceal 隱藏、掩蓋

dem•on•stra•tion
[,dɛmən`streʃən] 英中 六級

名 證明、示範

- The salesman gave a very good **demonstration** on how to use the product.
  這銷售人員做了一個使用產品的良好示範。

同 proof 證據、證明

dense [dɛns] 英中 六級

形 密集的、稠密的

- The population in Tokyo is very **dense**; it is always crowded.
  東京的人口很密集，它總是很擁擠。

同 thick 濃密的
反 scarce 稀少的

de•part [dɪ`part] 英中 六級

動 離開、走開

- We will **depart** in a few hours, so you had better start packing.
  我們再幾個小時就要離開，所以你最好開始打包。

同 leave 離開
反 return 回來

🔊 Track 695

de•par•ture [dɪ`partʃɚ] 英中 六級

名 離去、出發

- We're just at the boarding gate waiting for **departure** right now.
  我們現在正在登機閘門等著離開。

同 leave 離開

de•pend•a•ble
[dɪ`pɛndəbl̩] 英中 六級

形 可靠的

- Kate is very **dependable**, and she always completes tasks on time.
  凱特很靠得住，她總是準時完成任務。

同 reliable 可靠的
反 irresponsible 不負責任的、不可靠的

de•pend•ent
[dɪ`pɛndənt] 英中 六級

名 從屬者
形 從屬的、依賴的

- She is really **dependent** on her husband and it seems as if she can't live without him.
  她真的很依賴她先生，好像她如果沒有他就無法生存。

同 secondary 次要位置、副手
反 principal 主要的、首要的

de•press [dɪ`prɛs] 英中 六級

動 壓下、降低

- The sad movie was really **depressing**, and everyone came out of the theater with gloomy faces.
  這個電影真的很悲傷，每個人出電影院時，心情都很沉悶。

同 lower 降低
反 raise 提高

de•pres•sion
[dɪ`prɛʃən] 英中 六級

名 下陷、降低

- During the Great **Depression**, many families did not have enough money for food.
  在經濟大蕭條的時候，很多家庭都沒有飯吃。

同 debasement 降低
反 rise 上升

🔊 Track 696

de•serve [dɪˋzɝv] 英中 六級

🔟 值得、應得

- You **deserve** some time off because you've been working so hard for so many years.
  你應該休息一下，你已經勤奮工作那麼多年了。

des•per•ate [ˋdɛspərɪt] 英中 六級

🔟 絕望的

- I was **desperate** when I knew that I was going to die.
  當我知道我大期將近時，我感到非常絕望。

回 hopeless 絕望的
反 hopeful 有希望的

de•spite [dɪˋspaɪt] 英中 六級

🔟 不管、不顧

- **Despite** the cold weather, we had a wonderful picnic on the beach.
  儘管天氣很冷，我們在沙灘上野餐還是很快樂。

回 spite 不顧

de•struc•tion [dɪˋstrʌkʃən] 英中 六級

🔟 破壞、損壞

- These are weapons of mass **destruction** and they are very dangerous.
  這些武器具有強大的破壞力，十分危險。

回 demolition 破壞
反 protection 保護

de•tec•tive [dɪˋtɛktɪv] 英中 六級

🔟 偵探、探員
🔟 偵探的

- He's like a **detective** looking through the files for any useful clues.
  他就像偵探一樣試著在檔案裡找出一點蛛絲馬跡。

回 spy 間諜、偵探

🔊 Track 697

de•ter•mi•na•tion [dɪ͵tɝməˋneʃən] 英中 六級

🔟 決心

- She had the **determination** to lose weight.
  她下定決心要減肥。

回 resolution 決心、決議

de•vice [dɪˋvaɪs] 英中 六級

🔟 裝置、設計

- The phone is one of the best **devices** invented.
  這電話是所有通訊設備中其中一項最棒的發明。

回 equipment 設備、裝備

de•vise [dɪˋvaɪz] 英中 六級

🔟 設計、想出

- We tried to **devise** a fool proof plan and execute it.
  我們試著想出一個證明愚蠢的方案，然後去執行。

回 design 設計

de•vote [dɪˋvot] 英中 六級

🔟 貢獻、奉獻

- She has **devoted** many years of her life to the charity organization.
  她在慈善團體奉獻了好幾年。

回 dedicate 奉獻

di•a•per [ˋdaɪəpɚ] 英中 六級

🔟 尿布

- I need to buy more **diapers** for the baby because there is only one left.
  我需要為寶寶買多一點尿布，因為只剩下一片了。

回 nappy 尿布

dif•fer [ˋdɪfɚ] 英中 六級

動 不同、相異

• Their opinions **differ** and sometimes I don't know who to listen to.
他們的意見相佐，有時候我不知道要聽誰的。

同 vary 變化、有不同

di•gest [ˋdaɪdʒɛst] 英中 六級

動 瞭解、消化
名 摘要、分類

• I love reading Reader's **Digest**; there are a lot of interesting stories in them.
我喜歡看讀者文摘，它裡面有很多有趣的文章。

同 abstract 摘要

di•ges•tion [dəˋdʒɛstʃən] 英中 六級

名 領會、領悟、消化

• It is said to help **digestion** if you drink some yogurt after a meal.
人家說在餐後吃點優格可以幫助消化。

同 understand 理解
反 bewilder 使迷惑、使難住

dig•i•tal [ˋdɪdʒɪt!] 英中 六級

形 數字的、數位的

• We bought a new **digital** camera, and the images are very clear.
我們買了一台新的數位相機，它的影像很清晰。

同 numerical 數字的

dig•ni•ty [ˋdɪgnətɪ] 英中 六級

名 威嚴，尊嚴

• Have some **dignity** and step down from the position while you still have some respect from people.
留點尊嚴下臺，你還會獲得一些人民的尊重。

同 sanctity 神聖、尊嚴

di•li•gence [ˋdɪlədʒəns] 英中 六級

名 勤勉、勤奮

• He worked with careful **diligence** on teaching.
他對教書工作既細心又勤奮。

同 industriousness 勤奮
反 idleness 懶惰、閒散

di•plo•ma [dɪˋplomə] 英中 六級

名 文憑、畢業證書

• He kissed his **diploma** when he received it to show the appreciation of all the years of hard work.
當他收到畢業證書時，在它上面親了一下以示這幾年來的努力沒有白費。

dip•lo•mat [ˋdɪpləmæt] 英初 四級

名 外交官

• Her dream was to become a **diplomat** and represent her country.
她的夢想是成為一個外交官，可以代表她的國家。

同 diplomatist 外交家

dis•ad•van•tage [͵dɪsədˋvæntɪdʒ] 英中 六級

名 缺點、不利

• They are at a **disadvantage** because this is not their home court.
他們處於不利的地位，因為這裡不是他們的主場。

同 shortcoming 缺點
反 advantage 優點

dis•as•ter [dɪzˋæstɚ] 英中 六級

名 天災、災害

• The **disaster** in Haiti was absolutely horrible and everyone wanted to help.
海地的天災真是太可怕了，每個人都想伸出援手。

同 catastrophe 大災難、災禍

A B C **D** E F G H I J K L M N O P Q R S T U V W X Y Z

Level 4　高中考大學必考單字－基礎篇

dis•ci•pline [ˈdɪsəplɪn] 英中 六級

名 紀律、訓練
動 懲戒

- The teacher **disciplined** the students by punishing them for cheating.
  老師因為學生作弊而懲戒他們。
同 training 訓練

dis•con•nect [ˌdɪskəˈnɛkt] 英中 六級

動 斷絕、打斷

- I got **disconnected** from the Internet and didn't receive the file.
  我的網路中斷了，所以沒收到檔案。
同 interrupt 打斷

dis•cour•age [dɪsˈkɝɪdʒ] 英中 六級

動 阻止、妨礙

- We tried to **discourage** them from coming by telling them that it was not going to be fun.
  我們試著阻止他們來，所以一直說不會很好玩。
同 prevent 防止
反 allow 允許

dis•cour•age•ment [dɪsˈkɝɪdʒmənt] 英中 六級

名 失望、氣餒

- It is certainly a **discouragement** to hear that we will not be getting any money for the hard work.
  聽到我們努力工作卻領不到錢是很令人失望的。
同 disappointment 失望
反 hope 希望

dis•guise [dɪsˈɡaɪz] 英中 六級

名 掩飾
動 喬裝、假扮

- She **disguised** herself as a witch for Halloween.
  她在萬聖節把自己裝扮成一個女巫。
同 disguise 化裝、偽裝

dis•gust [dɪsˈɡʌst] 英中 六級

名 厭惡
動 使厭惡

- The smell of cooked eggs **disgusts** me, and it makes me feel like vomitting.
  煮蛋的味道讓我作嘔想吐。
同 aversion 嫌惡、憎恨
反 fancy 喜好

dis•miss [dɪsˈmɪs] 英中 六級

動 摒除、解散

- Class will be **dismissed** in an hour.
  在一個小時以內課程就會結束了。
同 disband 解散
反 gather 聚集

dis•or•der [dɪsˈɔrdɚ] 英中 六級

名 無秩序
動 使混亂

- My room is in a complete **disorder**, so I can't find anything.
  我的房間雜亂不堪，我什麼東西都找不到。
同 confusion 混淆、不確定狀態
反 order 秩序

dis•pute [dɪˈspjut] 英中 六級

名 爭論
動 爭論

- I will not get into a **dispute** over the decision because it is useless to do so.
  我不會為了這個決定而爭論，因為這麼做是徒勞無功的。
同 argument 爭論

dis•tinct [dɪˈstɪŋkt] 英中 六級

形 個別的、獨特的

- There is a **distinct** flavor of berries in the wine.
  酒裡有莓果獨特的味道。
同 separate 各自的、單獨的
反 common 共同的

dis•tin•guish
[dɪˋstɪŋgwɪʃ] .... 英中 六級

🔴 辨別、分辨

- I cannot **distinguish** the difference between the two.
  我無法分辨這兩個有什麼不同。

🔘 discern 辨別、看清楚

dis•tin•guished
[dɪˋstɪŋgwɪʃt] .... 英中 六級

🔶 卓越的

- He is a **distinguished** gentleman and he shows it in his demeanor.
  在他的言行舉止上，可以看出他是個很高雅的紳士。

🔘 prominent 傑出的、顯著的
🔻 ordinary 普通的

dis•trib•ute [dɪˋstrɪbjʊt] .... 英中

🔴 分配、分發

- We are going to **distribute** the fliers in front of the supermarket.
  我們要到超市門口去發宣傳單。

🔘 allocate 分配、分派

dis•tri•bu•tion
[ˌdɪstrəˋbjuʃən] .... 英中 六級

🔷 分配、配給

- This product is good, but the **distribution** is bad.
  這個產品很好，但銷量很差。

🔘 assignment 分配

dis•trict [ˋdɪstrɪkt] .... 英中 六級

🔷 區域

- We are going to move to a better school **district** when our kids start going to school.
  當小孩子要開始上學時，我們要搬到更好的學區。

🔘 region 區域

dis•turb [dɪˋstɜb] .... 英中 六級

🔴 使騷動、使不安

- Don't **disturb** Jessie, for she's studying for the test tomorrow.
  不要打擾潔西，她正在為明天的考試做準備。

🔘 annoy 惹惱、打擾
🔻 calm 使鎮定

di•vine [dəˋvaɪn] .... 英中 六級

🔶 神的、神聖的

- We will need a **divine** intervention to save us.
  我們需要神的力量來解救我們。

🔘 godly 神的
🔻 human 人的

di•vorce [dəˋvors] .... 英中 六級

🔷 離婚、解除婚約
🔴 使離婚、離婚

- We **divorced** a few years ago, but we are still friends now.
  我們幾年前就離婚了，但我們仍是朋友。

🔘 marry 結婚

dom•i•nant [ˋdɑmənənt] .... 英中 六級

🔶 支配的

- He is definitely a **dominant** figure of a business.
  他在公司無疑是個舉足輕重的角色。

🔘 ruling 統治的、支配的

dom•i•nate [ˋdɑmə͵net] .... 英中 六級

🔴 支配、統治

- She **dominated** the game and won with flying colors.
  她支配了整場比賽，並且大獲全勝贏得比賽。

🔘 rule 統治

A
B
C
D
E
F
G
H
I
J
K
L
M
N
O
P
Q
R
S
T
U
V
W
X
Y
Z

Track 704

dor•mi•to•ry / dorm
[`dɔrmə/tori] / [dɔrm] .... 英中 六級

名 宿舍

• She has been my roommate in the **dormitory** for 2 years.
她當我宿舍的室友已經兩年了。

down•load [`daʊn/lod] .... 英中 六級

動 下載、往下傳送

• He spent the whole weekend **downloading** movies and music from the Internet.
他整個週末都在網路上下載電影和音樂。

反 upload 上載

doze [doz] .... 英中 六級

名 打瞌睡　動 打瞌睡

• I'm going to take a **doze**. Just wake me up if you need me.
我要去打個盹，如果你需要我，就把我叫醒。

同 drowse 打瞌睡

draft [dræft] .... 英中 六級

名 草稿
動 撰寫、草擬

• This is the final **draft**, and it will be ready for publishing in a few hours.
這是最後的草稿，幾小時後就準備出版。

同 sketch 草稿、草擬

dread [drɛd] .... 英中 六級

名 非常害怕
動 敬畏、恐怖

• I'm **dreading** the upcoming exams because I heard they will be very difficult.
我對即將來到的考試感到害怕，因為我聽說會很難。

同 fear 恐怖

Track 705

drift [drɪft] .... 英中 六級

名 漂流物
動 漂移

• The branches from the tree fell into the water and **drifted** downstream.
這些從樹上掉到水裡的樹枝漂到下游來。

drill [drɪl] .... 英中 六級

名 鑽、錐
動 鑽孔

• I need to attach a different **drill** for drilling the wall.
我需要換個不同的鑽頭來鑽牆壁。

同 bore 鑽孔

du•ra•ble [`djʊrəbḷ] .... 英中 六級

形 耐穿的、耐磨的

• This bag is very **durable**; I've had it for years and it is still in perfect condition.
這個袋子很耐用，我已經用了幾年了，它還是保持的很好。

同 enduring 耐久的

dust•y [`dʌstɪ] .... 英中 六級

形 覆著灰塵的

• The books were **dusty** and hadn't been touched in years.
這些書佈滿灰塵，已經有好幾年沒有人碰了。

反 tidy 整潔的

DVD / dig•it•al vid•e•o disk / dig•it•al ver•sa•tile disk [`dɪdʒɪtḷ `vɪdɪ/o dɪsk] / [`dɪdʒɪtḷ `v`sətɪl dɪsk]
.... 英中 六級

名 影音光碟

• We spent the whole weekend watching **DVDs** and just relaxing.
我們整個週末都在放鬆，還有看影片。

dye [daɪ] .... 英中 六級

名 染料
動 染、著色

• The **dye** she used in her hair seemed to give her an allergic reaction.
她用在頭髮的染劑似乎讓她過敏了。

回 tincture 著色於

dy•nam•ic [daɪˋnæmɪk] .... 英中 六級

形 動能的、動力的

• We need someone young and **dynamic** to join our team.
我們需要年輕有活力的人加入我們這一組。

回 energetic 有力的
反 powerless 無力的

dyn•as•ty [ˋdaɪnəstɪ] .... 英中 六級

名 王朝、朝代

• The gunpowder was first used in the Song **Dynasty**.
火藥第一次被使用是在宋朝。

回 reign 王朝

Ee➜

ear•nest [ˋɝnɪst] .... 英中 六級

名 認真
形 認真的

• He is an **earnest** person, and he takes everything quite seriously.
他是很認真的人，把每件事都看的很嚴肅。

回 serious 認真的
反 easygoing 不嚴肅的

ear•phone [ˋɪrˏfon] .... 英中 六級

名 耳機

• The **earphones** blocked out all outer noise.
這副耳機阻隔了所有外界的噪音。

回 headphone 雙耳式耳機

ec•o•nom•ic [ˏikəˋnɑmɪk] .... 英中 六級

形 經濟上的

• The **economic** situation of the country is not sound at the moment.
這個國家當前的經濟情形不是很穩定。

回 economical 經濟的

ec•o•nom•i•cal [ˏikəˋnɑmɪkl̩] .... 英中 六級

形 節儉的

• Getting an appliance that conserves energy is very **economical**.
買一個節省能源的器具是很經濟實惠的。

回 thrifty 節儉的、節約的
反 lavish 無節制的、浪費的

ec•o•nom•ics [ˏikəˋnɑmɪks] .... 英中 六級

名 經濟學

• I'm going to major in **economics** and then go on to study finance.
我想要主修經濟學，然後再讀財經。

e•con•o•mist [ɪˋkɑnəmɪst] .... 英中 六級

名 經濟學家

• The **economist** tried to warn us of worsening economic stituation.
這經濟學家試著警告我們經濟狀況在惡化。

e•con•o•my [ɪˋkɑnəmɪ] .... 英中 六級

名 經濟

• The **economy** seems to be picking up these years.
這幾年經濟似乎有好轉。

A B C D E F G H I J K L M N O P Q R S T U V W X Y Z

🔊 Track 708

efficiency [əˈfɪʃənsɪ] 英中 六級

名 效率

• They tried to work with great **efficiency**, but there were a lot of interruptions.
他們試著工作有效率，但還是有很多的阻礙。

同 effectiveness 有效

e•las•tic [ɪˈlæstɪk] 英中 六級

名 橡皮筋
形 有彈性的

• He fastened the cards with an **elastic** band.
他把卡片用橡皮筋捆起來。

同 flexible 柔韌的、靈活的
反 stiff 僵硬的

e•lec•tri•cian [ɪˌlɛkˈtrɪʃən] 英中 六級

名 電機工程師

• The **electrician** has been working so hard these years and never takes any days off.
這電機工程師在這幾年都努力工作並且從來不休假。

同 engineer 工程師

e•lec•tron•ics [ɪˈlɛktrɪks] 英中 六級

名 電機工程學

• The **electronics** devices all stopped functioning at the same time.
所有的電子設備都同時停擺了。

同 engineering 工程學

el•e•gant [ˈɛləgənt] 英中 六級

形 優雅的

• The dress she wore to the party was very **elegant** yet simple.
她穿到派對的那件洋裝很簡單但很高雅。

同 refined 優雅的
反 vulgar 粗俗的

🔊 Track 709

el•e•men•ta•ry [ˌɛləˈmɛntərɪ] 英中 六級

形 基本的

• We want to send our children to a private **elementary** school.
我們想要把小孩送到私立小學就讀。

同 basic 基本的
反 essential 必不可少的

e•lim•i•nate [ɪˈlɪməˌnet] 英中 六級

動 消除

• The engineer had **eliminated** all possible factors that may hinder the process of the experiment.
工程師已將可能會阻礙實驗過程的因素消除了

同 remove 移除

else•where [ˈɛlsˌhwɛr] 英中 六級

副 在別處

• Please go **elsewhere** to play with that; you're bothering me.
你要玩那個到別的地方玩，不然會吵到我。

同 otherwhere 在別處

e-mail / email [ˈimel] 英初 四級

名 電子郵件
動 發電子郵件

• She said she **emailed** the file me, but I haven't received anything.
她說她把檔案用電子郵件寄給我了，但我沒有收到。

em•bar•rass [ɪmˈbærəs] 英初 四級

動 使困窘

• I felt so **embarrassed** when the teacher called on me and I didn't know the answer.
當老師點到我，而我不知道怎麼回答問題時，我覺得很尷尬。

同 perplex 使困惑
反 relax 放鬆

em•bar•rass•ment [ɪmˋbærəsmənt]
英初 四級

名 困窘

• I didn't want to cause any **embarrassment**, so I didn't go.
我不想要造成尷尬，所以我沒去。

同 discomfiture 狼狽、難堪

em•bas•sy [ˋɛmbəsɪ]
英中 六級

名 大使館

• The **embassy** was situated on a lush hill amongst other residences.
大使館過去座落在樹葉繁盛的山坡上的住宅區裡。

同 legation 公使館

e•merge [ɪˋmɝdʒ]
英中 六級

動 浮現

• The surgeon finally **emerged** from the operating room with good news.
外科醫師終於從手術室裡出來，並帶來好消息。

同 rise 浮現　反 vanish 消失

e•mo•tion•al [ɪˋmoʃənḷ]
英中 六級

形 情感的

• Lucy is an **emotional** girl, and she is easily moved to tears.
露西是個很容易感動的女孩，她很愛哭。

同 affective 感情的
反 intellectual 理智的

em•pha•sis [ˋɛmfəsɪs]
英中 六級

名 重點、強調

• The teacher put an **emphasis** on the page in the book, so we definitely need to study it.
老師特別強調這本書裡的這一頁，所以我們一定要讀。

同 stress 強調

em•pire [ˋɛmpaɪr]
英中 六級

名 帝國

• He created a massive **empire** of luxury goods.
他建了一個專賣奢華品的大規模公司。

同 kingdom 王國

en•close [ɪnˋkloz]
英中 六級

動 包圍

• The yard is **enclosed** with a fence, so it's safe for the kids to play there.
這院子被柵欄圍住了，所以小孩在裡面玩很安全。

同 surround 包圍

en•coun•ter [ɪnˋkaʊntɚ]
英中 六級

名 遭遇
動 遭遇

• I **encountered** a rather strangest person on the subway today.
我今天在地鐵遇到一個相當奇怪的人。

同 befall 降臨、遭遇

en•dan•ger [ɪnˋdendʒɚ]
英中 六級

動 使陷入危險

• There are many animals that are categorized as **endangered** species.
有很多動物被列為瀕臨絕種的動物。

同 risk 冒險
反 safen 使安全

en•dure [ɪnˋdjʊr]
英中 六級

動 忍受

• He had to **endure** harsh training every day in preparation for the Olympics.
為了奧林匹克運動比賽，他每天必須忍受艱苦的訓練。

同 bear 忍受

A B C D **E** F G H I J K L M N O P Q R S T U V W X Y Z

🔊 Track 712

en•force [ɪnˋfors]............... 英中 六級

動 實施、強迫

- We need to **enforce** the rules and punish those who break them.
  我們需要實施這些規定，懲罰違反規定的人。
- 同 implement 實施

en•force•ment
[ɪnˋforsmənt]............... 英中 六級

名 施行

- Law **enforcement** provides safety and security to the people.
  法律的施行提供人民安全保障。
- 同 implementation 實施

en•gi•neer•ing
[͵ɛndʒəˋnɪrɪŋ]............... 英中 六級

名 工程學

- The Panama Canal is regarded as an **engineering** marvel.
  巴拿馬運河被視為工程界的奇蹟。

en•large [ɪnˋlɑrdʒ]............... 英中 六級

動 擴大

- I want to **enlarge** the image to examine the details.
  我想要放大這個圖檢視一下細節。
- 同 expand 擴大
- 反 contract 縮小

en•large•ment
[ɪnˋlɑrdʒmənt]............... 英中 六級

名 擴張

- The **enlargement** of the photo showed the pixels of the digital image.
  放大的照片把圖像的顆粒都顯示出來了。
- 同 expansion 擴張

🔊 Track 713

e•nor•mous [ɪˋnɔrməs]............ 英中 六級

形 巨大的

- The **enormous** expanse of the desert was vast.
  沙漠是浩瀚無限的。
- 同 vast 巨大的
- 反 minute 微小的

en•ter•tain [͵ɛntɚˋten]............ 英中 六級

動 招待、娛樂

- I'm going to try to **entertain** them with movies and games.
  我想要用電腦和遊戲娛樂他們。
- 同 amuse 消遣、娛樂

en•ter•tain•ment
[͵ɛntɚˋtenmənt]............... 英中 六級

名 款待、娛樂

- The **entertainment** of the evening was a Broadway show.
  晚上的娛樂節目是百老匯的表演。
- 同 pastime 消遣、娛樂

en•thu•si•asm
[ɪnˋθjuzɪ͵æzəm]............... 英中 六級

名 熱衷、熱情

- They showed great **enthusiasm** for the game.
  他們對遊戲表現了很大的熱情。
- 同 zeal 熱心
- 反 indifference 冷漠

en•vi•ous [ˋɛnvɪəs]............... 英中 六級

形 羨慕的、妒忌的

- Tina was **envious** of Jenny's wealthy and wonderful life.
  蒂娜很妒忌珍妮富有和多采多姿的生活。
- 同 jealous 妒忌的

e·qual·i·ty [ɪˋkwɑlətɪ] .... 英中 六級

名 平等

• Many leaders tried to fight for the **equality** of women.
很多的領導者試著爭取婦女的平等權。

同 parity 同等
反 inequality 不平等

e·quip [ɪˋkwɪp] .... 英中 六級

動 裝備

• Our team is **equipped** with the best equipment.
我們這一組有最好的裝備。

同 furnish 裝備

e·quip·ment [ɪˋkwɪpmənt]
.... 英中 六級

名 裝備、設備

• We tried to use the new **equipment** in the gym as much as we could.
我們盡可能使用健身房的新設備。

同 facility 設備

e·ra [ˋɪrə] .... 英中 六級

名 時代

• It was the greatest **era** of all time.
這是有史以來最好的時代。

同 age 時代

er·rand [ˋɛrənd] .... 英中 六級

名 任務

• I need to run some **errands** this afternoon, so call me if you need anything.
我下午需要做些雜事，如果有什麼事再打電話給找。

同 assignment 任務

es·ca·la·tor [ˋɛskəˌletə] .... 英中 六級

名 手扶梯

• We took the **escalator** up to the top floor.
我們搭手扶梯到頂樓。

es·say [ˋɛse] .... 英中 六級

名 短文、隨筆

• We had to write a total of 20 **essays** during the semester.
我們這學期要寫 20 篇文章。

同 passage 一段文章

es·tab·lish [əˋstæblɪʃ] .... 英中 六級

動 建立

• I tried to **establish** a good rapport with my co-workers.
我試著和我的同事建立友好關係。

同 found 建立
反 overthrow 推翻

es·tab·lish·ment [əˋstæblɪʃmənt]
.... 英中 六級

名 組織、建立

• Wu used all of our saving for the **establishment** of education.
我們投入畢生的積蓄成立教育機構。

同 foundation 建立

es·sen·tial [əˋsɛnʃəl] .... 英中 六級

名 基本要素
形 本質的、必要的、基本的

• It is absolutely **essential** that you bring your own tools.
帶你自己的工具是必要的。

同 necessary 必要的
反 needless 不必要的

A B C D E F G H I J K L M N O P Q R S T U V W X Y Z

🔊 Track 716

es•ti•mate [ˋɛstəmɪt] .... 英中 六級

🅝 評估　🅥 評估

• This is just a rough **estimate**, and no details have been included yet.
這只是初步的評估，還沒有加入任何細節部份。

🔄 assessment 評估

e•val•u•ate
[ɪˋvæljuˏet] .... 英中 六級

🅥 估計、評價

• I'm going to **evaluate** whether the plan is worth executing.
這個計劃是不是值得進行，我會評估。

🔄 estimate 估計、評價

e•val•u•a•tion
[ɪˏvæljuˋeʃən] .... 英中 六級

🅝 評價

• We will get our **evaluations** today, so I'm feeling a little nervous.
我們今天會拿到考評，所以我現在有點緊張。

🔄 appraisal 評價

e•ve [iv] .... 英初 四級

🅝 前夕

• On the **eve** of the competition, the athletes did not dare to go out and party.
在比賽前夕，運動員們不敢外出和參加派對。

e•ven•tu•al [ɪˋvɛntʃuəl] .... 英中 六級

🅟 最後的

• The **eventual** result of the game is disappointing.
這個比賽最後的結果令人失望。

🔄 final 最後的
🔀 initial 最初的

🔊 Track 717

ev•i•dence [ˋɛvədəns] .... 英中 六級

🅝 證據
🅥 證明

• She **evidenced** the piece of hair she found on the floor.
她以一根從地板上找到的頭髮當作證據。

🔄 prove 證明

ev•i•dent [ˋɛvədənt] .... 英中 六級

🅟 明顯的

• Isn't it **evident** that I don't want anything to do with you?
這還不明顯嗎？我不想跟你有任何瓜葛。

🔄 obvious 明顯的
🔀 inconspicuous 不明顯的

ex•ag•ger•ate
[ɪgˋzædʒəˏret] .... 英中 六級

🅥 誇大

• He likes to **exaggerate** things when he is telling stories, and he tries to make them more exciting than they actually are.
他在説故事時喜歡誇大，把內容變得更令人興奮。

🔄 magnify 擴大、誇大

ex•am•i•nee
[ɪgˏzæməˋni] .... 英中 六級

🅝 應試者

• The **examinees** paced the room nervously before sitting down to take the exam.
應試者在坐下來考試之前，很緊張地走進考場。

🔄 interviewee 被訪問者、被面試者

ex•am•in•er
[ɪgˋzæmɪnɚ] .... 英中 六級

🅝 主考官、審查員

• The **examiner** had a stern and serious face.
主考官的臉很嚴肅。

ex•cep•tion [ɪk`sɛpʃən].......... 英中 六級

名 反對、例外

• You must complete the assignment and turn it in on time with no **exceptions**.
你必須完成這個作業，準時交出沒有例外。

ex•haust [ɪg`zɔst].................... 英中 六級

名 排氣管
動 耗盡

• This kind of work is **exhausting**, and I wouldn't want to do it anymore.
這種工作很累人，我不想再做了。

同 consume 消耗

ex•hib•it [ɪg`zɪbɪt]................... 英中 六級

名 展示品、展覽
動 展示

• There is an **exhibit** on inventions this weekend; do you want to go and take a look?
這週有一場發明展示會，你要來看看嗎？

同 display 展覽

ex•pand [ɪk`spænd]................. 英中 六級

動 擴大、延長

• We are trying to **expand** our market to Asia.
我們試著將市場擴展到亞洲。

同 enlarge 擴大
反 shorten 縮短

ex•pan•sion [ɪk`spænʃən]........................ 英中 六級

名 擴張

• He believes the business **expansion** will bring more profit.
他相信擴大經營會帶來更多利益。

同 extension 擴大

ex•per•i•men•tal [ɪkˌspɛrə`mɛntl]...................... 英中 六級

形 實驗性的

• The product is still in the **experimental** stages right now.
這個產品現在仍在實驗階段。

同 trial 嘗試性的

ex•pla•na•tion [ˌɛksplə`neʃən]...................... 英中 六級

名 說明、解釋

• I cannot give you a very clear **explanation** over the phone.
我在電話中無法解釋得很清楚。

同 illustration 說明

ex•plore [ɪk`splor].................. 英中 六級

動 探查、探險

• Let's go and **explore** this exciting city today.
我們今天到這個令人興奮的城市去探險吧。

同 ascertain 查明、弄清

ex•plo•sion [ɪk`sploʒən]...................... 英中 六級

名 爆炸

• We heard an **explosion** and saw some people running out of the building.
我們聽到一聲爆炸聲，看到一些人從建築物裡跑出來。

同 blast 爆炸

ex•plo•sive [ɪk`splosɪv]......... 英中 六級

名 炸藥
形 爆炸的

• This is an **explosive** substance. Please handle it with care.
這是易爆物。小心拿！

同 dynamite 炸藥

A B C D E F G H I J K L M N O P Q R S T U V W X Y Z

🔊 Track 720

ex•pose [ɪkˋspoz] 英中 六級

🔲 暴露、揭發

- The people **exposed** to this amount of radiation will suffer vomiting and dizziness.
暴露在這種程度輻射下的人會有嘔吐或暈眩的症狀。
- 同 reveal 揭示、暴露

ex•po•sure [ɪkˋspoʒɚ] 英中 六級

🔲 顯露

- We live in a time of over-**exposure** of everything.
我們生於知識爆炸的時代。
- 同 reveal 顯露

ex•tend [ɪkˋstɛnd] 英中 六級

🔲 延長

- We need to **extend** the deadline as we will not be able to complete the project on time.
我們無法準時完成這項計劃，所以需要將期限延長。
- 同 prolong 延長
- 反 curtail 縮短、削減

ex•tent [ɪkˋstɛnt] 英中 六級

🔲 範圍

- You do not realize the **extent** of work that we have put into this.
你不瞭解我們投入工作的程度。
- 同 scope 範圍

fa•cial [ˋfeʃəl] 英中 六級

🔲 面部的、表面的

- His **facial** hair covered half of his face.
他的瀏海把他半張臉都蓋住了。
- 同 surface 表面的
- 反 connotive 隱含的、內涵的

🔊 Track 721

fa•cil•i•ty [fəˋsɪlətɪ] 英中 六級

🔲 設備、容易、靈巧

- They have very nice **facilities** in the 5-star hotel.
在五星級飯店有一流的設備。
- 同 handiness 靈巧、輕便

faith•ful [ˋfeθfəl] 英中 六級

🔲 忠實的、耿直的、可靠的

- Was your husband **faithful** during your marriage?
你的先生有對婚姻忠誠嗎？
- 同 loyal 忠實的
- 反 unreliable 不可靠的

fame [fem] 英中 六級

🔲 名聲、聲譽

- She craves **fame** and would do anything to get famous.
她渴望成名，所以會為了成名做任何事。
- 同 reputation 名譽

fan•tas•tic [fænˋtæstɪk] 英初 四級

🔲 想像中的、奇異古怪的

- As a child, I always dreamt of living in a **fantastic** land with human-sized flowers.
小時候，我總是夢想住在一個想像的國度，裡面有像人那麼大的花。
- 同 imaginary 想像中的
- 反 actual 現實的

fan•ta•sy [ˋfæntəsɪ] 英中 六級

🔲 空想、異想

- A lot of novels these days are based on **fantasy** and unreal life.
現今有很多小說都是幻想出來的，不在真實生活裡。
- 同 daydream 白日夢

fare•well [ˈfɛrˈwɛl] .... 英中 六級

名 告別、歡送會

• Let's give James a **farewell** party next weekend.
  我們在下個星期為詹姆士辦個歡送會吧！

同 good-bye 再見、告別

fa•tal [ˈfetl] .... 英中 六級

形 致命的、決定性的

• It was a **fatal** disease, so we had no choice but to put down the cat.
  它是個致命的疾病，所以我們束手無策只能讓這隻貓安樂死。

同 mortal 致命的

fa•vor•a•ble [ˈfevərəbl] .... 英中 六級

形 有利的、討人喜歡的

• This is a **favorable** situation and I'm sure everyone will be happy.
  這是皆大歡喜的情況，我確定每個人都會很高興。

同 agreeable 欣然讚同的
反 loathy 令人討厭的

feast [fist] .... 英中 六級

名 宴會、節日
動 宴請、使高興

• The lions **feasted** on the carcass of the large bull.
  一隻大公牛的屍體把獅子們都餵飽了。

同 festival 節日

fer•ry [ˈfɛrɪ] .... 英中 六級

名 渡口、渡船　動 運輸

• The car **ferry** ferried our cars over to the other side of the river.
  渡輪把我們的車運輸到河的對岸。

同 transport 運輸

fer•tile [ˈfɜtl] .... 英中 六級

形 肥沃的、豐富的

• The **fertile** soil provided the perfect grounds for growing vegetables.
  這塊肥沃的土地是蔬菜生長最好的地。

同 luxuriant 繁茂的、肥沃的
反 barren 貧瘠的

fetch [fɛtʃ] .... 英中 六級

動 取得、接來

• My dog loves to **fetch** objects that are thrown far away.
  我的狗喜歡去接被丟得很遠的東西。

同 obtain 獲得

fic•tion [ˈfɪkʃən] .... 英中 六級

名 小說、虛構

• I like reading **fictions** because non-fiction is sometimes too serious.
  我喜歡看杜撰小說，因為非小說的散文太嚴肅。

同 novel 小說

fierce [fɪrs] .... 英中 六級

形 猛烈的、粗暴的、兇猛的

• The **fierce** snarl of the dog frightened the child.
  這隻狗兇猛的叫聲嚇到了那個小孩。

同 violent 猛烈的
反 bland 溫和的

fi•nance [fəˈnæns] .... 英中 六級

名 財務　動 融資

• The bank **financed** the project because they viewed it as a good investment.
  那銀行投資了這個計劃，因為他們視它為是個好的投資。

A B C D E **F** G H I J K L M N O P Q R S T U V W X Y Z

fi•nan•cial [fə`nænʃəl] 英中 六級

形 金融的、財政的

• My **financial** advisor helps me manage my fortune.
我的理財顧問幫我管理我的財務。

同 fiscal 財政的

fire•cracker [`faɪr͵krækɚ] 英中 六級

名 鞭炮

• The dogs ran and hid under the sofa when they heard the sound of **firecrackers**.
狗兒們聽到鞭炮聲，就跑到沙發下躲起來。

fire•place [`faɪr͵ples] 英中 六級

名 壁爐、火爐

• I'm just sitting by the **fireplace** having a glass of wine right now.
我現在只是坐在壁爐旁邊喝著一杯酒。

同 stove 爐子、火爐

flat•ter [`flætɚ] 英中 六級

動 諂媚、奉承

• I feel **flattered** for having been invited to such a distinguished affair.
被邀請到這種高貴的活動，我感到榮幸。

同 fawn 奉承、討好

flee [fli] 英中 六級

動 逃走、逃避

• They tried to **flee** from the crime scene but were caught by the police.
他們試著從犯罪現場逃走，但結果被員警逮捕了。

同 escape 逃跑

flex•i•ble [`flɛksəbl̩] 英中 六級

形 有彈性的、易曲的

• Her body is very **flexible**, and she can do the splits.
她的身體很有彈性，她還會劈腿。

同 elastic 有彈性的
反 inelastic 無彈性的、無伸縮性的

flu•ent [`fluənt] 英中 六級

形 流暢的、流利的

• Claire is **fluent** in 5 different languages.
克萊兒會流暢地說五種語言。

同 smooth 流暢的

flunk [flʌŋk] 英中 六級

名 失敗、不及格
動 失敗、放棄

• He **flunked** his math exam because he had no idea what was going on in class.
他的數學考試不及格，因為他上課完全聽不懂。

同 failure 失敗
反 success 成功

flush [flʌʃ] 英中 六級

名 紅光、繁茂
動 水淹、使興奮

• Your face is **flushed** right now. Did you run here?
你的臉現在泛紅了，你是用跑的到這裡的嗎？

同 excite 使興奮

foam [fom] 英中 六級

名 泡沫
動 起泡沫

• A cappuccino usually has more **foam** than a latte.
卡布其諾通常比拿鐵更多奶泡。

同 froth 泡沫

for•bid [fɚˋbɪd] .... 英中 六級

勔 禁止、禁止入內

- He **forbids** his children to go out with their friends on weekend nights.
  他禁止他的小孩週末晚上和他們的朋友們出去。
回 ban 禁止
反 allow 允許

fore•cast [ˋforˌkæst] .... 英中 六級

名 預測、預報

- The weather **forecast** said that it would be clear and sunny today.
  天氣預告說今天會是晴朗的好天氣。
回 prediction 預報

for•ma•tion [fɔrˋmeʃən] .... 英中 六級

名 形成、成立

- They stood in a line **formation** against the violent protestors.
  他們站成一排抵擋粗暴的抗議份子。
回 establishment 成立

for•mu•la [ˋfɔrmjələ] .... 英中 六級

名 公式、法則

- Just follow the **formula**, and it should be pretty easy.
  只要參照公式，它應該很簡單。
回 rule 規則

fort [fort] .... 英中 六級

名 堡壘、炮臺

- I'm going to stay in and hold the **fort** down.
  我會留下來堅守崗位。
回 bastion 堡壘

for•tu•nate [ˋfɔrtʃənɪt] .... 英中 六級

形 幸運的、僥倖的

- I was very **fortunate** to have been chosen for the position.
  我很幸運被選為擔任這個職位。
回 lucky 幸運的
反 miserable 不幸的、痛苦的

fos•sil [ˋfɑsl] .... 英中 六級

名 化石、舊事物
形 陳腐的

- The **fossil**-like rock was found in a moutain by him.
  這顆很像化石的石頭是他在山上發現的。
回 relic 遺跡
反 fresh 新鮮的

foun•da•tion [faunˋdeʃən] .... 英中 六級

名 基礎、根基

- The strong **foundation** of the home prevents it from toppling over in an earthquake.
  家裡堅固的地基可以使房子免於地震造成的倒塌。
回 base 基礎

found•er [ˋfaundɚ] .... 英中 六級

名 創立者、捐出基金者

- The statue of the **founder** of our school stands in the center of the plaza.
  我們學校創辦人的雕像座落在廣場中間。
回 organizer 組織者、建立者

fra•grance [ˋfregrəns] .... 英中 六級

名 芬香、芬芳

- The **fragrance** of the woman lingered in the air long after she was gone.
  那女生身上的香味在她離開後還瀰漫在空氣中久久無法散去。
回 aroma 芬香
反 stink 惡臭

A B C D E F G H I J K L M N O P Q R S T U V W X Y Z

🔊 Track 728

fra•grant [ˈfregrənt] .... 英中 六級

形 芳香的、愉快的

• The **fragrant** flowers brought life to the room.
花的香氣讓房間充滿生氣。

同 pleasant 愉快的
反 sad 難過的

frame [frem] .... 英中 六級

名 骨架、體制
動 構築、框架

• We **framed** the door with a blue frame because it was his favorite color.
我們把門框配成藍色，因為那是他最喜歡的顏色。

同 system 制度、體制

free•way [ˈfriˌwe] .... 英中 六級

名 高速公路

• There was a lot of traffic on the **freeway**, so we took the surface streets instead.
高速公路上有很多車，所以我們走平面道路替代。

同 expressway 高速公路

fre•quen•cy [ˈfrikwənsɪ] .... 英中 六級

名 時常發生、頻率

• There was a high **frequency** of aftershocks after the major earthquake.
在主要地震後還有很高發生餘震的機率。

fresh•man [ˈfrɛʃmən] .... 英中 六級

名 新生、大一生

• The **freshmen** look so young and immature.
大一生看起來很年輕也很青澀。

🔊 Track 729

frost [frɔst] .... 英中 六級

名 霜、冷淡
動 結霜

• There was **frost** on the can, so the liquid inside could be frozen.
罐子上結霜了，所以裡面的液體可能結冰了。

同 rime 使蒙霜

frown [fraʊn] .... 英中 六級

名 不悅之色
動 皺眉、表示不滿

• This kind of behavior is **frowned** upon by the administration.
這種行為讓管理階層很不滿。

同 lour 不悅之色

frus•tra•tion [ˌfrʌsˈtreʃən] .... 英中 六級

名 挫折、失敗

• He is upset with the **frustration** at work.
他對於工作上的挫折感到很沮喪。

同 failure 失敗
反 success 成功

fu•el [ˈfjuəl] .... 英中 六級

名 燃料 動 燃料補給

• We need to get some **fuel** at the next gas station.
我們需要在下個加油站加點油。

ful•fill [fʊlˈfɪl] .... 英中 六級

動 實踐、實現、履行

• I want to **fulfill** her dreams of becoming a superstar.
我想要完成她當明星的夢想。

同 finish 完成

🔊 Track 730

ful•fill•ment [fʊlˈfɪlmənt] .... 英中 六級

名 實現、符合條件

• TMy brother's dream has finally come to a **fulfillment**.
我哥哥的夢想終於實現了。

同 actualization 實現

func•tion•al [ˈfʌŋkʃənḷ] .... 英中 六級

形 作用的、機能的

• His synthetic arm is a fully **functional** one.
他的人造手臂是機能性的。

同 active 起作用的

fun•da•men•tal
[ˌfʌndəˈmɛntl̩] .... 英中 六級

名 基礎、原則
形 基礎的、根本的

• It is **fundamental** to know how to cook if you want to become a chef.
如果你想要成為一名廚師，知道如何煮菜是最基礎的。

同 principle 原則

fu•ner•al [ˈfjunərəl] .... 英中 六級

名 葬禮、告別式

• It is sad to attend the **funeral** for someone who is younger than you.
參加比你年輕的往生者喪禮是令人難過的。

同 burial 葬禮

fu•ri•ous [ˈfjʊrɪəs] .... 英中 六級

形 狂怒的、狂鬧的

• I was **furious** with anger when I heard about what happened.
當我聽到發生什麼事情後，我充滿了怒氣。

同 angry 發怒的
反 happy 開心的

🔊 Track 731

fur•nish [ˈfɝnɪʃ] .... 英中 六級

動 供給、裝備

• They **furnished** the home with modern furniture.
他們用現代化的家具來裝飾家裡。

同 supply 供給

fur•ther•more
[ˈfɝðəˌmor] .... 英中 六級

副 再者、而且

• **Furthermore**, we will go on a school field trip to get in-depth knowledge of the subject.
而且我們將有戶外教學可以獲得這個科目更深的知識。

同 besides 而且

Gg ↴

gal•ler•y [ˈgælərɪ] .... 英中 六級

名 畫廊、美術館

• All of the art he created in the past few years were on display in the **gallery**.
他過去幾年創作的所有藝術品都在美術館裡展覽出來。

gang•ster [ˈgæŋstɚ] .... 英中 六級

名 歹徒、匪徒

• The **gangsters** showed no compassion for the victim.
那些歹徒對受害者一點憐憫之心都沒有。

同 mobster 盜匪

gaze [gez] .... 英中 六級

名 注視、凝視
動 注視、凝視

• He **gazed** intently at the me hoping to get some support.
他凝視著我，希望得到一些支持。

同 stare 凝視

🔊 Track 732

gear [gɪr] .... 英中 六級

名 齒輪、裝具
動 開動、使適應

• Pack your **gear** in your bag and let's get ready to go.
把器具都打包到你的包包裡，我們準備出發了。

同 cog 齒

gene [dʒin] .... 英中 六級

名 基因、遺傳因子

• There is nothing we can do; it's in his **genes**.
我們什麼都幫不了，這是他的天性使然。

A
B
C
D
E
F
G
H
I
J
K
L
M
N
O
P
Q
R
S
T
U
V
W
X
Y
Z

gen·er·a·tion
[ˌdʒɛnəˈreʃən] .... 英中 六級

名 世代

• My **generation** is somewhat different from my parents' generation.
我這一個世代和我父母的世代有點不同。

gen·er·os·i·ty
[ˌdʒɛnəˈrɑsətɪ] .... 英中 六級

名 慷慨、寬宏大量

• He spread his **generosity** to the less fortunate by establishing charity groups to help them.
他對不幸的人樂善好施，所以創辦了慈善團體去幫助他們。

同 charity 寬容
反 stinginess 吝嗇

gen·ius [ˈdʒinjəs] .... 英初 四級

名 天才、英才

• I feel that he is so talented in music that he could be a **genius**.
我覺得他在音樂上有天賦，他可能是音樂天才。

同 talent 天才
反 idiot 白癡

Track 733

gen·u·ine [ˈdʒɛnjuɪn] .... 英中 六級

形 真正的、非假冒的

• He had **genuine** feelings for the girl.
他對那女孩是真感情。

同 real 真的
反 fake 假的

germ [dʒɝm] .... 英中 六級

名 細菌、微生物

• There are many **germs** in our daily lives, so we need to build up a strong immune system.
我們每天生活裡充滿細菌，所以我們必須要建立很強的抵抗力。

同 bacteria 細菌

gift·ed [ˈgɪftɪd] .... 英中 六級

形 有天賦的、有才能的

• We could tell that she was a **gifted** child from her creations.
我們可以從她完成的作品看得出來她是個有天賦的小孩。

同 capable 有才能的
反 impotent 無能的

gi·gan·tic
[dʒaɪˈgæntɪk] .... 英中 六級

形 巨人般的

• We later realized that the **gigantic** wave that crashed onto shore was actually a tsunami.
我們過了一會兒才明白打到海岸上的巨浪其實是海嘯。

同 immense 巨大的
反 petty 小的

gig·gle [ˈgɪgḷ] .... 英中 六級

名 咯咯笑
動 咯咯地笑

• When he told the joke, a slight **giggle** came from the crowd.
當他說笑話時，在觀眾那裏傳來一陣微弱的笑聲。

同 smile 微笑
反 cry 哭

Track 734

gin·ger [ˈdʒɪndʒɚ] .... 英中 六級

名 薑
動 使有活力

• The fish would taste much better with **ginger**.
這條魚若用薑調味會好吃的多。

同 vitalize 使有活力
反 languish 失去活力

glide [glaɪd] .... 英中 六級

名 滑動、滑走 動 滑行

• We are going to go hang **gliding** this weekend; I can't wait to glide carefreely in the sky.
我們這個週末要去做滑翔運動，我等不及想要翱翔在空中了。

同 slip 滑

glimpse [glɪmps]...................... 英中 六級

名 瞥見、一瞥
動 瞥見、隱約看見

- He secretly **glimpsed** at her and noted that she was quite beautiful.
  他偷偷瞄了她一眼，發覺她長得很漂亮。

同 glance 瞥見

globe [glob] .... 英中 六級

名 地球、球

- They've traveled to many different countries around the **globe**.
  他們到過世界各國旅遊。

同 ball 球

glo•ri•ous [ˈglorɪəs]............... 英中 六級

形 著名的、榮耀的

- Everyone was pleased with how **glorious** his presence was.
  每一個人對他的榮耀感到高興。

同 famous 著名的
反 unknown 不出名的

🔊 Track 735

goods [gʊdz]........................... 英中 六級

名 商品、貨物

- We brought some **goods** with us to see if we could sell them to the people at the event.
  我們帶來了一些產品，看看我們是否可以在活動中將產品賣出。

同 commodity 商品、貨物

grace [gres] .... 英中 六級

名 優美、優雅

- She moved around the room with **grace** and elegance.
  她在房裡很優雅高貴的走動。

同 elegance 優雅

grace•ful [ˈgresfəl]................. 英中 六級

形 優雅的、雅致的

- Helen apologized for being late, but she wasn't very **graceful** about it.
  海倫對於遲到道了歉，但她口氣並不是很有禮貌。

同 refined 文雅的
反 coarse 粗俗的

gra•cious [ˈgreʃəs] .... 英中 六級

形 親切的、溫和有禮的

- It was very **gracious** of you to invite us into your home for dinner.
  你真的很客氣邀請我們到你家吃晚餐。

同 friendly 友好的
反 offensive 冒犯的、使人不快的

grad•u•a•tion [ˌgrædʒʊˈeʃən]........................... 英中 六級

名 畢業

- I'm going to attend my sister's **graduation** this weekend.
  這週末我要去參加我妹妹的畢業典禮。

🔊 Track 736

gram•mar [ˈgræməʳ]............... 英中 六級

名 文法

- A lot of native speakers don't know how to explain basic **grammar** rules.
  很多說母語的人，不知道怎麼解釋簡單的文法規則。

同 syntax 語法、句法

gram•mat•i•cal [grəˈmætɪkl̩]............................ 英中 六級

形 文法上的

- This sentence doesn't seem to have **grammatical** error.
  這個句子看起來不像有文法上的錯誤。

A
B
C
D
E
F
G
H
I
J
K
L
M
N
O
P
Q
R
S
T
U
V
W
X
Y
Z

grape•fruit
[`grep‚frut`] .... 英中 六級

名 葡萄柚

• The **grapefruit** is very bitter and not sweet at all.
葡萄柚很苦，一點都不甜。

grate•ful [`gretfəl`] .... 英中 六級

形 感激的、感謝的

• I'm **grateful** for your friendship and moral support.
我很感激你友情上和精神上的支持。

同 thankful 感激的
反 resentful 怨恨的

grat•i•tude
[`grætə‚tjud`] .... 英中 六級

名 感激、感謝

• They expressed great **gratitude** towards their teacher.
他們向老師表達最真誠的感謝。

同 thankfulness 感激、感謝
反 malignity 惡意、怨恨

🔊 Track 737

grave [grev] .... 英中 六級

形 嚴重的、重大的
名 墓穴、墳墓

• His life is in **grave** danger because of the snake toxins.
他的生命因為蛇的毒素而有嚴重危機。

同 severe 嚴重的
反 trifling 微不足道的

greas•y [`grizɪ`] .... 英中 六級

形 塗有油脂的、油膩的

• The sponge was so **greasy** that it made the dishes even greasier instead of cleaning them.
海棉好油，不要說用它來洗淨碗盤，它把碗盤變的更油膩了。

同 fat 油膩的
反 lite 清淡的

greet•ing(s)
[`gritɪŋ(z)`] .... 英中 六級

名 問候、問候語

• We made **greeting** signs to welcome our guests.
我們對我們的來賓打招呼，歡迎他們。

grief [grif] .... 英中 六級

名 悲傷、感傷

• He felt extremely **grief** at the passing of his wife.
他對他妻子往生，感到很悲傷。

同 sadness 悲哀、悲痛
反 delight 高興

grieve [griv] .... 英中 六級

動 悲傷、使悲傷

• I'm **grieving** for the death of a strong leader.
我對一個堅強領導人之死感到悲傷。

同 sorrow 悲傷
反 happy 高興

🔊 Track 738

grind [graɪnd] .... 英中 六級

動 研磨、碾

• I usually like to use freshly **ground** coffee beans in my coffee.
我通常喜歡喝新鮮研磨咖啡豆煮出來的咖啡。

同 skive 研磨

guar•an•tee
[‚gærən`ti`] .... 英中 六級

名 擔保品、保證人
動 擔保、作保

• I **guarantee** that there will not be any problems.
我敢保證不會有任何問題。

同 promise 保證

guilt [gɪlt] .... 英中 六級

名 罪、內疚

• He felt extreme **guilt** for cheating on his wife of 15 years.
對於欺騙了他太太 15 年，他覺得很內疚。

同 sin 罪

guilt•y [ˈgɪltɪ] .... 英中 六級

形 有罪的、內疚的

• She felt **guilty** for lying to her husband about her shopping habits.
對她丈夫隱瞞她喜歡購物的習慣，她覺得很內疚。

同 sinful 有罪的
反 innocent 無罪的

gulf [gʌlf] .... 英中 六級

名 灣、海灣

• We like to go boating in the **Gulf** Coast.
我們喜歡到墨西哥灣去坐遊艇。

同 bay 灣

🔊 Track 739

ha•bit•u•al [həˈbɪtʃuəl] .... 英中 六級

形 習慣性的

• He is a **habitual** smoker and will smoke even if he doesn't have the desire.
他習慣抽菸，不管有沒有煙癮，他都想抽。

同 customary 習慣的

halt [hɔlt] .... 英中 六級

名 休止　動 停止，使停止

• All the cars came to a sudden **halt** as they approached the standstill in traffic.
當車子接近交通癱瘓的地方，所有的車都突然停止了。

同 cease 停止
反 begin 開始

hand•writing [ˈhændˌraɪtɪŋ] .... 英中 六級

名 手寫

• Your **handwriting** is so messy that I can't read even a single word.
你的字跡太潦草了，我一個字都看不懂。

hard•en [ˈhɑrdn̩] .... 英中 六級

動 使硬化

• We need to leave it in the refrigerator to let it **harden** over night.
我們需要把它放在冰箱一個晚上讓它變硬。

反 soften 軟化

hard•ship [ˈhɑrdʃɪp] .... 英中 六級

名 艱難、辛苦

• He is going through a **hardship** right now, so we need to help him out as much as we can.
他現在是最艱難的時候，所以我們需要盡可能的幫助他。

同 painstaking 辛苦、苦心

🔊 Track 740

hard•ware [ˈhɑrdˌwɛr] .... 英中 六級

名 五金用品

• I'm going to build the patio by myself, so I need to go to the **hardware** store and stock up on some material.
我想要自己蓋一個露天陽臺，所以我需要到五金行買些材料。

同 ironware 五金

har•mon•i•ca [hɑrˈmɑnɪkə] .... 英中 六級

名 口琴

• John is taking **harmonica** lessons and he seems to be enjoying it a lot.
約翰正在上口琴課，他看起來好像很高興。

同 mouth-organ 口琴

har•mo•ny
[ˈharmənɪ] .... 英中 六級

名 一致、和諧

• The duo is a perfect pair and sing in perfect **harmony**.
這個二重唱真是完美的組合，他們的歌聲十分和諧。

同 accord 一致

反 variance 不一致

harsh [harʃ] .... 英中 六級

形 粗魯、令人不快的

• The **harsh** weather conditions made it difficult to progress further.
糟糕的天氣狀況，讓前進更為困難。

同 unfavorable 令人不快的

反 joyful 令人高興的

haste [hest] .... 英中 六級

名 急忙、急速

• The popular saying that "**haste** makes waste" is often true.
人說的「欲速則不達」通常是真的。

同 rapidity 迅速、急速

反 retardation 遲緩

◀ Track 741

has•ten [ˈhesn̩] .... 英中 六級

動 趕忙

• Please **hasten** your pace if you want to finish on time.
如果你想要準時完成的話，請加快你的速度。

同 hurry 匆忙

ha•tred [ˈhetrɪd] .... 英中 六級

名 怨恨、憎惡

• He felt extreme **hatred** for his boss although he didn't show it.
他很討厭他的老闆，儘管他沒有表現出來。

同 malice 惡意、怨恨

反 affection 喜愛

head•phones
[ˈhɛdˌfonz] .... 英中 六級

名 頭戴式耳機、聽筒

• My parents gave me a pair of expensive **headphones** for Christmas.
我的父母給我一副很貴的的頭戴式耳機當耶誕節禮物。

同 earphone 耳機

health•ful [ˈhɛlθfəl] .... 英中 六級

形 有益健康的

• My doctor wants me to have a **healthful** diet of more fruit and vegetables.
我的醫生叫我要有健康的飲食，多吃點蔬菜水果。

同 wholesome 有益健康的

反 harmful 有害的

hel•i•cop•ter
[ˈhɛlɪˌkaptɚ] .... 英初 四級

名 直升機

• The **helicopter** lifted the injured skier from the mountain top.
那臺直升機載走了在山頂上滑雪的傷患。

◀ Track 742

herd [hɝd] .... 英中 六級

名 獸群、成群
動 放牧、使成群

• A big **herd** of cows blocked the roads and traffic was backed up for hours.
一大群的牛擋在路中央，讓交通癱瘓了幾個小時。

同 flock 成群

hes•i•ta•tion
[ˌhɛzəˈteʃən] .... 英中 六級

名 遲疑、躊躇

• He agreed without **hesitation** because he had been waiting to be asked for a long time.
他毫不猶豫地就同意了，因為他已經等著被問這個問題很久了。

同 hesitancy 猶豫不決、躊躇

反 determination 決心

high•ly [ˈhaɪlɪ] .... 英中 六級

副 大大地、高高地

• This is a **highly** flammable liquid, so do not expose it to fire.
這是高度易燃液，所以我們不能讓它接觸到火。

同 greatly 極、大大地

home•land [ˈhomˌlænd] .... 英中 六級

名 祖國、本國

• They all returned to their **homelands** after the tour was over.
他們在旅行完後回到他們的祖國。

同 motherland 祖國

hon•ey•moon [ˈhʌnɪˌmun] .... 英中 六級

名 蜜月
動 度蜜月

• They are **honeymooning** in the Bahamas right now.
他們現在正在巴哈馬度蜜月。

🔊 Track 743

hon•or•a•ble [ˈɑnərəbl̩] .... 英中 六級

形 體面的、可敬的
The **honorable** master taught his disciples all the skills they needed.
這令人尊敬的師傅教他的徒弟們所需要的技能。

同 decent 體面的
反 humiliatory 丟臉的、蒙羞的

hook [huk] .... 英中 六級

名 鉤、鉤子
動 鉤、用鉤子鉤住

• Shannon is **hooked** on coffee and gets a headache if she doesn't have any in the morning.
雪諾被咖啡制約了，如果早上沒有喝，就會頭痛。

同 clasp 扣子、鉤

hope•ful [ˈhopfəl] .... 英中 六級

形 有希望的

• I'm **hopeful** that we will win the lottery one day.
我希望我們有一天會中樂透。

同 promising 有希望的
反 hopeless 絕望的

ho•ri•zon [həˈraɪzn̩] .... 英中 六級

名 地平線、水平線

• I see the sun coming over the **horizon**; the dawn view is amazing.
我看著太陽從地平線上升起，破曉景色真美。

hor•ri•fy [ˈhɔrəˌfaɪ] .... 英中 六級

動 使害怕、使恐怖

• The movie was **horrifying** and I had nightmares that night.
這部電影很恐怖，我那晚還作了惡夢。

同 frighten 使害怕
反 embolden 使勇敢

🔊 Track 744

hose [hoz] .... 英中 六級

名 水管
動 用水管澆洗

• We **hosed** down the car because it was covered with mud.
我們用水管澆洗車，因為它上面都被沙土覆蓋了。

同 pipe 管子

host [host] .... 英初 四級

動 主辦
名 主人、主持人、一大群

• He is a great party **host** and we always have a great time at his parties.
他是很棒的派對主持人，我們總是在他的派對上玩得很愉快。

同 master 主人
反 guest 客人

A B C D E F G **H** I J K L M N O P Q R S T U V W X Y Z

hos•tel [ˈhɑstl̩].......................... 英中 六級

名 青年旅舍

• We stayed at the teacher's **hostel** during our school trip.
我們去學校辦的遠足時，在教師會館過夜。

同 hotel 旅館

house•hold
[ˈhaʊsˌhold] .... 英中 六級

名 家庭

• The government will give subsidies to lower-income **households**.
政府將給低收入戶家庭津貼。

同 family 家庭

house•wife
[ˈhaʊsˌwaɪf] .... 英初 四級

名 家庭主婦

• She takes joy in being a good **housewife**.
她對當家庭主婦很怡然自得。

同 materfamilias 母親、家庭主婦

🔊 Track 745

house•work
[ˈhaʊsˌwɜk] .... 英初 四級

名 家事

• We spent all day doing **housework** and cleaning before the new year.
我們在過年前一整天都在做家事和打掃房子。

同 housekeeping 家政

hu•man•i•ty
[hjuˈmænətɪ]....................... 英中 六級

名 人類、人道

• We are going to be volunteers for the local **humanity** group.
我們將到當地的人道團體去當義工。

同 mankind 人類

hur•ri•cane [ˈhɜˌken] .... 英中 六級

名 颶風

• The **hurricane** was one of the worst natural disasters this century.
颶風是這個世紀最嚴重的天然災害之一。

同 cyclone 旋風、颶風

hy•dro•gen
[ˈhaɪdrədʒən]...................... 英中 六級

名 氫、氫氣

• When they inhaled the **hydrogen** from the balloons, their voices became high-pitched.
當他們吸入汽球裡的氫氣時，他們的音調會變高。

ice•berg [ˈaɪsˌbɝg] .... 英中 六級

名 冰山

• The **iceberg** was taller than our cruise ship.
冰山比我們的遊艇還高。

同 berg 冰山

🔊 Track 746

i•den•ti•cal
[aɪˈdɛntɪkl̩]................................ 英中 六級

形 相同的

• The two girls looked **identical**; they must be twins.
這兩個女孩看起來一模一樣，她們一定是雙胞胎姐妹。

同 same 相同的

反 various 不同的

i•den•ti•fi•ca•tion / ID
[aɪˌdɛntəfəˈkeʃən]..................... 英中 六級

名 身分證

• I need to see your **identification** before I let you in.
讓你進去之前我需要看你的身份證件。

i·den·ti·fy [aɪˋdɛntəˌfaɪ] .... 英中 六級

動 認出、鑑定

- He couldn't **identify** the suspect because he has changed the way he looks.
  他無法認出嫌犯，因為他已經整容了。

同 appraise 評價

id·i·om [ˋɪdɪəm] .... 英中 六級

名 成語、慣用語

- Teachers like to teach about **idioms**, but students actually don't use them that often.
  老師都喜歡教成語，但實際上學生並不常使用。

同 proverb 諺語、格言

id·le [ˋaɪd!] .... 英中 六級

形 閒置的
動 閒混

- The computer is left **idle**; therefore, I didn't turn it off.
  這臺電腦閒置中，我不需要關掉。

反 occupied 已被占的

🔊 Track 747

i·dol [ˋaɪd!] .... 英中 六級

名 偶像

- Her biggest dream is to become a pop **idol**.
  她最大的願望就是成為偶像明星。

同 icon 聖像、偶像

ig·no·rant [ˋɪgnərənt] .... 英中 六級

形 缺乏教育的、無知的

- The **ignorant** fool doesn't know what he's talking about.
  這無知的笨蛋語無倫次。

同 witless 無知的、愚蠢的
反 knowledgeable 有豐富知識的、博學的

il·lus·trate [ˋɪləstret] .... 英中 六級

動 舉例說明

- Can you please **illustrate** what you have in mind?
  能請你說明你的想法嗎？

同 explain 說明

il·lus·tra·tion [ˌɪlʌsˋtreʃən] .... 英中 六級

名 說明、插圖

- His **illustration** was very realistic and detailed.
  他的解說可行性高也很詳細。

同 explanation 說明

imag·in·able [ɪˋmædʒɪnəb!] .... 英中 六級

形 可想像的

- This is the best **imaginable** movie to mankind.
  這是人類可想像出來的最佳電影。

同 conceivable 可想像的
反 unthinkable 不能想的、想像不到的

🔊 Track 748

imag·i·nar·y [ɪˋmædʒəˌnɛrɪ] .... 英中 六級

形 想像的、不實在的

- Our son has an **imaginary** friend whom we cannot see.
  我們的兒子有個我們沒見過的虛擬朋友。

同 notional 想像的
反 practical 實際的

imag·i·na·tive [ɪˋmædʒəˌnetɪv] .... 英中 六級

形 有想像力的

- Sally is an **imaginative** person, so I'm sure she can come up with something interesting.
  莎利是個富有想像力的人，我確定她一定可以想出一些有趣的事。

im•i•tate [ˋɪməˌtet] 英中 六級

動 仿效、效法

- He's at the stage where he **imitates** everything the adults do.
  他現在的階段就是會模仿成人所做的每一件事。

im•i•ta•tion [ˌɪməˋteʃən] 英中 六級

名 模仿、仿造品

- This is **imitation** meat, not real meat.
  這是仿製的肉，不是真的肉。
- **同** replica 複製物

im•mi•grant [ˋɪməgrənt] 英中 六級

名 移民者

- He is a Russian **immigrant** so he is not familiar with the surrounding neighborhood yet.
  他是俄羅斯移民，所以他還不熟悉周圍的鄰居。
- **同** settler 移居者、殖民者

◀ Track 749

im•mi•grate [ˋɪməˌgret] 英中 六級

動 遷移、移入

- They said they were going to **immigrate** to Canada next year.
  他們說明年要移民到加拿大。
- **同** transfer 轉移

im•mi•gra•tion [ˌɪməˋgreʃən] 英中 六級

名 從外地移居入境

- The **immigration** officer was very serious and didn't smile.
  移民署官員很嚴肅且不苟言笑。
- **同** migration 遷移、移居
- **反** emigration 移居他國

im•pact [ˋɪmpækt] 英中 六級

名 碰撞、撞擊 **動** 衝擊、影響

- It didn't really **impact** me too much because I'm not familiar with the topic.
  它沒有影響我太多，因為我不熟悉這個主題。
- **同** affect 影響

im•ply [ɪmˋplaɪ] 英中 六級

動 暗示、含有

- Are you **implying** that I don't know what you're trying to say?
  你是在暗示我不知道你在說什麼嗎？
- **同** hint 暗示

im•pres•sion [ɪmˋprɛʃən] 英中 六級

名 印象

- First **impressions** are lasting, so I need to be sure that I make a good one.
  第一印象通常就是永遠的了，所以我要確定我自己有給人留下好的印象。

◀ Track 750

in•ci•dent [ˋɪnsədənt] 英中 六級

名 事件

- This **incident** will never occur again.
  這種事件不會再發生了。
- **同** event 事件

in•clud•ing [ɪnˋkludɪŋ] 英中 六級

介 包含、包括

- There are five people in my family, **including** my parents and two sisters.
  我家一共有五個人，包括我父母跟我的兩個姊姊。
- **同** embrace 包括
- **反** exclude 不包括

in•di•ca•tion [ˌɪndəˋkeʃən] 英中 六級

名 指示、表示

- There was no **indication** of this building on the map.
  在地圖上沒有標出這棟建築物。
- **同** denote 表示

in·dus·tri·al·ize
[ɪnˈdʌstrɪəlˌaɪz] .... 英中 六級

動 使工業產業化

• Britain was the first country to **industrialize**.
英國是第一個工業化的國家。

in·fant [ˈɪnfənt] .... 英中 六級

名 嬰兒、未成年人

• The **infant** was crying non-stop throughout the flight.
這嬰兒在飛機上一直哭。

同 baby 嬰兒

🔊 Track 751

in·fect [ɪnˈfɛkt] .... 英中 六級

動 使感染

• He was **infected** with malaria when he traveled through the rainforest.
當他旅遊至雨林時，感染了瘧疾。

同 influence 影響、感化

in·fec·tion [ɪnˈfɛkʃən] .... 英中 六級

名 感染、傳染病

• It is a skin **infection** and should be dealt with immediately.
它是皮膚感染，應該快點處理。

同 contagion 傳染、傳染病

in·fla·tion [ɪnˈfleʃən] .... 英中 六級

名 膨脹、脹大

• Because of **inflation**, the prices are much higher now than ever before.
因為通貨膨脹，所以物價比以前更高。

同 expansion 擴展、膨脹
反 shrink 收縮、萎縮

In·flu·en·tial
[ˌɪnfluˈɛnʃəl] .... 英中 六級

形 有影響力的

• He is a very **influential** speaker with a large crowd of followers.
他是很有影響力的演說家，有一大群擁護者。

同 powerful 有影響力的

in·for·ma·tion
[ˌɪnfəˈmeʃən] .... 英初 四級

名 知識、見聞

• I'll search for more **information** regarding the topic on the Internet.
我將會在網路上找關於這個主題更多的資訊。

同 knowledge 知識

🔊 Track 752

in·for·ma·tive
[ɪnˈfɔrmətɪv] .... 英中 六級

形 提供情報的

• This is a very **informative** book; I've learned a lot from it.
這本書內容很豐富，我從裡面學到很多東西。

同 informational 資訊的、介紹情況的

in·gre·di·ent
[ɪnˈgridɪənt] .... 英中 六級

名 成份、原料

• The key **ingredient** is flour; if we don't have any flour, we can't make the cake.
最主要的原料是麵粉，如果我們沒有，就無法做蛋糕。

同 material 原料

in·i·tial [ɪˈnɪʃəl] .... 英中 六級

形 開始的
名 姓名的首字母

• My **initial** thought was to just buy the sofa, but I think we need to measure the space.
我一剛開始的想法是只要買沙發，但是我想我們需要量一下空間。

同 preliminary 初步的、開始的
反 final 最後的

in·no·cence [ˈɪnəsn̩s] .... 英中 六級

名 清白、天真無邪

• He tried to prove his **innocence** in a court of law.
他試著在法庭裡證明自己的清白。

同 naivete 天真

in•put [ˈɪnˌpʊt] 英中 六級

名 輸入
動 輸入

- He works in data entry, and he **inputs** data into the system all day long.
  他在資料部工作，整天把資料輸到電腦裡。

同 import 輸入
反 output 輸出

🔊 Track 753

in•sert [ɪnˈsɝt] 英中 六級

名 插入物
動 插入

- The **inserts** all fell to the ground when I opened the magazine.
  這些書報插頁在我打開雜誌時掉到地上。

同 inset 插入物

in•spec•tion [ɪnˈspɛkʃən] 英中 六級

名 檢查、調查

- The inspector will make random **inspections**, so we need to be prepared at all times.
  這檢查員將會作抽樣檢查，所以我們需要隨時作好準備。

同 examination 檢查、調查

in•spi•ra•tion [ɪnspəˈreʃən] 英中 六級

名 鼓舞、激勵

- The talk was a real **inspiration** to the listeners and they wanted to put the methods in action right away.
  這場談話激勵了聽眾，他們想要立刻用這些方式付諸行動。

同 encouragement 鼓勵

in•spire [ɪnˈspaɪr] 英初 四級

動 啟發、鼓舞

- I want to be able to **inspire** people and show that anything is possible.
  我想要啟發人們，告訴他們凡事皆有可能。

同 invigorate 鼓舞、激勵

in•stall [ɪnˈstɔl] 英中 六級

動 安裝、裝置

- We had to get a new air-conditioning system **installed** before the hot summer weather arrived.
  在夏天來之前，我們需要安裝一台新的冷氣。

同 establish 建立、安置

🔊 Track 754

in•stinct [ˈɪnstɪŋkt] 英中 六級

名 本能、直覺

- He acted upon **instinct** and overtook the hijacker.
  他憑著直覺追到了搶匪。

同 intuition 直覺

in•struct [ɪnˈstrʌkt] 英中 六級

動 教導、指令

- The flight instructor **instructed** us to use the instruments on the panel.
  這飛行教練指導我們如何使用儀表板上的儀器。

同 command 命令

in•struc•tor [ɪnˈstrʌktɚ] 英中 六級

名 教師、指導者

- He is a ski **instructor** and stays in the mountains during the winter months.
  他是個滑雪教練，冬天時都留在山上。

同 teacher 教師

in•sult [ɪnˈsʌlt] / [ˈɪnsʌlt] 英中 六級

動 侮辱
名 冒犯

- I think you **insulted** her with that comment; maybe you should apologize to her.
  我想你的批評侮辱到她了，或許你應該跟她道個歉。

同 offense 冒犯
反 respect 尊敬

in·sur·ance
[ɪnˈʃʊrəns] .... 英中 六級

名 保險

• My **insurance** will cover the cost of the damages.
我的保險將包含損壞理賠。

同 assurance 保證、保險

🔊 Track 755

in·tel·lec·tu·al
[ˌɪntlˈɛktʃʊəl] .... 英中 六級

名 知識份子
形 智力的

• The **intellectuals** that attended the lecture found the presentor to be a fascinating man.
參加演講的人發現主講者是個很有吸引力的人。

同 intellective 智力的

in·tel·li·gence
[ɪnˈtɛlədʒəns] .... 英中 六級

名 智能

• Many people are trying to develop artificial **intelligence** in the form of robots.
很多人試著要去發展機器人的人工智慧。

同 brainpower 智能

in·tel·li·gent
[ɪnˈtɛlədʒənt] .... 英初 四級

形 有智慧才智的

• I have no doubt that he is **intelligent**; he is just lazy.
我對他的聰明才智從不懷疑，他只是懶而已。

同 gifted 有天賦的、有才華的

in·tend [ɪnˈtɛnd] .... 英中 六級

動 計劃、打算

• I don't **intend** to do anything about it; it is what it is.
我沒有打算作任何事，就讓它這樣吧！

同 plan 計劃

in·tense [ɪnˈtɛns] .... 英中 六級

形 極度的、緊張的

• The roller coaster was really **intense**; however, I don't think I'll go on it again.
雲霄飛車太刺激了，我想我不會想再試一次。

同 uptight 緊張的

🔊 Track 756

in·ten·si·fy
[ɪnˈtɛnsəˌfaɪ] .... 英中 六級

動 加強、增強

• If you add a bit of sugar, the flavor will **intensify**.
如果你加點糖，口味會變重一點。

同 strengthen 加強、變堅固
反 weaken 變弱

in·ten·si·ty
[ɪnˈtɛnsətɪ] .... 英中 六級

名 強度、強烈

• The **intensity** of the earthquake was not too strong.
這次地震的強度不是很大。

同 strength 強度

in·ten·sive [ɪnˈtɛnsɪv] .... 英中 六級

形 強烈的、密集的

• We will hold an **intensive** training course during the summer.
我們在暑期會開密集性的訓練課程。

同 strong 強烈的
反 extensive 廣闊的、廣泛的

in·ten·tion [ɪnˈtɛnʃən] .... 英中 六級

名 意向、意圖

• I have no **intention** of marrying you.
我一點都不想和你結婚。

同 purpose 目的、意圖

in·ter·act [ˌɪntəˈrækt] .... 英中 六級

動 交互作用、互動

• They **interacted** courteously with each other.
他們彼此互動很好。

同 interplay 交互作用

🔊 Track 757

in•ter•ac•tion
[ˌɪntəˈrækʃən]......................... 英中 六級

名 交互影響、互動

- I liked watching their playful **interaction** with each other.
  我喜歡看他們輕鬆互動的樣子。

in•ter•fere [ˌɪntəˈfɪr] .... 英中 六級

動 妨礙

- I don't want to **interfere**, but maybe I can give you some suggestions.
  我不想要打斷你說話,但是或許我可以給你一些建議。

同 hinder 妨礙

in•ter•me•di•ate
[ˌɪntəˈmidɪɪt]............................. 英中 六級

動 調解
形 中間的

- This is the **intermediate** level, so it may seem a little more difficult.
  這是中級程度,或許會有點難。

同 mediate 調解、斡旋

Internet [ˈɪntəˌnɛt].................. 英初 四級

名 網際網路

- The invention of the **Internet** really revolutionized technology.
  網際網路的發明帶來科技的革命。

同 network 網路

in•ter•pret [ɪnˈtɝprɪt] .... 英中 六級

動 說明、解讀、翻譯

- She tried to **interpret** the meaning of the words as closely as possible.
  她試著盡可能地將這段話翻譯得貼切一點。

同 translate 翻譯

🔊 Track 758

in•ter•rup•tion
[ˌɪntəˈrʌpʃən]........................... 英中 六級

名 中斷、妨礙

- I was able to get a lot of work done today with few **interruptions**.
  我今天沒有受到什麼干擾,於是就做了很多事情。

同 abruption 中斷

in•ti•mate [ˈɪntəmɪt]................ 英中 六級

名 知己
形 親密的

- They are **intimate** friends although they do not consider themselves a couple.
  他們是很親密的朋友,儘管他們沒有承認他們是情侶。

同 close 親密的
反 distant 疏遠的

in•to•na•tion
[ˌɪntoˈneʃən] .... 英中 六級

名 語調、吟詠

- He spoke slowly with **intonation** so the students could understand him better.
  他的語調很慢,所以學生比較能聽得懂他說什麼。

同 tone 音調、語氣

in•vade [ɪnˈved]....................... 英中 六級

動 侵略、入侵

- I didn't mean to **invade** your privacy, but it was an accident.
  我不是故意要侵犯你的隱私,它是個意外。

同 intrude 侵入、侵擾

in•va•sion [ɪnˈveʒən] .... 英中 六級

名 侵犯、侵害

- The burglars took everything in the home **invasion**.
  這些強盜侵入家裡拿走所有東西。

同 aggression 侵犯

in•ven•tion
[ɪnˋvɛnʃən].................. 英中 六級

名 發明、創造

- Some people think bulb is the greatest **invention** because it brings us brightness in darkness. 有些人認為燈泡是最偉大的發明，因為它在黑暗中為我們帶來了光明。

同 creation 創造

in•vest [ɪnˋvɛst]................ 英中 六級

動 投資

- I want to **invest** in you because I have faith that you will do a great job.
我想要投資在你身上，因為我對你有信心，你可以做的很好。

in•vest•ment
[ɪnˋvɛstmənt]................ 英中 六級

名 投資額、投資

- We made a sound **investment**, and we've made a lot of money since.
我們做了些穩當的投資，已經賺了不少錢。

in•ves•ti•ga•tion
[ɪnˌvɛstəˋgeʃən]................ 英中 六級

名 調查

- An **investigation** is underway to try to find out exactly what happened the night of the murder.
那晚發生的謀殺案正在展開調查。

同 survey 調查

in•volve [ɪnˋvɑlv]................ 英中 六級

動 牽涉、包括

- I don't want to get **involved** in their little dispute.
我不想淌這場混水。

同 concern 涉及

in•volve•ment
[ɪnˋvɑlvmənt]................ 英中 六級

名 捲入、連累

- What's your **involvement** in the crime?
你為何捲入這項犯罪？

同 entanglement 糾纏、牽累

i•so•late [ˋaɪsḷˌet]................ 英中 六級

動 孤立、隔離

- I feel so **isolated** in my cubicle.
我覺得小隔間裡的我被孤立了。

同 separate 分開
反 gather 聚集

i•so•la•tion
[ˌaɪsḷˋeʃən]................ 英中 六級

名 分離、孤獨

- You're going to have to be put in **isolation** for at least 24 hours.
你要被隔離至少 24 小時。

同 separation 分離

itch [ɪtʃ]................ 英中 六級

名 癢
動 發癢

- Because of the allergy reaction, I have **itches** all over my body.
因為過敏的關係，我全身都癢。

同 tickle 使發癢

jeal•ous•y [ˋdʒɛləsɪ]................ 英中 六級

名 嫉妒

- Sometimes **jealousy** can ruin a friendship or a relationship.
有時候嫉妒會毀了一段友情或婚姻。

同 envy 嫉妒

Track 761

ju•nior [ˋdʒunjɚ] .... 英中 六級

名 年少者
形 年少的

- The **junior** high school children will participate in a one-week summer camp here.
  有一間國中的學生將會來這裡參加為期一週的夏令營活動。
同 juvenile 少年的
反 senile 年老的

keen [kin] .... 英中 六級

形 熱心的、敏銳的

- I'm **keen** on going somewhere fun this weekend.
  我這個週末很想到處走一走。
同 ardent 熱心的
反 impassive 無感情的、冷漠的

knuck•le [ˋnʌkl̩] .... 英中 六級

名 關節
動 將指關節觸地

- His **knuckles** grew white as he clenched his hands into fists.
  當他雙手緊握拳時，他的手指關節都變白了。
同 joint 關節

la•bor [ˋlebɚ] .... 英中 六級

名 勞力
動 勞動

- We **labored** over the land to make it fit for harvest.
  我們在田裡工作，讓田可以順利收成。
同 manpower 人力、勞動力數量

lab•o•ra•to•ry / lab [ˋlæbrəˌtorɪ] / [læb] .... 英中 六級

名 實驗室

- I heard an explosion in the **laboratory**; I hope everyone is alright.
  我聽到實驗室裡有爆炸聲，我希望每個人都平安無事。
同 lab 實驗室

Track 762

lag [læg] .... 英中 六級

名 落後
動 延緩

- My computer is **lagging** again; I think I need to bring it into the shop.
  我的電腦又變慢了，我想我需要把它拿到店裡修一下。
同 delay 耽擱、延遲

land•mark [ˋlændˌmɑrk] .... 英中 六級

名 路標

- The L'Arc de Triomphe is a major **landmark** in Paris.
  凱旋門是巴黎的地標。
同 signpost 路標

land•scape [ˋlænskep] .... 英中 六級

名 風景
動 進行造景工程

- The artist renders the beauty of the **landscape** in his painting.
  這藝術家把美麗的大地風光捕捉到他的畫作裡。
同 scenery 風景

land•slide / mud•slide [ˋlændˌslaɪd] / [ˋmʌdˌslaɪd] .... 英中 六級

名 山崩

- The torrential rain caused **mudslides** in the steep mountains.
  這場滂沱的大雨造成了陡峭山坡的土石流。
同 landslip 山崩、地滑

large•ly [ˈlɑrdʒlɪ] 英中 六級

副 大部分地

- I signed up for the class **largely** because you are attending it too.
  我報名了大部分的課程，是因為你也參加了。

同 mostly 大部分地
反 fractionally 極少地

🔊 Track 763

late•ly [ˈletlɪ] 英中 六級

副 最近

- I haven't seen you around **lately**. Where have you been?
  我最近都沒看到你，你去哪兒了？

同 recently 最近

launch [lɔntʃ] 英中 六級

名 開始　動 發射

- The **launch** of the spaceship was delayed for several hours due to the heavy storm.
  由於這場狂風暴雨，太空船的發射被耽誤了好幾個小時。

同 beginning 開始
反 end 結束

law•ful [ˈlɔfəl] 英中 六級

形 合法的

- Policemen and policewomen should be **lawful** citizens.
  男警和女警應該都是守法的市民。

同 legal 合法的
反 illegal 不合法的、非法的

lead [lid] 英初 四級

動 領導

- Brian will **lead** us the way because he's familiar with the area.
  布萊恩將會帶路，因為他比較熟悉這個區域。

同 leadership 領導

lean [lin] 英中 六級

動 傾斜、倚靠

- The man **leaning** against the door is my boyfriend.
  那個靠在門邊的男子是我男朋友。

同 rely 依靠、依賴

🔊 Track 764

learn•ed [ˈlɝnɪd] 英中 六級

形 學術性的、博學的

- Jacky is **learned** in the field of archaeology.
  傑奇精通於考古學。

同 academic 學術的

learn•ing [ˈlɝnɪŋ] 英中 六級

名 學問

- Mr. Benson is revered for his temperament and **learning**.
  班森先生因為氣質和學識而受尊敬。

同 knowledge 知識、學問

lec•ture [ˈlɛktʃɚ] 英中 六級

名 演講
動 對…演講

- He **lectured** for only 20 minutes, but it felt like two hours.
  他只演講了 20 分鐘，感覺卻像是過了兩小時。

同 speech 演講

lec•tur•er [ˈlɛktʃərɚ] 英中 六級

名 演講者

- The **lecturer** paused to get a drink of water.
  那演講者停頓了一下，喝了一口水。

同 orator 演說者、演講者

leg•end [ˈlɛdʒənd] 英中 六級

名 傳奇

- Babe Ruth is a baseball **legend** and revered by all baseball players.
  貝比魯斯是棒球界的傳奇人物，是所有棒球球員尊崇的球員。

同 romance 浪漫史、傳奇

Level 4

高中考大學必考單字─基礎篇

lei•sure•ly [ˈliʒəlɪ] .... 英中 六級

形 悠閒的
副 悠閒地

• Since it is a **leisurely** sport, you don't have to be highly skilled.
那是很悠閒的運動，你不需要高超的技術。

同 leisurable 悠閒的
反 busy 繁忙的

li•cense / li•cence [ˈlaɪsn̩s] .... 英中 六級

名 執照　動 許可

• I can't believe they gave you a driver's **license** judging by the way you drive.
我無法相信你這樣開車他們還給你駕照。

同 permit 執照

light•en [ˈlaɪtn̩] .... 英中 六級

動 變亮、減輕

• He **lightened** up the awkward mood by telling a few jokes.
他說了幾個笑話之後，心情有點好轉了。

同 relieve 減輕
反 aggravate 加重

lim•i•ta•tion [ˌlɪməˈteʃən] .... 英中 六級

名 限制

• There is no **limitation** as to how much food you can take in the buffet.
在自助餐廳沒有限制，你可以想吃多少就吃多少。

同 restriction 限制
反 freedom 自由

liq•uor [ˈlɪkɚ] .... 英中 六級

名 烈酒

• We are trying to apply for a **liquor** license for our restaurant.
我們正為我們的餐廳試著申請販酒的執照。

同 spirit 烈酒

lit•er•ar•y [ˈlɪtəˌrɛrɪ] .... 英中 六級

形 文學的

• We are going to submit an article to the **literary** magazine.
我們將要交一篇文章給文學雜誌。

lit•er•a•ture [ˈlɪtərətʃɚ] .... 英中 六級

名 文學

• All of my favorite pieces of **literature** were written by Shakespeare.
所有我喜歡的文學著作都是出自於莎士比亞。

loan [lon] .... 英中 六級

名 借貸
動 借、貸

• I'll **loan** you the money, but you have to pay me some interest.
我會借你錢，但你必須要付利息。

同 lend 借、貸款
反 return 歸還

lo•ca•tion [loˈkeʃən] .... 英中 六級

名 位置

• Can you tell me where the exact **location** is on the map?
你能明確告訴我這個地點在地圖上是哪個位置嗎？

同 site 位置

lock•er [ˈlakɚ] .... 英中 六級

名 有鎖的收納櫃、寄物櫃

• I put everything in my **locker**, but I lost my key.
我把東西都放在我的寄物櫃裡，但我的鑰匙卻不見了。

log•ic [ˈlɑdʒɪk] 英中 六級

名 邏輯

• She doesn't understand the **logic** behind his thinking.
她不懂他思考的邏輯。

log•i•cal [ˈlɑdʒɪkl̩] 英中 六級

形 邏輯上的

• It's perfectly **logical** to do the experiment first before we write the report on it.
在我們寫報告前先做實驗是很合邏輯的。

lo•tion [ˈloʃən] 英中 六級

名 洗潔劑

• We use a lot of **lotion** during the dry months of winter.
我們在乾燥的冬天用了很多乳液。

同 detergent 洗滌劑、去垢劑

lous•y [ˈlauzɪ] 英中 六級

形 卑鄙的

• You are a **lousy** father to your son.
對你兒子而言，你真是個差勁的父親。

反 gracious 親切的、高尚的

loy•al [ˈlɔɪəl] 英中 六級

形 忠實的

• He is **loyal** to me, and I feel deep gratitude towards him.
他對我很忠誠，我對他深深地感激。

同 faithful 忠誠的
反 treasonable 叛國的、不忠的

loy•al•ty [ˈlɔɪltɪ] 英中 六級

名 忠誠

• **Loyalty** is one of the most important things in marriage.
忠誠是婚姻裡最重要的東西之一。

同 fidelity 忠實、忠誠
反 betrayal 背叛

lu•nar [ˈlunɚ] 英中 六級

形 月亮的、陰曆的

• A lot of cultures celebrate holidays according to the **lunar** calendar.
很多文化節慶都是依照農曆而定的。

同 moony 月亮的
反 solar 太陽的

lux•u•ri•ous [lʌgˈʒurɪəs] 英中 六級

形 奢侈的

• Your apartment is so **luxurious**; I wish I could live here ,too.
你的公寓真豪華，我希望我也能住這裡。

同 extravagant 奢侈的
反 thrifty 節儉的

lux•u•ry [ˈlʌkʃərɪ] 英中 六級

名 奢侈品、奢侈

• It's a **luxury** to have air-conditioning in some parts of the world.
在世界上一些地方，裝冷氣是很奢侈的一件事。

同 extravagance 奢侈
反 economy 節約

Mm→

ma•chin•er•y [məˈʃinərɪ] 英中 六級

名 機械

• This product was made by **machinery**, not by hand.
這個產品是機器製造的，不是手工的。

同 machine 機器

A B C D E F G H I J K L **M** N O P Q R S T U V W X Y Z

🔊 Track 769

Mad•am / ma`am
[`mædəm] / [mæm].............. 英中 六級

名 夫人、女士

• Excuse me **Madam**. May I help you with your bags?
小姐！不好意思。我能幫你拿袋子嗎？

同 lady 女士
反 mister 先生

mag•net•ic [mæg`nɛtɪk]........ 英中 六級

形 磁性的

• The charming man had a **magnetic** personality.
這迷人的男人很有吸引力。

mag•nif•i•cent
[mæg`nɪfəsənt] .... 英中 六級

形 壯觀的、華麗的

• Thay gazed in awe at the **magnificent** landscape.
他們敬畏地看著壯觀的風景。

同 spectacular 壯觀的

make•up [`mekʌp] .... 英中 六級

名 結構、化妝

• The clown put on his **makeup** before the show.
這個小丑在表演前先化妝。

同 structure 結構

man•u•al [`mænjuəl] .... 英中 六級

名 手冊
形 手工的

• Before operating the electric gadgets, make sure you read the **manual** first.
在使用電器前，確認你讀了操作手冊。

同 handmade 手工的
反 mechanical 機械的

🔊 Track 770

man•u•fac•ture
[ˌmænjə`fæktʃɚ] .... 英中 六級

名 製造業
動 大量製造

• The **manufacturing** company had a high sales turnover last year.
這家製造公司去年有很高的營業額。

同 make 製造

man•u•fac•turer
[ˌmænjə`fæktʃərɚ].................. 英中 六級

名 製造者

• The paint **manufacturer** sold a variety of paints.
這油漆製造商販賣各式各樣的油漆。

同 producer 製造者
反 destroyer 破壞者

mar•a•thon
[`mærəθɑn]............................. 英中 六級

名 馬拉松

• The skilled runner finished the **marathon** in record time.
這個很熟練的跑者在從未有過的短時間內跑完了馬拉松。

mar•gin [`mɑrdʒɪn] .... 英中 六級

名 邊緣

• The professor wrote comments in the **margins** of the students' essays.
這教授在學生論文空白處寫了評論。

同 edge 邊
反 centre 中心

ma•tu•ri•ty
[mə`tʃurətɪ] .... 英中 六級

名 成熟期

• **Maturity** is essential to independence.
成熟是獨立所必須的。

反 immaturity 未成熟

max·i·mum

[`mæksəməm] .... 英初 四級

名 最大量　形 最大的

• He is currently locked in a **maximum** security prison.
他現在被關在一間高度安全管理的監獄裡。

反 minimum 最小量、最小的

measure(s) [`mɛʒɚ(z)] .... 英初 四級

名 方法、措拖、度量單位、尺寸

• The government had to take **measures** to prevent the rising crime rate.
政府必須採取措施以避免犯罪率提高。

同 size 尺寸

me·chan·ic

[mə`kænɪk] .... 英初 四級

名 機械工

• **Mechanics** should know how to fix all kinds vehicles.
技工應該要知道怎麼修理各式各樣的車子。

同 machinist 機械師

me·chan·i·cal

[mə`kænɪkl̩] .... 英中 六級

形 機械的

• The van broke down because of a **mechanical** problem.
小貨車因為機械出了問題而拋錨。

反 chemical 化學的

mem·o·ra·ble

[`mɛmərəbl̩] .... 英中 六級

形 值得紀念的

• Martin Luther King's speech "I Had a Dream" was **memorable**.
馬丁路德的演講 ── 「我有個夢想」是值得紀念的。

同 commemorative 紀念的

me·mo·ri·al

[mə`morɪəl] .... 英中 六級

名 紀念品
形 紀念的

• A **memorial** was placed at Pearl Harbor to remember the soldiers who lost their lives in battle.
珍珠港的紀念碑是為了要紀念那些在戰場上犧牲的士兵們。

同 souvenir 紀念品

mer·cy [`mɝsɪ] .... 英中 六級

名 慈悲

• The landlord had **mercy** on his debtors and offered them debt relief.
地主對他的債務人起了憐憫之心而免除他們的債務。

同 lenity 慈悲、寬大處理
反 cruelty 殘忍、殘酷行為

mere [mɪr] .... 英中 六級

形 僅僅、不過

• Before he became an actor, he was **merely** a waiter.
在他變成演員之前，不過是個服務生。

同 only 僅有的

mer·it [`mɛrɪt] .... 英中 六級

名 價值

• He received high **merits** for his ingenious invention.
他精巧的發明物獲得很高的評價。

同 value 價值

mes·sen·ger

[`mɛsn̩dʒɚ] .... 英中 六級

名 使者、信差

• The **messenger** delivered the package in a lightning speed.
信差把包裹很快速地送達。

同 envoy 使者、使節

A B C D E F G H I J K L **M** N O P Q R S T U V W X Y Z

🔊 Track 773

mess•y [ˈmɛsɪ] .... 英中 六級

形 髒亂的

- Infants are **messy** eaters and cannot control where the food goes.
  嬰兒會吃的一身髒兮兮的，也無法控制食物。

同 dirty 髒的
反 clean 乾淨的

mi•cro•scope [ˈmaɪkrəˌskop] .... 英中 六級

名 顯微鏡

- We analyzed the soil sample under the **microscope**.
  我們在顯微鏡下分析泥土採樣。

mild [maɪld] .... 英中 六級

形 溫和的

- I cannot take spicy foods, so I usually eat **mild** foods.
  我不能吃辣的食物，所以我通常吃比較清淡的食物。

同 soft 柔和的、溫和的
反 glacial 冰冷的

min•er•al [ˈmɪnərəl] .... 英中 六級

名 礦物

- Precious **minerals** were mined from the ground.
  珍貴的礦物從地底被挖了出來。

min•i•mum [ˈmɪnəməm] .... 英中 六級

名 最小量
形 最小的

- The bellboy is paid the **minimum** wage.
  這旅館大廳的服務生領最低薪資。

反 maximum 最大量

🔊 Track 774

min•is•ter [ˈmɪnɪstɚ] .... 英中 六級

名 神職者、部長

- My uncle is a **minister**, and he also works in the church.
  我的叔叔是個牧師，他同時也在教堂裡工作。

同 secretary 部長

min•is•try [ˈmɪnɪstrɪ] .... 英中 六級

名 牧師、部長、部

- The **ministry** of education wants to reform the failing education system.
  教育部長要對失敗的教育體系進行改革。

同 priest 牧師

mis•chief [ˈmɪstʃɪf] .... 英中 六級

名 胡鬧、危害

- The typhoon did much **mischief** to the growth of fruit and vegetables.
  颱風對蔬果的成長情況造成很大的損害。

同 hazard 危害
反 benefit 益處

mis•er•a•ble [ˈmɪzərəbl̩] .... 英中 六級

形 不幸的

- The pregnant woman's morning sickness made her feel **miserable**.
  晨吐讓這孕婦覺得很痛苦。

同 unfortunate 不幸的
反 lucky 幸運的

mis•for•tune [mɪsˈfɔrtʃən] .... 英中 六級

名 不幸

- I had the **misfortune** of running into my ex-boyfriend and his new girlfriend.
  我不幸遇見我前男友和他的新女朋友。

同 adversity 不幸
反 luck 好運、幸運

mis•lead [mɪsˋlid] 英中 六級

動 誤導

- Some advertising could be **misleading** because the products don't always look the same as the pictures in the ads.
  一些廣告有誤導的作用，因為從廣告照片上看到的產品和實際總是有差距。

同 misguide 誤導

mis•un•der•stand
[ˌmɪsʌndɚˋstænd] 英中 六級

動 誤解

- I did the wrong assignment because I **misunderstood** what the teacher had assigned.
  我的功課做錯了，因為我誤會老師所指定的功課。

同 misconstrue 誤解、曲解
反 understand 理解

mod•er•ate [ˋmɑdərɪt] 英中 六級

形 適度的、溫和的

- A **moderate** amount of red wine is good for you.
  適量的紅酒對你的身體很好。

同 modest 適度的
反 nippy 刺骨的、寒冷的

mod•est [ˋmɑdɪst] 英中 六級

形 謙虛的

- The world-class pianist was very **modest** in the interview.
  這世界級的鋼琴家在採訪中很謙虛。

同 unobtrusive 謙虛的
反 boastful 吹噓的

mod•es•ty [ˋmɑdəstɪ] 英中 六級

名 謙虛、有禮

- A show-off doesn't have any **modesty**.
  一個自大的人沒有一點虛心。

同 politeness 禮貌、文雅
反 disrespect 失禮、無禮

mon•i•tor [ˋmɑnətɚ] 英中 六級

名 監視器
動 監視

- Cameras are used to **monitor** activity in a bank.
  攝影機在銀行裡被用來監視內部活動。

同 observation 觀察、觀測

month•ly [ˋmʌnθlɪ] 英中 六級

名 月刊
形 每月一次的

- My **monthly** credit card statement arrived in the mail.
  我的信用卡月帳單寄來了。

同 mensal 每月一次的

mon•u•ment
[ˋmɑnjəmənt] 英中 六級

名 紀念碑

- A **monument** was erected to commemorate his heroic efforts.
  一個紀念碑是用來紀念他的英勇事蹟。

同 memorial 紀念碑

more•over [morˋovɚ] 英中 六級

副 並且、此外

- The design of the car is ugly. **Moreover**, it is environmentally unfriendly.
  這車的設計很醜，而且它會造成環境污染。

同 furthermore 而且、此外

most•ly [ˋmostlɪ] 英中 六級

副 多半、主要地

- **Mostly** the boys go to school by bike.
  大多數的男生騎腳踏車上學。

同 mainly 主要地

A
B
C
D
E
F
G
H
I
J
K
L
M
N
O
P
Q
R
S
T
U
V
W
X
Y
Z

🔊 Track 777

mo•ti•vate [ˋmotəˌvet] 英中 六級

動 刺激、激發

• The teacher **motivated** the students to do better by rewarding them.
老師靠獎勵來激發學生進步。

同 stimulate 刺激

mo•ti•va•tion [ˌmotəˋveʃən] 英中 六級

名 動機

• **Motivation** is needed to achieve your goals.
要達成你的目標，動機是必要的。

同 incentive 動機

moun•tain•ous [ˋmauntn̩əs] 英中 六級

形 多山的

• Utah is a **mountainous** state.
猶他州是個多山的州。

同 hilly 多小山的、多坡的

mow [mo] 英中 六級

動 收割

• Jerry mows the lawn every Saturday **morning**.
傑瑞每個星期六早上都除草。

同 reap 收割

MTV / mu•sic tel•e•vi•sion [ˋmjuzɪk ˋtɛləˌvɪʒən] 英中 六級

名 音樂電視頻道

• Many bands promote their new singles on **MTV**.
許多樂團在音樂電視頻道宣傳他們的新單曲。

🔊 Track 778

mud•dy [ˋmʌdɪ] 英中 六級

形 泥濘的

• The football field was **muddy** after the heavy rain.
足球場在雨後泥濘不堪。

反 tidy 整潔的

mul•ti•ple [ˋmʌltəpl̩] 英中 六級

形 複數的、多數的

• The soldier died of **multiple** gunshot wounds.
這個士兵死於多處槍傷。

同 plural 複數的

反 singular 單數的

mur•der•er [ˋmɝdərɚ] 英中 六級

名 兇手

• The **murderer** was imprisoned for entire life because of multiple murders he committed.
這個兇手因犯下多件謀殺案而被終身監禁。

同 killer 兇手

反 victim 受害者

mur•mur [ˋmɝmɚ] 英中 六級

名 低語

動 細語、抱怨

• After the principal made the shocking announcement, there was a **murmur** amongst the students.
在校長作了令人震驚的公告後，一陣低語由學生間傳來。

同 whisper 低語

反 shout 大喊

mus•tache [ˋmʌstæʃ] 英中 六級

名 髭

• The cowboy had a long curly **mustache**.
這個牛仔留著很長很捲的小鬍子。

同 beard 鬍鬚

mu•tu•al [ˋmjutʃʊəl] .... 英中 六級

形 相互的

- The couple had a **mutual** agreement on raising their children.
  這對夫妻在養育他們的小孩上有一致的共識。

同 reciprocal 相互的
反 unilateral 單方面的、片面的

mys•te•ri•ous [mɪsˋtɪrɪəs] .... 英中 六級

形 神秘的

- The man with an overcoat and hat sitting in the dark corner looked **mysterious**.
  穿著大衣戴著帽子坐在陰暗角落的男生看起來很神秘。

同 cryptical 神秘的
反 well-known 眾所周知的

Nn→

name•ly [ˋnemlɪ] .... 英中 六級

副 即、就是

- I like dogs, **namely** beagles.
  我喜歡的狗就是小獵犬。

na•tion•al•i•ty [͵næʃənˋæləti] .... 英中 六級

名 國籍、國民

- At the Olympics, many **nationalities** are represented.
  在奧林匹克運動會，有很多國家的代表。

同 citizen 公民

near•sight•ed [ˋnɪrˋsaɪtɪd] .... 英中 六級

形 近視的

- The **nearsighted** couldn't read the sign in the distance.
  近視的人無法在這個距離看到招牌。

同 myopic 近視的
反 farsighted 遠視的

need•y [ˋnidɪ] .... 英中 六級

形 貧窮的、貧困的

- The **needy** family didn't have enough money to buy food.
  這個很貧窮的家庭沒有錢買食物。

同 poor 貧窮的
反 rich 富裕的

ne•glect [nɪˋglɛkt] .... 英中 六級

名 不注意、不顧
動 疏忽

- It is important not to **neglect** your studies, or you will have a lot of catching up to do.
  不要疏忽了學習是很重要的，否則你將需要惡補。

同 omit 遺漏、疏忽

ne•go•ti•ate [nɪˋgoʃɪ͵et] .... 英中 六級

動 商議、談判

- They **negotiated** the terms of their divorce.
  他們對他們的離婚協議進行談判。

同 deliberation 商量、審議

nev•er•the•less / none•the•less [͵nɛvəðəˋlɛs] / [͵nʌnðəˋlɛs] .... 英中 六級

副 儘管如此、然而

- It's raining; **nevertheless**, we can go outside and enjoy it.
  雖然正在下雨，但我們還是要好好地出去玩樂。

同 however 然而

night•mare [ˋnaɪt͵mɛr] .... 英中 六級

名 惡夢、夢魘

- The toddler woke up in tears from his **nightmare**.
  那小孩從他的惡夢中哭著醒來。

同 incubus 惡夢

A B C D E F G H I J K L M **N** O P Q R S T U V W X Y Z

Level 4

高中考大學必考單字 — 基礎篇

non•sense
[ˋnɑnsɛns] .... 英中 六級

名 廢話、無意義的話

• The words coming out of his mouth were completely **nonsense**.
從他嘴裡說出來的話一點意義都沒有。

同 bullshit 胡說

noun [naʊn] .... 英中 六級

名 名詞

• A **noun** is a naming word for a person, place, animal, or thing.
名詞是指人名、地名、動物品或東西名稱。

now•a•days
[ˋnaʊəˌdez] .... 英中 六級

副 當今、現在

• **Nowadays**, the prices are high whereas our salaries are low.
當今物價高漲，但薪水很低。

同 now 現在
反 past 過去

nu•cle•ar [ˋnjuklɪɚ] .... 英中 六級

形 核子的

• The country threatened to start a **nuclear** war.
這個國家揚言要展開一個核子戰爭。

nu•mer•ous
[ˋnjumərəs] .... 英中 六級

形 為數眾多的

• The beautiful lady received **numerous** compliments from various people.
這漂亮的小姐受到許多各式各樣的讚美。

同 plentiful 大量的
反 sparse 稀少的

nurs•er•y [ˋnɝsərɪ] .... 英中 六級

名 托兒所

• The new parents joyfully decorated the **nursery**.
新手爸媽很開心的布置嬰兒房。

同 crèche 托兒所

ny•lon [ˋnaɪlɑn] .... 英中 六級

名 尼龍

• The woman put on a **nylon** pantyhose before putting on her high heels.
這女生在穿上高跟鞋前，先套上尼龍褲襪。

Oo ↴

o•be•di•ence
[əˋbidjəns] .... 英中 六級

名 服從、遵從

• Children learn **obedience** in school.
孩子們在學校學會服從。

同 submit 服從
反 infringe 違反

o•be•di•ent
[əˋbidɪənt] .... 英中 六級

形 服從的

• The dog was **obedient** and waited patiently for its owner.
這小狗很服從，耐心地等待牠的主人。

同 submissive 服從的
反 violative 違反的、違背的

ob•jec•tion
[əbˋdʒɛkʃən] .... 英中 六級

名 反對

• I don't think my roommate will have any **objection** to your visit.
我不認為我的室友會反對你過來拜訪。

同 opposition 反對
反 support 支持

ob•jec•tive
[əb`dʒɛktɪv] .... 英中 六級

形 實體的、客觀的
名 目標

• It is important to keep one's **objective** in sight to complete the project.
堅持目標去完成計劃是很重要的。

同 neutral 中立的
反 subjective 主觀的

ob•ser•va•tion
[ˌɑbzɚ`veʃən] .... 英中 六級

名 觀察（力）

• The patient was kept under careful **observation** after the complicated surgery.
這病人在繁複的手術後接受細心的觀察。

同 outsight 觀察力

ob•sta•cle [`ɑbstək!] .... 英中 六級

名 障礙物、妨礙

• We had to run through the **obstacles** in a set amount of time.
我們必須在一定的時間內跨越障礙物。

同 hindrance 妨害、障礙

ob•tain [əb`ten] .... 英中 六級

動 獲得

• You cannot drive a car before **obtaining** your license.
你在還沒拿到駕照前不能開車。

同 gain 獲得
反 lose 失去

oc•ca•sion•al
[ə`keʒən!] .... 英中 六級

形 應景的、偶爾的

• I have the **occasional** glass of wine after work.
我在下班後偶爾會喝杯紅酒。

反 necessary 必然的

oc•cu•pa•tion
[ˌɑkjə`peʃən] .... 英中 六級

名 職業

• Firefighters have one of the highest rate of injuries of all **occupations**.
消防員是受傷風險最高的職業之一。

同 profession 職業

oc•cu•py [`ɑkjəˌpaɪ] .... 英中 六級

動 佔有、花費時間

• All the hotel rooms were **occupied** during the holiday.
所有飯店的房間在假期間都客滿了。

同 spend 花費

of•fend [ə`fɛnd] .... 英中 六級

動 使不愉快、使憤怒、冒犯

• He **offended** me with crude language.
他用很粗俗的言語冒犯我。

同 repel 使不愉快
反 please 使高興

of•fense [ə`fɛns] .... 英中 六級

名 冒犯

• I took **offense** at the man when he made a bad comment about my dog.
當那男生批評我的狗時，我生氣了。

同 insult 侮辱
反 respect 尊敬

of•fen•sive [ə`fɛnsɪv] .... 英中 六級

形 令人不快的

• The **offensive** smell of the garbage truck made me lose my appetite.
那垃圾車噁心的味道讓我一點胃口都沒了。

同 undesirable 令人不悅的、討厭的
反 delightful 討人喜歡的

A
B
C
D
E
F
G
H
I
J
K
L
M
N
O
P
Q
R
S
T
U
V
W
X
Y
Z

🔊 Track 785

op•er•a [ˈɑpərə] 英中 六級

名 歌劇

• Carmen is a famous **opera**.
卡門是一部很有名的歌劇。

op•er•a•tion [ˌɑpəˈreʃən] 英中 六級

名 作用、操作

• The **operation** of the machine is not as simple as it seems.
這台機器的操作不如看起來那麼簡單。

同 action 作用

op•pose [əˈpoz] 英中 六級

動 和…起衝突、反對

• I'm **opposed** to drunken driving.
我反對酒後開車。

同 object 反對
反 agree 同意

o•ral [ˈorəl] 英中 六級

名 口試
形 口述的

• The **oral** medication had to be taken at least 3 times a day.
這口服藥一天至少要吃三次。

同 verbal 口頭的

or•bit [ˈɔrbɪt] 英中 六級

名 軌道
動 把…放入軌道

• The earth **orbits** the sun; it is a common sense for most people.
地球繞著太陽轉；這對大多數的人來說是一個常識。

同 track 軌道

🔊 Track 786

or•ches•tra [ˈɔrkɪstrə] 英中 六級

名 樂隊、樂團

• Skilled classical musicians would play in an **orchestra**.
技藝高超的古典音樂家會在交響樂團裡演奏。

同 band 樂隊

or•gan•ic [ɔrˈgænɪk] 英中 六級

形 器官的、有機的

• **Organic** fruit and vegetables are healthy for you.
有機水果和蔬菜對你的健康有益。

反 inorganic 無機的

oth•er•wise [ˈʌðəˌwaɪz] 英中 六級

副 否則、要不然

• You had better do the homework; **otherwise** you will fail the exam.
你最好做功課，不然你考試會不及格。

同 or 否則、要不然

out•come [ˈaʊtˌkʌm] 英中 六級

名 結果、成果

• The **outcome** of this test will depend on how much effort you have put in.
這個考試的成績取決於你下多少的功夫。

同 result 結果
反 reason 原因

out•stand•ing [aʊtˈstændɪŋ] 英中 六級

形 傲人的、傑出的

• The singer gave an **outstanding** performance.
這個歌手的演出很精湛。

同 outstanding 突出的、顯著的
反 indistinctive 不顯著的

o•val [`ovl]　英中 六級

名 橢圓形
形 橢圓形的

• He has an **oval** shaped head.
　他的頭是橢圓形的。

同 ellipse 橢圓形

o•ver•come [ˌovəˋkʌm]　英中 六級

動 擊敗、克服

• **Overcoming** the fear of flying by jumping out of a plane is difficult to me.
　用跳機來克服飛行的恐懼對我來說是很困難的。

同 defeat 擊敗

o•ver•look [ˌovəˋluk]　英中 六級

動 俯瞰、忽略

• The teacher **overlooked** the student's poor grades because he understood the situation in his family.
　老師寬恕那學生的爛成績，因為他瞭解他們家裡的狀況。

同 neglect 忽略

o•ver•night [`ovəˌnaɪt]　英中 六級

形 徹夜的、過夜的
副 整夜地

• The company promised **overnight** delivery of the package.
　這家公司保證有隔夜到貨的服務。

同 nightlong 整夜的

o•ver•take [ˌovəˋtek]　英中 六級

動 趕上、突擊

• I wanted to **overtake** the slow driver in front of me.
　我想要趕上在我前面開很慢的駕駛。

同 catch 趕上
反 lag 落後

o•ver•throw [ˌovəˋθro]　英中 六級

動 推翻、瓦解

• The guerilla **overthrew** the government.
　游擊隊推翻了政府。

同 overturn 推翻

ox•y•gen [`ɑksədʒən]　英中 六級

名 氧、氧氣

• **Oxygen** is a component of air, and it's definitely vital for life.
　氧氣絕對是空氣中維持生命最主要的元素。

Pp →

pace [pes]　英中 六級

名 一步、步調
動 踱步

• When running a marathon, it is important to **pace** yourself.
　跑馬拉松時，調整自己步調是很重要的。

同 step 步

pan•el [`pænl]　英中 六級

名 方格、平板

• The **panel** of judges determined the winner of the contest.
　評判小組評出了比賽中的優勝者。

同 pane 方格

par•a•chute [`pærəˌʃut]　英中 六級

名 降落傘
動 空投

• Always wear a **parachute** when jumping out of a plane.
　從飛機上跳下來時，一定要穿著降落傘。

同 chute 降落傘

A B C D E F G H I J K L M N O **P** Q R S T U V W X Y Z

par•a•graph
[ˈpærəˌɡræf] .... 英中 六級

名 段落

- The essay consists of 5 **paragraphs**.
  這篇文章包含了五個章節。

同 passage 一段文章

par•tial [ˈpɑrʃəl] .... 英中 六級

形 部分的

- The police can only find **partial** clues of this murder so far.
  警方到目前為止只能找到這件謀殺案的部分相關線索。

同 sectional 部分的
反 total 全部的

par•tic•i•pa•tion
[pɑrˌtɪsəˈpeʃən] .... 英中 六級

名 參加

- **Participation** in school sports can be highly rewarding.
  參加學校運動是很有益處的。

同 attendance 出席

par•ti•ci•ple
[ˈpɑrtəsəpl̩] .... 英中 六級

名 分詞

- We used multiple **participles** in our sentences.
  我們在我們的句子中使用多種的分詞。

partner•ship
[ˈpɑrtnɚˌʃɪp] .... 英中 六級

名 合夥

- Marriage is a **partnership** for life.
  婚姻是生活中的合夥關係。

pas•sive [ˈpæsɪv] .... 英中 六級

形 被動的

- My dog is so **passive** that he makes a terrible watchdog.
  我的狗很被動,不太會看門。

反 active 主動的

pas•ta [ˈpɑstə] .... 英中 六級

名 麵團

- The Italian restaurant is famous for its **pasta**.
  這間義大利餐廳以它的義大利麵而聞名。

同 dough 生麵團

peb•ble [ˈpɛbl̩] .... 英中 六級

名 小圓石

- Having a **pebble** in one's shoe causes great discomfort.
  鞋子裡有小石子會很不舒服。

pe•cu•liar [pɪˈkjuljɚ] .... 英中 六級

形 獨特的

- He has a **peculiar** taste in food.
  他對食物有自己獨特的口味。

同 special 特別的
反 ordinary 普通的

ped•al [ˈpɛdl̩] .... 英中 六級

名 踏板
動 踩踏板

- Jack got a new bike, and now he **pedals** to school every day.
  傑克買了一臺新腳踏車,現在他每天騎腳踏車上學。

同 treadle 踏板

peer [pɪr]............ 英中 六級

名 同輩
動 凝視

• The spy **peered** carefully through the windows.
這間諜小心翼翼地從窗外盯著屋內的動向。

同 gaze 凝視

---

pen•al•ty [ˋpɛnḷtɪ]............ 英中 六級

名 懲罰

• Hefty **penalties** will be given to those who smoke in public.
在公共場所抽菸的人將會被嚴懲。

同 punishment 懲罰

---

per•cent [pəˋsɛnt]............ 英中 六級

名 百分比

• The clothing store had a 50 **percent** of sale.
這家服飾店打對折。

同 percentage 百分比

---

per•cent•age [pəˋsɛntɪdʒ]............ 英中 六級

名 百分率

• A **percentage** of my earnings went to charity.
我一部分的收入捐給了慈善單位。

同 percent 百分比

---

per•fec•tion [pəˋfɛkʃən]............ 英中 六級

名 完美

• The pianist played the song to **perfection**.
這個鋼琴演奏家把歌曲完美地演奏出來。

同 precision 精確

---

per•fume [ˋpɝfjum] / [pəˋfjum]............ 英中 六級

名 香水
動 賦予香味

• The woman **perfumed** her sheets to make them smell good.
這女生在被單上灑了香水，讓它們聞起來香香的。

同 scent 香水

---

per•ma•nent [ˋpɝmənənt]............ 英中 六級

形 永久的

• That is my **permanent** address.
那是我的固定地址。

同 eternal 永久的、永恆的
反 transient 短暫的

---

per•sua•sion [pəˋsweʒən]............ 英中 六級

名 說服

• It didn't take much **persuasion** for the girl to buy a new pair of shoes.
要說服這個女生買這雙新鞋不用太久。

---

per•sua•sive [pəˋswesɪv]............ 英中 六級

形 有說服力的

• The **persuasive** salesman convinced the couple to buy the house.
這個有說服力的銷售人員說服了這對夫妻買下房子。

同 convincing 有說服力的

---

pes•si•mis•tic [ˌpɛsəˋmɪstɪk]............ 英中 六級

形 悲觀的

• I'm very **pessimistic** when I'm depressed.
當我沮喪時會很悲觀。

同 downbeat 悲觀的
反 optimistic 樂觀的

A B C D E F G H I J K L M N O P Q R S T U V W X Y Z

Track 793

pet•al [ˈpɛtl̩] 英中 六級

名 花瓣

• The **petals** of the petunias were of a stunning color.
牽牛花花瓣的顏色很漂亮。

phe•nom•e•non [fəˈnɑməˌnɑn] 英中 六級

名 現象

• Crop circles are a fascinating **phenomenon**.
麥田圈是一種很奇特的現象。

phi•los•o•pher [fəˈlɑsəfə] 英中 六級

名 哲學家

• The **philosopher** loved to discuss the meaning of life.
這哲學家喜歡討論生命的意義。

phil•o•soph•i•cal [ˌfɪləˈsɑfɪkl̩] 英中 六級

形 哲學的

• The students had a **philosophical** discussion last week.
學生們在上週有作哲學討論。

同 philosophic 哲學的、哲學家的

phi•los•o•phy [fəˈlɑsəfɪ] 英中 六級

名 哲學

• We must take a **philosophy** class as part of our core studies.
我們必須把哲學課當作我們的必修課之一。

Track 794

pho•tog•ra•phy [fəˈtɑgrəfɪ] 英中 六級

名 攝影學

• I love taking photographs, so I decide to take a course in **photography**.
我喜歡攝影，所以我決定去上攝影課。

phys•i•cal [ˈfɪzɪkl̩] 英中 六級

形 身體的

• The girl was not satisfied with her **physical** appearance.
這女孩不滿意她的體型外表。

同 bodily 身體的
反 mental 精神的

phy•si•cian / doc•tor [fəˈzɪʃən] / [ˈdɑktə] 英中 六級

名 內科醫師

• It took him years to become a **physician**.
他花了好幾年才成為一位內科醫師。

同 doctor 醫生

phys•i•cist [ˈfɪzɪsɪst] 英中 六級

名 物理學家

• The **physicist** spent years coming up with a new formula.
這物理學家花了好幾年研究出新的方程式。

phys•ics [ˈfɪzɪks] 英中 六級

名 物理學

• I failed my general **physics** class last semester.
我上學期的基礎物理學被當了。

Track 795

pi•an•ist [pɪˈænɪst] 英中 六級

名 鋼琴師

• The concert **pianist** performed a grand solo.
演奏會的鋼琴師表演了很棒的獨奏。

pick•pocket [ˈpɪkˌpɑkɪt] 英中 六級

名 扒手

• When you are at a night market, watch out for **pickpockets**.
在逛夜市時，小心扒手。

同 lifter 賊、小偷

pi•o•neer [ˌpaɪə`nɪr] ....【英中】【六級】

名 先鋒、開拓者
動 開拓

- The Wright brothers **pioneered** the first aerial flight.
  萊特兄弟是發明第一台飛機的先驅。

同 herald 先驅

pi•rate [`paɪrət] ....【英中】【六級】

名 海盜
動 掠奪

- The **pirates** stormed the ship and took the captain as a hostage.
  海盜奪取了船，並挾持船長當作人質。

同 freebooter 海盜、流寇

plen•ti•ful [`plɛntɪfəl] ....【英中】【六級】

形 豐富的

- The pregnant woman kept a **plentiful** stash of chocolates in her drawer.
  這孕婦在她的抽屜藏了好幾條巧克力。

同 abundant 豐富的、充裕的
反 scarce 缺乏的、不足的

🔊 Track 796

plot [plɑt] ....【英中】【六級】

名 陰謀、情節
動 圖謀、分成小塊

- The kidnappers **plotted** to abduct the governor's daughter.
  綁票者圖謀綁架這政客的女兒。

同 intrigue 陰謀

plu•ral [`plurəl] ....【英中】【六級】

名 複數
形 複數的

- For our exam, we had to write the word in its singular and **plural** form.
  我們在考試中，必須把字的單複數寫出來。

同 plurative 複數的
反 singular 單數的

p.m. / P.M. [`piˈɛm] ....【英中】【六級】

副 下午

- I am usually in bed by 11 **p.m.**.
  我通常在十一點前就寢。

同 afternoon 下午
反 a.m. 上午

poi•son•ous [`pɔɪznəs] ....【英中】【六級】

形 有毒的

- There are many **poisonous** snakes in the Amazon jungle.
  在亞馬遜叢林有很多有毒蛇。

同 venomous 有毒的
反 nontoxic 無毒的

pol•ish [`pɑlɪʃ] ....【英中】【六級】

名 磨光
動 擦亮

- The man **polished** his new sports car to make it shine.
  那男生把他的新跑車擦得閃閃發亮。

同 scrape 刮掉、擦掉

🔊 Track 797

pol•lu•tion [pə`luʃən] ....【英初】【四級】

名 污染

- We couldn't swim in the lake due to the **pollution** produced by the factory.
  我們因為湖泊被工廠污染而不能在湖裡游泳。

同 contamination 污染

pop•u•lar•i•ty
[ˌpɑpjə`lærətɪ] ....【英中】【六級】

名 名望、流行

- The **popularity** of the movie resulted in a sequel being made.
  因為這部電影大受歡迎，所以將會接拍續集。

同 renown 名望、譽譽

port•a•ble [`portəbl̩] ....【英中】【六級】

形 可攜帶的

- The **portable** MP3 player looks exquisite.
  這個可攜式的 MP3 播放器很精緻。

同 carriable 可攜帶的

por•ter [`portɚ]......................... 英中 六級

名 搬運工

• The **porter** helped me with my bags.
門房幫我搬我的袋子。

同 mover 搬運工

por•tray [por`tre].................... 英中 六級

動 描繪

• The actor **portrayed** a Russian dancer in the movie.
這演員在電影裡扮演一個俄國舞者。

同 depict 描繪

🔊 Track 798

pos•sess [pə`zɛs] .... 英中 六級

動 擁有

• She **possess** great talent in singing.
她擁有極佳的歌唱才華。

同 have 有　反 lose 失去

pos•ses•sion [pə`zɛʃən] .... 英中 六級

名 擁有物

• The bank took **possession** of their home when they couldn't make the payments.
當他們無法再支付出錢來時，這家銀行把他們家的所有物品都搬走了。

同 ownership 擁有權

pre•cise [pri`sais]................... 英中 六級

形 明確的

• **Precise** calculations have to be made when designing an airplane.
在設計一架飛機時，需要很精準的計算。

同 exact 確切的
反 ambiguous 模稜兩可的

pre•dict [pri`dɪkt] .... 英中 六級

動 預測

• The Gypsy woman said she could accurately **predict** the future.
這吉普賽女郎説她可以精確的預測未來。

同 forecast 預測

pref•er•a•ble [`prɛfərəl].............................. 英中 六級

形 較好的

• It is **preferable** to have a stable job versus a temp job.
有份全職工作是比臨時工更好的。

同 better 較好的
反 worse 更壞的

🔊 Track 799

preg•nan•cy [`prɛgnənsɪ] .... 英中 六級

名 懷孕

• The woman glowed throughout her **pregnancy**.
那女生因為懷孕而容光煥發。

同 gravidity 妊娠、懷孕

preg•nant [`prɛgnənt] .... 英中 六級

形 懷孕的

• The **pregnant** woman complained about having a sore back.
那懷孕的女生抱怨背很痛。

prep•o•si•tion [ˌprɛpə`zɪʃən] .... 英中 六級

名 介係詞

• Non-native English speakers often forget to use **prepositions** when discussing time or place.
非英語母語者在描述時間或地點時，通常會忘了使用介系詞。

pre•sen•ta•tion [ˌprɛzn̩`teʃən] .... 英中 六級

名 贈送、呈現

• The students felt nervous when giving **presentation** in front of the class.
學生們在課堂上發表時都感到很緊張。

同 donation 贈送

pres•er•va•tion
[ˌprɛzɚˈveʃən]............... 英中 六級

名 保存

- We can see the **preservation** of history in museums.
  我們在博物館裡可以看到保存下來的歷史。

同 conservation 保存
反 discard 拋棄

🔊 Track 800

pre•serve [prɪˈzɝv]............... 英中 六級

動 保存、維護

- The woman **preserved** the lemons in a glass jar.
  那女人把檸檬保存在玻璃罐裡。

同 maintain 維持
反 destroy 破壞、毀壞

pre•ven•tion
[prɪˈvɛnʃən]............... 英中 六級

名 預防

- Neighborhood watch groups are created for the **prevention** of crime.
  鄰居們為了防治犯罪組成了守望相助隊。

同 precaution 預防

prime [praɪm]............... 英中 六級

名 初期
形 首要的

- The man is at his age of **prime**; therefore, he can deal with all the frustrations that he encounters.
  這個男人正在他的全盛時期，所以他所遇到的任何挫折都可以迎刃而解。

同 principal 首要的
反 unnecessary 不必要的、多餘的

prim•i•tive [ˈprɪmətɪv]............... 英中 六級

形 原始的

- A bow and arrow seem **primitive** compared to today's arms.
  比起現在的武器，弓箭似乎太原始了。

同 original 原始的
反 ultimate 終極的、最後的

pri•va•cy [ˈpraɪvəsɪ]............... 英中 六級

名 隱私

- We enjoy the **privacy** of our own homes.
  我們在自己家裡很享受自己的隱私。

同 intimacy 親密、隱私

🔊 Track 801

priv•i•lege [ˈprɪvlɪdʒ]............... 英中 六級

名 特權
動 優待

- I'm **privileged** to have been brought up in such a nice family.
  我很幸運能在這麼好的家庭成長。

同 preference 偏愛、優先權

pro•ce•dure
[prəˈsidʒɚ]............... 英中 六級

名 手續、程式

- The **procedure** was very complicated and required much skills.
  這個步驟是很複雜和需要很多技術的。

同 program 程式

pro•ceed [prəˈsid]............... 英中 六級

動 進行

- Please **proceed** to the next counter.
  請前進到下一個櫃枱。

同 conduct 行為、舉動

pro•duc•tion
[prəˈdʌkʃən]............... 英初 四級

名 製造

- The movie will go into **production** shortly.
  這部電影將會在短時間內被製作。

同 fabrication 製造、建造

pro•duc•tive
[prəˈdʌktɪv]............... 英中 六級

形 生產的、多產的

- Japanese factory workers are highly **productive**.
  日本工廠的員工生產力很高。

同 fruitful 多產的

A B C D E F G H I J K L M N O P Q R S T U V W X Y Z

Track 802

pro·fes·sion
[prə`fɛʃən] .... 英中 六級

名 專業

• Being a doctor is a highly skilled **profession**.
當一名醫生需要高度的專業技能。

同 speciality 專業、擅長

pro·fes·sion·al
[prə`fɛʃnl] .... 英中 六級

名 專家
形 專業的

• Tiger Woods is a **professional** golfer.
老虎伍茲是個專業的高爾夫球球員。

同 expert 專家

pro·fes·sor
[prə`fɛsɚ] .... 英初 四級

名 教授

• The **professor** gave an interesting lecture on quantum physics.
教授在量子物理學課有一場很有趣的演講。

同 facultyman 教員、教授

prof·it·a·ble
[`prɑfɪtəbl̩] .... 英中 六級

形 有利的

• Selling coffee is a highly **profitable** business.
販賣咖啡是個獲利很高的行業。

同 beneficial 有利的
反 maleficent 有害的

prom·i·nent
[`prɑmənənt] .... 英中 六級

形 突出的

• They are a **prominent** family in the political scene.
他們在政界是很著名的家族。

同 outstanding 突出的、顯著的
反 indistinctive 不顯著的、無特色的

Track 803

prom·is·ing
[`prɑmɪsɪŋ] .... 英中 六級

形 有可能的、有希望的

• The football player seems to have a **promising** future.
這個足球員的未來很璀璨。

同 hopeful 有希望的
反 desperate 絕望的

pro·mo·tion
[prə`moʃən] .... 英中 六級

名 增進、促銷、升遷

• He finally got his long awaited **promotion**.
他終於盼到長期等待的升遷。

同 enhancement 提高、增加
反 degradation 降格、惡化

prompt
[prɑmpt] .... 英中 六級

形 即時的
名 提詞

• The director is satisfied with the actress's **prompt** performance.
導演對於這個女演員的即興表演非常滿意。

同 real-time 即時的

pro·noun
[`pronaun] .... 英中 六級

名 代名詞

• Different **pronouns** are used when addressing different genders.
不同的代名詞被使用在不同的性別。

pro·nun·ci·a·tion [prənʌnsɪ`eʃən]
.... 英中 六級

名 發音

• He tried to improve his English **pronunciation** by imitating native speakers.
他試著模仿母語者來改進英文發音。

pros•per [`prɑspɚ] 英中 六級

動 興盛

- The successful businessman **prospered** in his ventures.
  這個成功的商人經營企業很成功。

同 thrive 興旺、繁榮

pros•per•i•ty [prɑsˋpɛrətɪ] 英中 六級

名 繁盛

- The successful businessman brought **prosperity** to the family.
  這成功的商人把成功帶給家人。

同 boom 繁榮
反 decay 衰退、腐敗

pros•per•ous [`prɑspərəs] 英中 六級

形 繁榮的

- I wish you could be **prosperous** in this year.
  我希望你今年行大運。

同 booming 興旺的、繁榮的
反 declining 下降的、衰落的

pro•tein [`protiɪn] 英中 六級

名 蛋白質

- It is important to get enough **protein** in your diet.
  在飲食上有充分的蛋白質是很重要的。

同 albumin 蛋白質

pro•test [`protɛst] / [prəˋtɛst] 英中 六級

名 抗議
動 反對、抗議

- They held a **protest** in front of the town hall.
  他們在市政府前舉辦了一場抗議遊行。

同 oppose 反對、反抗
反 support 支持、擁護

prov•erb [`prɑvɝb] 英中 六級

名 諺語

- Chinese **proverbs** translated into English often make no sense.
  中文諺語翻成英文通常失去了它的意義。

同 saying 諺語

psy•cho•log•i•cal [ˌsaɪkəˋlɑdʒɪkḷ] 英中 六級

形 心理學的

- All of the illnesses he thought he had were purely **psychological**.
  他想他只是純粹精神上的疾病。

同 psychologic 心理學的、心理上的

psy•chol•o•gist [saɪˋkɑlədʒɪst] 英中 六級

名 心理學家

- The **psychologist** can earn copious amounts of money by listening to other people's problems.
  心理醫生聽聽人們的問題就能賺很多錢。

psy•chol•o•gy [saɪˋkɑlədʒɪ] 英中 六級

名 心理學

- Ben is majoring in **psychology** this year.
  班今年主修心理學。

pub•li•ca•tion [ˌpʌblɪˋkeʃən] 英中 六級

名 發表、出版

- I hope this book goes into **publication** soon.
  我希望這本書能快點出版。

同 issue 出版、發行

A B C D E F G H I J K L M N O P Q R S T U V W X Y Z

Level 4

高中考大學必考單字 ─ 基礎篇

pub•lic•i•ty [ˋpʌblɪklɪ] .... 英中 六級

名 宣傳、出風頭

- They discovered that the celebrities' fight in public was a mere **publicity** stunt.
  他們發現名人們在公共場所打架只是宣傳炒作。

同 propaganda 宣傳

pub•lish [ˋpʌblɪʃ] .... 英中 六級

動 出版

- The publisher refused to **publish** the new book.
  出版社拒絕出版這本新書。

同 issue 出版

pub•lish•er [ˋpʌblɪʃɚ] .... 英中 六級

名 出版者、出版社

- The **publisher** was very happy to discover the talented writer.
  出版社發現一個寫作高超的作家感到非常的高興。

同 press 出版社

pur•suit [pɚˋsut] .... 英中 六級

名 追求

  The police were in hot **pursuit** of the criminal.
  員警對這個犯人窮追不捨。

同 pursuance 追求、實行

Qq

quake [kwek] .... 英中 六級

名 地震、震動
動 搖動、震動

- As the earth **quaked**, everyone screamed and ran outside of the buildings.
  當地震發生時，每一個人都尖叫地從建築物裡跑出來。

同 earthquake 地震

quilt [kwɪlt]................................ 英中 六級

名 棉被
動 把…製成被褥

- The bag was **quilted** on the inside making it very soft.
  這個袋子裡面裝了棉布，摸起來很軟。

同 comforter 被子

quo•ta•tion [kwoˋteʃən] .... 英中 六級

名 引用

- To prove your point of views, you must cite **quotations** from others essays.
  為了證明你的觀點，你一定要引用他人的論文。

同 citation 引用

Rr

rage [redʒ] .... 英中 六級

名 狂怒
動 暴怒

- I was **raged** to hear about the ridiculous terms of the contract.
  聽到合約裡這項愚蠢至極的條款時，我被激怒了。

同 anger 憤怒
反 delight 高興

rain•fall [ˋrɛnˌfɔl] .... 英中 六級

名 降雨量

- The total **rainfall** this year was less than last year.
  今年的總降雨量比去年少。

同 precipitation 降雨量

re•al•is•tic [rɪəˋlɪstɪk].............. 英中 六級

形 現實的

- We need to have a **realistic** deadline.
  我們需要具體的期限。

同 practical 實際的、實用的

re•bel (1) [ˈrɛbl̩] 英中 六級

名 造反者

- He is a **rebel** and always goes against the people in authority.
  他是個反抗者，總是跟當權者作對。

同 insurrectionist 起義者、造反者
反 proponent 支持者、擁護者

re•bel (2) [rɪˈbɛl] 英中 六級

動 叛亂、謀反

- The group **rebelled** against the government by holding a strike.
  這團體集體罷工反抗政府。

同 revolt 叛亂

re•call [rɪˈkɔl] 英中 六級

名 取消、收回
動 回憶起、恢復

- There is a **recall** for your car, so you need to bring it back to the dealership.
  你的車子需要被召回，所以你得要把它開回至代理商那裡。

同 cancel 取消

re•cep•tion [rɪˈsɛpʃən] 英中 六級

名 接受

- I've left the package for you at the **reception** desk.
  我在接待處留了一個包裹給你。

同 acceptance 接受

rec•i•pe [ˈrɛsəpɪ] 英中 六級

名 食譜、秘訣

- She followed the **recipe**, but the cake still didn't turn out right.
  她照著食譜作，但做出來的蛋糕還是不對味。

同 secret 秘密、訣竅

re•cite [rɪˈsaɪt] 英中 六級

動 背誦

- The student **recited** the speech without any errors.
  這學生把講稿一字不漏地背出來。

同 memorize 記住、熟記

rec•og•ni•tion [ˌrɛkəgˈnɪʃən] 英中 六級

名 認知

- The baby is starting to learn **recognition** now.
  這嬰兒開始學會辨認事物了。

同 perception 感知、認識

re•cov•er•y [rɪˈkʌvərɪ] 英中 六級

名 恢復

- Anna is in the **recovery** room after the surgery.
  安娜手術後在恢復室調養。

同 restoration 恢復、歸還

rec•re•a•tion [ˌrɛkrɪˈeʃən] 英中 六級

名 娛樂

- A common **recreation** is boat riding.
  划船是很普遍的娛樂。

同 amusement 娛樂

re•cy•cle [riˈsaɪkl̩] 英中 六級

動 循環利用

- Don't throw the aluminum can in the trash bin; we usually **recycle** them.
  不要把鋁罐丟到垃圾筒，我們通常要回收。

同 circulation 流通、迴圈

A B C D E F G H I J K L M N O P **Q R** S T U V W X Y Z

🔊 Track 810

re•duc•tion [rɪˋdʌkʃən] .... 英中 六級

名 減少

- The cook is making a wine **reduction** sauce right now.
  這廚師現在正在煮紅酒醬。
- 同 decrease 減少
- 反 increase 增加

re•fer [rɪˋfɜ] .... 英中 六級

動 參考、提及

- I will **refer** you to my boss.
  我會把你引介給我老闆參考。
- 同 mention 提及

ref•er•ence [ˋrɛfərəns] .... 英中 六級

名 參考

- I've given you my list of **references** already.
  我已經給你參考書的清單了。
- 同 consultation 查閱、參考

reflect [rɪˋflɛkt] .... 英中 六級

動 反射

- The light **reflecting** off the mirror is shooting straight into my eyes.
  這光反射在鏡子上，直射到我的眼睛。
- 同 mirror 反映、反射

re•flec•tion [rɪˋflɛkʃən] .... 英中 六級

名 反射、反省

- The infant was fascinated by his own **reflection** in the mirror.
  這嬰兒被他自己鏡中的倒影迷住了。
- 同 reverberation 反響、反射

🔊 Track 811

re•form [rɪˋfɔrm] .... 英中 六級

名 改進
動 改進

- This bill needs to be **reformed** as there are quite a few loopholes.
  這張清單需要重新製作，它上面有一些錯誤。
- 同 improve 改進、改善
- 反 worsen 惡化

re•fresh [rɪˋfrɛʃ] .... 英中 六級

動 使恢復精神

- I feel so **refreshed** after taking a shower.
  我在洗完澡後覺得很有精神。
- 反 exhaust 使精疲力盡

re•fresh•ment [rɪˋfrɛʃmənt] .... 英中 六級

名 清爽

- Please help yourself to some **refreshments** on the table.
  桌上有些茶點，請自己用。
- 同 revival 復興、恢復精神

ref•u•gee [ˌrɛfjuˋdʒi] .... 英中 六級

名 難民

- His parents were **refugees** from Vietnam.
  他的父母是從越南來的難民。

re•fus•al [rɪˋfjuzl̩] .... 英中 六級

名 拒絕

- I'm not good at **refusals**, so I usually agree to most things.
  我不太擅長拒絕別人，所以我通常都是答應比較多。
- 同 denial 拒絕、否認
- 反 accept 接受

re•gard•ing
[rɪˋgɑrdɪŋ] .... 英中 六級

介 關於

• I'm calling you **regarding** my insurance plan.
我打電話給你要跟你說關於我保險的事。

同 concerning 關於

---

reg•is•ter [ˋrɛdʒɪstɚ]............. 英中 六級

名 名單、註冊
動 登記、註冊

• Your name should be on the **register** if you signed up.
如果你有簽名了，名字應該會在名單裡。

同 registration 登記、註冊

---

reg•is•tra•tion
[͵rɛdʒɪˋstreʃən]............. 英中 六級

名 註冊

• The **registration** is being processed.
註冊程序正在處理中。

同 enrollment 登記、註冊

---

reg•u•late [ˋrɛgjəͺlet]............. 英中 六級

動 調節、管理

• The government needs to **regulate** the market for pirated DVDs.
政府需要管制盜版 DVD。

同 administer 管理

---

reg•u•la•tion
[͵rɛgjəˋleʃən]............. 英中 六級

名 調整、法規

• When you're in school, you must follow the school's **regulations**.
當你在學校時，你要遵守校規。

同 revision 校訂、修正

---

re•jec•tion
[rɪˋdʒɛkʃən]............. 英中 六級

名 廢棄、拒絕

• She doesn't handle **rejection** easily.
她不知道怎麼拒絕別人。

同 refusal 拒絕
反 receival 接受、收到

---

rel•a•tive [ˋrɛlətɪv]............. 英初 四級

形 相對的、有關係的
名 親戚

• This theory is **relative** to the one we discussed earlier.
這個理論和我們之前討論的是相關的。

同 kin 親屬、家屬
反 absolute 絕對的

---

re•lax•a•tion
[͵rilæksˋeʃən]............. 英中 六級

名 放鬆

• Going to the spa is a form of **relaxation**.
做 SPA 是一種可以讓人放鬆的方式。

反 tension 緊張

---

re•lieve [rɪˋliv]............. 英中 六級

動 減緩

• He took some aspirin to **relieve** his headache.
他吃了些阿斯匹靈減輕頭痛。

同 retard 延遲、妨礙
反 accelerate 加快

---

re•luc•tant
[rɪˋlʌktənt]............. 英中 六級

形 不情願的

• She was **reluctant** to go out with them.
她不想跟他們出去。

同 unwilling 不願意的、不情願的
反 willing 願意的、心甘情願的

A B C D E F G H I J K L M N O P Q R S T U V W X Y Z

415

re•mark [rɪˋmɑrk].................. 英中 六級

名 注意
動 注意、評論

- He **remarked** that she was an attractive woman.
  他評論她是一個吸引人的女生。

同 caution 謹慎、注意

re•mark•a•ble
[rɪˋmɑrkəbl̩].................. 英中 六級

形 值得注意的

- She has done **remarkable** work throughout her career.
  她在她的職業生涯中是很卓越的。

同 notable 值得注意的
反 inconspicuous 不顯眼的、不引人注意的

rem•e•dy [ˋrɛmədɪ] .... 英中 六級

名 醫療
動 治療、補救

- Getting enough sleep and rest is an effective **remedy** for many minor illnesses.
  足夠的休息和睡眠可以醫治很多小疾病。

同 treat 治療

rep•e•ti•tion
[͵rɛpɪˋtɪʃən].................. 英中 六級

名 重複

- Memorization comes from **repetition**.
  記憶是靠不斷的重複。

同 multiplicity 多數、重複

rep•re•sen•ta•tion
[͵rɛprɪzɛnˋteʃən].................. 英中 六級

名 代表、表示、表現

- This was a **representation** of the kind of work I do.
  這類的工作就是我所做的。

同 delegate 代表

rep•u•ta•tion
[͵rɛpjəˋteʃən].................. 英中 六級

名 名譽、聲望

- This school has a good **reputation**.
  這個學校的聲譽很好。

同 prestige 威望、聲望

res•cue [ˋrɛskju].................. 英中 六級

名 搭救
動 援救

- We tried to **rescue** her from falling down the cliff, but we were too late.
  我們試著要在她掉下懸崖時救她，但太晚了。

同 save 挽救

re•search [ˋrisɝtʃ] .... 英中 六級

名 研究
動 調查

- I'm doing a **research** on the causes of obesity.
  我正在作肥胖原因的研究。

同 survey 調查

re•search•er
[riˋsɝtʃɚ].................. 英中 六級

名 調查員

- The **researchers** tried to bring as much gear as possible with them into the field.
  這些研究人員試著要帶多一點器材到牧場。

同 investigator 調查者、研究者

re•sem•ble
[rɪˋzɛmbl̩].................. 英中 六級

動 類似

- You **resemble** your mother a great deal.
  你很像你的母親。

反 differ 不同、相異

res•er•va•tion
[ˌrɛzəˈveʃən] .... 英中 六級

名 保留

• I've already made dinner **reservations**.
晚餐我已經訂位了。

同 conservation 保存、保持

re•sign [rɪˈzaɪn] .... 英中 六級

動 辭職、使順從

• The head coach **resigned** as his team lost every single game throughout the season.
總教練在他的隊伍輸了整季的比賽之後就辭職了。

同 quit 辭職

res•ig•na•tion
[ˌrɛzɪgˈneʃən] .... 英中 六級

名 辭職、讓位

• I've submitted my letter of **resignation** to human resources.
我已經把我的辭職信給人事部了。

同 abdicate 讓位、辭職

re•sis•tance
[rɪˈzɪstəns] .... 英中 六級

名 抵抗

• The dog tried to put up a **resistance** when it was caught in the net.
這隻狗在被用網子捕捉後，試著想要抵抗。

同 revolt 反抗

res•o•lu•tion
[ˌrɛzəˈluʃən] .... 英中 六級

名 果斷、決心

• I've made my new year's **resolutions**, and now I just hope I can accomplish them.
我在新的一年下了決心，現在我只希望我能做得到。

同 determination 決心

re•solve [rɪˈzɑlv] .... 英中 六級

名 決心
動 解決、分解

• Let's try to **resolve** the problem here and now.
我們現在在這裡試著解決這個問題。

同 settle 解決

re•spect•a•ble
[rɪˈspɛktəbl̩] .... 英中 六級

形 可尊敬的

• He is a **respectable** person in his circle of friends.
在他的朋友圈裡他是個值得尊敬的人。

同 reverend 可尊敬的
反 disdainful 鄙視的

re•spect•ful
[rɪˈspɛktfəl] .... 英中 六級

形 有禮的

• I am **respectful** towards my teachers.
我對老師很有禮貌。

同 courteous 彬彬有禮的
反 impolite 不禮貌的、粗魯的

re•store [rɪˈstor] .... 英中 六級

動 恢復

• He **restores** old medieval paintings as his occupation.
他的職業是修復老舊畫作。

同 recover 恢復

re•stric•tion
[rɪˈstrɪkʃən] .... 英中 六級

名 限制

• There are heavy **restrictions** on importing cars to this country.
這個國家在進口車輛方面有很嚴格的限制。

同 limitation 限制

A B C D E F G H I J K L M N O P Q **R** S T U V W X Y Z

🔊 Track 818

re•tain [rɪˋten] 英中 六級

動 保持

• I hope that by keeping my house in good condition, I can **retain** its value.
我希望把房子保持地很好，可以保存它的價值。

同 maintain 維持

re•tire [rɪˋtaɪr] 英中 六級

動 隱退

• James is going to **retire** next year, so he is planning a very long vacation right now.
詹姆士明年要退休了，所以他現在正計劃一個很長的假期。

同 retreat 撤退

re•tire•ment [rɪˋtaɪrmənt] 英中 六級

名 退休

• They found that they were even busier after **retirement**.
他們發現在退休之後反而更加忙碌。

re•treat [rɪˋtrit] 英中 六級

名 撤退 **動** 撤退

• The troops **retreated** when the attack got fiercer.
當攻擊愈來愈激烈時，軍隊撤退了。

同 withdraw 撤退
反 attack 攻擊、進攻

re•un•ion [riˋjunjən] 英中 六級

名 重聚、團圓

• I went to my high school **reunion** and found that most people had changed quite a bit.
我去我高中同學會，發現大部份的人都多少有點改變。

同 separation 分離

🔊 Track 819

re•venge [rɪˋvɛndʒ] 英中 六級

名 報復
動 報復

• They **revenged** on the other team by pulling an even bigger prank.
他們開更大的玩笑對另一隊進行報復。

同 retaliate 報復
反 requite 報答

re•vise [rɪˋvaɪz] 英中 六級

動 修正、校訂

• Can you help me **revise** my essay, please?
你能幫我修正我的文章嗎？

同 modify 修改
反 keep 保持

re•vi•sion [rɪˋvɪʒən] 英中 六級

名 修訂

• We will do the final **revision** together.
我們會一起做最後的校正。

同 redaction 修訂本

rev•o•lu•tion [ˌrɛvəˋluʃən] 英中 六級

名 革命、改革

• A lot of things were massively produced during the Industrial **Revolution**.
在工業革命期間很多東西都被大量的製造。

同 reformation 改革

rev•o•lu•tion•ar•y [ˌrɛvəˋluʃənˌɛrɪ] 英中 六級

形 革命的

• The invention of the motor vehicle was **revolutionary**.
電動車的發明是具有革命性的。

◀ Track 820

re•ward [rɪˋwɔrd] 英中 六級

名 報酬
動 酬賞

• The teacher **rewarded** the students with high merits for their performance in class.
這老師為學生在班上的表現給予很高的獎勵。

同 remuneration 報酬

rhyme [raɪm] 英中 六級

名 韻、韻文
動 押韻

• My mother used to read me nursery **rhymes** when I was a child.
我的母親在我小時候會念童謠給我聽。

同 verse 韻文

rhythm [ˋrɪðəm] 英中 六級

名 節奏、韻律

• They played the **rhythm** over and over again during the rehearsal.
他們在預演時一次又一次播放著節奏。

同 tempo 節奏

ro•mance [roˋmæns] 英中 六級

動 羅曼史

• Their **romance** can be written as a novel.
他們的羅曼史可以被寫成一本小說了。

rough•ly [ˋrʌflɪ] 英中 六級

副 粗暴地、粗略地

• He **roughly** pushed the girl in front of him.
他粗暴地推他前面的女孩。

同 rudely 粗魯地、粗陋地
反 gently 溫柔地、溫和地

◀ Track 821

route [rut] 英中 六級

名 路線

• We've never taken this **route** before; let's give it a try.
我們之前不曾走過這個路線，我們試試吧！

同 line 線路

ru•in [ˋruɪn] 英中 六級

名 破壞
動 毀滅

• He totally **ruined** the fun of reading the book by telling me the ending.
他把書的結局都告訴我，破壞了我的看書的興致。

同 destroy 破壞
反 repair 修理、補救

ru•ral [ˋrʊrəl] 英中 六級

形 農村的

• We live in the **rural** part of the countryside.
我們住在鄉村裡務農的地方。

同 country 農村的
反 urban 城市的

Ss →

sac•ri•fice [ˋsækrəˏfaɪs] 英中 六級

名 獻祭
動 供奉、犧牲

• You need to make some **sacrifices** if you want to take up this job.
為了獲得這個工作你勢必得有所犧牲。

同 victim 犧牲品、祭品

sal•a•ry [ˋsælərɪ] 英中 六級

名 薪水、薪俸
動 付薪水

• The boss usually **salaries** his employees on time every month.
這個老闆每個月準時支付員工薪水。

同 wage 薪水

A
B
C
D
E
F
G
H
I
J
K
L
M
N
O
P
Q
R
S
T
U
V
W
X
Y
Z

🔊 Track 822

sales•person / sales•man / sales•woman [`selz͵pɚsn̩] / [`selzmən] / [`selz͵wumən]

英初 四級

名 售貨員、推銷員

• The **salesperson** was very persuasive.
這個推銷員很有說服力。

同 roundsman 推銷員

sat•el•lite [`sætl͵aɪt]

英中 六級

名 衛星

• There are many **satellites** orbiting the earth right now.
現在有很多衛星繞著地球運轉。

sat•is•fac•tion [͵sætɪs`fækʃən]

英中 六級

名 滿足

• She gets a feeling of **satisfaction** when she completes her work.
她完成工作後感到相當滿足。

同 contentment 滿足
反 discontent 不滿

scarce•ly [`skɛrslɪ]

英中 六級

副 勉強地、幾乎不

• He finished **scarcely** before the deadline.
他在期限前勉強做完。

同 hardly 幾乎不
反 almost 幾乎、差不多

scen•ery [`sinərɪ]

英初 四級

名 風景、景色

• The breathtaking **scenery** made the long hike worth it.
令人屏息的美景讓長途跋涉值得了。

同 landscape 風景

🔊 Track 823

scold [skold]

英中 六級

名 好罵人的人、潑婦
動 責罵

• You're such a **scold**. Even your children don't like you.
妳真是一個潑婦。甚至連妳的小孩都不喜歡妳。

同 shrew 潑婦
反 praise 讚揚、表揚

scratch [skrætʃ]

英中 六級

名 抓

• The cat **scratched** my face with its nails.
貓咪用爪子抓我的臉。

同 seize 抓住

screw•driver [`skru͵draɪɚ]

英中 六級

名 螺絲起子

• Can you please hand me the **screwdriver**?
你能遞給我那把螺絲起子嗎？

sculp•ture [`skʌlptʃɚ]

英中 六級

名 雕刻、雕塑
動 以雕刻裝飾

• We took a lot of pictures with the famous **sculptures**.
我們和很多出名的雕塑合照。

同 engrave 雕刻

sea•gull / gull [`sigʌl] / [gʌl]

英中 六級

名 海鷗

• We knew we were getting closer to the beach when we saw **seagulls** flying in the air.
當看到空中飛翔的海鷗，我們就知道越來越靠近海灘了。

sen•ior [`sinjɚ`] .... 英中 六級

名 年長者
形 年長的

• I volunteer by talking with **seniors** in the convalescent home.
我志願去療養院跟長者們聊天。
同 elder 年紀較大的
反 youthful 年輕的、青年的

set•tler [`sɛtlɚ`] .... 英中 六級

名 殖民者、居留者

• The early **settlers** usually settled on the river banks.
早期殖民者定居在河畔。
同 colonist 殖民者

se•vere [sə`vɪr`] .... 英中 六級

形 嚴厲的

• The **severe** snowstorm shut down everything.
嚴厲的暴風雪把每個東西都吹倒了。
同 rigorous 嚴格的、嚴厲的
反 genial 和藹的、親切的

shame•ful [`ʃemfəl`] .... 英中 六級

形 恥辱的

• They were punished for their **shameful** acts.
他們因為可恥的行為受到懲罰。
同 discreditable 恥辱的
反 glorious 光榮的

shav•er [`ʃevɚ`] .... 英中 六級

名 理髮師

• The name for **shavers** is now hairstylist.
以前稱為理髮師，現在叫髮型設計師。
同 barber 理髮師

shel•ter [`ʃɛltɚ`] .... 英中 六級

名 避難所、庇護所
動 保護、掩護

• The child was **sheltered** the extremities of the real world.
這小孩被現實社會過度保護了。
同 protect 保護
反 break 破壞

shift [ʃɪft] .... 英中 六級

名 變換
動 變換

• He **shifted** his legs so he could get a better stance.
他變換雙腿的姿勢以保持較好的站姿。
同 transformation 轉變、改造

short•sight•ed [`ʃɔrt`saɪtɪd`] .... 英中 六級

形 近視的

• Don't be so **shortsighted**; you need to plan for the future.
別太過於短視，妳需要計劃未來。
同 myopic 近視的
反 farsighted 遠視的

shrug [ʃrʌg] .... 英中 六級

動 聳肩

• He **shrugged** his shoulders for he didn't have an answer.
他聳聳肩表示他不知道答案。

shut•tle [`ʃʌtl`] .... 英中 六級

名 縫紉機的滑梭
動 往返

• There is a free **shuttle** bus from our office to the parking lot.
從我們辦公室到停車場有免費的接駁車。
同 reciprocation 往返

A B C D E F G H I J K L M N O P Q R **S** T U V W X Y Z

🎧 Track 826

sight•see•ing [ˋsaɪtˏsiɪŋ] 英中 六級

名 觀光、遊覽

• We are going to do some **sightseeing**.
我們打算去觀光旅遊。

同 tourism 觀光、遊覽

sig•na•ture [ˋsɪgnətʃɚ] 英中 六級

名 簽名

• I just need your **signature** in the space provided.
我需要你在空格中簽名。

同 sign 簽署

sig•nif•i•cance [sɪgˋnɪfəkəns] 英中 六級

名 重要性

• This seems to have no **significance** whatsoever.
這看起來絲毫沒有一點重要性。

同 significance 重要性

sin•cer•i•ty [sɪnˋsɛrətɪ] 英中 六級

名 誠懇、真摯

• I give you my apology with the utmost **sincerity**.
我用最大的誠意來向您道歉。

同 cordiality 誠懇、熱誠
反 hypocrisy 偽善、虛偽

sin•gu•lar [ˋsɪŋgjələ] 英中 六級

名 單數
形 單一的、各別的

• We need to complete the task **singularly**.
我們需要獨力完成任務。

同 sole 單一的
反 complex 複雜的、複合的

🎧 Track 827

site [saɪt] 英中 六級

名 地基、位置
動 設置

• He **sited** the new office in a perfect location.
他在絕佳的地點設立了新辦公室。

同 location 位置

sketch [skɛtʃ] 英中 六級

名 素描、草圖
動 描述、素描

• He **sketched** the drawing in a matter of minutes.
他在很短的時間裡完成素描。

同 describe 描述

sledge / sled [slɛdʒ] / [slɛd] 英中 六級

名 雪橇
動 用雪橇搬運

• Every household has a **sledge** if they are in snow prone areas.
在會下雪的地區，每個家庭都有雪橇。

同 blowmobile 雪橇

sleigh [sle] 英中 六級

名 雪橇
動 乘坐雪橇

• He **sleighed** into the park pretending to be Santa.
他打扮成聖誕老人乘坐雪橇到公園裡。

同 sledge 用雪橇搬運、坐雪橇

slight [slaɪt] 英中 六級

形 輕微的
動 輕視

• He felt **slighted** when she forgot his name.
她忘記他的名字讓他覺得被輕視。

同 mild 溫和的、輕微的
反 value 重視

slo•gan [ˈsloɡən] .... 英中 六級

名 標語、口號

• They came up with a catchy **slogan** for their product.
他們為產品設計了一個朗朗上口的口號。

同 catchphrase 標語

smog [smɑɡ] .... 英中 六級

名 煙霧、煙

• Cars and factory fumes are the major contributors to **smog**.
汽車跟工廠所排放的廢氣是煙霧的主要來源。

同 smoke 煙

sneeze [sniz] .... 英中 六級

名 噴嚏
動 輕視、打噴嚏

• He **sneezed** loudly in the library and startled everyone.
他在圖書館大聲打噴嚏把大家嚇了一跳。

同 despise 輕視
反 esteem 尊重、敬重

sob [sɑb] .... 英中 六級

名 啜泣
動 哭訴、啜泣

• She couldn't stop **sobbing** when she heard of the death of her brother.
當她聽到她弟弟的死訊時不停地哭泣。

同 cry 哭
反 laugh 笑

sock•et [ˈsɑkɪt] .... 英中 六級

名 凹處、插座

• He dislocated his arm as the arm bone came out of its **socket**.
他的手臂從關節凸出來脫臼了。

同 outlet 電源插座

soft•ware [ˈsɔftˌwɛr] .... 英中 六級

名 軟體

• I need to update the **software** on my computer.
我需要更新我電腦裡的軟體。

同 hardware 硬體

so•lar [ˈsolɚ] .... 英中 六級

形 太陽的

• I want to put solar panels on my roof to use **solar** energy.
我想要在屋頂裝個太陽板，使用太陽能。

反 lunar 月球的

soph•o•more
[ˈsɑfəˌmor] .... 英中 六級

名 二年級學生

• I thought she was a senior, but she is actually only a **sophomore**.
我想說她是大四，但實際她是大二。

sor•row•ful [ˈsɑrəfəl] .... 英中 六級

形 哀痛的、悲傷的

• Our lives still have to go on despite this **sorrowful** time.
儘管現在很艱苦，但我們的生活還是要過下去。

同 grievous 痛苦的、充滿悲傷的
反 joyful 高興的、充滿快樂的

sou•ve•nir [ˌsuvəˈnɪr] .... 英中 六級

名 紀念品、特產

• We bought **souvenirs** for all the family members.
我們為全家人買了紀念品。

同 keepsake 紀念品

A B C D E F G H I J K L M N O P Q R **S** T U V W X Y Z

🔊 Track 830

spare [spɛr] .... 英中 六級

形 剩餘的
動 節省、騰出

• Please **spare** me the details; I don't want to hear about them.
請把細節省略，我不想聽。

同 save 節省
反 waste 浪費

spark [spɑrk] .... 英中 六級

名 火花、火星
動 冒火花、鼓舞

• His harsh words **sparked** an argument between the couple.
他尖酸刻薄的話引起了夫妻間的爭執。

同 inspire 鼓舞

spar•kle [`spɑrkl] .... 英中 六級

名 閃爍
動 使閃耀

• I saw a **sparkle** in her eyes when he presented her with a new purse.
當他把新的皮包拿給她看時，我發現她的眼光閃爍。

同 twinkle 閃爍、閃耀

spar•row [`spæro] .... 英中 六級

名 麻雀

• The same **sparrow** flies to my window every morning.
每天早上都有同一隻麻雀飛到我窗前。

spear [spɪr] .... 英中 六級

名 矛、魚叉
動 用矛刺

• Early hunters would use **spears** to hunt their prey.
早期的獵人用矛捕捉獵物。

同 pike 用矛刺穿

🔊 Track 831

spe•cies [`spiʃɪz] .... 英中 六級

名 物種

• Pandas are an endangered **species**.
熊貓是瀕臨絕種的動物。

同 breed 品種

spic•y [`spaɪsɪ] .... 英中 六級

形 辛辣的、加香料的

• This chili is very **spicy**; you'd better be prepared.
這辣椒很辣，小心一點。

同 pungent 辛辣的、尖銳的

spir•i•tu•al [`spɪrɪtʃʊəl] .... 英中 六級

形 精神的、崇高的

• He is in dire need of a **spiritual** enlightenment.
他很需要精神上的啟發。

同 spiritual 精神的
反 material 物質的

splen•did [`splɛndɪd] .... 英中 六級

形 輝煌的、閃耀的

• Your house is absolutely **splendid**.
你的房子很華麗。

同 glorious 光榮的、輝煌的

split [splɪt] .... 英中 六級

名 裂口
動 劈開、分化

• He **split** the nut open by hitting it against a rock.
他把堅果用石頭敲開。

同 breach 裂口

sports•man / sports•woman
[ˋsportsmən] / [ˋsportsˏwumən]
.... 英中 六級

名 男運動員 / 女運動員

• The **sportsmen** and **sportswomen** were very attractive.
男女運動員都很吸引人。

同 athlete 運動員

---

sports•man•ship
[ˋsportsmənˏʃɪp]..................... 英中 六級

名 運動員精神

• He showed great **sportsmanship** throughout his career.
他在他的職場上發揮了運動員的精神。

---

sta•tus [ˋstetəs] .... 英中 六級

名 地位、身分

• Doctors and teachers' social **status** are really high in Taiwan.
醫生和老師在台灣的社會地位很高。

同 position 地位、立場

---

stem [stɛm] .... 英中 六級

名 杆柄、莖幹
動 起源、阻止

• I know where the problem **stemmed** from.
我知道問題的根源在哪裡。

同 originate 起源於

---

sting•y [ˋstɪndʒɪ] .... 英初 四級

形 有刺的、會刺的

• Be careful when you pick up a rose, for its thorn is **stingy**.
拿起玫瑰的時候要小心，它的刺會刺人。

同 petty 小氣的
反 generous 寬宏大量的

---

strength•en [ˋstrɛŋθən]......... 英中 六級

動 加強、增強

• We need to **strengthen** the foundation of the home.
我們需要鞏固房子的地基。

同 reinforce 增強、加強
反 weaken 變弱

---

strive [straɪv] .... 英中 六級

動 苦幹、努力

• They **strive** to be the best restaurant in town.
他們努力要成為鎮上最好的餐廳。

同 endeavor 努力

---

stroke [strok] .... 英中 六級

名 打擊、一撞
動 撫摸

• She likes to **stroke** her baby's little hands.
她喜歡撫摸她寶寶的小手。

同 hit 打擊

---

sub•ma•rine
[ˋsʌbməˏrin]................................ 英中 六級

名 潛水艇
形 以潛水艇攻擊

• The conditions in the **submarine** are harsh.
這輛潛水艇裡的狀況相當險峻。

---

sug•ges•tion
[səgˋdʒɛstʃən]............................ 英中 六級

名 建議

• I'd like to offer a **suggestion** to you.
我想要給你一個建議。

同 advice 建議

A B C D E F G H I J K L M N O P Q R **S** T U V W X Y Z

🔊 Track 834

sum•ma•rize
[ˋsʌməˌraɪz].................... 英中 六級

動 總結、概述

• I need to **summarize** this essay in one paragraph.
　我需要用一個段落來總結這篇文章。

同 sum 總結

surf [sɝf] .... 英初 四級

名 湧上來的波
動 衝浪、乘浪

• We just sat on the beach watching the **surf** come in.
　我們就坐在海灘上看著浪花打來。

sur•geon [ˋsɝdʒən] .... 英中 六級

名 外科醫生

• He is a skilled **surgeon**, so we don't need to worry.
　他是個技術精湛的外科醫生，所以我們不用擔心。

同 doctor 醫生

sur•ger•y [ˋsɝdʒərɪ] .... 英中 六級

名 外科醫學、外科手術

• She has recovered very well after the **surgery**.
　她手術後復原地很好。

同 operation 手術

sur•ren•der
[səˋrɛndɚ].................... 英中 六級

名 投降
動 屈服、投降

• I will **surrender** my rights for this.
　我會為了這件事放棄我的權利。

同 submission 服從、恭順

🔊 Track 835

sur•round•ings
[səˋraʊndɪŋz].................... 英中 六級

名 環境、周圍

• Take a look around and get familiar with your **surroundings**.
　看看四周的環境，熟悉一下你的周圍。

同 environment 環境

sus•pi•cious
[səˋspɪʃəs].................... 英中 六級

形 可疑的

• I'm **suspicious** of the new girl; I don't think she is innocent.
　我覺得那個新來的女孩很可疑，我不覺得她是無辜的。

同 questionable 可疑的
反 affirmatory 確定的

sway [swe] .... 英中 六級

名 搖擺、支配
動 支配、搖擺

• Just give the baby a nice **sway** once in a while.
　只要輕輕地把寶寶搖一會兒就好了。

同 dominate 支配

syl•la•ble [ˋsɪləbl̩] .... 英中 六級

名 音節

• This word consists of how many **syllables**?
　這個字有多少音節啊？

sym•pa•thet•ic
[ˌsɪmpəˋθɛtɪk].................... 英中 六級

形 表示同情的

• I'm **sympathetic** towards his condition.
　我對他的情況感到同情。

同 compassionate 有同情心的
反 relentless 無情的、冷酷的

sym•pa•thy
[`sɪmpəθɪ] .... 英中 六級

名 同情

• Can you show a little **sympathy**?
  你能有點同情心嗎？

同 pity 同情

sym•pho•ny
[`sɪmfənɪ] .... 英中 六級

名 交響樂、交響曲

• We have tickets to watch the **symphony** orchestra.
  我們有交響樂團表演的入場券。

同 sinfonia 交響樂、序曲

syr•up [`sɪrəp] .... 英中 六級

名 糖漿

• I love putting maple **syrup** on my pancakes.
  我喜歡在鬆餅上加點楓糖漿。

同 treacle 糖漿

sys•tem•at•ic
[sɪstə`mætɪk] .... 英中 六級

形 有系統的、有組織的

• This is a **systematic** shut down; we don't need to worry.
  這是系統癱瘓，我們不需要擔心。

同 organized 安排有序的、有組織的

Tt↲

tap [tæp] .... 英中 六級

名 輕拍　動 輕打

• He gave the computer screen a slight **tap** and it came back to normal.
  他輕拍了電腦螢幕一下，它就恢復正常了。

同 pat 輕拍
反 thump 重擊

tech•ni•cian
[tɛk`nɪʃən] .... 英中 六級

名 技師、技術員

• The **technician** fixed the computer quickly and easily.
  那名技師輕鬆又快速地修好了電腦。

同 artificer 技工、技師

tech•no•log•i•cal
[tɛknə`lɑdʒɪkl] .... 英中 六級

形 工業技術的

• I'm not sure about the **technological** term.
  我不能確定工業技術的專有名詞。

同 technologic 工藝的、技術的

tel•e•gram [`tɛlə.græm] .... 英中 六級

名 電報

• The businessman sent the company a **telegram**.
  這商人發了一通電報給公司。

同 cable 電報

tel•e•graph [`tɛlə.græf] .... 英中 六級

名 電報機
動 打電報

• Before telephones were invented, people often used **telegraphs** to send messages to their friends and loved ones.
  在電話被發明之前，人們常常用電報傳送訊息給他們的朋友和愛人。

同 wire 打電報

tel•e•scope [`tɛlə.skop] .... 英中 六級

名 望遠鏡

• Gazing at the stars through a **telescope** is a wonderful experience.
  用天文學望遠鏡看星星是很美妙的經驗。

同 binoculars 雙筒望遠鏡

A B C D E F G H I J K L M N O P Q R S **T** U V W X Y Z

🔊 Track 838

ten·den·cy [ˈtɛndənsɪ] .... 英中 六級

名 傾向、趨向

- I have a **tendency** to overdo things.
  我有做事太操之過急的傾向。

同 trend 趨向、趨勢

tense [tɛns] .... 英中 六級

動 緊張
形 拉緊的

- She **tensed** up when the dentist started drilling her teeth.
  當牙醫開始鑽她牙齒時,她很緊張。

同 tight 緊的、繃緊的
反 loose 鬆的

ten·sion [ˈtɛnʃən] .... 英中 六級

名 拉緊

- Near the end of the movie, the **tension** grew as we wondered what would happen.
  在電影結束前,我們都很緊張地想知道最後會發生什麼事。

同 strain 拉緊

ter·ri·fy [ˈtɛrəˌfaɪ] .... 英中 六級

動 使恐懼、使驚嚇

- The little boy **terrified** his brother when he wore a scary mask.
  這小男孩戴了一個恐怖面具嚇到他的弟弟。

同 horrify 使戰慄、使驚駭

ter·ror [ˈtɛrɚ] .... 英中 六級

名 駭懼、恐怖

- As the car skidded out of control, I felt pure **terror**.
  當車子打滑失去控制,我感到相當恐懼。

同 fear 恐懼

🔊 Track 839

theme [θim] .... 英中 六級

名 主題、題目

- The colorful restaurant had a Spanish **theme**.
  這間色彩鮮豔的餐廳是以西班牙風情為主題。

同 subject 主題

thor·ough [ˈθɝo] .... 英中 六級

形 徹底的

- After camping for days in the mountains, our clothes needed a **thorough** cleaning.
  在山上露營了幾天,我們的衣服需要徹底的清洗。

同 exhaustive 徹底的、詳盡的
反 brief 簡短的、簡潔的

thought·ful [ˈθɔtfəl] .... 英中 六級

形 深思的、思考的

- The **thoughtful** husband brought his wife breakfast in bed when she was ill.
  這體貼的丈夫在他妻子生病時,都把早餐端到床頭給她。

同 meditative 深思的

tim·id [ˈtɪmɪd] .... 英中 六級

形 羞怯的

- The **timid** woman was too afraid to give her opinion on the matter.
  這害羞的女生不敢在那個事情上發表意見。

同 shy 害羞的、膽怯的
反 audacious 大膽的

tire·some [ˈtaɪrsəm] .... 英中 六級

形 無聊的、可厭的

- The **tiresome** child would not stop asking for more candies.
  這煩人的小孩一直不停地要更多糖果。

同 annoying 討厭的
反 cute 可愛的

tol•er•a•ble [ˈtɑlərəbl̩] 英中 六級

形 可容忍的、可忍受的

- It was really hot so the low hum of the air conditioner was annoying, yet **tolerable**.
  天氣真的很熱，所以冷氣的嗡嗡聲讓人很煩，無法忍受。

同 endurable 可忍受的
反 insupportable 不能容忍的

tol•er•ance [ˈtɑlərəns] 英中 六級

名 包容力

- The patient had a high **tolerance** for pain and didn't flinch.
  這病人對疼痛有很大的忍耐力，不會畏懼。

同 capacity 容量、容積

tol•er•ant [ˈtɑlərənt] 英中 六級

形 忍耐的

- It is important to be **tolerant** of all different cultures.
  包容不同的文化是重要的。

同 forbearing 忍耐的、寬容的

tol•er•ate [ˈtɑləˌret] 英中 六級

動 寬容、容忍

- Abusing animals is something I cannot **tolerate**.
  虐待動物是我無法容忍的事情。

同 forgive 寬恕

tomb [tum] 英中 六級

名 墳墓、塚

- The Pharaoh was laid to rest in a golden **tomb**.
  埃及法老在黃金打造的墳墓中長眠。

同 grave 墳墓

tough [tʌf] 英中 六級

形 困難的

- This steak is a little too **tough** for my liking.
  這塊牛排對我來說有點硬。

同 difficult 困難的
反 easy 簡單的

trag•e•dy [ˈtrædʒədɪ] 英中 六級

名 悲劇

- Their hike in the mountain ended in **tragedy** when one of the climbers fell off a cliff.
  他們去爬山，卻因一個登山客掉落懸崖而以悲劇收場。

反 comedy 喜劇

trag•ic [ˈtrædʒɪk] 英中 六級

形 悲劇的

- The drunken driver caused a **tragic** accident.
  那酒醉的駕駛人造成了一個悲劇性的車禍。

反 comic 喜劇的

trans•fer [trænsˈfɝ] / [ˈtrænsfɝ] 英中 六級

名 遷移、調職
動 轉移

- The woman made a suspicious **transfer** of a million dollars to a strange account.
  這女生將一百萬神不知鬼不覺地轉到另一個陌生帳戶。

同 divert 轉移

trans•form [trænsˈfɔrm] 英中 六級

動 改變

- The make-up totally **transformed** the actor's appearance.
  化妝完全改變了這個演員的外表。

同 alter 改變

🔊 Track 842

trans•late [træns`let] 英中 六級

🔟 翻譯

- **Translating** Chinese into English correctly requires a high level of skill.
要正確地把中文翻成英文需要很相當厲害的技巧。

🔘 interpret 翻譯

trans•la•tion [træns`leʃən] 英中 六級

🔟 譯文

- The foreign film didn't use the correct English **translation**, so it was hard to understand.
這部外國片沒有用正確的英文翻譯,所以很難懂。

🔘 version 版本、翻譯

trans•la•tor [træns`letɚ] 英中 六級

🔟 翻譯者、翻譯家

- The **translator** smoothed over talks between the two foreign countries.
這翻譯者圓滑的翻譯兩國的談話。

🔘 interpreter 譯員

trans•por•ta•tion [ˌtrænspɚ`teʃən] 英中 六級

🔟 輸送、運輸工具

- Trains are one of the cheapest forms of **transportation**.
火車是最便宜的大眾交通工具之一。

🔘 transmission 傳輸

tre•men•dous [trɪ`mɛndəs] 英中 六級

🔟 非常、巨大的

- Building the pyramids must have taken a **tremendous** amount of effort.
建金字塔必須耗費巨大的人力與物力。

🔘 enormous 巨大的
🔘 petty 小的

🔊 Track 843

trib•al [`traɪbḷ] 英中 六級

🔟 宗族的、部落的

- The **tribal** leaders dressed in traditional clothing for the ceremony.
部落領袖在慶典上穿著傳統的服裝。

🔘 gentilitial 部落的、民族的

tri•umph [`traɪəmf] 英中 六級

🔟 勝利
🔟 獲得勝利

- The victory against the terrorists was a **triumph** of good over evil.
對抗恐怖份子的成功是一場邪不勝正的勝利。

🔘 victory 勝利
🔘 failure 失敗

trou•ble•some [`trʌbḷsəm] 英中 六級

🔟 麻煩的、困難的

- The artist found it **troublesome** to duplicate the painting.
這藝術家發現複製這幅畫是困難的。

🔘 hard 艱難的
🔘 effortless 容易的、不費力氣的

tug-of-war [tʌg əv wɔr] 英中 六級

🔟 拔河

- The two dogs played **tug-of-war** with the stuffed animal.
兩隻狗在互相咬著填充動物娃娃不放。

twin•kle [`twɪŋkḷ] 英中 六級

🔟 閃爍
🔟 閃爍、發光

- I saw a **twinkle** in his eyes as he spoke excitedly of his dream.
當他很興奮地在述說他的夢想時,我看到他眼睛裡閃閃發光。

🔘 glisten 閃爍

typ•ist [ˈtaɪpɪst] .... 英中 六級

图 打字員

• The **typist** had a lot of letters and documents to type before she could leave the office.
這打字員在她離開辦公室前有很多信件和文件要打。

囘 typewriter 打字機、打字員

Uu →

under•pass [ˈʌndɚˌpæs] .... 英初 四級

图 地下道

• We couldn't cross over the railroad, so we took the **underpass**.
我們無法穿越鐵軌，所以我們走地下道。

囘 tunnel 隧道、地下道

u•nique [juˈnik] .... 英初 四級

圈 唯一的、獨特的

• Every human being is **unique**.
每一個人都是獨一無二的。

囘 solitary 獨自的、唯一的
囝 numerous 眾多的

u•ni•ver•sal [ˌjunəˈvɝsl̩] .... 英中 六級

圈 普遍的、世界性的、宇宙的

• The depletion of the ozone layer is a **universal** problem.
臭氧層被破壞是世界性的問題。

囘 widespread 普遍的
囝 rare 稀有的、珍奇的

u•ni•ver•si•ty [ˌjunəˈvɝsətɪ] .... 英初 四級

图 大學

• The **university** offered a wide range of exciting courses.
大學提供了一系列令人感到興奮的課程。

囘 college 大學

up•load [ˌʌpˈlod] .... 英中 六級

勔 上傳檔案

• I **uploaded** the photos from my camera to the computer.
我把我照相機的相片上傳到電腦裡。

囝 download 下載

ur•ban [ˈɝbən] .... 英中 六級

圈 都市的

• I'm very used to the **urban** way of living.
我很習慣城市的生活方式。

囘 municipal 市的、市政的
囝 rural 農村的

urge [ɝdʒ] .... 英中 六級

勔 驅策、勸告

• I **urge** you to seek medical assistance soon.
我勸你快點尋求醫護人員的協助。

囘 exhort 勸誡、忠告

ur•gent [ˈɝdʒənt] .... 英中 六級

圈 急迫的、緊急的

• This is a very **urgent** call. Can you please put me through right away?
這是通緊急電話，你能幫我馬上幫我轉接過去嗎？

囘 imperative 緊急的
囝 leisurable 悠閒的

us•age [ˈjusɪdʒ] .... 英中 六級

图 習慣、習俗、使用

• The **usage** period for this phone card is one year.
這張電話卡的使用期限是一年。

囘 custom 習慣、風俗

A B C D E F G H I J K L M N O P Q R S T **U** V W X Y Z

🔊 Track 846

vain [ven] .... 英初 四級

形 無意義的、徒然的

• He tried in **vain** to open the stuck door.
他試著要打開卡住的門，但卻徒然無功。

同 meaningless 無意義的
反 meaningful 意義深長的、有意義的

vast [væst] .... 英初 四級

形 巨大的、廣大的

• The **vast** expanse of the ocean seemed endless.
這片大海看起來無邊無際。

同 enormous 巨大的
反 small 小的

veg•e•tar•ian
[ˌvɛdʒəˈtɛrɪən] .... 英中 六級

名 素食主義者

• Sara is a **vegetarian**, so we won't need a meat dish for the dinner tonight.
莎拉是素食者，所以我們今天晚上的晚餐不需要煮肉。

同 vegan 嚴格的素食主義者
反 carnivore 肉食主義者

verb [vɝb] .... 英初 四級

名 動詞

• We use **verbs** to describe actions.
我們使用動詞來描述動作。

ver•y [ˈvɛrɪ] .... 英中 六級

副 很、完全地

• It was **very** hot today, so we went swimming to cool off.
今天非常的熱，所以我們去游泳清涼一下。

同 absolutely 完全地

🔊 Track 847

ves•sel [ˈvɛsl̩] .... 英中 六級

名 容器、碗

• Basins are **vessels** that can hold liquids.
臉盆是可以盛液體的容器。

同 container 容器

vin•eg•ar [ˈvɪnɪgɚ] .... 英中 六級

名 醋

• I used **vinegar** and oil to dress the salad.
我用醋和油淋在沙拉上。

vi•o•late [ˈvaɪəˌlet] .... 英中 六級

動 妨害、違反

• They have **violated** the rules and will therefore be punished.
他們違反了規定，因此將會被懲罰。

同 transgress 違反

vi•o•la•tion
[ˌvaɪəˈleʃən] .... 英中 六級

名 違反、侵害

• It was obvious that we had not acted in **violation** of the rules.
很明顯地我們的行為沒有犯規。

同 infringement 違反、侵害

vir•gin [ˈvɝdʒɪn] .... 英中 六級

名 處女
形 純淨的

• She can't handle alcohol well, so let's get her a **virgin** drink.
她不太會喝酒，所以我們給她一杯無酒精飲料。

同 pure 純淨的
反 dirty 骯髒的

vir•tue [ˈvɝtʃʊ] 英中 六級

名 貞操、美德

- I would like to instill good **virtues** into my children.
  我想要逐漸把好的美德灌輸給我的小孩子。

同 goodness 美德

反 evil 邪惡、罪惡

vir•us [ˈvaɪrəs] 英中 六級

名 病毒

- A computer **virus** completely shut down my computer.
  一個電腦病毒讓我的電腦完全停擺。

vis•u•al [ˈvɪʒʊəl] 英中 六級

形 視覺的

- English teachers usually use many different **visual** aids in the class.
  英文老師在課堂上經常使用許多不同的視覺輔助道具。

同 optical 眼睛的、視覺的

vi•tal [ˈvaɪtl̩] 英中 六級

形 生命的、不可或缺的

- This is a **vital** component to the formula.
  這是配方裡一個不可或缺的元素。

同 indispensable 不可或缺的

vol•ca•no [vɑlˈkeno] 英中 六級

名 火山

- The **volcano** spewed lava upon explosion.
  火山爆炸噴出了熔岩漿。

vol•un•tar•y [ˈvɑlənˌtɛrɪ] 英中 六級

形 自願的

- This is a **voluntary** trip; you are not required to go.
  這是一趟自願性的旅行，你不一定要去。

同 willing 心甘情願的

反 averse 不願意的

vol•un•teer [ˌvɑlənˈtɪr] 英中 六級

名 自願者、義工

動 自願做…

- They **volunteered** to fly over to Haiti to help the victims of the earthquake.
  他們自願飛到海地去幫助地震的受害者。

vow•el [ˈvaʊəl] 英中 六級

名 母音

- There are only 5 **vowels**, and the rest of the letters are consonants.
  只有五個母音，其他的都是子音。

反 consonant 子音

voy•age [ˈvɔɪɪdʒ] 英中 六級

名 旅行、航海

動 航行

- We **voyaged** around the world when we were young.
  我們在年輕時坐船航行至世界各地。

同 navigation 航海

Ww

wal•nut [ˈwɔlnət] 英中 六級

名 胡桃樹

- The shells of the **walnuts** were very hard.
  胡桃的殼很硬。

同 shagbark 胡桃樹

web•site [ˈwɛbˌsaɪt] 英中 六級

名 網站

- He is going to design his own **website** for his new clothing store.
  他想要為他新的服飾店設計網站。

A B C D E F G H I J K L M N O P Q R S T U **V W** X Y Z

week•ly [`wiklɪ] 英中 六級

名 週刊
形 每週的
副 每週地

• I want to get a facial **weekly**, but it will be too expensive.
我想要一週做一次臉，但太貴了。

wel•fare [`wɛl͵fɛr] 英中 六級

名 健康、幸福、福利

• I'm going to volunteer at the child **welfare** group.
我想要去兒童福利團體當義工。

同 benefit 利益
反 misfortune 不幸、災禍

wit [wɪt] 英中 六級

名 機智、賢人

• His humor and **wit** were what attracted her the most.
他的幽默風趣是吸引她的最大原因。

同 sage 智者
反 fool 愚人

witch / wiz•ard
[wɪtʃ] / [`wɪzəd] 英中 六級

名 女巫師 / 男巫師

• People used to regard **witches** as evil people before the Harry Potter phenomenon.
在哈利波特風潮出現之前，人們都認為巫師是邪惡的。

同 sorcerer 男巫師、魔術師

🔊 Track 851

with•draw [wɪð`drɔ] 英中 六級

動 收回、撤出

• Can you wait here for me while I **withdraw** some money from the ATM?
當我在提款機領錢時，你能在這裡等我一下嗎？

同 retake 奪回、取回

wit•ness [`wɪtnɪs] 英中 六級

名 目擊者
動 目擊

• The woman **witnessed** the crime.
那女士目擊了整個犯罪過程。

同 see 看到

wreck [rɛk] 英中 六級

名 船隻失事、殘骸
動 遇險、摧毀、毀壞

• The car is a total **wreck** because the impact was too great.
這台車幾乎全毀，因為衝擊力太大大了。

同 destroy 破壞、毀滅
反 rescue 營救、救援

wrin•kle [`rɪŋkl̩] 英中 六級

名 皺紋
動 皺起

• He **wrinkled** his shirt by just tossing it on the chair and not folding it.
他把他的襯衫丟在椅子上，沒有折起來，都鄒在一起了。

同 pucker 皺紋、起皺

Yy

year•ly [`jɪrlɪ] 英中 六級

形 每年的
副 每年、年年

• It's a **yearly** tradition to go to my grandmother's home on Easter Sunday.
復活節到我奶奶家是每年的傳統。

同 annual 每年的

🔊 Track 852

yo•gurt [`jogət] 英中 六級

名 優酪乳

• I always have fruit and **yogurt** for breakfast.
我早餐總是吃水果和優格。

同 buttermilk 酪乳、優酪乳

youth•ful [ˈjuθfəl] .... 英中 六級

形 年輕的

- They passed their **youthful** days with bliss and happiness.
  他們很愉快地度過了年輕的歲月。

同 young 年輕的、青年的

反 old 老的

A
B
C
D
E
F
G
H
I
J
K
L
M
N
O
P
Q
R
S
T
U
V
W
X
Y
Z

Level 4 單字通關測驗

● 請根據題意，選出最適合的選項

1. I can still work hard even under the most extreme _____.
   (A) circular (B) circulations (C) circumstances (D) circulated

2. The _____ is coming soon, but there is still so much to do.
   (A) damn (B) defense (C) delight (D) deadline

3. I _____ for being so late; I lost track of time.
   (A) appoint (B) apply (C) apology (D) apologize

4. He had to _____ harsh training everyday in preparation for the Olympics.
   (A) endure (B) enclose (C) endanger (D) emerge

5. I think I need to change the _____ in the remote control.
   (A) basins (B) barriers (C) batteries (D) beaks

6. I put all the leftovers into _____ and put them in the refrigerator.
   (A) containers (B) content (C) contentment (D) contained

7. I will not _____ over the decision because it is useless to do so.
   (A) disguise (B) disconnect (C) disorder (D) dispute

8. The _____ fool doesn't know what he's talking about.
   (A) ignore (B) ignorance (C) ignored (D) ignorant

9. He tried to prove his _____ in a court of law.
   (A) innocence (B) innocent (C) initial (D) ingredient

10. We are trying to _____ our market to Asia.
    (A) exhibit (B) expose (C) expand (D) explore

11. Please _____ your pace if you want to finish on time.
    (A) harden (B) soften (C) heighten (D) hasten

12. I feel that he is so talented in music that he could be a _____.
    (A) gangster (B) genius (C) germ (D) gene

13. They said they were going to _____ to Canada next year.
    (A) immigrated (B) immigrate (C) immigration (D) immigrant

14. He _____ his children to go out with their friends on week nights.
    (A) foams (B) forbids (C) flunks (D) frames

15. The L'Arc de Triomphe is a major _____ in Paris.
    (A) landmark (B) lab (C) laboratory (D) landslide

16. We had to run through the _____ in a set amount of time.
    (A) observations (B) operations (C) objections (D) obstacles

17. The students felt nervous when giving _____ in front of the class.
    (A) preservation (B) presentation
    (C) pregnancy   (D) prevention

18. I am _____ towards my teachers.
    (A) respectful (B) respect (C) respected (D) respecting

19. I had the _____ of running into my ex-boyfriend and his new
    girlfriend.
    (A) misunderstand   (B) miserable
    (C) misfortune   (D) misleading

20. We need to _____ the foundation of the home.
    (A) strive (B) strengthen (C) surrender (D) sway

Level 5

高中考大學必考單字
進階篇

★ 因各家手機系統不同，若無法直接掃描，
  仍可以電腦連結 https://tinyurl.com/y2bo2keg 雲端下載收聽

🔊 Track 853

a•bide [ə`baɪd] 英中 六級

🔴 容忍、忍耐

- I couldn't **abide** her condescending attitude.
  我無法忍受她高傲的態度。

🔵 tolerate 容忍

a•bol•ish [ə`bɑlɪʃ] 英中 六級

🔴 廢止、革除

- Slavery was **abolished** a long time ago.
  奴隸制度已經被廢除很久了。

🔴 establish 建立

a•bor•tion [ə`bɔrʃən] 英中 六級

🔵 流產、墮胎

- She had no choice but to get an **abortion**.
  她沒有任何的選擇，只好選擇墮胎。

a•brupt [ə`brʌpt] 英中 六級

🔵 突然的

- The earthquake was so **abrupt**.
  地震真突然。

🔵 sudden 突然的

ab•surd [əb`sɝd] 英中 六級

🔵 不合理的、荒謬的

- That is an **absurd** idea; and it is not feasibleat all.
  這是一個荒謬且不可能實現的點子。

🔵 ridiculous 可笑的、荒謬的

🔴 reasonable 合理的

🔊 Track 854

a•bun•dant [ə`bʌndənt] 英中 六級

🔵 豐富的

- The farmer had an **abundant** harvest this season.
  農夫這一季的收穫很豐盛。

🔴 scarce 稀少的

a•cad•e•my [ə`kædəmɪ] 英中 六級

🔵 學院、專科院校

- He is studying art history at the International Art **Academy**.
  他在國際藝術學校就讀藝術史。

🔵 college 學院

ac•cus•tom [ə`kʌstəm] 英中 六級

🔴 使習慣於

- I'm not **accustomed** to the practice of praying 5 times a day.
  我不習慣每天祈禱五分鐘。

🔵 condition 使適應

ace [es] 英中 六級

🔵 傑出人才
🔵 一流的、熟練的

- He is an **ace** at playing card games.
  他是玩撲克牌的傑出人才。

ac•knowl•edge [ək`nɑlɪdʒ] 英中 六級

🔴 承認、供認

- He **acknowledged** the fact that he knew about the news already.
  他承認他早已知道這個消息的事實。

🔵 admitted 公認的
🔴 deny 否認

🔊 Track 855

ac•knowl•edge•ment [ək`nɑlɪdʒmənt] 英中 六級

🔵 承認、坦白、自白

- All I want is some **acknowledgement** of the work I did.
  我要的只是在工作上能得到認同。

🔴 denial 否認

ac•ne [`ækni] 英中 六級

🔵 粉刺、面皰

- The teenager had a terrible **acne** problem.
  那個青少年有很嚴重的粉刺問題。

ad•mi•ral [`ædmərəl`].............. 英中 六級

名 海軍上將

• The decorated **admiral** was well respected by his peers.
這授勳的海軍上將受到他同儕的尊重。

---

ad•o•les•cence
[`ædḷˈɛsns`] .... 英中 六級

名 青春期

• My son is going through the awkward stage of **adolescence**.
我的兒子正經歷青春期尷尬的階段。

同 youth 青少年時期

---

ad•o•les•cent
[`ædḷˈɛsn̩t`] .... 英中 六級

形 青春期的、青少年的

• We are going to discuss issues relevant to **adolescents** today.
今天我們將要討論有關青少年的主題。

同 teenage 青少年的

🔊 Track 856

---

a•dore [əˈdor] .... 英中 六級

動 崇拜、敬愛、崇敬

• I absolutely **adore** your daughter; she is so cute.
我相當的喜歡你女兒，她好可愛。

同 idolize 崇拜

---

adult•hood
[əˈdʌltˌhud] .... 英中 六級

名 成年期

• As you come into **adulthood**, you must learn how to be more responsible.
當你成年時，你一定要學習如何更有責任感。

---

ad•ver•tis•er
[`ædvəˌtaɪzə`] .... 英中 六級

名 廣告客戶

• The **advertisers** are also the sponsors of this program.
這些廣告客戶同時也是這個計劃的贊助商。

同 adman 廣告商

---

af•fec•tion [əˈfɛkʃən] .... 英中 六級

名 親情、情愛、愛慕

• She had deep **affection** for her children.
她深深的愛著她的孩子。

反 hate 仇恨

---

a•gen•da [əˈdʒɛndə] .... 英中 六級

名 議程、節目單

• The **agenda** for today has been sent out by email to everyone.
今天的節目單已經用電子郵件寄給每個人了。

同 schedule 時間表

🔊 Track 857

---

ag•o•ny [`ægənɪ`] .... 英中 六級

名 痛苦、折磨

• The injured man cried out in **agony** from his wounds.
這受傷的男人因傷口的疼痛而大哭。

同 torment 痛苦

---

ag•ri•cul•tur•al
[`ægrɪˈkʌltʃərəl`] .... 英中 六級

形 農業的

• This machine can be used for **agricultural** purposes.
這個機器可以被用在農業用途上。

AI / arti•fi•cial in•tel•li•gence
[ˌɑrtəˈfɪʃəl ɪnˈtɛlədʒəns]
.... 英中 六級

名 人工智慧

• **Artificial intelligence** is still in its development stage.
人工智慧仍然在發展階段。

---

air•tight [`ɛrˌtaɪt`] .... 英中 六級

形 密閉的、氣密的

• This is an **airtight** container, so the coffee will stay fresh inside it.
這是一個氣密式的容器，所以咖啡可以在裡面保持新鮮。

air·way [ˋɛrˌwe] 英中 六級

名 空中航線

- There is no **airway** for commercial airplanes in the no-fly zone.
  在飛航禁區裡，沒有任何商業飛機的航線。

🔊 Track 858

aisle [aɪl] 英中 六級

名 教堂的側廊、通道

- I would like an **aisle** seat please.
  我想要一個靠走道的座位，謝謝。

同 passageway 通道

al·ge·bra [ˋældʒəbrə] 英中 六級

名 代數

- I've hired a tutor to help me in **algebra**.
  我請了一個家教來教我代數。

a·li·en [ˋelɪən] 英中 六級

形 外國的、外星球的
名 外國人、外星人

- The villagers claimed that they had seen **aliens**.
  村民聲稱他們看過外星人。

同 foreign 外國人

al·ler·gic [əˋlɝdʒɪk] 英中 六級

形 過敏的、厭惡的

- She has a terrible **allergic** reaction to seafood.
  她對海鮮嚴重過敏。

al·ler·gy [ˋælədʒɪ] 英中 六級

名 反感、食物過敏

- I get **allergies** to dairy products.
  我對奶製品過敏。

同 hypersensitivity 過敏症

🔊 Track 859

al·li·ga·tor [ˋæləˌgetə] 英中 六級

名 鱷魚

- **Alligators** will attack when provoked.
  當鱷魚被挑釁時，牠們會轉而攻擊。

al·ly [əˋlaɪ] 英中 六級

名 同盟者
動 使結盟

- We **allied** with another company to launch the product.
  為了開發新產品，我們和其他的公司結盟。

反 enemy 敵人

al·ter [ˋɔltə] 英中 六級

動 更改、改變

- I need to get these pants **altered** because they are bit too long.
  我需要改這條褲子，它有點太長了。

同 vary 變更

al·ter·nate [ˋɔltənɪt] 英中 六級

動 輪流、交替
形 交替的、間隔的

- In Singapore, cars are banned from going into the city center on **alternate** days.
  在新加坡，車子每隔兩天才被允許進入市中心。

同 switch 交換、調換

al·ti·tude [ˋæltəˌtjud] 英中 六級

名 高度、海拔

- The air gets thinner in higher **altitudes**.
  海拔越高，空氣越稀薄。

同 height 高度

🔊 Track 860

.am·ple [ˋæmpl̩] 英中 六級

形 充分的、廣闊的

- We have **ample** space in this room.
  我們在這間房間有寬廣的空間。

同 enough 充足的

an·chor [ˋæŋkə] 英中 六級

名 錨狀物
動 停泊、使穩固

- The **anchor** seems to be stuck and cannot be lowered.
  錨似乎被卡住而且不能下錨了。

an•them [`ænθəm`] .... 英中 六級

名 讚美詩、聖歌

- The troops sang their national **anthem** with pride.
  這個部隊驕傲地唱著他們的國歌。

an•tique [æn`tik`] .... 英中 六級

名 古玩、古董　形 古舊的、古董的

- This is an **antique** piano passed down for generations in my family.
  這是我們家族代代相傳的鋼琴。

同 ancient 古代的

ap•plaud [ə`plɔd`] .... 英中 六級

動 鼓掌、喝采、誇讚

- The audience **applauded** enthusiastically after the outstanding performance.
  觀眾在傑出的演出結束後熱切地鼓掌。

同 approve 贊成、贊同

◀ Track 861

ap•plause [ə`plɔz`] .... 英中 六級

名 喝采

- Let's give a round of **applause** for the wonderful performers.
  讓我們給這完美的表演一個掌聲。

同 praise 稱讚

apt [æpt] .... 英中 六級

形 貼切的、恰當的

- Please make an **apt** description of the picture you see.
  請對你看到的照片做一個恰當的描述。

同 suitable 適當的

ar•chi•tect [`ɑrkəˌtɛkt`] .... 英中 六級

名 建築師

- He is studying to be an **architect**.
  他為了成為一名建築師而努力讀書。

ar•chi•tec•ture [`ɑrkəˌtɛktʃə`] .... 英中 六級

名 建築、建築學、建築物

- He traveled to Spain over the summer to study its magnificent **architecture**.
  他這個暑假為了學習當地偉大的建築而去西班牙旅行。

同 building 建築物

a•re•na [ə`rinə`] .... 英中 六級

名 競技場

- The **arena** was soon filled up with people attending the concert.
  很快地競技場就擠滿了參加演唱會的人。

同 stadium 競技場

◀ Track 862

ar•mor [`ɑrmə`] .... 英中 六級

名 盔甲
動 裝甲

- They drove the **armored** truck to the war zone.
  他們開裝甲卡車到戰地。

as•cend [ə`sɛnd`] .... 英中 六級

動 上升、登

- We slowly **ascended** the mountain on foot.
  我們用雙腳慢慢地爬山。

同 mount 登上、爬上
反 descend 下降、下傾

ass [æs] .... 英中 六級

名 驢子、笨蛋、傻瓜

- My boss is a pompous **ass**.
  我老闆是一個浮誇的笨蛋。

同 dunce 笨蛋、傻瓜

as•sault [ə`sɔlt`] .... 英中 六級

名 攻擊
動 攻擊

- I'm going to sue him for his act of **assault**.
  我要為這個攻擊行為告他。

同 attack 攻擊

as•set [ˋæsɛt] 英中 六級

名 財產、資產

• A house is an immovable **asset**.
房子是不動產。

同 property 財產

🔊 Track 863

as•ton•ish [əˋstɑnɪʃ] 英中 六級

動 使…吃驚

• We were **astonished** to hear the news of his promotion.
我們很驚訝聽到他升遷的消息。

同 astound 使震驚
反 relieve 使寬慰、使放心

as•ton•ish•ment [əˋstɑnɪʃmənt] 英中 六級

名 吃驚

• The news came as such an **astonishment** that it took days to sink in.
這消息真是個晴天霹靂，讓我吃驚了好多天。

同 wonderment 驚奇

a•stray [əˋstre] 英中 六級

副 迷途地、墮落地
形 迷途的、墮落的

• The **astray** dog found its way home.
這隻迷途的狗找到回家的路。

as•tro•naut [ˋæstrəˏnɔt] 英中 六級

名 太空人

• My son's dream job is to become an **astronaut**.
我兒子的夢想工作是當一名太空人。

as•tron•o•mer [əˋstrɑnəmɚ] 英中 六級

名 天文學家

• **Astronomers** like to go star gazing.
天文學家喜歡凝望星星。

🔊 Track 864

as•tron•o•my [əsˋtrɑnəmɪ] 英中 六級

名 天文學

• I'm very interested in my **astronomy** class.
我很喜歡我的天文學課。

at•ten•dance [əˋtɛndəns] 英中 六級

名 出席、參加

• I've had perfect **attendance** for the past 2 years.
過去兩年我有完美的出勤紀錄。

反 absence 缺席

au•di•to•ri•um [ˏɔdəˋtorɪəm] 英中 六級

名 禮堂、演講廳

• We're going to meet in front of the **auditorium** before going in to watch the play.
在看表演之前我們在演講廳碰面。

同 hall 會堂

aux•il•ia•ry [ɔgˋzɪljərɪ] 英中 六級

形 輔助的

• He is not a full-time employee; he's an **auxiliary** staff member.
他不是全職員工而是兼職人員。

同 helping 輔助的

awe [ɔ] 英中 六級

名 敬畏
動 使敬畏

• The Grand Canyon is an **awe**-inspiring wonder of nature.
大峽谷是令人敬畏的自然奇觀。

同 respect 尊敬

a•while [əˈhwaɪl] .... 英中 六級

副 暫時、片刻

• It's been **awhile** since I've been here.
我已經來這裡一陣子了。

反 forever 永遠

bach•e•lor [ˈbætʃələ˞] .... 英中 六級

名 單身漢、學士

• The married man lives like a **bachelor** without any responsibility.
已婚男子過得像是個沒有任何責任的單身漢一樣。

同 single 單身男女

back•bone
[ˈbækˌbon] .... 英中 六級

名 脊骨、脊柱

• He was the **backbone** of the family and the bread-winner.
他是家庭的支柱和收入來源。

同 spine 脊柱

badge [bædʒ] .... 英中 六級

名 徽章

• The boy scout received a **badge** of merit for doing good deeds.
男童軍因做好事而獲得一個徽章。

bal•lot [ˈbælət] .... 英中 六級

名 選票
動 投票

• We counted the **ballots** that decided the winning candidate.
我們數著決定哪個候選人勝出的選票。

同 vote 投票

ban [bæn] .... 英中 六級

動 禁止
名 禁令、查禁

• They **banned** the use of cell phones while driving.
他們禁止開車時講行動電話。

ban•dit [ˈbændɪt] .... 英中 六級

名 強盜、劫匪

• He has become known as the train **bandit** because he always travels by train to commit crimes.
他成為聞名的火車大盜，因他總是搭火車去犯案。

同 robber 強盜

ban•ner [ˈbænə˞] .... 英中 六級

名 旗幟、橫幅

• The **banner** came loose and was flapping in the wind.
那個旗幟鬆了，並且搖曳在風中。

同 flag 旗幟

ban•quet [ˈbæŋkwɪt] .... 英中 六級

名 宴會、宴客

• I've already attended about 4 wedding **banquets** last month.
上個月我已經出席了四場婚宴。

同 feast 宴會

bar•bar•i•an
[barˈbɛrɪən] .... 英中 六級

名 野蠻人
形 野蠻的

• They are acting like **barbarians** making their instructors rather embarrassed.
他們表現得像野蠻人讓指導員很尷尬。

🔊 Track 867

bar•ber•shop [`bɑrbɚ⸝ʃɑp] 英中 六級

名 理髮店

• My father always goes to the same **barbershop** to get his hair cut.
我爸總是去同一家理髮店理頭髮。

bare•foot [`bɛr⸝fut] 英中 六級

形 赤足的
副 赤足地

• Why are you walking on the street **barefoot**?
你為甚麼赤腳地走在街上？

bar•ren [`bærən] 英中 六級

形 不毛的、土地貧瘠的

• The **barren** land is not suitable for planting crops.
貧瘠的土地不適合種農作物。

反 fertile 肥沃的

bass [bes] 英中 六級

名 低音樂器、男低音歌手
形 低音的

• I love the **bass** sound more than the guitar.
跟吉他比起來，我喜歡貝斯的聲音多一點。

batch [bætʃ] 英中 六級

名 一批、一群、一組

• I baked 2 **batches** of cookies today.
我今天烤了兩批餅乾。

同 cluster 群、組

🔊 Track 868

bat•ter [`bætɚ] 英中 六級

動 連擊、重擊

• The ship was **battered** relentlessly by the heavy rain.
這艘船被豪雨無情地重擊。

同 beat 打擊

ba•zaar [bə`zɑr] 英中 六級

名 市場、義賣會

• We bought these nice Persian rugs at the **bazaar**.
我們在市場買了這個精美的波斯地毯。

beauti•fy [`bjutə⸝faɪ] 英中 六級

動 美化

• She tried to **beautify** the wall by drawing some nice designs on it.
她試著藉由畫些不錯的設計來美化牆面。

before•hand [bɪ`for⸝hænd] 英中 六級

副 事前、預先

• Let's talk about the terms of the contract **beforehand**.
讓我們事先來討論一下合約的條款。

反 afterward 之後、後來

be•half [bɪ`hæf] 英中 六級

名 代表

• On **behalf** of the organization, I would like to express our greatest gratitude.
我代表協會，表達我們最大的謝意。

🔊 Track 869

be•long•ings [bə`lɔŋɪŋz] 英中 六級

名 所有物、財產

• Gather your **belongings** and don't leave anything on the bus.
帶上你的東西，別忘記任何東西在巴士上。

同 possession 財產

be•lov•ed [bɪ`lʌvɪd] 英中 六級

形 鍾愛的、心愛的

• She is my **beloved** grandmother whom I always talk about.
她就是我常說的我鍾愛的奶奶。

同 darling 親愛的

ben•e•fi•cial
[ˌbɛnəˈfɪʃəl]...................... 英中 六級

形 有益的、有利的

• It is **beneficial** to your body to eat healthily.
吃得健康對你的身體有益。

反 harmful 有害的

---

be•ware [bɪˈwɛr]................. 英中 六級

動 當心、小心提防

• You should **beware** of pickpockets on streets.
你在街上應該要小心扒手。

---

bid [bɪd]........................ 英中 六級

名 投標價
動 投標、出價

• We placed a **bid** on the item up for auction.
我們在物品上放上一個競標價做為競標。

🔊 Track 870

---

black•smith
[ˈblæksmɪθ]..................... 英中 六級

名 鐵匠、鍛工

• I wonder where I can find a good **blacksmith** to make a sword for me.
我想要知道哪裡可以找到一個好的鐵匠替我鑄劍。

---

blast [blæst]................... 英中 六級

名 強風、風力
動 損害

• A **blast** of strong wind came into the room.
一陣強風吹進房裡。

反 breeze 微風

---

blaze [blez].................... 英中 六級

名 火焰，爆發

• The **blaze** was very hot and bright.
火焰非常的亮且熱。

同 flame 火焰

---

bleach [blitʃ]................... 英中 六級

名 漂白劑
動 漂白、脫色

• I always add a bit of **bleach** into the water when I mop the floor.
當我在拖地的時候，我總是加一些漂白水在水裡。

反 dye 染色

---

bliz•zard [ˈblɪzəd].............. 英中 六級

名 暴風雪

• I'm not going out today, because there is a **blizzard** outside.
我今天不會出門，因為外面有暴風雪。

🔊 Track 871

---

blond / blonde [blɑnd]......... 英中 六級

名 金髮的人
形 金髮的

• She is tall and has **blond** hair.
她很高而且有金色的頭髮。

---

blot / stain
[blɑt] / [sten]................... 英中 六級

名 汙痕、汙漬
動 弄髒、使蒙恥

• I need to **blot** my pen; there is too much ink at the tip.
我必須吸乾我的筆，筆尖有太多墨水了。

---

blues [bluz]..................... 英中 六級

名 憂鬱、藍調

• Jimmy always sings the **blues** when he's feeling a little down.
當吉米感到有點憂鬱的時候，他就會唱一些藍調歌曲。

---

blur [blɜ]....................... 英中 八級

名 模糊、朦朧
動 變得模糊

• Wiping the windshield with soap just **blurred** the windows even more.
用肥皂擦擋風玻璃，讓玻璃變得更模糊了。

同 smear 被弄模糊

---

bod·i·ly [ˋbadɪlɪ] 英中 六級

形 身體上的
副 親自、親身

• It shouldn't cause any **bodily** harm if you use it properly.
如果你適當地使用，應該不會造成任何身體上的損害。

反 spiritual 精神的

🔊 Track 872

body·guard [ˋbadɪˏgard] 英中 六級

名 護衛隊、保鑣

• The pop star traveled with an entourage of **bodyguards**.
這個明星旅行時四周都有保鑣環繞。

bog [bag] 英中 六級

名 濕地、沼澤
動 陷於泥沼

• I'm **bogged** down with work and can't make it home to dinner.
我被工作纏身而不能回家吃飯。

bolt [bolt] 英中 六級

名 門閂
動 閂上、吞嚥

• I need to go to the hardware store and buy a **bolt** for the door.
我需要去五金行買門閂。

bo·nus [ˋbonəs] 英中 六級

名 分紅、紅利

• I can't wait to get my annual **bonus**.
我等不及領到我的年終分紅了。

同 premium 獎金

boom [bum] 英中 六級

名 隆隆聲
動 發出低沉的隆隆聲

• There was a loud **boom** of thunder and then the rain came pouring down.
剛有一聲響亮的隆隆聲，接著雨就開始下了。

同 thunder 隆隆聲

🔊 Track 873

booth [buθ] 英中 六級

名 棚子、攤子

• We need to get to the convention center earlier to set up our **booth** for tomorrow.
我們必須去早一點集會中心擺好我們明天的攤位。

bore·dom [ˋbordəm] 英中 六級

名 乏味、無聊

• They decided to go out to relieve their **boredom**.
他們決定出門以解除他們的無聊。

反 amusement 樂趣

bos·om [ˋbuzəm] 英中 六級

名 胸懷、懷中

• The child nestled soundly on her mother's **bosom**.
小孩依靠在她媽媽的懷裡。

同 breast 胸部

bot·a·ny [ˋbatənɪ] 英中 六級

名 植物學

• She studies **botany** and you can often find her in the botanical gardens of her school.
她在學校修植物學，你常常可以在學校的植物園看到她。

bou·le·vard [ˋbuləˏvard] 英中 六級

名 林蔭大道

• We took a stroll along the **boulevard** after dinner.
我們在晚餐後沿著林蔭大道散步。

同 avenue （林蔭）大道

🔊 Track 874

bound [baʊnd] .... 英中 六級

名 彈跳、邊界
動 跳躍

• He hit the ball out of **bounds**, but the referee didn't call it.
他把球打出界，但是裁判並沒有判出界。

---

bound•a•ry [ˈbaʊndərɪ].......... 英中 六級

名 邊界

• We need to set **boundaries** to keep the kids in line.
我們需要設置規範讓孩子不要越界。

圓 border 邊界

---

bow•el [ˈbaʊəl] .... 英中 六級

名 腸子、惻隱之心

• The patient cannot drink or eat anything unless he has had a **bowel** movement.
病人不能吃或喝任何東西，除非他排便了。

---

box•er [ˈbɑksɚ] .... 英中 六級

名 拳擊手

• The **boxer** redeemed his championship title by dominating the match.
拳擊手藉由打敗他的對手，找回他的冠軍頭銜。

---

box•ing [ˈbɑksɪŋ] .... 英中 六級

名 拳擊

• He left his **boxing** gloves in his locker at the gym.
他把他的拳擊手套放他體育館裡的置物櫃。

🔊 Track 875

boy•hood [ˈbɔɪhʊd] .... 英中 六級

名 少年時期

• They have been best friends from **boyhood**.
他們從男孩時期就是最要好的朋友。

---

brace [bres] .... 英中 六級

名 支架、鉗子
動 支撐、鼓起勇氣

• I think we need to take you to the orthodontist to get some **braces**.
我們需要帶你去給牙齒矯正師戴牙套。

圓 prop 支撐物

---

braid [bred] .... 英中 六級

名 髮辮、辮子
動 編結辮帶或辮子

• The little girls had matching **braids**.
這些小女孩有一對辮子。

---

breadth [brɛdθ] .... 英中 六級

名 寬度、幅度

• His **breadth** for knowledge was astonishing.
他的知識廣度令人驚訝。

反 length 長度

---

bribe [braɪb]............................... 英中 六級

名 賄賂
動 行賄

• He tried to **bribe** the judge to reduce his sentence.
他試著賄賂法官來減輕判刑。

🔊 Track 876

brief•case [ˈbrifˌkes] .... 英中 六級

名 公事包、公文袋

• The frantic man came into the police station looking for his **briefcase** filled with money.
那個急如星火的男人衝進警察局找他裝滿錢的公事包。

---

broad•en [ˈbrɔdṇ] .... 英中 六級

動 加寬

• You should **broaden** your horizons by traveling abroad to study.
你應該藉由遊學來增廣你的視野。

圓 widen 加寬

bronze [brɑnz] 英中 六級

名 青銅
形 青銅製的

- Although it was not a gold, he was happy to get a **bronze** medal.
  儘管不是純金的，他還是很開心得到一個青銅徽章。

brooch [brotʃ] 英中 六級

名 別針、胸針

- The **brooch** was so large that it attracted everyone's attention.
  這別針很大，吸引了所有人的目光。

brood [brud] 英中 六級

名 同一窩孵出的幼鳥
動 孵蛋

- We discovered a **brood** of birds in the tree in front of our home.
  我們在家前的樹上發現一窩小鳥。

🔊 Track 877

broth [brɔθ] 英中 六級

名 湯、清湯

- She used vegetable **broth** to cook the risotto.
  他用蔬菜清湯煮燉飯。

同 soup 湯

brother•hood [ˈbrʌðɚˌhud] 英中 六級

名 兄弟關係、手足之情

- The members of the fraternity had a great **brotherhood**.
  兄弟會的成員都有手足之情。

browse [brauz] 英中 六級

名 瀏覽
動 瀏覽、翻閱

- Take a **browse** and see if this article is worth using in our paper.
  看一下這篇文章是否值得用在我們的報紙上。

同 scan 瀏覽

bruise [bruz] 英中 六級

名 青腫、瘀傷
動 使⋯青腫、使⋯瘀傷

- I **bruise** very easily, so I always have many **bruises** on my body.
  我很容易瘀青，所以身上常常有瘀青。

同 injure 傷害、損害

bulge [bʌldʒ] 英中 六級

名 腫脹
動 鼓脹、凸出

- There was a **bulge** in my bag, and I found my cat hiding in it.
  我的背包有一個凸起物，然後我發現我的貓躲在裡面。

同 swell 腫脹

🔊 Track 878

bulk [bʌlk] 英中 六級

名 容量、龐然大物

- You can buy things in **bulk** at that store.
  你可以在那間商店買大批的東西。

bul•ly [ˈbulɪ] 英中 六級

名 暴徒
動 脅迫

- All **bullies** are actually cowards.
  所有的暴徒事實上都是懦夫。

bu•reau [ˈbjuro] 英中 六級

名 政府機關、辦公處

- We will take a field trip and visit the offices of the Education **Bureau**.
  他要做一個實地考察，並且拜訪教育司的辦公室。

同 agency 行政機關

butch•er [ˈbutʃɚ] 英中 六級

名 屠夫
動 屠殺、殘害

- He **butchered** the lamb with expertise.
  他用專業技術宰殺羔羊。

同 slaughter 屠殺

Cc⤵

cac•tus [ˈkæktəs] 英中 六級

名 仙人掌

- Jerry put a **cactus** plant on his desk.
  傑瑞將一盆仙人掌放在他的桌上。

🔊 Track 879

calf [kæf] 英中 六級

名 小牛

- The **calf** is nuzzling its mother.
  小牛正用鼻子摩擦著牠的媽媽。

cal•lig•ra•phy [kəˈlɪgrəfɪ] 英中 六級

名 筆跡、書法

- His **calligraphy** is vigorous and forceful.
  他的筆跡強勁有力。
- 同 penmanship 字跡、筆跡

ca•nal [kəˈnæl] 英中 六級

名 運河、人工渠道

- The villagers had a consensus to build a new **canal**.
  全村都同意要建造一條新的運河。
- 同 ditch 管道

can•non [ˈkænən] 英中 六級

名 大炮
動 用炮轟

- The soldiers fired the **cannon**.
  士兵們發射了大炮。

car•bon [ˈkɑrbən] 英中 六級

名 碳、碳棒

- Please make a copy by using **carbon** paper.
  請用複寫紙複製一份。

🔊 Track 880

card•board [ˈkɑrdˌbord] 英中 六級

名 卡紙、薄紙板

- Kevin put all things in the box made of **cardboard** before leaving his office.
  凱文在離開辦公室前，將所有東西都放進了紙盒裡。

care•free [ˈkɛrˌfri] 英中 六級

形 無憂無慮的

- The new couples have a **carefree** vacation on Bali Island.
  這對新婚夫妻在峇里島享受著無憂無慮的假期。
- 反 anxious 憂慮的

care•taker [ˈkɛrˌtekɚ] 英中 六級

名 看管員、照顧者

- The school **caretaker** made his round in the campus twice a day.
  學校的管理員每天會巡視校園兩次。

car•na•tion [kɑrˈnaʃən] 英中 六級

名 康乃馨

- Don't forget present your mother a bunch of **carnation** flowers on Mothers' Day.
  母親節時別忘了送媽媽一束康乃馨。

car•ni•val [ˈkɑrnəvl̩] 英中 六級

名 狂歡節慶

- We had a crazy and happy vacation in the annual **carnival** in Rio de Janeiro, Brazil.
  我們在巴西里約熱內盧的年度嘉年華會上度過了一個瘋狂又快樂的假期。
- 同 festival 節日

🔊 Track 881

carp [kɑrp] 英中 六級

名 鯉魚
動 吹毛求疵

- Peter and Mary restocked the pond with **carp** last week.
  彼得和瑪莉上週在池子裡放入了新的鯉魚。

car•ton [ˈkɑrtn̩] 英中 六級

名 紙板盒、紙板

- Mathew packed all his clothes in a large **carton**.
  馬修將他的衣服收進了大紙箱裡。

同 package 包裝箱

cat•e•go•ry [ˈkætəˌgorɪ] 英中 六級

名 分類、種類

- Please class the books in this **category**.
  請將書都分到這一類。

同 classification 分類

ca•the•dral [kəˈθidrəl] 英中 六級

名 主教的教堂

- St. Pauls **Cathedral** is the most famous **cathedral** in England.
  聖保羅大教堂是英國最有名的主教教堂。

同 church 教堂

cau•tion [ˈkɔʃən] 英中 六級

名 謹慎
動 小心

- Jack told his son to drive with **caution**.
  傑克叫他兒子要小心開車。

同 warn 小心、警告

🔊 Track 882

cau•tious [ˈkɔʃəs] 英中 六級

形 謹慎的、小心的

- Nicole is a smart and **cautious** investor.
  妮可是位聰明謹慎的投資者。

同 wary 小心的

ce•leb•ri•ty [səˈlɛbrətɪ] 英中 六級

名 名聲、名人

- Michael Jackson was a worldwide **celebrity**.
  麥可傑克森是全球知名的名人。

同 notable 名人

cel•er•y [ˈsɛlərɪ] 英中 六級

名 芹菜

- Helen liked to have a glass of **celery** juice in the morning.
  海倫喜歡在早上喝杯芹菜汁。

cel•lar [ˈsɛlɚ] 英中 六級

名 地窖、地下室
動 貯存於

- Kim kept all his wine in a **cellar**.
  金把他所有的酒都儲存在地窖裡面。

同 basement 地下室

cel•lo [ˈtʃɛlo] 英中 六級

名 大提琴

- Mr. Ma is a famous musician who plays **cello**.
  馬先生是著名的大提琴音樂家。

🔊 Track 883

cell-phone / cell•phone / cel•lu•lar phone / mo•bile phone [ˈsɛl fon] / [ˈsɛljʊlɚ fon] / [ˈmobɪl fon] 英中 六級

名 行動電話

- Almost everyone in Taiwan has at least one **cellphone**.
  台灣幾乎每個人都至少有一支行動電話。

Cel•si•us / Cen•ti•grade / cen•ti•grade [ˈsɛlsɪəs] / [ˈsɛntəˌgred] 英中 六級

形 攝氏（溫度）的、百分度的
名 攝氏

- The temperature soared to forty degrees **Celsius** today.
  今天氣溫飆到攝氏 40 度。

cer•e•mo•ny
[ˋsɛrəˌmonɪ].................... 英中 六級

名 儀式、典禮

- The citizens were so exciting about the opening **ceremony** of the Olympic game in Beijing.
  人民對於北京奧林匹克的開幕儀式都感到相當興奮。

同 celebration 慶祝

cer•tif•i•cate
[səˋtɪfəkɪt] /[səˋtɪfəˌket]........... 英中 六級

名 證書、憑證
動 發證書

- Before applying to work in this company, you should prepare all your **certificates**.
  到這間公司應徵之前，你應該將你的證書準備齊全。

chair•person / chair / chair•man
[ˋtʃɛrˌpɝsn̩] / [tʃɛr] / [ˋtʃɛrmən]
.... 英中 六級

名 主席

- The **chairperson** made a sound to attract our attention.
  主席發出聲音來吸引我們的注意。

🔊 Track 884

chair•woman
[ˋtʃɛrˌwumən]........................... 英中 六級

名 女主席

- Kate is my first suggestion as **chairwoman**.
  凱特是我會首先推薦的女主席。

chant [tʃænt]......................... 英中 六級

名 讚美詩、歌
動 吟唱

- People **chanted** their requirements in front of the Legislative Yuan.
  民眾在立法院前面說出他們的要求。

同 hymn 讚美詩

chat•ter [ˋtʃætɚ]..................... 英中 六級

名 喋喋不休
動 喋喋不休

- Thomas **chattered** all night about his new girlfriend.
  湯瑪士整晚喋喋不休地談著他的新女朋友。

同 babble 嘮叨

check•book [ˋtʃɛkˌbuk]......... 英中 六級

名 支票簿

- Please get a new **checkbook** in the bank for me.
  請幫我在銀行拿一本新支票簿。

check-in [tʃɛkˋɪn]................... 英中 六級

名 報到、登記

- The beautiful woman in front of the **check-in** counter is my wife.
  在登記櫃臺前的那位美麗女子正是我的太太。

🔊 Track 885

check-out [ˋtʃɛkˌaut]............. 英中 六級

名 檢查、結帳離開

- The latest **check-out** time of the hotel is twelve o'clock.
  旅館的最晚結帳離開時間是 12 點。

check•up [ˋtʃɛkˌʌp]................ 英中 六級

名 核對

- My mother had her annual medical **checkup** last month.
  我媽媽上個月進行了年度的醫療檢查。

chef [ʃɛf]............................... 英中 六級

名 廚師

- The pastry **chef** is good at making delicious cakes.
  這位點心師傅擅長做出美味的蛋糕。

同 cook 廚師

chem·ist [ˈkɛmɪst] .... 英中 六級

名 化學家、藥商

- Monica's husband is a dispensing **chemist** working in the pharmacy around the corner.
  莫妮卡的先生是在轉角藥局上班的藥劑師。

chest·nut [ˈtʃɛsnət] .... 英中 六級

名 栗子
形 紅棕栗色的

- There is a **chestnut** tree in front of my house.
  我的房子前面有一棵栗子樹。

🔊 Track 886

chill [tʃɪl] .... 英中 六級

動 使變冷
名 寒冷
形 冷的

- He walked home in the heavy rain and caught a **chill**.
  他冒著大雨走路回家，結果感冒了。

同 cold 冷

chim·pan·zee
[ˌtʃɪmpænˈzi] .... 英中 六級

名 黑猩猩

- These crazy behaviors made him look just like a mad **chimpanzee**.
  這些瘋狂的舉動讓他看起來就像隻發瘋的黑猩猩。

choir [kwaɪr] .... 英中 六級

名 唱詩班

- The sound of the songs sang by the children's **choir** was so beautiful.
  兒童唱詩班所唱出的歌聲非常的動聽。

同 chorus 合唱隊

chord [kɔrd] .... 英中 六級

名 琴弦

- What he said struck a familiar **chord**.
  他的話聽來耳熟。

chub·by [ˈtʃʌbɪ] .... 英初 四級

形 圓胖的、豐滿的

- Renee is a **chubby** and lovely girl in the office.
  蕾妮是辦公室裡胖嘟嘟的可愛女孩。

同 plump 豐滿的

🔊 Track 887

cir·cuit [ˈsɝkɪt] .... 英中 六級

名 電路、線路

- The complex **circuits** made me dizzy.
  複雜的線路讓我眼花了。

同 trajectory 軌道

cite [saɪt] .... 英中 六級

動 例證、引用

- I'll **cite** some figures for reference.
  我會引用一些數據作為參考。

同 quote 引用

civ·ic [ˈsɪvɪk] .... 英中 六級

形 城市的、公民的

- It's almost three kilometers from my home to the **civic** center.
  從我家到市中心將近有 3 公里遠。

同 urban 城市的

clam [klæm] .... 英中 六級

名 蛤、蚌

- When the teacher came in, everyone shut up like a **clam**.
  當老師進來時，每個人都像蚌一樣閉上了嘴巴。

clan [klæn] .... 英中 六級

名 宗族、部落

- His **clan** was very active in political activities.
  他的家族在政治活動中非常活躍。

同 tribe 部落

clasp [klæsp] 英中 六級

名 釦子、鉤子
動 緊抱、扣緊

- Judy passionately **clasped** her boyfriend in her arms when he appeared suddenly in the airport terminal.
  當裘蒂的男友突然出現在機場時，她熱情地緊抱住他。

同 buckle 釦子、扣緊

clause [klɔz] 英中 六級

名 子句、條款

- The fifth **clause** of the agreement specifies the payment terms.
  同意書的第五項條款詳細說明了付款的期限。

同 article 條款、條文

cling [klɪŋ] 英中 六級

動 抓牢、附著

- Jim's clothes **clung** to his boy after walking in the heavy rain.
  走在大雨中，吉姆的兒子抓緊著他的衣服。

同 grasp 抓牢

clock•wise [ˋklɑkˏwaɪz] 英中 六級

形 順時針方向的
副 順時針方向地

- Is the doll on the music box spinning **clockwise** or anti-clockwise?
  音樂盒上的娃娃是順時針還是反時針旋轉？

clo•ver [ˋklovɚ] 英中 六級

名 苜蓿、三葉草

- The **clover** can be grown as food for animals.
  三葉草可以種來作為動物的食物。

clus•ter [ˋklʌstɚ] 英中 六級

名 簇、串
動 使生長、使成串

- There were a **cluster** of fans waiting for the superstar in the airport.
  一群歌迷在機場等待著超級巨星。

同 batch 組、群

clutch [klʌtʃ] 英中 六級

名 抓握
動 緊握、緊抓

- The little girl **clutched** onto her mother's hand when she saw this stranger.
  看到這個陌生人時，小女孩緊握著她媽媽的手。

同 hold 抓握

coast•line [ˋkostˏlaɪn] 英中 六級

名 海岸線

- It was an impressive experience to drive along **coastline** and enjoy sightseeing.
  沿著海岸線開車欣賞風景是個令人印象深刻的體驗。

co•coon [kəˋkun] 英中 六級

名 繭
動 把…緊緊包住保護

- Have you ever seen a silkworm **cocoon**?
  你曾看過蠶的繭嗎？

coil [kɔɪl] 英中 六級

名 線圈、卷
動 捲、盤繞

- A **coil** of climbing ropes was left in the backyard.
  一卷攀岩繩被留在後院裡。

同 curl 捲

A B C D E F G H I J K L M N O P Q R S T U V W X Y Z

🔊 Track 890

col•league [ˋkɑlig]................. 英中 六級

名 同僚、同事

- The man in blue jeans is my **colleague**.
  穿藍色牛仔褲的那個男人是我的同事。

同 associate 夥伴、同事

colo•nel [ˋkɝn!]..................... 英中 六級

名 陸軍上校

- Some military forces have a **colonel** as their highest ranking officer.
  有些軍隊中的最高職等是陸軍上校。

co•lo•ni•al [kəˋlonɪəl].............. 英中 六級

名 殖民地的居民
形 殖民地的

- Germany was once an important **colonial** power.
  德國曾經是個重要的殖民國。

同 territorial 領土的

com•bat [ˋkɑmbæt] .... 英中 六級

名 戰鬥、格鬥、戰爭
動 戰鬥、抵抗

- It's hard to count how many soliders had died in **combat**.
  士兵在戰爭中的死亡人數難以計算。

同 battle 戰鬥

co•me•di•an [kəˋmidɪən]..................... 英中 六級

名 喜劇演員

- Jim Carrey is a famous male **comedian**.
  金凱瑞是著名的男喜劇演員。

🔊 Track 891

com•et [ˋkɑmɪt]..................... 英中 六級

名 彗星

- Do you believe that **comet** may collide with the Earth one day?
  你相信彗星有一天會撞上地球嗎？

com•men•ta•tor [ˋkɑmənˏtetɚ]..................... 英中 六級

名 時事評論家

- Two masked men on a motorbike shot dead a radio **commentator** on Monday.
  兩名蒙面男子星期一騎乘機車射殺了一位廣播時事評論家。

同 critic 評論家

com•mis•sion [kəˋmɪʃən]..................... 英中 六級

名 委任狀、委託、委員會
動 委託做某事

- The local government have established a **commission** to investigate the problem of drug dealers.
  地方政府已經成立了委員會來調查毒販的問題。

同 entrust 委託、託管

com•mod•i•ty [kəˋmɑdətɪ]..................... 英中 六級

名 商品、物產

- For a student, energy is a necessary **commodity**.
  學生一定要精神飽滿。

同 product 產品

common•place [ˋkɑmənˏples]..................... 英中 六級

名 平凡的事
形 平凡的

- Cell phones and laptops are increasingly **commonplace**.
  行動電話和筆記型電腦越來越普遍了。

同 general 一般的

com•mu•nism
[`kɑmjʊ,nɪzəm].......................... 英中 六級

名 共產主義

- We had a discussion about **communism** in North Korea in the political class.
  我們在政治課上討論了北韓的共產主義。

com•mu•nist
[`kɑmjʊnɪst]............................... 英中 六級

名 共產黨員
形 共產黨的

- China, Cuba, North Korea, Laos, and Vietnam are present **communist** states.
  中國、古巴、北韓、寮國和越南是目前的共產國家。

com•mute
[kə`mjut]................................... 英中 六級

動 變換、折合、通勤

- It's exhausting **commuting** from Taipei to Taichung every day.
  每天從台北到台中通勤是非常累人的。
- 同 shuttle 往返

com•mut•er [kə`mjutɚ] .... 英中 六級

名 通勤者

- The MRT is packed with **commuters** every morning.
  捷運每天早上都擠滿了通勤者。

com•pact [kəm`pækt] / [`kɑmpækt]
.... 英中 六級

名 契約
形 緊密的、堅實的

- You'll nood a **compact** travel bag when you're trekking in desert.
  在沙漠中跋涉,你會需要一個輕巧耐用的旅行背包。
- 同 agreement 協定、協議

com•pass [`kʌmpəs]............. 英中 六級

名 羅盤
動 包圍

- **Compass** was invented in ancient China sometime before the 2nd century.
  羅盤是在西元二世紀之前的古中國所發明的。

com•pas•sion
[kəm`pæʃən]............................. 英中 六級

名 同情、憐憫

- The little boy showed a great **compassion** for the stray dog.
  小男孩對於迷路的小狗展現出了極大的憐憫。
- 同 sympathy 同情

com•pas•sion•ate [kəm`pæʃənɪt]
.... 英中 六級

形 憐憫的

- She is a very **compassionate** and forgiving person.
  她是個具憐憫心又寬容的人。
- 反 cruel 殘忍的

com•pel [kəm`pɛl]................... 英中 六級

動 驅使、迫使、逼迫

- The factory workers were usually **compelled** to work overtime.
  工廠的工人經常被迫超時工作。
- 同 force 迫使

com•pli•ment
[`kɑmpləmənt]........................... 英中 六級

名 恭維

- I'd rather take his words as **compliments** than sarcasm.
  我寧願把他說的話當成是恭維,而不是諷刺。
- 反 insult 汙辱

🔊 Track 894

com•pound [ˋkɑmpaʊnd] / [kɑmˋpaʊnd] ....英中 六級

名 合成物、混合物
動 使混合、達成協定

• Sugar is a **compound** which is formed by a chemical reaction and cannot be separated.
糖是由化學反應所形成的合成物，無法被分離。

同 mix 混合

com•pre•hend [ˌkɑmprɪˋhɛnd] ....英中 六級

動 領悟、理解

• The teacher doesn't seem **comprehend** the scale of the students' problems.
老師似乎不能理解學生問題的程度。

com•pre•hen•sion [ˌkɑmprɪˋhɛnʃən] ....英中 六級

名 理解

• He has no **comprehension** of the students' level.
他無法理解學生的問題有哪些。

com•pro•mise [ˋkɑmprəˌmaɪz] ....英中 六級

名 和解
動 妥協

• It is expected that a **compromise** will be reached in today's talks.
一般預料，今天的談話中會達成和解。

同 concession 讓步

com•pute [kəmˋpjut] ....英中 六級

動 計算

• We asked the waitress to **compute** the bill after the meal.
用餐後，我們請服務員替我們結帳。

同 calculate 計算

🔊 Track 895

com•pu•ter•ize [kəmˋpjutəˌraɪz] ....英中 六級

動 用電腦處理

• The management systems have been **computerized** in this company last week.
上周公司的管理系統已經電腦化了。

com•rade [ˋkɑmræd] ....英中 六級

名 同伴、夥伴

• Many of her **comrades** were injured in the accident.
她的許多同伴都在意外中受傷。

同 partner 夥伴

con•ceal [kənˋsil] ....英中 六級

動 隱藏、隱匿

• There's a wiretapping device **concealed** in the necklace.
項鍊中隱藏了一個竊聽裝置。

同 hide 隱藏

con•ceive [kənˋsiv] ....英中 六級

動 構想、構思

• It's not hard to **conceive** why he's still unemployed.
不難想像他為何一直失業。

同 conjecture 推測、猜測

con•demn [kənˋdɛm] ....英中 六級

動 譴責、非難、判刑

• The rapist was **condemned** to spend the rest of his lives in prison.
強暴犯被判在監獄中度過餘生。

同 denounce 譴責

con•duct
[ˈkɑndʌkt] / [kənˈdʌkt]............ 英中 六級

名 行為、舉止
動 指揮、處理

• The bridegroom was nervous and didn't know how to **conduct** himself in the wedding.
新郎很緊張，在婚禮中不知道如何自處。

同 behavior 行為、舉止

con•fes•sion
[kənˈfɛʃən]........................ 英中 六級

名 承認、招供

• John made a **confession** that he had lost the watch I lent him.
約翰承認他弄丟了我借他的手錶。

con•front
[kənˈfrʌnt]................ 英中 六級

動 面對、面臨

• That's the hardship we'll have to **confront**, no matter how unpleasant it is.
無論它會令人多不舒服都是我們必須面對的困難。

同 encounter 遭遇

con•sent [kənˈsɛnt] .... 英中 六級

名 贊同　動 同意、應允

• My parents wouldn't **consent** to my working in the pub.
我的父母不會同意我在酒吧裡工作的。

同 agree 同意

con•serve [kənˈsɝv] .... 英中 六級

動 保存、保護

• In ancient times, people **conserved** their meat with salt.
在古代，人們會用鹽來保存肉品。

同 preserve 保護

con•sid•er•ate
[kənˈsɪdərɪt] .... 英初 四級

形 體貼的

• It was very **considerate** of you to buy me this present.
你買這個禮物給我真是體貼。

同 thoughtful 體貼的

con•sole
[ˈkɑnsol] / [kənˈsol] .... 英中 六級

名 操作控制臺
動 安慰、慰問

• He is very lousy at **consoling** girls; whatever he says seems wrong.
他不大會安慰女生，他所說的任何話似乎都不對。

同 comfort 安慰

con•sti•tu•tion•al [ˌkɑnstəˈtjuʃənļ]
.... 英中 六級

名 保健運動
形 有益健康的、憲法的

• **Constitutional** symptoms refer to a group of symptoms that can affect many different systems of the body.
體質症狀指的是一些可能會影響許多不同身體系統的症狀。

同 healthful 有益健康的

con•ta•gious
[kənˈtedʒəs]............................... 英中 六級

形 傳染的

• He was kept under home quarantine till he stopped being **contagious**.
他在不具傳染性之前，都必須留在家。

同 infectious 傳染的

A B C D E F G H I J K L M N O P Q R S T U V W X Y Z

con•tam•i•nate
[kən`tæməˌnet] .... 英中 六級

動 汙染

• The products which where **contaminated** during shipping had been destroyed.
在船隻運送時受污染的產品已被銷毀。

同 pollute 汙染

🔊 Track 898

con•tem•plate
[`kɑntəmˌplet] .... 英中 六級

動 凝視、苦思

• The man has been **contemplating** a change of life style.
男人一直都在思考著生活型態上的改變。

con•tem•po•rar•y
[kən`tɛmpəˌrɛrɪ] .... 英中 六級

名 同時代的人
形 同時期的、當代的

• All kinds of Chinese **contemporary** art are exhibited online.
網路上展出中國當代藝術的所有種類。

con•tempt
[kən`tɛmpt] .... 英中 六級

名 輕蔑、鄙視

• The arrogant student had complete **contempt** for all his professors at school.
魯莽的學生對學校所有教授表現出完全的輕蔑。

同 scorn 輕蔑

con•tend [kən`tɛnd]................. 英中 六級

動 抗爭、奮鬥

• Three candidates are **contending** for this job position.
這個工作職位有三個候選人在爭取。

同 struggle 奮鬥、鬥爭

con•ti•nen•tal
[ˌkɑntə`nɛntl̩] .... 英中 六級

形 大陸的、洲的

• **Continental** drift is a concept that was originally developed in 1912 by a German meteorologist.
大陸漂流的概念源自 1912 年的一位德國氣象學家。

🔊 Track 899

con•ti•nu•ity
[ˌkɑntə`nuətɪ] .... 英中 六級

名 連續的狀態

• There is no **continuity** in the English classes; they've had succession of different teachers.
英語課程沒有連貫，因為他們陸續換了不同的老師。

con•vert [kən`vɝt] .... 英中 六級

動 變換、轉換

• My Islam friend has **converted** to a Christian.
我的伊斯蘭教朋友已經轉變為基督徒。

同 change 改變

con•vict [`kɑnvɪkt] / [kən`vɪkt]
.... 英中 六級

名 被判罪的人
動 判定有罪

• The man was **convicted** last year for an armed robbery he did not commit.
這個男人去年被判定他根本就沒有犯下的行凶搶劫。

同 condemn 宣告⋯有罪
反 acquit 宣告⋯無罪

cop•y•right
[`kɑpɪˌraɪt] .... 英中 六級

名 版權、著作權
動 為⋯取得版權

• The symbol © shows that things is protected by **copyright**.
© 這個標誌代表物件受到著作權的保護。

cor•al [ˈkɑrəl] 英中 六級

名 珊瑚
形 珊瑚製的

• I bought a **coral** nacklace for a souvenir when I travelled on the island.
我在島上旅行時買了一個珊瑚項鍊當做紀念品。

🔊 Track 900

cor•po•ra•tion [ˌkɔrpəˈreʃən] 英中 六級

名 公司、企業

• She doesn't like the system in this big **corporation**.
她不喜歡這間大公司裡的系統。

同 company 公司

cor•re•spon•dence [ˌkɔrəˈspɑndəns] 英中 六級

名 符合

• His appearance has little **correspondence** with your description.
他的外表不大符合你所描述的樣子。

同 accordance 符合

cor•ri•dor [ˈkɔrədɚ] 英中 六級

名 走廊、通道

• I have my own chamber at the end of the **corridor** in this company.
我在這間公司的走廊盡頭有個自己的房間。

同 aisle 通道、走道

cor•rupt [kəˈrʌpt] 英中 六級

動 使墮落
形 腐敗的

• So many scholars claimed that violence on cartoon **corrupts** the minds of children.
許多學者聲稱卡通中的暴力會使孩童的心智墮落。

同 rotten 腐敗的

coun•sel [ˈkaʊnsl̩] 英中 六級

名 忠告、法律顧問
動 勸告、建議

• My job is to **counsel** unemployed people on how to find a work.
我的工作是向失業的人建議如何找到工作。

同 advise 勸告

🔊 Track 901

coun•sel•or [ˈkaʊnsl̩ɚ] 英中 六級

名 顧問、參事

• Mrs. Lin was seeking professional help from a marriage and relationship **counselor**.
林太太向婚姻關係顧問尋求專業的幫助。

同 adviser 顧問

counter•clockwise [ˌkaʊntɚˈklɑkˌwaɪz] 英中 六級

形 反時針方向的
副 反時針方向地

• Put it down and twist it **counterclockwise**, then you can open the bottle.
將它放下，並朝逆時針方向轉動，你就可以打開瓶子了。

反 clockwise 順時針方向的

cou•pon [ˈkupɑn] 英中 六級

名 優待券

• You can download the e-**coupon** and print it out with your printer.
你可以下載電子優待券，然後用列表機列印出來。

court•yard [ˈkortˌjɑrd] 英中 六級

名 庭院、天井

• We visited an antique **courtyard** house with traditional architecture style and decoration in Beijing last year.
我們去年在北京參觀了一個有著傳統建築風格與裝飾的古老庭院樓房。

A B C D E F G H I J K L M N O P Q R S T U V W X Y Z

cow•ard•ly [ˈkaʊɚdlɪ] .... 英中 六級

形 怯懦的

- Terry is a **cowardly** man who never admits his fault.

  泰瑞是個怯懦的男人，他從不承認自己的錯。

反 heroic 英勇的

🔊 Track 902

co•zy [ˈkozɪ] .... 英中 六級

形 溫暖而舒適的

- Your guest bedroom is very comfortable and **cozy**.

  你的客房非常的舒適溫暖。

同 snug 舒適、溫暖

crack•er [ˈkrækɚ] .... 英中 六級

名 薄脆餅乾

- I usually have some cheese **crackers** after school before dinner.

  放學後，在吃晚餐前我通常都會吃一些起士薄餅。

cra•ter [ˈkretɚ] .... 英中 六級

名 火山口
動 噴火

- You're able to see the **crater** well when the sky is clear.

  當天空晴朗時，你可以看到火山口。

creak [krik] .... 英中 六級

名 咯吱軋聲
動 發出咯吱聲

- We heard the door **creak** as he came in.

  當他進來時，我們聽見門發出咯吱聲。

creek [krik] .... 英中 六級

名 小灣、小溪

- They saw some swans swimming in the **creek** yesterday.

  他們昨天看見一些天鵝在小溪中游水。

🔊 Track 903

crib [krɪb] .... 英中 六級

名 糧倉、木屋
動 放進糧倉、作弊

- The farmer stores the grains in the **crib** next to the house.

  農夫將穀物儲存在房子旁的糧倉中。

croc•o•dile [ˈkrɑkəˌdaɪl] .... 英中 六級

名 鱷魚

- The **crocodile** leather is the most luxurious category among the genuine leathers.

  鱷魚皮是真皮中最為奢華的皮類。

cross•ing [ˈkrɔsɪŋ] .... 英中 六級

名 橫越、橫渡

- Is there any better way to prevent railway **crossing** accident?

  有更好的方式可以避免鐵路橫越意外嗎？

同 crosswalk 行人穿越道

crouch [kraʊtʃ] .... 英中 六級

名 蹲伏、屈膝姿勢
動 蹲踞

- The burglar **crouched** down behind the sofa when he saw someone coming into the house.

  那個賊看見有人進入房子時，蹲伏在沙發的背後。

同 squat 蹲

crunch [krʌntʃ] .... 英中 六級

名 踩碎、咬碎
動 喀嚓喀嚓地咬嚼

- The children were **crunching** noisily on pears.

  小朋友們正在喀嚓喀嚓地咬著梨子。

crys•tal [ˈkrɪst!] 英中 六級

名 結晶、水晶
形 清澈的、透明的

• My mother arranged the flowers in an elegant **crystal** vase.
我媽媽將花插在一個優雅的水晶花瓶裡。

cui•sine [kwɪˈzin] 英中 六級

名 烹調、烹飪

• Have you ever tried Scottish **cuisine**?
你曾吃過蘇格蘭料理嗎？

curb [kɝb] 英中 六級

名 抑制器
動 遏止、抑制

• The government should take medsures to **curb** tax evasion.
政府應該採取行動遏止逃漏稅。

回 restraint 抑制

cur•ren•cy [ˈkɝənsɪ] 英中 六級

名 貨幣、流通的紙幣

• This website provides foreign exchange and **currency** information for investors, traders, and travellers.
這個網站為投資者、貿易商和旅遊者提供了外匯和貨幣的資訊。

cur•ric•u•lum [kəˈrɪkjələm] 英中 六級

名 課程

• We've put the up-to-date school **curriculum** on the website.
我們已將最新的課程資料放在網站上。

cur•ry [ˈkɝɪ] 英中 六級

名 咖哩粉
動 用咖哩粉調味

• Would you like your noodles with some **curry** sauce?
你想要你的麵上加點咖哩粉嗎？

cus•toms [ˈkʌstəmz] 英中 六級

名 海關

• Airport signs will direct you where to go for processing through **customs**.
機場的標示將會引導你通過海關的程序。

Dd

dart [dɑrt] 英中 六級

名 鏢、鏢槍
動 投擲、發射

• **Darts** is a fun social game that has been around a very long time.
飛鏢是個已經存在已久的有趣社交遊戲。

回 throw 投、丟

daz•zle [ˈdæz!] 英中 六級

名 茫然
動 眩目、眼花撩亂

• Reading novels on line for hours really made me **dazzle**.
在網路上看小說幾個小時會讓我眼花撩亂。

de•cay [dɪˈke] 英中 六級

名 腐爛的物質
動 腐壞、腐爛

• Fluorine can also protect us from dental **decay**, if it is applied through toothpaste twice a day.
如果每天兩次把氟塗在牙膏上刷牙，可以保護我們免於蛀牙。

回 rot 腐爛

de•ceive [dɪˈsiv] 英中 六級

動 欺詐、詐騙

• She kept telling herself that husband will come back, but she's **deceiving** herself.
她認為她先生會回來，但她是在欺騙自己。

回 cheat 欺騙

A B C **D** E F G H I J K L M N O P Q R S T U V W X Y Z

dec•la•ra•tion
[ˌdɛkləˈreʃən] .... 英中 六級

名 正式宣告

- As a witness to the accident, I was asked to make written **declarations** of what I had seen.
  身為意外事件的目擊者，我被要求針對我所看見的情形寫下正式書面聲明。

del•e•gate
[ˈdɛləgɪt] / [ˈdɛləˌget] .... 英中 六級

名 代表、使節　動 派遣

- We have sent **delegates** to represent our school in the seminar.
  我們已經派了學校的代表參加研討會。

同 assign 指派

del•e•ga•tion
[ˌdɛləˈgeʃən] .... 英中 六級

名 委派、派遣

- The Chinese **delegation** has just arrived at the airport.
  中國的代表團剛抵達機場。

同 committee 委員會

dem•o•crat
[ˈdɛməˌkræt] .... 英中 六級

名 民主主義者

- I am a **democrat**, but I am not a revolutionist.
  我是民主主義者，但不是改革主義者。

🔊 Track 907

de•ni•al [dɪˈnaɪəl] .... 英中 六級

名 否定、否認

- I know he didn't mean it, but his **denial** of my request really hurt me.
  我知道他沒有那個意思，但是他拒絕我的要求真的傷害了我。

de•scrip•tive
[dɪˈskrɪptɪv] .... 英中 六級

形 描寫的、說明的

- I started to learn how to write a **descriptive** essay.
  我開始學習如何寫描述性的論說文。

de•spair [dɪˈspɛr] .... 英中 六級

名 絕望
動 絕望

- Don't **despair**! The situation will get better soon.
  不要絕望！情況很快就會好轉了。

反 hope 希望

de•spise [dɪˈspaɪz] .... 英中 六級

動 鄙視、輕視

- She **despised** herself for being so pessimistic.
  她很輕視自己如此的悲觀。

同 scorn 輕視

des•ti•na•tion
[ˌdɛstəˈneʃən] .... 英中 六級

名 目的地、終點

- They arrived at their **destination** exhausted and thirsty.
  他們又累又渴地到達了目的地。

反 threshold 起點

🔊 Track 908

des•ti•ny [ˈdɛstənɪ] .... 英中 六級

名 命運、宿命

- I believe in **destiny** though it is sometimes cruel.
  我相信命運，儘管它有時候是殘酷的。

同 fate 命運

de•struc•tive
[dɪˋstrʌktɪv]................ 英中 六級

形 有害的

- This medicine actually has **destructive** effects on human body.
  這個藥實際上會對人體產生有害的影響。

反 constructive 有建設性的、有益的

de•ter•gent
[dɪˋtɝdʒənt]................ 英中 六級

名 清潔劑

- Natural **detergent** may be safer for those with sensitive skin or allergies.
  自然清潔劑對有敏感性皮膚或過敏的人來說可能較為安全。

de•vo•tion [dɪˋvoʃən]........... 英中 六級

名 摯愛、熱愛

- Albert Einstein's **devotion** to science is well-known.
  亞伯愛因斯坦對於科學的熱愛是舉世皆知的。

同 affection 愛慕

de•vour [dɪˋvaʊr]................ 英中 六級

動 吞食、吃光

- The tigers hungrily **devoured** the lamb.
  老虎飢餓地吞食著羔羊。

同 swallow 吞嚥

🔊 Track 909

di•a•lect [ˋdaɪəlɛkt]............. 英中 六級

名 方言

- The local **dialects** are mutually intelligible.
  當地的方言彼此不互通。

dis•be•lief [ˏdɪsbəˋlif]........... 英中 六級

名 不信、懷疑

- Joseph shook his head in **disbelief** when he heard the news.
  約瑟夫聽到新聞時，搖頭表示不相信。

反 belief 相信

dis•card [dɪsˋkɑrd]............. 英中 六級

名 被拋棄的人
動 拋棄、丟掉

- You should **discard** food that has been near a fire, including food in cans and jars.
  你應該丟掉曾靠近火的食物，包括罐裝和瓶裝的食物。

同 reject 去除、丟棄

dis•ci•ple [dɪˋsaɪpl]............. 英中 六級

名 信徒、門徒

- Martin Luther King considered himself an ardent **disciple** of Gandhi.
  金恩博士認為自己是位忠誠的甘地信徒。

同 follower 跟隨者

dis•crim•i•nate
[dɪˏskrɪməˋnet]................ 英中 六級

動 辨別、差別對待

- She felt she had been **discriminated** against in this company because of her gender.
  她感覺到自己在公司裡因為性別而受到了差別待遇。

同 distinguish 區別

🔊 Track 910

dis•pense [dɪˋspɛns]............. 英中 六級

動 分送、分配、免除

- There is a vending machine at the corner that **dispenses** drinks.
  轉角有一個飲料自動販賣機。

同 distribute 分配

dis•pose [dɪˋspoz]................ 英中 六級

動 佈置、處理

- People use too many plastic bags and fail to **dispose** of them properly.
  人類使用太多塑膠袋，又沒有適當地丟棄處理。

同 arrange 安排、佈置

A B C **D** E F G H I J K L M N O P Q R S T U V W X Y Z

dis•tinc•tion
[dɪ`stɪŋkʃən] .... 英中 六級

名 區別、辨別

- This company makes no **distinction** as to age.
  在這間公司裡，沒有年齡的差別。

同 discrimination 區別

dis•tinc•tive
[dɪ`stɪŋktɪv] .... 英中 六級

形 區別的、有特色的

- Lizzy own the singing competition due to a very **distinctive** voice she's got.
  麗姬因為有特色的嗓音贏得了歌唱比賽。

dis•tress [dɪ`strɛs] .... 英中 六級

名 憂慮、苦惱
動 使悲痛

- She has been **distressed** by being asked all these personal questions.
  她因為被問這些私人問題而苦惱不已。

同 pain 痛苦、煩惱

🔊 Track 911

doc•u•ment
[`dɑkjəmənt] .... 英中 六級

名 文件、公文
動 提供文件

- This **document** will be sent as an attachment by e-mail.
  這份文件會由電子信件的附檔方式傳送。

door•step [`dor͵stɛp] .... 英中 六級

名 門階

- It's not polite to keep the guest on the **doorstep**; you should invite her in.
  讓客人在門口是不禮貌的，應該請她進來。

door•way [`dor͵we] .... 英中 六級

名 門口、出入口

- My mother likes to stand in the **doorway** chatting with the neighbors.
  我媽媽喜歡站在門口和鄰居聊天。

dor•mi•to•ry
[`dɔrmə͵torɪ] .... 英中 六級

名 學校宿舍

- Will you stay in the **dormitory** or go out with me on Sunday?
  你星期天要留在宿舍還是和我出去？

dough [do] .... 英中 六級

名 生麵團

- Leave the **dough** in the fermentation machine for two hours before baking.
  在烘烤之前，要把生麵糰放在發酵機裡兩個小時。

🔊 Track 912

down•ward
[`daʊnwəd] .... 英中 六級

形 下降的、向下的

- Britain faces a **downward** trend in the house prices.
  英國的房價在正面臨下跌趨勢。

反 upward 上升的

down•wards
[`daʊnwədz] .... 英中 六級

副 下降地、向下地

- Man struggles upwards; water flows **downwards**.
  人往上爬；水往下流。

同 descending 下降的
反 upward 向上的

drape [drep] .... 英中 六級

名 幔、窗簾
動 覆蓋、裝飾

- He **draped** his jacket on the bench and sat down to eat.
  他將外套放在長凳上，並坐下用餐。

同 curtain 窗簾

dread•ful [`drɛdfəl`] 英中 六級

形 可怕的、恐怖的

- It was **dreadful** to see the food they served had a fly in it.
  看見他們所提供的食物上有蒼蠅，真是嚇人。

同 fearful 可怕的

dress•er [`drɛsɚ`] 英中 六級

名 梳妝檯、鏡檯

- There's a huge **dresser** in my room.
  我房間有一個很大的梳妝檯。

🔊 Track 913

dress•ing [`drɛsɪŋ`] 英中 六級

名 醬料、服飾、藥膏

- What kind of salad **dressing** do you prefer? Thousand Island dressing or custard?
  你比較喜歡哪種沙拉醬？千島醬還是卡士達？

drive•way [`draɪvˌwe`] 英中 六級

名 私用車道、車道

- If you use your **driveway** for purposes other than a place to park your car, then you probably need to clean it.
  如果除了停車，你還要用車道來做別的事，那麼你可能需要清理一下。

du•ra•tion [djʊˈreʃən] 英中 六級

名 持久、持續

- We planned a stay of one year's **duration** in this town.
  我們計劃要在這個城鎮中待上一年。

dusk [dʌsk] 英中 六級

名 黃昏、幽暗

- I like to watch bats fly around the trees at **dusk**.
  我喜歡看蝙蝠飛繞在黃昏的樹上。

同 twilight 微光、朦朧

dwarf [dwɔrf] 英中 六級

名 矮子、矮小動物
動 萎縮、使矮小

- Children like the story "Snow White and the Seven **Dwarves**".
  小孩喜歡「白雪公主與七個小矮人」的故事。

反 giant 巨人

🔊 Track 914

dwell [dwɛl] 英中 六級

動 住、居住、詳述

- She **dwelt** in the mountain region for many years.
  她住在山區好幾年了。

dwell•ing [`dwɛlɪŋ`] 英中 六級

名 住宅、住處

- An Eskimo **dwelling** is a dome-shaped place built of blocks of packed snow.
  愛斯基摩人居住在由冰磚所砌成圓頂屋裡。

同 residence 住宅

Ee

e•clipse [ɪˈklɪps] 英中 六級

名 蝕（日蝕、月蝕等）
動 遮蔽

- The sun and moon moved into the same position, causing the **eclipse**.
  太陽與月亮移動到同一個位置，造成日蝕。

同 cover 遮蓋

eel [il] 英中 六級

名 鰻魚

- **Eels** look like snakes, but they are actually fish.
  鰻魚長的像蛇，但實際上是魚。

e•go [`igo`] 英中 六級

名 自我（意識）、自尊心

- He has a large **ego**, and he is quite snobby, too.
  他的自尊心很高，也相當自命不凡。

同 self 自我

🔊 Track 915　　　🔊 Track 916

e·lab·o·rate
[ɪˋlæbərɪt] / [ɪˋlæbəˌret] .... 英中 六級

形 精心的
動 精心製作、詳述

- He spent a lot of time **elaborating**, but I just wanted a simple answer.
  他花了很多時間在詳細解釋，但我只要一個簡單的答案。
反 simple 簡樸的

el·e·vate [ˋɛləˌvet] .... 英中 六級

動 舉起

- He is a strong man that can **elevate** the car easily.
  他是一個強壯的人，能夠輕易的舉起這台車。
同 lift 舉起

em·brace [ɪmˋbres] .... 英中 六級

動 包圍、擁抱
名 擁抱

- She came into his **embrace** with love.
  她滿懷愛意地投入他的懷抱。
同 grasp 抱住

en·deav·or [ɪnˋdɛvə] .... 英中 六級

名 努力
動 盡力

- He **endeavored** to get into a prestigious university.
  他投入許多努力以進入名校。
同 strive 努力

en·roll [ɪnˋrol] .... 英中 六級

動 登記、註冊

- I want to **enroll** my children in a private school.
  我要將自己的孩子送到私立學校就讀。
同 register 註冊

en·roll·ment
[ɪnˋrolmənt] .... 英中 六級

名 註冊、登記

- The **enrollment** rate has gone up over the past few years.
  過去幾年的註冊率上升。

en·sure / in·sure
[ɪnˋʃur] / [ɪnˋʃur] .... 英中 六級

動 確保、保護

- I want to **ensure** the quality of the products.
  我要確保商品的品質。
同 assure 確保、擔保

en·ter·prise
[ˋɛntəˌpraɪz] .... 英中 六級

名 企業

- He wants to start his own **enterprise**.
  他要開自己的公司。
同 venture 企業

en·thu·si·as·tic
[ɪnˌθjuzɪˋæstɪk] .... 英中 六級

形 熱心的

- She is very **enthusiastic** about the gathering tonight.
  她對今晚的聚會非常熱心。
同 eager 熱心、熱切

en·ti·tle [ɪnˋtaɪtḷ] .... 英中 六級

動 定名、賦予權力

- I'm **entitled** to the money because the check is issued in my name.
  因為這張支票上寫著我的名字，我有權處理這筆錢。
反 deprive 剝奪

e•quate [ɪˋkwet] 英中 六級

動 使相等

- The amount of water **equates** to the amount of oil.
  這些水量等同於油量。

e•rect [ɪˋrɛkt] 英中 六級

動 豎立　形 直立的

- A monument was **erected** in his name for his heroic efforts.
  因他英勇的行為，豎立了一座以他為名的紀念碑。

同 upright 直立的

e•rupt [ɪˋrʌpt] 英中 六級

動 爆發

- The volcano **erupted** violently, sending everyone into panic.
  猛烈的火山爆發使每個人恐慌。

同 discharge 排出、流出

es•cort [ˋɛskɔrt] 英中 六級

動 護衛、護送
名 護衛者

- Her **escort** to the dance was the most popular boy in school.
  她的舞伴是學校最受歡迎的男孩。

同 accompany 陪同、伴隨

es•tate [əˋstet] 英中 六級

名 財產

- The **estate** will be turned to his children.
  這些財產將會留給他的孩子。

同 property 財產

es•teem [ɪsˋtim] 英中 六級

名 尊重
動 尊敬

- You can build your self-**esteem** by joining in team sports.
  你可以藉參加團隊運動建立自尊。

同 prize 重視、珍視
反 disesteem 輕視

e•ter•nal [ɪˋtɝnḷ] 英中 六級

形 永恆的

- He had **eternal** love for his high school sweetheart.
  他永遠喜愛高中時的女友。

同 permanent 永恆的

eth•ics [ˋɛθɪks] 英中 六級

名 倫理（學）

- We really need to take a course in business **ethics** to make sure we don't do anything wrong.
  我們真的需要修商業道德課程，以確保我們沒做錯任何事。

ev•er•green [ˋɛvɚˏgrin] 英中 六級

名 常綠樹
形 常綠的

- My father planted an **evergreen** tree when he was a boy, and it is still there.
  我父親在他小時候種了一棵常青樹，現在仍在原地。

ex•ag•ger•a•tion [ɪgˏzædʒəˋreʃən] 英中 六級

名 誇張，誇大

- The story he told you was a total **exaggeration**, and it wasn't what really happened.
  他告訴你的故事非常誇張和事實不搭。

同 overstatement 誇大其詞
反 understatement 保守的陳述

A B C D **E** F G H I J K L M N O P Q R S T U V W X Y Z

🔊 Track 919

🔊 Track 920

ex•ceed [ɪkˋsid] 英中 六級

動 超過

• Do not **exceed** the speed limit when you are driving on the freeway.
在高速公路上開車不要超速。

同 surpass 勝過

ex•cel [ɪkˋsɛl] 英中 六級

動 勝過

• He **excelled** in all his studies in school.
他擅長學校中所有他學習的領域。

同 outdo 勝過

ex•cep•tion•al [ɪkˋsɛpʃən!] 英中 六級

形 優秀的

• The pianist gave an **exceptional** performance at the recital last night.
這位鋼琴家在昨晚的獨奏會中表現傑出。

同 remarkable 非凡的、卓越的
反 ordinary 平常的、普通的

ex•cess [ɪkˋsɛs] 英中 六級

名 超過
形 過量的

• There is an **excess** amount of goods sitting in the warehouse.
在倉庫中有些過量的商品。

同 additional 附加的、額外的

ex•claim [ɪkˋsklem] 英中 六級

動 驚叫

• She **exclaimed** with surprise when she received the letter of admission.
當她收到錄取通知書時驚訝地大叫。

同 clamor 吵鬧聲

ex•clude [ɪkˋsklud] 英中 六級

動 拒絕、不包含

• The mean girls **excluded** me from their group.
這些刻薄的女生把我排除在她們的圈圈之外。

反 include 包含

ex•e•cute [ˋɛksɪ͵kjut] 英中 六級

動 實行

• We need to **execute** the plan immediately.
我們需要立即實施這個計劃。

同 perform 實行

ex•ec•u•tive [ɪgˋzɛkjutɪv] 英中 六級

名 執行者
形 執行的

• The chief **executive** officer is a young man no more than 35 years old.
這位執行長是個不超過 35 歲的年輕人。

同 administrative 管理的、行政的

ex•ile [ˋɛgzaɪl] 英中 六級

名 流亡
動 放逐

• He was in **exile** for the latter part of his life.
他的後半生都在流亡。

同 banish 放逐、流放

ex•ten•sion [ɪkˋstɛnʃn] 英中 六級

名 擴大、延長

• It won't reach the plug; I'll need an **extension** cord.
這沒辦法連到插座。我需要一條延長線。

同 expansion 擴張

ex•ten•sive [ɪk`stɛnsɪv] .... 英中 六級

形 廣泛的、廣大的

• The Smith Family owns an **extensive** land.
史密斯家族擁有一大片土地。

同 spacious 廣闊的

ex•te•ri•or [ɪk`stɪrɪɚ] .... 英中 六級

名 外面
形 外部的

• I love the **exterior** design, and I bet the interior design is even better!
我喜歡這個外部設計，我敢說內部設計一定更好！

反 interior 內部的

ex•ter•nal [ɪk`stɝnḷ].............. 英中 六級

名 外表
形 外在的

• Some believe that internal beauty is more important than **external** beauty.
有些人相信內在美比外在美更重要。

反 internal 內在的

ex•tinct [ɪk`stɪŋkt] .... 英中 六級

形 滅絕的

• Dinosaurs have been **extinct** for a long time.
恐龍在很久之前就已經絕種了。

同 dead 死的

ex•traor•di•nar•y [ɪk`strɔrdṇˌɛrɪ] .... 英中 六級

形 特別的

• She is an **extraordinary** human being.
她是個很特別的人。

反 normal 正規的

eye•lash / lash [`aɪˌlæʃ] / [læʃ].............. 英中 六級

名 睫毛

• She batted her **eyelashes** at the man sitting at the bar.
她對坐在吧台旁的男人擠眉弄眼。

eye•lid [`aɪˌlɪd]..................... 英中 六級

名 眼皮

• The infant's **eyelids** were pink and almost translucent.
這個嬰兒的眼皮是粉紅色的，而且幾乎半透明。

fab•ric [`fæbrɪk]..................... 英中 六級

名 紡織品、布料

• This **fabric** is very expensive, so use it sparingly.
這布料非常昂貴，愛惜地使用。

同 cloth 布料

fad [fæd].............................. 英中 六級

名 一時的流行

• This is just a **fad**, and it won't be popular anymore in a few months.
這只是一時流行，幾個月後就會退燒了。

同 fashion 流行

Fahr•en•heit [`færənˌhaɪt].......................... 英中 六級

名 華氏、華氏溫度計
形 華氏溫度的

• The data is recorded in degrees **Farenheit**.
這些數據以華氏溫度記錄。

A
B
C
D
E
F
G
H
I
J
K
L
M
N
O
P
Q
R
S
T
U
V
W
X
Y
Z

🔊 Track 923

fal•ter [ˋfɔltɚ] .... 英中 六級

動 支吾、結巴地説

• He voice **faltered** from nervousness.
他的聲音因緊張而結巴。

同 stutter 結巴地説

fas•ci•nate [ˋfæsn̩ˏet] .... 英中 六級

動 迷惑、使迷惑

• Peter is **fascinated** with computer animation.
彼得對電腦動畫著迷。

同 attract 吸引

fa•tigue [fəˋtig] .... 英中 六級

名 疲勞、破碎
動 衰弱

• He was **fatigued** from the rigorous training.
他因嚴格的訓練而疲勞。

同 exhaust 用完、耗盡

fed•er•al [ˋfɛdərəl] .... 英中 六級

形 同盟的

• The **federal** government is responsible for this matter.
這是聯邦政府該處理的事。

同 confederate 同盟、結盟

fee•ble [fibl̩] .... 英中 六級

形 虛弱的、無力的

• The **feeble** old man tripped and fell displacing his hip.
這個虛弱的老人絆倒並跌傷了臀部。

同 weak 虛弱的

🔊 Track 924

fem•i•nine [ˋfɛmənɪn] .... 英中 六級

名 女性
形 婦女的、溫柔的

• She's quite **feminine** and likes anything that is pink.
她非常有女人味，喜歡一切粉紅色的事物。

反 masculine 男性、男子氣概的

fer•ti•liz•er [ˋfɝtl̩ˏaɪzɚ] .... 英中 六級

名 肥料、化學肥料

• I've put some **fertilizer** on the plants to help them grow.
我在植物上施肥，以幫助它們成長。

fi•an•cé / fi•an•cée [ˏfiənˋse] .... 英中 六級

名 未婚夫 / 未婚妻

• My **fiancé** is the love of my life.
我的未婚夫是我的一生摯愛。

fi•ber [ˋfaɪbɚ] .... 英中 六級

名 纖維、纖維質

• **Fiber** is essential to a healthy diet.
纖維是健康飲食的要素。

fid•dle [ˋfɪdl̩] .... 英中 六級

名 小提琴
動 拉提琴、遊蕩

• My grandfather was very good at playing the **fiddle**.
我的祖父非常擅長演奏小提琴。

同 violin 小提琴

🔊 Track 925

fil•ter [ˋfɪltɚ] .... 英中 六級

名 過濾器　動 過濾、滲透

• We put in a new water **filter** at the sink.
我們在水槽裝了一個新的濾器。

同 percolate 過濾、滲透

fin [fɪn] .... 英中 六級

名 鰭、手、魚翅

• Some people regard shark **fins** as delicacies.
有些人將魚翅視為珍饈。

fish•er•y [ˋfɪʃərɪ] .... 英中 六級

名 漁業、水產業

• He is doing an internship at the local **fishery**.
他在當地的漁場實習。

flake [flek] .... 英中 六級

名 雪花
動 剝、片片降落

- Would you like to have some corn **flakes** for breakfast?
  想要在早餐吃些玉米片嗎？

回 peel 剝

flap [flæp] .... 英中 六級

名 興奮狀態、鼓翼
動 拍打、拍動、空談

- The flag **flapped** in the wind, making a strange noise.
  旗子在風中飄，發出奇特的噪音。

回 swat 拍打

🔊 Track 926

flaw [flɔ] .... 英中 六級

名 瑕疵、缺陷
動 弄破、破裂、糟蹋

- The exterior is a little **flawed**; that's why it is discounted.
  這外面有點瑕疵，所以才會打折。

回 defect 缺陷

flick [flɪk] .... 英中 六級

名 輕打聲、彈開
動 輕打、輕拍

- The plastic **flicked** away when the car tire drove over it.
  當車胎輾過時，這塑膠彈開了。

回 pat 輕拍

flip [flɪp] .... 英中 六級

名 跳動
動 輕拍、翻轉

- He **flipped** through the business card holder to find the one he wanted.
  他在名片夾中翻找他想要的那張。

回 toss 翻滾

flour·ish [ˋflɝɪʃ] .... 英中 六級

名 繁榮、炫耀
動 誇耀、繁盛

- There is a **flourish** of flowers in the yard right now.
  現在院子中繁花盛開。

反 decline 衰退

flu·en·cy [ˋfluənsɪ] .... 英中 六級

名 流暢、流利

- He has great **fluency** in several languages.
  有好幾種語言他都說得很流利。

🔊 Track 927

foe [fo] .... 英中 六級

名 敵人、仇人、敵軍

- He is a friend, not a **foe**.
  他是個朋友，而非敵人。

回 enemy 敵人

foil [fɔɪl] .... 英中 六級

名 箔片、箔、薄金屬片

- I usually cover it in **foil** and bake it for 20 minutes.
  我通常把它用錫箔包裹著烤二十分鐘。

folk·lore [ˋfokͺlor] .... 英中 六級

名 沒有隔閡、平民作風、民間傳說

- We were told about the traditional **folklores** on the tour.
  我們在導覽中被告知傳統的風俗民情。

for·get·ful [fɚˋgɛtfəl] .... 英中 六級

形 忘掉的、易忘的、忽略的

- I'm very **forgetful** and forgot to bring my books again.
  我非常的健忘，又忘記帶書來了。

回 inattentive 不注意的
反 remindful 留意的

A B C D E F G H I J K L M N O P Q R S T U V W X Y Z

for·mat ['fɔrmæt] .... 英中 六級

名 格式、版式
動 格式化

- What is the **format** we need to use for the document?
  這份文件我們要使用什麼格式？

🔊 Track 928

foul [faʊl] .... 英中 六級

動 使汙穢、弄髒
形 險惡的、汙濁的

- Where is that **foul** smell coming from?
  這惡臭是哪來的？

反 clean 清潔的

fowl [faʊl] .... 英中 六級

名 鳥、野禽

- I've never tasted **fowl** before, and I don't plan to, either.
  我以前沒吃過鳥類，也不打算去吃。

同 bird 鳥

frac·tion ['frækʃən] .... 英中 六級

名 分數、片斷、小部份

- This is just a **fraction** of the retail price.
  這只是零售價的一小部分。

同 segment 部分

frame·work ['frem,wɝk] .... 英中 六級

名 架構、骨架、體制

- We've set up the **framework** for a wireless network.
  我們已為無線網路設好了架構。

同 structure 結構

fran·tic ['fræntɪk] .... 英中 六級

形 狂暴的、發狂的

- She ran about in a **frantic** way thinking she was going to be late.
  她擔心會遲到，所以拼了命的跑。

同 excited 興奮的、激動的

🔊 Track 929

freight [fret] .... 英中 六級

名 貨物運輸
動 運輸

- The **freight** train was carrying a lot of cargo.
  這輛貨物列車上載有大量貨櫃。

同 cargo 貨物

fron·tier [frʌn'tɪr] .... 英中 六級

名 邊境、國境、新領域

- The pioneers opened up the new **frontier**.
  這些先驅開創了全新的領域。

同 border 邊境

fu·me [fjum] .... 英中 六級

名 蒸汽、香氣
動 激怒

- The **fumes** coming from the cars is causing a lot of pollution.
  車輛排放的廢氣引起了很多汙染。

同 vapor 蒸汽

fu·ry ['fjʊrɪ] .... 英中 六級

名 憤怒、狂怒

- He swung his fist at the guy in **fury**.
  他對著那個人憤怒地揮舞拳頭。

同 rage 狂怒

fuse [fjuz] .... 英中 六級

名 引信、保險絲
動 熔合、裝引信

- I think we blew a **fuse**, and might need to get a new one.
  我想我們燒壞了保險絲，或許該換個新的。

🔊 Track 930

fuss [fʌs] .... 英中 六級

名 大驚小怪
動 焦急、使焦急

- I don't want to make a **fuss** about something so trivial.
  我不想對這種小事大驚小怪。

同 fret 煩躁、發愁
反 calm 沉靜的

Gg

gal•lop [ˈgæləp] .... 英中 六級

名 疾馳、飛奔
動 使疾馳

• The horse started off with a short run then into a full **gallop**.
這匹馬以短程開始奔跑後，便以全速奔馳。

同 run 跑

gar•ment [ˈgɑrmənt] .... 英中 六級

名 衣服

• The hand-made **garment** is absolutely stunning.
這件手工作的衣服著實令人震驚。

gasp [gæsp] .... 英中 六級

名 喘息、喘
動 喘氣說、喘著氣息

• A slight **gasp** escaped from her mouth when she heard the shocking news.
當她聽聞這令人驚訝的新聞時，她倒抽了一口氣。

同 pant 氣喘

gath•er•ing [ˈgæðərɪŋ] .... 英中 六級

名 集會、聚集

• We're having a little **gathering** at my house this weekend.
週末我們將在我家舉行一場小聚會。

同 crowd 聚集

🔊 Track 931

gay [ge] .... 英中 六級

名 同性戀
形 快樂的、快活的

• He is a **gay** man living in New York City.
他是一個住在紐約的同性戀。

反 sad 悲傷的

gen•der [ˈdʒɛndər] .... 英中 六級

名 性別

• Some people choose to undergo **gender** reassignment surgeries.
有些人動手術改變性別。

同 sex 性別

ge•o•graph•i•cal [ˌdʒiə`græfɪk!] .... 英中 六級

形 地理學的、地理的

• The **geographical** region is perfect for growing grapes.
這個地理環境很適合種植葡萄。

ge•om•e•try [dʒɪ`ɑmətrɪ] .... 英中 六級

名 幾何學

• I'm going to take the **geometry** class over the summer.
我將在夏天時修幾何學。

gla•cier [ˈgleʃər] .... 英中 六級

名 冰河

• The **glaciers** have been melting due to global warming.
由於全球暖化使得冰河正在融化。

🔊 Track 932

glare [glɛr] .... 英中 六級

名 怒視
動 怒視瞪眼

• He immediately felt threatened when she **glared** at him. 當她怒視他時，他立即感到威脅。

同 stare 凝視、注視

gleam [glim] .... 英中 六級

名 一絲光線
動 閃現、閃爍

• The light of the cell phone **gleamed** in the dark room.
手機的光線在黑暗的房間內閃爍。

同 glow 發光、發熱

A B C D E F **G** H I J K L M N O P Q R S T U V W X Y Z

glee [gli] .... 英中 六級

名 喜悅、高興

- She squealed with **glee** when she found that she was pregnant.
  當她得知懷孕時，她高興地尖叫出聲。

同 joy 高興

glit•ter [`glɪtɚ] .... 英中 六級

名 光輝、閃光
動 閃爍、閃亮

- Her dress **glittered** brightly under the bright lights.
  在明亮的燈光下，她的洋裝閃閃發亮。

同 sparkle 閃爍

gloom [glum] .... 英中 六級

名 陰暗、昏暗
動 幽暗、憂鬱

- He had a look of **gloom** on his face when he heard of the bad news.
  當他聽聞這個壞消息時，一臉陰鬱。

同 shadow 陰暗處

◀) Track 933

gnaw [nɔ] .... 英中 六級

動 咬、嚙

- The child fell asleep while **gnawing** on a piece of bread.
  這個小孩咬著一塊麵包睡著了。

同 bite 咬

gob•ble [`gɑbl] .... 英中 六級

動 大口猛吃、狼吞虎嚥

- He **gobbled** up the food in no time.
  他立即狼吞虎嚥地吃著食物。

同 devour 狼吞虎嚥

gorge [gɔrdʒ] .... 英中 六級

名 岩崖、山峽、隧道
動 狼吞虎嚥

- The view of the **gorge** was spectacular from the viewing platform.
  從觀景臺上看山崖的風景很壯觀。

同 valley 山谷、溪谷

gor•geous [`gɔrdʒəs] .... 英中 六級

形 炫麗的、華麗的

- That **gorgeous** woman over there is a supermodel.
  在那邊的美麗女人是個超級名模。

同 splendid 壯麗的

go•ril•la [gə`rɪlə] .... 英中 六級

名 大猩猩

- The **gorilla** pounded its chest and gave a loud growl.
  那隻大猩猩拍打牠的胸膛並且大聲咆哮。

◀) Track 934

gos•pel [`gɑspl] .... 英中 六級

名 福音

- The priest preached the **gospel** lively every Sunday.
  每週日，牧師生氣蓬勃地宣揚福音。

grant [grænt] .... 英中 六級

名 許可、授與
動 答應、允許

- He **granted** the new project to start its construction.
  他答應展開新企劃的建構。

同 permit 允許

grav•i•ty [`grævətɪ] .... 英中 六級

名 重力、嚴重性

- I don't think you understand the **gravity** of the situation.
  我不認為你明白這個情況的嚴重性。

同 gravitation 引力、重力

graze [grez] .... 英中 六級

動 吃草、畜牧

- The cows are **grazing** on the meadow next to the barn.
  這些母牛在穀倉旁的草地上吃草。

grease [gris]............................ 英中 六級

名 油脂、獸脂
動 討好、塗脂

- The cook **greased** the pan before putting the cookies on it.
  廚師在將餅乾放進鍋子前，將油塗在鍋子上。

同 lubrication 潤滑、加油

🔊 Track 935

greed [grid]............................ 英中 六級

名 貪心、貪婪

- One shouldn't have too much **greed**.
  人不能太貪心。

同 avarice 貪婪

grim [grɪm]............................ 英中 六級

形 嚴格的

- Why the **grim** face? Did something bad happen?
  怎麼這麼嚴肅？發生什麼壞事了嗎？

同 stern 嚴格的

grip [grɪp]............................ 英中 六級

名 緊握、抓住
動 緊握、扣住

- She lost her **grip** and dropped the glass on the floor.
  她沒抓穩，使得玻璃杯掉到地上。

反 release 鬆開

groan [gron]............................ 英中 六級

名 哼著說、呻吟
動 呻吟、哼聲

- He let out a **groan** when he heard of all the extra work he had to do.
  當他聽到所有他必須做的額外工作時，他發出了一聲呻吟。

同 moan 呻吟

gross [gros]............................ 英中 六級

名 總體
形 粗略的、臃腫的
動 獲得…總收入

- The company **grossed** more than it ever did in just this quarter alone.
  光是這一季，這間公司獲得的總收入比過去還多。

同 total 總數

🔊 Track 936

growl [graʊl]............................ 英中 六級

名 咆哮聲、吠聲
動 咆哮著說、咆哮

- The dog gave a low **growl** when the stranger approached the front door.
  當陌生人靠近前門時，這隻狗發出了低沉的吠聲。

同 snarl 咆哮

grum•ble [ˈgrʌmbl]............................ 英中 六級

名 牢騷、不高興、轟隆聲
動 抱怨、發牢騷

- The sound of thunder **grumbled** in the dark sky.
  雷響的轟隆聲在黑暗的空中。

同 complain 抱怨

guide•line [ˈgaɪdˌlaɪn]............................ 英中 六級

名 指導方針、指標

- There are project **guidelines** we must adhere to.
  我們必須遵守企劃的指導方針。

gulp [gʌlp]............................ 英中 六級

名 滿滿一口
動 牛飲、吞飲

- The runner thirstily **gulped** down the sports drink.
  那位跑者飢渴地牛飲了運動飲料。

同 swallow 吞下、嚥下

A
B
C
D
E
F
G
H
I
J
K
L
M
N
O
P
Q
R
S
T
U
V
W
X
Y
Z

gust [gʌst] .... 英中 六級

名 一陣狂風
動 吹狂風

• She felt a cold **gust** of wind as she stepped out from the door.
當她走出門時，她感到一陣冷風。

回 blast 疾風

🔊 Track 937

gut(s) [gʌt(s)] .... 英中 六級

名 內臟

• She felt sick to her **guts** when she saw the dead cat in the street.
當她看到街上的死貓時，她感到一陣噁心。

gyp•sy [ˈdʒɪpsɪ] .... 英中 六級

名 吉普賽人
形 吉普賽人的

• She is a **gypsy** girl moving from place to place.
她是一個到處遷徙的吉普賽女郎。

Hh

hail [hel] .... 英中 六級

名 歡呼、雹
動 歡呼、降冰雹

• It started to **hail** so we ducked inside the store for cover.
開始降冰雹了，所以我們躲在店裡做掩護。

回 cheer 歡呼

hair•style / hair•do
[ˈhɛrˌstaɪl] / [ˈhɛrˌdu] .... 英中 六級

名 髮型

• The latest **hairstyle** trend is to have very straight bangs.
最新髮型趨勢是非常直的瀏海。

hand•i•cap
[ˈhændɪˌkæp] .... 英中 六級

名 障礙
動 妨礙

• My idiotic team member is a **handicap** to my victory.
我的笨蛋隊員是我勝利的阻礙。

回 hindrance 妨礙、障礙

🔊 Track 938

hand•i•craft
[ˈhændɪˌkræft] .... 英中 六級

名 手工藝品

• The **handicrafts** stand was very popular at the carnival.
手工藝品的攤位在嘉年華會中很受歡迎。

回 craft 工藝

har•dy [ˈhɑrdɪ] .... 英中 六級

形 強健的

• The **hardy** plants can withstand even the harshest of weathers.
耐寒的植物可以抵擋最惡劣的天氣。

反 sturdy 強健的

har•ness [ˈhɑrnɪs] .... 英中 六級

名 馬具
動 裝上馬具

• I need a backpack **harness** so that it doesn't fall off when I go mountain climbing.
我需要一個背包的安全帶，這樣當我在爬山時，它才不會掉下去。

回 saddle 鞍、馬鞍

haul [hɔl] .... 英中 六級

名 用力拖拉
動 拖、使勁拉

• A truck **hauled** the motorcycle away.
一輛卡車將摩托車拖走。

回 drag 拖、拉

haunt [hɔnt] .... 英中 六級

名 常到的場所
動 出現、常到

• This ice-cream shop is a **haunt** for people with a sweet tooth.
嗜吃甜食的人常會到這間冰淇淋店。

同 frequent 時常發生的

🔊 Track 939

heart•y [ˈhɑrtɪ] .... 英中 六級

形 親切的、熱心的

• We received a **hearty** welcome as soon as we arrived at the airport.
我們一到機場，就受到熱烈的歡迎。

反 cold 冷淡的

heav•en•ly [ˈhɛvənlɪ] .... 英中 六級

形 天空的、天國的

• The smell of coffee is **heavenly** in the morning.
在早晨，咖啡的味道真美好。

hedge [hɛdʒ] .... 英中 六級

名 樹籬、籬笆
動 制定界線

• The neighbors chatted with each other over the **hedge** separating their homes.
鄰居們隔著籬笆和對面聊天。

同 boundary 界線、範圍

heed [hid] .... 英中 六級

名 留心、注意　動 留心、注意

• She took no **heed** of her mother's warnings and went out with her friends anyway.
她不把母親的警告放在心上，無論如何都要和朋友出門。

同 notice 注意

height•en [ˈhaɪtṇ] .... 英中 六級

動 增高、加高

• As he talked, his excitement **heightened**.
他越說越激動。

反 lower 放低

🔊 Track 940

heir [ɛr] .... 英中 六級

名 繼承人

• He is the sole **heir** of his father's property.
他是他父親唯一的財產繼承人

同 inheritor 繼承人

hence [hɛns] .... 英中 六級

副 因此

• He has very big feet, **hence** his big shoes.
他有一雙大腳，因此他的鞋也大。

同 therefore 因此

her•ald [ˈhɛrəld] .... 英中 六級

名 通報者、使者
動 宣示、公告

• The slogan for the presidential campaign **heralded** the change in the government.
總統競選的標語宣示著政府的改變。

同 messenger 使者

herb [hɝb] .... 英中 六級

名 草本植物

• The cook added a special blend of **herbs** to give the spaghetti wonderful flavor.
廚師添加了特殊草本植物的混合物，使得義大利麵有了非比尋常的香味。

her•mit [ˈhɝmɪt] .... 英中 六級

名 隱士、隱居者

• He has been a **hermit** for a long time, and he never gets along with people.
他成為隱居者已有很長一段時間，並且從沒和人們相處過。

同 recluse 隱居者

🔊 Track 941

he•ro•ic [hɪˈroɪk] .... 英中 六級

形 英雄的、勇士的

• His **heroic** efforts to save the woman in distress was honored.
人們以他拯救危難女人的英勇行為為榮。

反 cowardly 懦弱的

het·er·o·sex·u·al [ˌhɛtərəˋsɛkʃuəl]
英中 六級

名 異性戀者
形 異性戀的

- Sexual orientation whether **heterosexual** or homosexual should all be respected.
不論是異性戀者或是同性戀者都該被尊重。

反 homosexual 同性戀

hi-fi / high fi·del·i·ty
[ˋhaɪˋfaɪ] / [ˋhaɪ fɪˋdɛlətɪ] .... 英中 六級

名 高傳真的音響

- This **hi-fi** stereo makes the music much better.
高傳真立體音響使得音樂更好聽。

hi·jack [ˋhaɪˌdʒæk] .... 英中 六級

名 搶劫、劫機
動 劫奪

- The masked man tried to **hijack** the plane but was overtaken by a few passengers.
這名蒙面人想劫機，但是被一些乘客抓住了。

hiss [hɪs] .... 英中 六級

名 噓聲
動 發出噓聲

- The cat gave a threatening **hiss** at the mouse that ran right in front of it.
貓對在地面前跑過的老鼠發出威脅性的叫聲。

同 boo 噓聲

🔊 Track 942

hoarse [hors] .... 英中 六級

形 刺耳的、沙啞的

- Her voice was **hoarse** from the singing and talking all night.
她因為徹夜唱歌和聊天，所以聲音沙啞了。

同 gruff 粗啞的

hock·ey [ˋhɑkɪ] .... 英中 六級

名 曲棍球

- I need to get new ice skates before the **hockey** game next week.
在下週的曲棍球賽前，我必須要有一雙新的溜冰鞋。

ho·mo·sex·u·al
[ˌhoməˋsɛkʃuəl] .... 英中 六級

名 同性戀者
形 同性戀的

- This is a **homosexual** show, and all of my **homosexual** friends have seen it.
這是一場同性戀的秀，而我所有的同性戀朋友都看過了。

honk [hɔŋk] .... 英中 六級

名 雁鳴
動 雁鳴叫

- The goose gave a loud **honk** of hunter.
鵝對狩獵者發出一聲長鳴。

hood [hʊd] .... 英中 六級

名 罩、蓋
動 掩蔽、覆蓋

- Put the **hood** on over your head because it's raining.
下雨了，把兜帽戴上吧。

反 uncover 揭露

🔊 Track 943

hoof [hʊf] .... 英中 六級

名 蹄
動 用蹄踢

- The football player **hoofed** the football across the field.
足球選手踢球，使球橫越了整個場地。

hor·i·zon·tal
[ˌhɑrəˋzɑntl̩] .... 英中 六級

名 水平線
形 地平線的

- I watched as the minute hand went from vertical to **horizontal** on the clock.
我看著鐘裡的分針從垂直走到水平。

同 vertical 垂直的

hos•tage [ˈhɑstɪdʒ] .... 英中 六級

名 人質

- The wealthy businessman was taken **hostage** and would be released upon ransom.
  這名有錢的商人被脅持當作人質，給了贖金之後才會被釋放。

同 captive 俘虜

hos•tile [ˈhɑstɪl] .... 英中 六級

形 敵方的、不友善的

- They acted **hostile** towards each other and did not look at each other at all.
  他們對待對方不友善，並且連看對方一眼都沒有。

同 antagonistic 敵對的

hound [haʊnd] .... 英中 六級

名 獵犬
動 追逐、追獵、追蹤

- The hunter let the **hounds** out into the field to sniff for prey.
  這名獵人將獵犬放到原野嗅獵物。

同 hunt 打獵

🔊 Track 944

hous•ing [ˈhaʊzɪŋ] .... 英中 六級

名 住宅的供給

- The government **housing** was actually quite nice and clean.
  政府的住宅供給真的很好且乾淨。

hov•er [ˈhʌvɚ] .... 英中 六級

名 徘徊、翱翔
動 翱翔、盤旋

- The round light that **hovered** above the building seemed like an UFO.
  那些在上空盤旋的圓形光線看起來像幽浮。

howl [haʊl] .... 英中 六級

名 吠聲、怒號
動 吼叫、怒號

- The dog gave a loud high pitched **howl** to call its companions.
  那隻狗發出一聲高音吠聲要求陪伴。

同 shout 喊叫

hurl [hɝl] .... 英中 六級

動 投、投擲

- John **hurled** the football across the field to Joe.
  約翰投擲足球橫過場地給喬。

同 fling 丟、擲

hymn [ˈhɪm] .... 英中 六級

名 讚美詩
動 唱讚美詩讚美

- I can't find my **hymn** book, I guess I'll just borrow it from someone at church.
  我找不到我的讚美詩歌集，我猜我將會在教堂向別人借。

同 carol 讚美詩

🔊 Track 945

id•i•ot [ˈɪdɪət] .... 英中 六級

名 傻瓜、笨蛋

- Bob is an **idiot**; he either says or does something stupid.
  鮑伯是一個笨蛋，總會說或是做出一些蠢事。

同 fool 傻瓜

im•mense [ɪˈmɛns] .... 英中 六級

形 巨大的、極大的

- She felt **immense** pain during labor.
  在分娩時，她感到極大的痛苦。

反 tiny 極小的

A
B
C
D
E
F
G
H
I
J
K
L
M
N
O
P
Q
R
S
T
U
V
W
X
Y
Z

im·pe·ri·al [ɪmˋpɪrɪəl] .... 英中 六級

形 帝國的、至高的

• Japan is an **imperial** nation up until this day.
  到今日,日本是一個帝國國家。

同 supreme 至高的

im·pose [ɪmˋpoz] .... 英中 六級

動 徵收、佔便宜、欺騙

• Are you sure it's ok for me to stay here tonight? I don't want to **impose** on you by staying too long.
  你確定我今晚留在這可以嗎?我不想打擾你太久。

im·pulse [ˋɪmpʌls] .... 英中 六級

名 衝動

• She acted on **impulse** and purchased the purse she didn't really need.
  她衝動地購買了她不需要的錢包。

🔊 Track 946

in·cense [ˋɪnsɛns] .... 英中 六級

名 芳香、香
動 激怒、焚香

• The smell of the burning **incense** at the temple reminded me of my childhood.
  廟裡燒香的味道使我憶起童年。

同 provoke 激怒

in·dex [ˋɪndɛks] .... 英中 六級

名 指數、索引
動 編索引

• Try to find the word in the **index** and see what page it is on.
  試著找到索引中的那個字,並且看它在哪一頁。

同 list 表、目錄

in·dif·fer·ence [ɪnˋdɪfərəns] .... 英中 六級

名 不關心、不在乎

• He showed **indifference** to the hobby of knitting.
  他毫不在乎編織這個嗜好。

反 concern 關心

in·dif·fer·ent [ɪnˋdɪfərənt] .... 英中 六級

形 中立的、不關心的

• She is **indifferent** to baseball and could care less which team won.
  她對棒球不感興趣,而且對哪隊會贏完全不關心。

同 unbiased 無偏見的、公正的

in·dig·nant [ɪnˋdɪgnənt] .... 英中 六級

形 憤怒的

• He was **indignant**, and demanded an apology for being humiliated.
  他很生氣,並且對於被侮辱要求道歉。

同 wrathful 憤怒的

🔊 Track 947

in·dis·pen·sa·ble [ˏɪndɪˋspɛnsəbl] .... 英中 六級

形 不可缺少的

• Having a car is **indispensable** in America, without one is as if without legs.
  在美國,車子是不可缺少的,沒有它就像沒有腿。

同 essential 不可缺少的

in·duce [ɪnˋdjus] .... 英中 六級

動 引誘、引起

• They **induced** her to take the job by offering her a great salary.
  他們用頗高的薪資引誘她接這份工作。

同 elicit 引出、誘出

in•dulge [ɪnˈdʌldʒ]　英中　六級

動 沉溺、放縱

- She occasionally **indulged** in some ice cream when she was stressed-out.
  當她感到壓力時，她總會大吃特吃冰淇淋。

in•fi•nite [ˈɪnfənɪt]　英中　六級

形 無限的

- The sea seemed **infinite** and comforting.
  海洋看起來是無限且舒暢的。

同 limitless 無限制的
反 finite 有限的

in•her•it [ɪnˈhɛrɪt]　英中　六級

動 繼承、接受

- He **inherited** this hotel from his father.
  他繼承了他父親的飯店。

◀ Track 948

i•ni•ti•ate [ɪˈnɪʃɪet]　英中　六級

名 初學者
動 開始、創始
形 新加入的

- We want to **initiate** a new program in the business department next year.
  我們明年想在商學院開始一項計劃。

同 begin 開始

in•land [ˈɪnlənd]　英中　六級

名 內陸
副 在內陸
形 內陸的

- I live in an **inland** area, which is quite a bit away from the beach.
  我住在內陸，離海灘有段距離。

同 interior 內地的

in•nu•mer•a•ble [ɪnˈnjumərəbl]　英中　六級

形 數不盡的

- There were **innumerable** problems to be dealt with, and she felt overwhelmed.
  有數不盡的問題等著要解決，她感到無法負荷。

同 countless 數不盡的

in•quire [ɪnˈkwaɪr]　英中　六級

動 詢問、調查

- Please **inquire** within if you have any questions.
  如果你有任何問題，請入內詢問。

同 investigate 調查、研究

in•sti•tute [ˈɪnstətjut]　英中　六級

名 協會、機構
動 設立、授職

- We **instituted** a new art program and it already recruited a lot of students.
  我們設立了一個藝術課程，而它已招收許多學生。

同 organization 機構

◀ Track 949

in•sure [ɪnˈʃur]　英中　六級

動 投保、確保

- This car is **insured** in your name, so it's ok if you drive it.
  這輛車是以你的名字投保，所以如果你開的話是沒問題的。

同 affirm 確認、證實

in•tent [ɪnˈtɛnt]　英中　六級

名 意圖、意思　**形** 熱心的

- His look of **intent** showed that he was determined to finish the project.
  他臉上的意圖顯示他已下定決心要完成計劃。

in•ter•fer•ence
[ˌɪntəˈfɪrəns] 英中 六級

名 妨礙、干擾

• I don't want any of your **interference** in this project.
我不想要你干涉這計劃。

in•te•ri•or [ɪnˈtɪrɪɚ] 英中 六級

名 內部、內務
形 內部的

• The **interior** of the house was absolutely amazing.
房子內部著實令人驚訝。

反 exterior 外部

in•ter•pre•ta•tion
[ɪnˌtɝprɪˈteʃən] 英中 六級

名 解釋、說明

• His gave a clear **interpretation** of the incident.
他對這起事件作了一個清楚的解釋。

同 explanation 解釋

🔊 Track 950

in•ter•pret•er
[ɪnˈtɝprɪtɚ] 英中 六級

名 解釋者、翻譯員

• We hired an **interpreter** to help us in the meeting with the foreign officials.
我們雇用了一個翻譯員來幫助我們和國外官員的會議。

同 translator 翻譯家

in•tu•i•tion
[ˌɪntjuˈɪʃən] 英中 六級

名 直覺

• She knew where to go based on **intuition**.
她靠著直覺知道該去哪。

同 hunch 直覺

in•ward [ˈɪnwɚd] 英中 六級

形 裡面的
副 向內、內心裡

• His feet were bent slightly **inward**, so he couldn't walk straight.
他的腳有些微地向內彎曲，所以他無法走直線。

反 outward 向外

in•wards [ˈɪnwɚdz] 英中 六級

副 向內

• She appeared to be facing **inwards** toward the house and not towards the street.
她似乎面向房子而非面對街道。

isle [aɪl] 英中 六級

名 島

• We're going to the British **Isles** for our next vacation.
我們將去英屬小島度過下個假期。

同 island 島

🔊 Track 951

is•sue [ˈɪʃu] 英中 六級

名 議題
動 發出、發行

• I have an **issue** I need to discuss with you before you go.
在你離開前，我有個議題需要和你討論。

i•vy [ˈaɪvɪ] 英中 六級

名 常春藤

• The thick **ivy** climbed across the wall covering its entirety.
這厚的常春藤橫越且覆蓋了整面牆。

Jj

jack [dʒæk] .... 英中 六級

名 起重機
動 用起重機舉起

- They used a **jack** to lift the heavy boxes up to the bottom shelf.
  他們使用起重機舉起重箱子,並將它們放到架子底部。

jade [dʒed] .... 英中 六級

名 玉、玉石

- The wealthy Chinese woman had a vast collection of various **jades**.
  中國貴婦有著許多玉石的大量收藏品。

jan•i•tor [ˋdʒænɪtɚ] .... 英中 六級

名 管門者、看門者

- The **janitor** who cleans our apartment building is a very nice man.
  清潔我們這棟公寓的管理者是個好人。

🔊 Track 952

jas•mine [ˋdʒæsmɪn] .... 英中 六級

名 茉莉

- The **jasmine** flowers gave off a light scent in the summer breeze.
  茉莉花在夏天的微風中釋放出一絲絲香氣。

jay•walk [ˋdʒeˏwɔk] .... 英中 六級

動 違規穿越馬路

- **Jaywalking** is actually illegal and you could get a ticket for doing it.
  違規穿越馬路是違法的,你也會因為這樣拿到罰單。

jeer [dʒɪr] .... 英中 六級

名 戲弄、嘲笑
動 戲弄、嘲笑

- When the fight broke out on the field, the fans booed and **jeered**.
  當打架在運動場爆發時,球迷們發出噓聲和嘲弄聲。

同 mock 嘲笑

jin•gle [ˋdʒɪŋɡo] .... 英中 六級

名 叮鈴聲
動 使發出鈴聲

- The bell tied around my dog's collar **jingled** as it ran.
  當狗奔跑時,繫在狗項圈上的鈴鐺會響。

jol•ly [ˋdʒɑlɪ] .... 英中 六級

動 開玩笑
形 幽默的
副 非常地

- He tried to **jolly** her a bit when he saw that she was in a foul mood.
  當他看到她心情不好時,他試著開玩笑。

反 melancholy 憂鬱的

🔊 Track 953

jour•nal•ism [ˋdʒɝnḷˏɪzəm] .... 英中 六級

名 新聞學、新聞業

- He studied **journalism** so that he could travel around the world to report the news.
  他讀新聞學的理由是他可以到世界各地去報新聞。

jour•nal•ist [ˋdʒɝnḷɪst] .... 英初 四級

名 新聞工作者

- The **journalist** risked his life for the sake of getting the exclusive story.
  那位新聞工作者為了拿到獨家而拿自己的生命冒險。

A B C D E F G H I **J** K L M N O P Q R S T U V W X Y Z

jug [dʒʌg].................... 英中 六級

图 帶柄的水壺

- The **jug** of water is about half full right now.
  這壺水現在約半滿。

ju•ry [`dʒʊrɪ].................... 英中 六級

图 陪審團

- The **jury** has decided the verdict for the case.
  陪審團已為這件案子做了裁決。

jus•ti•fy [`dʒʌstəˌfaɪ].......... 英中 六級

勔 證明…有理

- You need to be able to **justify** your answer with proof.
  你需要用證據來證明你的答案有理。
- 圓 warrant 使…有理由

🔊 Track 954

ju•ve•nile [`dʒuvənl].......... 英中 六級

图 青少年、孩子
形 少年的、孩子氣的

- Many **juveniles** understand that they need to be studious in school.
  很多青少年了解他們必須在學校裡用功。
- 圓 youthful 年輕的

joy•ous [`dʒɔɪəs].......... 英中 六級

形 歡喜的、高興的

- My wedding day was a **joyous** and wonderful day.
  我的婚禮是一個歡喜且精彩的日子。

kin [kɪn].......... 英中 六級

图 親族、親戚
形 有親戚關係的

- The next of **kin** is entitled to the throne.
  共同血親有權繼承王位。
- 圓 relative 親戚

kin•dle [`kɪndl].......... 英中 六級

勔 生火、起火

- We **kindled** the fire with some dry wood.
  我們用一些乾木柴生火。

knowl•edge•a•ble [`nɑlɪdʒəbl].......... 英中 六級

形 博學的

- I'm very **knowledgeable** about the United States history.
  我對美國歷史很瞭解。

🔊 Track 955

lad [læd].................... 英中 六級

图 少年、老友

- He's my **lad**; we grew up together.
  他是我的老友，我們是一起長大的。
- 凤 lass 少女

lame [lem].................... 英中 六級

形 跛的

- He's got a **lame** leg, which makes him unable to walk well.
  他的腿瘸了，使他不良於行。
- 圓 hobble 蹣跚、跛行

land•la•dy [`lændˌledɪ].......... 英中 六級

图 女房東

- My **landlady** is a nice old lady.
  我的女房東是一位很好的老婦人。
- 圓 proprietress 女所有人、女業主

land•lord [`lændˌlɔrd].......... 英中 六級

图 房東

- My **landlord** is very strict about paying the rent on time.
  我的房東對於準時交房租相當堅持。
- 圓 proprietor 所有人、業主

la•ser [ˈlezɚ]............................ 英中 六級

名 雷射

- The **laser** light showed on the lake was spectacular.
  投射在湖上的雷射光看起來很壯觀。

🔊 Track 956

lat•i•tude [ˈlætəˌtjud]............... 英中 六級

名 緯度

- Alaska is at a **latitude** where the sun does not come out on winter days.
  阿拉斯加所在的緯度，冬季時太陽不會升起。

反 longitude 經度

law•maker [ˈlɔˌmekɚ]............. 英中 六級

名 立法者

- **Lawmakers** are usually also politicians as well.
  立法者通常也是政治人物。

lay•er [ˈleɚ]............................ 英中 六級

名 層　動 分層

- **Layer** your clothing when you go out so if it gets hot, you can take your clothes one at a time.
  外出時多穿幾件衣服，這樣即使天氣變熱，你也可以即時脫掉它們。

同 tier 一層、一排

league [lig] .... 英中 六級

名 聯盟、同盟

- That supermodel is out of your **league**; she'll never date with you.
  那位超級名模是你高攀不起的，她不會和你約會。

同 union 聯盟

leg•is•la•tion
[ˌlɛdʒɪsˈleʃəl]........................... 英中 六級

名 立法

- With the new presidency, a new **legislation** came into place as well.
  隨著新總統上任，新的法令也隨之而來。

同 lawmaking 立法

🔊 Track 957

less•en [ˈlɛsn̩]....................... 英中 六級

動 減少

- They **lessened** the candy stash by giving them to the children.
  他們分送孩童糖果，以減少糖果的庫存。

同 decrease 減少

lest [lɛst] .... 英中 六級

連 以免

- We must act now, **lest** we want problems in the future.
  我們必須現在就行動，以免夜長夢多。

lieu•ten•ant [luˈtɛnənt] .... 英中 六級

名 海軍上尉、陸軍中尉

- The **lieutenant** was stern but compassionate to his troops.
  這個陸軍中尉對他的部隊是嚴厲中又帶點仁慈。

life•long [ˈlaɪfˌlɔŋ] .... 英中 六級

形 終身的

- Being in a marriage means being in a **lifelong** commitment to your partner.
  結婚意味著將你的終身託付給你的伴侶。

like•li•hood [ˈlaɪklɪˌhud] .... 英中 六級

名 可能性、可能的事物

- The **likelihood** of him showing up at our show is none.
  他出現在我們表演會的機率是零。

同 possibility 可能性

🔊 Track 958

lime [laɪm] .... 英中 六級

名 萊姆（樹）、石灰
動 灑石灰

- **Limes** are an important ingredient in mixing cocktails.
  萊姆是雞尾酒調酒中的一種重要成分。

A B C D E F G H I J **K L** M N O P Q R S T U V W X Y Z

limp [lɪmp] 英中 六級

動 跛行

- The yacht is **limping** toward the beach.
  快艇正緩慢駛向海灘。

lin•ger [ˋlɪŋgɚ] 英中 六級

動 留戀、徘徊

- Don't **linger** in dark alleyways at night.
  晚上不要在黑暗的巷道中徘徊。

同 stay 停留、逗留

live•stock [ˋlaɪvˌstɑk] 英中 六級

名 家畜

- The **livestock** were living under horrible conditions and the company has been fined.
  讓家畜居住在惡劣的環境，使這家公司被罰款。

同 cattle 家畜

liz•ard [ˋlɪzɚd] 英中 六級

名 蜥蜴

- My friend is really interested in reptiles, and he has a pet **lizard**.
  我的朋友真的對爬蟲類很感興趣，他還養一隻蜥蜴當寵物。

🔊 Track 959

lo•co•mo•tive [ˌlokəˋmotɪv] 英中 六級

名 火車頭
形 推動的

- His car moves in a **locomotive** way; that is, it is very slow.
  他的車是被推動著前進，也就是說，速度非常緩慢的。

lo•cust [ˋlokəst] 英中 六級

名 蝗蟲

- **Locusts** are horrible and a great annoyance to farmers in the Midwest.
  對中西部的農夫來說，蝗蟲是可怕且非常煩人的。

lodge [lɑdʒ] 英中 六級

名 小屋
動 寄宿

- There is food and **lodge** at the next exit, I think we should get off the freeway and get some rest.
  在出口處有食物和休息站，我想我們應該下高速公路並休息一下。

同 reside 居住

loft•y [ˋlɔftɪ] 英中 六級

形 非常高的、高聳的

- His **lofty** demeanor made him difficult to talk to.
  他高傲的態度使人很難跟他對話。

同 dignified 莊嚴的、高貴的
反 humble 謙遜的

log•o [ˋlogo] 英中 六級

名 商標

- We associate the **logo** with the product, and can recognize it in a glance.
  我們將商標和產品聯想在一起，以至於可以在瞄一眼時就認出。

🔊 Track 960

lone•some [ˋlonsəm] 英中 六級

形 孤獨的

- She didn't want to have a **lonesome** night, so she asked her friends to go out for dinner and a movie.
  她不想孤單地度過整晚，所以她邀她的朋友一起吃晚餐和看電影。

同 lonely 孤獨的

lon•gi•tude [ˋlɑndʒəˌtjud] 英中 六級

名 經度

- What is the distance in **longitude** from the beach to the mountains?
  從海灘到高山的經度距離是多少呢？

反 latitude 緯度

lo•tus [ˈlotəs] .... 英中 六級

名 睡蓮

- The pink **lotuses** were beautiful sitting in the pond.
  粉紅色的睡蓮立於池塘中，非常漂亮。

lot•ter•y [ˈlɑtərɪ] .... 英中 六級

名 彩券、樂透

- I'll try my luck at getting rich by buying **lottery** ticket.
  我想買樂透彩，試試看我有沒有中獎致富的運氣。

lum•ber [ˈlʌmbɚ] .... 英中 六級

名 木材
動 採伐

- A large amount of **lumber** is needed when building a house.
  蓋一棟房子需要大量的木材。

同 timber 木材

🔊 Track 961

lump [lʌmp] .... 英中 六級

名 塊
動 結塊、笨重地移動

- There are strange **lumps** in the dough, so I don't know if the doughnuts will turn out right.
  生麵糰中有奇怪的麵塊，所以我不知道作出來的甜甜圈是不是好的。

同 chunk 大塊

Mm ⬇

mag•ni•fy [ˈmæɡnəˌfaɪ] .... 英中 六級

動 擴大

- The image was too small, so we had to **magnify** it to see the details.
  這個影像太小了，所以我們要放大才能看到細部。

同 enlarge 擴大

maid•en [ˈmedn̩] .... 英中 六級

名 處女、少女
形 少女的、未婚的

- We will be a part of history by taking part on the **maiden** voyage of the largest cruise ship in the world.
  我們會因參與這艘世界上最大郵輪的處女航而成為歷史的一部分。

同 spouseless 未婚的

main•land [ˈmenˌlænd] .... 英中 六級

名 大陸

- The boat back to the **mainland** comes at the hour.
  這艘船在一小時內返回大陸。

main•stream [ˈmenˌstrim] .... 英中 六級

名 思潮、（河的）主流

- You can hear the song being repeated all over the **mainstream** media.
  你能聽到這首歌在主流媒體中，重複的被播放。

🔊 Track 962

main•te•nance [ˈmentənəns] .... 英中 六級

名 保持

- The pool is under **maintenance** now, so we can't use it.
  游泳池在維護中，所以我們無法使用。

同 preservation 維護、維持
反 abandonment 放任、遺棄

ma•jes•tic [məˈdʒɛstɪk] .... 英中 六級

形 莊嚴的

- The **majestic** house standing at the top of the hill overlooks the other houses.
  這棟莊嚴的建築聳立在山丘頂端，俯瞰其他的建築。

同 grand 雄偉的

Level 5

高中考大學必考單字 — 進階篇

maj•es•ty [ˋmædʒɪstɪ]............ 英中 六級

名 威嚴

- The painting has **majesty**, mystery, and magic all at the same time.
  這幅畫同時具有莊嚴、神祕和魔幻感。

同 lordliness 威嚴

mam•mal [ˋmæml̩]................. 英中 六級

名 哺乳動物

- I had to explain to my son that whales are **mammals** too.
  我必須向我的兒子解釋鯨魚也是一種哺乳類動物。

man•i•fest [ˋmænəˌfɛst]......... 英中 六級

動 顯示
形 明顯的

- There was **manifest** relief as the bell ring allowed the class to be over.
  當鈴聲通知下課，大家明顯放鬆了。

同 apparent 明顯的

🔊 Track 963

man•sion [ˋmænʃən]............... 英中 六級

名 宅邸、大廈

- A lot of movie stars live in the community of **mansions** on the hill.
  很多電影明星居住在山丘上的大廈社區。

ma•ple [ˋmepl̩]...................... 英中 六級

名 楓樹、槭樹

- My kids love pouring **maple** syrup all over their pancakes.
  我的孩子們喜歡將楓糖倒在薄煎餅上。

mar•gin•al [ˋmardʒɪnl̩]........... 英中 六級

形 邊緣的

- We got a **marginal** piece of land surrounded by other farms.
  我們得到環繞在其他農田四周邊緣的地。

ma•rine [məˋrin]..................... 英中 六級

名 海軍
形 海洋的

- The **marine** came home after a long hard year at war.
  海軍在經歷數年的硬仗後回到了家鄉。

同 maritime 航海的

mar•shal [ˋmarʃəl]................. 英中 六級

名 元帥、司儀

- The fire **marshal** briefed the firefighters on what to do in the rescue mission.
  消防總指揮向消防員簡述在救援行動中該怎麼作。

同 lead 領導、指揮

🔊 Track 964

mar•tial [ˋmarʃəl]................... 英中 六級

形 軍事的

- He is very interested in **martial** arts and studies everything about it.
  他對武術相當的感興趣，並學習所有關於武術的事。

同 military 軍事的

mar•vel [ˋmarvl̩]..................... 英中 六級

名 令人驚奇的事物、奇蹟
動 驚異

- The company's latest **marvel** was a stylish cell phone.
  這家公司最近令人驚奇的產品是一隻相當流行的手機。

同 miracle 奇蹟

mas•cu•line [ˋmæskjəlɪn]................................ 英中 六級

名 男性
形 男性的

- His **masculine** looks made him very popular in the modeling world.
  他富有男子氣概的外貌讓他在模特兒界相當的受歡迎。

反 feminine 女性

mash [mæʃ] 英中 六級

名 麥芽漿
動 搗碎

- She **mashed** the cooked potatoes and added some special seasoning to them.
  她搗碎煮熟的馬鈴薯並加入一些特殊的調味料。

mas•sage [mə`sɑʒ] 英中 六級

名 按摩
動 按摩

- As she **massaged** my shoulders, I felt the tension slowly went away.
  當她幫我按摩肩膀時，我感到緊繃感慢慢的減除了。

🔊 Track 965

mas•sive [`mæsɪv] 英中 六級

形 笨重的、大量的

- The **massive** cruise liner made the other boats look like mere toys.
  龐大的貨輪使得其他的船隻看起來就像是玩具一般。

回 heavy 重的

master•piece [`mæstɚˌpis] 英中 六級

名 傑作、名著

- This painting is an absolute **masterpiece** and it is priceless.
  這幅油畫絕對是一幅無價的傑作。

回 masterwork 傑作

may•on•naise [ˌmeə`nez] 英中 六級

名 美乃滋

- **Mayonnaise** is often used in salad dressings to make a creamier texture.
  美乃滋常用於沙拉醬中，以讓沙拉變得更為濃稠。

mean•time [`minˌtaɪm] 英中 六級

名 期間、同時

- Since the wait is for so long, we'll just go shopping in the **meantime**.
  既然等待的時間是如此長，我們會在同時間去逛街。

回 meanwhile 期間、同時

me•chan•ics [mə`kænɪks] 英中 六級

名 機械學、力學

- I know a lot about **mechanics** and can fix just about any problems with my car.
  我對機械學了解很多，我幾乎可以修好我汽車的所有問題。

🔊 Track 966

me•di•ate [`midɹet] 英中 六級

動 調解

- My lawyer is **mediating** the terms of the divorce between us.
  我的律師正在協調我們之間離婚的協議。

回 negotiate 談判

men•ace [`mɛnɪs] 英中 六級

名 威脅 動 脅迫

- The strong typhoon **menaced** the island for a few days.
  強烈的颱風在這幾天威脅著這個島嶼。

回 threat 威脅

mer•maid [`mɝˌmed] 英中 六級

名 美人魚

- There are many maritime stories of **mermaids** at sea.
  有許多關於美人魚的海洋故事。

midst [mɪdst] 英中 六級

名 中央、中間
介 在…之中

- Please don't interrupt me when I'm in the **midst** of a speech.
  在我發表演說時，請不要打斷我。

mi·grant [`maɪgrənt`].............. 英中 六級

图 候鳥、移民
形 遷移的

- The **migrant** birds have made their way to San Diego for the warmer weather.
候鳥會遷徙至氣候較溫暖的聖地牙哥。

◎ Track 967

mile·age [`maɪlɪdʒ`] .... 英中 六級

图 里數

- If the **mileage** on the car is not too much, I'll buy it from you.
如果這台車的里程數不高,我會從你這邊買下它。

mile·stone [`maɪlˌston`] .... 英中 六級

图 里程碑

- Going public was a grand **milestone** of our company.
公開上市是我們公司一個重要的里程碑。
圓 landmark 里程碑

min·gle [`mɪŋgl̩`] .... 英中 六級

動 混合

- Go **mingle** and talk with people and see if you can make some new friends.
和人交往和談話,看看你是否能交到一些新朋友。
圓 blend 混合

min·i·mal [`mɪnɪml̩`] .... 英中 六級

形 最小的

- We hope to be able to leave the case with the **minimal** punishment.
我們希望能夠以最小的懲罰退出這個案件。
圓 maximal 最大的

mint [mɪnt] .... 英中 六級

图 薄荷

- **Mint** is a refreshing ingredient used in many cuisines, and it is especially favorable in the summer months.
薄荷是許多烹調食物中的新鮮材料,尤其在夏季時常被使用。

◎ Track 968

mi·ser [`maɪzɚ`] .... 英中 六級

图 小氣鬼

- He's an old **miser** and wouldn't spend that kind of money on a decoration for the house.
他是一個老守財奴,不願意花費任何錢在房子的裝飾上。

mis·tress [`mɪstrɪs`] .... 英中 六級

图 女主人

- The head **mistress** of the private all-girls school is a young and energetic lady.
這所私立女校的校長是一位年輕且充滿活力的女士。
圓 matron 女總管

moan [mon] .... 英中 六級

图 呻吟聲、悲嘆
動 呻吟

- The child **moaned** in his sleep from the nightmare.
這孩子在睡夢中因為作惡夢而呻吟。
圓 groan 呻吟

mock [mɑk] .... 英中 六級

图 嘲弄
動 嘲笑
形 模仿的

- We are going to spend the week taking **mock** tests for the upcoming placement exam.
為了即將到來的升學考試,我們這週會舉行模擬考。
圓 mimic 模仿

mode [mod] .... 英中 六級

名 款式（模式）、方法

- Please switch the TV to video **mode** so we can watch the DVD.
  請將電視模式切換至影音模式，讓我們能看這片 DVD。

同 manner 方法

🔊 Track 969

mod•ern•ize [`mɑdən͵aɪz] .... 英中 六級

動 現代化

- We would like to **modernize** our house by getting new electronic equipment.
  我們想要添置新的電器用品，使房子更現代化。

mod•i•fy [`mɑdə͵faɪ] .... 英中 六級

動 修改

- I need to **modify** the drawings before I send them to you.
  在寄給你之前，我需要先修改草圖。

同 alter 改變、修改

mold [mold] .... 英中 六級

名 模型
動 塑造、磨練

- I'm going to pour the batter into the cake **mold** so that it will come out looking like a star.
  我要將麵糰倒入蛋糕模型中，使它看起來像顆星星。

mol•e•cule [`mɑlə͵kjul] .... 英中 六級

名 分子

- We learned about **molecules** in chemistry class while you were gone.
  你走了以後，化學課在教分子。

mon•arch [`mɑnək] .... 英中 六級

名 君主、大王

- He was the proud **monarch** of the land of England.
  他是英國榮耀的君王。

同 king 君主

🔊 Track 970

mon•strous [`mɑnstrəs] .... 英中 六級

形 奇怪的、巨大的

- Can you please help me with this **monstrous** package?
  可以請你幫忙我拿這個大包裹嗎？

同 bulky 龐大的

mor•tal [`mɔrtl̩] .... 英中 六級

名 凡人
形 死亡的、致命的

- We are all mere **mortals** in the land under God.
  我們僅是凡人，生存在上帝賜與的土地上。

同 deadly 致命的

moss [mɔs] .... 英中 六級

名 苔蘚
動 用苔覆蓋

- The **moss** grew thickly at the bottom of the fish pond.
  魚池底部長了一層厚厚的青苔。

mother•hood [`mʌðə͵hʊd] .... 英中 六級

名 母性

- She is really enjoying **motherhood** and loves her babies very much.
  她很高興為人母，且非常疼愛她的孩子們。

mo•tive [`motɪv] .... 英中 六級

名 動機

- Her husband was having an affair with the dead woman, so his wife has **motive** for killing her.
  她的丈夫和那死去的女人有染，所以他的妻子有殺人的動機。

同 cause 動機

A B C D E F G H I J K L **M** N O P Q R S T U V W X Y Z

🔊 Track 971

mound [maʊnd] .... 英中 六級

名 丘陵
動 堆積、築堤

• They climbed up the salt **mounds** and took pictures.
他們爬上鹽山並照相。

mount [maʊnt] .... 英中 六級

名 山
動 攀登

• **Mount** St. Helens is a volcano in the United States.
聖海倫山是美國的一座火山。

同 climb 攀爬

mow•er [ˈmoɚ] .... 英中 六級

名 割草者（機）

• The sound of the lawn **mower** was so noisy, so I shut the windows.
割草機的噪音太大了，所以我關起窗戶。

mum•ble [ˈmʌmbl̩] .... 英中 六級

名 含糊不清的話
動 含糊地說

• I can't understand what you are saying if you keep **mumbling** like that.
如果你繼續這樣含糊不清的說話，我不可能聽懂你在說些什麼。

同 mutter 含糊地說

mus•cu•lar [ˈmʌskjələ] .... 英中 六級

形 肌肉的

• He is a **muscular** man and can lift heavy objects easily.
他是個肌肉男，且可以很輕易的舉起重物。

🔊 Track 972

muse [mjuz] .... 英中 六級

名 深思
動 深思

• He **mused** at the idea of writing a novel about their love.
他仔細思考要把他們的愛寫成一部小說。

同 ponder 沉思

mus•tard [ˈmʌstɚd] .... 英中 六級

名 芥末

• A hot dog is complete with some ketchup and **mustard**.
熱狗加一些番茄醬和芥末醬就很好吃了。

mut•ter [ˈmʌtɚ] .... 英中 六級

名 抱怨
動 低語、含糊地說

• He **muttered** something under his breath when she asked him to do something.
當她要求他做事情的時候，他很小聲的抱怨。

同 complain 抱怨

mut•ton [ˈmʌtn̩] .... 英中 六級

名 羊肉

• The main course on the menu is **mutton**.
菜單上的主食是羊肉。

myth [mɪθ] .... 英中 六級

名 神話、傳說

• The stories of the Greek Gods may all just be **myths**.
希臘諸神的故事只是神話而已。

同 tale 傳說

Nn

nag [næg] .... 英中 六級

名 嘮叨的人
動 使煩惱

- I don't want to be a **nag**, but you still haven't done what I asked you to do.
  我很不想嘮叨，但是你根本沒有做到我要求你該做的。

同 annoy 使煩惱

na•ive [nɑˋiv] .... 英中 六級

形 天真、幼稚

- The **naive** child believed everything the man said to him.
  這天真的孩子相信那個男人對他說的一切事情。

反 sophisticated 世故的

nas•ty [ˋnæstɪ] .... 英中 六級

形 汙穢的、惡意的

- The **nasty** smell coming from the sewer made me feel like vomiting.
  從水溝傳來的惡臭令我作嘔。

同 revolting 令人噁心

nav•i•gate [ˋnævəˌget] .... 英中 六級

動 控制航向

- The GPS system **navigated** the most suitable route.
  衛星導航系統指引最適當的路線。

同 steer 掌舵

news•cast [ˋnjuzˌkæst] .... 英中 六級

名 新聞報導

- I heard about the public policy on the evening **newscast**.
  我在夜間新聞報導中聽到這個公共政策的事。

nib•ble [ˋnɪbl̩] .... 英中 六級

名 小撮食物
動 連續地輕咬

- She took a **nibble** of the bread to see how it tasted.
  她捏了一小塊麵包，嚐嚐它的味道。

同 munch 咯吱咯吱地咀嚼

nick•el [ˋnɪkl̩] .... 英中 六級

名 鎳
動 覆以鎳

- **Nickel** is a magnetic element at room temperature.
  鎳在室溫下是一種有磁性的元素。

night•in•gale [ˋnaɪtn̩ˌgel] .... 英中 六級

名 夜鶯、歌聲美妙的歌手

- The **nightingale** is my grandmother's favorite bird.
  夜鶯是我祖母最喜愛的鳥。

nom•i•nate [ˋnɑməˌnet] .... 英中 六級

動 提名、指定

- I **nominate** Bill as the treasurer for our club.
  我提名比爾當我們社團的總務。

同 propose 提名

none•the•less [ˌnʌnðəˋlɛs] .... 英中 六級

動 儘管如此、然而

- I'm busy but I will still attend the meeting **nonetheless**.
  儘管我很忙，但我仍會去參加會議。

A B C D E F G H I J K L M **N** O P Q R S T U V W X Y Z

🔊 Track 975

non•vi•o•lent
[nɑn`vaɪələnt]............................ 英中 六級

形 非暴力的

- If we are going to watch a movie with the kids, we have to watch something that is **non-violent**.
  如果我們要帶孩子去看電影，我們必須選擇非暴力的影片。

反 violent 暴力的

nos•tril [`nɑstrəl] .... 英中 六級

名 鼻孔

- His **nostrils** flared in anger as he got ready to punch the man.
  當他準備要揍那個男人時，他的鼻孔因憤怒而撐大。

no•ta•ble [`notəbl̩] .... 英中 六級

名 名人、出眾的人
形 出色的、著名的

- He is a very **notable** professor and we are honored to have him speak for us at our graduation ceremony.
  他是個非常有名的教授，能請到他來為我們的畢業典禮演講，是我們的榮幸。

同 famous 著名的

no•tice•a•ble [`notɪsəbl̩] .... 英中 六級

形 顯著的、顯眼的

- Is this pimple on my face really **noticeable**?
  我臉上的青春痘是否真的很顯眼？

同 pronounced 明顯的

no•ti•fy [`notə͵faɪ] .... 英中 六級

動 通知、報告

- He was **notified** of the foreclosure of his home by mail.
  他收到信件通知，他的房子的贖回權被取消了。

同 inform 通知

🔊 Track 976

no•tion [`noʃən]...................... 英中 六級

名 觀念、意見

- You have a very innovative **notion**, but I'm afraid it's too advanced for our time.
  你有一個很創新的觀念，但恐怕在這個時代太過先進。

同 opinion 意見

nov•ice [`nɑvɪs] .... 英中 六級

名 初學者

- He is a **novice** blacksmith and will learn how to be a master of his trade.
  他是一位新手鐵匠，將學習如何成為一位大師。

同 newcomer 新手、初學者

no•where [`no͵hwɛr].............. 英中 六級

副 無處地
名 不為人知的地方

- I can go with you, I have **nowhere** to go right now.
  我可以跟著你，因為現在我無處可去。

同 everywhere 到處

nu•cle•us [`njuklɪəs] .... 英中 六級

名 核心、中心

- The **nucleus** of the cell contains the DNA.
  細胞核內含有 DNA。

同 core 核心

nude [njud]............................. 英中 六級

名 裸體
形 裸的

- I need to buy some **nude** stockings; all the ones I have are black.
  我需要買一些透明的長襪，我有的都是黑色的。

同 naked 裸的

Oo

oar [or] .... 英中 六級

名 槳、櫓

- We used two **oars** to paddle the boat.
  我們用兩隻槳划船。

同 paddle 槳、划槳

o•a•sis [o`esɪs] .... 英中 六級

名 綠洲

- Dubai is an **oasis** in the desert.
  杜拜是沙漠中的綠洲。

同 greenbelt 綠地
反 desert 沙漠

oath [oθ] .... 英中 六級

名 誓約、盟誓

- The witness took an **oath** before giving his testimony.
  證人在發表證詞前發誓。

同 vow 誓約

oat•meal [`otˌmil] .... 英中 六級

名 燕麥片

- She has a bowl of **oatmeal** for breakfast every morning.
  她每天早餐都吃一碗燕麥片。

同 cornmeal 穀物粉、燕麥片

ob•long [`ɑblɔŋ] .... 英中 六級

名 長方形　形 長方形的

- The sign is in an interesting **oblong** shape.
  這個標誌有著有趣的長方形外型。

同 rectangle 長方形、矩形

ob•serv•er [əb`zɝvɚ] .... 英中 六級

名 觀察者、觀察員

- The weather **observer** noted different weather conditions in the area.
  氣象觀察員觀察到這個地區不同的天氣狀況。

同 scrutator 觀察者
反 performer 表演者、執行者

ob•sti•nate [`ɑbstənɪt] .... 英中 六級

形 執拗的、頑固的

- The **obstinate** child refused to take a bath.
  這個頑固的小孩拒絕洗澡。

同 stubborn 頑固的、倔強的
反 obedient 順從的

oc•cur•rence [ə`kɝəns] .... 英中 六級

名 出現、發生、事件

- Typhoons are common **occurrences** in Taiwan.
  颱風是臺灣常見的事件。

同 incident 事件

oc•to•pus [`ɑktəpəs] .... 英中 六級

名 章魚

- The **octopus** wrapped its tentacles around its prey and suffocated it to death.
  章魚用觸鬚纏繞獵物使其窒息而死。

同 devilfish 大鰩魚、章魚

odds [ɑds] .... 英中 六級

名 勝算、差別

- The **odds** of that horse winning are pretty high.
  那匹馬的勝算蠻高的。

同 difference 差別
反 unanimity 一致

A B C D E F G H I J K L M N **O** P Q R S T U V W X Y Z

Track 979

o•dor [ˋodə] 英中 六級

名 氣味

• Onions have a distinctive **odor**.
洋蔥有特別的氣味。

同 smell 氣味

ol•ive [ˋɑlɪv] 英中 六級

名 橄欖樹
形 橄欖的、橄欖色的

• He likes to put **olives** on his pizza.
他喜歡在披薩裡面加橄欖。

op•po•nent [əˋponənt] 英中 六級

名 對手、反對者

• Our **opponents** taunted us with rude gestures.
我們的對手用粗魯的手勢羞辱我們。

同 adversary 敵手、對手
反 alliance 同盟

op•ti•mism [ˋɑptəmɪzəm] 英中 六級

名 樂觀主義

• The doctor expressed **optimism** towards her condition.
醫生對她的情況表示樂觀。

反 pessimism 悲觀主義

or•chard [ˋɔrtʃəd] 英中 六級

名 果園

• There is an apple **orchard** across from the ranch I live on.
我居住的牧場對面有一個蘋果園。

同 garden 花園、果園

Track 980

or•gan•i•zer [ˋɔrgənˏaɪzə] 英中 六級

名 組織者

• The conference **organizer** scheduled many lectures of guest speakers.
會議的召集者安排許多來賓演講。

同 constitutor 組織者、制定者

o•ri•ent [ˋorɪɛnt] / [ˋorɪˏɛnt] 英中 六級

名 東方、東方諸國
動 使適應、定位

• After moving to the new house we had to **orient** ourselves to the new neighborhood.
在搬進新家後我們必須要讓自己熟悉新環境。

同 adapt 使適應
反 occident 西方、歐美國家

O•ri•en•tal [ˋorɪɛntl̩] 英中 六級

名 東方人
形 東方諸國的

• The word **Oriental** often has negative connotations.
東方人這個字通常含有負面的聯想。

同 eastern 東方的
反 occidental 西方人、西方的

or•na•ment [ˋɔrnəmənt] 英中 六級

名 裝飾品
動 以裝飾品點綴。

• The boy knocked over the glass **ornament** when he played ball in the house.
那個男孩在他玩球的時候打翻了屋內的玻璃裝飾品。

同 decoration 裝飾品

or•phan•age [ˋɔrfənɪdʒ] 英中 六級

名 孤兒院、孤兒

• The young couple adopted a child from the **orphanage**.
這對年輕夫婦從孤兒院領養一個孩子。

同 orphanhood 孤兒

os•trich [ˋɔstrɪtʃ]............ 英中 六級

名 鴕鳥

• **Ostriches** are birds that cannot fly.
鴕鳥是不會飛的鳥。

ounce [aʊns].......................... 英中 六級

名 盎司

• The recipe called for an **ounce** of sugar.
這份食譜需要一盎司的糖。

out•do [ˌaʊtˋdu]............ 英中 六級

動 勝過、凌駕

• He really **outdid** himself.
他確實盡了最大的努力。

同 surpass 勝過
反 lag 落後

out•go•ing [ˋaʊtˌgoɪŋ]............ 英中 六級

形 擅於社交的、外向的

• The **outgoing** girl made friends very easily.
這位外向的女孩很容易結交朋友。

同 extrovertive 外向的
反 introversive 內向的

out•put [ˋaʊtˌpʊt]..................... 英中 六級

名 生產、輸出
動 生產、大量製造

• The manager was satisfied with the **output** of the factory this month.
經理很滿意這個月工廠的生產量。

同 input 輸入
反 export 輸出

out•sid•er [ˋaʊtˋsaɪdə]............ 英中 六級

名 門外漢、局外人

• She felt like an **outsider** in the exclusive club.
她覺得自己在這個專屬俱樂部裡像個局外人。

同 layman 門外漢
反 expert 內行、專家

out•skirts [ˋaʊtˌskɝts]............ 英中 六級

名 郊區

• They lived on the **outskirts** of the city because it was cheaper.
他們住在郊區，因為比較便宜。

同 suburb 郊區
反 downtown 市中心

out•ward(s) [ˋaʊtwəd(z)]..................... 英中 六級

形 向外的、外面的
副 向外

• Don't just focus on the **outward** appearance of people.
不要只在意人們的外表。

同 forth 向前、向外
反 inward 向內

o•ver•all [ˋovəˌɔl]..................... 英中 六級

名 罩衫
形 全部的
副 整體而言

• **Overall**, I felt that the book was too tedious.
整體而言，我認為這本書太過於沉悶。

同 whole 全部的
反 partial 部分的

o•ver•do [ˌovəˋdu]..................... 英中 六級

動 做得過火

• When doing weight training, it's important not to **overdo** it.
當我們進行重量訓練時，控制得宜非常重要。

同 exaggerate 誇張

over•eat [ˋovəˋit]..................... 英中 六級

動 吃得過多

• He **overate** and had a stomachache later that night.
他那天晚上吃太多結果胃痛。

同 overgorge 吃得太多

A
B
C
D
E
F
G
H
I
J
K
L
M
N
O
P
Q
R
S
T
U
V
W
X
Y
Z

o·ver·flow [ˌovɚˋflo] 英中 六級
名 滿溢
動 氾濫、溢出、淹沒
• The **overflow** from the river trickled down into the village.
滿溢的河水緩緩流入了村莊。
同 flood 淹沒

o·ver·hear [ˋovɚˋhɪr] 英中 六級
動 無意中聽到
• I **overheard** him whispering about buying a diamond ring for me.
我無意中聽到他要買一顆鑽石給我。
同 eavesdrop 偷聽、竊聽

over·sleep [ˋovɚˋslip] 英中 六級
動 睡過頭
• I **overslept** and was late for my interview.
我睡過頭結果面試遲到。
同 outsleep 睡過

o·ver·whelm [ˌovɚˋhwɛlm] 英中 六級
動 淹沒、征服、壓倒
• There was so much to do at work that I felt **overwhelmed**.
有太多的工作要做，我受不了了。
同 overtake 壓倒
反 sustain 承受

🔊 Track 984

o·ver·work [ˋovɚˋwɝk] 英中 六級
名 過度工作
動 過度工作
• The salaryman **overwork** and finally fell ill.
上班族過度工作，最後生病了。
同 overdrive 操勞過度

oys·ter [ˋɔɪstɚ] 英中 六級
名 牡蠣、蠔
• Some people like to eat raw **oysters**.
有些人喜歡吃生蠔。

o·zone [ˋozon] 英中 六級
名 臭氧
• Due to pollution, the **ozone** layer is being depleted.
由於污染問題，臭氧層被破壞。

Pp →

pa·cif·ic [pəˋsɪfɪk] 英中 六級
形 平靜的
• We flew over the **Pacific** Ocean to California.
我們飛越太平洋去加州。
同 calm 平靜的、冷靜的
反 boisterous 喧鬧的、狂暴的

pack·et [ˋpækɪt] 英中 六級
名 小包
• He poured two **packets** of sugar into his coffee.
他倒了兩包糖在他的咖啡裡。
同 package 包裹

🔊 Track 985

pad·dle [ˋpædl̩] 英中 六級
名 槳、踏板
動 以槳划動
• The **paddles** fell off the raft and sank to the bottom of the lake.
槳從小艇上掉入湖底。
同 oar 槳

pane [pen] 英中 六級
名 方框
• The window **pane** broke from the strong wind.
窗戶的玻璃因強風而破裂。
同 frame 框、構架

par•a•dox
[`pærəˌdɑks] 英中 六級

名 似是而非的言論

- It is a **paradox** that so many people who seem wealthy are actually in debt.
  許多看起來很有錢的人其實都負債，很矛盾。

同 contradiction 矛盾、不一致

par•al•lel [`pærəˌlɛl] 英中 六級

名 平行線　動 平行
形 平行的

- Symptoms of one disease often **parallel** those of another.
  許多疾病的症狀常常與其它的疾病相似。

同 collateral 平行的
反 intersection 交叉

par•lor [`parlɚ] 英中 六級

名 客廳、起居室

- We sat in the **parlor** and had a cup of tea.
  我們坐在起居室喝茶。

同 salon 客廳

🔊 Track 986

par•tic•i•pant
[par`tɪsəpənt] 英中 六級

名 參與者

- The **participants** on the game show eagerly answered the questions.
  比賽的參賽者熱切地回答問題。

同 participator 參加者

par•ti•cle [`partɪkl] 英中 六級

名 微粒

- A cell is made up of tiny **particles**.
  一個細胞是由許多細小的微粒組成的。

同 mote 微粒，塵埃

part•ly [`partlɪ] 英中 六級

副 部分地

- He was **partly** responsible for the accident.
  他要為那個意外擔負部分的責任。

同 half 一半地、不完全地
反 fully 完全地、全部地

pas•sion•ate
[`pæʃənɪt] 英中 六級

形 熱情的

- My grandfather is **passionate** about golfing.
  我祖父對高爾夫球充滿熱情。

pas•time [`pæsˌtaɪm] 英中 六級

名 消遣

- Baseball is American's favorite **pastime**.
  棒球是美國人喜愛的消遣。

同 recreation 消遣
反 impassive 無感情的、冷漠的

🔊 Track 987

pas•try [`pestrɪ] 英中 六級

名 糕餅

- For breakfast we indulged in a selection of fine and delicate **pastries**.
  我們享用了許多超級美味的麵包糕點當作早餐。

同 cake 餅、糕、蛋糕

patch [pætʃ] 英中 六級

名 補丁
動 補綴

- He **patched** up his torn jeans.
  他把破掉的牛仔褲縫補起來。

同 mend 縫補

pat•ent [`petnt] 英中 六級

名 專利權
形 公開、專利的

- We acquired a **patent** for our ingenious invention.
  我們巧妙的發明獲得了專利。

同 copyright 著作權
反 offpatent 非專利的

pa•tri•ot [`petrɪət] 英中 六級

名 愛國者

- The **patriot** in him wanted to enlist in the army.
  在他心中的愛國情操令他想要從軍。

同 flag-waver 狂熱的愛國者

A B C D E F G H I J K L M N O P Q R S T U V W X Y Z

pa•trol [pəˋtrol].......................... 英中 六級

名 巡邏者
動 巡邏

- The police **patrolled** the neighborhood every two hours.
  員警每兩小時會巡邏鄰近地區。
- 同 patrolman 巡視者、巡邏者

🔊 Track 988

pa•tron [ˋpetrən]..................... 英中 六級

名 保護者

- The restaurant has regular **patrons** every Sunday.
  這間餐廳每個星期天有固定的老主顧。
- 同 regular 老顧客、老客戶

pea•cock [ˋpikɑk]................. 英中 六級

名 孔雀

- The bright colors of the **peacock**'s feathers amazed the children.
  孔雀羽毛上的明亮顏色使孩子們驚豔。
- 同 peafowl 孔雀

peas•ant [ˋpɛznt].................... 英中 六級

名 佃農

- Soup used to be food for **peasants**.
  湯以前是佃農的主食。
- 同 farmer 農夫

peck [pɛk]........................ 英中 六級

名 啄、啄痕
動 啄食

- The woodpecker **pecked** a hole in the tree.
  啄木鳥在樹上啄出一個洞。

ped•dler [ˋpɛdlɚ]................. 英中 六級

名 小販

- He is a hat **peddler** and sells all kinds of interesting hats.
  他是一個賣帽子的小販，販售各種有趣的帽子。
- 同 vendor 廠商、小販

🔊 Track 989

peek [pik]................................. 英中 六級

名 偷看 動 窺視

- The spy **peeked** through the window of the warehouse.
  那個間諜透過倉庫的窗戶偷窺。
- 同 peep 窺視、偷看

peg [pɛg]................................... 英中 六級

名 釘子
動 釘牢

- My father **pegged** the family picture to the wall.
  我爸爸把全家福照片釘在牆上。
- 同 nail 釘子

pen•e•trate [ˋpɛnəˌtret]................................. 英中 六級

動 刺入

- The arrow **penetrated** the soldier's arm.
  箭刺入軍人的手臂之中。
- 同 pierce 刺穿

per•ceive [pɚˋsiv].................... 英中 六級

動 察覺

- He was **perceived** as a martyr.
  他被視為是烈士。
- 同 detect 察覺

perch [pɝtʃ]......................... 英中 六級

名 鱸魚
動 棲息

- The owl **perched** on a branch in the tree.
  貓頭鷹棲息在樹枝上。
- 同 inhabit 棲息

per•form•er
[pəˋfɔrmə] .... 英中 六級

图 執行者

• The street **performer** entertained the crowds.
街頭藝人娛樂了大眾。

同 executant 實行者、執行者

per•il [ˋpɛrəl] .... 英中 六級

图 危險、冒險

• Teenagers need to know the **perils** of taking drugs.
青少年需要知道使用毒品的危險。

同 danger 危險
反 safety 安全

per•ish [ˋpɛrɪʃ] .... 英中 六級

動 滅亡

• Almost all the passengers on the Titanic **perished** when it sank.
鐵達尼號沉沒時，幾乎所有的乘客都喪生了。

同 die 死亡
反 exist 存在、生存

per•mis•si•ble
[pəˋmɪsəbl] .... 英中 六級

形 可允許的

• It is not **permissible** to chew gums in class.
在課堂上嚼口香糖是不被允許的。

同 allowable 允許的、可承認的
反 prohibitive 禁止的、抑制的

per•sist [pəˋsɪst] .... 英中 六級

動 堅持

• She **persisted** in doing the homework even though it was difficult.
即使功課很難，她仍然堅持做功課。

同 insist 堅持
反 abandon 放棄

per•son•nel [ˌpɝsnˋɛl] .... 英中 六級

图 人員（總稱）、人事部門

• The **personnel** office takes care of hiring new employees.
人事部負責雇用新員工。

同 staff 工作人員

pes•si•mism
[ˋpɛsəmɪzəm] .... 英中 六級

图 悲觀、悲觀主義

• His **pessimism** was very depressing to everyone around him.
他的悲觀使其它人沮喪。

反 optimism 樂觀、樂觀主義

pier [pɪr] .... 英中 六級

图 碼頭

• We walked along the **pier** at sunset.
我們在夕陽下沿著碼頭散步。

同 wharf 碼頭

pil•grim [ˋpɪlgrɪm] .... 英中 六級

图 朝聖者

• The **pilgrims** journeyed to Mecca.
朝聖者前往麥加。

同 palmer 朝聖者

pil•lar [ˋpɪlə] .... 英中 六級

图 樑柱

• The building was surrounded by beautiful white **pillars**.
這棟建築被美麗的白色柱子圍繞。

同 trabecula 樑、柱

pim•ple [ˋpɪmpl] .... 英中 六級

图 面皰

• The girl was too embarrassed to go out because she had many **pimples**.
這個女孩因為她長很多面皰覺得太丟臉以至於不敢出門。

同 acne 粉刺

pinch [pɪntʃ].................... 英中 六級

名 掐、少量
動 掐痛、捏

- The little boy **pinched** the girl and made her cry.
  這個小男孩捏痛了小女孩並且使她哭了。

回 squeeze 擠、擰

piss [pɪs].................... 英中 六級

動 小便
名 尿液

- He **pissed** away all his money on booze.
  他把所有的錢都揮霍在酗酒上。

回 urine 尿
片 piss away 胡亂浪費

pis•tol [ˋpɪstl̩].................... 英中 六級

名 手槍、以槍擊傷

- He had a **pistol** hidden under his bed.
  他藏了一把槍在床下。

回 gun 槍

plague [pleg].................... 英中 六級

名 瘟疫

- The Bubonic **Plague** was also known as the Black Death.
  鼠疫也以黑死病之稱而聞名。

回 epidemic 流行病、時疫

🔊 Track 993

plan•ta•tion [plenˋteʃən]........ 英中 六級

名 農場

- Our house is built on an old sugar cane **plantation**.
  我們的房子建在舊的甘蔗園上。

回 farm 農場

play•wright [ˋpleˌraɪt]........... 英中 六級

名 劇作家

- The famous **playwright** was well-known on Broadway.
  有名的劇作家在百老匯很有名。

回 creator 創建者、創作者

plea [pli].................... 英中 六級

名 藉口

- He gave a desperate **plea** for help when he heard someone walk by.
  當他聽到有人經過身旁，他發出了絕望的求救聲。

回 excuse 藉口

plead [plid].................... 英中 六級

動 懇求

- She **pled** guilty in a court of law.
  她在法庭上認罪。

回 appeal 懇求

pledge [plɛdʒ].................... 英中 六級

名 誓約
動 立誓

- The millionaire **pledged** to give money to the charity.
  那個百萬富翁承諾捐錢給慈善團體。

回 vow 誓約

🔊 Track 994

plow [plaʊ].................... 英中 六級

名 犁
動 耕作

- The farmer **plowed** his fields to prepare them for the next season.
  農人耕作農地，為下一季的收成作準備。

回 cultivate 耕作
反 harvest 收穫

pluck [plʌk].................... 英中 六級

名 勇氣、意志
動 摘、拔、扯

- The soldier had a lot of **pluck** to defeat the enemy.
  軍人有打敗敵人的強烈意志。

回 courage 勇氣

plunge [plʌndʒ]............ 英中 六級

名 陷入
動 插入

- The young man took the **plunge** and invested all of his savings into the startup company.
  那名年輕人冒險投入他所有的存款成立一間公司。

同 sink 陷入

pocket•book [ˈpɑkɪtˌbʊk]................ 英中 六級

名 錢包、口袋書

- All of his contact's numbers were written in his **pocketbook**.
  所有聯繫的電話都寫在他的口袋書裡。

同 purse 錢包

po•et•ic [poˈɛtɪk] 英中 六級

形 詩意的

- His speech seemed somewhat **poetic**.
  他的演講帶點詩意。

同 poetical 詩意的、理想化的

🔊 Track 995

poke [pok]................ 英中 六級

名 戳
動 戳、刺、刺探

- He likes to **poke** his nose into other people's business.
  他喜歡刺探別人的事情。

同 prick 刺、戳

po•lar [ˈpolɚ]................ 英中 六級

形 極地的

- The **polar** regions of the world are extremely cold.
  世界的極地非常冷。

同 arctic 北極的
反 equatorial 赤道的

porch [portʃ]................ 英中 六級

名 玄關

- She left the **porch** light on for her son who was returning home late.
  為了晚歸的兒子，她讓玄關的燈亮著。

同 hallway 門廳、過道

po•ten•tial [pəˈtɛnʃəl]............ 英中 六級

名 潛力
形 潛在的

- A man of such high caliber is a **potential** candidate for the presidency.
  這樣高素質的人才是有潛力成為總統候選人。

poul•try [ˈpoltrɪ]................ 英中 六級

名 家禽（總稱）

- You can find turkey in the **poultry** section of a supermarket.
  你可以在超市的家禽部門買到火雞。

同 fowl 家禽

🔊 Track 996

prai•rie [ˈprɛrɪ]................ 英中 六級

名 牧場

- Wolves like to roam in **prairies**.
  狼群喜歡漫遊在牧場。

同 pasture 牧場、草原

preach [pritʃ]................ 英中 六級

動 傳教、說教

- Teachers should practice what they **preach**.
  老師應該以身作則。

同 sermon 佈道、說教

pre•cau•tion [prɪˈkɔʃən]................ 英中 六級

名 警惕

- The sandbags were placed as a **precaution** to the oncoming storm.
  沙包被擺來預防接下來的暴風雨。

同 prevention 妨礙、預防

pref•er•ence

['prɛfərəns] .... 英中 六級

名 偏好

• Judy has a **preference** for meat over vegetables.
茱蒂喜歡吃肉勝過蔬菜。

同 favor 偏愛

pre•hi•stor•ic

['priɪs،tɔrɪk] .... 英中 六級

形 史前的

• There were other **prehistoric** beasts besides dinosaurs, such as pterosaur.
除了恐龍，還有其他史前動物，譬如翼龍。

🔊 Track 997

pre•vail [prɪ'vel] .... 英中 六級

動 戰勝、普及

• I am sure that justice will **prevail** in the end no matter what.
我相信不論如何正義最後會戰勝。

同 win 贏
反 lose 輸

pre•view ['pri'vju] .... 英中 六級

名 預演、預習、預視
動 預演、預習、預視

• Gina always **previews** the lesson by reading the entire material before the English class.
吉娜總是在英文課前讀完所有的資料藉此預習課程。

同 rehearse 預演、排演

prey [pre] .... 英中 六級

名 犧牲品
動 捕食

• The tiger **preys** on small lambs and other animals.
老虎捕食小羔羊和其他動物。

同 victim 犧牲品

price•less ['praɪslɪs] .... 英中 六級

形 貴重的、無價的

• This scarf that my grandmother knitted for me is **priceless**.
這條我祖母織給我的圍巾對我來說是無價的。

同 invaluable 無價的
反 valueless 無價值的、不值錢的

prick [prɪk] .... 英中 六級

名 刺痛
動 紮、刺、豎起

• The cook **pricked** the skin of potatoes with a fork before putting them in the oven.
廚師將馬鈴薯放進烤箱前，先用叉子刺馬鈴薯的皮。

同 sting 刺

🔊 Track 998

pri•or ['praɪə] .... 英中 六級

形 在前的、優先的
動 居先、先前

• I had to cancel the date because of a **prior** appointment.
我必須取消約會，因為我已經先跟別人有約。

同 preferential 優先的
反 posterior 較後的

pri•or•i•ty [praɪ'ɔrɪtɪ] .... 英中 六級

名 優先權

• Ricky was asked by his boss that he had to learn to get his **priorities** right.
瑞奇被老闆要求學習弄對事情的優先順序。

同 preference 優先

pro•ces•sion

[prə'sɛʃən] .... 英中 六級

名 進行
動 列隊行進

• My grandparents will be included in my wedding **procession**.
我的祖父母會加入婚禮的行列中。

同 process 過程、進程

pro•file [ˋprofaɪl] .... 英中 六級

名 側面
動 畫側面像

- The old man is photographed in **profile**, pulling the fishing line.
  照片裡是老人在拉釣竿的側面。

同 side 側面
反 front 前面、正面

pro•long [prəˋlɔŋ] .... 英中 六級

動 延長

- The couple had such a good time in Greece that they decided to **prolong** their honeymoon.
  這對夫妻在希臘玩得很開心，使他們決定延長他們的蜜月。

同 lengthen 加長、延長
反 shorten 縮短

🔊Track 999

prop [prɑp] .... 英中 六級

名 支撐
動 支持

- The baby was sitting upright on the sofa, **propped** up by pillows.
  這個嬰兒被枕頭支撐著在沙發上坐直。

同 support 支持、支撐

proph•et [ˋprɑfɪt] .... 英中 六級

名 先知

- He didn't believe in the words of the **prophet**.
  他不相信那個先知的話。

同 seer 預言者、先知

pro•por•tion [prəˋporʃən] .... 英中 六級

名 比例
動 使成比例

- This photograph lacks **proportion**.
  這張照片比例失衡。

同 ratio 比例

pros•pect [ˋprɑspɛkt] .... 英中 六級

名 期望、前景
動 探勘

- His **prospects** were ruined by his affair.
  他的前途因為外遇事件而毀了。

同 anticipation 期望

prov•ince [ˋprɑvɪns] .... 英中 六級

名 省、州（行政單位）

- Arizona is a **province** of America.
  亞利桑那是美國的一個州。

同 state 州

🔊Track 1000

prune [prun] .... 英中 六級

名 乾梅子（梅乾）
動 修剪

- Stella had some beef and **prune** stew for dinner last night.
  史黛拉昨晚吃了些梅乾燉牛肉。

同 trim 修剪

pub•li•cize [ˋpʌblɪˏsaɪz] .... 英中 六級

動 公布

- This charity event will be well **publicized** all over the city.
  這個慈善活動將會被公布在整個城市。

同 publish 公布、發表

puff [pʌf] .... 英中 六級

名 噴煙
動 噴出

- He always **puffs** away at a cigarette alone when he feels nervous.
  當他感到緊張，他會獨自抽菸。

同 spout 噴出

pulse [pʌls] .... 英中 六級

名 脈搏
動 脈搏（跳動）

• This patient's **pulse** is getting weak; I think we should call the doctor.
這個病人的脈搏越來越弱，我們應該叫醫生過來。

同 throb 悸動、脈搏

pur•chase [ˋpɝtʃəs] .... 英中 六級

名 購買
動 購買

• Do you want to **purchase** this house for all cash?
你要全部使用現金來買這間房子嗎？

同 buy 買
反 sell 賣

Track 1001

pyr•a•mid [ˋpɪrəmɪd] .... 英中 六級

名 金字塔、角錐

• There were nearly eighty **pyramids** in Egypt and many of them were ruined and stolen riches a long time ago.
在埃及有將近八十座金字塔，許多金字塔在很久以前就已經被偷走大量的珍寶。

quack [kwæk] .... 英中 六級

名 嘎嘎的叫聲
動 嘎嘎叫

• Did you hear the wild ducks **quacking** by the lake?
你聽見野鴨在湖邊嘎嘎叫了嗎？

同 gaggle 嘎嘎地叫

qual•i•fy [ˋkwɑləˏfaɪ] .... 英中 六級

動 使合格

• Jennifer doesn't **qualify** for maternity leave because she hasn't been in her job long enough.
珍妮佛的產假不被批准因為她才進來工作不久。

反 disqualify 使喪失資格

quart [kwɔrt] .... 英中 六級

名 夸脫（容量單位）

• She drunk a **quart** of milk after jogging.
她在慢跑後喝了一夸脫的鮮奶。

quest [kwɛst] .... 英中 六級

名 探索、探求

• Gina spent a year on a spiritual **quest** in India and Nepal.
吉娜在印度和尼泊爾花了一年探索自己的心靈。

同 explore 探索、探究

Track 1002

quiv•er [ˋkwɪvɚ] .... 英中 六級

名 顫抖　動 顫抖

• The boy **quivered** uncontrollably when he saw a cobra in the forest.
小男孩在森林裡看到眼鏡蛇時無法克制地顫抖。

同 thrill 使顫抖

rack [ræk] .... 英中 六級

名 架子、折磨
動 折磨

• He wouldn't let anything get him down, even when cancer **racked** his body at the end.
他不會讓任何事打倒他，即使癌癌末期身體飽受折磨也一樣。

同 shelf 架子

rad•ish [ˋrædɪʃ] .... 英中 六級

名 蘿蔔

• Would you like to put some **radishes** in your vegetable salad?
你想在你的蔬菜沙拉裡放點蘿蔔嗎？

同 turnip 蘿蔔

ra·di·us [ˈrediəs].................... 英中 六級

名 半徑

- The **radius** of the earth varies from a maximum of 6378.06 km at the equator to 6356.7 km at the poles.
  地球的半徑會改變，在赤道時最大值是 6378.06 公里，而在極圈時是 6356.7 公里。

同 semidiameter 半徑

反 diameter 直徑

---

rag·ged [ˈrægɪd].................... 英中 六級

形 破爛的

- The old beggar who wore dirty **ragged** clothes was begging on the street.
  穿得破爛的老乞丐在街上行乞。

同 shabby 破爛的

反 brand-new 嶄新的

🔊 Track 1003

---

rail [rel].................... 英中 六級

名 橫杆、鐵軌

- You should hold onto the **rail** to keep safe when you're climbing down the stairs.
  為了安全你必須在爬下階梯時抓住橫杆。

同 crossbar 橫杆

---

ral·ly [ˈrælɪ].................... 英中 六級

名 集合
動 召集

- They **rallied** their supporters.
  他們召集了他們的支持者。

同 gathering 聚集

反 scatter 驅散

---

ranch [ræntʃ].................... 英中 六級

名 大農場
動 經營大農場

- We experienced the life on a Kansas cattle **ranch** last summer.
  我們去年夏天在堪薩斯的牧牛場體驗了農場生活。

同 plantation 大農場

---

ras·cal [ˈræskl].................... 英中 六級

名 流氓

- The windows of my house were broken by these young **rascals**.
  我家的窗戶被這些年輕流氓給打破了。

同 rogue 流氓

---

ra·tio [ˈreʃo].................... 英中 六級

名 比率、比例

- The **ratio** of boys to girls in this school was four to one.
  學校的男女比例是四比一。

同 proportion 比率、比例

🔊 Track 1004

---

rat·tle [ˈrætl].................... 英中 六級

名 嘎嘎聲
動 發出嘎嘎聲

- The man made a break for the door and ran inside immediately as gunfire **rattled** off behind him.
  那人破壞了門然後立刻跑進去，隨著在他後面槍聲大作。

同 chatter 喋喋不休

---

realm [rɛlm].................... 英中 六級

名 王國

- He will be back with another ploy to expand his **realm**.
  他會用其他手段擴張他的領土。

同 kingdom 王國

---

reap [rip].................... 英中 六級

動 收割

- We saw the farmers were busy with **reaping** the cotton crops in India.
  在印度我們看到了農夫們忙著收割棉花。

同 harvest 收穫、收割

A B C D E F G H I J K L M N O P **Q R** S T U V W X Y Z

rear [rɪr] 英中 六級

名 後面
形 後面的

- They put up the sign "Baby in Car" on the **rear** window of the car.
  他們在車子的後車窗放上「車上有嬰兒」的標誌。

同 front 前面
反 back 後面

reck•less [ˋrɛklɪs] 英中 六級

形 魯莽的

- This young man had an accident because of **reckless** driving.
  這個年輕人因為危險駕駛而發生了意外。

同 rash 魯莽的
反 prudential 謹慎的

Track 1005

reck•on [ˋrɛkən] 英中 六級

動 計算、依賴

- This smart girl quickly **reckoned** the amount on the blackboard.
  這個聰明的女孩快速地計算黑板上的數字。

同 count 計算

rec•om•mend [ˌrɛkəˋmɛnd] 英中 六級

動 推薦、託付

- This famous French restaurant was highly **recommended** by my friends.
  我朋友大力推薦這間有名的法國餐廳。

同 commend 稱讚、推薦

reef [rif] 英中 六級

名 暗礁

- The students can learn more about the distributions of polychaete species inhabiting Australia's coral **reef** in the museum.
  學生們可以在博物館學到很多有關於澳洲珊瑚礁中軟體多毛類物種的知識。

同 rock 岩石、暗礁

reel [ril] 英中 六級

名 捲軸
動 卷線、搖擺

- The woman hit the thief with a stone so hard that he **reeled** backwards.
  那女士用石頭痛擊了小偷以至於他搖擺著後退。

同 wag 搖擺

ref•e•ree / um•pire [ˌrɛfəˋri] / [ˋʌmpaɪr] 英中 六級

名 裁判者
動 裁判、調停

- They lost the game because the **referee** was biased.
  他們因為裁判偏心輸了比賽。

同 intervene 干預、調停

Track 1006

ref•uge / san•ctu•ar•y [ˋrɛfjudʒ] / [ˋsæŋktʃʊˌɛrɪ] 英中 六級

名 避難（所）

- People were seeking **refuge** from persecution during the civil war.
  人們在內戰時為了避免於迫害而四處尋找避難所。

同 shelter 避難所

re•fute [rɪˋfjut] 英中 六級

動 反駁

- Though we don't agree with your point of view, we can't **refute** it.
  即使我們不同意你的觀點，我們也無法反駁它。

同 oppose 反對
反 assent 贊成

reign [ren] 英中 六級

名 主權　動 統治

- Queen Victoria's **reign** spanned sixty four years, from 1837 to 1901.
  維多利亞女皇在位了 64 年，從 1837到 1901。

同 rule 統治

re•joice [rɪˋdʒɔɪs] 英中 六級

動 歡喜

- Every people **rejoiced** at the news that the serial killer had been caught.
  所有人都因為連續殺人犯被抓了的新聞而開心。

同 gladness 愉快、高興

反 lament 悲痛

rel•ic [ˋrɛlɪk] 英中 六級

名 遺物

- This jade vase is a **relic** of ancient times.
  這個玉的花瓶是古董。

同 remain 遺跡、剩餘物、殘骸

◀)) Track 1007

re•mind•er [rɪˋmaɪndə] 英中 六級

名 提醒者

- The phone company sends me a **reminder** if I forget to pay my phone bill.
  如果我忘了繳帳單，電信公司會寄通知單給我。

同 remembrancer 提醒者

re•pay [rɪˋpe] 英中 六級

動 償還、報答

- We had to sell our house to **repay** the bank loan.
  我們必須賣掉我們的屋子來還銀行貸款。

同 reward 報答

re•pro•duce [ˌriprəˋdjus] 英中 六級

動 複製、再生

- This photograph of the painting was too faint to **reproduce** well.
  這張畫的照片太模糊了，無法完整複製。

同 duplicate 複製、重複

rep•tile [ˋrɛptaɪl] 英中 六級

名 爬蟲類
形 爬行的

- Crocodiles are huge meat-eating **reptiles** with a long and tapered snout.
  鱷魚是大型肉食爬蟲類，有著長而尖的鼻子。

同 creepy 爬行的、匍匐的

re•pub•li•can [rɪˋpʌblɪkən] 英中 六級

名 共和主義者
形 共和主義的

- George Bush first ran for the **republican** presidential nomination in 1976.
  喬治布希在 1976 年第一次競選美國總統的共和黨提名人。

反 dictatorial 獨裁的、專政的

◀)) Track 1008

re•sent [rɪˋzɛnt] 英中 六級

動 憤恨

- She **resents** having to explain her background to other people.
  她討厭對其他人述說她的背景。

同 hatred 憎恨

反 passion 熱情、酷愛

re•sent•ment [rɪˋzɛntmənt] 英中 六級

名 憤慨

- He feels a deep **resentment** against his stepmother for his miserable childhood.
  他對繼母造成他的悲慘童年感到相當憤慨。

同 irritation 惱怒

反 quietness 平靜、安定

re•side [rɪˋzaɪd] 英中 六級

動 居住

- We will **reside** at the Grand Hyatt Hotel for a few days.
  我們會在君悅飯店住上幾天。

同 dwell 居住

A B C D E F G H I J K L M N O P Q **R** S T U V W X Y Z

res•i•dence
['rɛzədəns] .... 英中 六級

名 住家

• Rita finally took up a permanent **residence** card after getting married.
麗塔終於在結婚之後拿到永久居留證。

同 domicile 住所、住宅

res•i•dent ['rɛzədənt] .... 英中 六級

名 居民
形 居留的

• The number of foreign **residents** has kept rising in Japan in recent years.
日本外籍居民的數字在近幾年持續上升。

同 dweller 居民

🔊 Track 1009

re•sort [rɪ'zɔrt] .... 英中 六級

名 休閒勝地
動 依靠、訴諸

• There are so many famous **resorts** located on the Sanur beach of Bali island.
巴里島的薩那海灘有很多的知名度假中心。

同 depend 依靠

re•strain [rɪ'stren] .... 英中 六級

動 抑制

• My father was so angry that he could hardly **restrain** himself.
我爸爸太生氣了以至於他幾乎不能克制他自己。

同 suppress 抑制、阻止
反 permit 允許

re•sume
[,rɛzju'me] / [rɪ'zjum] .... 英中 六級

名 摘要、履歷表
動 再開始

• The experiences that you described in your **resume** were very impressive.
你在履歷表中描述的經驗令人印象非常深刻。

同 reopen 重開、再開始

re•tort [rɪ'tɔrt] .... 英中 六級

名 反駁
動 反駁、回嘴

• I am sometimes short of a witty **retort** and don't know what to say.
我有時缺乏機智的應對，因而詞窮。

同 refute 駁斥、反駁

re•verse [rɪ'vɝs] .... 英中 六級

名 顛倒
動 反轉
形 相反的

• She quickly **reversed** the car into the garage when it started to rain.
開始下雨的時候，她很快的把車子倒車入庫。

同 opposite 相反的

🔊 Track 1010

re•vive [rɪ'vaɪv] .... 英中 六級

動 復甦、復原

• The four-leaved clovers **revived** as soon as I gave them some water.
在我給它們一些水之後，四葉幸運草很快的復原了。

同 restore 復原

re•volt [rɪ'volt] .... 英中 六級

名 叛亂
動 叛亂、嫌惡

• The citizens **revolted** against the government's rules and protested on the streets.
叛變的人民反對政府的規定在街頭抗議。

同 rebel 叛亂

re•volve [rɪ'vɑlv] .... 英中 六級

動 旋轉、循環

• All his life **revolves** around eating and traveling.
他的生活就是圍繞著旅行和吃打轉。

同 circulate 流通、迴圈

rhi•noc•e•r•os / rhi•no
[raɪˋnɑsərəs] / [ˋraɪno] .... 英中 六級

名 犀牛

• Have you ever seen white **rhinoceroses**?
你有看過白犀牛嗎？

rib [rɪb] .... 英中 六級

名 肋骨
動 支撐

• The little boy broke a **rib** when he fell off the
slide in the park.
那個男孩從公園溜滑梯跌下來的時候摔斷肋
骨。

同 costa 肋骨

🔊 Track 1011

ridge [rɪdʒ] .... 英中 六級

名 背脊　動 使成脊狀

• There are dozens of hiking trails in the
surrounding **ridge** mountains.
有幾十條登山小路在山脊附近。

同 spine 脊柱、脊椎

ri•dic•u•lous
[rɪˋdɪkjələs] .... 英中 六級

形 荒謬的

• It's **ridiculous** to expect a student to pass
with flying colors if he never studies.
假設一個學生沒有念書，期待他高分通過是很
荒謬的。

同 absurd 荒謬的、荒唐的
反 logical 符合邏輯的、合乎常理的

ri•fle [ˋraɪfḷ] .... 英中 六級

名 來福槍、步兵
動 掠奪

• The treasure box had been **rifled** and the
gold blocks were gone.
這個藏寶盒曾經被掠奪，金磚已經不見了。

同 harry 掠奪

rig•id [ˋrɪdʒɪd] .... 英中 六級

形 嚴格的

• The new recruits should obey the **rigid**
disciplines of the army.
新兵應該遵守軍隊嚴格的紀律。

同 stiff 硬的、僵直的
反 agile 敏捷的、靈活的

rim [rɪm] .... 英中 六級

名 邊緣　動 加邊於

• The bartender rub the glass rim with a lemon
or lime wedge to moisten the **rim**.
為了使杯緣濕潤，酒保用萊姆或檸檬擦拭玻璃
杯邊緣。

同 verge 邊緣

🔊 Track 1012

rip [rɪp] .... 英中 六級

名 裂口
動 扯裂

• Her skirt has got a **rip** in it.
她的裙子破了一個洞。

同 rift 裂口、隙縫

rip•ple [ˋrɪpḷ] .... 英中 六級

名 波動
動 起漣漪

• We sat by the river bank and saw the breeze
rippling the water.
我們坐在湖邊看微風吹動水面。

同 fluctuate 波動、漲落

ri•val [ˋraɪvḷ] .... 英中 六級

名 對手
動 競爭

• Peter and Joseph are **rivals** for the same
position in the company.
彼得和約瑟夫是在公司競爭同一個職位的對
手。

同 compete 競爭
反 partner 搭檔、夥伴

roam [rom] 英中 六級

名 漫步
動 徘徊

• A gang of youths **roamed** in the cyber café to play online games after school.
放學後一群年輕人逗留在網咖玩線上遊戲。

同 wander 徘徊

rob•in [`rɑbɪn] 英中 六級

名 知更鳥

• Most people are usually content with pictures of **robins** on Christmas cards.
許多人會把知更鳥放在聖誕卡片上。

同 redbreast 知更鳥

◀) Track 1013

ro•bust [ro`bʌst] 英中 六級

形 強健的

• Though the old man is ninety, he still looks very **robust** and healthy.
雖然那個老人已經 90 歲，看起來仍然十分強健。

同 sturdy 強健的、健全的
反 weak 虛弱的

rod [rɑd] 英中 六級

名 竿、棒、教鞭

• Spare the **rod**, spoil the child.
省了鞭子，寵壞孩子。（不打不成器。）

同 stick 棒

rub•bish [`rʌbɪʃ] 英中 六級

名 垃圾

• My mother usually puts the **rubbish** out for collection in the evening.
我媽媽通常把垃圾放外面，等晚上人家來收垃圾。

同 garbage 垃圾

rug•ged [`rʌgɪd] 英中 六級

形 粗糙的

• Many visitors to Spain have an image in their mind of **rugged** mountain landscapes, white villages, and castles.
許多西班牙的遊客在心中有一幅景象：崎嶇的山景、雪皚的村莊及城堡。

同 coarse 粗糙的
反 smooth 柔順的

rum•ble [`rʌmbl̩] 英中 六級

名 隆隆聲
動 發出隆隆聲

• The boy hadn't eaten anything all day, so we could hear his stomach **rumbling**.
那個男孩整天沒吃東西，我們可以聽到他的肚子咕嚕咕嚕叫。

同 boom 隆隆聲

◀) Track 1014

rus•tle [`rʌsl̩] 英中 六級

名 沙沙響
動 沙沙作響

• The maple leaves **rustled** in the breeze in the garden.
花園裡的楓葉隨著風沙沙作響。

Ss↵

sa•cred [`sekrɪd] 英初 四級

形 神聖的

• We heard someone singing **sacred** songs in the church last night.
昨晚我們聽見教堂裡傳來聖歌的聲音。

同 holy 神聖的

sad•dle [`sædl̩] 英中 六級

名 鞍
動 套以馬鞍

• The man swung himself into the **saddle** and rode off quickly.
這個男生迅速的躍上馬鞍並揚長而去。

同 harness 馬具

saint [sent] .... 英中 六級

名 聖、聖人
動 列為聖徒

• Diana must be a real **saint** to have stayed with him for all these years.
戴安娜這麼多年來都待在他身旁，無疑的，她是個聖人。

同 martyr 烈士、殉難者

salm•on [ˈsæmən] .... 英中 六級

名 鮭
形 鮭肉色的

• He always spends his vacation going **salmon** fishing in Alaska.
他總是把他的假期花在阿拉斯加釣鮭魚。

🔊 Track 1015

sa•lute [səˈlut] .... 英中 六級

名 招呼、敬禮
動 致意、致敬

• Whenever you see the principal in the school, you must **salute**.
無論你何時看到學校校長，你都要敬禮。

同 greeting 招呼

san•dal [ˈsændl] .... 英中 六級

名 涼鞋、便鞋

• Those beach **sandals** are all so stylish and comfortable; I really don't know how to choose from.
那些海灘涼鞋都十分有特色而且也都十分舒適，我實在不知道要怎樣選擇。

sav•age [ˈsævɪdʒ] .... 英中 六級

名 野蠻人
形 荒野的、野性的

• Our ancestors were primitive **savages** living in caves twelve thousand years ago.
我們的祖先在一萬兩千年前都是住在洞穴裡的野蠻人。

同 fierce 兇猛的

scan [skæn] .... 英中 六級

名 掃描
動 掃描、審視

• You can **scan** this picture into the computer with the scanner.
你可以用這個掃描器把這些圖片掃描到電腦裡面。

同 examine 細查、審查

scan•dal [ˈskændl] .... 英中 六級

名 醜聞、恥辱

• The sex **scandal** about the President was publicized by the media.
總統的性醜聞被媒體公佈出來。

同 disgrace 恥辱

🔊 Track 1016

scar [skɑr] .... 英中 六級

名 傷痕
動 使留下疤痕

• The doctor said that burn will probably leave a nasty **scar**.
醫生說這些燒傷可能會留下難看的疤痕。

同 blemish 傷疤

scent [sɛnt] .... 英中 六級

名 氣味、痕跡
動 聞、嗅

• The patient's room was full of the **scent** of the lilies.
病房裡充滿著百合花的香氣。

同 smell 氣味

scheme [skim] .... 英中 六級

名 計劃、陰謀
動 計劃、密謀

• This investment **scheme** was advanced by our investment consultants.
這項投資計劃是由投資顧問所提出的。

同 intrigue 陰謀、詭計

A
B
C
D
E
F
G
H
I
J
K
L
M
N
O
P
Q
R
S
T
U
V
W
X
Y
Z

scorn [skɔrn] 英中 六級

名 輕蔑、蔑視
動 不屑做

• I can't understand why he always heap **scorn** on my suggestions.
我實在不能明白為什麼他總是要蔑視、嘲笑我的建議。

同 contempt 輕蔑

scram•ble [ˈskræmbl̩] 英中 六級

名 攀爬、爭奪
動 爭奪、湊合

• As soon as the bus stopped, there was a wild **scramble** to get out.
當巴士一停靠，大家都爭先恐後的要下車。

同 mingle 使混和

🔊 Track 1017

scrap [skræp] 英中 六級

名 小片、少許
動 丟棄、爭吵

• They **scrapped** their honeymoon plans for a trip to Bali island.
他們放棄了去巴里島蜜月旅行的計劃。

同 quarrel 爭吵

scrape [skrep] 英中 六級

名 磨擦聲、擦掉
動 磨擦、擦刮

• He was asked to **scrape** his running shoes clean before he came in.
他被要求要在進門前把他的慢跑鞋擦乾淨。

同 rub 磨擦

scroll [skrol] 英中 六級

名 捲軸
動 把…寫在捲軸上

• The ancient Chinese people stored information on **scrolls**.
中國古人利用捲軸將資訊儲存起來。

sculp•tor [ˈskʌlptɚ] 英中 六級

名 雕刻家、雕刻師

• He was a famous **sculptor**.
他是個有名的雕刻家。

同 carver 雕刻者

se•cure [sɪˈkjʊr] 英中 六級

動 保護
形 安心的、安全的

• Endangered species need to be kept **secure** from poachers.
保護類的物種需要被保護，免於受到非法獵捕。

同 safe 安全的

🔊 Track 1018

seg•ment [ˈsɛgmənt] 英中 六級

名 部份、段
動 分割、劃分

• The programmer **segments** the hard disk into several parts.
程式設計師將硬碟分割成數個區塊。

同 section 部分

sen•sa•tion [sɛnˈseʃən] 英中 六級

名 感覺、知覺

• This medical discovery will produce a **sensation** in the whole world.
這個醫療的發現將會引起全世界的轟動。

同 feeling 感覺

sen•si•tiv•i•ty [ˌsɛnsəˈtɪvətɪ] 英中 六級

名 敏感度、靈敏度

• He has been warned about her **sensitivity** to criticism by her friend.
她的朋友已經警告過他：她對批評很敏感。

sen•ti•ment [ˈsɛntəmənt] 英中 六級

名 情緒

• Johnson is essentially a man of **sentiment**.
強森本質上是個很感性的人。

同 sentimentality 多愁善感

ser•geant [ˈsɑrdʒənt] 英中 六級

名 士官

• The old man was a retired major **sergeant**.
這個老人是陸軍上士退役。

🔊 Track 1019

se•ries [ˈsɪrɪz] 英中 六級

名 連續

• The post office will issue a **series** of commemorative coins.
郵局將發行一系列的紀念套幣

同 succession 連續

ser•mon [ˈsɝmən] 英中 六級

名 佈道、講道

• The theme for today's **sermon** is about the importance of compassion.
今天這場佈道大會的主題是關於憐憫的重要性。

同 detect 察覺

serv•er [ˈsɝvɚ] 英中 六級

名 侍者、服役者

• The **servers** in this restaurant are all professionally trained.
餐廳裡的這些侍者都是經過專業的訓練。

同 waiter 侍者

set•ting [ˈsɛtɪŋ] 英中 六級

名 安置的地點

• We're looking for an ideal **setting** for camping in spring.
我們正在為我們春季的露營尋找一個合適的地點。

同 surroundings 環境、周圍的事物

shab•by [ˈʃæbɪ] 英中 六級

形 衣衫襤褸的

• The old man who wore a **shabby** clothes was a beggar.
這個衣衫襤褸的老人是個乞丐。

反 decent 體面的

🔊 Track 1020

sharp•en [ˈʃɑrpn̩] 英中 六級

動 使銳利、使尖銳

• You can **sharpen** your pencils with this pencil sharpener.
你可以用削鉛筆機把你的鉛筆削尖。

同 point 尖端、尖頭

shat•ter [ˈʃætɚ] 英中 六級

動 粉碎、砸破

• The glass will **shatter** if you drop it.
如果你摔了這個玻璃，它會破掉喔。

同 break 砸破

sher•iff [ˈʃɛrɪf] 英中 六級

名 警長

• The **sheriff** pointed his gun at the robber and called out, "Hands up!"
警長舉槍對著搶匪並高喊：雙手舉起來！

shield [ʃild] 英中 六級

名 盾
動 遮蔽

• The police held up their **shields** against the protestors' rocks and bricks.
警方高舉盾牌抵擋抗議者丟擲的石頭和磚塊。

同 defend 保衛、保護

shiv•er [ˈʃɪvɚ] 英中 六級

名 顫抖
動 冷得發抖

• The homeless dog was **shivering** outside of the resturant.
無家可歸的小狗在餐廳外面冷得發抖。

同 quake 顫抖

A B C D E F G H I J K L M N O P Q R **S** T U V W X Y Z

Level 5 高中考大學必考單字｜進階篇

Track 1021

short•age [ˈʃɔrtɪdʒ] 英中 六級

名 不足、短缺

- Scientists had forecast that a third of the world's population would suffer from a **shortage** of water by 2025.
  科學家預言三分之一的世界人口將會在2025年受到飲水短缺的困擾。

同 deficiency 不足

short•coming [ˈʃɔrtˈkʌmɪŋ] 英中 六級

名 短處、缺點

- Whatever her **shortcomings** as a daughter-in-law, she was a good mother to her children.
  不論她身為一個媳婦有多少的缺點，她還是一個很好的媽媽。

同 deficiency 缺點

shove [ʃʌv] 英中 六級

名 推
動 推、推動

- They **shoved** the boxes into the corner to spare the space for a desk.
  他們把盒子推到角落好空出一個空間放書桌。

同 jostle 推

shred [ʃrɛd] 英中 六級

名 細長的片段
動 撕成碎布

- Her silk scarf was in **shreds** when she took it out of the washer.
  當她把絲綢圍巾從洗衣機拿出來時，都已經變成碎片了。

同 fragment 碎片、破片

shriek [ʃrik] 英中 六級

名 尖叫
動 尖叫、叫喊

- We all **shrieked** with laughter when we heard the joke.
  我們聽到這個笑話時都被逗得大聲笑出來。

同 scream 尖叫

Track 1022

shrine [ʃraɪn] 英中 六級

名 廟、祠

- The old lady pray at the **shrine** every morning.
  這位老婦人每天早晨都會去廟裡祈禱。

shrub [ʃrʌb] 英中 六級

名 灌木

- My mother planted some roses and other flowering **shrubs** in the backyard.
  我媽在後院裡種了一些玫瑰花跟其他種類的灌木花叢。

同 bush 灌木

shud•der [ˈʃʌdɚ] 英中 六級

名 發抖、顫抖
動 顫抖、戰慄

- She recalled with a **shudder** how she's treated brutally by her ex-husband.
  她回想起她前夫對她殘忍對待的種種就不由自主的顫抖。

同 tremble 顫抖

shut•ter [ˈʃʌtɚ] 英中 六級

名 百葉窗　動 關上窗

- We always **shutter** the windows when we go out on weekends.
  我們總是在週末離開家的時候把窗戶關上。

同 blind 百葉窗

silk•worm [ˈsɪlkwɝm] 英中 六級

名 蠶

- Have you ever seen **silkworm** cocoons?
  你有看過蠶蛾的蛹嗎？

sim•mer [ˈsɪmɚ]............... 英中 六級

名 沸騰的狀態
動 煨、怒氣爆發

- My mother left the beef and potatoes to **simmer** for a while before we came home.
  我媽媽在我們回家前就先用小火煨煮牛肉跟洋芋一段時間了。

回 stew 燉、燜

skel•e•ton [ˈskɛlətn̩]....... 英中 六級

名 骨骼、骨架

- A human **skeleton** was found on the cliff by the climbers yesterday.
  昨天攀岩者發現在岩壁上面有一副人骨。

回 bone 骨骼

skull [skʌl]......................... 英中 六級

名 頭蓋骨

- A pile of human **skulls** and bones were discovered in the cave.
  有大量的人類頭蓋骨跟肢骨被發現在洞穴裡。

slam [slæm]........................ 英中 六級

名 砰然聲
動 砰地關上

- She **slammed** the door with force after having a quarrel with her husband.
  她在跟她先生爭執之後用力的把門關上。

回 bang 砰砰作響

slap [slæp]......................... 英中 六級

名 掌擊
動 用掌拍擊

- Lisa **slapped** her boyfriend across the face in front of us.
  麗沙在我們大家的面前甩了她男朋友一個巴掌。

回 smack 掌摑

slaugh•ter [ˈslɔtɚ].............. 英中 六級

名 （食用牲口的）屠宰
動 屠宰

- Thousands of people were brutally **slaughtered** in Nanjing in 1937.
  在 1937 年的南京城，有成千上萬的民眾遭到殘忍的屠殺。

回 butchery 屠殺

slay [sle]............................. 英中 六級

動 殺害、殺

- In Nanjing Slaughter, thousands of people were brutally **slain** and so many women were raped.
  南京大屠殺時，有成千上萬的民眾被殺害，婦女遭到強姦。

回 kill 殺

slop•py [ˈslɑpɪ]................... 英中 六級

形 不整潔的、邋遢的

- He was considered a **sloppy** dresser by his colleagues.
  他同事覺得他是個穿著邋遢的人。

反 neat 整潔的

slump [slʌmp]..................... 英中 六級

名 下跌　動 暴跌

- The rural land price has **slumped** in this year.
  農村的土地價值在今年暴跌。

sly [slaɪ].............................. 英中 六級

形 狡猾的、陰險的

- He's a **sly** old devil without any friends; I wouldn't trust him at ince.
  他是個狡猾的老惡魔，他沒有任何的朋友，我完全不相信他。

反 frank 坦白的

A B C D E F G H I J K L M N O P Q R **S** T U V W X Y Z

smash [smæʃ] .... 英中 六級

名 激烈的碰撞
動 粉碎、碰撞

- Every time her father got drunk, he began to **smash** things in the house.
  每當她的父親喝醉時，就會開始在家裡面摔東西。

圓 shatter 粉碎

snarl [snɑrl̩] .... 英中 六級

名 漫罵、爭吵
動 吼叫著說、糾結

- The dog started **snarled** when it saw the stranger come in.
  這狗看到陌生人接近時就會開始咆哮。

圓 growl 咆哮

snatch [snætʃ] .... 英中 六級

名 片段
動 奪取、抓住

- Joe **snatched** the letter out of my hand before I started to read it out.
  喬在我讀信件之前就從我手中奪走了。

圓 grab 抓取

sneak [snik] .... 英中 六級

動 潛行、偷偷地做

- The little boy was **sneaking** out for a date while his parents were sleeping in the midnight.
  這小鬼趁著午夜父母親都睡著的時候偷偷溜出去幽會。

圓 slink 潛行

sneak•ers ['snikɚs] .... 英中 六級

名 慢跑鞋

- My feet are too big, so I have to wear custom-made **sneakers**.
  我的腳尺寸太大了，我都必須要穿客製化的慢跑鞋。

sniff [snɪf] .... 英中 六級

名 吸氣
動 用鼻吸、嗅、聞

- We usually **sniff** at our glasses of wine before tasting it.
  我們時常會在品嘗酒之前先聞它的氣味。

圓 scent 嗅、聞

snore [snor] .... 英中 六級

名 鼾聲
動 打鼾

- His loud **snores** really bothered me all night, what a nightmare!
  他的鼾聲真的困擾了我整晚，真的是一場可怕的噩夢阿！

snort [snɔrt] .... 英中 六級

名 鼻息、哼氣
動 哼著鼻子說

- The drug abuser was **snorting** cocaine in the toilet.
  這毒蟲在廁所裡吸食毒品。

soak [sok] .... 英中 六級

名 浸泡
動 浸、滲入

- I wiped up the spilt red wine before it **soaked** into my trousers.
  我在我翻倒的紅酒滲入我褲子裡之前就把它抹去。

圓 drench 浸濕

so•ber ['sobɚ] .... 英中 六級

動 使清醒
形 節制的、清醒的

- We all wondered if Jim was **sober** enought to drive after the party.
  我們都懷疑吉姆是否在派對之後還可以保持清醒的開車。

soft•en [ˋsɔfən] 英中 六級

動 使柔軟

- You should **soften** the sponges with water before you use them.
  你在用海綿之前要先用水使它柔軟。

反 harden 使變硬

sole [sol] 英中 六級

形 唯一的、單一的

- The **sole** survivor of the fire was found in the building after two hours.
  兩個小時之後，這場火災的唯一生還者在大樓裡被找到。

同 single 單一的

sol•emn [ˋsɑləm] 英中 六級

形 鄭重的、莊嚴的

- Everyone looked very **solemn** in the church.
  在教堂裡的每個人都是很莊嚴鄭重的。

同 serious 莊嚴的

sol•i•tar•y [ˋsɑləˌtɛrɪ] 英中 六級

名 隱士、獨居者
形 單獨的

- She was a **solitary** person as she was little.
  她從小就是個獨來獨往的人。

同 single 單獨的

so•lo [ˋsolo] 英中 六級

名 獨唱、獨奏、單獨表演
形 單獨的

- I will perform a piano **solo** in tonight's concert.
  我將在今晚的演出中表演鋼琴的獨奏。

sov•er•eign [ˋsɑvrɪn] 英中 六級

名 最高統治、獨立國家
形 自決的、獨立的

- We must respect the rights of **sovereign** nations to manage their own affairs
  我們必須尊重獨立國家管理自身事務的權利。

同 supreme 最高的、至上的

sow [so] 英中 六級

動 播、播種

- The farms **sow** the seeds in the fields in spring.
  農夫在春季的時候播種。

同 scatter 散播
反 reap 收割

space•craft / space•ship [ˋspesˌkræft] / [ˋspesˋʃɪp] 英中 六級

名 太空船

- The communication between earth and **spacecraft** should be maintained without interruption.
  地球跟太空船之間的通訊要能夠不受干擾的進行。

spe•cial•ist [ˋspɛʃəlɪst] 英中 六級

名 專家

- My mother is a **specialist** in American religious history.
  我媽是個美國宗教史的專家。

同 expert 專家

spec•i•men [ˋspɛsəmən] 英中 六級

名 樣本、樣品

- They took blood and urine **specimens** from different animals for analysis.
  他們從許多不同的動物體擷取的血液跟尿液的樣本去做分析。

同 sample 樣本

🔊 **Track 1029**

spec•ta•cle
[ˋspɛktək!]............................. 英中 六級

名 奇觀

- Taroko Gorge is a magnificent **spectacle**.
太魯閣是個壯觀的奇景。

spec•ta•tor [spɛkˋtetɚ] .... 英中 六級

名 觀眾、旁觀者

- This concert drew thousands of **spectators** from all over the world.
這個演出吸引了成千上萬的觀眾從世界各地湧來。

spine [spaɪn].............................. 英中 六級

名 脊柱、背骨

- The racing driver injured his **spine** in a car race accident.
這個賽車手在一場車賽中傷到了他的脊椎。

splen•dor [ˋsplɛndɚ] .... 英中 六級

名 燦爛、光輝

- Those photos really show the **splendor** of Venice in the past.
那些照片展現了過去威尼斯的燦爛時光。

sponge [spʌndʒ]...................... 英中 六級

名 海綿
動 依賴

- You can wipe the surface of the glass with a clean **sponge**.
你可以用乾淨的海綿擦拭玻璃的表面。
回 sponger 依賴他人生活的人

🔊 **Track 1030**

spot•light [ˋspɑtˌlaɪt]............. 英中 六級

名 聚光燈
動 用聚光燈照明

- The **spotlight** followed the singer round the stage during the performance.
在表演中，聚光燈不斷的投射在舞台上的歌手身上。

sprint [sprɪnt]...................... 英中 六級

名 短距離賽跑
動 衝刺、全力奔跑

- We were a bit late, so we had to **sprint** to catch the school bus.
我們已經有點遲到了，所以我們要全力衝刺趕上校車。
回 speed 迅速前進

spur [spɝ] .... 英中 六級

名 馬刺
動 策馬飛奔

- Never make any major purchase decision on the **spur** of the moment.
千萬不要在一時衝動之下做出任何重要的購買決策。

squash [skwɑʃ] .... 英中 六級

名 擠壓的聲音、南瓜
動 壓扁、壓爛

- My brother accidentally stepped on a banana and **squashed** it.
我哥不小心踩到了一根香蕉並且把它給壓扁了。
回 mash 壓碎、壓壞

squat [skwɑt].......................... 英中 六級

名 蹲下的姿勢
動 蹲下、蹲
形 蹲著的

- The moether **squatted** on the ground and gave her girl a warm hug.
這位母親蹲在地上給她的女兒一個熱情的擁抱。
回 crouch 蹲伏。

🔊 **Track 1031**

stack [stæk]............................. 英中 六級

名 堆、堆疊
動 堆疊

- My grandfather chose a novel from the **stack** of books on the shelf.
我外公從書架堆疊的書中選了一本小說。
回 heap 堆

stag•ger [ˋstægɚ] 英中 六級

名 搖晃、蹣跚
動 蹣跚

- After she was raped, she managed to **stagger** to the phone booth and call for help.
  在她被強暴之後，她蹣跚的走向電話亭打電話求助。

同 sway 搖動

stain [sten] 英中 六級

動 弄髒、汙染
名 汙點

- He spilt the red wine and **stained** his white shirt.
  他翻倒了紅酒並且弄髒了他的白上衣。

同 spot 汙點

stake [stek] 英中 六級

名 椿
動 把…綁在椿上

- He put up a **stake** to support the tree.
  他豎了一根椿來支撐樹。

stalk [stɔk] 英中 六級

名 （植物的）莖

- My mother trimmed the **stalks** of the lilies before putting them in a vase.
  我媽媽在將百合花放進花瓶之前先修剪了它們的花莖。

同 stem 莖

🔊 Track 1032

stall [stɔl] 英中 六級

名 商品陳列台、攤位

- There is a shower **stall** in the corner of the bathroom.
  在浴室的角落有個淋浴間。

stan•za [ˋstænzə] 英中 六級

名 節、段

- Could you give me an example of a five **stanza** poem?
  你可以給我一個五節詩的例子嗎？

同 verse 節

star•tle [ˋstɑrtl̩] 英中 六級

動 使驚跳

- His article on drug abuse **startled** many people into changing their way of using medicine.
  他關於藥物濫用的文章讓許多人感到驚嚇，因而改變了他們自己的用藥習慣。

同 surprise 使吃驚

states•man [ˋstetsmən] 英中 六級

名 政治家

- Benjamin Franklin was an elder **statesman** at the constitutional convention.
  班傑明富蘭克林在制憲會議上是個年長的政治家。

sta•tis•tics [stəˋtɪstɪks] 英中 六級

名 統計值、統計量

- **Statistics** show that women have longer life expectancy.
  統計顯示女生的平均壽命比較長。

🔊 Track 1033

sta•tis•ti•cal [stəˋtɪstɪkl̩] 英中 六級

形 統計的、統計學的

- These papers have been shown to have **statistical** errors.
  這些論文被顯示出有統計上的錯誤。

steam•er [ˋstimɚ] 英中 六級

名 汽船、輪船

- I put her aboard a **steamer** bound for New York.
  我將她送上了一艘駛向紐約的輪船。

steer [stɪr] 英中 六級

名 忠告、建議
動 駕駛、掌舵

- The bus driver carefully **steered** the bus around the potholes.
  這個公車司機小心的在充滿坑洞的路上駕駛。

同 guide 指導、指南

A B C D E F G H I J K L M N O P Q R **S** T U V W X Y Z

ster·e·o·type [`stɛrɪəˌtaɪp`] 英中 六級

名 鉛版、刻板印象
動 把…澆成鉛版、定型

- It's very important to eliminate racial **stereotype**.
  消除種族成見是非常重要的。

stern [stɝn] 英中 六級

形 嚴格的

- Climbers received a **stern** warning not to go to the mountains during typhoon.
  登山者接收到嚴重的警告不要在颱風天的時候登山。

同 severe 嚴格的

🔊 Track 1034

stew [stju] 英中 六級

名 燉菜
動 燉煮、燉

- My mother is cooking beef **stew** for dinner.
  我媽正在煮燉牛肉當晚餐。

stew·ard / stew·ard·ess / at·tend·ant [`stjuwəd`] / [`stjuwədɪs`] / [ə`tɛndənt`] 英中 六級

名 服務生、空服員

- I asked a **steward** to give me a glass of water.
  我要空少給我一杯水。

stink [stɪŋk] 英中 六級

名 惡臭、臭
動 弄臭

- You **stink**! How long haven't you taken a shower?
  你也太臭了吧！你幾天沒洗澡啦？

反 perfume 弄香

stock [stɑk] 英中 六級

名 庫存、紫羅蘭、股票

- This supermarket has a good **stock** of canned food and bottled water.
  這個超市有許多庫存的罐頭食物和瓶裝水。

同 hoard 貯藏

stoop [stup] 英中 六級

名 駝背
動 自貶、使屈服

- Some coins fell out of her coat pocket and she **stooped** down and picked them up.
  一些硬幣從她的外套口袋掉出來，所以她必須要彎腰去撿起它們。

🔊 Track 1035

stor·age [`storɪdʒ`] 英中 六級

名 儲存、倉庫

- We need more **storage** space for these new products.
  我們需要更多的儲存空間來放置這些新產品。

同 warehouse 倉庫

stout [staʊt] 英中 六級

形 強壯的、堅固的

- You will need a pair of good **stout** boots for hiking.
  你需要些更堅固的靴子好來健行。

反 feeble 虛弱的

straight·en [`stretn̩`] 英中 六級

動 弄直、整頓

- This pretty girl's hair is naturally curly but she had a perm to **straighten** it.
  這個漂亮的小妞有著一頭自然捲的頭髮，可是她把它給燙直了。

straight·for·ward [`stretˌfɔrwəd`] 英中 六級

形 直接的、正直的

- His words are always **straightforward** and frank.
  他說話總是不拐彎抹角且實在。

同 straight 正直的

strain [stren] 英中 六級

名 緊張
動 拉緊、強逼、盡全力
- You're **straining** your eyes to watch TV in the dark.
  你在強迫你的眼睛在黑暗中看電視。

反 relax 放鬆

🔊 Track 1036

strait [stret] 英中 六級

名 海峽
- The Taiwan Strait is a 180-km-wide **strait** between China and Taiwan.
  臺灣海峽介在臺灣跟中國大陸中間，有 180 公里寬。

strand [strænd] 英中 六級

名 （海）濱
動 擱淺、處於困境
- We will stay in the local inn by the **strand** in town for a few days.
  我們將在這個海濱的小酒店待上幾天。

同 abandon 拋棄、遺棄

strap [stræp] 英中 六級

名 皮帶
動 約束、用帶子捆
- The children were **strapped** into their car seats already.
  小孩已經在車座位上扣好安全帶。

同 bind 捆、綁

stray [stre] 英中 六級

名 漂泊者 動 迷路、漂泊
形 迷途的
- You can't keep it as a pet; it is a **stray** dog.
  你不能把這隻流浪狗當作是寵物。

同 wander 流浪、迷路

streak [strik] 英中 六級

動 加條紋
名 條紋
- There are long **streaks** down her thighs.
  在她大腿上有條很長的條紋。

同 stripe 條紋

🔊 Track 1037

stride [straɪd] 英中 六級

名 跨步、大步
動 邁過、跨過
- He **strode** across of the aisle and found his seat.
  他跨過走道找到了他的位子。

同 step 步伐

stripe [straɪp] 英中 六級

名 斑紋、條紋
- The zebra is a wild horse with black and white **stripes** that lives in herds in Africa.
  斑馬是個野生的馬，有著黑白條紋並生活在非洲草原上。

stroll [strol] 英中 六級

名 漫步、閒逛
動 漫步
- We could **stroll** into town after dinner if you like.
  如果你喜歡，我們可以在吃完飯之後到城裡閒逛。

同 saunter 漫步

struc•tur•al [ˋstrʌktʃərəl] 英中 六級

形 構造的、結構上的
- Hundreds of houses suffered **structural** damage after this severe earthquake.
  成千的房屋在地震後遭受到結構上的損害。

stum•ble [ˋstʌmbl̩] 英中 六級

名 絆倒、錯誤
動 跌倒、偶然發現
- I **stumbled** on a log and fell on the sand as I was running along the beach after them.
  我跟著他們在海灘上奔跑的時候，被木頭絆倒跌在沙上。

同 tumble 跌倒

🔊 Track 1038

stump [stʌmp] 英中 六級

名 殘株、殘餘部分
動 遊說

- Tree **stump** is a remaining portion of the trunk with the roots still in the ground after it's been cut.
  當樹木被砍倒之後，還留在地面上剩餘的部分就是樹的殘株。
圓 remainder 殘餘物

stun [stʌn] 英中 六級

動 嚇呆

- I was **stunned** by this little girl's outstanding performance.
  我被這個小女孩傑出的表現給嚇呆了。
圓 daze 使茫然

sturd•y [ˋstɝdɪ] 英中 六級

形 強健的、穩固的

- You will need a **sturdy** hiking boots for climbing the mountains.
  你會需要一雙強健且穩固的登山鞋來爬山的。
圓 strong 強壯的

stut•ter [ˋstʌtɚ] 英中 六級

名 結巴
動 結結巴巴地說

- Every time he stands on the stage, he gets into a **stuttering** position.
  每次他站在台上時，都變得結結巴巴的。
圓 stammer 結結巴巴地說

styl•ish [ˋstaɪlɪʃ] 英中 六級

形 時髦的、漂亮的

- She's been working so hard on making her hair look **stylish**.
  她很努力的讓她的髮型很時髦。
圓 fashionable 時髦的

🔊 Track 1039

sub•mit [səbˋmɪt] 英中 六級

動 屈服、提交

- You must **submit** your application before the end of February.
  你必須要在二月底前提出你的申請。

sub•stan•tial [səbˋstænʃəl] 英中 六級

形 實際的、重大的

- We had a **substantial** meal.
  我們飽餐了一頓。
圓 actual 實際的

sub•sti•tute [ˋsʌbstəˏtjut] 英中 六級

名 代替品
動 代替

- I can be a **substitute** teacher in your class during your honeymoon holidays.
  你蜜月期間，我可以幫你代課。
圓 replace 代替

suit•case [ˋsutˏkes] 英中 六級

名 手提箱

- We haven't unpacked our travel **suitcases** yet after coming back home.
  我們旅行回到家之後都還沒有打開我們的手提箱。

sul•fur [ˋsʌlfɚ] 英中 六級

名 硫磺

- You could find elemental **sulfur** near the volcanic regions.
  你可以在火山區附近找到硫磺元素。

🔊 Track 1040

sum•mon [ˋsʌmən] 英中 六級

動 召集、召喚

- A friend of mine has been **summoned** to court as a witness.
  我一個朋友被召喚去法庭擔任證人。

su•per•fi•cial
[supɚˋfɪʃəl] .... 英中 六級

形 表面的、外表的

- A person who always judges people by their appearance is **superficial**.
  一個人總是喜歡以外貌來評斷別人，是很膚淺的。

反 essential 本質的

su•per•sti•tion
[ˌsupɚˋstɪʃən] .... 英中 六級

名 迷信

- I don't believe in the old **superstition** that the number 4 is unlucky.
  在民間習俗裡數字四代表的是不吉利的意思，但我不相信。

su•per•vise [ˋsupɚ͵vaɪz] .... 英中 六級

動 監督、管理

- Alice **supervises** the whole marking department.
  愛麗絲是整個市場部門的管理人。

同 administer 管理

su•per•vi•sor
[ˌsupɚˋvaɪzɚ] .... 英中 六級

名 監督者、管理人

- We are recruiting more **supervisor** staff now.
  我們現在在招募更多的高階管理人。

同 administrator 管理人

🔊 Track 1041

sup•press [səˋprɛs] .... 英中 六級

動 壓抑、制止

- The revolt is quickly **suppressed** in a few days.
  這場暴動在幾天之內就被鎮壓下來。

同 restrain 抑制

su•preme
[səˋprim] .... 英中 六級

形 至高無上的

- This case was rejected by the **supreme** court.
  這個案子被高等法院駁回。

同 highest 最高

surge [sɝdʒ] .... 英中 六級

名 大浪
動 洶湧

- There has been a **surge** in oil prices recently.
  最近的石油價格有劇烈的波動。

sus•pend [səˋspɛnd] .... 英中 六級

動 懸掛、暫停

- The airline service has been **suspended** for the day because of the heavy fog.
  所有航線因為濃霧所以都暫停了。

同 hang 懸掛

sus•tain [səˋsten] .... 英中 六級

動 支持、支撐

- An undshakable faith **sustains** her.
  一種不可動搖的信念支撐著她。

同 support 支持

🔊 Track 1042

swamp [swɑmp] .... 英中 六級

名 沼澤
動 陷入泥沼

- This boat was **swamped** by an enormous wave.
  這艘船被大浪困住。

同 bog 沼澤

swarm [swɔrm] .... 英中 六級

名 （昆蟲等的）群、群集
動 聚集一塊

- Watch out! There is a **swarm** of bees.
  小心！那邊有一群蜜蜂。

同 cluster 群、組

A B C D E F G H I J K L M N O P Q R **S** T U V W X Y Z

sym•pa•thize
[ˋsɪmpəˏθaɪz].................. 英中 六級

動 同情、有同感

• Are you able to **sympathize** with evil characters?
你對邪惡的人物會有同情心嗎？

同 pity 同情

tack•le [ˋtækl].................. 英中 六級

動 著手處理、捉住

• We tried to **tackle** this problem with so many ways.
我們試著用許多方式處理這個問題。

同 undertake 著手處理

tan [tæn].................. 英中 六級

名 日曬後的顏色
動 曬成棕褐色
形 棕褐色的

• My skin **tans** very quickly in summer.
我的皮膚在夏天很快就曬成棕褐色。

🔊 Track 1043

tan•gle [ˋtæŋgl].................. 英中 六級

名 混亂、糾結
動 使混亂、使糾結

• The little boy **tangled** his father's fishing lines.
小男孩使他父親的釣魚線糾結。

同 mess 弄亂

tar [tɑr].................. 英中 六級

名 焦油
動 塗焦油於

• The street was just **tarred**. Please take another route.
這條街剛鋪好柏油。請走別條路。

tart [ˋtɑrt].................. 英中 六級

形 酸的、尖酸的
名 水果餡餅、水果蛋糕

• I would like to have some fruit **tarts** for my dessert.
我想要一些水果餡餅當甜食。

同 sour 酸的

taunt [tɔnt].................. 英中 六級

名 辱罵　動 嘲弄

• The neighbor kids used to **taunt** the boy in the playground because he was fat.
鄰家孩子過去習慣嘲笑在操場上的男孩，只因為他很胖。

同 scoff 嘲笑、嘲弄

tav•ern [ˋtævən].................. 英中 六級

名 酒店、酒館

• She likes to spend a little time chatting with people in the **tavern** after work.
在下班後，她喜歡花一點時間和人在酒館聊天。

同 roadhouse 旅館、酒店

🔊 Track 1044

tell•er [ˋtɛlə].................. 英中 六級

名 講話者、敘述者

• Olivia is the best story **teller** I've ever seen.
奧利薇亞是我見過最棒的說故事者。

tem•po [ˋtɛmpo].................. 英中 六級

名 速度、拍子

• You must catch up the **tempo** if you want to finish on time.
如果你想準時完成，你必須加快腳步。

同 rhythm 節拍

tempt [tɛmpt].................. 英中 六級

動 誘惑、慫恿

• The salesman **tempts** her to buy this new car by offering a special price.
業務員用優惠價格慫恿她買這台新車。

同 invite 吸引、誘惑

temp·ta·tion
[tɛmpˋteʃən] .... 英中 六級

名 誘惑

- It's a world with various **temptations** that you can't resist.
  這是一個充滿著許多你無法抵擋的誘惑的世界。

ten·ant [ˋtɛnənt] .... 英中 六級

名 承租人
動 租賃

- The **tenant** of our house was a young lady with a romantic temperament.
  我們房子的承租者是個充滿浪漫性格的年輕小姐。

反 landlord 房東

🔘 Track 1045

ten·ta·tive [ˋtɛntətɪv] .... 英中 六級

形 暫時的

- She has made **tentative** plans to join a summer camp in Seattle in July.
  她做了一個試驗性的計劃，七月要去參加西雅圖的夏令營。

ter·mi·nal [ˋtɝmənl] .... 英中 六級

名 終點、終站
形 終點的

- We were all sad to hear that our grandmother had **terminal** cancer.
  我們很難過地得知祖母是癌症末期。

同 concluding 結束的、最後的

ter·race [ˋtɛrəs] .... 英中 六級

名 房屋的平頂
動 使成梯形地

- He likes to smoke and enjoy the breeze on the **terrace** after dinner.
  在晚餐後，他喜歡在屋頂抽菸享受微風。

thigh [θaɪ] .... 英中 六級

名 大腿

- The old man fell down from the stairs and broke his **thigh**.
  這名老人從樓梯上跌倒，並且摔斷了大腿。

thorn [θɔrn] .... 英中 六級

名 刺、荊棘

- Watch out! These roses are with **thorns**.
  小心！這些玫瑰有刺。

同 prickle 刺、針

🔘 Track 1046

thrill [θrɪl] .... 英中 六級

名 戰慄
動 使激動

- The audiences were **thrilled** by his speech.
  這些聽眾因他的演講而激動。

同 excite 使激動

thrill·er [ˋθrɪlɚ] .... 英中 六級

名 恐怖小說、令人震顫的人事物

- They enjoy watching **thriller** movie at the raining night.
  他們享受在雨夜裡觀賞恐怖片。

throne [θron] .... 英中 六級

名 王位、寶座

- Elizabeth II came to the **throne** after her father died.
  伊莉莎白二世在她父親過世後繼承王位。

throng [θrɔŋ] .... 英中 六級

名 群眾
動 擠入

- Every year, Tibet is **thronged** with so many foreign visitors.
  每年，西藏總擠入很多外國遊客。

thrust [θrʌst] .... 英中 六級

名 用力推
動 猛推、塞

- The mother **thrust** the money into her son's hand.
  這名母親把錢塞到她兒子手上。

同 shove 推

◀ Track 1047

tick [tɪk] .... 英中 六級

名 滴答聲
動 發出滴答聲、標上記號

• We can hear the clock **ticking** from living room every night.
  每晚，我們可以聽見客廳的鐘發出的滴答聲。

同 click 卡嗒聲、喀嚓聲

tile [taɪl] .... 英中 六級

名 瓷磚
動 用瓦蓋

• They're going to **tile** the bathroom and kitchen.
  他們將在浴室和廚房鋪瓷磚。

tilt [tɪlt] .... 英中 六級

名 傾斜
動 傾斜、刺擊

• The girl **tilted** her head to left side and showed her impatience to me.
  這名女孩將頭傾向於左方，並且顯示她對我的不耐煩。

同 slope 傾斜

tin [tɪn] .... 英中 六級

名 錫
動 鍍錫

• We had two **tins** of beans and some toast for our breakfast.
  我們以兩罐豆子罐頭和一些吐司當早餐。

tip•toe [ˋtɪpˏto] .... 英中 六級

名 腳尖
動 用腳尖走路
動 以腳尖著地

• She **tiptoed** quietly out of the house when her parents were sleeping.
  當她父母都睡著時，她安靜地用腳尖走出屋子。

◀ Track 1048

toad [tod] .... 英中 六級

名 癩蛤蟆

• Can you tell the difference between a **toad** and a frog?
  你可以分辨蟾蜍和青蛙的差別嗎？

toil [tɔɪl] .... 英中 六級

名 辛勞
動 辛勞

• We **toiled** all day painting the wall and cleaning the house.
  我們整天辛勞地粉刷牆壁和清潔房子。

反 leisure 悠閒

to•ken [ˋtokən] .... 英中 六級

名 表徵、代幣

• It doesn't have to be a valuable present; it's just a **token**.
  並不一定要是昂貴的禮物，只是個心意的表達。

同 sign 表徵

torch [tɔrtʃ] .... 英中 六級

名 火炬
動 引火燃燒

• They flashed the **torch** into the dark cave.
  他們在黑暗的山洞中點燃火炬。

tor•ment [ˋtɔrˏmɛnt] / [tɔrˋmɛnt] .... 英中 六級

名 苦惱
動 使受苦

• The animals are **tormented** by flies and mosquitoes.
  這些動物被蒼蠅和蚊子干擾。

同 comfort 安慰

tor•rent [ˈtɔrənt] 英中 六級

名 洪流、急流

• When we arrived at the valley, we saw a **torrent** of water swept down.
當我抵達山谷時，我們看見急流席捲而來.

tor•ture [ˈtɔrtʃə] 英中 六級

名 折磨、拷打
動 使…受折磨

• The father **tortured** himself for years with the thought that he could have stopped his boy from taking drugs.
這名父親使自己受折磨數年，只因他認為他可以使他兒子停止嗑藥。

tour•na•ment [ˈtɝnəmənt] 英中 六級

名 競賽、比賽

• A tennis **tournament** will be held in this gymnasium tomorrow.
明天體育館將舉行一場網球比賽。

同 contest 競賽

tox•ic [ˈtɑksɪk] 英中 六級

形 有毒的

• This plastic factory keeps emitting **toxic** fumes into the air.
這間塑膠工廠不斷排放有毒的煙霧到空氣中。

同 poisonous 有毒的

trade•mark [ˈtredˌmɑrk] 英中 六級

名 標記、商標

• KFC is a registered **trademark**.
肯德基是一個註冊商標。

同 brand 商標

trai•tor [ˈtretə] 英中 六級

名 叛徒

• He was the **traitor** to his family.
他是家族中的叛徒。

tramp [træmp] 英中 六級

名 不定期貨船、長途跋涉
動 踐踏、長途跋涉

• I was exhausted and thirsty after a long **tramp** in the desert.
在沙漠長途跋涉後，我精疲力竭且渴了。

tram•ple [ˈtræmpl̩] 英中 六級

動 踐踏
名 踐踏、踐踏聲

• We will find out who **trampled** all over our flowerbeds during the night.
我們將會找到在晚上踐踏我們花圃的人。

trans•par•ent [trænsˈpɛrənt] 英中 六級

形 透明的

• Her blouse was practically **transparent**, so we could see her underwear clearly.
她的襯衫幾乎是透明的，所以我們可以清楚地看見她的內衣。

反 opaque 不透明的

trea•sur•y [ˈtrɛʒərɪ] 英中 六級

名 寶庫、金庫

• The mother bought a **treasury** of stories book to her son.
這名母親買了故事集錦的書給她兒子。

trea•ty [ˈtritɪ] 英中 六級

名 協議、條約

• China and Great Britain signed the first unequal **treaty** under the **Treaty** of Nanjing.
中國和英國簽下第一個不平等條約——南京條約。

同 contract 合約

trench [trɛntʃ] 英中 六級

名 溝、渠
動 挖溝渠

• They dug an irrigation **trench** on their farm.
他們在他們的田裡挖了一個灌溉的溝渠。

同 ditch 渠

Level 5

高中考大學必考單字 — 進階篇

trib•ute [ˈtrɪbjut] .... 英中 六級

名 致敬

- In Chinese history, Japan, Korea, and Tibet had to pay **tribute** to China.
  在中國歷史裡，日本、韓國和西藏必須向中國進貢。

同 praise 讚揚、稱讚

tri•fle [ˈtraɪfl] .... 英中 六級

名 瑣事
動 疏忽、輕忽

- I never let a mere **trifle** bring a quarrel between my husband and me.
  我永不會讓一點瑣事變成我和我丈夫之間的爭執。

trim [trɪm] .... 英中 六級

名 修剪、整潔
動 整理、修剪
形 整齊的、整潔的

- You look such a mess! Your hair really needs **trimming**.
  你看起來好髒亂！你的頭髮需要修剪了。

同 shave 修剪

🔘 Track 1052

tri•ple [ˈtrɪpl̩] .... 英中 六級

名 三倍的數量
動 變成三倍
形 三倍的

- We have to **triple** our output in the coming year.
  我們必須在明年增加三倍的產量。

trot [trɑt] .... 英中 六級

動 使小跑步
名 小跑步

- The dog **trotted** down the path from the house to greet his master.
  這隻狗從房子前小跑步過來向主人打招呼。

trout [traʊt] .... 英中 六級

名 鱒魚

- Thousands of young salmon and **trout** have been killed by the water pollution.
  數以千計的鮭魚和鱒魚因為水汙染而死亡。

tuck [tʌk] .... 英中 六級

名 縫褶
動 打褶、把⋯塞進

- The teacher asked the student to **tuck** his shirt into his trousers.
  老師要求學生將衣服塞進褲子裡。

同 fold 摺疊、對折

tu•i•tion [tjuˈɪʃən] .... 英中 六級

名 教學、講授、學費

- They're too poor to afford their **tuition** fees. That's why they dropped out of school.
  他們太窮以致於無法負擔學費，這就是為什麼他們輟學的原因。

同 instruction 教學

🔘 Track 1053

tu•na [ˈtunə] .... 英中 六級

名 鮪魚

- We had some **tuna** sandwich and green salad for our lunch today.
  我們今天午餐吃一些鮪魚三明治和青菜沙拉。

ty•rant [ˈtaɪrənt] .... 英中 六級

名 暴君

- Emperor Qin Shi Huang, the first emperor in Chinese history, was a famous **tyrant**.
  中國第一位皇帝——秦始皇，是一個有名的暴君。

Uu

um•pire [ˋʌmpaɪr] .... 英中 六級

名 仲裁者、裁判員　動 擔任裁判

- The baseball player refused to accept the **umpire**'s decision.
  棒球選手拒絕接受裁判的決定。

同 judge 裁判員

---

un•der•grad•u•ate
[ˌʌndəˋgrædʒuɪt] .... 英中 六級

名 大學生

- My brother is the youngest **undergraduate** in Harvard University.
  我弟弟是哈佛最年輕的大學生。

---

un•der•line [ˋʌndəˌlaɪn] /
[ˌʌndəˋlaɪn] .... 英中 六級

名 底線
動 劃底線

- All the grammatical errors in this essay have been **underlined** in red by the teacher.
  所有在這篇論文的文法錯誤，都被老師用紅筆畫了底線。

同 underscore 在…下畫線

◀ Track 1054

un•der•neath
[ˌʌndəˋniθ] .... 英中 六級

介 在下面

- The subway goes right **underneath** the city.
  地下鐵在城市的下方。

同 below 在下面

---

un•der•stand•a•ble
[ˌʌndəˋstændəbḷ] .... 英中 六級

形 可理解的

- It is **understandable** that certain situations might drive anyone to drink.
  某些狀況可能使任何人想喝酒是可理解的。

同 accountable 可說明的

---

un•doubt•ed•ly
[ʌnˋdautɪdlɪ] .... 英中 六級

副 無庸置疑地

- Peggy was **undoubtedly** the best student in the class.
  佩姬無疑是班上最好的學生。

---

up•date
[ˋʌpdet] / [ʌpˋdet] .... 英中 六級

名 最新資訊
動 更新

- The information on the website should be **updated** within two days.
  網頁上的資訊應在兩天內更新。

---

up•right [ˋʌpˌraɪt] .... 英中 六級

名 直立的姿勢
形 直立的
副 直立地

- We returned our seats to an **upright** position and fasten our seatbelts when we heard the announcement.
  當我們聽到廣播時，我們將座椅豎直，並且繫緊安全帶。

同 erect 直立的

◀ Track 1055

up•ward(s) [ˋʌpwəd(z)] .... 英中 六級

形 向上的
副 向上地

- I saw the balloons flew **upward** and over the sea.
  我看見氣球向上飛越海洋。

同 downward 向下

---

ut•ter [ˋʌtə] .... 英中 六級

形 完全的
動 發言、發出

- My boss sat through the whole meeting quietly without **uttering** a word.
  我的老闆在整場會議中沒說一個字，只是安靜地坐著。

同 complete 完全的

A B C D E F G H I J K L M N O P Q R S T **U** V W X Y Z

533

va·can·cy [ˈvekənsɪ]　英中 六級

名 空缺、空白

• They wanted to book a hotel room before they left home but there were no **vacancies**.
在他們離開家之前,他們想要預訂一間飯店房間,但沒有空房了。

vac·u·um [ˈvækjʊəm]　英中 六級

名 真空、吸塵器
動 以真空吸塵器打掃

• My mother always **vacuums** the living room floor on weekends.
我的媽媽總在週末時以真空吸塵器打掃客廳。

vague [veg]　英中 六級

形 不明確的、模糊的

• You should drive more carefully because everything looks so **vague** in the heavy fog.
因為在濃霧中什麼都看不清楚,所以你應該更小心開車。

反 explicit 明確的

🔊 Track 1056

van·i·ty [ˈvænətɪ]　英中 六級

名 虛榮心、自負

• She bought that expensive bag just for satisfying her **vanity**, not for its practical utility.
她買了那個昂貴的包包只為了滿足她的虛榮心,並非它的實用性。

同 conceit 自負

va·por [ˈvepɚ]　英中 六級

名 蒸發的氣體

• Poisonous **vapors** burst out of the factory during the accident and polluted the air.
在這場意外中,工廠爆發有毒氣體,並且汙染了空氣。

同 mist 水氣

veg·e·ta·tion [ˌvɛdʒəˈteʃən]　英中 六級

名 草木、植物

• Most native **vegetation** in mountain regions has been damaged by developers who are building hotels.
許多在山區的原生植物被在那邊蓋飯店的開發者破壞了。

同 plant 植物

veil [vel]　英中 六級

名 面紗
動 掩蓋、遮蓋

• After the ceremony, the bridegroom lifted up the bride's **veil** to kiss her.
在儀式過後,新郎揭開新娘的面紗並且親吻了她。

同 cover 遮蓋

vein [ven]　英中 六級

名 靜脈

• So many pregnant women are suffering from varicose **veins**.
許多懷孕的女人為靜脈曲張所苦。

反 artery 動脈

🔊 Track 1057

vel·vet [ˈvɛlvɪt]　英中 六級

名 天鵝絨
形 柔軟的、平滑的

• The baby's skin is as soft as **velvet**.
小寶寶的皮膚像天鵝絨般柔軟。

同 soft 柔軟的

ven·ture [ˈvɛntʃɚ]　英中 六級

名 冒險
動 以…為賭注、冒險

• There are many joint **ventures** between American and Taiwanese companies.
有許多企業是台灣和美國合資的。

ver•bal [ˈvɝbl̩].......................... 英中 六級

形 言詞上的、口頭的

• This speaker's **verbal** skill really impressed me.
　這位演說者的言語技巧令我十分印象深刻。

同 oral 口頭的

ver•sus [ˈvɝsəs].......................... 英中 六級

介 對⋯（縮寫為vs.）

• Tomorrow's game is Beijing **versus** Chinese Taipei.
　明天的比賽是北京對中華台北。

ver•ti•cal [ˈvɝtɪkl̩]................... 英中 六級

名 垂直線、垂直面
形 垂直的、豎的

• Do you want this skirt with **vertical** stripes or the one with polka dots?
　你想要這件直條紋的裙子，還是要斑點的？

反 horizontal 水平的

🔊 Track 1058

ve•to [ˈvito].......................... 英中 六級

名 否決
動 否決

• The plan we advanced was **vetoed** by the boss.
　我們先前的計劃被老闆否決了。

同 deny 否定

vi•a [ˈvaɪə].......................... 英中 六級

介 經由

• I will send you the introduction of this product **via** e-mail.
　我將透過電子郵件傳送產品的介紹給你。

同 through 經由

vi•brate [ˈvaɪbret].......................... 英中 六級

動 震動

• His cell phone was **vibrating** when he was away from the office.
　當他不在辦公室時，他的手機震動了。

video•tape [ˈvɪdɪoˌtep].......................... 英中 六級

名 錄影帶　動 錄影

• Have you **videotaped** the talk show for me tonight?
　你有幫我把今晚的脫口秀錄下來嗎？

view•er [ˈvjuɚ].......................... 英中 六級

名 觀看者、電視觀眾

• This TV program is mainly angled at young **viewers**.
　這個電視節目主要是鎖定年輕觀眾。

同 spectator 旁觀者

🔊 Track 1059

vig•or [ˈvɪgɚ].......................... 英中 六級

名 精力、活力

• The explorer must be a man with great **vigor** and enthusiasm.
　探險家必須是個有活力和熱情的人。

同 energy 精力

vig•or•ous [ˈvɪgərəs].......................... 英中 六級

形 有活力的

• My father always takes plenty of **vigorous** exercise in his daily life.
　我父親每天總是做很多有活力的運動。

同 energetic 有活力的

vil•lain [ˈvɪlən].......................... 英中 六級

名 惡棍

• Whether he is either a hero or a **villain**, depends on how you judge a person.
　無論他是英雄還是惡棍，全憑你怎麼判斷一個人。

同 rascal 惡棍

vine [vaɪn].......................... 英中 六級

名 葡萄樹

• Planting **vines** is an ideal method of adding variety to your landscaping plan.
　栽種葡萄藤是使你的景觀美化計劃更多樣性的一個好主意。

A
B
C
D
E
F
G
H
I
J
K
L
M
N
O
P
Q
R
S
T
U
V
W
X
Y
Z

vi•o•lin•ist [ˌvaɪəˈlɪnɪst] 英中 六級

名 小提琴手

- She is not only a talented **violinist** but also a drummer.
  她不但是一個天才小提琴家，也是一個鼓手。

🔊 Track 1060

vi•sa [ˈvizə] 英中 六級

名 簽證

- You're not allowed to visit the US without a **visa**.
  沒有簽證，你不被允許入境美國。

vow [vau] 英中 六級

名 誓約、誓言
動 立誓、發誓

- Have you finished writing your wedding **vows**? I really look forward to it!
  你寫完你的婚禮誓言了嗎？我對它真期待！

同 swear 發誓

Ww

wade [wed] 英中 六級

動 艱辛地進行、跋涉

- They **waded** across the shallow river to get to the other side.
  他們費盡千辛萬苦渡河到對岸。

同 ford 可涉水而過之處、淺灘

wail [wel] 英中 六級

名 哀泣
動 哭泣

- The child **wailed** out loudly in hunger.
  小孩因飢餓大聲哭泣。

ward [wɔrd] 英中 六級

名 行政區守護
動 守護、避開

- They tried to **ward** off the disease by administering vaccinations to everyone.
  他們為了防治疾病而給每個人施打疫苗。

同 avoid 避開

🔊 Track 1061

ware [wɛr] 英中 六級

名 製品、貨品

- All of his **wares** were on sale for fifty percent off.
  他所有的貨品都在打五折。

ware•house [ˈwɛrˌhaus] 英中 六級

名 倉庫、貨棧
動 將貨物存放於倉庫中

- We've already **warehoused** everything that arrived in the shipment last week.
  我們已經把上星期到達的所有東西入庫了。

war•rior [ˈwɔrɪə] 英中 六級

名 武士、戰士

- A true **warrior** values honor above life.
  一個真正的戰士重視榮譽勝過生命。

同 fighter 戰士

war•y [ˈwɛrɪ] 英中 六級

形 注意的、小心的

- I'm **wary** of strangers when walking at night.
  我晚上走路都很小心注意陌生人。

同 cautious 小心的

wea•ry [ˈwɪrɪ] 英中 六級

形 疲倦的
動 使疲倦

- His face looked **weary** and pale.
  他的臉看起來既疲倦又蒼白。

同 tired 疲倦的

🔊 Track 1062

weird [wɪrd] 英中 六級

形 怪異的、不可思議的

- I think UFOs and aliens are **weird** and I'm not very interested in them.
  我認為幽浮和外星人很奇怪，而且我對他們一點興趣都沒有。

同 strange 奇怪的

wharf [hwɔrf] 英中 六級

名 碼頭

- We took a stroll along the **wharf** to look at the luxurious boats.
  為了要看豪華的船，我們沿著碼頭漫步。
- 同 pier 碼頭

where•a•bouts [ˌhwɛrəˈbauts] 英中 六級

名 所在的地方
副 在何處

- We need to know about his **whereabouts** at around 6:30 p.m. last night.
  我們需要知道他昨晚 6:30 大概在什麼地方。
- 同 location 位置、所在地

where•as [hwɛrˈæz] 英中 六級

連 雖然、卻、然而

- He's skinny but eats a lot, **whereas** I'm heavy but eat just a little.
  他很瘦但吃很多，然而我吃很少卻很胖。

whine [hwaɪn] 英中 六級

名 哀泣聲、嘎嘎聲
動 發牢騷、怨聲載道

- His **whine** annoyed everyone in the office.
  他的嘎嘎聲惹惱了辦公室裡的所有人。

🔊 Track 1063

whirl [hwɜl] 英中 六級

名 迴轉
動 旋轉

- Just give a light **whirl** of it and it should be ready to drink.
  輕搖一下它，它應該就能喝了。
- 同 turn 旋轉

whisk [hwɪsk] 英中 六級

名 小掃帚
動 掃、揮

- The baker **whisked** the cream and milk together to make a thick froth.
  麵包師傅把奶油和牛奶混在一起作成濃稠的泡沫。
- 同 sweep 掃

whis•key / whis•ky [ˈhwɪskɪ] 英中 六級

名 威士忌

- I love to have a glass of single-malt **whiskey** at the end of the day to wind down.
  我喜歡在一天結束之後喝杯純麥威士忌放鬆一下。

whole•sale [ˈholˌsel] 英中 六級

名 批發、批發賣出
形 批發的
副 大批地、成批地

- We want to know where we can get our electronic goods on **wholesale**.
  我們想要知道我們要去哪裡批發電子商品。
- 同 retail 零售

whole•some [ˈholsəm] 英中 六級

形 有益健康的

- I only give my children **wholesome** snacks.
  我只給我的孩子健康的點心。
- 反 harmful 有害的

🔊 Track 1064

wide•spread [ˈwaɪdˌsprɛd] 英中 六級

形 流傳很廣的、廣泛的

- This is a **widespread** problem, and we need to come up with a solution.
  這是一個廣泛的問題，而我們需要拿出一個解決方案。
- 同 extensive 廣泛的

wid•ow / wid•ow•er [ˈwɪdo] / [ˈwɪdəwɚ] 英中 六級

名 寡婦 / 鰥夫

- The **widower** was still mourning the death of his wife two years later.
  這個鰥夫在兩年後仍然為他妻子的過世哀痛。

A B C D E F G H I J K L M N O P Q R S T U V **W** X Y Z

wig [wɪg] 英中 六級

名 假髮

- Tom wears a **wig** to cover his receding hairline.
  湯姆戴假髮來蓋住他後退的髮線。

wil•der•ness [ˋwɪldɚnɪs] 英中 六級

名 荒野

- We're going to take a course on survival in the **wilderness**.
  我們將要上一堂野外求生課。

同 wasteland 荒地、荒原

wild•life [ˋwaɪldˌlaɪf] 英中 六級

名 野生生物

- They devoted a lot of efforts in conservation of **wildlife**.
  他們為保育野生動物投入很多努力。

🔊 Track 1065

with•er [ˋwɪðɚ] 英中 六級

動 枯萎、凋謝

- The plant **withered** due to lack of water.
  植物因缺水而凋謝。

同 fade 枯萎、凋謝

woe [wo] 英中 六級

名 悲哀、悲痛

- During the recession, there was a lot of economic **woe**.
  由於不景氣的關係，有很多經濟悲劇。

同 sorrow 悲痛

wood•peck•er [ˋwʊdˌpɛkɚ] 英中 六級

名 啄木鳥

- The **woodpecker** woke me up from sleep with its constant pecking.
  啄木鳥一直啄樹的聲音吵醒我。

work•shop [ˋwɝkˌʃɑp] 英中 六級

名 小工廠、研討會

- We need to attend a teaching **workshop** to learn interesting new techniques.
  我們需要出席教學研討會學習新的技巧。

wor•ship [ˋwɝʃəp] 英中 六級

名 禮拜
動 做禮拜

- The church is a place of **worship** for Christians.
  教堂是基督徒做禮拜的地方。

🔊 Track 1066

worth•while [ˋwɝθˌhwaɪl] 英中 六級

形 值得的

- It was a **worthwhile** investment and I've made a profit already.
  這是值得投資的，我已經獲利了。

同 worthy 值得的

wor•thy [ˋwɝðɪ] 英中 六級

形 有價值的、值得的

- He said I had to prove that I was **worthy** of such an honor.
  他說我必須證明我是值得這項榮耀的。

wreath [riθ] 英中 六級

名 花環、花圈

- We hung a **wreath** on our front door around Christmas time.
  聖誕期間我們在前門掛一個花圈。

wring [rɪŋ] 英中 六級

名 絞、絞扭
動 握緊、絞

- She **wrung** the damp cloth as hard as she could.
  她儘量用力地擰乾濕布。

同 twist 絞、扭

Yy

yacht [jɑt] .... 英中 六級

图 遊艇
勔 駕駛遊艇、乘遊艇

- They went **yachting** on Saturday and came back with nice sun tans.
  他們星期六去搭乘遊艇，並且曬成古銅色回來。

🔊 Track 1067

yarn [jɑrn] .... 英中 六級

图 冒險故事、紗
勔 講故事

- I have to go some more **yarn**, so I can knit you a new sweater.
  我要去買更多的紗，這樣我才可以織一件毛衣給你。

回 tale 故事、傳說

yeast [jist] .... 英中 六級

图 酵母、發酵粉

- I forgot to put **yeast** in the bread; that is why it is so flat.
  我忘記在麵包裡放發酵粉，這就是為什麼它這麼扁。

yield [jild] .... 英中 六級

图 產出
勔 生產、讓出

- With the steady increase of crop **yields**, I think I'll go into the farming industry.
  由於農作物穩定成長的產出，我想我會投入農業。

回 produce 生產

yo•ga [`jogə] .... 英中 六級

图 瑜珈

- Practicing **yoga** gives me a sense of calm in my busy life.
  練瑜珈讓我在繁忙的生活中得到一點平靜。

Zz

zinc [zɪŋk] .... 英中 六級

图 鋅、鍍鋅

- **Zinc** can be used to cover other metals to prevent their rusting.
  鋅可以用來塗在其它金屬表面以防止生鏽。

🔊 Track 1068

zip [zɪp] .... 英中 六級

图 尖嘯聲、拉鍊
勔 呼嘯而過、拉開或扣上拉鍊

- Your sports car has a lot more **zip** than my station wagon.
  你的跑車比我的拖車有更多的尖嘯聲。

ZIP [zɪp] .... 英中 六級

图 郵遞區號

- I also need to know your **zip** code in order to send you the package.
  為了寄你的包裹，我還需要你的郵遞區號。

zoom [zum] .... 英中 六級

勔 調整焦距使物體放大或縮小

- You can **zoom** in to get a close look at the photos.
  你可以放大這些照片來看仔細點。

A
B
C
D
E
F
G
H
I
J
K
L
M
N
O
P
Q
R
S
T
U
V
W
X
Y
Z

Level 5 單字通關測驗

● 請根據題意，選出最適合的選項

1. The _____ was very hot and bright.
   (A) blaze (B) blast (C) blues (D) blur

2. Nicole is a smart and _____ investor.
   (A) cautioner (B) cautionary (C) cautious (D) caution

3. The injured man cried out in _____ from his wounds.
   (A) adore (B) affection (C) abide (D) agony

4. There is a _____ of flowers in the yard right now.
   (A) fluency (B) foil (C) flourish (D) filter

5. I've already attended about 4 wedding _____ since last month.
   (A) badges (B) bans (C) banquets (D) bass

6. The _____ have been melting due to global warming.
   (A) glare (B) garment (C) gallops (D) glaciers

7. The teacher doesn't seem _____ the scale of the students' problems.
   (A) compound (B) compel (C) compromise (D) comprehend

8. _____ is essential to a healthy diet.
   (A) Fertilizer (B) Fiber (C) Fin (D) Flake

9. He has been a _____ for a long time, and never gets along with people.
   (A) hermit (B) heroic (C) heterosexual (D) heir

10. She _____ herself for being so pessimistic.
    (A) disposed (B) despaired (C) despised (D) delegated

11. Try to find the word in the _____ and see what page it is on.
    (A) index (B) inland (C) inquiry (D) incense

12. The sound of thunder _____ in the dark sky.
    (A) gulped (B) grumbled (C) gusted (D) growled

13. He wants to start his own _____.
    (A) enrollment (B) estate (C) enterprise (D) esteem

14. They _____ the candy stash by giving them to the children.
    (A) listened (B) lessened (C) lessoned (D) licensed

15. The conference _____ scheduled lectures of many guest speakers.
    (A) organized (B) organ (C) organizer (D) organization

16. A cell is made up of tiny _____.
    (A) participant (B) packets (C) panes (D) particles

17. The _____ risked his life for the sake of getting the exclusive story.
    (A) journalize (B) journalism (C) journalist (D) journal

18. My mother is a _____ in American religious history.
    (A) solo (B) solitary (C) spectator (D) specialist

19. I'm very _____ about United States history.
    (A) knowledgeable   (B) knowledge
    (C) acknowledge   (D) acknowledged

20. Can you please help me with this _____ package?
    (A) monstrous (B) mortal (C) muscular (D) moss

Level 6

高中考大學必考單字
高級篇

★ 因各家手機系統不同，若無法直接掃描，
　仍可以電腦連結 https://tinyurl.com/yyufxv93 雲端下載收聽

Aa ⬇

🔊 Track 1069

ab•bre•vi•ate
[əˋbrivɪ͵et] .... 英中 六級

🔵 將…縮寫成

- Let's **abbreviate** the name to make it easier.
  讓我們把那個名字縮短，好讓它更簡單一些。

🔘 shorten 縮短

ab•bre•vi•a•tion
[ə͵brivɪˋeʃən] .... 英中 六級

🔵 縮寫

- It's an **abbreviation**, not a complete word.
  這是個縮寫，並不是完整的字。

ab•nor•mal
[æbˋnɔrml̩] .... 英中 六級

🔵 反常的

- This may seem a little **abnormal**, but things will turn out fine.
  這或許有些反常，但最後會回復正常的。

ab•o•rig•i•nal
[͵æbəˋrɪdʒənl̩] .... 英中 六級

🔵 土著、原住民
🔵 土著的、原始的

- There are many different tribes of **aboriginals** living here.
  這裡居住許多不同部落的原住民。

ab•o•rig•i•ne
[͵æbəˋrɪdʒəni] .... 英中 六級

🔵 原住民

- There are a lot of **aborigines** in my class.
  我們班上有許多同學是原住民。

🔊 Track 1070

a•bound [əˋbaʊnd] .... 英中 六級

🔵 充滿

- The bag is **abound** with coffee beans.
  這個袋子裝滿了咖啡豆。
🔘 overflow 充滿

absent•minded [ˋæbsəntˋmaɪndɪd]
.... 英中 六級

🔵 茫然的

- She is always **absent-minded** and often forgets to bring things with her.
  她總是心不在焉，老是忘記帶東西。

ab•strac•tion
[æbˋstrækʃən] .... 英中 六級

🔵 抽象、出神

- What he said is an **abstraction** without a specific topic.
  他所說的是一個無特定主題的抽象概念。

a•bun•dance
[əˋbʌndəns] .... 英中 六級

🔵 充裕、富足

- There is still an **abundance** of natural resources here.
  這裡仍然有許多豐富的自然資源。

a•buse [əˋbjuz] .... 英中 六級

🔵 濫用、虐待
🔵 濫用、虐待、傷害

- He **abused** his power and laundered money from the company.
  他濫用他的職權，從公司洗錢。
🔘 injure 傷害

🔊 Track 1071

ac•cel•er•ate
[ækˋsɛlə͵ret] .... 英中 六級

🔵 促進、加速進行

- The car **accelerated** to a high speed within just a few seconds.
  車子在幾秒內就加速到了高速。

ac·cel·er·a·tion
[æk͵sɛlə`reʃən]............................ 英中 六級

名 加速、促進

• The car may seem like a piece of junk, but it has a very good **acceleration**.
這輛車或許看起來很像報廢車，但它的加速功能是很不錯的。

ac·ces·si·ble
[æk`sɛsəbḷ]................................ 英中 六級

形 可親的、容易接近的

• The beach is easily **accessible** through this door.
通過這扇門就可以很容易的到達海灘。

ac·ces·so·ry
[æk`sɛsərɪ]................................ 英中 六級

名 附件、零件
形 附屬的

• She always dolls herself up with a lot of **accessories**.
她總是用一堆配件把自己打扮得花枝招展。

同 addition 附加

ac·com·mo·date
[ə`kɑmə͵det].............................. 英中 六級

動 使…適應、提供

• The bank will **accommodate** Sherry with a mortgage.
銀行將會提供雪麗一筆貸款。

同 conform 適應

🔊 Track 1072

ac·com·mo·da·tion [ə`kɑmə`deʃən]
.... 英中 六級

名 膳宿、便利、適應

• We will get free **accommodation** when we purchase a plane ticket.
當我們購買機票我們就能獲得免費的食宿。

ac·cord [ə`kɔrd]...................... 英中 六級

名 一致、和諧
動 和…一致

• The president signed a peace **accord** with the enemy country.
總統和敵國簽署了一份和平協議。

ac·cor·dance
[ə`kɔrdəns]................................ 英中 六級

名 給予、根據、依照

• We were in complete **accordance** with the regulations.
我們完全依照規定行事。

ac·cord·ing·ly
[ə`kɔrdɪŋlɪ]................................ 英中 六級

副 因此、於是

• We are leaving at 5:30 p.m., so please plan your time **accordingly**.
我們將要在下午五點半離開，所以請你照此安排你的時間。

ac·count·a·ble
[ə`kaʊntəbḷ].............................. 英中 六級

形 應負責的、有責任的、可說明的

• You will be held **accountable** for any damage caused.
你將會因任何的損害而被追究責任。

同 responsible 有責任的

🔊 Track 1073

ac·count·ing
[ə`kaʊntɪŋ]................................ 英中 六級

名 會計、會計學

• Can you please ask the **accounting** department about where the money was spent?
可以麻煩你問一下會計部，錢到底都花到哪兒去了？

ac•cu•mu•late
[ə`kjumjə،let].......................... 英中 六級

動 累積、積蓄

- To have a wonderful backpack trip, Judy and Lisa have **accumulated** a huge mass of information.
  為了要有個完美的背包自助旅行，茱蒂和麗莎從好幾個月前就累積了很多的資訊。
- 同 gather 聚集

ac•cu•mu•la•tion
[ə،kjumjə`leʃən].......................... 英中 六級

名 累積

- These figures are an **accumulation** of the numbers from daily measure.
  這些數字是從每天測量數據累積而成的。

ac•cu•sa•tion
[،ækjə`zeʃən].......................... 英中 六級

名 控告、罪名

- It was a false **accusation** but she won't press charges.
  這是一個虛假的指控但是她並不追究。

ac•qui•si•tion
[،ækwə`zɪʃən].......................... 英中 六級

名 獲得

- The **acquisition** deal has been signed already.
  收購協議已經簽署了。

🔊 Track 1074

ac•tiv•ist [`æktɪvɪst].......................... 英中 六級

名 行動者

- She is an extreme animal rights **activist**.
  她是一個激進的動物權利份子。

a•cute [ə`kjut].......................... 英中 六級

形 敏銳的、激烈的

- He has **acute** appendicitis, and cannot eat sweet and sour foods.
  他得了急性盲腸炎，不能吃甜的和酸的食物。
- 同 keen 敏銳的

ad•ap•ta•tion
[،ædəp`teʃən].......................... 英中 六級

名 適應、順應

- The movie is an **adaptation** of the book.
  這部電影是那本書改編而成的。

ad•dict [`ædɪkt] / [ə`dɪkt]
.... 英中 六級

名 有毒癮的人
動 對…有癮、使入迷

- He is an **addict** of chocolate, and he keeps a stash in his bag at all times.
  他對巧克力成癮，他總是藏了一些在他的包包裡。

ad•dic•tion [ə`dɪkʃən].......................... 英中 六級

名 熱衷、上癮

- He realized he had an alcohol **addiction** and wanted to quit drinking.
  他知道自己有酒癮，並想要戒酒。

🔊 Track 1075

ad•min•is•ter / ad•min•is•trate
[əd`mɪnəstɚ] / [əd`mɪnəstret]
.... 英中 六級

動 管理、照料

- The test was **administered** by the testing agency.
  這個考試是由考試機關辦理。

ad•min•is•tra•tion
[əd،mɪnə`streʃən].......................... 英中 六級

名 管理、經營

- The **administration** did not allow the new policy pass.
  管理者不讓新政策通過。
- 同 government 管理

ad•min•is•tra•tive
[əd`mɪnə،stretɪv].......................... 英中 六級

形 行政上的、管理上的

- There is a lot of **administrative** work to be done every day.
  每天都有很多的行政工作要做。

ad•min•is•tra•tor [əd`mɪnə,stretə]
英中 六級

名 管理者

• She has been an **administrator** at that school for 20 years already.
她在那間學校當了 20 年的行政人員。

ad•vo•cate [`ædvə,ket] / [`ædvəkɪt]
英中 六級

名 提倡者
動 提倡、主張

• They **advocated** the passing of the new environmental bill.
他們主張通過新的環保法案。

同 support 擁護

◀)) Track 1076

af•fec•tion•ate [ə`fɛkʃnɪt]
英中 六級

形 摯愛的

• The couple is very **affectionate** towards each other.
這對夫婦彼此十分的深愛對方。

af•firm [ə`fɝm]
英中 六級

動 斷言、證實

• The president **affirmed** to the public that there had been an attack on their country.
總統證實了他們的國家確實遭受攻擊。

同 declare 斷言

ag•gres•sion [ə`grɛʃən]
英中 六級

名 進攻、侵略

• He committed an act of **aggression** toward someone of a different race and he will be punished therefore.
他曾經攻擊不同種族的人，而他將因之受罰。

al•co•hol•ic [,ælkə`hɔlɪk]
英中 六級

名 酗酒者
形 含酒精的

• He was an **alcoholic**, but he doesn't drink a drop of alcohol.
他曾經是個酗酒者，但是他現在滴酒不沾。

a•li•en•ate [`elɪən,et]
英中 六級

動 使感情疏遠

• He **alienates** himself from the rest of the groups because he feels like he doesn't fit in.
他和其他的團體都疏遠了，因為他覺得他就是無法融入。

同 separate 使疏遠

◀)) Track 1077

al•li•ance [ə`laɪəns]
英中 六級

名 聯盟、同盟

• They formed an **alliance** to fight the war together.
他們組成同盟，一起打仗。

al•lo•cate [`ælə,ket]
英中 六級

動 分配

• The government will **allocate** money to reform the health system.
政府將會編列預算來重整醫療體系。

同 distribute 分配

a•long•side [ə`lɔŋsaɪd]
英中 六級

副 沿著、並排地
介 在…旁邊

• A car pulled up **alongside** for a few centimeters away.
一台車在距離我們幾公分之外並排停了下來。.

al·ter·na·tive
[ɔl`tɝnətɪv] .... 英中 六級

名 二選一
形 二選一的

• There is an **alternative** room if you don't want that one.
如果你不要那個房間，我們還有另外一個可供選擇的房間。

同 substitute 代替

am·bi·gu·i·ty
[`æmbɪ`gjuətɪ] .... 英中 六級

名 曖昧、模稜兩可

• His **ambiguity** about the details of the job was annoying.
他對工作細節模稜兩可的態度真是煩人。

🔊 Track 1078

am·big·u·ous
[æm`bɪgjuəs] .... 英中 六級

形 曖昧的

• The instructions are so **ambiguous**, so I have no idea what to do.
這個說明書太含糊不清了，所以我不知道該怎麼做。

同 doubtful 含糊的

am·bu·lance
[`æmbjələns] .... 英中 六級

名 救護車

• The **ambulance** shot through the intersection without pausing.
救護車沒有停地快速穿越十字路口。

am·bush [`æmbuʃ] .... 英中 六級

名 埋伏、伏兵
動 埋伏並突擊

• They **ambushed** the enemy's fort in the middle of the night.
他們在午夜突襲敵方堡壘。

同 trap 陷阱

a·mi·a·ble [`emɪəbḷ] .... 英中 六級

形 友善的、可親的

• The couple are **amiable**.
這對夫妻非常和藹可親。

am·pli·fy [`æmpləˌfaɪ] .... 英中 六級

動 擴大、放大

• The sound was **amplified** through the large speakers.
擴音器放大了聲音。

🔊 Track 1079

an·a·lects [`ænəˌlɛkts] .... 英中 六級

名 語錄、選集

• We studied the **analects** of Confucius in our Chinese philosophy class.
我們在中國哲學課裡讀孔子的語錄。

同 collection 收集品

a·nal·o·gy
[ə`nælədʒɪ] .... 英中 六級

名 類似

• My teacher gives fantastic **analogies** to make her point.
我們老師給了一些很好的比喻，來闡釋她的論點。

an·a·lyst [`ænəlɪst] .... 英中 六級

名 分解者、分析者

• He hired a team of brilliant political **analysts**.
他雇用了一個聰明的政治分析團隊。

an·a·lyt·i·cal
[ˌænə`lɪtɪkḷ] .... 英中 六級

形 分析的

• We need to use a lot of **analytical** thinking in the class.
我們在這堂課裡需要大量地使用分析思維。

an•ec•dote
[ˋænɪkˏdot] 英中 六級

名 趣聞

- He always has **anecdotes** to relate to the situation.
  他總是有些和情況有關的趣聞。

🔊 Track 1080

an•i•mate [ˋænəˏmet] 英中 六級

動 賦與…生命
形 活的

- She is a very **animated** person and makes a lot of faces and hand gestures.
  她是一個很活潑的人，會做很多的手勢和表情。

同 encourage 激發、助長

an•noy•ance
[əˋnɔɪəns] 英中 六級

名 煩惱、困擾

- The noise you are making is an **annoyance** to me.
  你發出的噪音對我來說是種困擾。

a•non•y•mous
[əˋnɑnəməs] 英中 六級

形 匿名的

- The **anonymous** caller hung up after the phone was answered.
  匿名的來電者在電話接通後就掛掉了。

Ant•arc•tic / ant•arc•tic
[ænˋtɑrktɪk] 英中 六級

名 南極洲
形 南極的

- Charles is an **Antarctic** explorer who also studies penguins.
  查理是一個南極探險家，同時也研究企鵝。

an•ten•na [ænˋtɛnə] 英中 六級

名 觸角、觸鬚

- Many insects use their **antennas** to detect objects in front of them.
  很多昆蟲利用觸鬚來偵測在他們前面的物體。

🔊 Track 1081

an•ti•bi•ot•ic
[ˏæntɪbaɪˋɑtɪk] 英中 六級

名 抗生素、盤尼西林
形 抗生的、抗菌的

- It's an **antibiotic** drug, so you should feel better after you take it.
  這是抗生素，所以吃下後你應該會覺得好些。

同 medicine 藥物

an•ti•bod•y [ˋæntɪˏbɑdɪ] 英中 六級

名 抗體

- There are a lot of **antibodies** found in breast milk.
  母乳裡含有很多的抗體。

an•tic•i•pate
[ænˋtɪsəˏpet] 英中 六級

動 預期、預料

- We **anticipated** the unveiling of the new store.
  我們很期待新商店的開幕。

同 expect 預期

an•tic•i•pa•tion
[ænˏtɪsəˋpeʃən] 英中 六級

名 預想、預期

- The kids stayed up in **anticipation** of seeing Santa.
  孩子們期望看到聖誕老人而熬夜。

an•to•nym [ˋæntəˏnɪm] 英中 六級

名 反義字

- Black is the **antonym** of white.
  黑是白的反義字。

🔊 Track 1082

ap•pli•ca•ble
[`æplɪkəb!`] .... 英中 六級

形 適用的、適當的

- The school rules are **applicable** to all students attending the school.
  校規對所有來學校的同學都適用。

同 appropriate 適當的

ap•pren•tice [ə`prɛntɪs] .... 英中 六級

名 學徒
動 使…做學徒

- The **apprentice** took the job very seriously.
  學徒非常嚴肅的看待這份工作。

同 beginner 新手

ap•prox•i•mate
[ə`prɑksəmɪt] .... 英中 六級

動 相近
形 近似的、大致準確的

- It's just an **approximate** value, not a precise calculation.
  這只是大約的價值，並不是精準的計算。

ap•ti•tude [`æptə͵tjud] .... 英中 六級

名 才能、資質

- This is an **aptitude** test, so there is nothing to review for it.
  這是一個性向測驗，所以沒有什麼要準備的。

同 ability 才能

Arc•tic / arc•tic
[`ɑrktɪk] .... 英中 六級

名 北極地區
形 北極的

- It is said that Santa Claus lives in the **Arctic**.
  傳說聖誕老人住在北極。

🔊 Track 1083

ar•ro•gant [`ærəgənt] .... 英中 六級

形 自大的、傲慢的

- The **arrogant** man didn't have many friends.
  那個傲慢的人沒有什麼朋友。

反 humble 謙虛的

ar•ter•y [`ɑrtərɪ] .... 英中 六級

名 動脈、主要道路

- This is the main **artery** of the city.
  這是這城市的主要幹道。

ar•tic•u•late [ɑr`tɪkjəlɪt] .... 英中 六級

動 清晰地發音
形 清晰的

- He is not a very **articulate** man, he can't express his true feelings well.
  他不是一個口齒清晰的人，他無法好好的表達他真實的想法。

ar•ti•fact [`ɑrtɪ͵fækt] .... 英中 六級

名 加工品

- The cultural **artifacts** were preserved in the museum.
  這些文物保存在博物館裡。

as•sas•si•nate
[ə`sæsn͵et] .... 英中 六級

動 行刺

- His plot to **assassinate** the president was foiled.
  他密謀行刺總統未遂。

同 kill 殺死

🔊 Track 1084

as•sert [ə`sɝt] .... 英中 六級

動 斷言、主張

- He **asserted** his idea to the audience.
  他對觀眾主張他的想法。

as•sess [ə`sɛs] 英中 六級

動 估計價值、課稅

- We need to **assess** the damages before we give a quote.
  在我們報價之前我們必須先估計損失。

as•sess•ment
[ə`sɛsmənt] 英中 六級

名 評估、稅額

- We need an official **assessment** from the mechanic.
  我們需要技工的正式評估。

as•sump•tion
[ə`sʌmpʃən] 英中 六級

名 前提、假設、假定

- He tends to make **assumptions** about people based on their appearance.
  他傾向於用人們的外貌下定論。

反 conclusion 結論

asth•ma [`æzmə] 英中 六級

名 【醫】氣喘

- She suffered from an **asthma** attack while running during her PE class.
  她在體育課跑步的時候氣喘發作。

🔊 Track 1085

a•sy•lum [ə`saɪləm] 英中 六級

名 收容所

- He was locked up in the **asylum** and did not have outside contact.
  他被關在收容所並且無法和外面連繫。

at•tain [ə`ten] 英中 六級

動 達成

- He **attained** his PhD degree after years of research.
  在好幾年的研究之後他拿到了博士學位。

反 fail 失敗

at•tain•ment
[ə`tenmənt] 英中 六級

名 到達

- He is working on the **attainment** of his goals.
  他正努力實現他的目標。

at•ten•dant
[ə`tɛndənt] 英中 六級

名 侍者、隨從
形 陪從的

- The flight **attendant** catered to the needs of the passengers.
  空服員提供乘客所需。

at•tic [`ætɪk] 英中 六級

名 閣樓、頂樓

- I stored the Christmas lights up in the **attic**.
  我把聖誕燈泡放到閣樓裡。

🔊 Track 1086

auc•tion [`ɔkʃən] 英中 六級

名 拍賣
動 拍賣

- The organization held a charity **auction**.
  這個組織舉辦了一場慈善拍賣會。

同 sale 拍賣

au•then•tic [ɔ`θɛntɪk] 英中 六級

形 真實的、可靠的

- This is an **authentic** Andy Warhol painting.
  這幅畫是安德沃荷的真跡。

au•thor•ize
[`ɔθə͵raɪz] 英中 六級

動 委託、授權、委任

- I was not **authorized** to use the company vehicle.
  我沒有使用公務車的權利。

au•to•graph / sig•na•ture
[ˈɔtə͵græf] / [ˈsɪgnətʃɚ] .... 英中 六級

名 親筆簽名
動 親筆寫於…

• The movie star **autographed** a t-shirt for the screaming fan.
那個電影明星替尖叫的粉絲在 T 恤上簽名。

同 sign 簽名

au•ton•o•my [ɔˈtɑnəmɪ] .... 英中 六級

名 自治、自治權

• They demanded **autonomy** from the central government.
他們向中央政府要求自治權。

🔊 Track 1087

a•vi•a•tion [͵evɪˈeʃən] .... 英中 六級

名 航空、飛行

• He is learning how to navigate an airplane in the **aviation** school.
他在航空學校學如何開飛機。

同 flight 飛行

awe•some [ˈɔsəm] .... 英中 六級

形 有威嚴的 令人敬畏的

• The power of nature is **awesome** and we must respect it.
大自然的力量是令人敬畏的,我們必須尊重。

Bb⬇

ba•rom•e•ter
[bəˈrɑmətɚ] .... 英中 六級

名 氣壓計、晴雨錶

• The **barometer** indicates that it is 32 degrees Celsius right now.
那個晴雨錶顯示現在是攝氏 32 度。

beck•on [ˈbɛkn̩] .... 英中 六級

動 點頭示意、招手

• She **beckoned** me to follow.
她招手要我跟她走。

be•siege [bɪˈsidʒ] .... 英中 六級

動 包圍、圍攻

• The troops **besieged** the capital city.
那個軍隊包圍了首都。

反 release 釋放

🔊 Track 1088

be•tray [bɪˈtre] .... 英中 六級

動 出賣、背叛

• I felt **betrayed** when you told my secret to her.
當你把我的祕密告訴她的時候,我覺得被背叛了。

同 deceive 欺騙

bev•er•age [ˈbɛvrɪdʒ] .... 英中 六級

名 飲料

• Please don't drink any alcoholic **beverages** if you plan on driving.
如果你還要開車,請不要喝任何酒精飲料。

bi•as [ˈbaɪəs] .... 英中 六級

名 偏心、偏袒
動 使存偏見

• He is **biased** toward his team, so he is not a fair judge.
他對他的隊伍偏心,所以他不是一個公平的裁判。

bin•oc•u•lars
[baɪˈnɑkjəlɚ] .... 英中 六級

名 雙筒望遠鏡

• He used his **binoculars** to watch the wild birds.
他用望遠鏡賞鳥。

bi•o•chem•is•try [͵baɪoˈkɛmɪstrɪ]
.... 英中 六級

名 生物化學

• I want to major in **biochemistry**, but it seems quite difficult.
我想要主修生物,但它似乎很難。

🔊 Track 1089

bi•o•log•i•cal
[ˌbaɪəˈlɑdʒɪkl̩].............................. 英中 六級

形 生物學的、有關生物學的

• He is working on **biological** studies.
他正努力於生物學研究。

bi•zarre [bɪˈzɑr].......................... 英中 六級

形 古怪的、奇異的

• The **bizarre** incident was something that I haven't seen before.
這個奇怪的事件是我前所未見的。

bleak [blik]................................ 英中 六級

形 淒涼的、暗淡的

• The future looks **bleak** and I don't know what to do.
未來看起來好暗淡，我不知道該做什麼。

blun•der [ˈblʌndɚ].................... 英中 六級

名 大錯
動 犯錯

• He **blundered** by leaking the secret information to the wrong people.
他因把祕密洩漏給錯誤的人而犯下大錯。

blunt [blʌnt]............................ 英中 六級

動 使遲鈍
形 遲鈍的、乾脆的、直率的

• This knife is a little **blunt**. Do you have a knife sharpener?
這把刀有點鈍了。你有磨刀器的嗎？

反 sharp 敏銳的

🔊 Track 1090

bom•bard
[bɑmˈbard]................................ 英中 六級

動 砲轟、轟擊

• Stop **bombarding** me with questions!
停止你的問題轟炸。

bond•age [ˈbɑndɪdʒ].............. 英中 六級

名 奴役、囚禁

• He broke free from the **bondage** and escaped from his kidnappers.
他突破了囚禁，並且從綁匪手中逃出。

boost [bust].......................... 英中 六級

名 幫助、促進
動 推動、增強、提高

• Taking this vitamin will give you a **boost** in energy.
吃這顆維他命會增強你的體力。

同 increase 增加

bout [baʊt]............................ 英中 六級

名 競賽的一回合

• He had a **bout** of flu over the weekend.
他在週末得了一場流行性感冒。

boy•cott [ˈbɔɪˌkɑt]................... 英中 六級

名 杯葛、排斥
動 杯葛、聯合抵制

• As there was a trade **boycott**, they raided the goods coming in from that country.
因為貿易抵制的關係，他們查扣從那個國家來的貨物。

同 strike 罷工

🔊 Track 1091

break•down
[ˈbrekˌdaʊn]............................ 英中 六級

名 故障、崩潰

• There was a **breakdown** in communication, so we couldn't contact each other.
通訊設備壞了，我們無法跟對方連絡。

break•through
[ˈbrekˌθru].............................. 英中 六級

名 突破

• A **breakthrough** drug will be invented to cure AIDS one day.
總有一天會有突破性的藥物出現來治療愛滋病。

break·up [ˋbrekˏʌp]　英中 六級

名 分散、瓦解

- The first step is to **break-up** the chocolate into little pieces.
  第一步就是將巧克力分成一小塊一小塊。

brew [bru]　英中 六級

名 釀製物
動 釀製

- This restaurant **brews** its own beer.
  這家餐廳自己釀造啤酒。

brink [brɪŋk]　英中 六級

名 陡峭邊緣、臨界點

- The volcano is on the **brink** of explosion.
  火山在爆發的臨界點上。

🔊 Track 1092

brisk [brɪsk]　英中 六級

形 活潑的、輕快的、生氣勃勃的

- I had a **brisk** run in the morning and I feel great now.
  我早上有場生氣勃勃的慢跑，所以我現在精神很好。

bro·chure [broˋʃur]　英中 六級

名 小冊子

- We flipped through the **brochure** to see if the museum was worth visiting.
  我們瀏覽博物館的小冊子看看它是否有參觀的價值。

同 pamphlet 小冊子

brute [brut]　英中 六級

名 殘暴的人
形 粗暴的

- He always acts like a **brute** because he thinks it's manly.
  他總是表現殘暴的樣子，因為他覺得這樣比較有男子氣概。

buck·le [ˋbʌkl̩]　英中 六級

名 皮帶扣環
動 用扣環扣住

- Don't forget to **buckle** your seat belt.
  別忘了繫上你的安全帶。

同 fasten 扣緊

bulk·y [ˋbʌlkɪ]　英中 六級

形 龐大的

- This truck can carry **bulky** goods or vehicles.
  這輛卡車可以運載體積龐大的貨物或車輛。

🔊 Track 1093

bu·reau·cra·cy [bjuˋrɑkrəsɪ]　英中 六級

名 官僚政治

- Charlie decided to deal with the university's **bureaucracy** as soon as possible before he could change from one course to another.
  查理決定在他可以換課之前，儘速先跟學校商量看看。

bur·i·al [ˋbɛrɪəl]　英中 六級

名 埋葬、下葬

- She wants to have a sea **burial** instead of a land one.
  她想要海葬而不是土葬。

同 funeral 葬儀、出殯

byte [baɪt]　英中 六級

名 （電算）位元組

- **Bytes** are measured in different units, such as gigabyte and megabyte.
  電算位元組有不同的測量方式，例如十億位元組和百萬位元組。

Cc ⬇

caf•feine [ˈkæfiɪn] .... 英中 六級

名 咖啡因

- Naturally **caffeine**-free coffee plant has been found growing wild in Ethiopia.
天然無咖啡因的咖啡樹被發現在衣索比亞生長。

cal•ci•um [ˈkælsɪəm] .... 英中 六級

名 鈣

- **Calcium** is a necessary mineral for development of bones.
鈣是骨骼發育需要的礦物質。

🔊 Track 1094

can•vass [ˈkænvəs] .... 英中 六級

名 審視、討論
動 詳細調查

- We've all been **canvassed** by insurance agents.
我們都被保險業務員審查過。

回 investigate 調查、研究

ca•pa•bil•i•ty
[ˌkepəˈbɪlətɪ] .... 英中 六級

名 能力

- With these new computers we finally have the **capability** to do the job more effectively.
有了這些新電腦我們終於可以更有效率的工作了。

回 ability 能力、能耐

cap•sule [ˈkæpsḷ] .... 英中 六級

名 膠囊

- He has difficulty swallowing **capsules**.
他有吞膠囊的困難。

cap•tion [ˈkæpʃən] .... 英中 六級

名 標題、簡短說明
動 加標題

- This English documentary film is with Chinese **captions**.
這部英文紀錄片有中文字幕。

回 title 標題

cap•tive [ˈkæptɪv] .... 英中 六級

名 俘虜
形 被俘的

- The terrorists were holding several American **captives**.
恐怖份子握有幾位美國人質。

回 hostage 人質

🔊 Track 1095

cap•tiv•i•ty [kæpˈtɪvətɪ] .... 英中 六級

名 監禁、囚禁

- All the animals bred in **captivity** will be released into the wild.
所有被監禁飼養的動物會被野放。

car•bo•hy•drate [ˌkɑrboˈhaɪdret]
.... 英中 六級

名 碳水化合物、醣

- I try not to have too much **carbohydrate** in my diet.
我盡量減少飲食裡的碳水化合物。

ca•ress [kəˈrɛs] .... 英中 六級

名 愛撫
動 撫觸

- The mother **caressed** her child gently.
媽媽輕柔的撫摸她的孩子。

回 touch 碰觸

car•ol [ˈkærəl] .... 英中 六級

名 頌歌、讚美詞

- They will be singing **carols** in chruch on Christmas Eve.
他們平安夜時將會在教堂唱聖歌。

回 hymn 聖歌、讚美詩

A B C D E F G H I J K L M N O P Q R S T U V W X Y Z

cash•ier [kæˋʃɪr] .... 英中 六級

名 出納員

• He had a crush on that pretty **cashier** in the supermarket.
他被超市的美麗收銀員迷住了。

同 teller 出納員

🔊 Track 1096

cas•u•al•ty [ˋkæʒʊəltɪ] .... 英中 六級

名 意外事故、橫禍（傷亡人數）

• The train was derailed and caused ten **casualties** in total.
火車出軌總共造成十人傷亡。

同 accident 事故、災禍

ca•tas•tro•phe [kəˋtæstrəfɪ] .... 英中 六級

名 大災難

• The village has suffered a serious mudflows **catastrophe**.
這個村莊正遭受嚴重的土石流災害。

同 calamity 災難、大禍

ca•ter [ˋketɚ] .... 英中 六級

動 提供食物、提供娛樂

• My mother will help **cater** for his wedding party.
我媽媽會幫他的婚禮派對準備食物。

同 provide 提供、供給

cav•al•ry [ˋkævlrɪ] .... 英中 六級

名 騎兵隊、騎兵

• My father used to be an officer in the **cavalry**.
我爸爸曾經是騎兵隊的軍官。

同 squadron 騎兵隊

cav•i•ty [ˋkævətɪ] .... 英中 六級

名 洞、穴

• The escaped convict hid in a secret **cavity**.
那個逃脫的罪犯躲在一個洞穴裡。

同 pit 凹處、窪坑

🔊 Track 1097

cem•e•ter•y [ˋsɛmə.tɛrɪ] .... 英中 六級

名 公墓

• He doesn't dare to go to the **cemetery** by himself at night.
他不敢在晚上自己去公墓。

同 graveyard 墓地

cer•tain•ty [ˋsɝtn̩tɪ] .... 英中 六級

名 事實、確定的情況

• The only **certainty** in life is its uncertainties.
生活中唯一可以確定的事就是不確定。

同 actuality 現實、事實
反 doubt 懷疑、不相信

cer•ti•fy [ˋsɝtə.faɪ] .... 英中 六級

動 證明

• The witness **certified** that man was the murderer.
目擊者證實那個男人就是謀殺犯。

同 vouch 擔保、證實

cham•pagne [ʃæmˋpen] .... 英中 六級

名 白葡萄酒、香檳

• My parents always celebrate their wedding anniversary with a bottle of **champagne**.
我爸媽總是用一瓶香檳慶祝他們的結婚紀念日。

cha•os [ˋkeɑs] .... 英中 六級

名 無秩序、大混亂

• The forest fires have caused **chaos** on the roads.
森林大火在路上造成一陣混亂。

同 confusion 混亂
反 cosmos 秩序、和諧

char•ac•ter•ize
[`kærɪktəˌraɪz]　英中 六級

動 描述⋯的性質、具有⋯特徵

• An arrogant person is **characterized** by loneliness.
傲慢的人具有寂寞的特性。

回 distinguish 識別、區分

char•coal [`tʃɑrˌkol]　英中 六級

名 炭、木炭

• We need some **charcoal** for the barbecue.
我們需要一些木炭來烤肉。

char•i•ot [`tʃærɪət]　英中 六級

名 戰車
動 駕駛戰車

• The **chariot** is the earliest and simplest type of carriage.
戰車是最早也最簡單的馬車。

char•i•ta•ble
[`tʃærətəbl̩]　英中 六級

形 溫和的、仁慈的

• She's always **charitable** to people, and I've never seen her get angry.
她總是待人和氣，我從來沒看過她生氣。

回 generous 慷慨的、大方的

cho•les•ter•ol
[kə`lɛstəˌrol]　英中 六級

名 膽固醇

• **Cholesterol** is an important element for the manufacture of bile acids.
膽固醇是製造膽汁的重要元素。

chron•ic [`krɑnɪk]　英中 六級

形 長期的、持續的

• Headache has been a **chronic** problem for him.
他已經長期頭痛很久了。

回 constant 持續的

chuck•le [`tʃʌkl̩]　英中 六級

名 滿足的輕笑
動 輕輕地笑

• Ivy was **chuckling** when she heard the joke.
當艾薇聽到那個笑話時她輕輕的笑了。

回 giggle 咯咯的笑

chunk [tʃʌŋk]　英中 六級

名 厚塊、厚片

• They put a **chunk** of cheese on the pizza.
他放一塊厚片起司在披薩上面。

回 bulk 大團、大塊

civ•i•lize [`sɪvəˌlaɪz]　英中 六級

動 啟發、使開化

• The biography of Abraham Lincoln had a **civilizing** effect on my younger brothers.
亞拉柏翰林肯的傳記對我弟弟有啟發性的影響。

回 educate 教育

clamp [klæmp]　英中 六級

名 夾子、鉗子
動 以鉗子轉緊

• The dentist **clamped** her teeth in her mouth.
牙醫用鉗子夾住她嘴裡的牙齒。

回 fasten 紮牢、栓緊

cla•r•ity [`klærətɪ]　英中 六級

名 清澈透明

• A good healthy life style can help maintain the **clarity** of mind.
一個好的健康生活習慣可以幫助維持思緒的清晰。

回 pellucidness 透明、清澈

cleanse [klɛnz]　英中 六級

動 淨化、弄清潔

• The nurse helped **cleanse** the wound thoroughly before bandaging it.
護士在包紮前協助清潔傷口。

回 depurate 淨化
反 stain 沾污

A B C D E F G H I J K L M N O P Q R S T U V W X Y Z

clear•ance [ˋklɪrəns]............... 英中 六級

名 清潔、清掃

• They bought a new carpet at a **clearance** sale in the supermarket.
他們在超市的清倉大拍賣買了條毯子。

clench [klɛntʃ]............... 英中 六級

名 緊握
動 握緊、咬緊

• The boy **clenched** his fist and waved it angrily at them.
男孩憤怒地對著他們揮舞握緊的拳頭。

同 grasp 抓牢

clin•i•cal [ˋklɪnɪkl̩]............... 英中 六級

形 門診的

• **Clinical** physiologists carry out procedures and investigations on patients to help in the diagnosis and treatment of disease.
臨床生理學家對病人進行程序調查以利診斷並且治療疾病。

🔊 Track 1101

clone [klon]............... 英中 六級

名 無性繁殖、複製

• Her mission is to create a genetically identical **clone** of a brown female mouse.
她的任務是複製一個基因相同的棕色雌老鼠。

同 copy 複製

clo•sure [ˋkloʒɚ]............... 英中 六級

名 封閉、結尾

• The teacher designed a funny game for the **closure** of the class.
老師在課堂的結尾設計了一個有趣的遊戲。

同 conclusion 結尾

cof•fin [ˋkɔfɪn]............... 英中 六級

名 棺材

• My grandmother's **coffin** was buried in this grave yard.
我祖母的棺材葬在這座墓園。

co•her•ent [koˋhɪrənt]............... 英中 六級

形 連貫的、有條理的

• You should be **coherent** when you're writing an essay.
你寫作文應該要有連貫性。

同 accordant 一致的

co•in•cide [koɪnˋsaɪd]............... 英中 六級

動 一致、同意

• The teacher timed her makeup class to **coincide** with the students' school holiday.
老師將她的化妝課安排與學校假期同時。

同 accord 一致

🔊 Track 1102

co•in•ci•dence [koˋɪnsɪdəns]............... 英中 六級

名 巧合

• We met an old friend in the shopping mall, what a **coincidence**!
我們在購物商場遇到老朋友，真是個巧合。

col•lec•tive [kəˋlɛktɪv]............... 英中 六級

名 集體
形 共同的、集體的

• With the **collective** efforts, this project was completed successfully.
藉由共同的努力，這個計劃成功的完成了。

同 aggregate 聚集

col•lec•tor [kəˋlɛktɚ]............... 英中 六級

名 收藏家

• Mr. Smith used to be very famous antiques **collector**.
史密斯先生是個有名的古董收藏家。

col•lide [kəˋlaɪd]............... 英中 六級

動 碰撞

• A school bus and a van **collided** at the crossroads.
一台校車和一台廂型車在十字路口發生擦撞。

同 bump 碰撞

col•li•sion [kəˋlɪʒən] .... 英中 六級

图 相撞、碰撞、猛撞

- The cyclist was in **collision** with a container car.
  摩托車騎士和一台貨車對撞。

🔊 Track 1103

col•lo•qui•al [kəˋlokwɪəl] .... 英中 六級

形 白話的、通俗的

- The teacher taught us how to avoid **colloquial** writing in writing class.
  在寫作課上老師教我們如何避免太白話的寫作。

同 vernacular 方言、白話
反 literary 文學的、文藝的

col•um•nist [ˋkɑləmɪst] .... 英中 六級

图 專欄作家

- Jessica is a **columnist** for Tapei Times.
  潔西卡是台北時報的專欄作家。

com•mem•o•rate [kəˋmɛməˌret] .... 英中 六級

動 祝賀、慶祝

- Arch of Septimius Severus was built to **commemorate** the victory of Emperor Septimius Severus.
  為了慶祝賽維魯大帝的勝利,而建造了賽維魯凱旋門。

同 celebrate 慶祝

com•mence [kəˋmɛns] .... 英中 六級

動 開始

- We will **commence** working on this science research in March of next year.
  我們明年三月會開始這個科學研究。

反 conclude 結束

com•men•tar•y [ˋkɑmənˌtɛrɪ] .... 英中 六級

图 注釋、說明

- The **commentary** on the ESPN was much better on the other sport channel.
  ESPN 的評論比其他體育頻道的都來的好。

同 annotation 註解、註釋

🔊 Track 1104

com•mit•ment [kəˋmɪtmənt] .... 英中 六級

图 承諾、拘禁、託付

- He is a coward who lacks of courage to give **commiment**
  他是個沒有勇氣給承諾的懦夫。

com•mu•ni•ca•tive [kəˋmjunəˋketɪv] .... 英中 六級

形 愛說話的、口無遮攔的

- The children were **communicative** in English class.
  小孩們喜歡在英語課說話。

同 talkative 喜歡說話的
反 reserved 沉默寡言

com•pan•ion•ship [kəmˋpænjənˌʃɪp] .... 英中 六級

图 友誼、交往

- I moved out and lived on my own for a while, but I really missed the **companionship** of others.
  我已經搬出來住一陣子了,但我真的很想念其他人的陪伴。

com•pa•ra•ble [ˋkɑmpərəbḷ] .... 英中 六級

形 可對照的、可比較的

- The prices of our products are **comparable** with those in other shops.
  我們的產品價格是可以跟其他商店比較的。

同 similar 類似的
反 incomparable 不能比較的

com•par•a•tive
[kəm`pærətɪv]............................ 英中 六級

形 比較上的、相對的

• She's carrying out a **comparative** study of education in downtown areas and rural areas.
她正在做一個有關城鄉教育的比較研究。

同 relative 相對的、比較的
反 absolute 完全的、絕對

◀ Track 1105

com•pat•i•ble
[kəm`pætəbl̩]............................ 英中 六級

形 一致的、和諧的

• The new couple found they just weren't **compatible** when they started living together.
當他們開始住在一起以後，這對新婚夫妻發現他們根本不適合。

同 harmonious 協調的、和諧的

com•pen•sate
[`kɑmpən‚set]............................ 英中 六級

動 抵銷、彌補

• Nothing can **compensate** him for the loss of his child.
沒有什麼可以彌補他失去的孩子。

同 reward 酬金、賞金

com•pen•sa•tion [‚kʌmpən`seʃən]
.... 英中 六級

名 報酬、賠償

• Jeff gave me a new cellphone as **compensation** for the one he lost.
傑夫給我一支新的手機來彌補他弄丟的那支。

同 remuneration 報酬、償還

com•pe•tence
[`kɑmpətəns]............................ 英中 六級

名 能力、才能

• His **competence** as a professor is unquestionable.
以他的才能當一位教授是沒問題的。

com•pe•tent
[`kɑmpətənt]............................ 英中 六級

形 能幹的、有能力的

• I would say she is a **competent** secretary. Every boss would like to have one like her.
我會說她是一名有能力的祕書。每位老闆都會希望有個像她一樣的祕書。

同 capable 有能力的
反 incapable 無法勝任的

◀ Track 1106

com•pile [kəm`paɪl]............... 英中 六級

動 收集、資料彙編

• They are **compiling** some facts and figures for the documentary film.
他們為了紀錄片收集一些史實和角色資料。

同 collect 收集

com•ple•ment
[`kɑmpləmənt]............................ 英中 六級

名 補足物
動 補充、補足

• Cinnamon and coffee **complement** each other perfectly.
肉桂和咖啡是完美的搭配。

com•plex•ion
[kəm`plɛkʃən]............................ 英中 六級

名 氣色、血色

• If you want a healthy **complexion**, you should clean your face everyday with warm soapy water.
如果你想要有個好氣色，你應該每天用溫的肥皂水好好清洗你的臉。

同 appearance 外貌、外觀

com•plex•i•ty
[kəm`plɛksətɪ]............................ 英中 六級

名 複雜

• It's a problem of great **complexity**, and we will need some time to solve it.
這是一個非常複雜的問題，我們需要時間去解決。

同 intricacy 錯綜複雜
反 brevity 簡潔、簡短

com•pli•ca•tion
[ˌkɑmpləˈkeʃən] .... 英中 六級

名 複製、混亂

- If you don't know how to deal with these **complications**, just let me know and I'll help.
  如果你不知道如何處理處理這場混亂，讓我知道，我會幫你。

同 simplification 單純化

🔊 Track 1107

com•po•nent
[kəmˈponənt] .... 英中 六級

名 成分、部件
形 合成的、構成的

- Protein is an essential **component** of a healthy diet.
  蛋白質是健康飲食不可缺少的一部分。

同 part 部分

com•pre•hen•sive
[ˈkɑmprɪˈhɛnsɪv] .... 英中 六級

形 廣泛的、包羅萬象的

- The company will offer you a **comprehensive** training in all aspects of the business once you get hired.
  一旦你被雇用，公司會提供你職業上各種層面的綜合訓練。

同 exhaustive 徹底的、無疑的
反 incomprehensive 範圍狹小的

com•prise
[kəmˈpraɪz] .... 英中 六級

動 由…構成

- The English course material **comprises** a pupil's book, a workbook and an audio CD.
  英文課上課內容包含一本課本、一本習作，還有一張光碟。

同 involve 牽涉、包含

con•cede [kənˈsid] .... 英中 六級

動 承認、讓步

- He is not willing to **concede** any of his authority.
  他不願意在他的權利上做任何的讓步。

同 confess 承認

con•ceit [kənˈsit] .... 英中 六級

名 自負、自大

- Why is it so hard to find a man without **conceit**?
  為什麼找一個不自大的男人這麼難？

同 vanity 自負、虛榮
反 modesty 虛心、謙遜

🔊 Track 1108

con•cep•tion
[kənˈsɛpʃən] .... 英中 六級

名 概念、計劃

- People from different cultures have different **conceptions** of the world.
  來自不同文化的人對世界有不一樣的概念。

同 idea 計劃、概念

con•ces•sion
[kənˈsɛʃən] .... 英中 六級

名 讓步、妥協

- The government of China said it makes no **concessions** on Tibetan issues.
  中國政府表示他們不會在西藏問題上做任何的讓步。

同 compromise 妥協、和解

con•cise [kənˈsaɪs] .... 英中 六級

形 簡潔的、簡明的

- The speaker treid to make his answer short and **concise**.
  演講者試著讓他的回答簡短好懂。

同 terse 精練
反 wordy 冗長

con•dense
[kənˈdɛns] .... 英中 六級

動 縮小、濃縮

- The teacher asked him to **condense** his eassy from 40,000 words to 20,000 words.
  老師要求他將他的作文從四萬字縮減到兩萬字。

同 compress 濃縮
反 expand 展開、擴大

A B **C** D E F G H I J K L M N O P Q R S T U V W X Y Z

561

con•fer [kənˋfɝ] .... 英中 六級

動 商議、商討

- He should spend more time **conferring** with his counselor.
  他應該花更多的時間跟他的顧問商議。

同 consult 商議

🔊 Track 1109

con•fi•den•tial [ˌkɑnfəˋdɛnʃəl] .... 英中 六級

形 可信任的、機要的

- This piece of information from the detective is **confidential**.
  私家偵探提供的消息是機密的。

同 secret 機密的

con•form [kənˋfɔrm] .... 英中 六級

動 使符合、類似

- Every student must **conform** the school disciplines.
  每位學生都得遵守校規。

同 comply 依從、順從

con•fron•ta•tion [ˌkɑnfrʌnˋteʃən] .... 英中 六級

名 對抗、對峙

- Jenny actually enjoys **confrontation**, whereas her boyfriend prefers a quiet life.
  珍妮喜歡和人較量，而她的男友喜歡平靜的生活。

con•gress•man / con•gress•wom•an [ˋkɑngrəsˏmæn] / [ˋkɑngrəsˏwumən] .... 英中 六級

名 眾議員 / 女眾議員

- We've heard a scandal about this **congressman** and that **congresswoman**.
  我們聽說了跟那位男議員和那位女議員的醜聞。

con•quest [ˋkɑŋkwɛst] .... 英中 六級

名 征服、獲勝

- This talented and handsome man made a **conquest** of that pretty lady.
  這位有才華、帥氣的男士擄獲了那位美麗女士的心。

同 submit 使屈服

🔊 Track 1110

con•sci•en•tious [ˌkɑnʃɪˋɛnʃəs] .... 英中 六級

形 本著良心的、有原則的

- Tracy is always **conscientious** about her work.
  翠西對她的工作總是有原則的。

同 faithful 忠誠的

con•sen•sus [kənˋsɛnsəs] .... 英中 六級

名 一致、全體意見

- The company has built a **consensus** with the employees last week, and the pay day will be on the 10th of every month.
  上星期公司和全體員工達成一致共識，付薪日將會在每月十號。

同 unanimity 一致同意

con•ser•va•tion [ˌkɑnsɚˋveʃən] .... 英中 六級

名 保存、維護

- The local government has been paying more attention to the **conservation** of historic sites.
  當地政府對維護歷史古蹟投注了更多的關注。

同 preservation 維護、維持

con·so·la·tion
[`kɑnsə`leʃən] .... 英中 六級

名 撫恤、安慰、慰藉

- I really didn't know how to comfort her as she was crying, I just offered a few words of **consolation**.
  當她在哭的時候我真的不知道該怎麼安慰她，我只是說了幾句安慰的話。

反 pain 使痛苦

con·spir·a·cy
[kən`spɪrəsɪ] .... 英中 六級

名 陰謀

- The young lady has been charged with **conspiracy** to murder.
  這位年輕女士被判意圖謀殺。

同 collusion 共謀

◀ Track 1111

con·stit·u·ent
[kən`stɪtʃʊənt] .... 英中 六級

名 成分、組成要素
形 組成的、成份的

- What are the basic **constituents** of the dough?
  這麵團的基本組成要素是什麼？

同 component 成分

con·sul·ta·tion
[ˌkɑnsḷ`teʃən] .... 英中 六級

名 討教、諮詢

- He chose "Health and Diet" as the subject of his research after **consultation** with his professor.
  在和教授討教過後，他選擇「飲食與健康」當他的研究主題。

con·sump·tion
[kən`sʌmpʃən] .... 英中 六級

名 消費、消費量

- Global meat **consumption** is expected to grow two percent each year until 2015.
  直到 2015 年，全球肉類的消費量預計將會每年成長 2%。

同 waste 消耗

con·tem·pla·tion [ˌkɑntɛm`pleʃən]
.... 英中 六級

名 注視、凝視

- Please keep quiet when I'm in **contemplation**.
  當我在冥想狀態時，請保持安靜。

con·test·ant
[kən`tɛstənt] .... 英中 六級

名 競爭者

- The **contestants** have come from all over the world in tomorrow's contest.
  明天的比賽競爭者來自全球各地。

◀ Track 1112

con·trac·tor
[`kɑntræktɚ] .... 英中 六級

名 立契約者、承包商

- The company's advertisement will be done by an advertisement **contractor**.
  廣告承包商會搞定公司的廣告。

con·tra·dict
[ˌkɑntrə`dɪkt] .... 英中 六級

動 反駁、矛盾、否認

- We don't dare to **contradict** our parents.
  我們沒有膽去反駁我們的父母。

同 dispute 爭論、爭執
反 admit 承認

con·tra·dic·tion [ˌkɑntrə`dɪkʃən]
.... 英中 六級

名 否定、矛盾

- He always says that she is the one he loves, but he still dates with other girls. Isn't that a bit of a **contradiction**?
  他總是說她是他的最愛，但是他仍然和其他女生約會，這是不是有一點矛盾？

同 denial 否認

con•tro•ver•sial [ˌkɑntrəˋvɝʃəl] 英中 六級

形 爭論的、議論的

• The **controversial** book should be banned.
這本充滿爭議的書應該被禁。

同 debatable 可爭論的

con•tro•ver•sy [ˋkɑntrəˌvɝsɪ] 英中 六級

名 辯論、爭論

• There was a huge **controversy** over the plans for the new power station.
新能源站的計劃有很多的爭議。

同 argument 爭執、爭吵

🔊 Track 1113

con•vic•tion [kənˋvɪkʃən] 英中 六級

名 定罪、說服力 堅信

• We are all in the full **conviction** that they will work it out.
我們完全堅信他們會解決的。

同 sentence 宣判、判決
反 acquittal 無罪開釋

co•or•di•nate [koˋɔrdnet] / [koˋɔrdnɪt] 英中 六級

動 調和、使同等
形 同等的

• We need someone stable to **coordinate** the program activities.
我們需要一位穩定的人協調處理計劃活動。

同 equal 同等的

cor•dial [ˋkɔrdʒəl] 英中 六級

形 熱忱的、和善的

• Mrs. Huang is **cordial** to the neighbors, and she always invite them to dinner in her place.
黃太太對她的鄰居很和善,她總是邀請他們來家裡吃晚餐。

同 sincere 真誠的

core [kor] 英中 六級

名 果核、核心

• The couple found that the **core** of their problem is distance.
這對情侶發現他們問題的核心是距離。

同 nucleus 核心、中心

cor•po•rate [ˋkɔrpərɪt] 英中 六級

形 社團的、公司的

• Our **corporate** identity was designed by this famous logo designer.
我們公司的標誌是由這位有名的圖示設計家設計的。

🔊 Track 1114

corps [kor] 英中 六級

名 軍團、兵團

• The intelligence **corps** is the brain of the army, and they are responsible for processing and analysing data to help commanders make the best decisions.
那個情報部隊是軍隊的智囊團,負責處理及分析資訊幫助指揮官做出最好的決策。

同 cohort 一隊人、一群人

corpse [kɔrps] 英中 六級

名 屍體、屍首

• They didn't move or touch the **corpse** before the police arrived.
在警察來之前,他們並沒有移動或觸碰屍體。

同 cadaver 屍首

cor•re•spon•dent [ˌkɔrəˋspɑndənt] 英中 六級

名 通信者

• He was an excellent **correspondent**; I got the letter from him twice a week.
他是一個極好的通信者,我一個禮拜收到兩次他的信。

同 journalist 新聞工作者

cor•rup•tion
[kəˋrʌpʃən] .... 英中 六級

名 敗壞、墮落

- Political **corruption** has been a common issue in every nation.
  政治腐敗已經成為每個國家的常見問題。

cos•met•ic
[kɑzˋmɛtɪk] .... 英中 六級

形 化妝用的

- May I borrow some of your **cosmetic** cream?
  可以借我一些美顏霜嗎？

🔊 Track 1115

cos•met•ics
[kɑzˋmɛtɪks] .... 英中 六級

名 化妝品

- This department store sells a wide range of **cosmetics** at a very reasonable price.
  這間百貨用很合理的價格銷售各式各樣的化妝品。

cos•mo•pol•i•tan [ˌkɑzməˋpɑlətṇ]
.... 英中 六級

名 世界主義者　形 世界主義的

- Hong Kong likes to tout itself as a **cosmopolitan** city.
  香港號稱是一個國際都會。

同 international 國際的

coun•ter•part
[ˋkaʊntəˌpɑrt] .... 英中 六級

名 副本

- Would you please give me a **counterpart** of this contract by e-mail?
  你可以用電子郵件寄給我這份合約的副本嗎？

cov•er•age [ˋkʌvərɪdʒ] .... 英中 六級

名 覆蓋範圍、保險範圍

- They lack **coverage** for essential health care services.
  他們缺乏基本的健康保險服務。

cov•et [ˋkʌvɪt] .... 英中 六級

動 垂涎、貪圖

- The old man always **coveted** money but never achieved it.
  那個老男人總是貪圖金錢，但他從來沒有真正的得到過。

同 crave 渴望

🔊 Track 1116

cramp [kræmp] .... 英中 六級

名 抽筋、鉗子
動 用鉗子夾緊、使抽筋

- I had the **cramp** in my stomach last night. It was killing me!
  我昨晚胃抽筋。那簡直要殺了我。

同 confine 限制、侷限

cred•i•bil•i•ty
[ˋkrɛdəˋbɪlətɪ] .... 英中 六級

名 可信度、確實性

- We were all wondering about the **credibility** of information on the Internet.
  我們都很想知道網路資訊的正確性。

cred•i•ble [ˋkrɛdəbḷ] .... 英中 六級

形 可信的、可靠的

- That piece of news came from a very **credible** source.
  這個消息來源非常可靠。

同 conceivable 可相信的、可理解的
反 incredible 不可信的

cri•te•ri•on
[kraɪˋtɪrɪən] .... 英中 六級

名 標準、基準

- We wondered what **criteria** she used when she was selecting her ideal mate.
  我們想要知道她選擇理想對象的標準是什麼。

同 standard 標準

crook [krʊk] 英中 六級

名 彎曲、彎處
動 使彎曲

• She is carried her purse in the **crook** of her arm.
她把包包掛在手臂的彎處。

同 bend 彎曲、折彎

🔊 Track 1117

crooked [ˋkrʊkɪd] 英中 六級

形 彎曲的、歪曲的

• They warned their son to drive more carefully on these **crooked** country roads.
他們警告他們的兒子，開過鄉間彎曲的小路時要更小心。

同 contorted 扭曲的
反 straight 筆直的

cru•cial [ˋkruʃəl] 英中 六級

形 關係重大的

• It's absolutely **crucial** to discourage smoking during pregnancy.
在懷孕期間不要吸菸，是非常重要的。

同 important 重大的

crude [krud] 英中 六級

形 天然的、未加工的

• **Crude** oil prices surged to a record high above $60 in June.
原油在六月已經漲到歷史高價 60 元美金以上。

同 rough 未加工的
反 refined 精緻的

cruise [kruz] 英中 六級

動 航行、巡航

• Gary enjoys spending the weekends **cruising** the pubs.
蓋瑞喜歡在各酒吧裡留連度過他的週末。

同 sail 航行

cruis•er [ˋkruzɚ] 英中 六級

名 遊艇

• My wife has been waiting for going on a **cruiser** for years.
我的太太已經等等登上遊艇好幾年了。

🔊 Track 1118

crumb [krʌm] 英中 六級

名 小塊、碎屑、少許

• There is nothing like homemade bread **crumbs** to improve the taste of your meat.
沒有什麼像自製麵包的碎屑一樣可以增加肉的味道。

同 fragment 碎片、段片

crum•ble [ˋkrʌmbl̩] 英中 六級

名 碎屑、碎片
動 弄成碎屑

• The chief carefully **crumbled** the bread between his fingers.
主廚小心的用他的手指掐碎麵包。

同 mash 壓碎

crust [krʌst] 英中 六級

名 麵包皮
動 覆以外皮

• Ice **crusted** the stream in the winter time.
冬天，河面上覆了一層冰。

同 mantle 覆蓋、遮掩

cul•ti•vate [ˋkʌltəˌvet] 英中 六級

動 耕種

• More and more land is too poor to **cultivate** in the world.
世界上有越來越多的土地太過貧瘠以至於不能耕種。

同 condition 決定、為…的條件

cu•mu•la•tive [ˋkjumjəˌletɪv] 英中 六級

形 累增的、累加的

• The **cumulative** effect of using so many chemicals on the land could be calamitous.
使用如此多化學物品累積的影響會是件悲劇。

同 accumulative 累積的

cus•tom•ar•y
[ˋkʌstəmˏɛrɪ] .... 英中 六級

形 慣例的、平常的

• She's not her **customary** lighthearted self today.
她今天不像她平常一樣輕鬆自在。

同 traditional 慣例的

Dd ↓

daf•fo•dil [ˋdæfədɪl]............... 英中 六級

名 黃水仙

• The national flower of Wales is the **daffodil**.
威爾斯的國花是水仙。

dan•druff [ˋdændrəf]............... 英中 六級

名 頭皮屑

• **Dandruff** is sometimes caused by frequent exposure to extreme heat and cold.
頭皮屑有時是因為經常暴露在極熱或極冷的環境中所造成。

day•break [ˋdeˏbrek] .... 英中 六級

名 破曉、黎明

• We will hit on the road at **daybreak**.
我們將會在黎明時分動身。

同 dawn 黎明
反 nightfall 黃昏

dead•ly [ˋdɛdlɪ]...................... 英中 六級

形 致命的
副 極度地

• The citizen wondered if the government lied about the **deadly** virus.
老百姓們想知道政府對於致命性病毒是否據實以告。

同 deathful 致死的

de•cent [ˋdisn̩t]...................... 英中 六級

形 端正的、正當的

• It was very **decent** of you to help. I did appreciate it.
對於您的大力相助,我真的十分感激。

同 correct 端正的

de•ci•sive [dɪˋsaɪsɪv] .... 英中 六級

形 有決斷力的

• Ivan is a yes man, he need to be more **decisive**.
艾文是個好好先生,他需要更有決斷力。

同 resolute 果斷的

de•cline [dɪˋklaɪn].................. 英中 六級

名 衰敗
動 下降、衰敗、婉拒

• His interest in the invention **declined** after his daughter died.
女兒過世之後,他對發明東西越來越沒興趣。

ded•i•cate [ˋdɛdəˏket]............. 英中 六級

動 供奉、奉獻

• John Coleman has **dedicated** his life to studying weather and the science.
約翰科爾曼終生致力於研究氣候以及科學。

同 devote 奉獻

ded•i•ca•tion
[ˏdɛdəˋkeʃən]........................ 英中 六級

名 奉獻、供奉

• Gill has always shown great enthusiasm and **dedication** for teaching.
吉兒總是展現出對教學的奉獻和熱忱。

deem [dim].......................... 英中 六級

動 認為、視為

• This city has been **deemed** safe and clear now.
這座城市現在被認定為乾淨且安全的。

同 consider 認為

de•fect [dɪˋfɛkt] 英中 六級

名 缺陷、缺點
動 脫逃、脫離

• I wish I had found my baby's genetic **defect** earlier.
我希望我有早些發現小寶寶的遺傳缺陷。

同 fault 缺點　反 merit 優點

de•fi•cien•cy [dɪˋfɪʃənsɪ] 英中 六級

名 匱乏、不足

• Pregnant women often suffer from iron and folic acid **deficiency**.
孕婦常常受鐵質和葉酸缺乏所苦。

同 shortage 短缺

de•grade [dɪˋgred] 英中 六級

動 降級、降等

• How can you **degrade** yourself by talking like that?
你怎麼可以這樣說話降低自己的格調？

de•lib•er•ate [dɪˋlɪbərɪt] 英中 六級

動 仔細考慮
形 慎重的

• You'd better have a **deliberate** consideration before you take action.
行動之前，你最好慎重的考慮。

🔊 Track 1122

de•lin•quent [dɪˋlɪŋkwənt] 英中 六級

名 違法者
形 拖欠的、違法的

• He has been **delinquent** in paying his credit card bill for several months.
他拖欠信用卡費好幾個月了。

de•nounce [dɪˋnauns] 英中 六級

動 公然抨擊

• The president's policy was **denounced** in the newspapers.
總統的政策在報紙上遭到公然抨擊。

den•si•ty [ˋdɛnsətɪ] 英中 六級

名 稠密、濃密

• Male is the city that has the highest population **density**.
馬列（馬爾地夫首府）是人口密度最高的城市。

den•tal [ˋdɛntl̩] 英中 六級

形 牙齒的

• A lot of people are concerned about the cost of their **dental** treatment and how they will pay for it.
很多人關心他們牙齒診療所須支付的費用，以及他們將如何支付那筆錢。

de•pict [dɪˋpɪkt] 英中 六級

動 描述、敘述

• She **depicts** the lives of ordinary people in this small fishing village in her painting.
她的畫作描繪出這個小漁村尋常人家的生活。

🔊 Track 1123

de•prive [dɪˋpraɪv] 英中 六級

動 剝奪、使…喪失

• Nobody can **deprive** of your freedom but yourself.
除了你自己，沒有任何人可以剝奪你的自由。

de•rive [dɪˋraɪv] 英中 六級

動 引出、源自

• He **derives** great pressure from preparing the exams.
準備考試讓他壓力很大。

dep•u•ty [ˈdɛpjətɪ] .... 英中 六級

名 代表、代理人

- Please talk with my **deputy** during my absence next week.
  下星期我不在的時候，請跟我的代理人接洽。

同 agent 代理人

de•scend [dɪˈsɛnd] .... 英中 六級

動 下降、突襲

- Jack rode up the hill but **descended** slowly from it on foot.
  傑克騎車上山，但靠雙腳緩慢地走下山。

同 drop 下降

de•scen•dant [dɪˈsɛndənt] .... 英中 六級

名 子孫、後裔

- He claimed that He is a **descendant** of Confucius.
  他聲稱他是孔子的後代子孫。

🔊 Track 1124

de•scent [dɪˈsɛnt] .... 英中 六級

名 下降

- The helicopter began to make its final **descent** into the airport.
  直昇機準備在機場降落。

des•ig•nate [ˈdɛzɪɡˌnet] .... 英中 六級

動 指出
形 選派的

- Dave has been **designated** to be a team leader.
  黛芙被指派為隊長。

des•tined [ˈdɛstɪnd] .... 英中 六級

形 命運注定的

- It was **destined** that we were born in this family.
  我們誕生在同一個家庭是命中注定的。

de•tach [dɪˈtætʃ] .... 英中 六級

動 派遣、分開

- Twenty men were **detached** to guard the railroad station by the officer.
  二十名男子被那名警察分派去看守火車站。

同 separate 分開

de•tain [dɪˈten] .... 英中 六級

動 阻止、妨礙

- Her father missed her foot ball game again because he's **detained** by his business.
  她父親被工作纏身，再一次地錯過她的足球賽。

🔊 Track 1125

de•ter [dɪˈtɚ] .... 英中 六級

動 使停止做

- Nothing will **deter** her from trying again.
  沒有任何事可以阻止她再試一次。

de•te•ri•o•rate [dɪˈtɪrɪəˌret] .... 英中 六級

動 使惡化、降低

- My grandmother was taken into hospital last night when her condition suddenly **deteriorated**.
  我祖母病情突然惡化，昨晚被送進醫院。

de•val•ue [diˈvælju] .... 英中 六級

動 降低價值

- I don't want to **devalue** his achievement on this project, but he seems to have attended this meeting without any preparation.
  我無意貶低他在這項計劃裡的成就，但是他似乎毫無準備就出席這場會議。

di•a•be•tes [ˌdaɪəˈbitiz] .... 英中 六級

名 糖尿病

- My grandmother has been suffering **diabetes** for years.
  我祖母已經罹患糖尿病好幾年了。

di•ag•nose
[ˋdaɪəgˏnos] .... 英中 六級

動 診斷

- Lisa was **diagnosed** as having blood cancer.
麗莎被診斷出罹患血癌。

🔊 Track 1126

di•ag•no•sis
[ˏdaɪəgˋnosɪs] .... 英中 六級

名 診斷

- The initial **diagnosis** has been made by the doctor.
醫生已經做出初步的診斷。

di•a•gram [ˋdaɪəˏgræm] .... 英中 六級

名 圖表、圖樣
動 圖解

- The professor drew a **diagram** showing how the blood flows through the heart.
教授畫了一個圖來解釋血液如何流經心臟。

同 design 圖樣

di•am•e•ter [daɪˋæmətɚ] .... 英中 六級

名 直徑

- The round swimming pool is six feet in **diameter**.
這個圓形的游泳池直徑六英尺高。

dic•tate [ˋdɪktet] .... 英中 六級

動 口授、聽寫

- He spent one morning **dictating** his schedule to his secretary.
他花了一個早晨口述告知祕書他的行程。

dic•ta•tion [dɪkˋteʃən] .... 英中 六級

名 口述、口授

- I'll ask my secretary to take **dictation** of what I say.
我會要求祕書依我的口述抄寫下來。

🔊 Track 1127

dic•ta•tor [ˋdɪktetɚ] .... 英中 六級

名 獨裁者、發號施令者

- He is quite a **dictator**, and we can't stand his bossy manner.
他是一個獨裁者，我們無法忍受他愛指揮人的作風。

dif•fer•en•ti•ate
[dɪfəˋrɛnʃɪˏet] .... 英中 六級

動 辨別、區分

- We can't **differentiate** between the twin sisters.
我們無法分辨這對雙胞胎姊妹。

di•lem•ma [dəˋlɛmə] .... 英中 六級

名 左右為難、窘境

- I am currently in a **dilemma** and really don't know what to do.
我最近遇到了一個進退兩難的問題，不知如何是好。

di•men•sion
[dəˋmɛnʃən] .... 英中 六級

名 尺寸、方面

- They wanted us to guess the **dimensions** of the house.
他們希望我們猜猜看房子有多大。

同 size 尺寸

di•min•ish
[dəˋmɪnɪʃ] .... 英中 六級

動 縮小、減少

- Our budget will be **diminished** in the coming year.
我們明年度的預算將會縮減。

di•plo•ma•cy
[dɪˈploməsɪ].................... 英中 六級

名 外交、外交手腕

• Egyptian **diplomacy** has so far failed to bring an end to the fighting between Israel and Hamas in Gaza.
目前為止，埃及在外交方面對於以色列人和哈馬斯的加沙之戰束手無策。

同 politics 手腕

dip•lo•ma•tic
[ˌdɪpləˈmætɪk]...................... 英中 六級

形 外交的、外交官的

• Our **diplomatic** crops will be staying in this hotel for 5 days.
我們的外交團體會在這間旅館停留 5天。

di•rec•to•ry
[dəˈrɛktərɪ]...................... 英中 六級

名 姓名地址錄

• You can look up his number in the telephone **directory**.
你可以在電話簿裡查找他的電話號碼。

dis•a•bll•i•ty
[ˌdɪsəˈbɪlətɪ]...................... 英中 六級

名 無能、無力

• Teachers should pay more attention on the children with learning **disabilities**.
老師應該花更多心思在那些有學習障礙的孩子身上。

dis•a•ble [dɪsˈebl].................. 英中 六級

動 使無能力、使無作用；殘障

• George was **disabled** after the severe car accident.
喬治在一場嚴重的車禍後變成殘廢。

dis•ap•prove
[ˌdɪsəˈpruv]...................... 英中 六級

動 反對、不贊成

• I strongly **disapprove** of drunk-driving and smoking in the public.
我強烈反對酒後駕車和公共場所吸菸。

同 oppose 反對

dis•as•trous
[dɪzˈæstrəs]...................... 英中 六級

形 災害的、悲慘的

• This decision will have a **disastrous** impact on our future plans.
這個決定會對我們未來的計劃造成悲慘的影響。

同 tragic 悲慘的

dis•charge [dɪsˈtʃɑrdʒ]......... 英中 六級

名 排出、卸下　動 卸下

• Some patients were **discharged** from hospital because the beds were not enough.
有些病人由於病床不足而被請出醫院。

dis•ci•pli•nar•y
[ˈdɪsəplɪnˌɛrɪ]...................... 英中 六級

形 訓練上的、訓育的

• Teachers must take **disciplinary** action against those students who refuse to correct their errors.
老師必須對那些不肯改正的學生採取紀律處分。

dis•close [dɪsˈkloz].............. 英中 六級

動 暴露、露出

• This letter **disclosed** that he was from a royal family.
那封信洩漏了他的皇室身分。

A B C D E F G H I J K L M N O P Q R S T U V W X Y Z

🔊 Track 1130

dis•clo•sure [dɪsˈkloʒɚ] .... 英中 六級

名 暴露、揭發

- The reporter made **disclosure** of this singer's privacy.
  那篇報導揭露了這名歌手的隱私。

dis•com•fort [dɪsˈkʌmfɚt] 英中 六級

名 不安、不自在
動 使不安、使不自在

- Women may a little **discomfort** for a few days after delivery.
  女人在分娩後會有幾天身體不適。

dis•creet [dɪˈskrit] 英中 六級

形 謹慎的、慎重的

- The old man made a **discreet** thinking and replied to her.
  那名老人慎重考慮之後，將回覆告訴了她。

dis•crim•i•na•tion [dɪˌskrɪməˈneʃən] 英中 六級

名 辨別

- In the class, the teacher explored some of the causes and impacts of racial **discrimination**.
  老師在課堂上探討種族歧視的原因及影響。

dis•grace [dɪsˈgres] 英中 六級

名 不名譽
動 羞辱

- You will **disgrace** your parents with your bad behavior.
  你糟糕的行為舉止會令你的父母蒙羞。
回 shame 羞恥

🔊 Track 1131

dis•grace•ful [dɪsˈgresfəl] 英中 六級

形 可恥的、不名譽的

- The teacher thought that their attitude in the class was absolutely **disgraceful**.
  老師認為他們在課堂上的態度十分可恥。

dis•man•tle [dɪsˈmæntḷ] 英中 六級

動 拆開、分解、扯下

- He **dismantled** his motorcycle to see why it broke down.
  他拆開他的摩托車檢查拋錨的原因。

dis•may [dɪsˈme] 英中 六級

名 恐慌、沮喪
動 狼狽、恐慌

- I was **dismayed** to discover that he's cheating on me.
  發現他對我不忠令我十分沮喪。

dis•patch [dɪˈspætʃ] 英中 六級

名 急速、快速處理
動 沮喪、發送

- Five life boats and drinking water were **dispatched** to the disaster area.
  五艘救生艇和飲用水被派送到災區。
回 send 發送

dis•pens•a•ble [dɪˈspɛnsəbḷ] 英中 六級

形 非必要的

- We can skip the **dispensable** items and then move on to the next issue.
  我們可以略過不必要的項目，然後進行下一個議題。

🔊 Track 1132

dis•perse [dɪˈspɚs] 英中 六級

動 使散開、驅散

- The police **dispersed** the crowd in front of the firing house immediately.
  警察立刻驅離了聚集在火災現場前的民眾。

dis•place [dɪsˈples] 英中 六級

動 移置、移走

- Nobody can **displace** your position in my heart.
  沒有任何人可以取代你在我心中的位置。

dis•please [dɪsˋpliz] 英中 六級

動 得罪、使不快

- I wouldn't want to do anything to **displease** her.
  我不想做任何會得罪她的事。

dis•pos•a•ble
[dɪˋspozəbl̩] 英中 六級

形 可任意使用的、免洗的

- For protecting the Earth, we should prevent the use of **disposable** chopsticks.
  為了保護地球，我們應該避免使用免洗筷。

dis•pos•al [dɪˋspozl̩] 英中 六級

名 分佈、配置

- My car was broken, so I don't have a car at my **disposal** this week.
  我的車子拋錨，所以我這個禮拜無車可用。

◀ Track 1133

dis•re•gard
[͵dɪsrɪˋgard] 英中 六級

名 蔑視、忽視
動 不理、蔑視

- He told us to **disregard** everything we'd experienced so far and start a new life.
  他要我們拋棄以往的經歷，開始全新的生活。

dis•si•dent [ˋdɪsədənt] 英中 六級

名 異議者
形 有異議的

- He is a famous **dissident** in his country.
  他在他的國家是一個很有名的異議人士。

dis•solve [dɪˋzɑlv] 英中 六級

動 使溶解

- Detergent can be **dissolved** in water.
  洗潔劑可以溶解於水中。

dis•suade [dɪˋswed] 英中 六級

動 勸阻、勸止

- Her parents tried to **dissuade** her from leaving but in vain.
  她的父母想要勸阻她不要離開卻徒勞無功。

同 discourage 勸阻

dis•tort [dɪsˋtɔrt] 英中 六級

動 曲解、扭曲

- This celebrity statement has been completely **distorted** by the media.
  這位名人發表的聲明完全被媒體扭曲了。

◀ Track 1134

dis•tract [dɪˋstrækt] 英中 六級

動 分散

- He tried to **distract** her from her studies by whistling.
  他試著吹口哨分散她對功課的注意力。

dis•trac•tion
[dɪˋstrækʃən] 英中 六級

名 分心、精神渙散、心煩不安

- The dreadful noise from outside was driving the students to **distraction**.
  從外面傳來惱人的聲音令學生分心了。

dis•trust [dɪsˋtrʌst] 英中 六級

名 不信任、不信
動 不信

- My father always shows his **distrust** to the banks.
  我父親不信任銀行。

dis•tur•bance
[dɪˋstɚbəns] 英中 六級

名 擾亂、騷亂

- I tried to sleep longer without **disturbance** at night.
  我嘗試在沒有人打擾的夜裡睡得更久。

di•verse [daɪˋvɚs] 英中 六級

形 互異的、不同的

- They have advanced many **diverse** views in the meeting.
  他們在會議裡提出很多不同的意見。

同 different 不同的

🔊 Track 1135

di•ver•si•fy [daɪˋvɚsəˏfaɪ] 英中 六級

動 使⋯多樣化

- Teachers must try to **diversify** the syllabus to attract more students.
  老師必須使課程大綱更加的多元化來吸引學生。

di•ver•sion [dəˋvɚʒən] 英中 六級

名 脫離、轉向、轉換

- Traffic **diversions** will keep a minimum traffic in this area throughout the parade.
  交通管制將會在遊行期間把此區的車流量保持在最小。

di•ver•si•ty [daɪˋvɚsətɪ] 英中 六級

名 差異處、不同點、多樣性

- A **diversity** lead to prosperity.
  多樣性來自於差異。

di•vert [dəˋvɚt] 英中 六級

動 使轉向

- The cars were forced to **divert** to another road during the festival.
  在慶典期間車輛被強迫改道。

doc•trine [ˋdɑktrɪn] 英中 六級

名 教義

- Christian broadcasters say the Fairness **Doctrine** would force them to broadcast unchristian viewpoints.
  基督教廣播電台宣稱言論公平原則，會強迫他們播放非基督教的觀點。

🔊 Track 1136

doc•u•men•ta•ry [ˏdɑkjəˋmɛntərɪ] 英中 六級

名 紀錄片
形 文件的

- They showed a **documentary** on bird communication.
  他們播放一部有關鳥類溝通的紀錄片。

dome [dom] 英中 六級

名 拱形圓屋頂、穹窿
動 覆以圓頂

- We saw a lot of **dome** churches located on Mykonos island.
  我們在（愛琴海的）米克諾斯島看到許多圓頂的教堂。

do•nate [ˋdonet] 英中 六級

動 贈與、捐贈

- The band gave a concert and **donate** the proceeds to charity.
  樂團舉辦了一場演唱會並且捐出收益給慈善團體。

同 contribute 捐獻

do•na•tion [doˋneʃən] 英中 六級

名 捐贈物、捐款

- Mike would like to make a small **donation** in his daughter's name.
  麥可想以他女兒的名義做一筆小小的捐贈。

do•nor [ˋdonɚ] 英中 六級

名 寄贈者、捐贈人

- The "Halloween blood **donor** night party" will be held tomorrow night.
  「萬聖節捐血人派對」將在明晚舉行。

🔊 Track 1137

doom [dum] 英中 六級

名 命運
動 註定

- This experiment was **doomed** to failure.
  這個實驗註定要失敗。

dos•age [ˈdosɪdʒ] .... 英中 六級

名 藥量、劑量

• "What's the **dosage**?" "One spoonful two times a day."
「藥量是多少？」「一天兩次，一次一湯匙」。

dras•tic [ˈdræstɪk] .... 英中 六級

形 激烈的、猛烈的

• This book is about how to make **drastic** change in your life.
這本書是在探討如何讓你的人生有巨大的轉變。

同 rough 劇烈的

draw•back [ˈdrɔˌbæk] .... 英中 六級

名 缺點、弊端

• The only **drawback** to the plan they advanced is its expense.
他們促進這個計劃的唯一缺點是它的費用。

drear•y [ˈdrɪərɪ] .... 英中 六級

形 陰鬱的、淒涼的

• She had spent another **dreary** day in the office.
她在辦公室度過另一個悲慘的一天。

🔊 Track 1138

driz•zle [ˈdrɪzl̩] .... 英中 六級

名 細雨、毛毛雨
動 下毛毛雨

• The weather report says that it's going to **drizzle** tomorrow.
氣象報告說明天會有毛毛雨。

同 rain 雨

drought [draʊt] .... 英中 六級

名 乾旱、久旱

• A severe **drought** has ruined the crops this year.
嚴重的乾旱已經毀了今年的農收。

du•al [ˈdjuəl] .... 英中 六級

形 成雙的、雙重的

• Many countries allow the citizens to have **dual** nationality.
許多國家不會允許國民擁有雙重國籍。

同 double 成雙的

du•bi•ous [ˈdjubɪəs] .... 英中 六級

形 曖昧的、含糊的

• I am still **dubious** about the special discount they will give.
我對於他們提供的特殊折扣始終半信半疑。

dy•na•mite [ˈdaɪnəˌmaɪt] .... 英中 六級

名 炸藥
動 爆破、炸破

• The railway line had been **dynamited** by the rebels.
鐵軌已經被反叛軍炸毀了。

同 explosive 炸藥

🔊 Track 1139

ebb [ɛb] .... 英中 六級

名 退潮
動 衰落

• The waves **ebbed** away from the shore.
浪從海岸邊退去。

ec•cen•tric [ɪkˈsɛntrɪk] .... 英中 六級

名 古怪的人
形 異常的

• She is an **eccentric** person who likes strange things.
她是一個喜歡奇怪東西的怪咖。

e•col•o•gy [ɪˋkɑlədʒɪ] 英中 六級

图 生態學

• She is a student in **ecology**.
她是一個生態學系的學生。

ec•sta•sy [ˋɛkstəsɪ] 英中 六級

图 狂喜、入迷

• He felt pure **ecstasy** when he went skydiving.
當他自由落體的時後他感到純粹的狂喜。

回 joy 歡樂

ed•i•ble [ˋɛdəbl̩] 英中 六級

形 食用的

• Are you sure those mushrooms are **edible**?
你確定那些香菇可以吃嗎？

◑ Track 1140

ed•i•to•ri•al [ˏɛdəˋtorɪəl] 英中 六級

图 社論的
形 編輯的

• They are doing research for their **editorial**.
他們正在為他們社論做研究。

e•lec•tron [ɪˋlɛktrɑn] 英中 六級

图 電子

• We're going to study about **electrons** in our science class next week.
我們下星期的科學課要上電子學。

el•i•gi•ble [ˋɛlɪdʒəbl̩] 英中 六級

形 適當的

• I hope I'll be **eligible** for the scholarship.
我希望我有獎學金資格。

e•lite [eˋlit] 英中 六級

图 精英
形 傑出的

• He thinks he is an **elite** soccer player.
他認為自己是一位傑出的足球員。

el•o•quence [ˋɛləkwəns] 英中 六級

图 雄辯

• She spoke with great **eloquence** and charm.
她說話的時候口才很好而且迷人。

◑ Track 1141

el•o•quent [ˋɛləkwənt] 英中 六級

形 辯才無礙的

• He gave an **eloquent** speech and got a standing ovation from the audience.
他發表了一場動人的演說，並且受到觀眾起立致敬。

em•bark [ɪmˋbɑrk] 英中 六級

動 從事、搭乘

• We will **embark** on our journey in a short time.
我們將會在短時間內開始我們的旅行。

em•i•grant [ˋɛməgrənt] 英中 六級

图 移民者、移出者
形 移民的、移居他國的

• I think they are recent **emigrants**.
我想他們是最近的僑居者。

回 immigrant 外來移民

em•i•grate [ˋɛməˏgret] 英中 六級

動 移居

• They would like to **emigrate** to another country.
他們想要移民到另一個國家。

em•i•gra•tion [ˏɛməˋgreʃən] 英中 六級

图 移民

• They are in the process of **emigration** to France right now.
他們現在正在辦理移民法國的手續。

em•phat•ic [ɪmˈfætɪk] .... 英中 六級

形 強調的

- He tried to be **emphatic** when giving the instructions.
  在給予指示的時候，他試著加強語氣。

en•act [ɪnˈækt] .... 英中 六級

動 制定

- A new bill was **enacted** last week.
  一個新法案上週被頒佈。

en•act•ment
[ɪnˈæktmənt] .... 英中 六級

名 法規

- The **enactment** will help the homeless to find a job and a place to stay.
  這個法規可以幫助無家可歸的人找到工作，及住的地方。

en•clo•sure
[ɪnˈkloʒɚ] .... 英中 六級

名 圍住

- The house is in an **enclosure** of fences.
  這房子被籬笆圍住。

**en•cy•clo•pe•di•a /
en•cy•clo•pae•di•a**
[ɪnˈsaɪkləˈpidɪə] .... 英中 六級

名 百科全書

- We bought a set of **encyclopedia** for the children.
  我們買了一套百科全書給小孩。

en•dur•ance
[ɪnˈdjurəns] .... 英中 六級

名 耐力

- You need to have a lot of **endurance** to be a long distance runner.
  要成為一位長跑選手，你需要有大量的耐力。

en•hance [ɪnˈhæns] .... 英中 六級

動 提高、增強

- The sugar **enhances** the flavor of the tea.
  糖提升了茶的滋味。

同 improve 提高、增進

en•hance•ment
[ɪnˈhænsmənt] .... 英中 六級

名 增進

- They are going to take energy **enhancement** pills before the race.
  他們將會在比賽前吃活力增強錠。

en•light•en [ɪnˈlaɪtn̩] .... 英中 六級

動 啟發

- Please **enlighten** me with your knowledge.
  請用你的知識啟發我。

en•light•en•ment
[ɪnˈlaɪtn̩mənt] .... 英中 六級

名 文明

- He has attained **enlightenment** from his decades of practice.
  他從他幾十年的實踐中獲得啟蒙。

en•rich [ɪnˈrɪtʃ] .... 英中 六級

動 使富有

- You can **enrich** yourself with knowledge by going back to school.
  你可以藉由回到學校讀書使你自己更佳的充滿知識。

en•rich•ment
[ɪnˈrɪtʃmənt] .... 英中 六級

名 豐富

- We pursue life **enrichment**.
  我們追求豐富充實的生活。

A B C D **E** F G H I J K L M N O P Q R S T U V W X Y Z

ep•i•dem•ic
[ˌɛpəˈdɛmɪk]............... 英中 六級

名 傳染病
形 流行的

- This is an **epidemic**, so we need to get vaccinations.
  這是傳染病,所以我們必須接種疫苗。

ep•i•sode [ˈɛpəˌsod]............... 英中 六級

名 插曲、情節

- I've watched every single **episode** of that show.
  我已經看過那個故事裡的每一段情節。

EQ / e•mo•tion•al quo•tient / e•mo•tion•al in•tel•li•gent [i kju] / [ɪˈmoʃən̩ ˈkwoʃənt] / [ɪˈmoʃən̩ ɪnˈtɛlədʒənt]............... 英中 六級

名 情緒智商

- His **EQ** is quite low, and he cannot handle stress well.
  他的情緒商數很低,他無法好好的處理壓力。

🔊 Track 1145

e•qua•tion [ɪˈkweʒən] .... 英中 六級

名 相等

- I can't figure out the **equation**.
  我沒有辦法解出這個方程式。

e•quiv•a•lent [ɪˈkwɪvələnt]............... 英中 六級

名 相等物、同等
形 相當的

- She is the **equivalent** of her mother.
  她跟她母親一模一樣。

e•rode [ɪˈrod]............... 英中 六級

動 蝕

- The wall is slowly **eroding** away due to negligence.
  由於疏於照料,這牆漸漸的侵蝕不見。

e•rup•tion [ɪˈrʌpʃən]............... 英中 六級

名 爆發

- The volcanic **eruption** was loud and violent.
  火山爆發是很大聲且劇烈的。

es•ca•late [ˈɛskəˌlet]............... 英中 六級

動 擴大、延長

- The problem seemed to **escalate** as the police arrived.
  當警察趕到時,問題似乎擴大了。

🔊 Track 1146

es•sence [ˈɛsn̩s]............... 英中 六級

名 本質

- This essential oil is made from the **essence** of roses.
  這罐精華露是由玫瑰精油做的。

e•ter•ni•ty [ɪˈtɜnətɪ]............... 英中 六級

名 永遠、永恆

- I wish this moment could last for **eternity**.
  我希望這一刻可以成為永恆。

e•thi•cal [ˈɛθɪkl̩]............... 英中 六級

形 道德的

- I'm an advocate of **ethical** treatment of animals.
  我是人道對待動物的提倡者。

eth•nic [ˈɛθnɪk]............... 英中 六級

名 少數民族的成員
形 人種的、民族的

- They are from the same **ethnic** group.
  他們是同一族的少數民族。

e•vac•u•ate [ɪˈvækjuˌet]......... 英中 六級

動 撤離

- We had to **evacuate** from our homes because of the mudslide.
  因為土石流我們必須撤離家園。

同 leave 離開

🔊 Track 1147

ev•o•lu•tion [ɛvəˈluʃən] .... 英中 六級

名 發展

• The **evolution** of mankind is continuous.
人類的演化是持續進行的。

e•volve [ɪˈvɑlv].................... 英中 六級

動 演化

• We as humans are constantly **evolving**.
我們人類是不停在演化的。
同 develop 發展

ex•cerpt [ˈɛksɝpt] .... 英中 六級

名 摘錄

• I'll take an **excerpt** from the book and read it to you.
我會從書上做些摘錄，然後讀給你聽。

ex•ces•sive [ɪkˈsɛsɪv] .... 英中 六級

形 過度的

• You've brought an **excessive** amount of food.
你已經帶太多的食物了。

ex•clu•sive [ɪkˈsklusɪv] .... 英中 六級

形 唯一的、排外的、獨家的

• This is an **exclusive** club, and only members can come in.
這是一家會員制的俱樂部，只有會員可已進入。

🔊 Track 1148

ex•e•cu•tion [ɛksɪˈkjuʃən] .... 英中 六級

名 實行

• It's exciting to talk about an ideal plan, but the **execution** may be difficult.
談論理想計劃令人興奮，但執行可能很困難。

ex•ert [ɪgˈzɝt] .... 英中 六級

動 運用、盡力

• Try to **exert** as much force as you can.
試著運用你最大的力氣。
同 employ 利用

ex•ot•ic [ɛgˈzɑtɪk] .... 英中 六級

名 舶來品
形 外來的

• He gives his food an **exotic** flavor by blending flavors together.
他給他的食物加上異國風味藉著灑上不同的調味料。

ex•pe•di•tion [ɛkspɪˈdɪʃən] .... 英中 六級

名 探險、遠征

• They are preparing to go on an **expedition**.
他們準備要踏上探險。

ex•pel [ɪkˈspɛl] .... 英中 六級

動 逐出

• The students were **expelled** from school for their bad behavior.
這些學生因為壞行為被退學。

🔊 Track 1149

ex•per•tise [ɛkspɚˈtiz] .... 英中 六級

名 專門知識

• What is your area of **expertise**?
你的專門領域是什麼？

ex•pi•ra•tion [ɛkspəˈreʃən] .... 英中 六級

名 終結

• What is the **expiration** date for the cookies?
這些餅乾什麼時候到期？

ex•pire [ɪk'spaɪr] 英中 六級

動 終止

- This coupon will **expire** in 2 days.
  這個折價卷再 2 天就到期了。

ex•plic•it [ɪk'splɪsɪt] 英中 六級

形 明確的

- There are **explicit** instructions in this manual.
  使用手冊裡面有明確的指示。

ex•ploit ['ɛksplɔɪt] 英中 六級

名 功績
動 利用

- This book is about the **exploits** of the poor children.
  這本書是在說貧困兒童的功績。

🔊 Track 1150

ex•plo•ra•tion [ˌɛksplə'reʃən] 英中 六級

名 探測

- I read chronicles of their **exploration** in the new land.
  我讀他們在新土地上的探勘記錄。

ex•qui•site ['ɛkskwɪzɪt] 英中 六級

形 精巧的

- Jamie likes that **exquisite** artifact, so I bought it for him.
  傑米喜歡那個精巧的手工藝品，所以我買來送他。

ex•tract [ɪk'strækt] 英中 六級

名 摘錄
動 引出、源出

- I'll give it to you a compressed folder, and you'll need to **extract** the files yourself.
  我會給你一個壓縮檔，你需要自己解壓縮。

extra•curricular [ˌɛkstrəkə'rɪkjələ] 英中 六級

形 課外的

- They always take part in **extracurricular** activities during the school year.
  她總是在學年中參加課外活動。

eye•sight ['aɪˌsaɪt] 英中 六級

名 視力

- My **eyesight** has deteriorated due to prolonged periods of staring at the computer screen.
  由於長時間盯著電腦，我的視力已經惡化。

🔊 Track 1151

fa•bu•lous ['fæbjələs] 英中 六級

形 棒的、神話中的

- This cake is absolutely **fabulous**! You must share the recipe with me.
  這個蛋糕簡直太棒了！你一定要給我食譜。
- 同 marvelous 不可思議的

fa•cil•i•tate [fə'sɪləˌtet] 英中 六級

動 利於、使容易

- Internet **facilitates** the exchange of information.
  網路促進了資訊的交流。
- 同 assist 促進

fac•tion ['fækʃən] 英中 六級

名 黨派、當中之派系

- We are a **faction** of a large corporation.
  我們是一個大公司當中的派系。

fac•ul•ty ['fækḷtɪ] 英中 六級

名 全體教員、系所

- He is applying for a job in the **faculty** of Architecture.
  他正在申請建築系的教職。

fa•mil•i•ar•i•ty
[fəˌmɪlɪˋærətɪ]............................ 英中 六級

名 熟悉、親密、精通

• They already know each other, hence the **familiarity**.
他們已經認識對方，因此熟悉。

🔊 Track 1152

fam•ine [ˋfæmɪn]...................... 英中 六級

名 饑荒、饑饉、缺乏

• There are some countries that suffer from **famine** this day.
今天仍然有很多國家飽受飢荒之苦。

同 starvation 飢餓

fas•ci•na•tion
[ˌfæsəˋneʃən] .... 英中 六級

名 迷惑、魅力、魅惑

• My son has a **fascination** with anything that has wheels.
我兒子對任何有輪子的事物感興趣。

fea•si•ble [ˋfizəbl̩] .... 英中 六級

形 可實行的、可能的

• We won't know if the new plan is **feasible** unless we implement it.
我們不會知道一個計劃是否可行，除非我們去執行它。

fed•er•a•tion
[ˌfɛdəˋreʃən] .... 英中 六級

名 聯合、同盟、聯邦政府

• All of the states formed a **federation**.
所有的州組成一個聯邦。

feed•back
[ˋfidˌbæk]................................... 英中 八級

名 回饋

• I need some **feedback** from everyone about the new dish on the menu.
我需要你們針對菜單上的新菜給我一點意見回饋。

同 response 反應

🔊 Track 1153

fer•til•i•ty [fɝˋtɪlətɪ]............... 英中 六級

名 肥沃、多產、繁殖力

• The **fertility** rate has dropped recently.
生育率最近下降了。

fi•del•i•ty [fɪˋdɛlətɪ]................. 英中 六級

名 忠實、精準度、誠實

• He showed great **fidelity** towards his parents.
他表現出對他父母的忠誠。

同 faith 誠實

fire•proof [ˋfaɪrˌpruf]............... 英中 六級

形 耐火的、防火的

• The safety box is **fireproof**.
這個保險箱是防火的。

flare [flɛr]................................ 英中 六級

名 閃光、燃燒
動 搖曳、閃亮、發怒

• The scientists observed the largest solar **flare** in twenty years.
科學家觀察到二十年來最大的太陽閃焰。

fleet [flit] .... 英中 六級

名 船隊、艦隊

• I saw a **fleet** of ships off in the distance.
我看到一個艦隊，在遠距之外。

同 group 空軍大隊

🔊 Track 1154

flick•er [ˋflɪkɚ]........................ 英中 六級

名 閃耀
動 飄揚、震動

• I saw a **flicker** in his eyes when he lied to me.
當他對我說謊時，我看見他眼神閃爍。

fling [flɪŋ]........................ 英中 六級

名 投、猛衝
動 投擲、踢、跳躍

• He **flung** the ball high and far for the dog to catch.
他把球踢得又高又遠讓小狗去撿。

flu•id [ˈfluɪd]..................... 英中 六級

名 流體
形 流質的

• The dark **fluid** indicates that you added a wrong ingredient in the mixture.
黑色的液體顯示你在混合的時候加錯了成分。

反 solid 固體

flut•ter [ˈflʌtɚ]................... 英中 六級

名 心亂、不安
動 拍翅、飄動

• She felt a **flutter** in her heart when his hand grazed hers.
當他的手輕觸她的手，她感到一陣心亂。

fore•see [forˈsi]................. 英中 六級

動 預知、看穿

• The fortune-teller claims to be able to **foresee** the future.
算命師宣稱可以預知未來。

🔊 Track 1155

for•mi•da•ble
[ˈfɔrmɪdəbl]......................... 英中 六級

形 可怕的、難應付的

• The weather forecaster said **formidable** weather conditions will be expected.
天氣預報說今天的天氣會很糟糕。

for•mu•late [ˈfɔrmjəˌlet]......... 英中 六級

動 明確的陳述、用公式表示

• I would like to **formulate** a plan for the upcoming vacation.
我想為接下來的假期制訂一個計劃。

同 define 使明確

for•sake [fɚˈsek]................. 英中 六級

動 拋棄、放棄、捨棄

• I am going to **forsake** the pay because I just can't finish it.
我打算要放棄稿費，因為我根本做不完。

同 abandon 拋棄

forth•com•ing
[ˌforθˈkʌmɪŋ]...................... 英中 六級

形 不久就要來的、下一次的

• She has a **forthcoming** talk to share details of her private life.
她即將要舉行一個關於自己私人生活細節的會談。

for•ti•fy [ˈfɔrtəˌfaɪ]............... 英中 六級

動 加固、強化工事

• We will try to **fortify** the foundation with cement.
他將會用水泥來加強地基。

🔊 Track 1156

fos•ter [ˈfɔstɚ]................... 英中 六級

動 養育、收養
形 收養的

• We're going to **foster** a dog for our son.
我們將要為了我們的兒子領養一隻狗。

frac•ture [ˈfræktʃɚ]............... 英中 六級

名 破碎、骨折
動 挫傷、破碎

• There was a slight **fracture** in his bone; it was nothing too bad.
他的骨頭只有輕微的骨折，並沒有太嚴重。

同 crack 破裂

frag•ile [ˈfrædʒəl]................ 英中 六級

形 脆的、易碎的

• These glasses are extremely **fragile**, so please handle them with care.
這些玻璃非常易碎請小心處理它們。

frag·ment [ˈfrægmənt].......... 英中 六級

名 破片、碎片
動 裂成碎片

- The picture looks **fragment**, we're going to have to take another one.
  這件作品看起來並未完成，我們將要拿另一個。

frail [frel]................................. 英中 六級

形 脆弱的、虛弱的

- She looked so thin and **frail** laying there in the hospital bed.
  她躺在醫院的病床上看起來又瘦又虛弱。

同 weak 虛弱的

🔊 Track 1157

fraud [frɔd]............................... 英中 六級

名 欺騙、詐欺

- He was imprisoned for **fraud**.
  他因詐欺而被監禁。

freak [frik]................................ 英中 六級

名 怪胎、異想天開
形 怪異的

- He is not a **freak**; he's just eccentric.
  他不是怪胎只是比較偏執。

fret [frɛt]................................... 英中 六級

動 煩躁、焦慮

- Please don't **fret**, we will help you solve the problem.
  請不要焦慮，我們會幫助你解決問題。

fric·tion [ˈfrɪkʃən].................... 英中 六級

名 摩擦、衝突

- The **friction** caused sparks and created a fire.
  摩擦產生火花而起火。

同 conflict 衝突

Gg ⬇

gal·ax·y [ˈgæləksɪ]................ 英中 六級

名 星雲、星系

- The stars in the **galaxy** shined brightly.
  星系裡的星星明亮的閃爍。

🔊 Track 1158

gen·er·a·lize [ˈdʒɛnərəˌlaɪz]............................ 英中 六級

動 歸納

- She **generalizes** everything she encounters.
  她歸納她所遇到的一切。

同 universalize 普遍化
反 specialize 限定、特指

gen·er·ate [ˈdʒɛnəˌret].......... 英中 六級

動 產生、引起

- We would like to **generate** more revenue this quarter than last quarter.
  我們想在這季創造比上季更多的收入。

同 produce 生產、出產

gen·er·a·tor [ˈdʒɛnəˌretə]............................ 英中 六級

名 創始者、產生者

- The **generator** gave off a low humming sound.
  發電機發出了低沉的嗡嗡聲。

ge·net·ic [dʒəˈnɛtɪk]............... 英中 六級

形 遺傳學的

- His skin problem is a **genetic** disorder.
  他的皮膚問題是遺傳疾病。

ge·net·ics [dʒəˈnɛtɪks].......... 英中 六級

名 遺傳學

- He is involved in the study of **genetics**.
  他參與了遺傳學的研究。

🔊 Track 1159

glam•our [`glæmɚ`] 英中 六級

名 魅力

- She added a **glamour** by wearing a pink dress.
  她穿了一件粉紅洋裝，更添了她的魅力。

glass•ware [`glæs,wɛr`] 英中 六級

名 玻璃製品、玻璃器皿

- The boutique sold luxury **glassware** and other home decorations.
  這家精品店販售高級玻璃器皿和家飾。

glis•ten [`glɪsn̩`] 英中 六級

動 閃耀、閃爍

- The shiny new car **glistened** under the summer sun.
  擦亮的新車在太陽下閃耀著。

同 sparkle 發火花、閃耀

gloom•y [`glumɪ`] 英中 六級

形 幽暗的、暗淡的

- The sky is **gloomy** today, and it looks like it might rain.
  天空今天很暗淡，看起來今天會下雨。

同 dismal 陰暗的、陰沉的
反 pleasant 令人愉快的

GMO / ge•net•i•cal•ly mod•i•fied or•gan•ism [dʒə`nɛtɪklɪ `mɑdə,faɪd `ɔrgə,nɪzm̩] 英中 六級

名 基因改造生物

- There is a lot of research being done on **GMOs** now due to mass consumption of foods.
  由於大量的食品消耗，現在有很多關於基因改造食物的研究。

🔊 Track 1160

graph [græf] 英中 六級

名 曲線圖、圖表
動 圖解

- They used **graphs** to compare the number of sales between this year and last year.
  他們利用圖表來比較今年和去年的銷售額。

graph•ic [`græfɪk`] 英中 六級

形 圖解的

- This movie is very **graphic** and suitable for young viewers.
  這部電影很生動很適合年輕觀眾。

同 pictorial 用圖表示的

grill [grɪl] 英中 六級

名 烤架
動 烤

- John put the meat on the **grill** before the guests arrived.
  約翰在客人來之前把肉放到烤肉架上。

同 broil 烤

gro•cer [`grosɚ`] 英中 六級

名 雜貨商

- The **grocer** only sells organic produces from local farms.
  這位雜貨商只賣當地農場的有機農產品。

grope [grop] 英中 六級

名 摸索
動 摸索找尋

- He **groped** in the dark for the phone in the middle of the night.
  他在午夜黑暗中尋找電話。

🔊 Track 1161

guer•ril•la [gə`rɪlə`] 英中 六級

名 非正規的軍隊、游擊隊

- The **guerilla** groups hid in the lush jungles.
  游擊隊躲在濃密的叢林裡。

同 soldier 軍人

Hh

hab•it•at [ˈhæbəˌtæt] .... 英中 六級

名 棲息地

- The natural **habitat** was preserved for the well-being of the animals.
  為了動物的好，天然的棲息地被保存。

同 environment 自然環境、生態環境

hack [hæk] .... 英中 六級

動 割、劈、砍

- The hacker **hacked** into the highly secured system.
  駭客駭進了高安全層級的系統。

同 sever 斷、裂開

hack•er [ˈhækɚ] .... 英中 六級

名 駭客

- Some companies hire **hackers** to spy on other companies.
  有一些公司雇用駭客來刺探其他家公司。

hail [hel] .... 英中 六級

名 歡呼、冰雹
動 歡呼

- The children cupped their hands to catch the **hail** falling from the sky.
  小朋友把手弄成碗狀來接住天上掉下來的冰雹。

同 cheer 歡呼

🔊 Track 1162

ha•rass [ˈhærəs] .... 英中 六級

動 不斷地困擾

- He constantly **harassed** the woman, and she got a restraining order against him.
  他不斷的騷擾她，然後她就申請了保護令來對付他。

同 bother 打擾

ha•rass•ment [ˈhærəsmənt] .... 英中 六級

名 煩惱、侵擾

- Suzy filed for sexual **harassment** against her co-worker who made advances on her.
  蘇西提起性騷擾訴訟來對付那個對她有踰矩動作的同事。

haz•ard [ˈhæzəd] .... 英中 六級

名 偶然、危險
動 冒險、受傷害

- Smoking is a health **hazard** and a bad habit.
  抽菸是健康的傷害同時也是一個壞習慣。

同 venture 冒險
反 security 安全

hem•i•sphere [ˈhɛməsˌfɪr] .... 英中 六級

名 半球體、半球

- We live in the western **hemisphere**.
  我們住在西半球。

here•af•ter [hɪrˈæftə] .... 英中 六級

名 來世
動 隨後、從此以後

- The woman really believed in life in the **hereafter**.
  這個女人真的相信會有來世。

🔊 Track 1163

her•i•tage [ˈhɛrətɪdʒ] .... 英中 六級

名 遺產

- This piece of land is a part of **heritage** from his grandmother.
  這塊地是他祖母所留下遺產的一部分。

同 heredity 遺傳

he•ro•in [ˈhɛroˌɪn] .... 英中 六級

名 海洛因

- **Heroin** is a highly addictive drug.
  海洛因是高度成癮性的毒品。

A B C D E F G **H** I J K L M N O P Q R S T U V W X Y Z

high•light [ˈhaɪˌlaɪt] 英中 六級
名 精彩場面
動 使顯著、強調
• It is important to **highlight** the main points of what you read.
畫出你讀的東西的重點是很重要的。
同 emphasize 強調

hon•or•ar•y [ˈɑnəˌrɛrɪ] 英中 六級
形 榮譽的
• Olivia will be the **honorary** judge during the competition.
奧利維亞將會在比賽中擔任榮譽評審。

hor•mone [ˈhɔrmon] 英中 六級
名 荷爾蒙
• **Hormones** may make people in teenage years feel awkward.
賀爾蒙使青少年陷入尷尬。

🔊 Track 1164

.hos•pi•ta•ble [ˈhɑspɪtəbl] 英中 六級
形 善於待客的
• Martha is very **hospitable**, and he is the perfect host for the party.
瑪莎是一個很好客的人，也是一個完美的派對主人。
同 generous 慷慨的

hos•pi•tal•i•ty [ˌhɑspɪˈtæləti] 英中 六級
名 款待、好客
• He showed great **hospitality** toward the guests and they were felt very comfortable in his house.
他對客人展現出極大的熱情，使他們覺得在他家非常舒服。
同 entertainment 招待、款待

hos•pi•tal•ize [ˈhɑspɪtəˌlaɪz] 英中 六級
動 使入院治療
• Both victims of the accident have been **hospitalized**.
意外中受傷的兩人都住院接受治療。

hos•til•i•ty [hɑsˈtɪləti] 英中 六級
名 敵意
• The country expressed **hostility** against its enemy forces that entered its waters.
該國對進入其管轄水域的敵國軍隊表示出敵意。
反 amity 和睦、親善

hu•man•i•tar•i•an [hjuˌmænəˈtɛriən] 英中 六級
名 人道主義者、博愛
形 人道主義的
• The victims of the earthquake were given **humanitarian** aids during a few days after the disaster.
在災難後的幾天，地震的受害者接受了人道援助。

🔊 Track 1165

hu•mil•i•ate [hjuˈmɪliˌet] 英中 六級
動 侮辱、羞辱
• She felt **humiliated** when her boss berated her in front of her colleagues.
當她的老闆在同事面前臭罵她時，她感到羞辱。
同 embarrass 窘迫

hunch [hʌntʃ] 英中 六級
名 預感、瘤
動 突出、弓起背部
• I have a **hunch** that Nancy will give birth to a baby boy.
我有預感南西將要生小男孩了。
同 bump 凸塊

hur•dle [ˈhɝdḷ] .... 英中 六級

名 障礙物、跨欄
動 跳過障礙

- The runners jumped over the **hurdles** without tipping them over during the track meet.
  跑者在賽跑過程中跳過跨欄沒有撞倒它們。

同 obstacle 障礙物

hy•giene [ˈhaɪdʒin] .... 英中 六級

名 衛生學、衛生

- Personal **hygiene** is very important in maintaining a healthy body.
  要保持健康，個人衛生是很重要的。

hy•poc•ri•sy [hɪˈpɑkrəsɪ] .... 英中 六級

名 偽善、虛偽

- I am disgusted by her **hypocrisy** of telling you not to cheat when she cheated herself.
  她這麼虛偽，叫你不要作弊自己卻作弊，太噁心了。

🔊 Track 1166

hyp•o•crite [ˈhɪpəkrɪt] .... 英中 六級

名 偽君子

- Bob is a **hypocrite** because he cheated on his ex-wife.
  鮑伯是個偽君子，因為他背叛他的前妻。

同 pretender 偽善者

hys•ter•i•cal [hɪsˈtɛrɪkḷ] .... 英中 六級

形 歇斯底里的

- She was **hysterical** when she learned about her son's death.
  當她聽到她兒子死的消息時她歇斯底里。

同 upset 心煩的

il•lu•mi•nate [ɪˈlumənet] .... 英中 六級

動 照明、點亮、啟發

- The light **illuminated** the glitter in her eyes.
  燈光點亮了她眼中的閃爍。

同 brighten 明亮

il•lu•sion [ɪˈljuʒən] .... 英中 六級

名 錯覺、幻覺

- The magician is in the art of creating **illusions** to deceive the audience.
  魔術師是一種創造幻覺的藝術來欺瞞觀眾。

同 deception 被騙

im•mune [ɪˈmjun] .... 英中 六級

形 免除的

- I seem to **immune** to colds.
  我好像對感冒免疫。

同 resistant 抵抗的

🔊 Track 1167

im•per•a•tive [ɪmˈpɛrətɪv] .... 英中 六級

名 命令
形 絕對必要的

- Learning these skills is **imperative** of your survival in this business.
  學習這些技能是你在這行生存該做的事。

同 necessary 必要的

im•ple•ment [ˈɪmpləmənt] .... 英中 六級

名 工具
動 施行

- The changes to the national economy policy will be **implemented**.
  經濟政策的改革即將被施行。

同 utensil 器皿、用具

A B C D E F G H **I** J K L M N O P Q R S T U V W X Y Z

im·pli·ca·tion
[ˌɪmplɪˋkeʃən] .... 英中 六級

名 暗示

• I didn't gather the **implications** of his remark.
我猜不到他那番話的含意。

同 intention 意圖

im·plic·it [ɪmˋplɪsɪt] .... 英中 六級

形 含蓄的、不表明的

• The statement was **implicit**, but he meant that he would do it.
雖然表達得很含蓄，但是他的意思是他會去做。

反 explicit 明確的

im·pos·ing [ɪmˋpozɪŋ] .... 英中 六級

形 顯眼的

• The **imposing** painting upon entrance of the house was mesmerizing.
那張掛在房子入口顯眼的畫相當使人入迷。

同 impressive 威嚴的

🔊 Track 1168

im·pris·on [ɪmˋprɪzn̩] .... 英中 六級

動 禁閉

• It seems that he will be **imprisoned** for life without parole.
他似乎會被終生關起來，且不得假釋。

同 incarcerate 監禁

im·pris·on·ment [ɪmˋprɪzn̩mənt]
.... 英中 六級

名 坐牢

• His sentence is life **imprisonment** for the crimes he committed.
他因他犯下的罪被判終生監禁。

in·cen·tive
[ɪnˋsɛntɪv] .... 英中 六級

名 刺激、誘因
形 刺激的

• My company usually gives pretty good **incentives** if you perform well.
如果你表現得好，我們公司通常都會給不錯的獎勵。

同 motive 動機

in·ci·den·tal
[ˌɪnsəˋdɛntl̩] .... 英中 六級

形 臨時發生的

• This was purely **incidental**, and had nothing to do with the case.
這完全是臨時發生的，和這件事沒有關係。

in·cline
[ɪnˋklaɪn] / [ˋɪnklaɪn] .... 英中 六級

動 傾向　名 傾斜面

• The hill had a steep **incline**, and my calves were sore when we reached the top.
那座山有個急坡，當我們到達山頂時我的牛兒們很累。

同 lean 傾向、傾斜

🔊 Track 1169

in·clu·sive [ɪnˋklusɪv] .... 英中 六級

形 包含在內的

• This camera comes **inclusive** of batteries and a charger.
這台照相機買來就附有電池和充電器。

反 exclusive 排外的

in·dig·na·tion
[ˌɪndɪgˋneʃən] .... 英中 六級

名 憤怒

• His **indignation** was obvious when they used his work without giving him the credit he deserved.
當他們使用了他的作品，卻沒有引用他的名字，他非常憤怒。

同 anger 憤怒

in·ev·i·ta·ble
[ɪnˋɛvətəbḷ].................................. 英中 六級

形 不可避免的

- Our departure from each other is **inevitable**, so let's cherish the time we have together.
  我們離開彼此是不可避免的，就讓我們珍惜相處的時光。

同 destined 注定的
反 avoidable 可避免的

in·fec·tious
[ɪnˋfɛkʃəs].................................. 英中 六級

形 能傳染的

- His laugh was **infectious**, and soon the whole room was laughing with him.
  他的笑聲是能感染其他人的，很快地整個房間的人都跟著他笑了。

同 contagious 接觸性傳染的

in·fer [ɪnˋfɚ] .... 英中 六級

動 推斷、推理

- Are you **inferring** that I don't know what I'm doing?
  你是在斷論說我不知道我自己在幹嘛嗎？

同 suppose 假定、猜想

🔊 Track 1170

in·fer·ence
[ˋɪnfərəns].................................. 英中 六級

名 推理

- He drew the **inference** from the data and evidence that Sally was the one who did it.
  他從數據和證據構思出一個推理，莎拉就是那個做這件事的人。

in·gen·ious
[ɪnˋdʒinjəs].................................. 英中 六級

形 巧妙的

- She is one of the most **ingenious** designers in our company.
  她是我們公司其中一位最聰明的設計師。

同 proficient 精通的

in·ge·nu·i·ty
[ˌɪndʒəˋnuətɪ].................................. 英中 六級

名 發明才能

- The sheer **ingenuity** of this design is brilliant.
  這個設計的巧妙之處實在是太出色了。

同 cleverness 聰明、靈巧

in·hab·it
[ɪnˋhæbɪt].................................. 英中 六級

動 居住

- He is **inhabiting** the house that his parents left him.
  他住在這個父母留給他的房子裡。

同 occupy 住

in·hab·it·ant
[ɪnˋhæbətənt].................................. 英中 六級

名 居民

- Humans and animals are **inhabitants** of the planet Earth.
  人類和動物是地球上的居民。

🔊 Track 1171

in·her·ent [ɪnˋhɪrənt] .... 英中 六級

形 天生的

- It is **inherent** in human beings to have instinct to survive.
  人類能夠有生存直覺是天生的。

同 internal 固有的、本質的

i·ni·ti·a·tive [ɪˋnɪʃətɪv] .... 英中 六級

名 倡導
形 率先的

- He shows **initiative** spirit when he is conducting meetings.
  當他指導會議時，他展現出積極的精神。

同 enterprise 冒險精神

in·ject [ɪnˋdʒɛkt] .... 英中 六級

動 注入

- The doctor **injected** her with some painkillers.
  醫生替她注射一些止痛藥。

同 fill 填滿

A B C D E F G H **I** J K L M N O P Q R S T U V W X Y Z

in·jec·tion [ɪnˈdʒɛkʃən] 英中 六級
名 注射

• The **injection** made her feel a little nauseous.
注射劑使她感到有一點噁心。

in·jus·tice [ɪnˈdʒʌstɪs] 英中 六級
名 不公平

• She struggled against every **injustice**.
她和一切不公平的行為鬥爭。

反 justice 公平

Track 1172

in·no·va·tion [ˌɪnəˈveʃən] 英中 六級
名 革新

• We see **innovations** now that would have been unimaginable in the past.
我們遇見一個以前從未想像過的革新。

in·no·va·tive [ˈɪnoˌvetɪv] 英中 六級
形 創新的

• The **innovative** designs of the cars are all just concepts at this stage.
這些創新的車子設計還在概念階段。

in·quir·y [ɪnˈkwaɪrɪ] 英中 六級
名 詢問、調查

• The detective made an **inquiry** about her background.
這個偵探調查了她的背景。

同 research 調查

in·sight [ˈɪnˌsaɪt] 英中 六級
名 洞察

• I would like to gain more **insight** on the topic, so I'm going to take a course on it next semester.
我想要更深入了解這個主題，所以我下學期要選這門課。

同 wisdom 學問、學識

in·sis·tence [ɪnˈsɪstəns] 英中 六級
名 堅持

• Upon his **insistence**, I bought the expensive digital camera.
由於他的堅持，我買了一個昂貴的數位相機。

Track 1173

in·stal·la·tion [ˌɪnstəˈleʃən] 英中 六級
名 就任、裝置

• The complicated stereo **installation** took about 3 hours.
複雜的立體音響安裝花了三小時。

in·stall·ment [ɪnˈstɔlmənt] 英中 六級
名 分期付款

• You can pay for it with 12 monthly **installments**.
你可以用 12 期的分期付款買它。

同 earnest 定金、保證金

in·sti·tu·tion [ˌɪnstəˈtjuʃən] 英中 六級
名 團體、機構

• This educational **institution** was established in 1895.
這個教育機構創立於 1895 年。

同 establishment 建立、創立

in·tact [ɪnˈtækt] 英中 六級
形 原封不動的

• His car was still **intact** when the police reached the scene, but they saw blood stains on the floor.
當警察到現場時，他的車還在原地，但他們看到地上有血跡。

同 whole 完整無缺的

in•te•grate [`ɪntəˌgret`] 英中 六級

動 整合

- We will **integrate** the skills we learned from last year in this year's curriculum as well.
今年的課程我們也將會整合我們去年學到的技巧。

同 equalize 使平等、相等

Track 1174

in•te•gra•tion [ˌɪntəˋgreʃən] 英中 六級

名 統合、完成

- I'm happy to see such a fine **integration**.
我很高興看到如此優秀的整合。

in•teg•ri•ty [ɪnˋtɛgrətɪ] 英中 六級

名 正直

- He has just lost all his **integrity** with that one lie.
他因為那一個謊言而失去誠信。

同 honesty 正直

in•tel•lect [`ɪntḷˌɛkt`] 英中 六級

名 理解力

- I never questioned the **intellect** of the brilliant professor.
我從來不曾質疑這個聰明教授的才華。

同 reason 推理、思考

in•ter•sec•tion [ˌɪntəˋsɛkʃən] 英中 六級

名 橫斷、交叉

- It is a major **intersection**. You won't miss it.
那是一個主要的十字路口。你不會錯過的。

in•ter•val [`ɪntəvḷ`] 英中 六級

名 間隔、休息時間

- The performers greeted the viewers in person during the **interval** of the stage play.
演員在舞臺劇中場休息時親自和觀眾打招呼。

同 break 休息

Track 1175

in•ter•vene [ˌɪntəˋvin] 英中 六級

動 介入

- It was a good thing Bill **intervened**, or else we would be in big trouble right now.
比爾的介入是件好事,不然我們現在就有大麻煩了。

同 interrupt 打斷

in•ter•ven•tion [ˌɪntəˋvɛnʃən] 英中 六級

名 介入、調停

- We need to plan an **intervention** and offer her the help she needs before it's too late.
趁還來得及,我們要趕快計劃介入這件事且提供她需要的幫助。

同 interference 干涉、干預

in•ti•ma•cy [`ɪntəməsɪ`] 英中 六級

名 親密

- You can see that they have a good relationship by the **intimacy** they share with each other.
你可以從他們之間的親密就知道他們的關係很好。

in•tim•i•date [ɪnˋtɪməˌdet] 英中 六級

動 恐嚇

- In fact, my opponent was taller and stronger than me, but he didn't **intimidate** me at all.
事實上我的對手比我更高更強,但是他並沒有嚇倒我。

同 threaten 恐嚇

A B C D E F G H **I** J K L M N O P Q R S T U V W X Y Z

in·trude [ɪnˈtrud] .... 英中 六級

動 侵入、打擾

- I didn't mean to **intrude** on you, but the door was left open, and I wanted to check if everything was ok.
  我不是故意要打擾你，因為門是開著的，所以我想要看看一切是否都沒問題。

同 interrupt 打擾、打斷

Track 1176

in·trud·er [ɪnˈtrudə] .... 英中 六級

名 侵入者

- The home owner hit the **intruder** in the head with a bat.
  房子的主人用球棒打了入侵者的頭。

in·val·u·a·ble
[ɪnˈvæljəbl] .... 英中 六級

形 無價的

- The old professor's advice is **invaluable** to me, and I will keep it in mind.
  老教授的建議對我來說是無價的，我會牢記在心裡。

同 priceless 無價的

in·ven·to·ry
[ˈɪnvənˌtorɪ] .... 英中 六級

名 物品的清單、製作目錄

- There is enough **inventory** in our warehouse for the holiday season.
  我們的倉庫裡，已經有足夠我們度過假期的存貨。

同 list 目錄、名冊

in·ves·ti·ga·tor
[ɪnˈvɛstəˌgetə] .... 英中 六級

名 調查者、研究者

- The **investigator** tried to get more leads on the case by inquiring more people.
  那個偵探藉由問更多人以找到更多關於案子的線索。

IQ / in·tel·li·gence qu·o·ti·ent
[ɪnˈtɛlədʒəns ˈkwoʃənt]
.... 英中 六級

名 智商

- Although he said he had an **IQ** of a genius, he acted like an incompetent idiot.
  儘管他說他有天才的智商，但他表現得像個無能的笨蛋。

Track 1177

i·ron·ic [aɪˈrɑnɪk] .... 英中 六級

形 譏諷的

- When could you stop being so **ironic** to people?
  你何時才能停止挖苦別人？

i·ro·ny [ˈaɪrənɪ] .... 英中 六級

名 諷刺、反諷

- The whole thing happened on me was totally an **irony**, wasn't it?
  發生在我身上的一切還真是諷刺，不是嗎？

ir·ri·ta·ble [ˈɪrətəbl] .... 英中 六級

形 暴躁的、易怒的

- He has been **irritable** recently.
  他最近一直煩躁不安。

同 mad 發狂

ir·ri·tate [ˈɪrəˌtet] .... 英中 六級

動 使生氣

- The buzzing mosquito next to his ear in the middle of the night **irritated** him greatly.
  半夜在他耳邊嗡嗡叫的蚊子使他很生氣。

同 incite 煽動

ir·ri·ta·tion
[ˌɪrəˈteʃən] .... 英中 六級

名 煩躁

- He started to show his **irritation** after he had been waiting for 20 minutes.
  在等了 20 分鐘後，他開始顯得煩躁。

🔊 Track 1178

joy•ous [ˈdʒɔɪəs] 英中 六級

形 歡喜的、高興的

- The wedding was a **joyous** occasion and everyone had a ton of fun.
  那個婚禮上充滿歡樂，每個人都玩得很開心。

同 cheerful 高興的

ker•nel [ˈkɝn!] 英中 六級

名 穀粒、籽、核心

- Some of the popcorn **kernels** did not pop completely and lay at the bottom of the bag.
  有些爆米花仁爆得不完全，躺在袋子底部。

kid•nap [ˈkɪdnæp] 英中 六級

動 綁架、勒索

- The mayor's daughter was **kidnapped** from school by a terrorist organization.
  市長的女兒被恐佈分子從學校綁架。

同 snatch 搶奪、綁架

la•ment [ləˈmɛnt] 英中 六級

名 悲痛
動 哀悼

- They **lamented** the death of the old sergeant.
  他們哀悼老警官的死亡。

同 sorrow 悲痛

la•va [ˈlɑvə] 英中 六級

名 熔岩

- The hot **lava** poured out of the volcano in a fury.
  熱岩漿猛烈地從火山傾洩而出。

🔊 Track 1179

lay•man [ˈlemən] 英中 六級

名 普通信徒

- The doctor explained the diagnosis in **layman**'s terms.
  醫生以淺白的方式解釋診斷。

lay•out [ˈleˌaʊt] 英中 六級

名 規劃、布局

- We made a **layout** of the seating chart.
  我們精心規劃座位表。

LCD / liq•uid crys•tal dis•play [ɛlsiˈdi] / [ˈlɪkwɪd ˈkrɪst! dɪˈsple] 英中 六級

名 液晶顯示器

- The Johnsons got a brand new **LCD** computer screen.
  強納森家買了全新的電腦液晶螢幕。

leg•end•ar•y [ˈlɛdʒəndˌɛrɪ] 英中 六級

形 傳說的

- Superman is a **legendary** superhero.
  超人是傳奇的英雄。

leg•is•la•tive [ˈlɛdʒɪsˌletɪv] 英中 六級

形 立法的

- He got elected as a member of the **Legislative** Yuan.
  他當選立法委員。

🔊 Track 1180

leg·is·la·tor
[ˈlɛdʒɪsˌletɚ] .... 英中 六級

名 立法者

• The **legislator** passed the bill in parliament.
立委在國會通過法案。

leg·is·la·ture
[ˈlɛdʒɪsˌletʃɚ] .... 英中 六級

名 立法院

• The **legislature** will hold a meeting this afternoon.
立法院今天下午將會舉行一場會議。

le·git·i·mate
[lɪˈdʒɪtəmɪt] .... 英中 六級

形 合法的
動 使合法

• The boy gave a **legitimate** reason for being late for school.
那男孩上學遲到有正當的理由。

length·y [ˈlɛŋθɪ] .... 英中 六級

形 漫長的

• The best man gave a **lengthy** speech at the wedding.
伴郎在婚禮上作了一個很長的演說。

li·a·ble [ˈlaɪəbl̩] .... 英中 六級

形 可能的

• Your words may be **liable** to irritate some people.
你的發言可能激怒某些人。

同 probable 可能的

🔊 Track 1181

lib·er·ate [ˈlɪbəˌret] .... 英中 六級

動 使自由

• We **liberated** the bird from its cage.
我們把鳥從籠子裡放了。

同 free 使自由

lib·er·a·tion
[ˌlɪbəˈreʃən] .... 英中 六級

名 解放

• The **liberation** army struggled for freedom in the war.
解放軍為自由而戰。

like·wise [ˈlaɪkˌwaɪz] .... 英中 六級

副 同樣地

• The dinner was great, and **likewise** the movie that followed it.
晚餐很棒,接下來的電影也一樣。

lim·ou·sine / limo
[ˈlɪmɪəˈzin] / [ˈlɪmo] .... 英中 六級

名 大型豪華轎車

• They hired a **limousine** to take them to the ball.
他們租豪華大禮車來接他們去舞會。

lin·er [ˈlaɪnɚ] .... 英中 六級

名 定期輪船、飛機

• The big ocean **liner** cruised the Caribbean Sea.
大型遠洋客輪航遊於加勒比海。

🔊 Track 1182

lin·guist [ˈlɪŋgwɪst] .... 英中 六級

名 語言學家

• The **linguist** is well versed in the English vernacular.
語言學家擅長於英文方言。

li·ter [ˈlitɚ] .... 英中 六級

名 公升

• I need to buy a **liter** of milk at the store.
我需要在店裡買一公升的牛奶。

lit·er·a·cy [ˈlɪtərəsɪ] .... 英中 六級

名 讀寫能力

• The **literacy** rate has gone up in many Third World countries.
讀寫能力在很多第三國家已經提升。

lit•er•al [ˈlɪtərəl] .... 英中 六級

形 文字的

- We discussed the poem's **literal** and figurative meanings in literature class.
  我們在文學課的時候討論詩的用字和修辭。

lit•er•ate [ˈlɪtərɪt] .... 英中 六級

名 有學識的人
形 精通文學的

- She is **literate**.
  她很有文化修養。

同 intellectual 知識分子

🔊 Track 1183

lon•gev•i•ty
[lɑnˈdʒɛvətɪ] .... 英中 六級

名 長壽

- Good nutrition and a healthy **lifestyle** bring longevity.
  充分的營養和健康的生活方式帶來長壽。

lounge [laʊndʒ] .... 英中 六級

名 交誼廳
動 閒逛

- It was a rainy day, so we decided to **lounge** in the sofa and watch movies.
  下雨了所以我們決定躺在沙發上看電影。

lu•na•tic [ˈlunəˌtɪk] .... 英中 六級

名 瘋子
形 瘋癲的

- The **lunatic** managed to escape from the mental asylum.
  瘋子設法逃離精神病院。

同 crazy 瘋的

lure [lʊr] .... 英中 六級

名 誘餌
動 誘惑

- The company attracted new investors with the **lure** of high profits.
  該公司以高額的利益誘惑新的投資者。

同 attract 吸引

lush [lʌʃ] .... 英中 六級

形 青翠的

- The horse ran through the **lush** grass in the field.
  馬奔馳過曠野裡的草地。

🔊 Track 1184

lyr•ic [ˈlɪrɪk] .... 英中 六級

名 抒情詩
形 抒情的

- He spoke to the woman in a **lyric** way.
  他用抒情的方式跟她說話。

Mm ←

mag•ni•tude
[ˈmægnəˌtjud] .... 英中 六級

名 重大（震級、強度）

- The **magnitude** of the earthquake was 7.5.
  地震的等級是 7.5 級。

ma•lar•i•a [məˈlɛrɪə] .... 英中 六級

名 瘧疾、瘴氣

- After the man was bitten by the mosquito, he suffered a bout of **malaria**.
  那個男人在被蚊子咬了以後得瘧疾而病了一場。

ma•nip•u•late
[məˈnɪpjəˌlet] .... 英中 六級

動 巧妙操縱

- The sculptor **manipulated** the clay into beautiful piece of art.
  雕塑家巧妙的把黏土雕塑成美麗的藝術品。

man•u•script
[ˈmænjəˌskrɪpt] .... 英中 六級

名 手稿、原稿

- The Declaration Independence is a well-treasured American **manuscript**.
  獨立宣言是美國珍貴的手稿。

A B C D E F G H I J K L **M** N O P Q R S T U V W X Y Z

🎧 Track 1185

mar [mɑr] .... 英中 六級

動 毀損

- The lady's face was **marred** after the failed plastic surgery.
  那位女士的臉在整形手術失敗後毀容了。

mas•sa•cre [`mæsəkɚ] .... 英中 六級

名 大屠殺
動 屠殺

- The terrorist group **massacred** the people in the village.
  恐怖組織屠殺村莊裡的人。
同 slaughter 屠殺

mas•ter•y [`mæstərɪ] .... 英中 六級

名 優勢、精通、掌握

- The actor showed his **mastery** of his skill during the performance.
  演員在表演中展現了他對技巧的掌握度。

ma•te•ri•al(ism) [mə`tɪrɪəl] / [mə`tɪrɪəlˌɪzəm] .... 英中 六級

名 材質、材料 / 唯物論

- A lot of people these days are shallow and are interested in only **material** things.
  最近有很多人很膚淺，他們唯一在乎的是物質生活。

mat•tress [`mætrɪs] .... 英中 六級

名 墊子

- While the bedroom was being renovated, we slept on just the **mattress** in the living room.
  當臥房正在翻修，我們就睡在客廳的一張墊子上。

🎧 Track 1186

mech•a•nism [`mɛkəˌnɪzəm] .... 英中 六級

名 機械裝置

- The engineer understood each **mechanism** of the machine.
  工程師了解機器的每個機械構造。
同 machine 機械

med•i•ca•tion [ˌmɛdɪ`keʃən] .... 英中 六級

名 藥物治療

- The cancer patient was given strong **medication**.
  癌症病患接受強效治療。

me•di•e•val [ˌmɪdɪ`ivəl] .... 英中 六級

形 中世紀的

- The **medieval** knights rescued the damsel in distress.
  中世紀的騎士拯救落難的少女。

med•i•tate [`mɛdəˌtet] .... 英中 六級

動 沉思

- Sandra likes to clear her head by **meditating** for half an hour each day.
  珊卓拉喜歡每天沉思半小時來使腦袋清晰。

med•i•ta•tion [`mɛdəˌteʃən] .... 英中 六級

名 熟慮

- **Meditation** requires a calm and quiet atmosphere.
  冥想需要平靜和安靜的環境。

mel•an•chol•y

[ˈmɛlənˌkɑlɪ].......................... 英中 六級

名 悲傷、憂鬱
形 悲傷的

- After the death of her father, the girl felt extreme **melancholy**.
  在她父親過世後她感到強烈的憂鬱。
同 miserable 悲慘的

mel•low [ˈmɛlo].......................... 英中 六級

動 成熟
形 成熟的

- After a long and busy day, she **mellowed** with a cup of chamomile tea.
  在漫長又辛苦的一天後，一杯甘菊茶讓她沉澱下來。

men•tal•i•ty

[mɛnˈtælətɪ].......................... 英中 六級

名 智力

- His positive **mentality** helped him face the problem without fear.
  他的正面意識幫助他免於害怕的面對恐懼。

mer•chan•dise

[ˈmɝtʃənˌdaɪz].......................... 英中 六級

名 商品
動 買賣

- All of the **merchandise** in the store was fifty percent off.
  在商店裡所有的商品都打五折。
同 product 產品

merge [mɝdʒ].......................... 英中 六級

動 合併

- Tho two lanes **merged** at the end of the highway.
  兩條路在高速公路末端合併。
同 blend 混合

met•a•phor [ˈmɛtəfɚ].......................... 英中 六級

名 隱喻

- Poems often use **metaphors** to convey feelings and ideas indirectly.
  詩總是利用隱喻來間接的傳達感受。

met•ro•pol•i•tan [ˌmɛtrəˈpɑlətn̩]

.... 英中 六級

名 都市人　形 大都市的

- The **metropolitans** were chic and cool.
  都市人既時髦又冷漠。
同 city 城市的

mi•grate [ˈmaɪgret].......................... 英中 六級

動 遷徙、移居

- The birds **migrated** south for the winter.
  鳥兒在冬天南遷。

mi•gra•tion

[maɪˈgreʃən].......................... 英中 六級

名 遷移

- The birds are in **migration** right now.
  鳥兒們現在正在遷移。

mil•i•tant [ˈmɪlətənt].......................... 英中 六級

名 好戰份子
形 好戰的

- They're **militant** protesters.
  他們是很激進的抗議者。
同 hostile 懷敵意的

mill•er [ˈmɪlɚ].......................... 英中 六級

名 磨坊主人

- The **miller** fed grain into the mill all day.
  磨坊主人整天都在把穀類放進磨碎器裡。

A B C D E F G H I J K L **M** N O P Q R S T U V W X Y Z

mim•ic
[`mɪmɪk] 英中 六級

名 模仿者
動 模仿

• He was a famous celebrity **mimic** and had his own stand-up show.
他是一個有名的名人模仿者並且擁有自己的相聲節目。

min•i•a•ture
[`mɪnɪətʃɚ] 英中 六級

名 縮圖、縮印
形 小型的

• The girl spent hours playing with her **miniature** dollhouse.
小女孩花好幾個小時玩她的迷你洋娃娃屋。

min•i•mize [`mɪnəˌmaɪz] 英中 六級

動 減到最小

• I asked the photographer to **minimize** the photo to fit the frame.
我要求攝影師把照片縮到最小以符合版面。

mi•rac•u•lous
[mə`rækjələs] 英中 六級

形 奇蹟的

• The doctor said that the patient's recovery was **miraculous**.
醫生說這個病人的康復是個奇蹟。

🔊 Track 1190

mis•chie•vous
[`mɪstʃɪvəs] 英中 六級

形 淘氣的、有害的

• The **mischievous** boy played a trick on his teacher.
調皮的男孩對他的老師惡作劇。

mis•sion•ar•y
[`mɪʃənˌɛrɪ] 英中 六級

名 傳教士
形 傳教的

• A foreign **missionary** group will set off for Italy next week.
一個外國的傳教團體下星期要出發去義大利。

mo•bi•lize
[`mobəˌlaɪz] 英中 六級

動 動員

• They will **mobilize** the troops to Iraq in a short time.
他們將會在短時間內動員軍隊去伊拉克。

mod•er•ni•za•tion [ˌmɑdənə`zeʃən]
英中 六級

名 現代化

• It is much easier to travel due to **modernization**.
由於現代化使旅行變得更加容易。

mold [mold] 英中 六級

名 鑄模
動 鑄造

• The children **molded** the clay into the shapes of animals.
孩子們把黏土捏成許多不同動物的型狀。
同 shape 塑造

🔊 Track 1191

mo•men•tum
[mo`mɛntəm] 英中 六級

名 動量

• As he rode the bike downhill, it gained **momentum**.
當他騎到下坡路段，腳踏車便獲得動能。

mo•nop•o•ly [mə`nɑplɪ] 英中 六級

名 獨佔、壟斷

• People used to say that Microsoft was a **monopoly**.
人們經常說微軟是一種壟斷。

mo•not•o•nous
[məˈnɑtənəs] .... 英中 六級

形 單調的

- He considers accounting a **monotonous** job.
  他覺得會計是單調的工作。

同 tiresome 令人厭倦的

mo•not•o•ny
[məˈnɑtənɪ] .... 英中 六級

名 單調

- The **monotony** of his daily routine needed to change.
  他每天單調的例行公事需要改變一下。

mo•rale [məˈræl] .... 英中 六級

名 士氣

- They tried to boost their **morale** by holding a team competition.
  他們試著藉由團隊競爭來增加士氣。

◀ Track 1192

mo•ral•i•ty
[mɔˈrælətɪ] .... 英中 六級

名 道德、德行

- The priest had a strong sense of **morality**.
  那位牧師有強烈的道德感。

同 character 高尚品德

mot•to [ˈmɑto] .... 英中 六級

名 座右銘

- They created a catchy **motto** for their company.
  他們替公司創造了好聽又好記的格言。

同 proverb 諺語

mourn•ful [ˈmɔrnfəl] .... 英中 六級

形 令人悲痛的

- I can tell from the woman's **mournful** expression that she is really sad.
  我可以從那女人悲痛的表情看出來，她很難過。

mouth•piece
[ˈmauθˌpis] .... 英中 六級

名 樂器吹口

- You need a **mouthpiece** if you want to play the trumpet.
  如果要吹奏小號，你會需要一個吹嘴。

mouth•piece / spokes•person / spokes•man / spokes•wo•man
[ˈmauθˌpis] / [ˈspoksˌpɜsn] / [ˈspoksmən] / [ˈspokswumən] 英中 六級

名 （電話）送話口、發言人、代言人

- Please speak into the **mouthpiece** because I can't hear you.
  請對話筒說話，因為我聽不見你說什麼。

◀ Track 1193

mu•nic•i•pal
[mjuˈnɪsəpl̩] .... 英中 六級

形 內政的

- We need to report to the **municipal** court for jury duty.
  我們必須向市立法院的陪審團負責。

mute [mjut] .... 英中 六級

名 啞巴　形 沉默的

- There was a **mute** response when mom asked if we wanted chicken for dinner.
  當媽媽問我們晚餐想不想吃雞時，我們沉默以對。

同 silent 沉默的

my•thol•o•gy
[mɪˈθɑlədʒɪ] .... 英中 六級

名 神話

- We're studying Greek **mythology** in literature class right now.
  我們正在文學課讀希臘神話。

Nn

nar•rate [næ`ret] .... 英中 六級

動 敘述、講故事

• This retired colonel **narrated** the story of his life to me in the bar.
這位退休的上校在酒吧裡跟我講他人生的故事。

同 report 報告

nar•ra•tive [`nærətɪv] .... 英中 六級

名 敘述、故事　形 敘事的

• **Narrative** poetry is poetry that has a plot.
敘述詩是有情節的詩。

● Track 1194

nar•ra•tor [næ`retə] .... 英中 六級

名 敘述者、講述者

• His work is as a **narrator** of documentary films.
他的工作是紀錄片的講者。

na•tion•al•ism [`næʃənlɪzem] .... 英中 六級

名 民族主義、國家主義

• Could you describe how **nationalism** affected Mexico?
可以請你講述一下國家主義對墨西哥的影響嗎？

nat•u•ral•ist [`næʃənlɪst] .... 英中 六級

名 自然主義者

• Darwin was the British **naturalist** who became famous for his theories of evolutions and natural selection.
達爾文是英國以進化論和物競天擇理論著名的博物學家。

na•val [`nevl] .... 英中 六級

形 有關航運的

• It's a story about how a retired **naval** officer spent the rest of his life.
這是一個有關海軍軍官如何度過餘生的故事。

同 marine 海運的

na•vel [`nevl] .... 英中 六級

名 中心點、肚臍

• I found there's a **navel** ring on her belly.
我發現她肚子上有肚臍環。

● Track 1195

nav•i•ga•tion [ˌnævəˈgeʃən] .... 英中 六級

名 航海、航空

• **Navigation** used to depend on knowledge of the positions of the stars in the past.
過去航行是依賴對星星位置的認識。

ne•go•ti•a•tion [nɪˌgoʃɪˈeʃən] .... 英中 六級

名 協商、協議

• They signed the contracts after long bilateral **negotiations**.
在漫長的雙方協商之後，他們簽署了合約。

ne•on [`niˌɑn] .... 英中 六級

名 霓虹燈

• The **neon** lights light up the city and give it a vivid atmosphere at night.
霓虹燈點亮了整個城市，並為夜晚注入生氣。

neu•tral [`njutrəl] .... 英中 六級

名 中立國
形 中立的、中立國的

• I always remain **neutral** when my parents are arguing.
當我父母吵架時我總是保持中立。

同 independent 無黨派的

newly-wed [ˈnjulɪˌwɛd] 英中 六級

名 新婚夫婦

- This hotel has a special discount rate for **newly-wed** couples.
  這家旅館對新婚夫婦有特別優惠。

Track 1196

news•cast•er / anchor•man / anchor•woman [ˈnuzkæstɚ] / [ˈæŋkəmən] / [ˈæŋkɚˌwumən] 英中 六級

名 新聞播報員

- The **newscaster** on this news channel is very professional.
  這個頻道的主播很專業。

nom•i•na•tion [ˌnɑməˈneʃən] 英中 六級

名 提名、任命

- There have been three **nominations** for the promotion.
  這次的升遷有三個人被提名。

同 selection 被挑選出的人或物

nom•i•nee [ˌnɑməˈni] 英中 六級

名 被提名的人

- The Democratic **nominee** for the presidency was Obama.
  民主黨提名的總統候選人是歐巴馬。

norm [nɔrm] 英中 六級

名 基準、規範

- We are at a time now where social **norms** have been continuously challenged.
  我們身處在一個社會規範不停被挑戰的時代。

同 criterion 準則

no•to•ri•ous [noˈtorɪəs] 英中 六級

形 聲名狼藉的

- His firm is **nortorious** for paying its bill late.
  他的公司以拖欠帳款惡名在外。

Track 1197

nour•ish [ˈnɝɪʃ] 英中 六級

動 滋養

- This baby looks so adorable and well **nourished**.
  這個嬰兒看起來好可愛而且營養充足。

nour•ish•ment [ˈnɝɪʃmənt] 英中 六級

名 營養

- Little babies obtain all the **nourishment** they need from breast milk.
  小嬰兒從母乳中攝取足夠的養分。

nui•sance [ˈnjusn̩s] 英中 六級

名 討厭的人、麻煩事

- It's such a **nuisance** having to finish so much homework.
  必須要完成這麼多功課真的很討厭。

nur•ture [ˈnɝtʃɚ] 英中 六級

名 養育、培育 動 培育、養育

- I decided to resign my job and **nurture** my child at home.
  我決定辭去工作在家帶小孩。

nu•tri•ent [ˈnjutrɪənt] 英中 六級

名 營養物
形 有養分的、滋養的

- You got to make sure your baby has essential **nutrients** every day.
  你要確定你的寶寶每天都有足夠的營養。

Track 1198

nu•tri•tion [njuˈtrɪʃən] 英中 六級

名 營養物、營養

- Dark green vegetables have more **nutrition**.
  深綠色的蔬菜有更多的營養。

同 nourishment 營養

nu•tri•tious [nju`trɪʃəs] .... 英中 六級

形 有養分的、滋養的

• A **nutritious** diet will make you stay healthy and fit.
營養的飲食習慣可以讓你保持健康和身材。

ob•li•ga•tion [ˌɑblə`geʃən] .... 英中 六級

名 責任、義務

• Paying taxes is one of the common **obligations** of citizens.
繳稅是一種共同的公民義務之一。

o•blige [ə`blaɪdʒ] .... 英中 六級

動 使不得不、強迫

• She was **obliged** to refuse his request.
她不得不拒絕他的要求。

ob•scure [əb`skjʊr] .... 英中 六級

動 使陰暗
形 陰暗的

• Could you give me a clear answer? Yours was **obscure** and confusing.
可以給我一個明確的答覆嗎？你的答覆模糊而且令人混淆。

🔊 Track 1199

of•fer•ing [`ɔfərɪŋ] .... 英中 六級

名 供給

• These **offerings** will be sent to some charity organizations in the city.
這些捐贈將會被送到城裡的一些慈善組織。

off•spring [`ɔsprɪŋ] .... 英中 六級

名 子孫、後裔

• Her **offsprings** are intelligent and diligent.
她的子孫都很勤奮聰明。

同 descendant 子孫、後裔

op•er•a•tion•al [`ɑpə`reʃənl] .... 英中 六級

形 操作的

• That machine is **operational**.
那臺機器是可以使用的。

op•po•si•tion [ˌɑpə`zɪʃən] .... 英中 六級

名 反對的態度

• There is a lot of **opposition** to the new tax scheme.
對於新的稅制方案有許多反對聲。

同 disagreement 反對

op•press [ə`prɛs] .... 英中 六級

動 壓迫、威迫

• He was **oppressed** by having so many bills to pay.
付這麼多帳單讓他心情沉重。

🔊 Track 1200

op•pres•sion [ə`prɛʃən] .... 英中 六級

名 壓迫、壓制

• We all expreienced the feeling of **oppression** when we stayed in this little room without windows.
當我們待在這間沒有窗戶的小房間時，我們都感覺到很壓迫。

op•tion [`ɑpʃən] .... 英中 六級

名 選擇、取捨

• It sounds like we don't have much **option**, do we?
聽起來我們沒有太多的選擇，不是嗎？

同 choice 選擇

op•tion•al [`ɑpʃənl] .... 英中 六級

形 非強制性的、非必要的

• English and Chinese are compulsory for all students, but PE and art are **optional**.
對所有學生來說英文和中文是必修課，但體育和藝術可就是選修。

or·deal [ɔrˋdiəl] 英中 六級

名 嚴酷的考驗

- It was a terrible **ordeal** for all citizen when the severe earthquake happened.
  當劇烈的大地震來臨，對所有人民來說都是極度的苦難。

or·der·ly [ˋɔrdəlɪ] 英中 六級

名 勤務兵
形 整潔的、有秩序的

- The audience left the theater in an **orderly** manner.
  觀眾有秩序的離開電影院。

🔊 Track 1201

or·gan·ism
[ˋɔrgənˌɪzəm] 英中 六級

名 有機體、生物體

- Bacteria is a single-celled **organism**.
  細菌是單細胞有機體。

o·rig·i·nal·i·ty
[əˌrɪdʒəˋnælətɪ] 英中 六級

名 獨創力、創舉

- Those children's works really show their **originality**.
  那些孩子的作品真正地展現了他們的獨創力。
  回 style 風格

o·rig·i·nate
[əˋrɪdʒəˌnet] 英中 六級

動 創造、發源

- The technology **orginated** in the UK, but it has been developed in the US.
  科技發源於英國，但是發展於美國。

out·break [ˋautˌbrek] 英中 六級

名 爆發、突然發生

- There was an **outbreak** of war when I was your age.
  我在你那年紀的時候，突然有戰爭爆發。

out·fit [ˋautˌfɪt] 英中 六級

名 裝備
動 提供必須的裝備

- He've got a spider man **outfit** for the fancy dress party.
  他為了變裝派對買一套蜘蛛人裝。

🔊 Track 1202

out·ing [ˋautɪŋ] 英中 六級

名 郊遊、遠足

- The students will go on a class **outing** to the Science Museum.
  學生們將要去科學博物館校外教學。

out·law [ˋautˌlɔ] 英中 六級

名 逃犯
動 禁止

- This **outlaw** was arrested in the city hospital.
  這個逃犯在城中醫院被逮捕。

out·let [ˋautˌlɛt] 英中 六級

名 逃離的出口

- The mice entered the house from this **outlet** pipe in the kitchen.
  老鼠是從廚房的排水口進來屋子的。

out·look [ˋautˌluk] 英中 六級

名 觀點、態度

- My father always keeps a fairly positive **outlook** on life.
  我爸爸總是對人生保持一個正面積極的態度。
  回 attitude 態度

out·num·ber
[autˋnʌmbɚ] 英中 六級

動 數目勝過

- In our class, the girls **outnumber** the boys by fifteen to ten.
  在我們班上女生數目勝過男生人數為15比10。
  回 exceed 超過

⊙ Track 1203

out•rage [ˈaʊtˌredʒ] 英中 六級

名 暴力
動 施暴

• Her stepfather committed **outrages** on her.
她的繼父對她施暴。

out•ra•geous [aʊtˈredʒəs] 英中 六級

形 暴力的

• Mind your words. No **outrageous** language in the school!
注意你的措詞，在學校不准使用暴力語言。

out•right [ˈaʊtˌraɪt] 英中 六級

形 毫無保留的、全部的
副 無保留地、公然地

• The bus driver and four passengers were killed **outright**.
公車司機和四個乘客都被殺了。

out•set [ˈaʊtˌsɛt] 英中 六級

名 開始、開頭

• She told me from the **outset** that she didn't like him at all.
她打從一開始就告訴我她一點也不喜歡他。

o•ver•head [ˈovəˌhɛd] 英中 六級

形 頭頂上的、位於上方的
副 在上方地、在頭頂上地

• We saw a flock of seagull flew **overhead** by the beach.
我們在海邊看到頭頂上有一群海鷗在飛。
同 above 在上方

⊙ Track 1204

o•ver•lap [ˈovəˌlæp] / [ˈovəˈlæp] 英中 六級

名 重疊的部份　動 重疊

• They marked the **overlap** in red.
他們用紅色把重疊的部分標出來。

o•ver•turn [ˌovəˈtɜn] 英中 六級

名 顛覆
動 顛倒、弄翻

• All the furniture in the house had been **overturned** by the burglars.
家裡所有的家具都被小偷翻倒了。

pact [pækt] 英中 六級

名 契約

• This free-trade **pact** has been signed by these two countries.
這兩國已簽署自由貿易協定。
同 contract 契約

pam•phlet [ˈpæmflɪt] 英中 六級

名 小冊子

• Demonstrators handed out **pamphlets** to passers-by.
展示人員發送小冊子給路過的人。
同 brochure 小冊子

par•a•lyze [ˈpærəˌlaɪz] 英中 六級

動 麻痺

• A sudden snowstorm **paralyzed** the traffic in the city.
一場突如其來的暴風雪癱瘓了城裡的交通。
同 deaden 使麻痺

⊙ Track 1205

par•lia•ment [ˈpɑrləmənt] 英中 六級

名 議會

• His father was elected to **parliament** last year.
他父親去年被選入國會。
同 congress 美國國會

pa•thet•ic [pæˋðɛtɪk] .... 英中 六級

形 悲慘的

• It was **pathetic** to watch his health deteriorate day by day.
看著他的健康日益惡化真是悲慘。

同 pitiful 可憐的

pa•tri•ot•ic [ˌpetrɪˋɑtɪk] .... 英中 六級

形 愛國的

• Many citizens thought that it's their **patriotic** duty to buy bonds to support the war.
許多公民認為購買債券以支持戰爭是他們的愛國舉動。

同 loyal 忠誠的

PDA [pidiei] .... 英中 六級

名 個人數位秘書、掌上型電腦

• I left my **PDA** at the bus station and I didn't expect to get it back.
我把我的掌上型電腦忘在公車上了，大概拿不回來了。

ped•dle [ˋpɛdḷ] .... 英中 六級

動 叫賣、兜售

• The old woman **peddled** ice cream around the town.
這老婦人在鎮裡叫賣冰淇淋。

同 sell 銷售

🔊Track 1206

pe•des•tri•an [pəˋdɛstrɪən] .... 英中 六級

名 行人
形 徒步的

• Demonstrators handed out pamphlets to **pedestrians**.
展示人員發送小冊子給行人。

同 passer-by 路過的人

pen•in•su•la [pəˋnɪnsələ] .... 英中 六級

名 半島

• The Florida **peninsula** is located in the southeastern corner of the US.
佛羅里達半島座落於美國的東南部。

同 chersonese 半島

pen•sion [ˋpɛnʃən] .... 英中 六級

名 退休金
動 給予退休金

• My father won't be able to recieve his **pension** untill he's 65 years old.
直到六十五歲我父親才能拿到他的退休金。

同 allowance 津貼、發津貼

per•cep•tion [pəˋsɛpʃən] .... 英中 六級

名 感覺、察覺

• Drugs can alter people's **perception** of reality.
藥物可以改變人對真實事物的感受。

同 sense 感覺

per•se•ver•ance [ˌpɚsəˋvɪrəns] .... 英中 六級

名 堅忍、堅持

• The parents tried to develop **perseverance** in their child.
這對父母嘗試發展他們孩子的毅力。

🔊Track 1207

per•se•vere [ˌpɝsəˋvɪr] .... 英中 六級

動 堅持

• She tried to learn how to **persevere** in being a good teacher.
她試著學習如何堅持成為一個好教師。

同 persist 堅持

per•sis•tence
[pə`sɪstəns] .... 英中 六級

名 固執、堅持

- Johnson's **persistence** and enthusiasm have helped the group to achieve its goal.
  強生的堅持與熱情幫助團隊達成目標。
- 同 maintenance 維持

per•sist•ent
[pə`sɪstənt] .... 英中 六級

形 固執的

- His father always says, "Do not give up; be **persistent**!"
  他父親總是說：「別放棄，堅持下去！」。
- 同 devoted 專心致力

per•spec•tive
[pə`spɛktɪv] .... 英中 六級

名 透視、觀點
形 透視的

- I do agree with your **perspective** on that completely.
  我完全同意你在這點上的看法。
- 同 position 立場

pes•ti•cide
[`pɛstɪˌsaɪd] .... 英中 六級

名 農藥

- The farmers spray the **pesticides** on their crops to kill pests.
  這些農夫在他們的農作物上噴灑農藥，以殺害害蟲。

🔊 Track 1208

pe•tro•le•um
[pə`trolɪəm] .... 英中 六級

名 石油

- There is no doubt that Mexico is a country rich in **petroleum**.
  墨西哥毫無疑問是個富藏石油的國家。
- 同 petrol 汽油

pet•ty [`pɛtɪ] .... 英中 六級

形 瑣碎的、小的

- I won't let such **petty** things bother me for so long.
  我不會讓這種小事困擾我這麼久。
- 同 small 小的

phar•ma•cist
[`fɑrməsɪst] .... 英中 六級

名 藥劑師

- Jimmy's father is a **pharmacist** and runs a drugstore.
  吉米的父親是名藥劑師，且經營了一家藥局。

phar•ma•cy
[`fɑrməsɪ] .... 英中 六級

名 藥劑學

- **Pharmacy** is a required course for all students in this department, not optional.
  藥劑學對這科系的所有學生來說都是必修，而非選修。

phase [fez] .... 英中 六級

名 階段
動 分段實行

- Pregnant women feel like vomiting and sick in the early pregnancy **phase**.
  懷孕的婦女在懷孕初期都會感到想吐與不適。
- 同 stage 階段

🔊 Track 1209

pho•to•graph•ic
[ˌfotə`græfɪk] .... 英中 六級

形 攝影的

- She spent all of her saving on these **photographic** equipments.
  她將她所有的積蓄都花在這些攝影設備上。

pic•tur•esque
[ˌpɪktʃə`rɛsk] .... 英中 六級

形 如畫的

- We took some pictures of this **picturesque** village.
  我們對這如畫的鄉村照了些照片。

pierce [pɪrs] .... 英中 六級

動 刺穿

- She couldn't wear those pretty earings because her ears aren't **pierced**.
  因為她沒有穿耳洞，所以沒辦法戴這些漂亮的耳環。

同 penetrate 刺穿

---

pi•e•ty [ˈpaɪətɪ] .... 英中 六級

名 虔敬、孝順

- In spiritual terminology, **piety** is a virtue.
  在精神術語中，孝順是種美德。

---

pi•ous [ˈpaɪəs] .... 英中 六級

形 虔誠的

- She is a **pious** Christian, and she goes to church twice a week.
  她是個虔誠的基督徒，一週去兩次教堂。

同 faithful 忠誠的

🔊Track 1210

---

pipe•line [ˈpaɪpˌlaɪn] .... 英中 六級

名 管線

- The water **pipline** is leaking, you'd better find a plumber to fix it.
  水管正在漏水，你最好找個水管工來修。

---

pitch•er [ˈpɪtʃɚ] .... 英中 六級

名 投手

- The **pitcher** caught the ball and made a double play.
  投手接到球，成功地雙殺。

---

plight [plaɪt] .... 英中 六級

名 誓約、婚約

- People said **plight** when they get married.
  人們結婚時要說誓詞。

同 predicament 處境

---

pneu•mo•nia [njuˈmonjə] .... 英中 六級

名 肺炎

- Children will catch **pneumonia** easily if they go out without coats in this weather.
  如果孩子在這種天氣不穿外套外出，就很容易得肺炎。

---

poach [potʃ] .... 英中 六級

動 偷獵、水煮

- She's on the diet and has a **poached** egg for breakfast every day.
  她正在節食，每天都吃水煮蛋當早餐。

🔊Track 1211

---

poach•er [ˈpotʃɚ] .... 英中 六級

名 偷獵者

- A southern white rhino was killed by a group of **poachers**.
  一群盜獵者殺了一頭南方白犀牛。

---

pol•lu•tant [pəˈlutənt] .... 英中 六級

名 汙染物
形 汙染物的

- A **pollutant** is a waste material that pollutes air, water, or soil.
  汙染物是種汙染空氣、水或土壤的廢棄物質。

---

pon•der [ˈpɑndɚ] .... 英中 六級

動 仔細考慮

- Fanny was **pondering** how to deal with this tough situation.
  范妮正在思考如何處理這個棘手的情況。

同 consider 考慮

---

pop•u•late [ˈpɑpjəˌlet] .... 英中 六級

動 居住

- The ocean is **populated** by various species of fish.
  有多種魚群居住在海洋中。

A B C D E F G H I J K L M N O **P** Q R S T U V W X Y Z

pos·ture [ˈpɑstʃɚ] .... 英中 六級

名 態度、姿勢
動 擺姿勢

- The pretty model has got very good **posture**.
  這個漂亮的模特兒擺出了很好的姿勢。

同 position 姿勢

Track 1212

pre·cede [priˈsid] .... 英中 六級

動 在前

- He **preceded** the report with an introduction.
  他在報告前加了一段引言。

同 lead 走在最前方

pre·ce·dent [ˈprɛsədənt] .... 英中 六級

名 前例

- There are some **precedents** for promoting employees who don't have bachelor degrees.
  擢升沒有大學學歷的員工是有前例的。

pre·ci·sion [priˈsɪʒən] .... 英中 六級

名 精準

- Those figures that he provided lack **precision**.
  他提供的那些數字不夠精準。

同 accuracy 準確

pred·e·ces·sor [ˌprɛdɪˈsɛsɚ] .... 英中 六級

名 祖先、前輩

- My **predecessor** worked as a farmer and owned this land.
  我的祖先擁有這塊地並從事耕作。

同 forerunner 先人
反 successor 後繼者

pre·dic·tion [priˈdɪkʃən] .... 英中 六級

名 預言

- I couldn't make any **predictions** about his reactions when he hears this news.
  我沒辦法預測他聽到這個消息時會有什麼反應。

同 prophecy 預言

Track 1213

pref·ace [ˈprɛfɪs] .... 英中 六級

名 序言

- The author's **preface** shows that he spent ten years writing the book.
  作者序中表示，他花了十年撰寫這本書。

同 introduction 序言

prej·u·dice [ˈprɛdʒədɪs] .... 英中 六級

名 偏見
動 使存有偏見

- I admit it that I have secret **prejudice** in my heart.
  我承認我的心中有些秘密的偏見。

同 preconception 偏見

pre·lim·i·nar·y [priˈlɪməˌnɛri] .... 英中 六級

名 初步
形 初步的

- They've decided to change their **preliminary** design.
  他們已經決定要更動初步設計。

同 preparatory 預備的

pre·ma·ture [ˌpriməˈtjʊr] .... 英中 六級

形 過早的、未成熟的

- The infant was **premature** and weighed only 1 kilogram when he was born.
  這名嬰兒早產，出生時只有一公斤重。

同 advanced 在前面的

pre•mier [`primɪə˞] 英中 六級

名 首長
形 首要的

- He's one of the nation's **premier** artist.
  他是這個國家首屈一指的藝術家之一。

同 prime 首要的

Track 1214

pre•scribe [prɪˋskraɪb] 英中 六級

動 規定、開藥方

- The doctor **prescribed** some painkillers for me.
  醫生開了些止痛藥給我。

pre•scrip•tion
[prɪˋskrɪpʃən] 英中 六級

名 指示、處方

- These sleeping pills can be obtained by **prescription** only.
  只有處方籤才能取得這些安眠藥。

pre•side [prɪˋzaɪd] 英中 六級

動 主持

- Who would be the suitable person to **preside** over the meeting?
  誰是主持這場會議的適當人選？

同 direct 主持

pres•i•den•cy
[ˋprɛzədənsɪ] 英中 六級

名 總統的職位

- He announced that he will run for the **presidency**.
  他宣告他將要競選總統。

pres•i•den•tial
[ˋprɛzədɛnʃəl] 英中 六級

形 總統的

- How does a party choose a **paresidential** candidate?
  一個黨是如何選擇總統候選人的？

Track 1215

pres•tige [prɛsˋtiʒ] 英中 六級

名 聲望

- This watch company has gained international **prestige**.
  這家鐘錶公司贏得了國際聲望。

同 greatness 著名

pre•sume [prɪˋzʊm] 英中 六級

動 假設

- I **presume** that they will be late for the party since they haven't shown up.
  既然他們現在還沒出現，我猜想他們會晚到聚會。

同 guess 推測

pre•ven•tive
[prɪˋvɛntɪv] 英中 六級

名 預防物
形 預防的

- **Preventive** medicine or **preventive** care refer to measures taken to prevent diseases.
  預防性的藥物或照護是為避免疾病所採取的措施。

pro•duc•tiv•i•ty
[͵prodʌkˋtɪvətɪ] 英中 六級

名 生產力

- **Productivity** in the plastic industry improved by 5% last year.
  去年塑化業的生產率提高了五個百分比。

同 fertility 繁殖力

pro•fi•cien•cy
[prəˋfɪʃənsɪ] 英中 六級

名 熟練、精通

- This job ad says that they expect applicants to have **proficiency** in at least two languages.
  這則徵人啟示上說，他們需要至少精通兩種語言的人。

A B C D E F G H I J K L M N O P Q R S T U V W X Y Z

🔊 Track 1216

pro•found
[prəˈfaʊnd] .... 英中 六級

形 極深的、深奧的

• Her divorce had a **profound** effect on her life.
離婚對她的人生有深切的影響。

同 extreme 最大程度
反 shallow 淺的

pro•gres•sive
[prəˈɡrɛsɪv] .... 英中 六級

形 前進的

• There has been a **progressive** increase in the per capita US food supply since 1974.
自從 1974 年，美國的人均糧食供給日漸增加。

同 forward 向前

pro•hi•bit [proˈhɪbɪt] .... 英中 六級

動 制止

• Smoking in public places is **prohibited**.
公共場所禁煙。

同 forbid 禁止

pro•hi•bi•tion
[ˌproəˈbɪʃən] .... 英中 六級

名 禁令、禁止

• The company has announced a **prohibition** on smoking in the office.
這家公司宣告辦公室禁止吸煙。

同 interdiction 禁制

pro•jec•tion
[prəˈdʒɛkʃən] .... 英中 六級

名 計劃、預估

• The car company had made **projections** of sales of 2,000 cars.
這家車商訂下了兩千台車的預估銷售量。

🔊 Track 1217

prone [pron] .... 英中 六級

形 俯臥的、易於⋯的

• I've always been **prone** to have a stomachache.
我一直很容易胃痛。

同 inclined 傾向的
反 supine 仰臥

prop•a•gan•da
[ˌprɑpəˈɡændə] .... 英中 六級

名 宣傳活動

• During wartime, **propaganda** is vital.
在戰時的宣傳活動相當活躍。

同 promotion 促銷活動

pro•pel [prəˈpɛl] .... 英中 六級

動 推動

• How does a rocket or other spacecraft **propel** itself to space?
火箭或其他的飛行器是如何推進到太空中的？

同 shove 推、撞

pro•pel•ler [prəˈpɛlə] .... 英中 六級

名 推進器

• An airplane is driven by a **propeller**.
飛機靠推進器前進。

prose [proz] .... 英中 六級

名 散文

• Alice prefers reading **prose** to poetry.
愛麗絲喜歡閱讀散文勝於詩句。

🔊 Track 1218

pros•e•cute
[ˈprɑsɪˌkjut] .... 英中 六級

動 檢舉、告發

• This man was **prosecuted** for election bribery.
這個男人被控賄選。

pros•e•cu•tion
[ˌprɑsɪˋkjuʃən] 英中 六級

名 告發

• I'm filing a **prosecution** against them.
　我將對他們提出告訴。

pro•spec•tive
[prəˋspɛktɪv] 英中 六級

形 將來的

• This salesman always knows how to show the used cars to a **prospective** buyer.
　這個銷售員總是知道該如何向未來的買家展示二手車。

同 future 未來的

pro•vin•cial [prəˋvɪnʃəl] 英中 六級

名 省民
形 省的

• Under Canada's federal system, the powers of government are shared between the federal government and **provincial** governments.
　在加拿大的聯邦系統下，聯邦政府與州政府共享政權。

同 regional 地區的

pro•voke [prəˋvok] 英中 六級

動 激起

• Jim was trying to annoy me, but I refused to be **provoked**.
　吉米試著激怒我，不過我拒絕被挑釁。

同 vex 使生氣

🔊 Track 1219

prowl [praʊl] 英中 六級

名 徘徊　動 潛行

• They saw a masked man **prowling** in the neighborhood last night.
　他們昨晚看到一名戴面罩的男子在附近徘徊。

同 sneak 偷偷的走

punc•tu•al [ˋpʌŋktʃʊəl] 英中 六級

形 準時的

• He is a diligent and **punctual** worker.
　他是個勤勉而準時的員工。

同 prompt 即時的

pu•ri•fy [ˋpjʊrəˌfaɪ] 英中 六級

動 淨化

• We should plant more trees to **purify** the air in this area.
　我們應該種更多的樹以淨化這區的空氣。

同 cleanse 淨化

pu•ri•ty [ˋpjʊrətɪ] 英中 六級

名 純粹

• In the live performance the **purity** of her voice is especially striking.
　在現場表演中，她聲音的純淨度特別引人注目。

同 genuineness 真實

Qq →

qual•i•fi•ca•tion(s)
[ˌkwɑləfəˋkeʃən(z)] 英中 八級

名 賦予資格、證照

• You'll never get a good job without any **qualifications**.
　你沒有任何證照不可能得到一份好工作。

同 competence 勝任

🔊 Track 1220

quar•rel•some
[ˋkwɔrəlsəm] 英中 六級

形 愛爭吵的

• The twin sisters are **quarrelsome**. They could argue about anything.
　這對雙胞胎姊妹很愛爭吵，她們什麼都能吵。

同 argumentative 爭辯的

A B C D E F G H I J K L M N O P **Q** R S T U V W X Y Z

quench [kwɛntʃ].................... 英中 六級

動 弄熄、解渴

- I always **quench** my thirst with ice water in summer.
  在夏天，我常喝冰水解渴。

回 extinguish 熄滅

que•ry [ˋkwɪrɪ]..................... 英中 六級

名 問題
動 質疑

- If you have any **queries** about your salary, you can ask your manager.
  如果你對薪水有任何疑問，你可以問你的經理。

回 inquire 詢問

ques•tion•naire
[ˌkwɛstʃənˋɛr] .... 英中 六級

名 問卷、調查表

- Those who fill out the **questionnaire** can receive one free coffee for themselves.
  凡是填寫問卷的人，每個人都可以得到一杯免費咖啡。

rac•ism [ˋresɪzəm]................. 英中 六級

名 種族差別主義

- We discussed the issue of racism in class today and we believe that **racism** in America will never completely go away.
  我們今天在課堂上討論種族差別主義，而我們相信在美國的種族差別主義將不會完全消失。

🔊 Track 1221

ra•di•ant [ˋredjənt]................ 英中 六級

名 發光體
形 發光的、輻射的

- He showed a **radiant** smile on his face when she said yes.
  當她說「好」時，他臉上展現了燦爛的笑容。

回 beaming 發光的

ra•di•ate [ˋredɪˌet]................ 英中 六級

動 放射
形 放射狀的

- A single beam of light **radiated** from the lighthouse in the dark every night.
  燈塔在每晚都放射出一條光束。

回 irradiate 放射

ra•di•a•tion [ˌredɪˋeʃən].......... 英中 六級

名 放射、發光

- Mobile phones and portable phones produce harmful **radiations**.
  手機和手提電話會產生有害的放射線。

ra•di•a•tor [ˋredɪˌetɚ]............. 英中 六級

名 發光體、暖氣

- We always sit by the **radiator** and get warm after dinner in the winter time.
  冬天時的晚餐過後，我們總坐在暖氣旁取暖。

rad•i•cal [ˋrædɪkl].................. 英中 六級

名 根本
形 根源的

- They need to make some **radical** changes to the plans they promote.
  對於他們宣傳的計劃，他們必須做些根本的改變。

回 extreme 極端、末端
反 partial 部分的

🔊 Track 1222

raft [ræft] .... 英中 六級

名 筏
動 乘筏

- They **rafted** the food supplies across the river.
  他們用竹筏將供給的食物運過河去。

raid [red] .... 英中 六級

名 突擊
動 襲擊

- The public library was **raided** last night.
  公立圖書館昨晚被襲擊了。

回 invade 侵略

ran·dom [ˋrændəm] .... 英中 六級

形 隨意的、隨機的

- The English teacher will give us **random** tests next week.
  英文老師下週將給予我們隨機的小考。

反 deliberate 蓄意的

ran·som [ˋrænsəm] .... 英中 六級

名 贖金
動 贖回

- This child's father **ransomed** him with a million dollars.
  那名孩子的父親用一百萬元將他贖回。

同 redeem 贖回

rash [ræʃ] .... 英中 六級

名 疹子
形 輕率的

- The baby has got an itchy **rash** all over his forehead.
  小寶寶的額頭起了會癢的疹子。

同 hasty 急忙的

🔊Track 1223

ra·tion·al [ˋræʃən!] .... 英中 六級

形 理性的

- This woman was too depressed to be **rational**.
  這名女人太沮喪以致於無法理性。

反 absurd 不合理的

rav·age [ˋrævɪdʒ] .... 英中 六級

名 毀壞
動 破壞

- This mountain region has been **ravaged** by mud floods.
  這一帶的山區被土石流破壞。

同 devastate 破壞

re·al·ism [ˋriəˏlɪzəm] .... 英中 六級

名 現實主義

- **Realism** in the visual arts is a style that depicts the actuality of what the eyes can see.
  在印象派中，現實主義是描寫出你所能見的一種風格。

反 idealism 理想主義

re·al·i·za·tion [ˏriələˋzeʃən] .... 英中 六級

名 現實、領悟

- I came to the **realization** that I am a loser.
  我領悟到我是一個失敗者。

同 actuality 現實

re·bel·lion [rɪˋbɛljən] .... 英中 六級

名 叛亂

- The farmers rose in **rebellion** against the government.
  農民起身反抗政府。

🔊Track 1224

re·ces·sion [rɪˋsɛʃən] .... 英中 六級

名 衰退

- A **recession** is a business cycle contraction in economics.
  衰退是經濟學上的景氣循環收縮。

同 contraction 緊縮

re·cip·i·ent [rɪˋsɪpɪənt] .... 英中 六級

名 接受者
形 接受的

- This movie star was a **recipient** of the Golden Horse Award.
  這位電影明星是金馬獎得主。

同 receiver 接受者

A B C D E F G H I J K L M N O P Q **R** S T U V W X Y Z

rec•om•men•da•tion
[ˌrɛkəmɛnˋdeʃən]............... 英中 六級

名 推薦

• My professor wrote a **recommendation** for me when I was applying for the job.
當我要申請工作時，我的教授為了我寫了一封推薦函。

同 reference 推薦

rec•on•cile
[ˋrɛkənˌsaɪl].................... 英中 六級

動 調停、和解

• It's not easy to **reconcile** such different points of view.
要調停這麼多不同的觀點不容易。

同 settle 解決

rec•re•a•tion•al
[ˌrɛkrɪˋeʃənl]................... 英中 六級

形 娛樂的

• Playing video games is my **recreational** activity on weekends.
玩電玩遊戲是我週末時的娛樂活動。

◀ Track 1225

re•cruit [rɪˋkrut]................... 英中 六級

動 徵募　名 新兵

• We've **recruited** some talented employees for the need of our organization.
因為機構的需求，我們已經招募了一些優秀的職員。

同 draft 徵兵

re•cur [rɪˋkɝ]..................... 英中 六級

動 重現

• You have to pay attention to the images, themes, and emotional tones that **recur** in his writing.
你必須專注於他筆跡中重現的圖像、主題和情感。

同 repeat 重複

re•dun•dant
[rɪˋdʌndənt]..................... 英中 六級

形 過剩的、冗長的

• The article you wrote is worth reading, but some expressions are **redundant**.
這篇你寫的文章很值得閱讀，但有些描述過於冗長。

反 concise 簡要的

re•fine [rɪˋfaɪn]................... 英中 六級

動 精練

• You can **refine** your speech by reading some good books and biographies.
你可以藉由閱讀一些好書和自傳來琢磨你的演講。

同 improve 改善

re•fine•ment
[rɪˋfaɪnmənt]................... 英中 六級

名 精良

• These **refinements** have increased the machine's accuracy a lot.
這些精良的改進有大幅提高這部機器的準確性。

同 fineness 精緻

◀ Track 1226

re•flec•tive
[rɪˋflɛktɪv]...................... 英中 六級

形 反射的

• His words were **reflective** of our attitude.
他的話反映了我們的態度。

re•fresh•ment(s) [rɪˋfrɛʃmənt(s)]
.... 英中 六級

名 清爽、提神之物

• She likes to have a cup of hot coffee for a little **refreshment**.
她喜歡喝杯熱咖啡提神。

同 renewal 更新、復原

re•fund [rɪˋfʌnd] 英中 六級

名 償還
動 償還

• We took the hairdryer to the shop and asked for a **refund**.
我們帶著吹風機去店內要求退款。

同 reimburse 賠償

re•gard•less [rɪˋgɑrdlɪs] 英中 六級

形 不關心的
副 不關心地、無論如何

• They will go camping **regardless** of the weather.
無論天氣如何他們都會去露營。

同 despite 儘管

re•gime [rɪˋʒim] 英中 六級

名 政權

• The **regime** in this office is hard work and work overtime.
這間辦公室的制度是努力工作和超時工作。

同 government 治理、管制

🔊 Track 1227

re•hears•al [rɪˋhɝs!] 英中 六級

名 排演

• We will have a formal **rehearsal** before the performance.
在表演前，我們將有個正式的排演。

同 practice 練習

re•hearse [rɪˋhɝs] 英中 六級

動 預演

• He stood in front of mirror to **rehearse** what he would say in the job interview.
他站在鏡子前排演他在工作面試時會說的話。

同 practice 練習、實行

rein [ren] 英中 六級

名 箝制
動 控制

• We should learn to **rein** in our tempers.
我們應該學著控制脾氣。

re•in•force [͵riɪnˋfors] 英中 六級

動 增強

• His way of talking merely **reinforced** my dislike of him.
他說話的方式只會讓我更加不喜歡他。

同 intensify 增強

re•lay [rɪˋle] 英中 六級

名 接力（賽）
動 傳達

• Linda can't keep secrets. She will **relay** the news to the others if I tell her about it.
琳達沒有辦法保守祕密。如果我告訴她這個新聞，她就會傳達給別人。

同 deliver 傳遞

🔊 Track 1228

rel•e•vant [ˋrɛləvənt] 英中 六級

形 相關的

• Teachers should know what type of education is **relevant** for children.
老師們應知怎樣類型的教育對孩子來說才是恰當的。

同 pertinent 有關的
反 irrelevant 不恰當的

re•li•ance [rɪˋlaɪəns] 英中 六級

名 信賴、依賴

• The modern world has placed too much **reliance** on technology.
現代社會對於科技有著太多依賴。

rel•ish [ˋrɛlɪʃ] 英中 六級

名 嗜好、美味
動 愛好、品味

• He doesn't **relish** telling her that her son has injured.
他不想告訴她有關她兒子受傷的事。

同 appreciate 欣賞
反 loathe 厭惡

re•main•der [rɪˋmendɚ] .... 英中 六級

名 剩餘

• Vicky ate most of the food and gave the **remainder** to the cat.
薇琪吃了大部分的食物，並將剩餘的給貓。

同 remain 殘留

re•mov•al
[rɪˋmuvl̩] .... 英中 六級

名 移動

• Does your company do **removals** in coming days?
未來的幾天你的公司會搬遷嗎？

同 separation 分開、分隔

🔊 Track 1229

re•nais•sance
[rɛnəˋzɑns] .... 英中 六級

名 再生、文藝復興

• The **Renaissance** was an influential cultural movement which brought about a period of scientific and artistic revolution.
文藝復興是一個有影響力的文化運動，它帶來了一系列的科學與藝術革命。

ren•der [ˋrɛndɚ] .... 英中 六級

動 給予、讓與

• They promised to **render** him some financial help.
他們保證會給予他財務援助。

同 give 給予

re•nowned [rɪˋnaund] .... 英中 六級

形 著名的

• Taiwan is **renowned** for its food, and it has been called a food paradise.
台灣以它的食物出名，並且被稱為食物天堂。

同 famous 著名的

rent•al [ˋrɛntl̩] .... 英中 六級

名 租用物

• The valuable bag wasn't mine; it's **rental**.
這個昂貴的包包不是我的，它是我租的。

re•press [rɪˋprɛs] .... 英中 六級

動 抑制

• I **repressed** my desire to point out his mistakes.
我壓抑想要指出他錯誤的欲望。

同 restrain 抑制

🔊 Track 1230

re•sem•blance
[rɪˋzɛmbləns] .... 英中 六級

名 類似

• Their son and daughter have a great **resemblance** to their grandparents.
他們的兒子和女兒和他們的外祖父母十分相像。

同 similarity 類似

res•er•voir [ˋrɛzɚˏvɔr] .... 英中 六級

名 儲水池、倉庫

• The water **reservoir** supplies the entire town with drinking water.
這個儲水池供應整個市鎮的飲用水。

同 warehouse 倉庫

res•i•den•tial
[ˏrɛzəˋdɛnʃəl] .... 英中 六級

形 居住的

• They've been living in this **residential** section for years.
他們已經住在這個住宅區好幾年了。

re•si•stant [rɪˋzɪstənt] .... 英中 六級

形 抵抗的

• I can't understand why he is so **resistant** to leaving.
我不明白為何他會如此抗拒離開。

同 repellent 抵抗的

res•o•lute [ˈrɛzəˌlut] .... 英中 六級

形 堅決的

- Lisa has a **resolute** will, nobody can change her mind.
  麗莎有著堅決的意志，沒有人可以改變她的想法。

同 resolved 斷然的
反 irresolute 優柔寡斷

🔊 Track 1231

re•spec•tive
[rɪˈspɛktɪv] .... 英中 六級

形 個別的

- We always go to school together, but we go to our **respective** classes afterwards.
  我們總是一同上學，但我們之後會分別進到各自的教室。

同 individual 個別的

res•to•ra•tion
[ˌrɛstəˈreʃən] .... 英中 六級

名 恢復

- The new regime's task is the **restoration** of social order.
  新政權的任務是恢復社會秩序。

re•straint [rɪˈstrent] .... 英中 六級

名 抑制

- Lack of capital is the main **restraint** on the company's expansion plans.
  主要抑制這間公司擴展計劃的是資金的缺乏。

同 prevention 預防、防止
反 incitement 刺激、激勵

re•tail [ˈritel] .... 英中 六級

名 零售　形 零售的
動 零售　副 零售地

- You can get a special discount to buy wholesale than **retail**.
  你買批發的會比買零售的拿到更特殊的折扣。

反 wholesale 批發

re•tal•i•ate [rɪˈtælɪˌet] .... 英中 六級

動 報復

- **Retaliating** won't make things better, it could be getting worse.
  報復不會使事情更好，可能會讓事情更糟。

同 revenge 報復

🔊 Track 1232

re•trieve [rɪˈtriv] .... 英中 六級

動 取回

- They taught their dog to **retrieve** a Frisbee.
  他們教他們的狗狗取回飛盤。

同 recover 恢復

rev•e•la•tion
[ˌrɛvḷˈeʃən] .... 英中 六級

名 揭發

- **Revelation** comes at the end of the Bible.
  啟示錄在聖經的末篇。

同 disclosure 揭發

rev•e•nue [ˈrɛvəˌnju] .... 英中 六級

名 收入

- The government's **revenue** is mainly from taxes.
  政府的收入主要來自稅收。

同 income 收入

re•viv•al [rɪˈvaɪvḷ] .... 英中 六級

名 復甦

- The economic **revival** is sweeping the country, but the unemployment rate is still high.
  儘管經濟復甦正擴及整個國家，但失業率還是很高。

rhet•o•ric [ˈrɛtərɪk] .... 英中 六級

名 修辭（學）

- He produced a lot of empty **rhetoric** to impress her.
  他用了一堆空洞的修辭想使她印象深刻。

🔊 Track 1233

rhyth•mic [ˈrɪðəmɪk] .... 英中 六級

形 有節奏的

- Meditation will balance your breath and make your heart rate **rhythmic**.
冥想將會平衡你的呼吸且使你的心跳有節奏。

rid•i•cule [ˈrɪdɪkjul] .... 英中 六級

名 嘲笑
動 嘲笑

- Kevin was **ridiculed** for his ideas on this project.
凱文因為他在這個企劃上的點子而被嘲笑。

同 mock 嘲笑
反 respect 敬重

rig•or•ous [ˈrɪgərəs] .... 英中 六級

形 嚴格的

- I've been living in this city for two years, but I still can't get used to its **rigorous** climate.
我在這個城市住了兩年，但我仍無法適應它嚴酷的氣候。

同 strict 嚴格的

ri•ot [ˈraɪət] .... 英中 六級

名 暴動
動 騷動、放縱

- Many people predicted that white people would **riot** if Obama wins.
有許多人預測如果歐巴馬當選了，白人將會暴動。

同 revolt 暴動

ri•te [raɪt] .... 英中 六級

名 儀式、典禮

- Have you ever attended Catholic funeral **rites**?
你曾參加過天主教的喪禮嗎？

🔊 Track 1234

rit•u•al [ˈrɪtʃuəl] .... 英中 六級

名 宗教儀式
形 儀式的

- Having a glass of milk before bed has become a part of night **ritual**.
在睡前喝杯牛奶已經變成晚上的慣例。

同 ceremony 儀式

ri•val•ry [ˈraɪvəlrɪ] .... 英中 六級

名 競爭

- Sibling **rivalry** often causes parents' anxieties.
兄弟姊妹鬩牆時常造成父母的不安。

ro•tate [ˈrotet] .... 英中 六級

動 旋轉

- You can **rotate** the handle by 180° to open the door.
你可以把門旋轉 180° 來開門。

同 spin 旋轉

ro•ta•tion [roˈteʃən] .... 英中 六級

名 旋轉

- Crop **rotation** is one of the oldest and most effective cultural control strategies.
農作物輪作是最老和最有影響的文化控制策略之一。

roy•al•ty [ˈrɔɪəltɪ] .... 英中 六級

名 貴族、王權

- Nobody believes he's related to **royalty**.
沒有人相信他和皇室有關係。

同 commission 職權

🔊 Track 1235

ru•by [ˈrubɪ] .... 英中 六級

名 紅寶石
形 紅寶石色的

- He bought her a **ruby** ring on their tenth anniversary.
在他們的十週年紀念日，他買了一個紅寶石戒指給她。

Ss

safe•guard [`sef/gɑrd`] 英中 六級

名 保護者、警衛
動 保護

- This contract will **safeguard** the rights of dealers and suppliers.
  這份合約可以保護購買商和供應商。

sa•loon [sə`lun`] 英中 六級

名 酒店、酒吧

- The **saloon** around the corner opens all night.
  這間位於轉角的酒吧整晚都開著。

sal•va•tion [sæl`veʃən`] 英中 六級

名 救助、拯救

- People try to work out their own **salvation** till the end of life.
  人們總是嘗試自救直到生命結束。

sanc•tion [`sæŋkʃən`] 英中 六級

名 批准、認可
動 批准、認可

- Without **sanction**, this factory is not allowed to start its business.
  沒有批准，這間工廠是不可以開始營運的。
  同 permit 准許

◀ Track 1236

sanc•tu•ar•y [`sæŋktʃuɛrɪ`] 英中 六級

名 聖所、聖堂、庇護所

- The escaped citizens from North Korea tried to find **sanctuaries** in China.
  從北韓逃出的公民試著在中國找到庇護。
  同 refuge 庇護所

sane [sen] 英中 六級

形 神智穩健的

- Jerry has a **sane** attitude towards any challenge of business developing.
  傑瑞總是穩健的面對任何商業發展的挑戰。

san•i•ta•tion [ˌsænə`teʃən`] 英中 六級

名 公共衛生

- The policy of **sanitation** is to keep citizens healthy.
  公共衛生政策是為了保持公民們健康。

sce•nic [`sinɪk`] 英中 六級

形 舞臺的、佈景的

- Let's try to find a **scenic** route around SunMoon Lake.
  讓我們試著在日月潭四周找一個風景優美的路線。

scope [skop] 英中 六級

名 範圍、領域

- Edward is one of the best experts within the **scope** of marketing strategy.
  艾德華是市場策略領域最好的專家之一。
  同 range 範圍

◀ Track 1237

script [skrɪpt] 英中 六級

名 原稿、劇本 動 編寫

- The stories of Harry Porter were **scripted** for movies.
  哈利波特的故事被編寫成電影。

sec•tor [`sɛktɚ`] 英中 六級

名 扇形

- The circular pizza has been divided to eight **sectors**.
  圓形的披薩被分成八個扇形。

se•duce [sɪ`djus`] 英中 六級

動 引誘、慫恿

- Ted was **seduced** to use drugs three years ago.
  三年前泰德被慫恿吸毒。
  同 tempt 引誘

A B C D E F G H I J K L M N O P Q R **S** T U V W X Y Z

se·lec·tive [sə`lɛktɪv] .... 英中 六級

形 有選擇性的

- There are **selective** ways leading to success.
  通往成功的路是有選擇性的。

sem·i·nar [`sɛmənɑr] .... 英中 六級

名 研討班、講習會

- Will you join the computer science **seminar** in Taipei next Friday?
  下星期五你會參加在台北的電腦科學研討會嗎？

回 conference 研討會

◀) Track 1238

sen·a·tor [`sɛnətɚ] .... 英中 六級

名 參議員、上議員

- It's the season of **senators** selection.
  參議員選舉的季節到了。

sen·ti·men·tal [ˌsɛntə`mɛntl̩] .... 英中 六級

形 受情緒影響的

- Ella is a **sentimental** girl. She keeps many old pictures about traveling with her ex-boyfriend.
  艾拉是個多情少女，她保留了很多她和前男友的旅遊舊照。

回 emotional 情緒的

se·quence [`sikwəns] .... 英中 六級

名 順序、連續
動 按順序排好

- Please **sequence** your application documents that will reduce checking time.
  請按順序排好你們的申請書，這將會減少審核的時間。

回 succession 連續

se·rene [sə`rin] .... 英中 六級

形 寧靜的、安祥的

- My father is always being **serene** no matter what problem occurrs.
  不論發生什麼事，我父親總是沉著的。

反 furious 狂暴的

se·ren·i·ty [sə`rɛnətɪ] .... 英中 六級

名 晴朗、和煦、平靜

- Neil is a strong man, and nothing will break his **serenity**.
  尼爾是個堅強的人，沒有任何事可以打破他的平靜。

回 peace 平靜

◀) Track 1239

serv·ing [`sɝvɪŋ] .... 英中 六級

名 服務、服侍、侍候

- The restaurant around the corner is famous for good **serving**.
  在轉角的餐廳以好的服務聞名。

ses·sion [`sɛʃən] .... 英中 六級

名 開庭、會議

- My uncle should be attended in **session** next Thursday.
  下個星期四我叔叔應該會出現在會議上。

回 conference 會議

set·back [`sɛtˌbæk] .... 英中 六級

名 逆流、逆轉、逆行

- Karen is strong enough to face any **setback** occurred.
  凱倫夠堅強足以面對任何阻礙的發生。

sew·er [`sjuɚ] .... 英中 六級

名 縫製者

- Fenny has a great dream to be a famous **sewer**.
  芬妮有成為有名裁縫師的偉大夢想。

shed [ʃɛd] .... 英中 六級

動 流出、發射出

- The old business man **shed** tears over his bankruptcy.
  這個老商人為他的破產留下了眼淚。

🔊 Track 1240

sheer [ʃɪr] 英中 六級

形 垂直的、絕對的
副 完全地
動 急轉彎

• Wendy fainted from **sheer** weariness in the office last night.
昨晚溫蒂因極度的疲憊昏倒在辦公室。

shil•ling [ˈʃɪlɪŋ] 英中 六級

名（英國幣名）先令

• To turn an honest **shilling** is his principle in life.
用正當手段賺錢是他做人的原則。

shop•lift [ˈʃɑpˌlɪft] 英中 六級

動 逛商店時行竊

• Henry was caught while he **shoplifted** in the supermarket.
亨利在超市順手牽羊時失風被捕。

同 pirate 掠奪

shrewd [ʃrud] 英中 六級

形 敏捷的、精明的

• Judy is such a **shrewd** investor of real estate.
茱蒂是一個如此精明的房地產投資者。

shun [ʃʌn] 英中 六級

動 避開、躲避

• Rebecca was **shunned** by her friends after she because a drug abuser.
瑞貝佳染上毒癮後她的朋友都躲著她。

🔊 Track 1241

siege [sidʒ] 英中 六級

名 包圍、圍攻

• The military forces laid **siege** to the city occupied by the enemy.
軍隊圍攻這個被敵人佔領的城市。

同 surround 包圍

sig•ni•fy [ˈsɪgnəˌfaɪ] 英中 六級

動 表示

• "FYR" **signifies** "for your reference".
FYR 表示「供您參考」。

sil•i•con [ˈsɪlɪkən] 英中 六級

名 矽

• **Silicon** is one of raw materials for semiconductors.
矽是半導體的原料之一。

sim•plic•i•ty [sɪmˈplɪsətɪ] 英中 六級

名 簡單、單純

• Tom is a good man for his mercy and **simplicity**.
湯姆是一個慈悲又單純的人。

sim•pli•fy [ˈsɪmpləˌfaɪ] 英中 六級

動 使…簡易、使…單純

• To **simplify** situation is the gateway to success.
使情況單純化是成功的手段。

反 complicate 使複雜

🔊 Track 1242

si•mul•ta•ne•ous [ˌsaɪmlˈtenɪəs] 英中 六級

形 同時發生的

• All of students burst into a **simultaneous** cheer just after the examination ended.
當考試結束，所有的學生幾乎同時歡呼。

skep•ti•cal [ˈskɛptɪkl] 英中 六級

形 懷疑的

• Both of my parents are **skeptical** about my job application plan.
我的雙親都對我的工作申請計劃感到懷疑。

skim [skɪm] .... 英中 六級

動 掠去、去除
名 脫脂乳品

• My mother **skimmed** the foam from the boiling soup.
我媽媽將泡沫從沸騰的湯中去除。

slang [slæŋ] .... 英中 六級

名 俚語
動 謾罵、說俚語

• It's hard to understand **slangs** in oral English.
英文口語的俚語是很難了解的。

slash [slæʃ] .... 英中 六級

名 刀痕、裂縫
動 亂砍

• The car accident mad a fearful **slash** across his body.
車禍在他身上造成了可怕的傷痕。

同 cut 砍

🔊 Track 1243

slav•er•y [ˈslevərɪ] .... 英中 六級

名 奴隸制度

• Lincoln initiated the abolition of **slavery** hundred years ago.
百年前林肯廢除了奴隸制度。

反 liberty 自由

slot [slɑt] .... 英中 六級

名 狹槽
動 在…開一狹槽

• After doing the exercise, Jerry likes to buy coke from a **slot** machine.
做完運動後，傑瑞喜歡從自動販賣機買可樂。

slum [slʌm] .... 英中 六級

名 貧民區
動 進入貧民區

• Many great singers came from a **slum** area.
許多有名的歌手來自貧民窟。

smack [smæk] .... 英中 六級

動 拍擊、甩打

• Jill burst into crying while her father **smacked** her face.
吉兒在她爸爸甩她一巴掌後放聲大哭。

同 slap 拍擊

small•pox [ˈsmɔlˌpɑks] .... 英中

名 天花

• **Smallpox** has been brought under control by the use of vaccine.
在接種疫苗之後，天花疫情已經得到控制。

🔊 Track 1244

smoth•er [ˈsmʌðɚ] .... 英中 六級

動 使窒息、掩飾
名 使窒息之物

• The police found the evidence of the victim **smothered** to death.
警察找到受害者窒息而死的證據。

smug•gle [ˈsmʌgl̩] .... 英中 六級

動 走私

• Simon was under arrest for **smuggling** weapons.
賽門因走私武器而被捕。

snare [snɛr] .... 英中 六級

名 陷阱、羅網
動 誘惑、捕捉

• We used to make **snares** to catch birds when we were still young.
當我們年輕的時候我們常常做陷阱來抓鳥。

sneak•y [ˈsnikɪ] .... 英中 六級

形 鬼鬼祟祟的

• Hank was questioned searchingly last night because of his **sneaky** behavior around the bookstore.
漢克因他昨晚在書店附近鬼鬼祟祟的行為被拷問。

sneer [snɪr] 英中 六級

名 冷笑
動 嘲笑地説

• "How much did you say you earned last year? Was it fifteen thousand?" she said with a **sneer** on her face.
「你説你去年賺多少，是一萬五嗎？」她冷笑著説。

Track 1245

soar [sor] 英中 六級

動 上升、往上飛

• The aircraft was **soaring** into sky after the heavy fog lifted.
這飛機在濃霧散去後飛上天空。

so•cia•ble [ˈsoʃəbl̩] 英中 六級

形 愛交際的、社交的

• Edward is a kind and **sociable** gentleman.
愛德華是一位友善並且熱愛交朋友的紳士。

so•cial•ism [ˈsoʃəˌlɪzmez] 英中 六級

名 社會主義

• Most people live in China believe **socialism**.
大多居住在中國的人信仰社會主義。

so•cial•ist [ˈsoʃəlɪst] 英中 六級

名 社會主義者

• Mao is one of the most famous **socialists**.
毛澤東是最著名的社會主義者之一。

so•cial•ize [ˈsoʃəlˌɹaɪz] 英中 六級

動 使社會化

• Children in school learn how to get along with and **socialize** with others.
孩子們在學校學習如何與別人相處並且學習社會化。

同 civilize 使文明、使開化

Track 1246

so•ci•ol•o•gy [ˌsoʃɪˈɑlədʒɪ] 英中 六級

名 社會學

• Mary majored in **sociology** for her master degree.
瑪莉主修社會學碩士。

so•di•um [ˈsodɪəm] 英中 六級

名 鈉

• **Sodium** is an element of salt.
鈉是鹽的成份。

sol•i•dar•i•ty [ˌsɑləˈdærətɪ] 英中 六級

名 團結、休戚相關

• Patriotism preaches the **solidarity** of a nation.
愛國主義者宣揚民族團結。

sol•i•tude [ˈsɑləˌtjud] 英中 六級

名 獨處、獨居

• That old lady lived in **solitude** after her child studied abroad.
這位老女士在她的孩子出國讀書後獨居。

soothe [suð] 英中 六級

動 安慰、撫慰

• Frank stepped forward to **soothe** the bereaved mother.
法蘭克走向前去安慰死者的母親。

同 comfort 安慰

Track 1247

so•phis•ti•cat•ed [səˈfɪstɪˌketɪd] 英中 六級

形 世故的

• Sophia is a smart and **sophisticated** woman.
蘇菲是一位聰明世故的女人。

A B C D E F G H I J K L M N O P Q R **S** T U V W X Y Z

sov•er•eign•ty
[ˈsɑvrɪntɪ] .... 英中 六級

名 主權

- These actions are threatening the country's **sovereignty** .
  這些行為正威脅著這個國家的主權。

spa•cious [ˈspeʃəs] .... 英中 六級

形 寬敞的、寬廣的

- Jupiter is a rich man who lives in a **spacious** villa in Taipei.
  邱比特是有錢人，他住在臺北一棟寬敞的別墅裡。

span [spæn] .... 英中 六級

名 跨距
動 橫跨、展延

- The bridge **spanned** the Yangtze River is shinning in the sunset.
  那座跨越揚子江的橋在夕陽下閃耀。

spe•cial•ize
[ˈspeʃəˌlaɪz] .... 英中 六級

動 專長於

- Peter is an expert **specializing** in marketing strategy.
  彼得是專精於市場策略的專家。

🔊 Track 1248

spe•cial•ty [ˈspɛʃəltɪ] .... 英中 六級

名 專門職業、本行

- Frank's **specialty** is electronic engineering.
  法蘭克的職業是電子工程師。

spec•i•fy [ˈspɛsəˌfaɪ] .... 英中 六級

動 詳述、詳載

- The contract **specified** the rights and duties between buyers and suppliers.
  合約詳盡的記述了買方和賣方的權利和義務。

spec•tac•u•lar
[spɛkˈtækjələ] .... 英中 六級

名 大場面
形 可觀的

- Niagara Fall is the most **spectacular** waterfall in the world.
  尼加拉瓜大瀑布是世界上最壯觀的瀑布。

同 dramatic 引人注目的

spec•trum
[ˈspɛktrəm] .... 英中 六級

名 光譜

- Kelly spent lots of time in lab learning how to operate **spectrum** instrument properly.
  凱莉花了很多時間在實驗室學習如何適當地操作光譜儀。

spec•u•late
[ˈspɛkjəˌlet] .... 英中 六級

動 沉思

- Joy usually spends lots of time **speculating** how to manage customer relationship properly.
  喬依經常花很多時間沉思如何適當的經營顧客關係。

🔊 Track 1249

sphere [sfɪr] .... 英中 六級

名 球、天體

- There are millions of **spheres** in the universe.
  在宇宙中有幾百萬個天體。

spike [spaɪk] .... 英中 六級

名 長釘、釘尖
動 以尖釘刺

- Jim drove the **spikes** hard into the woods.
  吉姆用力地把釘子釘入木頭裡。

spi•ral [ˈspaɪrəl] .... 英中 六級

名 螺旋
動 急遽上升
形 螺旋的

• The beautiful fireworks soared into sky in **spirals**.
肯麗的煙火在天空中盤旋上升。

同 twist 旋轉

spire [spaɪr] .... 英中 六級

名 尖塔、尖頂
動 螺旋形上升

• The new couple climbed up to the **spire** of the windmill to watch sunset.
那對新婚夫婦爬上風車頂端看夕陽。

spokes•person / spokes•man / spokes•woman [ˈspoksˌpɝsn̩] / [ˈspoksmən] / [ˈspoksˌwʊmən] .... 英中 六級

名 發言人

• Mr. Su is the new **spokesperson** of the company.
蘇先生是公司的新發言人。

🔊 Track 1250

spon•sor [ˈspɑnsɚ] .... 英中 六級

名 贊助者
動 贊助、資助

• Most **sponsors** of this activity are from Taiwan.
這個活動大多數的贊助者來自臺灣。

spon•ta•ne•ous [spɑnˈtenɪəs] .... 英中 六級

形 自發性的、同時發生的

• The **spontaneous** activity in National Taiwan University was led by a freshman majoring in history.
臺灣大學的自發性活動是由一個主修歷史的大一學生領導的。

spouse [spauz] .... 英中 六級

名 配偶、夫妻

• Kenny and Julia are good **spouses** who make everyone envy so much.
肯尼和茱莉亞是讓大家羨慕的好夫妻。

同 mate 配偶

sprawl [sprɔl] .... 英中 六級

動 任意伸展
名 任意伸展

• Sophie **sprawled** on her bed after an exhausting workday.
蘇菲在一天疲憊的工作後躺在床上隨意伸展。

squad [skwɑd] .... 英中 六級

名 小隊、班

• Jerry and Frank studied in the same **squad** for twelve years.
傑瑞和法蘭克 12 年都讀同一個班級。

🔊 Track 1251

squash [skwɑʃ] .... 英中 六級

名 壓擠
動 壓擠

• There are nine strong men **squashed** in the small car.
這輛小車擠了 9 個強壯的男人。

sta•bil•i•ty [steˈbɪləti] .... 英中 六級

名 穩定、穩固

• A man of **stability** is trustable.
穩重的男人是可信的。

sta•bi•lize [ˈstebḷaɪz] .... 英中 六級

動 保持安定、使穩定

• The government officers took measures to **stabilize** the market price.
政府官員們採取手段來穩定市場價格。

stalk [stɔk] ...... 英中 六級

名 軸、莖
動 蔓延、追蹤

• Hunters in the forest **stalked** the tiger's tracks.
獵人在森林裡追蹤老虎的足跡。

stam·mer [ˈstæmɚ] ...... 英中 六級

名 口吃
動 結結巴巴地說

• Martin got a nervous **stammer** while speaking in public.
馬汀在當眾說話的時候因緊張而口吃。

🔊 Track 1252

sta·ple [ˈstepl̩] ...... 英中 六級

名 釘書針
動 用釘書針釘住

• May I borrow your **staple** for a while?
我可以以借一下你的釘書針嗎？

同 attach 貼上

sta·pler [ˈsteplɚ] ...... 英中 六級

名 釘書機

• Everyone in the office has his own **stapler**.
辦公事裡的每一個人都有自己的釘書機。

starch [stɑrtʃ] ...... 英中 六級

名 澱粉　動 上漿

• Fat people should reduce the volume of **starch** they eat.
胖的人應該減少他們吃澱粉的量。

star·va·tion [stɑrˈveʃən] ...... 英中 六級

名 饑餓、餓死

• Millions of people died of **starvation** in World War Two.
數百萬人在二次大戰期間死於飢餓。

同 famine 饑餓

sta·tion·ar·y [ˈsteʃənˌɛrɪ] ...... 英中 六級

形 不動的

• Because of the excellent capability of financial management, Billy has a **stationary** position in his boss's mind.
因為優異財務管理能力，比利在他老闆心中有穩固的地位。

🔊 Track 1253

sta·tion·er·y [ˈsteʃənˌɛrɪ] ...... 英中 六級

名 文具

• The procurement period of **stationery** in our company is once a month.
我們公司文具的採購週期是一個月一次。

stat·ure [ˈstætʃɚ] ...... 英中 六級

名 身高、身長

• Kate is rather short of **stature** in school.
凱特的身材在學校裡算是相當短小。

steam·er [ˈstimɚ] ...... 英中 六級

名 汽船、輪船

• Travelers take **steamer** to visit the volcano island on Aegean Sea.
遊客搭船去造訪愛琴海中的火山島。

stim·u·late [ˈstɪmjəˌlet] ...... 英中 六級

動 刺激、激勵

• The government officers lower the interest rate to **stimulate** economic growth.
政府官員們調降利率來刺激經濟成長。

同 motivate 刺激

stim·u·la·tion [ˌstɪmjəˈleʃən] ...... 英中 六級

名 刺激、興奮

• Sandy needs a new **stimulation** for inspiration.
姍蒂需要一點新的刺激來帶出靈感。

stim•u•lus [ˋstɪmjələs] .... 英中 六級

名 刺激、激勵

- Chinese economic **stimulus** depends on government subsidies.
中國的經濟刺激仰賴於政府的補貼。

stock [stɑk] .... 英中 六級

名 庫存
動 庫存、進貨

- There are still so much **stock** in the warehouse waiting to be sold.
倉庫裡仍然有許多庫存等待被銷售。

stran•gle [ˋstræŋl̩] .... 英中 六級

動 勒死、絞死

- Pirates were **strangled** to death in the old time.
古代的海盜是要被絞死的。

stra•te•gic [strəˋtidʒɪk] .... 英中 六級

形 戰略的

- Leaders of business units should keep a clear and **strategic** mind before making decision.
商業領導者在做決定之前應該隨時保持著清晰的戰略思維。

stunt [stʌnt] .... 英中 六級

名 特技、表演
動 阻礙

- The magician plays marvelous **stunts** on the TV shows.
魔術師在電視節目上表演不可思議的表演。
同 performance 表演

sub•jec•tive [səbˋdʒɛktɪv] .... 英中 六級

形 主觀的

- We should not have a **subjective** judgment of Frank's abilities.
我們不應該對法蘭克的能力有主觀性的批判。
同 internal 內心的、固有的

sub•or•di•nate [səˋbɔrdn̩ɪt] .... 英中 六級

名 附屬物
形 從屬的、下級的

- Kenny treats his **subordinates** just like his family.
肯尼對待他的下屬就像家人。
同 secondary 從屬的

sub•scribe [səbˋskraɪb] .... 英中 六級

動 捐助、訂閱、簽署

- We **subscribe** the monthly business magazines.
我們訂閱商業相關月刊雜誌。
同 contribute 捐助

sub•scrip•tion [səbˋskrɪpʃən] .... 英中 六級

名 訂閱、簽署、捐款

- The **subscription** of this marketing magazine should be renewed soon.
這本商業雜誌應該很快要續訂了。

sub•se•quent [ˋsʌbsɪˌkwɛnt] .... 英中 六級

形 伴隨發生的

- A negligence of duty will bring a **subsequent** risk for your career.
一個職責上的疏忽將會為你的事業帶來風險。

sub•sti•tu•tion [ˌsʌbstəˋtjuʃən] .... 英中 六級

名 代理、代替

- There are so many **substitutions** for this product. Lets find a cheaper one to buy.
這個商品有很多的替代品。讓我們買個便宜點的吧！
同 relief 接替

sub•tle [ˈsʌtl̩] .... 英中 六級

形 微妙的

- Since she gave me a **subtle** smile, I couldn't fall asleep last night.
  因為她那個微妙的笑容，我昨晚無法入眠。

同 delicate 微妙的

sub•ur•ban
[səˈbɝbən] .... 英中 六級

形 郊外的、市郊的

- There are many rich men living in the **suburban** area near YangMing Mountain.
  有很多有錢人住在陽明山附近的郊區。

suc•ces•sion
[səkˈsɛʃən] .... 英中 六級

名 連續

- Sean was late to work three times in **succession** this week.
  尚恩這個星期連續三次上班遲到。

suc•ces•sive
[səkˈsɛsɪv] .... 英中 六級

形 連續的、繼續的

- People living in the city were frightened by **successive** typhoons this summer.
  住在城裡的人們因為今夏連續的颱風飽受驚嚇。

同 continuous 繼續的

🔊 Track 1257

suc•ces•sor [səkˈsɛsɚ] .... 英中 六級

名 後繼者、繼承人

- Johnny is the **successor** of this company.
  強尼是這間公司的繼承人。

同 substitute 代替者

suf•fo•cate [ˈsʌfəˌket] .... 英中 六級

動 使窒息

- The smoke of their cigars almost **suffocated** the expectant mother.
  他們的二手菸幾乎使那位孕婦窒息。

同 choke 使窒息

suite [swit] .... 英中 六級

名 隨員、套房

- I went on a business trip to Xiamen and lived in executive **suite** for three days.
  我到廈門出差，住在商務套房三天。

su•perb [suˈpɝb] .... 英中 六級

形 極好的、超群的

- The veil she wore on wedding day is **superb**.
  她婚禮戴的面紗非常漂亮。

同 excellent 出色的

su•pe•ri•or•i•ty
[səˌpɪriˈɔrətɪ] .... 英中 六級

名 優越、卓越

- Keep your sense of **superiority** and work hard till you succeed.
  保持你的優越感並且認真工作直到成功來臨。

🔊 Track 1258

su•per•son•ic
[ˌsupɚˈsɑnɪk] .... 英中 六級

形 超音波的、超音速的

- Do you know how much a **supersonic** plane cost?
  你知道一架超音速客機要多少錢嗎？

su•per•sti•tious
[ˌsupɚˈstɪʃəs] .... 英中 六級

形 迷信的

- Foreigners think most people in the country are **superstitious**.
  外國人覺得大多數的鄉下人比較迷信。

su•per•vi•sion [ˈsupɚˌvɪʒən] /
[ˌsupɚˈvɪʒən] .... 英中 六級

名 監督、管理

- Whatever the prisoners do should be under the **supervision** of guards.
  犯人不論做什麼都應該在保全的監視下。

同 leadership 領導

sup•ple•ment
[`sʌpləmənt`] .... 英中 六級

名 副刊、補充
動 補充、增加

• Farmers earn their living by selling rice and government **supplements**.
農夫藉由賣米和政府補助來賺取他們的生活費。

sur•pass [səˋpæs] .... 英中 六級

動 超過、超越

• The performance he showed **surpassed** any description we could mention.
他的演出是無法形容的。

同 exceed 超過

Track 1259

sur•plus [`səplʌs`] .... 英中 六級

名 過剩、盈餘
形 過剩的、過多的

• China's trade **surplus** increased rapidly over the last few years.
在過去的幾年裡中國的貿易順差迅速成長。

同 extra 額外的

sus•pense [səˋspɛns] .... 英中 六級

名 懸而未決

• His ill-mannered behavior always keeps his mother in **suspense**.
他態度惡劣的行為總是讓他媽媽提心吊膽。

同 concern 擔心、掛念

sus•pen•sion
[səˋspɛnʃən] .... 英中 六級

名 暫停、懸掛

• Bitan in New Taipei City is famous of its **suspension** bridge
新北市的碧潭以它的吊橋有名。

swap [swɑp] .... 英中 六級

名 交換
動 交換

• Would you mind **swapping** places with me?
你介意跟我換位子嗎？

同 exchange 交換

sym•bol•ic [sɪmˋbɑlɪk] .... 英中 六級

形 象徵的

• The angel is **symbolic** of love.
天使是愛的象徵。

Track 1260

sym•bol•ize
[`sɪmbəˌlaɪz`] .... 英中 六級

動 作為…象徵

• The pigeon flying on the National Day **symbolizes** peace.
國慶日飛翔的鴿子象徵著和平。

sym•me•try [`sɪmɪtrɪ`] .... 英中 六級

名 對稱、相稱

• Bilateral **symmetry** has been maintained as far as possible within the assembly hall.
禮堂內盡可能一直保持雙邊對稱。

同 harmony 和諧

symp•tom [`sɪmptəm`] .... 英中 六級

名 症狀、徵兆

• In general, a fever is a **symptom** of flu.
一般來說，發燒是感冒的症狀。

syn•o•nym
[`sɪnəˌnɪm`] .... 英中 六級

名 同義字

• "Great" and "outstanding" are **synonyms**.
很棒和傑出是同義字。

反 antonym 反義字

syn•thet•ic
[sɪnˋθɛtɪk] .... 英中 六級

名 合成物
形 綜合性的、人造的

• The clothes he wore is made of **synthetic** fiberes.
他的衣服是用人造纖維做的。

同 artificial 人造的

Tt

🔊 Track 1261

tact [tækt] 英中 六級

名 圓滑

- A successful business man must have **tact** and good interpersonal relationship.
  一個成功的商人必須具備圓滑且良好的人際關係。

同 diplomacy 圓滑

tac•tic(s) [ˋtæktɪk(s)] 英中 六級

名 戰術、策略

- Sunzi Art of War is the most famous and wide-spreading **tactic** book in the world.
  孫子兵法是世界上最有名且廣為散布的戰術書籍。

tar•iff [ˋtærɪf] 英中 六級

名 關稅、關稅率

- The government is going to lower importing **tariff** to enhance the economic cooperation relations with members of ASEAN Free Trade Area.
  政府將會降低進口關稅，以加強與東協自由貿易區之成員的經濟合作關係。

同 duty 稅

te•di•ous [ˋtidɪəs] 英中 六級

形 沉悶的

- It's hard to imagine how Fried could tolerate such a **tedious** job.
  很難想像佛萊德可以忍受這麼沉悶的工作。

同 boring 乏味的

tem•per•a•ment [ˋtɛmprəmənt] 英中 六級

名 氣質、性情

- You will be surprised at your husband might have romantic **temperament** while traveling in Greece.
  你將會被丈夫在希臘旅遊時可能出現的浪漫性情所嚇到。

同 character 性格

🔊 Track 1262

tem•pest [ˋtɛmpɪst] 英中 六級

名 大風暴、暴風雨

- The bad **tempest** has caused hundreds of death since last week.
  自上周起，猛烈的暴風雨已造成數百人死亡。

同 storm 暴風雨

ter•mi•nate [ˋtɜməˌnet] 英中 六級

動 終止、中斷

- The contract would be **terminated** since the distributor could not achieve the sales target.
  既然經銷商沒辦法達到銷售目標，合約將會中止。

同 conclude 結束

tex•tile [ˋtɛkstaɪl] 英中 六級

名 織布
形 紡織成的

- Most of **textile** companies had been moved to Mainland China.
  多數的紡織廠都已移往中國大陸。

同 material 織物

tex•ture [ˋtɛkstʃɚ] 英中 六級

名 質地、結構
動 使具有某種結構（特徵）

- The floor of my apartment is covered by tiles with **textures** of marble.
  我的公寓地板鋪滿了大理石材質的地磚。

同 structure 結構

the•at•ri•cal
[θɪˈætrɪkl̩] .... 英中 六級

形 戲劇的

- Frank's father is so proud of Frank's **theatrical** performance.
  法蘭克的父親相當以法蘭克的戲劇表演為傲。

同 scenic 戲劇的

🔊 Track 1263

theft [θɛft] .... 英中 六級

名 竊盜

- The **theft** stealing diamonds in Taipei 101 was caught in Korea.
  在臺北 101 行竊鑽石的竊盜在韓國被逮捕。

同 steal 偷竊

the•o•ret•i•cal
[θiəˈrɛtɪkl̩] .... 英中 六級

形 理論上的

- The **theoretical** courses are as important as practical experiences.
  理論方針與實戰經驗一樣重要。

同 ideal 理想的

ther•a•pist [ˈθɛrəpɪst] .... 英中 六級

名 治療學家、物理治療師

- Kevin has a dream of being a speech **therapist**.
  凱文夢想成為語言治療師。

ther•a•py [ˈθɛrəpɪ] .... 英中 六級

名 療法、治療

- The doctor suggested me to do exercises every morning as **therapy**.
  醫生建議我每天早上運動作為治療。

同 treatment 治療

there•after
[ðɛrˈæftə] .... 英中 六級

副 此後、以後

- Since the digital camera has become popular around the world, the sales of films decreased drastically **thereafter**.
  自從數位相機在全世界日益普及，此後底片的銷量便快速下降。

同 afterward 以後

🔊 Track 1264

there•by [ðɛrˈbaɪ] .... 英中 六級

副 藉以、因此

- Ken wished to work in Shanghai and **thereby** travel around China.
  肯希望能在上海工作，並藉此遊歷中國。

ther•mom•e•ter
[θəˈmɑmətə] .... 英中 六級

名 溫度計

- The **thermometer** reads 38 degrees that I need a glass of ice water.
  溫度計顯示 38 度，因此我需要一杯冰水。

thresh•old [ˈθrɛʃold] .... 英中 六級

名 門口、入口

- Jim is a shy boy that he never crosses the **threshold** of a pub before.
  吉姆是個害羞的男孩，所以他從未踏進夜店的大門。

同 doorway 入口

thrift [θrɪft] .... 英中 六級

名 節約、節儉

- Mr. Wang had accumulated a large fortune by **thrift**.
  王先生因節儉致富。

同 economy 節約

thrift•y [ˋθrɪftɪ] 英中 六級

形 節儉的

- My parents are **thrifty** in food and expenses all their life entirely.
  我的父母省吃儉用了一輩子。
- 同 economical 節約的
- 反 lavish 浪費的

🔊 Track 1265

thrive [θraɪv] 英中 六級

動 繁茂

- The real estate business is extremely **thriving** in Taichung.
  臺中的房地產市場現在非常熱絡。
- 同 prosper 繁榮

throb [θrɑb] 英中 六級

名 脈搏
動 悸動、跳動

- Mathew felt his heart give a great **throb** while hearing the news of his wife's pregnancy.
  得知他妻子懷孕的消息時，馬修感覺他的心臟重重跳了一下。
- 同 beat 跳動

toll [tol] 英中 六級

名 裝貨、費用、通行稅
動 徵收、繳費

- Everyone driving on the highway in Taiwan has to pay a **toll**.
  每個在臺灣高速公路上行駛的人都要付過路費。
- 同 fare 車費

top•ple [ˋtɑp!] 英中 六級

動 推倒、推翻

- Those bad boys maliciously **toppled** the old woman to the ground.
  這些壞男孩惡意地把老太太推倒在地。
- 同 tumble 顛覆

tor•na•do [tɔrˋnedo] 英中 六級

名 龍捲風

- **Tornados** are quite common in Texas.
  在德州很常有龍捲風。
- 同 hurricane 颶風

🔊 Track 1266

trait [tret] 英中 六級

名 特色、特性

- Gary's most charming **trait** is his resplendent smile.
  蓋瑞最迷人的特質在於他燦爛的笑容。
- 同 characteristic 特性

tran•quil [ˋtræŋkwɪl] 英中 六級

形 安靜的、寧靜的

- There was a **tranquil** smile on her face.
  她臉上掛著安詳的笑容。
- 同 peaceful 寧靜的

tran•quil•iz•er [ˋtræŋkwɪˌlaɪzɚ] 英中 六級

名 鎮靜劑

- It takes several **tranquilizers** to make the elephant calm down.
  需要好幾針鎮定劑才能使大象平靜下來。

trans•ac•tion [trænsˋækʃən] 英中 六級

名 處理、辦理、交易

- The **transactions** in the stock exchange are very busy.
  股票市場的交易非常繁忙。
- 同 deal 交易

tran•script [ˋtrænˌskrɪpt] 英中 六級

名 抄本、副本

- Please make a **transcript** of the meeting minutes and put it on my desk before 5:30 p.m..
  請在下午五點半前，將會議記錄的副本放在我桌上。

trans•for•ma•tion
[ˌtrænsfɚˈmeʃən] .... 英中 六級

名 變形、轉變

• There was an obvious **transformation** in his temperament.
他的脾氣明顯地改變了。

tran•sis•tor
[trænˈzɪstɚ] .... 英中 六級

名 電晶體

• My father gave me a **transistor** radio as my birthday gift.
我父親給了我一臺電晶體收音機作為生日禮物。

tran•sit [ˈtrænsɪt] .... 英中 六級

名 通過、過境 動 通過

• They stayed in the **transit** hotel for more than twenty hours but found nothing to do.
他們在過境旅館停留了超過二十個小時，卻找不到事情做。

tran•si•tion [trænˈzɪʃən] .... 英中 六級

名 轉移、變遷

• We appreciate your patience during this **transition** period.
我們欣賞你在這個過渡時期的耐心。

同 conversion 轉變

trans•mis•sion
[trænsˈmɪʃən] .... 英中 六級

名 傳達

• The data is in **transmission**. Please wait for minutes.
數據正在傳輸中。請稍待幾分鐘。

trans•mit [trænsˈmɪt] .... 英中 六級

動 寄送、傳播

• Certain mosquitoes **transmit** malaria.
特定的蚊子會傳染瘧疾。

同 forward 發送

trans•plant [ˈtrænsplænt] / [trænsˈplænt] .... 英中 六級

名 移植手術
動 移植

• The doctor recommended him a heart **transplant**.
醫生建議他進行心臟移植。

trau•ma [ˈtrɔmə] .... 英中 六級

名 外傷、損傷

• Susan still immerses herself in emotional **trauma**.
蘇珊依然沉浸在情感創傷中。

tread [trɛd] .... 英中 六級

名 腳步 動 踩、踏、走

• Everyone could hear Jimmy's heavy **tread** while he went downstairs.
傑米走下樓時，每個人都可以聽到他沉重的腳步聲。

同 walk 走

trea•son [ˈtrizn̩] .... 英中 六級

名 叛逆、謀反

• Mr. Brown was accused of **treason**.
布朗先生被指控叛國罪。

同 betray 背叛

trek [trɛk] .... 英中 六級

名 移居
動 長途跋涉

• My boots were punished by the long **trek** through the forest.
我的靴子因在森林的長途跋涉而磨損。

trem•or [ˈtrɛmɚ] .... 英中 六級

名 震動

• An uncontrollable **tremor** shook his mouth while hearing the bad news from his brother.
當他從兄弟那裡聽到壞消息時，嘴角無法控制地抽動。

同 shake 震動

tres·pass [ˈtrɛspəs] .... 英中 六級

名 犯罪
動 踰越、侵害

- Roy proceeded against the man for **trespass**.
  羅伊以傷害罪起訴這個人。
同 infringe 侵害

trig·ger [ˈtrɪgɚ] .... 英中 六級

名 扳機
動 觸發

- Helen squeezed the **trigger** instinctively while seeing a wolf in front of her.
  當海倫看到站在她眼前的狼時，本能地扣下扳機。
同 fire 開（槍）

tri·um·phant
[traɪˈʌmfənt] .... 英中 六級

形 勝利的、成功的

- The victorious general made a **triumphant** return.
  這位打了勝仗的將軍凱旋而歸。
同 successful 成功的

🔊 Track 1270

triv·i·al [ˈtrɪvɪəl] .... 英中 六級

形 平凡的、淺薄的

- Jeffery is a wise man who never wastes time on those **trivial** things.
  傑佛瑞是個從來不浪費時間在平凡事物上的聰明人。
同 superficial 淺薄的

tro·phy [ˈtrofɪ] .... 英中 六級

名 戰利品

- As the champion in the game, Peter won lots of **trophy**.
  身為比賽冠軍，彼得贏得了許多獎品。

trop·ic [ˈtrɑpɪk] .... 英中 六級

名 迴歸線
形 熱帶的

- The **Tropic** of Cancer passes through Taiwan.
  北迴歸線經過臺灣。

tru·ant [ˈtruənt] .... 英中 六級

名 蹺課者
形 曠課的、翹課的

- Mark and Mathew played **truant** again last Friday.
  馬克與馬修上週五又曠課了。
同 absent 缺席的

truce [trus] .... 英中 六級

名 停戰、休戰、暫停

- These two countries agreed to a **truce** after fighting for three years.
  這兩個國家在戰爭三年後同意休兵。
同 pause 暫停

🔊 Track 1271

tu·ber·cu·lo·sis [tjuˌbɝkjəˈlosɪs]
.... 英中 六級

名 肺結核

- Jack contracted **tuberculosis** since he was a child.
  傑克小時候就感染了肺結核。

tu·mor [ˈtjumɚ] .... 英中 六級

名 腫瘤、瘤

- What are causes of **tumor** growth?
  腫瘤成長的原因是什麼？

tur·moil [ˈtɝmɔɪl] .... 英中 六級

名 騷擾、騷動

- Those increasers of public **turmoil** claimed they are freedom fighters.
  這些增加社會動亂的人宣稱他們是自由鬥士。
同 noise 喧鬧

twi•light [ˈtwaɪˌlaɪt] 英中 六級

名 黎明、黃昏

• Those birds flit about in the **twilight**.
群鳥在黃昏時輕快的飛過。

同 dusk 黃昏

tyr•an•ny [ˈtɪrənɪ] 英中 六級

名 殘暴、專橫

• People in Qin Dynasty lived underneath a crushing **tyranny**.
清朝人生活在衰敗的暴政之下。

U u

🔊 Track 1272

ul•cer [ˈʌlsɚ] 英中 六級

名 潰瘍、弊病

• His stomach **ulcer** has kicked up again.
他的胃潰瘍又發作了。

ul•ti•mate [ˈʌltəmɪt] 英中 六級

名 基本原則
形 最後的、最終的

• What is the **ultimate** expression of love?
愛最極致的表現是什麼？

同 final 最後的

u•nan•i•mous [juˈnænəməs] 英中 六級

形 一致的、和諧的

• People were **unanimous** in support of environment protection.
人們一致支持環境保護。

un•cov•er [ʌnˈkʌvɚ] 英中 六級

動 掀開、揭露

• The police have **uncovered** new evidences of the homicide.
警方發現了這起謀殺案的新證據。

同 expose 揭露

un•der•es•ti•mate [ˌʌndɚˈɛstəˌmet] 英中 六級

名 低估
動 低估

• Never **underestimate** your enemy.
永遠不要低估你的敵人。

🔊 Track 1273

un•der•go [ˌʌndɚˈgo] 英中 六級

動 度過、經歷

• Lillian will **undergo** immediate treatment next month.
莉莉安下個月將會接受立即的治療。

un•der•mine [ˌʌndɚˈmaɪn] 英中 六級

動 削弱基礎

• Nothing can **undermine** their sincere friendship.
沒有任何事可以削弱他們誠摯的友誼。

同 destroy 破壞

un•der•take [ˌʌndɚˈtek] 英中 六級

動 承擔、擔保、試圖

• They could confidently **undertake** their work.
他們可以有自信地從事他們的工作。

同 attempt 試圖

un•do [ʌnˈdu] 英中 六級

動 消除、取消、解開

• Jerry **undid** his package as soon as he arrived at the hotel.
傑瑞一到旅館就打開了行李。

反 bind 捆綁

un•em•ploy•ment [ˌʌnɪmˈplɔɪmənt] 英中 六級

名 失業、失業率

• Thousands of people in Taiwan were thrown into **unemployment** over the past two years.
數千名臺灣人在這兩年陷入失業。

🔊 Track 1274

un•fold [ʌnˋfold] 英中 六級

動 攤開、打開

• Roses in the garden **unfold** in the sunshine.
花園裡的玫瑰在陽光下綻放。

同 reveal 揭示

u•ni•fy [ˋjunəˏfaɪ] 英中 六級

動 使一致、聯合

• Those small islands were **unified** into one nation.
這些小島聯合而成一個國家。

同 combine 聯合

un•lock [ʌnˋlɑk] 英中 六級

動 開鎖、揭開

• Please **unlock** the safe and get the diamond to your bride.
請打開保險箱，拿鑽石給你的新娘。

un•pack [ʌnˋpæk] 英中 六級

動 解開、卸下

• The consultant **unpacked** his briefcase and started his speech in the meeting room.
那位顧問在會議室打開他的公事包並開始演講。

同 discharge 卸下

up•bring•ing [ˋʌpˏbrɪŋɪŋ] 英中 六級

名 養育、教養

• His good manners are the proof of a good **upbringing**.
他良好的禮貌是好教養的證明。

🔊 Track 1275

up•grade [ʌpˋgred] 英中 六級

名 增加、向上
動 改進、提高、升級

• How could you **upgrade** to first class or business class on your next flight without spending a fortune?
你如何在不花一大筆錢的情況下將你下次的航班升等到頭等艙或商務艙？

同 promote 升級

up•hold [ʌpˋhold] 英中 六級

動 支持、支撐

• A police officer is expected to **uphold** the law whether he agrees with it or not.
無論警察本身贊同法律與否，預期都會確實執法。

同 support 支持

u•ra•ni•um [juˋrenɪəm] 英中 六級

名 鈾

• **Uranium** is a radioactive heavy metal.
鈾是放射性的重金屬。

ur•gen•cy [ˋɝdʒənsɪ] 英中 六級

名 迫切、急迫

• Most people in the disaster area are in **urgent** need of food, water, and medical supplies.
這個災區的大部分民眾都迫切地需要食物、飲水及醫療補給品。

u•rine [ˋjʊrɪn] 英中 六級

名 尿、小便

• They gave detailed instructions about **urine** therapy treatment.
他們詳細地說明了尿療法的治療。

ush•er [`ʌʃɚ] 英中 六級

🔠 引導員
🔠 招待、護送

- There will be two people **ushering** the candidates to their seats in the exam.
這個考試會有兩位引導員帶領考生到位置上。
🔁 lead 引領

u•ten•sil [juˋtɛnsḷ] 英中 六級

🔠 用具、器皿

- This store sells various cooking and baking **utensils**.
這間店販售多種烹飪與烘焙用具。
🔁 implement 用具

u•til•i•ty [juˋtɪlətɪ] 英中 六級

🔠 效用、有用

- The alternative method of analyzing data is of great **utility**.
這種分析資料的替代方式很有用。

u•ti•lize [ˋjutḷaɪz] 英中 六級

🔠 利用、派上用場

- Solar energy should be fully **utilized** by people more efficiently.
太陽能應被更有效地充分利用。
🔁 apply 利用

ut•most [ˋʌtˌmost] 英中 六級

🔠 最大可能、極度
🔠 極端的

- Protecting our nature sources is of the **utmost** importance.
保護自然資源是最重要的事。
🔁 extreme 極端的

vac•cine [ˋvæksin] 英中 六級

🔠 疫苗

- A seasonal **vaccine** will not protect you against 2009 H1N1 flu.
季節性疫苗不能使你對 2009 年的 H1N1流感免疫。

val•iant [ˋvæljənt] 英中 六級

🔠 勇敢的

- Our firm has made a **valiant** attempt last year to increase efficiency.
我們公司去年做了個大膽的嘗試，使其更有效率。
🔁 brave 勇敢的

val•id [ˋvælɪd] 英中 六級

🔠 有根據的、有效的

- My credit card is **valid** for another two years.
我的信用卡在未來兩年內有效。
🔁 invalid 無效的

va•lid•i•ty [vəˋlɪdətɪ] 英中 六級

🔠 正當、正確

- This research seems to give some **validity** to the result that the vaccine might cause death.
此研究似乎使疫苗可能導致死亡的論點更為確實。
🔁 justice 正義

va•ni•lla [vəˋnɪlə] 英中 六級

🔠 香草

- You can add some **vanilla** powder to flavor your cake.
你可以在你的蛋糕中加一些香草粉增添風味。

🔊 Track 1278

var•i•a•ble [ˈvɛrɪəbl̩] 英中 六級

形 不定的、易變的

• The weather can be so **variable** in mountain regions at all seasons.
山區的氣候一年四季都非常多變。

反 constant 固定的

var•i•a•tion [ˌvɛrɪˈeʃən] 英中 六級

名 變動

• The medical tests showed some **variation** in the patient's heart rate.
這些醫學檢驗顯示了患者心率的變化。

vend [vɛnd] 英中 六級

動 叫賣、販賣

• This **vending** machine was out of order, we need to buy some drinks in the store then.
這台販賣機現在無法使用，我們必須到商店去購買飲料。

ven•dor [ˈvɛndɚ] 英中 六級

名 攤販、小販

• The street **vendors** in the night market were busy attracting the attention of visitors.
夜市的街頭攤販忙於吸引觀光客的注意。

verge [vɝdʒ] 英中 六級

名 邊際、邊
動 接近、逼近

• We set up the tent on the **verge** of the river bank before dusk.
我們在黃昏前將帳篷架在河岸邊。

同 edge 邊緣

🔊 Track 1279

ver•sa•tile [ˈvɝsətɪl] 英中 六級

形 多才的、多用途的

• Who do you think is the most **versatile** actor and singer?
誰是你心目中最多才多藝的演員及歌手？

同 competent 能幹的

ver•sion [ˈvɝʒən] 英中 六級

名 說法、版本

• A Chinese-language **version** of the novel is planned for the autumn.
這本小說的中文版計劃在秋天出版。

同 edition 版本

vet•er•an [ˈvɛtərən] 英中 六級

名 老手、老練者

• Special benefits can be paid to certain World War II **veterans**.
某些二戰退伍軍人將收到特別的退役年金。

同 specialist 專家

vet•er•i•nar•i•an / vet [ˌvɛtərəˈnɛrɪən] / [vɛt] 英中 六級

名 獸醫

• Richard is a **veterinarian** and runs his own pet shop.
理察是位獸醫，並擁有自己的寵物店。

vi•bra•tion [vaɪˈbreʃən] 英中 六級

名 振動

• An example of this is the collapse of buildings as a result of **vibration**.
舉例來說，震動導致了建築物倒塌。

🔊 Track 1280

vice [vaɪs] 英中 六級

名 不道德的行為

• Envy, dishonesty, and lust are considered to be **vices**.
嫉妒、不誠實與性慾被視為不道德的行為。

反 virtue 美德

vi•cious [ˈvɪʃəs] 英中 六級

形 邪惡的、不道德的

• This was one of the most **vicious** protests I'd ever seen.
這是我見過最劇烈的抗議之一。

vic•tim•ize
[ˈvɪktɪmˌaɪz] .... 英中 六級

励 使受騙、使受苦

• This popular singer was being **victimized** by the paparazzi.
這名受歡迎的歌手飽受狗仔隊折磨。

vic•tor [ˈvɪktɚ] .... 英中 六級

名 勝利者、戰勝者

• The **victor** of the 2008 US Presidential election was Barack Obama.
2008 年美國總統大選的勝利者是布拉克歐巴馬。

同 winner 勝利者

vic•to•ri•ous
[vɪkˈtorɪəs] .... 英中 六級

形 得勝的、凱旋的

• The **victorious** team was loudly cheered by their fans.
勝利隊伍受到他們粉絲的熱烈歡呼。

◀) Track 1281

vil•la [ˈvɪlə] .... 英中 六級

名 別墅

• They bought a lakeside **villa** in France and usually spend their summer there.
他們在法國購買了一棟湖濱別墅，並經常在那度過夏天。

vine•yard [ˈvɪnjɚd] .... 英中 六級

名 葡萄園

• They went camping in their uncle's **vineyard** in the countryside last weekend.
他們上週末到叔叔的鄉間葡萄園去露營。

vir•tu•al [ˈvɝtʃʊəl] .... 英中 六級

形 事實上的、實質上的

• The **virtual** state of sharks is that they are about to be extinct.
鯊魚的實際上的狀況是，他們即將絕種。

同 actual 事實上的

vi•su•al•ize [ˈvɪʒʊəlˌaɪz] .... 英中 六級

励 使可見、使具形象

• I still remember his name but I can't **visualize** him.
我還記得他的名字，不過已想不起他的相貌。

同 fancy 想像

vi•tal•i•ty [vaɪˈtælətɪ] .... 英中 六級

名 生命力、活力

• I don't know how I can regain my **vitality** back.
我不知道該如何恢復我的活力。

◀) Track 1282

vo•cal [ˈvokl̩] .... 英中 六級

名 母音
形 聲音的

• A short piece of **vocal** music with lyrics is broadly termed a song.
帶有歌詞的一小段聲樂被廣泛地稱為一首歌曲。

反 consonant 子音

vo•ca•tion
[voˈkeʃən] .... 英中 六級

名 職業

• I chose teaching as my **vocation**.
我選擇教書作為職業。

同 occupation 職業

vo•ca•tion•al
[voˈkeʃənl̩] .... 英中 六級

形 職業上的、業務上的

• The schools in Sweden regard **vocational** training as a part of the youngster's education.
瑞典的學校將職業訓練視為青年教育的一環。

同 professional 專業的、職業上的

A B C D E F G H I J K L M N O P Q R S T U **V** W X Y Z

vogue [vog] 英中 六級
名 時尚、流行物
- In this year, long curly hair for women becomes the **vogue**.
今年，女人的長捲髮變成一種流行。

同 fashion 時尚

vom•it [ˈvɑmɪt] 英中 六級
名 嘔吐、催嘔藥
動 嘔吐、噴出
- My father came home drunk and **vomited** all over the living room floor last night.
我父親昨晚喝醉回家，並將客廳吐的滿地都是。

同 puke 嘔吐

🔊 Track 1283

vul•gar [ˈvʌlgɚ] 英中 六級
形 粗糙的、一般的
- It's always **vulgar** for people to talk about how much money they earn.
對人們而言，討論自己賺了多少錢總是件俗氣的事。

反 decent 體面的

vul•ner•a•ble [ˈvʌlnərəbl̩] 英中 六級
形 易受傷害的、脆弱的
- Ivy felt very **vulnerable** standing outside without her shoes on.
站在戶外沒有穿鞋的艾薇感到相當脆弱。

同 sensitive 易受傷害的

ward•robe [ˈwɔrdˌrob] 英中 六級
名 衣櫃、衣櫥
- I need to get a new **wardrobe** because the one I have is too old.
我需要一個新的衣櫃，因為我原本的那個已經太舊了。

同 closet 衣櫥

war•fare [ˈwɔrˌfɛr] 英中 六級
名 戰爭、競爭
- That country has been in **warfare** for almost a decade now.
那個國家爆發戰爭已經將近十年了。

war•ran•ty [ˈwɔrənti] 英中 六級
名 依據、正當的理由、保固期
- We can send it back to the manufacturer and get a replacement if it is still under **warranty**.
如果它還在保固期內，我們可以把它還給製造商換一個回來。

🔊 Track 1284

wa•ter•proof / water•tight [ˈwɔtɚˌpruf] / [ˈwɔtɚˌtait] 英中 六級
形 防水的
- This bag is **waterproof**, so your computer could stay dry even if it rains.
這個袋子防水，所以你的電腦即使在雨天也可以保持乾燥。

what•so•ev•er [ˌhwɑtsoˈɛvɚ] 英中 六級
代 不論什麼
形 任何的
- I have no feelings **whatsoever** about him.
我對他完全沒有感覺。

同 however 無論如何

wind•shield [ˈwɪndˌʃild] 英中 六級
名 擋風玻璃
- I can't see clearly, let me clean the **windshield**.
我看不清楚，讓我來擦一擦擋風玻璃。

with•stand
[wɪθˋstænd]......................... 英中 六級

動 耐得住、經得起

- The boat is designed to **withstand** severe storms.
  這艘船的設計能夠抵擋暴風雨。

同 resist 忍耐

---

wit•ty [ˋwɪtɪ] .... 英中 六級

形 機智的、詼諧的

- They shared a **witty** banter with each other.
  他們和彼此分享有趣的笑話。

同 clever 機敏的

🔊 Track 1285

---

woo [wu].................................. 英中 六級

動 求婚、求愛

- He tried to **woo** her with a serenade.
  他試著用一首情歌向她求愛。

---

wrench [rɛntʃ]........................... 英中 六級

名 扭轉
動 猛扭

- He **wrenched** the weapon out of the tight grip of the man's hand.
  他把那男人緊握在手中的武器給扭掉。

同 wring 擰、扭斷

---

wres•tle [ˋrɛsl̩]........................... 英中 六級

名 角力、搏鬥

- My brother plays for the varsity **wrestling** team.
  我哥哥是大學角力代表隊的一員。

同 struggle 奮鬥

Xx

Xe•rox [ˋzirɑks]....................... 英中 六級

名 全錄影印
動 以全錄影印法影印

- Our copy machine is made by the **Xerox** company.
  我們的影印機是由全錄影印公司製造的。

Yy➔

yearn [jɝn]............................... 英中 六級

動 懷念、想念

- I **yearn** to be with you on Valentine's Day.
  我渴望與你共度情人節。

Zz➔

zeal [zil]................................... 英中 六級

名 熱誠、熱忱

- He had a **zeal** for making model cars.
  他熱衷於製作模型車。

A
B
C
D
E
F
G
H
I
J
K
L
M
N
O
P
Q
R
S
T
U
V
W
X
Y
Z

Level 6 單字通關測驗

● 請根據題意，選出最適合的選項

1. The bank will _____ Sherry with a mortgage.
   (A) accommodation   (B) accelerate
   (C) acceleration   (D) accommodate

2. He shows _____ spirit when he is conducting meeting.
   (A) inevitable (B) infectious (C) initiative (D) incidental

3. It sounds like we don't have much _____, do we?
   (A) option (B) optional (C) opposition (D) outlook

4. The pretty model has got very good _____.
   (A) precedent (B) posture (C) pollutant (D) plight

5. There are still so much _____ in the warehouse waiting to be sold.
   (A) stunt (B) stalk (C) stationary (D) stock

6. The hacker _____ into the highly secured system.
   (A) hacked (B) harassed (C) highlighted (D) hospitalized

7. He _____ his idea to the audience.
   (A) assess (B) asserting (C) asserted (D) attained

8. I chose teaching as my _____.
   (A) vogue (B) vocation (C) vocal (D) vomit

9. It's such a _____ having to finish so much homework.
   (A) nuisance (B) nurture (C) nutrition (D) negotiation

10. They are going to take energy _____ pills before the race.
    (A) equivalent (B) enhancement (C) equation (D) excessive

11. The letter _____ that he was from a royal family.
    (A) discharged (B) disgraced (C) dismantled (D) disclosed

12. He had a _____ of flu over the weekend.
    (A) bout (B) boost (C) brisk (D) bulk

13. Both of my parents are _____ about my job application plan.
    (A) sociable (B) sentimental (C) spacious (D) skeptical

14. The child's father _____ him with a million dollars.
    (A) reconciled (B) radiated (C) ransomed (D) recurred

15. You should be _____ when you're writing an essay.
    (A) coincide (B) coherent (C) clarity (D) comparative

16. The _____ of the earthquake was 7.5.
    (A) miller (B) momentum (C) massacre (D) magnitude

17. Superman is a _____ superhero.
    (A) legendary (B) legislative (C) legitimate (D) lengthy

18. She is an _____ person and likes strange things.
    (A) eccentric (B) editorial (C) eloquent (D) emphatic

19. His _____ as a professor is unquestionable.
    (A) competence (B) competent
    (C) compete   (D) competently

20. The car company had made _____ of sales of 2000 cars.
    (A) prohibition (B) projection (C) prestige (D) perception

特別收錄
英文常考題型特搜

STEP01 單字常見考法
STEP02 片語常見考法
STEP03 文法常見考法
STEP04 閱讀測驗考法

★ 因各家手機系統不同，若無法直接掃描，
  仍可以電腦連結 hhttps://tinyurl.com/y5qw6hap 雲端下載收聽

STEP01 單字常見考法 ──

單字基本功，你準備好了嗎？

01. The assistant's _____ annoyed his supervisor and got fired.
    (A) wing
    (B) whiskey
    (C) whine
    (D) warrior

02. If you can _____ the anger in your voice, you will be more popular.
    (A) veil
    (B) video
    (C) vacuum
    (D) value

03. The _____ performance made the audience unforgettable and impressed.
    (A) strange
    (B) irate
    (C) vigorous
    (D) upright

04. After a long _____ in the mountains, the tourists were all weary and hungry.
    (A) treasure
    (B) treat
    (C) trap
    (D) tramp

05. The financial problems are _____ to the chairman. He tried to solve it.
    (A) tournament
    (B) torment
    (C) tuition
    (D) trout

06. Jerry _____ for the late colleague to make a presentation this morning. He was nervous.
    (A) pricked
    (B) rallied
    (C) navigated
    (D) substituted

07. The manager refused to _____ that the new staff is outstanding. He just didn't like her.
    (A) know
    (B) acknowledge
    (C) knowledge
    (D) knowledgeable

08. It is a pity that there are no _____ in the famous hotel. The price is reasonable.
    (A) empties
    (B) service
    (C) surrender
    (D) vacancies

09. Kelly will make _____ plans to travel in Europe after she quits her job.
   (A) tentative   (B) terminal
   (C) thrilling   (D) toxic

10. The applicant who wore a T-shirt and jeans didn't have much _____ to get the job.
   (A) pocket   (B) poke
   (C) pluck   (D) porch

11. The _____ secretary makes her boss unsatisfied and mad.
   (A) reasonable   (B) obstinate
   (C) amazing   (D) responsible

12. The man's skin _____ quickly after going fishing.
   (A) tans   (B) tangles
   (C) tars   (D) targets

13. Thomas is hard-working and diligent, _____ his sister is lazy.
   (A) although   (B) even
   (C) whereas   (D) if

14. Neil plans to _____ around the world when he grows up. He will go to Canada first.
   (A) mop   (B) travel
   (C) win   (D) dream

15. The vase was _____ by the farmer. He is scared now.
   (A) shivered   (B) sharpened
   (C) sowed   (D) shattered

16. The professor asked his students not to _____ others. It is impolite.
   (A) request   (B) bring
   (C) finish   (D) taunt

17. If you can't resist _____, you won't be successful in the world.
   (A) temperature   (B) temptations
   (C) tempo   (D) tempest

18. The salesman tried to _____ himself. He drank too much last night.
   (A) recycle   (B) reduce
   (C) refresh   (D) remember

19. You shouldn't laugh at a(n) _____ event. You should be serious.
    (A) delighted   (B) entertaining
    (C) solemn   (D) soft

20. When he goes jogging, he enjoys wearing a pair of _____. They are more comfortable.
    (A) sandals   (B) sneakers
    (C) high heels   (D) boots

21. He is the _____ boy that she has ever seen. He is really bad.
    (A) sliest   (B) cutest
    (C) best   (D) smartest

22. If you keep your house _____, no one will visit you anymore.
    (A) sleepy   (B) stupid
    (C) sloppy   (D) slapping

23. The patient was out of control. She couldn't _____ herself.
    (A) restrain   (B) resist
    (C) revenge   (D) restore

24. It is _____ to interrupt people's conversation.
    (A) imaginative   (B) impaired
    (C) important   (D) impolite

25. Adam doesn't have any _____. He is perfect.
    (A) shortage   (B) shortcomings
    (C) shorts   (D) shortening

26. After she received a(n) _____ warning, she talked to her professor right away.
    (A) funny   (B) outgoing
    (C) stern   (D) international

27. _____ you didn't win the prize, you are the best in our mind.
    (A) Since   (B) Because
    (C) Even   (D) Although

28. The man always _____ the advice that his supervisor gave, so he was fired.
    (A) refuted   (B) remembered
    (C) refilled   (D) rejoiced

29. The manager tried to write down some _____ problems. Some employees thought he worried too much.
   (A) pride
   (B) lively
   (C) potential
   (D) emotional

30. The stone is _____, so walk slowly.
   (A) clean
   (B) various
   (C) rugged
   (D) adventive

31. The interviewer, Mrs. Williams, _____ the door in front of the interviewee because of his bad manners.
   (A) slammed
   (B) opened
   (C) flowed
   (D) refused

32. Sam: Where are these _____from? The show is great.
    Lisa: They are from the U.S.A. They are professional and excellent.
   (A) perils
   (B) perches
   (C) percepts
   (D) performers

33. Even though Kelly is an _____, she is outgoing and optimistic.
   (A) actress
   (B) orphanage
   (C) opera
   (D) aunt

34. The students are _____ by the professor's speech. The speech is very successful.
   (A) arranged
   (B) betrayed
   (C) delayed
   (D) thrilled

35. The _____ was built in 1950. It costs one billion dollars now.
   (A) mansion
   (B) confession
   (C) tension
   (D) vision

36. The director was _____ by the wonderful performance. The actor and the actress were outstanding.
   (A) imported
   (B) impaired
   (C) impressed
   (D) impacted

37. Fred's sister is very _____, and loses her temper easily. We don't know how to get along with her.
   (A) humorous
   (B) sensitive
   (C) friendly
   (D) lucky

38. Taking a(n) _____ is faster than taking a train.
    (A) airplane   (B) taxi
    (C) bus   (D) van

39. People said that knowledge is an _____ asset.
    (A) immediate   (B) open
    (C) intangible   (D) apologetic

40. Mr. Roberson is a man of _____. He always looks unhappy.
    (A) excitement   (B) movement
    (C) pavement   (D) sentiment

41. If you can't let her feel _____, she won't marry you.
    (A) dangerous   (B) secure
    (C) unsatisfied   (D) sensitive

42. Frank has a lot of friends, but he sometimes feels _____ when he stays
    at home alone.
    (A) lonesome   (B) excited
    (C) satisfied   (D) surprised

43. The manager _____ Elisa that she should be more careful.
    (A) wanted   (B) applied
    (C) practiced   (D) urged

44. Sean left his _____ on the airplane. He is worried now.
    (A) memories   (B) experiences
    (C) belongings   (D) reputation

45. Cindy _____ playing the piano every day. She really loves it.
    (A) practices   (B) admires
    (C) allows   (D) reputes

46. David was responsible for the mansion's _____ in 2008. He was very
    hard-working.
    (A) elegance   (B) assistance
    (C) maintenance   (D) entrance

47. Going to bed late is not _____ for your health, isn't it?
    (A) financial   (B) beneficial
    (C) potential   (D) special

48. The kid had some _____ on his body. His parents may hit him.
   (A) sprinkles　　　　　(B) cups
   (C) shining　　　　　　(D) bruises

STEP02 片語常見考法 ——
單字延伸的片語，你看得懂嗎？

01. The woman's vanity will be _____ her marriage. She should change her lifestyle.
   (A) a resolution of　　　(B) a situation for
   (C) an opportunity of　　(D) an obstacle of

02. Alice is _____ the hot weather in Taiwan.
   (A) accustomed to　　　(B) abundant in
   (C) excellent at　　　　(D) greedy at

03. The remarkable manager will be _____ supervising the sales and market department.
   (A) excited about　　　(B) thrillod by
   (C) responsible for　　　(D) reasonable for

04. People agree that the police officer _____ such a praise.
   (A) is worth by　　　　(B) is worthy of
   (C) is surprising at　　 (D) is satisfied for

05. We _____ see that the performance is so successful. You made it.
    (A) please to   (B) are tired of
    (C) are poetic to   (D) are pleased to

06. It was impolite to interrupt when Jack spoke in the _____ his speech.
    (A) corner at   (B) riddle of
    (C) midst of   (D) inner of

07. We didn't know the professor _____ tortures _____ a stomachache.
    That's why he looked pale.
    (A) suffers; from   (B) earns; for
    (C) attends; in   (D) volunteers; for

08. The Mayday's concert _____ many fans. You can tell how popular they
    are.
    (A) is empty of   (B) is thronged with
    (C) is thrilled of   (D) is tired of

09. The lion that _____ its food looked calm and dangerous.
    (A) patched up   (B) perched on
    (C) output of   (D) sought for

10. The man forgot to _____ the porch light before going out at night. The
    house was dark.
    (A) turn on   (B) fought back
    (C) laid off   (D) counted on

11. Brian was _____ school for some financial problems. He was sad and
    angry.
    (A) suspended from   (B) supported from
    (C) swamped with   (D) summoned to

12. Nancy is glad to hear the _____ her friends.
    (A) crowd of   (B) slap of
    (C) shudder about   (D) field with

13. Karen is _____ doing her homework. She doesn't want to do it
    anymore.
    (A) excited about   (B) satisfied with
    (C) tired of   (D) interested in

14. Rita usually _____ a shudder about her unfortunate life.
    (A) argued for
    (B) talked with
    (C) barked at
    (D) shouted at

15. Meg is _____ studying abroad; therefore, she studies English hard.
    (A) surprised at
    (B) angry about
    (C) intent on
    (D) envious of

16. The man was _____ robbery by the shopkeeper.
    (A) accused of
    (B) arrested by
    (C) visited over
    (D) taken over

17. Michael is quiet. He doesn't know how to _____ his colleague.
    (A) take into account
    (B) communicate with
    (C) admit of
    (D) add up

18. _____ sunny days make our holidays more interesting.
    (A) A series of
    (B) A ton of
    (C) A row of
    (D) A piece of

19. Sally: Let's _____ action instead of complaining.
    Frank : I am with you.
    (A) fall in
    (B) add up
    (C) bring into
    (D) agree with

20. Ken: You look tired today. Did you _____ last night?
    Dora: Yep. I didn't go to bed until 4 a.m..
    (A) slow down
    (B) stay up
    (C) smell about
    (D) speak up

21. The professor _____ a famous painting last week. It cost him an arm
    and a leg.
    (A) bid on
    (B) checked out
    (C) checked in
    (D) got over

22. _____ he arrived here, it started to snow heavily.
    (A) As fast as
    (B) As long as
    (C) As good as
    (D) As soon as

23. The employee forgot to _____ this evening. His boss asked him what time he left.
   (A) roll back
   (B) ring out
   (C) ring off
   (D) rub away

24. The actor tries to _____ perfect, doesn't he? That's why he becomes famous now.
   (A) strain after
   (B) stand for
   (C) strode out
   (D) strap together

25. You have to _____ now. It is time to go to school.
   (A) ring off
   (B) ring out
   (C) ring with
   (D) ring up

26. If you can't _____, you won't understand what I am talking about.
   (A) take over
   (B) pay attention
   (C) return for
   (D) get rid of

27. The director thinks Nancy is a good actress because she _____.
   (A) catches his eye
   (B) struggles from
   (C) breaks faith with
   (D) ends up with

28. Frank always _____ . That's why he can't succeed.
   (A) takes effect
   (B) gives up
   (C) eats up
   (D) keeps faith

29. I am innocent, but no one can _____ my statements.
   (A) bear out
   (B) bear with
   (C) bears down
   (D) bear off

30. It was windy yesterday. The candles were _____ by wind.
   (A) blown over
   (B) blown out
   (C) broken away
   (D) boasted of

31. Mark tried to _____ Emma's privacy, so she was mad.
   (A) turn off
   (B) take over
   (C) poke into
   (D) pick up

32. Don't worry, Wendy. The typhoon will _____ at noon.
   (A) blow out
   (B) blow away
   (C) blow on
   (D) blow over

33. _____ you lose the contest, don't feel disappointed or upset. You are always the best.
(A) Before   (B) As if
(C) Since   (D) In case

34. Calm down, everyone. Everything is _____. Let's stay here and wait for rescue.
(A) at the control   (B) out of control
(C) under control   (D) beyond control

35. The manager poured _____ Michelle's ideas. He thinks that she wasted his time.
(A) scheme for   (B) scent of
(C) scorn on   (D) scandal about

36. The singer _____ fifty thousand dollars _____ her new shoes. They looked very strange.
(A) blew; off   (B) blew; on
(C) blew; over   (D) blew; up

37. Neil, do your best. We all _____ you, so don't let us down.
(A) count on   (B) consist of
(C) count out   (D) add up

38. The supervisor will _____ the problem. You don't need to worry about it.
(A) consist of   (B) count up
(C) share with   (D) cope with

39. The dancer is _____ a prize. She practices every day.
(A) dying off   (B) dying for
(C) dying from   (D) dying out

40. He can't believe that his cousin _____ of school two months ago.
(A) dropped on   (B) dropped off
(C) dropped out   (D) dropped over

41. Lisa never thinks before she leaps. _____, she is very rash.
(A) In fact   (B) By contrast
(C) For example   (D) From now on

42. If you _____ with your rent too often, you landlord may ask you to move out.
    (A) fall in   (B) fall behind
    (C) fall down   (D) fall away

43. Mr. Wang, please _____ the blanks before you have an interview.
    (A) fill up   (B) fill with
    (C) fill on   (D) fill out

44. If you don't understand the words, you can _____ in the dictionary.
    (A) look out   (B) look down
    (C) look up   (D) look at

45. Richard, Emily will arrive at the airport around 7 p.m.. Please _____ her _____.
    (A) pick; up   (B) pick; on
    (C) pick; out   (D) pick; off

46. As long as you _____, you will be successful in the future.
    (A) hang on   (B) hang up
    (C) hang over   (D) hang about

47. You shouldn't have done that. I am so disappointed that you _____ me _____.
    (A) held; up   (B) held ; back
    (C) held; in   (D) held; down

48. The shopkeeper couldn't find his wallet. He is _____ it now.
    (A) looking into   (B) looking up
    (C) looking after   (D) looking for

49. _____ you _____ he is a novelist. You are famous singers.
    (A) Both; and   (B) Neither nor
    (C) Either; or   (D) Either; nor

50. The secretary has to _____ her boss if she wants to work here.
    (A) bear out   (B) bear with
    (C) bears down   (D) bear off

51. The old man _____ twenty thousand dollars _____ the suitcase. He thought it looked elegant.
    (A) paid; for
    (B) cost; at
    (C) spent; on
    (D) bought; on

52. If you are _____ going mountain climbing, we will be glad to go with you next weekend.
    (A) surprised at
    (B) tired of
    (C) interested in
    (D) bored with

53. Mrs. Williams asked Kelly to _____ her younger brother when she is out of town.
    (A) look after
    (B) look into
    (C) look through
    (D) look back

54. Jason _____ in class; therefore, his professor woke him up angrily.
    (A) fell away
    (B) fell asleep
    (C) fell apart
    (D) fell in love

55. Meg finally _____ her ex-boyfriend. She is finally at ease tonight.
    (A) gets over
    (B) gets ahead
    (C) gets about
    (D) gets rid of

56. Bill didn't _____ his job. He suffered torture from a stomachache.
    (A) picked up
    (B) attended in
    (C) appreciated at
    (D) concentrated on

STEP03 文法常見考法 ———

原來單字也有文法陷阱！

01. The man remembered that the law _____ for over 50 years.
    (A) abolished   (B) was abolished
    (C) will be abolished   (D) has been abolished

02. The man _____ thrust his younger brother's life. However, he changes his attitude now.
    (A) used to   (B) is used to
    (C) use to   (D) was used to

03. He didn't know _____ to solve the problem, so he was worried.
    (A) where   (B) how
    (C) who   (D) why

04. Mr. Mills _____ to Paris since he graduated from university.
    (A) moves   (B) has moved
    (C) has been moved   (D) moved

05. You had better _____ your proposal before the deadline.
    (A) finish   (B) to finish
    (C) finishing   (D) finished

06. To hiss at the baseball players _____ not polite.
    (A) being   (B) does
    (C) is   (D) are

07. If you _____ every day, you will lose weight.
    (A) go jogging   (B) will go jogging
    (C) went jogging   (D) going jogging

08. The general manager forgot to cancel the meeting yesterday, _____?
    (A) does he   (B) didn't he
    (C) was he   (D) hasn't he

09. Juliet _____ from school next semester. She is short of money.
    (A) is suspended   (B) will suspend
    (C) will be suspended   (D) has been suspended

10. The patient _____ had a heart attack looked pale and tired.
    (A) which
    (B) whom
    (C) who
    (D) X

11. It snowed so hard last Friday that the picnic had to _____.
    (A) cancelled
    (B) cancelling
    (C) cancel
    (D) be cancelled

12. _____ in front of the supermarket, we saw a police man running after a robber.
    (A) Stand
    (B) Standing
    (C) To stand
    (D) Stood

13. A classmate of _____ moved to New York last year. She misses her a lot.
    (A) hers
    (B) me
    (C) him
    (D) our

14. The castle the businessman _____ to buy was bought by Mrs. Cage.
    (A) had planned
    (B) planned
    (C) had been planning
    (D) plans

15. There is a man sitting on the sofa, _____?
    (A) isn't he
    (B) isn' t there
    (C) will he
    (D) is there

16. Brian seldom helps his mom do the chores, _____?
    (A) does he
    (B) doesn't he
    (C) is he
    (D) isn't he

17. The coat is very expensive. Larry wants to try on a _____ one.
    (A) better
    (B) smaller
    (C) stranger
    (D) cheaper

18. Vic: I wish I _____ near the department store.
    Jill: Come on.
    (A) lived
    (B) live
    (C) can live
    (D) will live

19. The dinner _____ ready by 6 p.m.. Have some cookies if you are hungry.
    (A) is   (B) will have been
    (C) will be   (D) has been

20. _____ computers is boring. Let's go fishing instead.
    (A) Plays   (B) To play
    (C) Play   (D) Played

21. _____ convenient for you to live in the neighborhood. There are many stores here.
    (A) They are   (B) There is
    (C) It is   (D) I has

22. In fact, the meeting is too difficult for her _____. Everyone keeps silent and looks cool.
    (A) holds   (B) be held
    (C) to hold   (D) to be held

23. If you _____ the exam, your parents wouldn't have been mad.
    (A) had passed   (B) passes
    (C) passed   (D) will pass

24. Cindy is cuter than _____ in her class. She is the cutest.
    (A) any other girls   (B) any others girl
    (C) any other girl   (D) the other girl

25. The painting _____ costs one million dollars was sold last night.
    (A) whose   (B) who
    (C) which   (D) X

26. The homelessman looks forward to _____ the lottery in the future.
    (A) win   (B) to win
    (C) winning   (D) won

27. The girl _____ name is Paula takes a trip with her friend once a month.
    (A) who   (B) which
    (C) that   (D) whose

28. If there _____ a financial crisis again, many people will lose their job.
  (A) is
  (B) should be
  (C) will be
  (D) was

29. Mr. Smith _____ a reservation yesterday. However, the restaurant was all booked up.
  (A) makes
  (B) made
  (C) is making
  (D) make

30. It is _____ Jack has ever received. He really loves it.
  (A) the best card
  (B) the better card
  (C) best card
  (D) a better card

31. You had better _____ up now. The train is coming in five minutes.
  (A) to hurry
  (B) hurrying
  (C) hurry
  (D) hurried

32. Leon forgot _____ the letter, so he was nervous. In fact, he already sent it yesterday.
  (A) to send
  (B) sending
  (C) send
  (D) sent

33. Keith is used to _____ his homework before supper. It is a good habit.
  (A) do
  (B) doing
  (C) be done
  (D) done

34. Even though the concert was O.K., I _____ to the birthday party.
  (A) would rather go
  (B) would rather have gone
  (C) had better go
  (D) would like

35. If I _____ you, I would apply for this position.
  (A) am
  (B) was
  (C) did
  (D) were

36. Wendy saw a man and a dog _____ on the playground. They had a lot of fun.
  (A) to play
  (B) played
  (C) playing
  (D) is playing

37. The new assistant, Molly, is _____ better than Vic. The manager is satisfied with her.
(A) less
(B) more
(C) many
(D) much

38. Swimming in the pool makes Jackson relaxed and happy, _____?
(A) doesn't he
(B) is he
(C) isn't it
(D) doesn't it

39. If I had a lot of money last year, I _____ the new apartment.
(A) would buy
(B) will buy
(C) would have bought
(D) bought

40. Mr. Jordan just purchased a piano, a guitar, and a violin. The violin is _____ expensive of all.
(A) more
(B) the most
(C) much
(D) most

41. The museum _____ for fifteen years. It attracts many tourists every year.
(A) has built
(B) built
(C) has been built
(D) has built

42. The man denied _____ the reports before. He looked very surprised.
(A) to read
(B) having read
(C) reading
(D) to have read

43. Do you mind _____ off the radio? We are studying and need to concentrate on our homework.
(A) turn
(B) turning
(C) to be turned
(D) to turn

44. Roger, Willy and Frank work in the same company. Willy is the best of _____.
(A) each
(B) three
(C) the three
(D) among

45. If you have time on the weekend, you will visit your best friends, _____?
(A) don't you
(B) won't you
(C) do you
(D) will you

46. The professor has his students _____ the floor three times a week.
(A) mop
(B) to mop
(C) mopping
(D) to be mopped

47. Going camping _____ more interesting than playing basketball.
(A) are
(B) has
(C) is
(D) do

48. Bill _____ Japanese for five years. He is interested in it.
(A) learns
(B) has learnt
(C) learned
(D) is learning

Dear Mrs. Roberson,

This is Mark Brown, the general manager of LKK Company. I found your resume through the site of 8888.com this morning and am interested in your education and experiences. I'd like to inform you that we have a position available for secretary.

If you are interested in this position, please reply me back before Friday. I'd like to remind you to bring your biography with you.

The total hours of the interview will be approximately 2 hours including a English test. You will have thirty minutes to complete the test.

There are few things you have to keep in mind. First of all, you should show up on time. Lateness will not be allowed. Then, you will have to introduce yourself during the interview. It will take you ten minutes. Again, prepare well at home and do your best here. Finally, please do some research about our company. It will help you a lot. If you know nothing of the company, you won't be able to answer my questions.

For further information, please don't hesitate to contact Mr. Pitt at 0988-888888, e-mail me at

888888@gmail.com, or call me directly at 888-8888.

Hope to hear from you soon.

Best Regards,

Mark Brown

General Manager

01. What is the purpose of the e-mail?
    (A) To promote a new product.
    (B) To announce a meeting.
    (C) To inform an interview.
    (D) To invite a guest.

02. What kind of position is available?
    (A) An assistant.
    (B) A secretary.
    (C) A manager.
    (D) A general manager.

03. How long will the test last?
    (A) Half an hour.
    (B) One hour.
    (C) Two hours.
    (D) Three hours.

04. Which statement is not true?
    (A) The interview will be approximately 2 hours.
    (B) Mrs. Roberson needs to reply back before Friday.
    (C) The interviewee can call Mr. Brown at 888-8888.
    (D) The general manager received the resume by e-mail.

"Dave Jordan" is one of the most famous novels in the world. It was published in 2012 and became very popular with the readers. The author, Larry King, is from England. He was surprised that his book was so popular that he couldn't believe it.

The story was about a poor man. The man whose name was Dave had bad luck. When he studied at school, his classmates made fun of him and laughed at him. He didn't understand why they kept doing it. After he graduated from senior high school, he decided to work. As he expected, he didn't get a job easily. He didn't give up and sent his resumes every day.

Finally, Dave was hired by LKK Company. He really appreciated it. Unfortunately, the day before he started to work, the company closed down for the financial crisis. Even though he felt sad, he never gave up.

Six months later, Dave got a good job.

One day, Dave visited his friend, John. On his way home, he saw a car accident. An old man was hit by a motorcycle. No one tried to help him except Dave. Dave sent him to the hospital and took care of him.

The old man was the general manager of Moon Company, and he appreciated what Dave had done for him. Then, He decided to offer a job for Dave. It was too good to be true.

If you never give up, you will be successful.

01. What is the purpose of the article?
   (A) To promote a new product.
   (B) To introduce a novel.
   (C) To invite people to the party.
   (D) To inform a meeting.

02. What is "Dave Jordan"?
   (A) A novel.
   (B) A secretary.
   (C) A general manager.
   (D) A factory.

03. Why could Dave get a job finally?
   (A) He sent a lot of resumes.
   (B) He saved a general manager.
   (C) He asked his friends for help.
   (D) His father introduced him.

04. Which statement is not true?
   (A) Dave Jordan was one of the most famous books in the   world.
   (B) Dave never gave up.
   (C) The author of Dave Jordan was from England.
   (D) Dave graduated from university.

Long time ago, there was a king lived in a beautiful castle. The king had three daughters. They were Jennifer, Lucy, and Dora.

Jennifer, the oldest daughter, was lazy, pride and selfish. She seldom chatted with her father because she always stayed at her room. She enjoyed singing, dancing, and reading. The king was not satisfied with her.

Lucy, the second daughter, was outgoing, rude, and talkative. She went horse riding every day. She seldom showed up in the castle. She hoped she could leave the palace one day. She wanted to marry a hunter or a farmer. She thought the life would be more interesting and exciting.

Dora, the youngest daughter, was shy, quiet, and pessimistic. She was too shy to talk to others. She was quiet all day long. She needed someone to accompany her. The king was worried about her a lot.

One day, the king came up with a good plan. He pretended he was dying. He asked these girls to change their lifestyles before he passed away. Hearing the words, Jennifer, Lucy, and Dora were sad . They gave the king sorrowful looks and promised him they would make a big change.

The story has a happy ending. They all became optimistic, thoughtful, and diligent. The smart king was glad to see the result.

01. What is the best title of the story?
   (A) A Smart King
   (B) Do Not Tell a Lie
   (C) Practice Makes Perfect
   (D) Look Before You Leap

02. How many daughters did the king have?
   (A) One.
   (B) Two.
   (C) Three.
   (D) Four.

03. These daughters decided to change their lifestyles because _____.
   (A) a prince would visit them
   (B) the king asked them to move out
   (C) the king pretended he was dying
   (D) the king lost all his fortune

04. Which statement is true?
   (A) The oldest daughters of all was Jennifer.
   (B) Lucy was younger than Dora.
   (C) Dora was optimistic before.
   (D) Lucy was selfish and lazy before.

語言力 E051

英語自學策略：制霸 7000 英文單字

「只學重點＋中英雙語對照音檔」，帶你隨時都能聚焦自學，熟記單字！

作　　者	Tong Weng◎著
顧　　問	曾文旭
出版總監	陳逸祺、耿文國
主　　編	陳蕙芳
封面設計	李依靜
內文排版	吳若瑄、李依靜
文字校對	陳其玲
法律顧問	北辰著作權事務所

印　　製	世和印製企業有限公司
初　　版	2021年06月
初版三刷	2022年07月
出　　版	凱信企業集團—凱信企業管理顧問有限公司
電　　話	（02）2773-6566
傳　　真	（02）2778-1033
地　　址	106 台北市大安區忠孝東路四段218之4號12樓
信　　箱	kaihsinbooks@gmail.com

定　　價	新台幣499元／港幣166元
產品內容	1書

總 經 銷	采舍國際有限公司
地　　址	235 新北市中和區中山路二段366巷10號3樓
電　　話	（02）8245-8786
傳　　真	（02）8245-8718

國家圖書館出版品預行編目資料

英語自學策略：制霸7000英文單字／
Tong Weng著. -- 初版. -- 臺北市：凱信企業集
團凱信企業管理顧問有限公司, 2021.06
面；　公分
ISBN 978-986-06541-2-7(平裝)

1.英語 2.詞彙

805.12　　　　　　　　　　110008693